浙江省科普作家协会　组编

ZHEJIANGSHENG YOUXIU KEPU ZUOPINXUAN

浙江省优秀科普作品选

（1979—2018）

浙江科学技术出版社

图书在版编目（CIP）数据

浙江省优秀科普作品选：1979—2018 / 浙江省科普作家协会组编. — 杭州：浙江科学技术出版社，2022.6
ISBN 978-7-5341-7725-5

Ⅰ.①浙… Ⅱ.①浙… Ⅲ.①中国文学-当代文学-作品综合集 Ⅳ.①I217.1

中国版本图书馆CIP数据核字（2022）第037175号

书　名　浙江省优秀科普作品选（1979—2018）
组　编　浙江省科普作家协会

出版发行　浙江科学技术出版社
网址：www.zkpress.com
地址：杭州市体育场路347号
邮政编码：310006

排　版　杭州兴邦电子印务有限公司
印　刷　浙江全能工艺美术印刷有限公司
经　销　全国各地新华书店

开　本　710×1000　1/16　　印　张　32.75
字　数　469 000
版　次　2022年6月第1版　　印　次　2022年6月第1次印刷
书　号　ISBN 978-7-5341-7725-5　　定　价　128.00元

责任编辑　刘　燕　　责任校对　张　宁
责任美编　金　晖　　责任印务　叶文炀

目录

科普创作理论选篇 / 433

科学诗选篇

浙江科学诗40年概述

章伟林

什么叫科学诗?高士其说科学诗"它的特点就是把科学和诗歌结合起来,把一般人认为枯燥无味的科学,变成生动活泼富有诗意的东西"。他认为"科学诗可以分为两大类:一类是鼓舞人们向科学进军,努力攀登科学高峰的诗","另一类是以诗的形式来普及科学知识","人们常说的科学诗,一般是指后一类"。所以,我们可以这样认为,凡是采用诗的形式,讴歌科学精神、传播科学知识、揭示科学真理、抒发科学追求、描绘科学真善美的文学体裁就叫科学诗。

科学诗把科学知识、科学思想用形象思维和拟人化手法,通俗、生动、有趣地表现出来,具有艺术的形象性和科学的知识性,是普及科学知识的工具。创作科学诗,要强调内容的科学性和诗意,并体现出一定的人生哲理。从表达手法上说,科学诗可分为科学叙事诗、科学抒情诗、科学哲理诗、科学寓言与童话诗、科学幻想诗等。作为科学诗人,既要具有科普人的特质,同时又还须具有诗人的属性。要写好科学诗,必须要有深厚的生活基础,必须懂得一定的科学知识,必须掌握诗歌写作技巧。

科学诗绝不是新生文种,其实在古代就已有之,只是没有"科学诗"这个名称而已。事实上,科学诗作为一种独特的诗歌品类,它不是凭空而来的,从源流上考察,科学和诗本是同源的,远古时期的生活方式、民俗风情、巫术魔法、谚语谜语这些科学的原初形态与诗最早是相统一的,它们都是对人和世界的叩问。据东汉赵晔撰写的《吴越春秋》记载，上古时代的《弹歌》(断竹，续竹；飞土，逐肉。)就是一首早期的科学诗，全诗才八个字，却写出了从制作工具到进行狩猎的全过程。屈原的《天问》中，也有许多动物学、植物学、天文学知识以及对地震等自然现象的记载。在古希腊荷马的《伊里亚特》和《奥德赛》、古罗马诗人卢克莱茨(公元前99年—公元前55年)的长诗《物性论》等作品中，就有很多内容涉及科学。严格来说，它们都是早期有科学成分的"科学诗"。

在我国，现代科学诗诞生于民国期间，高士其就是现代科学诗创作的倡导者和开拓者。现代科学诗具有时代特征，人文精神和科学精神在自然和谐统一中，找到了它们的契合点，催发了现代科学诗的诞生。科学诗不仅具有科学性，而且具有诗的意趣。高士其的科学诗就洋溢着强烈的时代精神，并且蕴含浓郁的情趣。他早期的《我的原子也在爆炸》《黑暗与光明》《天的进行曲》《大肠菌滚出去》等科学诗都是脍炙人口的佳作，是科普人责任与良知的呐喊，而"文化大革命"后他写的《让科学技术为祖国贡献才华》等科学诗篇，更是充分表达了诗人对科技进步，对祖国繁荣昌盛的向往与希冀。

新中国成立后，在高士其的倡导下，我国诗坛涌现出诸如刘后一、王守勋、孟天雄、张锋、谭楷、郭曰方等，包括我省的徐家麟、杨达寿、章伟林等一大批科学诗人，他们关注自然，讴歌科学，各显风骚，为科学诗品类的多元化作出了努力。改革开放后，我们迎来了科学诗创作的春天，1986年7月，中国科普作协在吉林召开全国首届科学诗会，吹响了科学诗人的集结号，我省章伟林、杨达寿作为代表参加诗会，回浙后组织了浙诗团队，在台州举办研讨活动。李谨华、杨达寿、章伟林作为浙江科学诗创作团队的领军者，着力带动诗友们开展科学诗创作，推进了我省科学诗创作的发展。

综观浙江现代科学诗创作，我认为可以划分为三个时期。第一时期是1979—1987年，浙江科学诗界有五种不同风格出现。一是以徐家麟、张一芳为代表的科学新知派，将崭新的知识点用诗意的语言进行表述，新颖奇特，有着天马行空的洒脱。二是以杨达寿为代表的自然派，在通俗的自然表象中以诗化的语言给人以意趣,许多描述形态逼真,启人心扉。三是以章伟林为代表的哲思派,将哲学思想融入诗意中,含义深刻,给人以思考与启迪。四是以李谨华为代表的寓意派,借助科学现象,通过生动形象的画面描写,抒发自己的思想感情。五是以何永年、王金育为代表的资源派,立足专业,深度挖掘文化资源,找寻诗意空间。这八年来,浙江科学诗创作团队助推了科学文化的发展,在全国范围内颇具影响力。

第二时期是1988—2000年,老一批诗人依然活跃在科学诗坛,创作出版了许多具有影响力的诗作,如杨达寿出版了《中国科学诗人作品选》,并陆续出版了多部科学诗集;章伟林、徐家麟、王金育相继推出了科学诗专著。其间,新一批科学诗人渐露端倪,蔡启发、林海蓓、章璐茜加入科学诗创作,蔡启发以水文化为主题,在诗界标新立异,成为亮点;林海蓓以橘乡为题材的科学诗,以浓郁的乡土气息,博得诗坛好评;章璐茜的校园科普诗,以其新颖的主题特点,引起科学诗界关注。

第三时期时间跨度达20年之久,自2001—2020年,这廿年来,浙江省科普作家协会的诗人相对前期来说更加地活跃,时任省科协党组书记、省科普作家协会理事长的吕志宏创作了大量科学诗,厚重大气,别具韵致,大部分诗作收入他的《科学之韵》中。其间,更涌现出一批在省内外有着较大影响力的诗人,如蔡启发、林海蓓、朱坤宇、杨培仙、清泉、俞志华等,在《诗刊》《人民文学》等报刊和国内各种赛事中连续获奖。2017年,在中国科普作家协会、中国科学报社、人民文学杂志社、中国科学院文联与浙江联合出版集团联合主办的第二届“科学精神与中国精神”诗歌大赛中,清泉的《沁园春·太空》与周诗宜的《笋的礼赞》等科学诗获征文三等奖,标志着我省新一代科学诗人的崛起。

浙江科学诗的发展,与大家的辛勤耕耘、默默付出是分不开的,值得一提的是,本会理事杨培仙2016年以来个人出资出版《雪魂》诗刊13期,举办全国科学诗文大奖赛一次,获奖作品集《奔向大海》由团结出版社出版,著名作家叶永烈为该书题名;杨培仙2017年又出资在临海江南大峡谷举办了首届“江南诗会”,这些举措再度掀起了我省科学诗创作热潮。鉴于我省科学诗创作情况，2018年4月，经省科普作协八届三次理事会批准成立了浙江省科普作家协会诗歌创作专委会，标志着我省科学诗人组织的诞生。2019年5月，为庆祝中国科协成立60周年暨浙江省科普作协成立40周年，浙江省科普作家协会诗歌创作专委会积极响应"文化浙江"战略，献力浙江科学文化和诗路文化带建设，以"诗意江南，大美浙江"为主题，在黄岩沙埠镇成功举办了第二届"江南诗会"，来自全国各地60余位诗人参加活动。诗会中，诗人们游览了风光旖旎的佛岭水库，参观了沙埠青瓷窑址，纷纷写下诗句，赞美沙埠的秀丽风景及深厚的青瓷文化底蕴，社会反响良好。2020年1月，在大家的努力下，经省新闻出版局批准，我们又创办了《之江诗刊》，为诗人们搭建了科学诗展示与交流的平台，有力推进了科学诗的发展。

本辑科学诗精选了协会成立40年来各个时期我省科学诗人在全国各大报刊上发表或公开出版的诗集中的代表作，因征稿以来，部分诗友未报送作品，这难免有遗珠之憾。本辑作品权作我省科学诗创作的一次总结，作为协会成立40年巡礼。

药苑诗钞（六首）

王金育

黄　芪[①]

莫向韶华叹别离，
丹方补气请黄芪。
有花始觉千枝秀，
无药难称百草奇。
生熟一般催用日，
春秋两度盼归期。
临床只为与人好，
一日思君十二时。

狼　毒[②]

一生未识岭南香，
岂必伤心自断肠。
曾睹尊颜因用药，

① 黄芪：又名绵芪。有增强机体免疫功能、保肝、利尿、抗衰老、降血压和较广泛的抗菌作用。

② 狼毒：逐水祛痰，破积杀虫，有抗病原微生物、抗肿瘤的作用。

已知烈马好飞缰。
轻煎慢煮及时燎，
破积除虫指日偿。
休看山红萝卜嫩，
君须有口莫开张。

抱石莲[1]

抱石龙鳞何处寻，
攀岩附葛访重门。
飞云江上玉壶柳，
雁荡山旁寸草心。
峻岭吹风能动地，
舟船傍水直通津。
功劳岂在本身小，
疗效称佳自感人。

地　龙[2]

杏语松声听晓风，
黄泥饱腹总成空。
离尘得道天亦老，
隔类交朋话未通。
松土中耕功迹异，
镇痉解毒治疗同。

---

① 抱石莲：具有清热解毒、利湿消瘀之功效，用于咽喉痛、肺热咳血、风湿关节痛、淋巴结炎、胆囊炎、石淋、跌打损伤、疔毒痈肿。

② 地龙：具有清热、定惊、通络、平喘、利尿等功效。

莫回东海问真伪，
不治惊狂是假龙。

龙　胆[①]

高山灵气只因龙，
肝胆救人意外逢。
位列群芳今说异，
名扬药界古来同。
医分土木火金水，
花信东西南北风。
性命交关须确诊，
病情最怕是朦胧。

灯心草[②]

一身灵秀度残冬，
湿地苍凉沼泽垌。
药苑安家无物异，
油灯点火有人同。
夜啼要草三分白，
镇静需砂一点红。
慕你苗条贞洁体，
虎须名命理难通。

（选自《芳草吟》中国医药科技出版社，1996年）

---

① 龙胆：多年生草本植物，性苦味咸，用于泻肝胆实火，除下焦湿热。

② 灯心草：又名虎须草，多年生草本植物，具有清心降火、利尿通淋等功效。主治急性喉痹、小儿夜啼等。

闪光的路（外二首）

卢曙火

晨光熹微，东方吐曙，
多少人飞步跨上上班的路途，
大路上，拥来了车的洪流、人的激浪，
搅散了一街清凉的晨雾。

看，步行的，两脚生风，一步快一步，
骑车的，车轮闪亮，耳畔风呼呼，
一辆辆出场的公共汽车来了，
风驰电掣高速度！

莫看每天上班都在同一段路上往返重复，
脚下却天天是新的起点，新的征途。
总有任务搁在我们肩上，
谁不脚步匆匆，谁有闲扯工夫？

今天又将绽开多少革新花，
今天又要刷新多少新纪录，
多少重困难，要在我们脚下败退，

多少拦路虎,要在我们手下降伏!

呵,踏着晨光,匆匆飞上上班的路途,
身后轮辙如繁花,铃声似金珠。
呵,这轮辙,正是新捷报的第一行大字,
这铃声,正是新凯歌的第一个音符。

(原刊于《新长征诗选》,浙江人民出版社,1978年10月第1版,后收录于《浙江诗典(1976—2006)》,浙江省作家协会编,浙江文艺出版社,2007年4月第1版)

夏夜(散文诗)

夏夜,是松弛,是飘逸,是舒展……

生活的乐章,需要用二股弦弹奏。一根弹奏昼之歌,热烈、奔放、激越,像燃烧的太阳;一根弹奏小夜曲,委婉、轻盈、妩媚,像如水的月光。

我热爱昼的光明,也钟情夜的幽恬;我歌唱太阳,也赞美月亮;我需要火,也需要冰。

我要给生活的每一根经纬都涂上独特的色彩。具有不同流速、不同韵律、不同质感的生活,才是完美的。

(原载于《浙江日报》1986年8月6日,收入方正报纸库)

写在火热的生产线上(散文诗)

(一)

火红的钢坯“铿!铿!铿!”一阵震撼人心的擂动,美丽的钢花四处飞舞,慢慢地,锻件成型了。

经过火的考验,冷却的锻件失去了狂热时神美的光环,但一个钢铁的信念却成熟了。

(二)

鼓风机唱起来了,炉火熊熊,像千万面红旗在舞动。炉火像汇集了九天的风云。

钢铁的洪流从炉门口喷涌而出,映红了天,映红了地,飞火流霞,铸造着新的机床,新的世界,新的生活。

鼓风机唱起来了,它唱的什么歌?

在轰鸣的马达声中,听到的分明是:“快把那炉火烧得通红,趁热打铁才能成功……”

(原载于《浙江日报》1982年10月10日,收入方正报纸库)

念蝉（外二首）

池慧泓

说真的，夏日至此
我还没瞅见蝉影
也没听见蝉鸣
我一直被空调冷藏

我只能假想花花草草间
有一只蝉
对着另一只蝉激情放歌

回想起那个时候
我敢囚禁阳光的正午
爬上池塘边的柳树
捉拿枝头的蝉
它慌忙出逃

真的很想念蝉了
黄昏时，出去找找吧

虚　构

又一个春天到来
蒹葭早已枯萎
顺流,逆流,水中央——
伊人不见
美人鱼空中叛逃
挟持一个渔夫的肉身和灵魂

另一个渔夫揭开所罗门的封盖
在海底孤寂了一千八百年的魔鬼
青烟一般到处招摇

水,一步一步退缩
退缩成一个象形文字

虚构一切存在,虚构一切虚无

一滴水的寒露

寒露了
这天的云雨、风尘可能是这一年最饱满的
她细想着这种种美好

夜晚,钱江两岸
华灯张扬喧嚣

冷静的江水轻吹寒烟
拢紧离他最远却最贴近心窝的弦月
似乎想顷刻之间就搂暖搂圆

草叶半枯
一滴水上升又降落
整个天空凝成一滴露

（原载于《飞天》2019年第2期）

宋舍·流香（外二首）

冰　水

酒有魔性否?你接近,喝不喝
都会有饮醉的心
酵母挺立在深处
鹅黄色流光
从粉青肌体上,从宋室官窑中
叠出暗影
如果挑刀
如果再开一次片,那些花香、药香
会有流泄的欢愉吗?
如闻风动
天有时,地有气
腊中而气未动,你嘴唇张启
流亡与曲折
但王的公子,他酿酒,
也种花,种树,种草药……
酒重塑他的形骸
黑暗之外
蓬勃的曲芽接纳水的癫狂

我找寻我的酵母
从我描绘的光里
唤出刀剑之魂
去重新辨别
未命名的事物
去包围酒盅
流香是危险的言辞吗?那宋舍呢?
那西子水做的肉身,又躲进了
哪个溢香的坛子?

2018年6月12日

今夜,月亮和木星在一起

今夜,月亮和木星在一起
你在哪里?
一些诗人,喝着谷雨的新酒
烛光,暧昧,笙歌——
以老派的诗心致礼
为什么要浪迹天涯?
有关木星合月
我们一无所知
而关于今夜的话题,是一次幻象
因为明亮
更加荒凉

2016年4月18日

雷 雨

绿色的雨中有迷途的阴影。
闪电不会击穿整个世界。
凝神之际藤蔓和水杉来临。
雷声亦在咖啡馆行走。
燃烧的咖啡扑向一只白鸟。
黄昏边缘绿色的雨有铅灰色愁苦。
雨声会不会使深渊现出漩涡?

2018年5月22日

(选自《虚像》杭州出版社2018年8月)

哲理诗一束（外六首）

老　庄

独木桥

不论你心地多么正直
跟你打交道
人们总觉得危险

虾

躬着身子过活
到死也直不起腰杆

窗

每一只窗口都是一页新书
每天都可以读到崭新的故事

袋

倘若你是空的
还能立得起来吗

绯牡丹

一只风流的刺猬
居然向六月调情

打火机

肚里有气总藏不住
受些摩擦和压力
就要燃烧起来

鸡

就是多生几只翅膀
也不能飞上天去

锣 鼓

只因肚里虚空
所以才讲大话

风　筝

何必洋洋得意
命运操在他人手里

气　球

外表愈大
肚里愈空

瓦

之所以爬上高位
因为脊梁骨是弯的

流　星

临下台时
也要发点余光余热

大白菜

将自己的心包藏得紧紧的
居然还自称大白

蜡　烛

因为我渴望光明
所以我不惜献身去照亮别人

豆　腐

经一番油煎火熬
反而变得老起来

根

资格胜过花花叶叶
却甘愿居在花叶之下

伞

能遮风挡雨
也能制造阴暗面

避雷针

高高居上
不是炫耀自己
而是为了承担雷的袭击

万花筒

光看你的外表
谁能想到你是
五颜六色的破碎

蜘　蛛

用自己的根根青丝
织就了一张捕捉希望的网

凌霄花

若非依附于它物
你最多也不过尺把高

鞋

为了减少人们的苦痛
你甘愿屈居下层

不倒翁

你所以左右逢源
是因为立足点圆滑

（原载于《经济生活报》、香港《文汇报》等报刊，后编入作家出版社出版的《爱的思索》诗集）

出 航

像朵朵云霞
栖息在海湾
数不尽的渔船呵
撑开艳丽的花伞
渐渐地远了,小了
却把一首首奔驰的诗
留给我,留给你
也留给迷人的海湾

(原载于《科学诗刊》,后编入作家出版社出版的《爱的思索》诗集)

种 子

在低层吸收营养
不怨埋没期待成长
一旦从大地怀抱中醒来
柔嫩的身躯就去找寻太阳
问世时就向造化举起问号
为自然作美容是你的志向
秋天为人类提供丰盛的果实
四季为人们孕育着各式各样的食粮
只要有几滴水来维系生命
我就用自己的一颗心
来繁殖下一代的成长
谁说我屈居低层卑卑贱贱
成熟时请看我的形象

引力波

爱因斯坦先生预言
宇宙中存在着引力波
在枝与叶之间
在山与水之间
在月与日之间
在男人与女人之间

引力波无处不在
引力波的爱是博大的
不像磁场仅对异性才有吸引

当长江洪水泛滥
亿万军民用自己的身体
筑成一堵长城
当洪峰冲垮缺口
人们忘记了自己的安危
用毅力,用爱,用身体去
阻挡洪峰的一次又一次冲击

当千万人无家可归的时候
政府发出了呼吁
当娃哈哈等单位捐赠巨款
当救灾的药品、物资运到灾民的手中
证实了爱因斯坦的预言

引力波的爱至广至深
在长江洪水泛滥时，我明白
中国共产党是最强盛的引力波

（选自作家出版社出版的《爱的思索》诗集）

“0”
——某些人的写照

比不上正数
却胜过负数
将就着过日子
当然少犯错误
无人捧你当分母
也不能将你列入除数
虽然没有剩积（成绩）
却是个有理数
永远不会下岗
万事得过且过

（原载于《河州》，后编入作家出版社出版的《爱的思索》诗集）

梅　雨

淅淅沥沥
将心头的
悲哀
一齐泻掉

你轻松了
可人们
陪着你难受

（选自作家出版社出版的《爱的思索》诗集）

阴　天

受尽委屈
于是老板着
那副面孔
想笑
笑不出来
想哭
又没有眼泪

（选自作家出版社出版的《爱的思索》诗集）

根

力的造型，
屈居下层；
力的聚凝，
伸向纵深。
让叶儿一一舒展，
让花儿吐露芳芬。
不，我不能离开大地母亲！
为了叶儿和花儿，

为了鸟儿的歌声，
我甘愿沉默终生！

（原载于《河州》，后编入作家出版社出版的《爱的思索》诗集）

漏勺（外三首）

仲 馗

讨厌水货
想不到你更多时候
连汤汁也不想要
你坚持
讨厌的，不想要的
就不仅仅限于事实
还包括所有类似的形式

砧 板

为了精细
为了入滋入味
你宁愿挨千刀、挨万刀
在刀锋下
你完全明白
没有一刀是冲你来
因此，挨着
你从不数

自己身上的刀痕
与伤疤

抹 布

那形象，只顾他人
不顾自己

挤干自己
也要把别人污垢擦尽

一挤一擦间
自己扭曲，他人洁净

农人，弯腰
面对土地，扶庄稼
农人也挤尽汗水
捧出了庄稼的晶莹

箸 笼

为了进驻者的整洁
这个村庄
从泥窑、陶罐中走来
趋向合金钢的铮亮
改变自己的形象与实质
也不改变自己的功用

让日子越来越精致
村庄里,哗然归集的人
都保持默契
出对成双
享尽了天下美味

这个村庄,不管是挂靠
还是摆上台面
都希望自己的现实
既渗水
又透风

(原载于《雪魂》浙江工商大学出版社,2018年12月第1版)

生命的命运（外三首）

吕志宏

宇宙藏有一份无字密件，
记录一百五十多亿年——
从宇宙大爆炸的瞬间，
到星云星系星斗满天。
洋洋天书凸显三个重点：
关于地球行星的出现，
关于地球生命的繁衍，
关于生命进程的流变。

地球受此重视难以入眠，
激动地旋转不分昼夜，
经再三探究终于明鉴，
其源盖出于自身特点。
若将宇宙历史缩为一年，
地球诞生于秋后冬前，
生命降临在年底几天，
最后一分钟人类出现。
如此球情宇宙何处曾见？

哪颗星斗有生命编年？
地球不停地环顾空间，
看外星有无生命表现……

热心的太阳陪地球巡天，
用无数光缆四处致电：
地球上生命气象万千，
生命在别处有无布点？
美丽的彗星受宇宙派遣，
画一条弧线传达意见：
天机未到披露的时间，
类地行星需自己发现。
性急的地球不愿意拖延，
找生命动用飞船火箭，
向太空发送问候碟片[①]，
去月亮火星上下找遍。
温柔的月亮忍不住发言：
我虽然就在地球身边，
可就是没有生命条件，
嫦娥玉兔不过是编编。
沉默的火星已羞愧满脸：
我曾有水和生命空间，
后来却毁成死寂一片，
地球可别忘前星之鉴。

去外星找生命至今未见，

---

① 美国曾将录有地球文明信息的碟片随空间探测器射向太空，向外星人致以问候。

听太空邻居警世忠言，
地球转而想起了体检，
为全球生命透视拍片。
在历史的X光CT机前，
生命的演进脉络可辨：
单细胞生物作为起点，
数亿年结成生物长链。
生态渐变演绎生命嬗变，
物竞天择令生物增减，
数亿个物种前生后灭，
就连恐龙也未能幸免。
宇宙之年最后几秒之间，
人类出现使地球大变。
看生命之旅方展新颜，
可生态恶化渐至眼前。
环境污染伴同资源锐减，
病毒袭击加战争硝烟，
多方夹攻使地球遭劫，
生命之舟已面临风险。
为了生命地球不敢等闲，
呵护生命须盯住关键，
请人类自重多作贡献，
别挤扁地球别再作贱。
人类终于领会地球意见，
万物之灵应垂范率先；
让人与自然和谐无间，
为生命安赴宇宙新年！

水之吟

曾经多少次
欣赏水之歌——
从泉水叮咚的儿歌，
溪水婉转的山歌，
到江海雄浑的组歌……
曾经多少回
观赏水之舞——
从瀑布跳跃的快步，
小河舒缓的慢步，
到大湖优雅的狐步……
——可是，
不论歌声多么动听，
总叫人难忘水的另一种声音；
不论舞步多么动情，
总令人想起水的另一种情形……

在翠绿的春天，
我们听到过水之吟——
她在呻吟：
本来春波清澈纯净，
如今水质却伤脑筋；
她在悲鸣：
赤潮频发污水横行，
生命之源怎不忧心？

在火红的夏天，
我们看到过水之吟——
她在呻吟：
本该夏雨喜降甘霖，
如今为水争雨夺云[①]；
她在悲鸣：
环境恶化突发汛情，
洪涝水患怎不揪心？

在金黄的秋天，
我们听到过水之吟——
她在呻吟：
本应秋水波光粼粼，
如今断流沙化频频；
她在悲鸣：
许多水源难觅踪影，
用水浪费怎不痛心？

在银白的冬天，
我们看到过水之吟——
她在呻吟：
本当冬雪天寒地冰，
如今暖冬温室效应。
她在悲鸣：
冰川融化陆退海进，
积重难返怎不担心？

---

① 据报载，某些地方为缓解旱象，争抢含有水汽的积雨云进行人工降雨。

多少次听水之吟——
她用悲鸣呼吁清醒；
多少回看水之吟——
她以悲情呼唤爱心。
——我们在听，
世界将怎样以清醒回应：
让生命之源不再呻吟！
——我们在看，
人类将如何以爱心回敬：
让生命之源永远年轻！

沉默的可燃冰

2004年7月25日新闻报道，中、德两国科学家首次联合调查，传出令人振奋的好消息，南海发现世界最大的可燃冰岩区，为我国开发新型洁净能源展示了美好前景。

任地球旋转分秒不停，
任大海喧嚣终日不宁，
你默默地
在海底隐姓埋名；
你悄悄地
打发亿万年光阴。

也许
沉默是你先天的禀性。
你经过漫长岁月的
化学合成反应，

从生成的那天起
便拥有了
神秘冷峻的基因。

也许
沉默是你后天的习性。
你习惯幽深沉寂的
海底无声环境，
从生成的那天起
便陶冶了
不愿张扬的性情。

也许
沉默是你无奈的好心。
你从海底仰视地上人类
无度消耗能源的情形。
你作出秘而不宣的决定，
为防日后能源发生危机，
你的存在可带来福音。

也许
沉默是你无言的使命。
你从海底扫视海洋宝藏
有限开发利用的水平。
你下定静观待变的决心，
为待日后科技更加先进，
你的开发更有效应。

这一天终于来临——
你打破了亿万年的沉静，
让科学家昭示
你的尊姓大名；
这一天终于来临——
你公开了亿万年的隐情，
让普天下知道
你就是“可燃冰”[①]！

——呵
沉默的可燃冰，
该怎样感谢
你不再沉默的开明！
你选择世界能源紧缺之时，
沉稳进入能源世界的视线。
你凭借世界科技进步之力，
从容展示能源开发的前景。
——在能源的家族里，
你不像核能爆炸石破天惊，
也不像石油引发刀光剑影；
——但是，
你的储量，
可让全人类额手相庆！
你的能量，

① 可燃冰：天然气水合物的俗称，是天然气和水在一定的温度、压力条件下相互作用所形成的貌似冰状可以燃烧的固体，是近20年来在海洋和冻土带发现的新型洁净能源，可以作为传统能源如石油的代替品。可燃冰储量巨大，据中、德两国科学家首次联合调查发现，南海北部可燃冰岩区面积达430万平方公里。

可使全世界咋舌吃惊！
——呵
沉默的可燃冰，
该怎样感激
你不再沉默的深情！
你选择中国快速发展之际，
及时宽慰能源绷紧的神经。
你顺应中国科技进步之势，
迅速敞开能源宝库的胸襟。
——在能源的人缘中，
你不像水能风能早已闻名，
也不像电力煤炭走进家庭。
——但是，
你在南海
将最大的矿区留给华夏子民！
你为中国
用更大的大庆[①]预示前程光明！

——呵
沉默的可燃冰，
该怎样感慨
对你不再沉默的反应！
此刻，没有你的头条新闻
吸引人们本应兴奋的眼睛；
此地，没有你的特大号外，

① 大庆：中国目前最大的石油生产基地。大庆油田的开采，使我国一举摘掉了贫油国的帽子，对我国经济发展作出了重要贡献。

让人们耳际响彻你的大名。
——但是,请你相信,
一旦人类
从能源危机中惊醒,
寻求开辟新的路径,
一旦人类
认清你一半是海水,
一半是火焰的天性,
你将在海底
受到各方盛情邀请;
你将在海上
受到护送穿梭远行;
你将在陆地
受到欢迎待若上宾;
你将在天下
受到争抢纠纷频频。
——到那时,
你——曾经沉默的可燃冰,
将以海的胸襟拥抱世界,
热切希望——
科学开发利用、
共铸天下太平!
你——不再沉默的可燃冰,
将以火的激情拥抱中国,
热切期待——
中国持续发展、
实现伟大复兴!

沁园春·科坛之星

茫茫广宇，浩浩天河，点点繁星。
望牛女[①]夜渡，北斗前引。
仙后起驾，太白请缨。
大熊争先，巨蟹恐后，
众星拱月竞辉映。
蓦回首，有流星雨过，缤纷天庭。

斗转星移古今，报人间科坛涌新星。
看神舟飞船，遨游九重；
七彩图谱，破解基因。
天地探秘，科技发明，
数字地球荟菁英。
长空惊，叹苍穹云汉，星外有星。

---

① 牛女：指牛郎星和织女星。“北斗”“仙后”“太白”“大熊”“巨蟹”皆为巨星或星座名。

预防甲型H1N1病毒

朱建平

甲型H1N1流感从墨西哥暴发流行开始，逐渐向多个国家蔓延，我国也有了一些输入型病例，并有少量本地传播的病例。如何预防这种疾病呢？对这种新出现的流感，目前还没有预防疫苗，国家卫生部门采取的预防方法是通过监测发现病人，隔离治疗，控制病毒扩散，随着病人治愈就能消除传染性。

对个人来说，首先不必恐慌，因为国家已采取了有效的预防措施，不会让这种疾病恣意传播；其次，我们也应了解一些预防知识，以提高抵御这种疾病的能力。笔者编写了一段预防顺口溜，告知大家，有效防范。

国外先有新流感　多处流传闹得慌
已有病例入境来　我们都要懂预防
病名甲型H1N1　称猪流感不恰当
知道病毒不用怕　知彼知己才好防
呼吸道的传染病　预防方法都相像
探望病人戴口罩　人多地方不前往
如果发热生了病　及时要把医院上
居住房间通风畅　衣被常洗照太阳
双手都要洗清爽　病毒难以近身旁

一日三餐营养好　猪肉照样可以尝
生活方式讲科学　自身免疫能力强
预防妙招尽知晓　疾病不能逞凶狂

（本文先后被《钱江晚报》《都市快报》《健康博览》《人之初》杂志和“浙江在线”等几十个网页及网站转载）

蛛网的故事及其他（外四首）

张一芳

像希腊神话所说的故事
我想起阿里阿德涅的一根线丝
而这里的丝线已网罗成罪恶的套索
成为猎物的不会是脱逃的忒修斯

呵,真正的别具匠心和帷幄之至
吐一根没有黏性的牵线宣告图案已经开始
用三角定位不知是哪一代祖先的创举
纵横辐射的毒丝让多少昆虫无奈地死

黎明前那是最冷最暗的时刻
像很多诡计往往诞生在这时
伟大的天赋文明到了豪掠巧取
谁相信这陋物也有如此伟妙的才智

或许这是一种神奇的符号
一份丝织的文稿向对象发出了通知
语言和文字都是那么条理和别致

得心应手到可以不加熟虑和深思

据说这主子经过了一亿年的进化
四万多个品种都具备这份天资
纵然它们的心计是那么异曲同工
不同种蜘蛛的丝网偏又那样不一致

我知道具备这种本能的动物不仅只此
把生活比作网是我读过的一首诗
这奇妙的比喻和被比喻的都很形象
引发我去探究生态中还有几多织网的丝

（原载于《河北科技报》1989年12月15日）

尾巴功能和仿生

请不要菲薄尾巴功能的研究，
也不要小看动物尾巴的作用，
机体的每一部分都有存在的必要，
都是生物在进化中对自然的适应。

鱼儿摆尾似把舵稳住身体，
鸟儿展翅靠尾羽才盘旋飞行，
鳄鱼的长尾是猎食的武器，
海獭用扁尾拍击水面是用来报警。

于是人们在船后装上橹把，
继而用三叶螺桨推动船身前行，

由风筝的飘带到飞机的尾翼，
也不是为了装饰而随意装成。

啊,人类从远古就学会了仿生，
多少次由幻想到科学的发明。
君不见“阿波罗”也有一条撕裂长空的响尾么，
它已经托起古老的希冀去攀月摘星……

（原载于《河北科技报》1982年11月10日）

大海,生物的故乡

不是宇宙本来就有生命的“种子”，
也不要信上帝创造生灵的奇谈。
具有生命特征的蛋白质来源于无机物的化学进化，
你信不信,大海是生物的故乡？

模拟试验揭示了几十亿年前的天体现象，
生命演变的过程就是这么遥远、漫长；
从低分子的碳氢化合到构成生命的核糖核酸，
最早的原核细胞就产生在浩瀚的海洋。
动植物本有一个共同的祖先，
单细胞的分化使生命从海底来到陆上；
从丝状藻演变成原始的被子植物，
从鞭毛生物进化到古代的类人猿……

或许这也是一个雄辩的佐证：
人的胚胎就在羊水里发育成长。

当科学揭开了生命起源的奥秘，
你信不信，大海是生物的故乡！

（原载于《河北科技报》1983年9月10日）

鱼美人

她的皮肤像早晨的玫瑰花花瓣一样又光又嫩的；她的眼睛像深邃的湖水那样呈现湛蓝。不过……她没有腿；她的下半截身子是一段鱼尾。

——摘句

百多年前一则迷人的童话故事，
出现在丹麦作家安徒生的笔下；
一座受人偏爱的海的女儿的铜像，
从此矗立在哥本哈根港湾处的海面。

远古的维斯杜拉河畔也有一段传说：
“鱼美人”和水怪发生过一场撕拼；
铁匠华尔沙用箭和盾帮助“鱼美人”取得了胜利，
一个英俊少年的名字成为波兰首府的永久命名……

世界上要真有“鱼美人”那该多好，
只可惜叫着好听名字的却是丑陋不堪的海牛和儒艮。
非洲、澳洲海岸和亚洲南海都有它的踪迹，
海边人常在沙滩和海面领略它的“芳颜”。

可谁知道这一个家族竟是海兽不是鱼么？
它们的祖先就在陆地上生活，并用腿步行。

为了适应陆沉为海的新环境，
前、后肢和尾巴有退化也有增生。

至今,它们仍然在用肺的扩张呼吸空气，
繁衍后代的方式依然是胎生而非卵生；
鳍一样的前肢能抱起仔兽，
授乳的姿态就像一个裸胸垂髫的妇人……

把它当作下海的神女膜拜那可是大错，
琉球岛的居民常把它当作宴食上的珍品。
最先向它捅刀的还是我们的先辈，
骊山的始皇冢就用它熬的油点灯。

“鱼美人”仍不失相承袭的美名，
极高的经济价值可以叫海鱼逊色望尘。
畜养儒艮二十多年的西印度人还有新的发现，
“鱼美人”的生性真的像少妇人那么温良、柔顺。

（原载于《健康之友》1982年12月25日）

天宫仙阙谁砌筑
——石灰岩溶洞

每一个洞府都是一幅瑰丽画卷
每一个洞都似天上宫阙一般
鳞光闪耀的石柱像蛟龙倒竖
光怪陆离的岩体似猛虎下山

是谁用神来之笔绘制宏图
是谁用天工神斧雕凿灵岩
说来似乎谁也不会相信
是水，时刻把艺术篇章濡染

二氧化碳投入水的怀抱
生成极其微妙的碳酸
碳酸水像一群调皮的孩子
在石灰岩的缝隙中乱跑乱钻

钙质的石灰岩被一点点溶解
随波逐流奔驰遥远天边
宽阔的洞穴大厅慢慢形成
内部的陈设更为洋洋大观

洞顶的滴水改变了水的性格
积聚成碳酸钙向下伸延
落在地面的水滴蒸腾而去
于是，根根石笋蓬勃发展

虽然，它们五百年才长一公分
然而，千百万年后终于相连
朋友，当你走进石灰岩溶洞
定能解开那奇妙动人的疑团

（原载于《南京科技报》1982年9月28日）

电脑的自述（外五首）

杨达寿

有人说我本领高超了不起，
其实我只是比你更善于记忆；
有人说我才高八斗学识无边，
其实我只认识“0”和“1”。

不要赞我有“妙算”和“神机”，
我只懂得加减的原理；
请不要夸我是设计大师，
我只具有简单的思维能力。

但我从不踌躇满志，
也绝不会自暴自弃。
我善于钻研思考,不断进取，
希望甩掉程序拐杖去组合、选择和推理。

我家从曾祖父开始就潜心寻求真知，
不断探索开拓才能倍添睿智；
科学的大门永远向有志者敞开，

理想的硕果只能由勤奋者采撷！

（原载于《少年科普报》1984年5月9日，选自《科学诗集　美走向心灵深处》，江苏科学技术出版社，1988年1月第1版）

油橄榄

你叠翠的叶脉里珍藏引种人的音容，
你馨香的花蕊里存着地中海的风情，
用你美好的青春去伴大工业的旋律吧，
不要辜负父辈们和枝头小鸟的殷殷叮咛。
也许有人会说硬壳里的爱要贬值了，
可是禁锢的多种维生素仍十分诱人。
山地丘陵遗赠一粒粒绵绵的相思，
高血压人群里永远存储着你精彩的倩影！

油　茶

我不止一次为你歌唱，
可歌唱的不是艳丽的花瓣；
我不止一次为你点赞，
可点赞的却不是那一股清香！
虽然硬壳里酿制的不是圣洁的冰河水，
可你给肠胃病患者送去一束福音之光，
还要用自己全部的血肉润滑大工业的翅翎，
我应该尽情赞颂，更应该毕生效仿！

（原载于《致富科技》1985年第11期，选自《中国科学诗人作品选》，北京科学技术出版社，1988年6月第1版）

唱给一面绿旗的歌

在敦煌月牙泉的沙丘丛中,有一棵银白杨宛若一面绿旗,招来一束束希冀的目光……

多少驼铃
多少快门
都曾交出焦褐的白卷
先遣的骆驼刺
期待头顶的盟约
直至目枯眼干
唯有往事中脱颖而出的
——一支强壮的绿箭
在孤独中射进沙海
竖成戈壁的桅杆
眷恋绿的波绿的浪
不怕烈日炙烤
不怕沙暴抽打
在自信中崛成骄傲
接纳清高遥远的滋润
给旅人一片阴凉
就这样沟通天与地
成了一座绿的桥梁
我在悸动中抚着创伤
用泪洗刷着泪痕
顿觉生命的根须
接通我周身的血脉

我听见吱吱的吸吮声
又为久渴的细胞而激动
我用快门凝固易逝的梦
灵魂悄悄爬上枝桠
在混沌里招摇
莫非是呼唤流失的小河
莫非是召回远飞的雀鸟
曾几何时摇碎古老的希望
而今摇出一个信仰的高度
我仅仅面对这面绿旗
心中的水位就会上涨
我艰难地踏响一座座沙丘
率领一长串小草小树快步走
去叩响环境保护局和林业局
两扇大门……

（选自《星星雨》天津教育出版社，1994年9月第1版）

超导体

1987年2月20日，我国科学家赵忠贤、陈立泉等，发现了最低温度为－173℃的超导体，雄居世界超导体研究前列——

是吗，超导体
你是缪斯的嫡系！

1911年，端庄的水银
在－269℃，蜷缩着金身

注进了物理学家的心血和才智
在新时代的入口处崛起
成了材料王国里的骄子
于是你,用净化的灵魂
排除电阻的任性和陋习
用超级的信念,蒸发出
我们这一代人民的欣喜

然而,登攀科学高峰的路坎坷崎岖
宛若一条闪亮的带子,缠绕在
一个个开拓者刚启的心扉
但实验室的青春不会枯萎
科学家砥砺的红心不会冷凝
反正,爱已付出,决计
用自己的情操和品格
用自己的理想和毅力
把超导温度提高96℃

就在掌声和鲜花丛中,我拾起
饱满而严峻的遐思:
倘若,每个人,每个集体
都消去内耗,除尽电阻
岂不凝成一块特殊的超导体!

(选自《星星草》广西师范大学出版社,1992年10月第1版,该诗获1989年浙江省科普作家协会优秀科普作品一等奖)

我与大海同怀想

我与大海相对静坐时
总会想起天帝师　想起盘古公
想起五洲分家　想起四洋称雄
想起亿万年前母亲的胎动

我与大海激情对话时
总会想起戈壁　想起漠风
想起洪涝魔　想起冰雪凇
想起风雨故乡的亲密弟兄

我与大海热烈拥抱时
总会想起游鱼　想起飞鸿
想起类人猿　想起生物种
想起万物曾经的摇篮与乐宫

我与大海相互勖勉时
总会想起我们共有的天空
想起微尘　想起雾霾……
想起日益繁殖与强壮的黑龙

我与大海放牧梦想时
总会想起能源枯竭
想起地热　想起潮汐……
想起高科技未来的慧眼与心胸

我与大海频频挥手时
总会想起大自然修炼的苦功
想起食物　想起矿产……
想起大地母亲日益憔悴的愁容

呵　我与大海举首苍穹
总会想起多为人类再立新功
想起太阳　想起月亮
想起宇寰众星都会争先来同……

（2015年12月20日作，获《雪魂》征文优秀作品三等奖，原载于《奔向大海》，团结出版社，2016年8月第1版）

仰望星空（外三首）

——中国科普作家协会第七次代表大会感记

杨培仙

就是今夜,所有的星辰举着火把
聚集在浩瀚静谧夜空

我看见昨天才诞生的婴儿
和白发皤皤的老翁
更有无数雄鹰在振翅苍穹
繁星,恒星骇人的摄动

就是今夜,我仰望星空
在流光溢彩的银河岸
看到的是百年潮,中国梦
天鹅展开显赫的荣光
十颗耀眼的恒星迈着猫步,傲视群雄

北极星略着沉思
散发出永烈的光芒
人马"得得",扬起漫天星际尘埃
如奔腾的急流

一泻千里,齐齐落下京城

一个盛大的庆典幻作顶级魔法师
以天穹摆阵之势,把科学与文艺
童话与现实
梦幻与诗歌,采为一面磁性的多棱镜
镶嵌在一个神秘的窟窿

谁能告诉我
我是一只提着灯笼的萤火虫
还是一只暗夜里的猫头鹰
捧起一枚闪烁的新星贴在耳旁
听见它在热切地把我呼唤
来来来,走近我,挖掘我
给我名字使我不朽

啊!我要为这
科学的梦幻,梦幻的科学致敬
我要为自己是其中一颗星星而流泪
仰望星空,我要歌颂这高高在上
闪耀的天体,银河之象
我要牵住巨人的手
从梦中一直走,走到天亮

芝麻街集市

要去往芝麻街集市吗
袋鼠大象猫头鹰啄木鸟
可否帮我捎句话
如果雪停之前我还没赶到
请替我向最后一片雪花问好

要去往芝麻街集市吗
蜜蜂猴子小松鼠百灵鸟
可否帮我捎个信
如果我在天黑之前还没赶到
请替我向童话里的白马王子问好

你要去芝麻街集市吗
可爱的小麋鹿
让我坐上你的雪橇吧
一起去把圣诞老人寻找
精灵仙子会引领我们一起奔跑
我还要收集最洁白的雪花
做一双灵巧的水晶鞋
和童话里的白马王子一起舞蹈

塘 鱼

鱼儿在小小池塘嬉戏
看似那么的自由
可却不能体会大海的风浪
谁知海水来自哪里
奔腾着
又要奔向何方

画 心

把心画在沙滩上
对天,对地
对着大海起誓

浪来了,又走了
沙滩上,空空的
什么也没留下

(原载于《雪魂》,浙江工商大学出版社,2018年12月第1版)

古莲（外八首）

林海蓓

沉睡了一千年
禁锢了一千个梦

突然捕捉到第一缕阳光
认识了惊蛰时分

扭动深埋的愿望
顶出岁月的层幔
终于欢呼于多雾的夏晨

昙　花

一生的美丽
只有这一瞬

为了这一瞬
沉默一生

梅

见过你
是在萧瑟的雪季
一身冷霜
才开得艳丽如许

星星聚集的夜晚
留下了多少欢乐的想象
没有温暖的声音
敲响凝冻的许诺

见过你
托举芳馨的沉默
却向单调的世界开放
万种风情

柳

有许许多多蝉鸣包围
有层层叠叠飘逸的黛绿环绕
你没入其中
你不知所以
你得到了又放弃

一身风霜雪雨
一支喑哑的柳笛

清清纯纯地唱完一生
如果你听到了
便也是一种声音

黄山松

没有阳光
就缓慢生长
没有土壤
向岩石吸取营养

山野的风
可以让你蹲下
却不能让你倒下

云雾中成长的生命
吸天地之精华
你才骨骼坚强
只有懂得感恩
才拥有不屈的力量

落　叶

到离别的时候
再一次把微昂的枝桠回首
心,这般沉重
只因为负着别人的痛苦

可是风,不再允许犹豫
像催促来临那样追赶着离去
像抚着摇篮那样指向归宿

叶,不再踌躇
再一次把微昂的枝桠回首
带一缕欣喜的目光
飘去了,为了一片新绿的追求

云　海

有了一定的高度
才让人惊叹世间的奇景
有了一定的浓度
才澎湃得如此壮观

置身于你
清澈的是心,模糊的仅是眼
超越于你
才知道山外有山天外有天

坐拥峰峦
显出你的博大高远
触摸丛林
让生命留存在另一个空间

飞来石

是贪恋这里的美景?
连石头也从天外飞来
坐拥一身风雨
笑迎满面阳光
让传说生动起来
让故事传播开来
一块石头
从此有了生命
一块石头
借着导游的嘴巴说了话

(发表于《科苑文萃》,团结出版社2017年8月第1版)

香囊随身

在人们为救屈原而裹粽投江之前
香囊就在《离骚》中留下了时代的影子
“扈江离与辟芷兮,纫秋兰以为佩”
一代忠臣报国无门
草木有情落笔生根

丁香、辛夷、紫苏叶、白芷
如同一个个美丽女子的名字
听命于自然的造化与恩宠
赛龙舟般跻身到五彩缤纷的小小香囊

那些花儿、草儿从四面八方赶来
为的是谦卑地一朵朵打开心扉
各尽其职　辟邪解秽　净化环境
那些前世今生摇曳生姿的精灵
怎不叫人香囊随身　扬袖飘香

(发表于《雪魂》,浙江工商大学出版社,2018年12月第1版)

歌唱光明的使者（外一首）

——咏蝉

庞毅明

四年黑暗的苦工，一个月日光下的享乐——这就是蝉的生活。

——法国昆虫学家法布尔

你听厌了人们的指责：
什么鸣叫烦躁，
像烧开水般的沸腾[①]！

你听腻了人们的嘲讽：
什么孤芳自赏，
是高洁的象征[②]。
这些评论多么不公正，
你曾长期生活在地层，
和黑暗作过顽强的斗争！

你是在诉说自然界的不平，

① 见《诗经》“如蜩如螗，如沸如羹”。

② 见曹植《蝉赋》“皎皎贞素……尚其洁兮”、陆云《寒蝉赋》“含气饮露，则其清也。黍稷不享，则其廉也”句，因蝉居高饮洁，所以古人以蝉作为高洁的象征。

你是在表达自己高兴的心情:
因为你终于获得了幸福,盼到了光明!

你给大自然增添了嘹亮的歌声,
你的歌唱赢得了知音者的共鸣。

蝉　衣[①]

多么像你蝉的幼虫,
但只有躯壳,没有生命,
原来是你蜕下的衣服,
留给人类,情深意重。

你可是醒悟到漫长的一生,
做尽危及人类的坏事情,
在生命的最后时刻,
才蜕下宝衣,为人类治病?!

如果说害虫对人类也有益处,
那么你也算是不徒虚名;
即使做的好事那么渺小,
人们也公正地把你记在心中!

(原载于《中国科学诗选》福建科技出版社,1988年3月第1版)

① 蝉衣：也叫蝉蜕，是一种中药，功效为退热、发痘、退目翳，还能治疗皮肤疮疡、小儿夜啼、中风失声等病。

悼霍金（外五首）

俞志华

研究宇宙的你
是否沿着《时间简史》想象的通道
“利用光速，从‘黑洞’进去，
从‘白洞’到宇宙另一区域”
进入天堂
虽然你说过
“死后既没有天堂，
也没有生命的延续”
可你知道
伽利略在三百年前
你出生的那天就在等你
在你驾鹤西去的路上
我们也等你
地球人可否有其他星球移居的回话
哪怕每个字从时间缝隙游出来
比蛇还冷

可恨的卢伽雷氏症

把你禁锢在驱动轮椅上五十年
但禁锢不了你追求终极真理的灵魂
从剑桥西路5号的家
经美丽的剑河和古老的国王学院
来到银街的办公室
死亡被你的勇气吓得让道躲避
你靠冷冰冰的语言合成器与世人交谈
用着永不生锈的声音
你依赖冷冰冰的翻书页机器看书学习
做着永不枯萎的梦想
“我即使被关在果壳之中，
仍自以为是无限空间之王”
你用冰锥似的手指
想敲开宇宙的果壳
一窥内核

爱因斯坦说“上帝不会掷骰子”
你却明白是因为
“上帝把它们丢到了看不见的地方”
于是你先从时间里找
时光机,时间缝隙
回到过去,飞去未来
将结果编入《时间简史》
于是你再从空间里找
外星人论和星际移民
从宇宙大爆炸的奇点到黑洞辐射材料
从黑洞蒸发理论到量子宇宙论
还有一个四维时空

《果壳中的宇宙》在你寻找中问世
是不是你早就想去这
“看不见的地方”
寻找看得见的东西
因而你赶紧
启动人类外星智慧生命的
探索计划

你乐于将自己的思想与世界分享
坐着轮椅三次来到中国
1985年做“天体物理”报告
2002年“膜的新世界”
2006年演讲《宇宙的起源》
你的演讲像钻石散发着无穷的光芒
时间有没有开端
空间有没有边界
你用机器产生的冰冷声音
穿过《时间简史》
在《果壳中的宇宙》里游走回响
字字震天

如今
你在伦敦的威斯敏斯特教堂内
与牛顿和达尔文为邻
不灭的烛光
将伴着你不朽的灵魂
在世人心间永恒
你，四维空间中的星星

即使地球毁灭也将
永远闪亮

含羞草

你一碰到我的叶子
我就会慢慢地闭起
我不是真的害羞
只为你们字典中的一个“痒”字
你们现实生活中也会出现
不过许多人往往要等七年

睡　莲

我只有在白天
才能在你面前
徐徐展开一览无遗
到夜里我会恐惧
慢慢卷起轻轻合上
怕黑暗中有第三只眼窥视

薰衣草

我只是种略含香味的草
为何要将我盖上
梦幻般的爱情面纱
在我边上说着偷情的花语
季节一过，我也会悄然离去

但愿明年相见，有痴情者
已钻入你石榴裙底

夜开花

我只在炎热的夜里开花
不与春暖花开的季节争艳
只有有心人才会来到我身边
等着把我带回家里
不是谈情说爱
而是切片煎炒
把我送进他饥饿的胃里

油菜花

突然之间，我的田里充满诗意
诗在远方，其实金在地底
我的金黄也是春季一现
既然来到我的中间
请将美好的画面带回
将金黄的生活进行到底

（原载于《雪魂》，浙江工商大学出版社，2018年12月第1版）

针

胡富健

只有你在，我方知
自己还活着
那些痛，穿透的穴位很传统
抵达的地方，刻骨铭心

当你的尖对着我的芒
其实你已赢了

短暂，负气的远离
我也要扯来相思这根线
穿过你洞明的心眼
不断去缝制，爱才不会着凉受冻

不怕你心思的缜密，不怕你
条线的清晰整齐
不怕你的这些编织
一对小舢板可以闯大海
垫在脚底下，流浪的云都会

走出踏实的晴空

最怕的是你的不理又不睬
躲在绵里，痛我一生

（原载于《雪魂》中国文史出版社出版，2016年10月第1版）

声音的眼睛（外二首）

海 地

眼睛永远降下黑色的帷幕
世界只是我触摸的一块窗帘
从第一声鸟鸣,我调准了时间的刻度
从露水打湿的发丝
我为自己添加了衣裳

亲人们,我渴望听到你们的声音
我想听到你们的歌唱
那时,我不再感到孤单
我在你们的亲切的语音里
飞翔我隐形的翅膀

请你们要常常拉着我的手
我想从你们的手掌里,体味
阳光灿烂的温暖

黄昏下,那座城门

很多年前
这个叫临安府的城池
有十个城门,就如
十个勇士,守护着家园
那青砖砌成的城门
将士们持剑守住一方安宁
守住城里月光下的百姓

黄昏夕阳,飞鸟越过城墙
喧嚣一天的城门开始安静
此时城里万家灯火,一片祥和
城外江风渔火,几声狗吠

不知何时,城墙倒了
消失的还有那城门的黄昏
在断墙残瓦的废墟上,我怀念
曾经坚固的城门,就像怀念我
曾经那一扇遮风挡雨的门

北山街的旗袍和墙

仿佛离开这面墙
这依墙而立的旗袍
就像风筝,会飞扬起来

始终在寻找一面喜欢的墙
一面有百年注解的墙
仿佛这墙是可以移动的布景
仿佛美需要沧桑作为铺垫

也许,多年以后
当你老了,你会
回忆一排排嵌入墙里的影子

(原刊发于《星星》2017年3月)

微笑的星星（外二首）

徐家麟

舱门口，空中小姐的微笑
是踏上旅途第一缕绚丽的阳光
仿佛柔软的地毯
放松了脚步的紧张
仿佛安全带
系住了不安的心跳
微笑的星星
用糖果、橘子水
给旅客安慰、温暖和明亮
你也曾紧张和不安
唯恐偶然的坠毁
坠毁了青春和爱情的诗章
你终于坦然了
为了旅客，能缩短
母亲和妻子的翘望

舱门口，空中小姐的微笑
是告别旅途生活的

藕丝的伸长

1984年6月

我是粒子

我是粒子
不是由于小
不是由于细微
你们才看不见我
看不见我的眼睛
看不见我的微笑和叹息

地球很大,无边无际
你们也看不见她的蔚蓝美丽
看不见她旋转的欢乐
看不见她孤独的忧虑
只有追求的人
才能从云雾里找到我的踪迹
从加速器里发现我的数据
在电子显微镜下
几百万倍的放大中
熟悉我的性格
尊重我的嗜好
理解我碰撞的爱情
掌握我的产生和毁灭

我是粒子
我就是红花、绿草、白云
和最普通朴实的土地
我是粒子
我就是太阳、月亮、地球
和银河——无数星星的聚集

认识我吧
不要因为我是粒子
认识我体积的微小
认识我集体的巨大
认识我能级的迁跃
甚至能使地球颤栗
认识我是粒子,也是波
认识我是尘埃,也是宇宙
认识我就是时间,也是空间
就是时代的场和奋进的引力

1986年10月

飞碟的诱惑

是地球吸引了飞碟
还是飞碟吸引了人类
在梦幻中
飞碟的诱惑
是吉卜赛女郎的舞姿
是月夜女妖的歌声

是百慕大三角的神秘
和野人的传说

也许飞碟在寻找邻居
也许我们在寻找知己
孤独时
飞碟的诱惑
是心灵的呼唤
是太空中亿万光年的传送
是一顶草帽
和一曲草帽歌的思念

大概我们开放了
飞碟也乐意降临
门打开时
飞碟的诱惑
由于爱情而人人向往
由于冒险而增添魅力
由于童话而美丽纯洁
由于献身而创造奇迹

1986年12月

沁园春·太空（外二首）

清　泉

浩瀚星河，水彩容颜，谜样碧涛。
望深宫广袤，飞环冷月；
流波滟滟，幻影迢迢。
大地如舟，九天为海，
敢问人间可赴邀？
当此夜，洞仙神胜境，别样心潮。

太空明灭妖娆，
任各路旌旗独自飘。
喜神舟火箭，遨游天际；
长征五号，直入云霄。
世界之先，中华天眼，一览苍穹无遁逃。
存梦想，待复兴过后，再试弓雕。

2017年12月4日

（作品于2017年在中国科普作家协会举办的第二届“科学精神与中国精神”全国诗歌大赛中获三等奖）

茧

再穿越这条阴雨的巷口
痛苦就该死去了

像神话里的凤凰,背负苦难
恩怨,生死一线

假如从新生到现在,一直在织茧
一直在自缚

我皈依的涅槃之念,穿透时光利剑
自焚中,刺向死与生的界面

千百年后,邻家屋檐下
花丛中,透明的薄翼演奏着
熟悉与轻盈

醉于幻与真的空间
我和世间性灵,在沉睡中
都该平静地破茧

(选自《科苑文萃》团结出版社,2017年8月第1版)

梅

再过些日子

春色就该露头了
拽紧你的衣袖
不让你走
像独钓寒江的老者
清洗我的心瓣

一生轮回，轮回一生
诠释着性灵的修炼
假如你与冬季同眠
于苍白之间苍白
于沉默之间死去

我皈依的涅槃重生
将会归零

（2016年发表在《齐鲁文学》上，收入《科苑文萃》，团结出版社，2017年8月第1版）

海水·黄金（外三首）

章璐茜

大海中储藏着亿万吨黄金
还有无法计量的珠宝白银
这是前人的科学估算
绝不是什么传说也不是迷信
千百年前曾有人海底探寻
梦想在海洋里捞到金银
因为难度胜过大海捞针
拜金主义者只有望洋兴叹大扫其兴
其实海洋里处处是宝
每一件东西都是财富的象征
就连不值钱的苦涩海水
也可提炼成盐和海水晶
丰盈的海水就是价值连城的黄金

海　兔

有些人称你背触角
有些人又称你雨虎

长有触角嗅角各一副
不伦不类简直有点儿土
你雌雄共体
胶质丝丛是你的产窝
温热带海域都有你家属分布
虽然你与陆上兔一样弱小
可遇上劲敌你会拍拍屁股
立时散发出一股紫红色素
海底世界你自由自在地遨游
虽为弱者却最懂得怎样自我保护

风　筝

凭借着
背后的那根线
你才得以
青云直上
神神气气
倘若失去牵扰
你
还能这般神气活现

老　树

孤零零地
半片生命支撑着
一角风景
布满忧郁的枝体

托着最后的柔情
纵然日子已是尽头
也要展一片
繁花似锦

(原载于《新诗》,收入《科苑文萃》,团结出版社,2017年8月第1版及本人诗集《忧伤的季节》)

捞水草（外一首）

鲁承禹

湖水清清似明镜，
映出对对黑眼睛，
但见水底一片绿，
轻摇船儿快捞蕴。

捞得万千鲜蕴草，
青贮饲料养猪好，
姑娘归去小船满，
留得歌声水上飘。

粮足菜丰乐陶陶

翘尾喜鹊喳喳叫，
扩种套种办法好，
架上瓜豆结得满，
白菜长得肥又高，
萝卜长得肥又大，
蔬菜花样多又好，

大茄子,穿紫袍,
老冬瓜,长白毛,
葱姑娘,穿绿袄,
大辣椒,披红袍,
屋前屋后一片绿,
粮足菜丰乐陶陶。

(选自《科苑撷英》,上海科学普及出版社,2003年版)

蘑菇之歌

韩省华

面对风雨，
面对黑暗，
我们只求点点光。
迎着炎夏，
迎着寒冬，
我们只是悄悄长。
我们享受着的是自然之乐趣，
我们奉献人类的是食粮和健康，
我们的体态展示的是善良和吉祥！
化腐朽为神奇，
迎雨露为甘醣。
排除万难，
力争生长！
我们的生命价值，
就是为踪迹不再烟散；
向人类展现风姿，
是我们的无上荣光！
我们的子孙都叫孢子，

像流弹般扩散张扬！
任谁也阻止不了，
我们繁衍，
任谁也阻止不了
我们生长！
面对障碍，
我们绕道而行；
面对阻隔，
我们另辟蹊径；
我们用微弱的菌丝面对嘲笑和威胁，
我们用坚强的生命力蔑视祸殃！
找出路，
是在没有路的地方。
找故乡，
是在没有家的地方。
如果有谁结束了，
我们的生命，
厚德载物的大地，
又是我们再生的土壤。

1992年1月

（选自《汉风园诗抄》，浙江人民美术出版社，2012年10月第1版）

为水而歌（外五首）

蔡启发

轻轻地　一汪浅亮的深情之水
将早上八九点钟的太阳捻成纯粹
戏水的白天鹅柔情了一个路人
似懂非懂地　泼墨也好悠闲也好
在一种诗性神圣的甜美里总被陶醉

水的灵秀水的内涵
何止是流动时的那种曲折迂回
孕育了无数万物的生命背后
含笑下的淡然和悠悠平静
深藏着坚韧不拔的向下精神姿态

悄悄地　对一首舒羽的文字留恋
我像水一样度过了平常的一天
在这里反复地徘徊　不为矫情
不说追求　也不弃山的豪势
就是因为呵　那一汪浅亮的深情之水
默默读出一个生活舞者的最爱

玉米的歌调

生活的杂芜没有压垮我善良的脊梁
一丘一丘大写出了伟大的日常
把脉这人间的体温　就是让一株玉米
以百般的自信和寂寞疯长

面对低处　我高傲的眼神激越飞扬
寻找一个人在这个大千世界上
日渐消瘦的青春　混淆了四季情歌
唯一的爱情将做着经年的收藏

这些年我的心总在大野之上游荡
有时以扬花代替怀孕为岁月做着歌唱
就像一条干涸的河流做着流水的梦
一片落叶总在随风飘零远方

庄稼园即是蕴含一种希望
而黄昏也不是没有隐忍的忧伤
扎根于养育我的深情土地是唯一本能
也用葱茏的阔叶为夏夜
拔节蕴生理智与爱情的生命力量

（选自《青年文学》2010年第12期）

城市在上

城市常有飞机隆隆越过头顶
当你看不见它的飞行
肯定有几个天使曾经来过
抬头仰望　影子后面跟着风声
其实你只能看到阳光
有时候可以用灿烂来形容

像你的一颗心阴晴不定
天使也得沿着预定航线滑行
在看不见的高度
云团起伏不定
有一天早晨
你看到了蜻蜓天使的专机
趁你仰望的空隙
它正在向人间俯冲

（选自《诗刊》2005年第12期，收入《第21届青春诗会参评优秀诗作选辑》）

一株丁香

我曾经为一株草在风雨交加中摇曳
寻找过理由　回忆童年时代
我与草同为乡野的无名之辈
可是　不知道从何时开始

竟时常提问草是从哪里来
我又到哪里去
角落一株开着花的紫丁香
在六月里
被当作红玫瑰受到宠爱

郁闷的紫外线的反刍
成太阳叛逆的视觉
而菜园地里长出许多惊呆的色彩
像纹丝不动的稻草人
看守着蔬菜
才发现我不如草有旺盛的生命力

(选自《诗歌月刊》2006年第6期)

落日下的桃花

黛色劲起　开花的向晚
一条改弦的河流
盈着无数落花的深情
我走过去年的桃林

微风吹拂眼前寂静的瞬间
几只鸟用抒情的腔调
表述内心的感恩,这时
我看见长蕾的声音高过人头
犹如纷纷扬扬的雪

远山，自坠的太阳
收起如血的光芒
庄稼所感到的汗颜　落日下的桃花
没有使我感到丝毫的惊悸

（选自《十月》2007年第1期）

记起了故乡的风铃

总也记得
故乡老屋窗台以外的屋檐
有声音倒扣的风铃
每回推窗的时候
就会窥看到月亮在铃声中上弦

总也记得
在一个个寂静的傍晚
村头上那株长了百年的溪口树
不顾动乱年代拦腰留下刀伤
让猫头鹰在树上钻心叫唱
与风铃形成和谐的共处声调

那种清脆悦耳的伴随
烙下了秦时明月般的传说
多少个汉时星光般的期盼
老墙老屋的残存
毕剥的铭心刻骨

如今当我记忆起这一切
于无人知晓中的故乡
故乡的风铃呀在陌生在远去
让我只是夹在
城市的一隅深叹嘈杂
以及嘈杂中的些许思念

(选自《星星》2008年第1期、收入《诗选刊》2009年第9期)

小小雷达兵

潘志光

夏夜，凉风阵阵，凉风阵阵，
躺在竹椅上望着星星，
小小的“雷达兵”翩翩飞来，
把我的视线拉向它的身。

它不是在侦察导弹、飞机群，
它不是在侦察冰雹、强台风，
它也有任务压在肩头呵，
到处侦察它的敌情。

它是谁？蝙蝠是姓名，
它有追捕飞蛾、蚊子的本领，
莫非它有双特殊的眼睛？
莫非它是猫头鹰的弟兄？

一块疑云在人们眼前左右飘荡，
一个问号在人们心里摇摆不停。
有心人做过有趣的实验呵，

擦拭了疑云,解答了疑问。

屋里拴着条条线,线上系着只只铃,
还要让蝙蝠的视觉和嗅觉失灵,
让它在屋里一圈圈飞翔呵,
铃却没有发出一点响声。

科学家舒展了紧锁的双眉,
蝙蝠夜间飞行呵不是靠一双眼睛!
靠什么?靠它的嘴和一双大耳朵,
人们都倾耳细听这条珍闻。

飞行时,蝙蝠发出每秒几万次的超声波,
像有架特殊的微型机器装在嘴中,
遇到障碍物,耳朵像收报机一样灵敏,
回波告诉它障碍物的南北东西、上下远近。

科学家按照蝙蝠的特殊功能,
制成雷达、制成机器人;
每当你在黄昏时刻翩翩飞奔呵,
我也要把动人的故事讲给孩子们听……

(选自《浙江科技报》)

科学散文、小品选篇

浙江科学散文、小品40年概述

谢昭光

（一）

在中国科学散文、小品的历史上，有两本书不能不提：一本是黎先耀主编的《中国现代科学小品选》（江苏科学技术出版社，1983年3月第1版），另一本是叶永烈主编的《中国科学小品选》（共三集，天津科学技术出版社，1985年11月第一版）。两位前辈都是我国第二代著名科普作家，而且对科学散文、小品的写作和研究深有造诣。

黎先耀认为，散文在我国是一种优秀的传统文体，如行云流水，体无定形。唐宋八大家都是我国的大散文家。《古文观止》是一本我国古代散文的选集。鲁迅先生曾说：五四以来"散文小品的成功，几乎在小说戏曲和诗歌之上"。小品随笔之类的散文中，有一种以科学题材为主要内容，有人称为"科学小品"，也是源远流长的。

在叶永烈主编的《中国科学小品选》中，他通过旁征博引，对科学小品的源头及其发展阶段作了年代分类。他在序言中写道：科学小品作为一种独立的体裁，是在1934年出现的。那年，陈望道主编的《太白》杂志创刊号上，首先揭起"科学小品"这面旗帜。迄今整整半个世纪，《中国科学小品选》选入了这期间的较有代表性的科学小品，按所收作品的发表时间分为三集：

第一集：1934年9月20日至1949年9月。

第二集：1949年10月1日至1976年9月。

第三集：1976年10月至1984年9月20日。

浙江省科普创作协会（浙江省科普作家协会的前身）成立于1979年5月5日，创刊于1980年1月的《科学24小时》杂志是省科普作协的会刊。一出刊，其发行量就达到十二万五千册，紧接着扶摇直上，增至二十五万册，在社会上引起了极大的反响。

就办刊而言，《科学24小时》旗帜鲜明地为本会会员创作并发表科学文艺作品特别是科学散文、小品开辟“绿色通道”。一方面它依靠老一辈和第二代（中年）科普作家不断创作科学散文、小品等科学文艺作品来提高刊物质量，另一方面也为培养和扶植新作者作出了不懈的努力。

还有《浙江日报》、《杭州日报》、《浙江科技报》、浙江科学技术出版社、浙江人民广播电台、浙江电视台等省市新闻出版媒体开办的科普专栏，以及全国各地如雨后春笋般创办的种种科普刊物和报纸设置的科学栏目，它们都来浙江组稿，共同在“科学的春天”里围绕传播科学思想、弘扬科学精神、宣传科学方法、普及科学知识大挖选题和构思文章。

在浙江，按照叶永烈的《中国科学小品选》第三集（1976年10月至1984年9月20日）的时间，正好对应中国科学小品创作的繁荣时期。叶永烈认为，这一时期就科学小品作者队伍来说，三代同堂，喜气洋洋。第一代是在二十世纪三四十年代起从事科学小品创作的老一辈作者；第二代是在五六十年代起从事科学小品创作的中年作者；第三代是在七八十年代开始从事科学小品的青年作者。他还说，老一辈作者有着多年来丰富的创作经验。在这一时期，科普出版社分别出版了《高士其科普创作选集》、《顾均正科普创作选集》、《贾祖璋科普创作选集》（此书系科普出版社与福建科技出版社共同出版）、《董纯才科普创作选集》等。这些选集中的作品大都是科学小品。这些选集收录老一辈作者的科学小品精华，成为年轻一代学习的范文。

叶永烈的“三分法”，与浙江的情况十分符合，并且同样是老中青“三代同堂”，不亦乐乎。以《科学24小时》创刊号为例，作者中就有老一辈著名科

学家、大学教授,有第二代科学小品作家,也有青年新作者(以目录页作品先后为序):

田志伟(杭州大学物理系副教授、《科学24小时》创刊人之一)

陈立(著名心理学家、中国工业心理学创始人、浙江省科普创作协会首任理事长)

蔡壬侯(杭州大学生物系教授)

程杰军(《温州科技报》青年编辑、科学小品作者)

张孙玮(杭州大学青年讲师)

黎先耀(第二代著名科学小品作家)

王季午(著名医学专家、浙江医科大学教授)

厉裔华(著名医学专家、浙江医科大学教授)

刘天香(著名医学专家、浙江医科大学教授)

应文辉(肛肠科医生、青年科学小品作者)

林斌(内科医生、青年科学小品作者)

吴耕民(浙江农业大学教授)

叶永烈(著名科普作家、第二代科学小品作家)

张祖荣(建德市文联、中年科普作家)

贾祖璋(老一辈著名科学小品作家)

劳伯勋(浙江医科大学研究员,第二代科学小品作家)

……

由此可见《科学24小时》在创刊时对组稿的重视程度和投入的力量。省科普作协副理事长、会刊编委会主任田志伟亲自撰写发刊词。他从宏观的宇宙变化理论和微观的生命生活规律来诠释“科学24小时”(这一天)所蕴含的深刻意义。文章深入浅出,通俗易懂,并且蕴含哲理,引起办刊人和读者的强烈共鸣。有评论说,这是一篇以优美的散文笔调写成的“科普范文”,题材新颖,主旨鲜明,娓娓道来,意动神飞,引领读者的思维翅膀翱翔在知识宇宙间。

（二）

在浙江科普创作界，科学散文、科学小品的创作大致上可分为如下三个阶段：第一阶段是1979至1984年；第二阶段是1985至1998年；第三阶段是1999至2019年。下面着重叙述前两个阶段。

首先是第一阶段，时间从1979年至1984年。

在这一阶段，对大多数新作者来说，基本上属于“摸索阶段”，也可以说是“模仿写作阶段”，因为全国各地的科普创作协会刚刚成立，没有现成的科普创作理论文章可鉴，只有依靠科普界老前辈和第二代中年科普作家，诸如高士其、董纯才、贾祖璋、朱洗、艾思奇、伍律、顾均正、陶世龙、华罗庚、茅以升、温济泽、柳湜、叶永烈、黎先耀等等，以他们的写作经验来指导大家进行写作实践。正如叶永烈早年所说的：“二十多年来，我曾收集了许多中华人民共和国成立前的科学小品，作为自己学写科学小品的范文。”浙江省的青年科普作者队伍中，绝大多数人都经历过这个模仿和学习的过程。

兵家有句术语，叫作“兵马未动，粮草先行”，可眼下科普创作界却是“兵马已动，粮草空白”。这个“粮草”当然指科学文艺写作理论。叶永烈真是个“快枪手”，正当人们渴望着能有一本科普写作理论来指导创作的时候，他的《论科学文艺》便及时地出版了（科学普及出版社，1980年6月第1版）。书中对科学文艺的种种体裁作了专门阐述，这对广大科普作者来说，简直如鱼得水。《论科学文艺》是我国第一部科普创作理论“粮草”。

1981年前后，在中国科普创作协会的引领下，全国不少城市都开始举办科普创作方面的各类讲习班。1983年夏在浙江宁波就办过一个“全国科普编辑讲习班”，它是由中国科普作协、中国科普研究所主办，浙江省科普作协承办的。著名科普学者王麦林、章道义等都亲自挂帅。各省市来了不少同志，如北京的金涛、赵之，上海的叶永烈、饶忠华、李敦厚，四川的杨潇、谭楷，江西的张仁源、黄群言，广东的陈世儒、吴伯衡，内蒙古的杨海莲、田文仲，浙江的严光鉴、李谨华、张一芳等等，其声势真是浩浩滔天，风起云涌。

此后,章道义、陶世龙、郭正谊主编的《科普创作十三讲》,作为内部培训教材在全国科普作协系统印发。两年后该书易名为《科普创作概论》,由北京大学出版社出版(1983年11月第一版)。这在当时可是稀有的理论“粮草”。到了1983年,苏联的马·伊林著的《科学与文学》由北京青年编辑余士雄、余俊雄编译出版(科学普及出版社,1983年5月第1版),这也是一种难得的理论“粮草”。伊林是举世闻名的科学文艺作家,该书收集了伊林全部的科学文艺论著,对科学文艺的渊源、性质、特点、对象和前景都作了精辟的论述,并着重论述了科学与文学的关系,它对于我国科普创作的繁荣起到了借鉴作用。在这些理论指导下,浙江省的科学文艺作者渐渐成长和成熟起来。以发表在《科学24小时》(1980年第2期至1984年)的作品为例,像郭建中、张祖荣、黄瀚南、俞佩琛、胡益仁、林斌、钱善扬、蒋鹏旭、程杰军、吴树敬、吴树逊等,都是这一时期的主要作者。还有作品发表在其他报刊上、又被叶永烈收录《中国科学小品选》第三集中,相关作者有:魏以成、郑有果(求索)、何永年、黄可泰、常敏毅。

最有影响力的当数1983年10月至1984年4月,全国十三家晚报举办的科学小品征文活动。全国各行各业特别是战斗在科技第一线的科技工作者,包括教授、研究员、高级工程师等专家,纷纷为各家晚报撰稿,活动共收到稿件近万篇,十三家晚报从中选刊了600多篇,然后再精选百余篇科学小品,题为《科技夜话》,由散文大家秦牧作序,在天津科学技术出版社出版(1984年12月第1版)。

这次科学小品征文活动,“波澜壮阔,影响深广,为全国广大群众所瞩目”。对浙江来说,在这本《科技夜话》中,就只有劳伯勋的科学小品《无脚猫》(原载于《北京晚报》1984年1月4日)被选入。

未选入《科技夜话》、但在十三家晚报中被刊载作品的作者还有:劳伯勋的《芙蓉灼灼占秋花》(载于《北京晚报》1983年11月9日)、陈子耕的《瞬间》(载于《北京晚报》1983年11月23日)、劳伯勋的《霞冕似火鸡冠红》(载于《呼和浩特晚报》1983年12月3日)、周昆的《我爱基因工程》(载于《呼和浩特晚报》1983年12月29日)、劳伯勋的《树怕伤心莫损皮》(载于《新民晚报》1983

年12月29日)、吴树敬的《核电站可怕吗》(载于《南昌晚报》1984年3月7日)、钱善扬的《香》(载于《成都晚报》1984年4月15日)。

(三)

其后是第二阶段,时间从1985年至1998年。在这一阶段,无论全国其他省份还是浙江的科学散文、小品的作者队伍,都到了比较兴旺和成熟的发展时期。

1985至1986年,全国十八家晚报举办第二次科学小品征文活动,并结集出版,题为《科学夜谭》(中国青年出版社,1988年2月第1版),并再次请秦牧作序。浙江有两位作者在《科学夜谭》榜上有名:一位叫林连宝(林秀),另一位叫朱炳泉,分别为华东电力设计院工程师和建德市染化厂厂医。

在省内,《科学24小时》身边团结着一大批优秀的科普作家,他们围绕会刊所需要的主题,经常参加编辑部举办的笔会、组稿会,为《科学24小时》提供优质稿件。所以,在这一阶段,浙江科普创作界包括广播、电视、报纸和杂志,在这方面做得比较前卫。许多科普作者在编辑的帮助下,创作质量不断提高,优秀科学散文、科学小品层出不穷。

1987年至1991年间,作为《科学24小时》的专职主编的我有机会阅读了全国许多大部头科普作品汇编,著名科普作家叶永烈也给我寄来十多种科学小品集,同时,我借鉴文学写作理论,编著了《科学文艺写作技巧》一书(浙江大学出版社,1991年9月第1版)。该书从文章的表达效果和方式两个方面,分波澜、集中、含蓄、形象、叙述、描写、抒情、议论和说明九章,全面、系统地介绍了100种科学文艺写作技巧和方法。每种写作技法,均由概论、例文、简析三部分组成。这对广大科学文艺爱好者和科学散文、小品创作初学者来说,是一本比较实用的写作参考书。时任中国科普作家协会理事长的叶至善先生读完书稿后,欣然为该书题写书名,并写来热情鼓励的信:"科普写作技巧还没有人作过较深入的研究。您完成了这样一部作品,并有出版社愿意接受,可喜可贺。"著名科普学者王麦林、章道义也给予了较高的评价。

浙江省科普作协科学文艺创作专业委员会创办的《科学文艺》内刊，在历届委员会主任、副主任的艰辛努力下，成为浙江科学散文、小品作者发表作品的阵地。特别是杨达寿教授担任主任期间，主编出版了多种科学散文小品集如《推波集　浙江省科普作家作品选》(广西师范大学出版社，1996年10月第1版)、《助澜集　浙江省科普作家作品选》(上海科学普及出版社，1999年11月第1版)。在新世纪，又继续推出《海纳集》《百川集》，以及部分会员个人科学小品专集，受到省内外科普创作同仁的广泛好评。此外，20世纪80年代由临海市科普作协李谨华一手创办的《科普文艺》报，虽为地方内部小报，但它面向全国各省、市科普作家，范围甚广，影响甚大，为浙江乃至全国各地科普作者发表科学散文、小品等作出了积极的贡献。

(四)

第三阶段是1999年至2019年。从时间上看，这一阶段跨度很大，整整二十年。在此期间，随着改革开放的深入、市场经济的建立和全面铺开，报纸、广播、电视、出版社均以经济为杠杆，重心发生倾斜直至最后全部撤掉了科普专栏，于是科普文艺创作进入了前所未有的低谷。《科学24小时》杂志同样未能幸免。创作了作品却没有了发表的阵地，这对广大科普作家来说，是最无奈也最无助的事。

然而，“世上无难事，只怕有心人”。在浙江这块肥沃、富饶的大地上，依然有那么一批孜孜不倦的“科普人”在默默地、辛勤地耕耘着。比如章伟林，2006年初在《科普文艺》的基础上，重新登记并创办了对开大报《科普作家报》，特聘著名学者王麦林、著名作家叶永烈为名誉主编，并且自筹资金、准时出版。这张报纸影响很大，虽在小县城，却辐射全中国，为包括浙江在内的全国科普作家发表科学散文、小品等作品开辟了新的宣传阵地。又如赵宏洲，作为副理事长兼秘书长，他在2005年以省科普作协的名义主编、出版了《以科学的名义——21世纪科普创作论》(浙江科学技术出版社，2005年1月第1版)。中共浙江省科协党组书记、省科普作家协会理事长吕志宏亲自作序。这对繁荣科普创作起到了积极的推动作用。事实上，这一时期科学散文、小品作者新人辈出，创作队伍迅速扩大，从而使科普创作不断地创新和发展。

下面，作为本书科学散文、科学小品部分主编，我就作品的选编情况作一简要说明。

第一，对科学散文和科学小品的界定。

不难理解，科学小品，是指以科学为内容的小品；科学散文，是用散文的笔调来描写科学内容的文字。两者虽无本质上的区别，但就其篇幅长短而言，一般长则为散文，短则为小品。

第二，选编标准是以质量为主，择优选取。

按照全书的要求，这次选编科学散文、小品的工作，总的原则是以文章的质量为主，择优选取。具体标准为：一是“科学性”，文章必须要有科学内容，且主题属于自然科学或自然科学与人文科学交叉的范畴。二是“文艺性”，要求作品有文采，文笔流畅，趣味性强，有可读性。三是最好有“思想性”，要给人以思考和启迪。

第三，尊重原作，“原汁原味”。

这次选编科学散文、科学小品，总的要求是“原汁原味”，因此对作者提交的作品，除个别错别字和必要修改的词句外，基本不作不必要的改动，以保证文章原来的风格和特色。

第四，挂一漏万，难免有遗珠之憾。

自2019年10月28日省科普作协发出《关于组织出版浙江省优秀科普作品选有关通知》以来，“科学散文、科学小品”专辑收到作品数量有限，并非很多，原因何在？我认为，一是各专业委员会的宣传和动员力度可能不够，二是作家队伍里老一辈所占比例大，参与兴趣减退，三是部分作者缺乏积极性，以致不少优质的科学散文和科学小品未能及时报送上来。

在编选过程中，有些文章比如田志伟的《科学24小时》、叶永烈的《听潮》、劳伯勋的《龟趣》、蒋鹏旭的《土的颂歌》、张明梁的《褒禅山的启示》，我是在《科学24小时》的存档光盘里“搜索”到，并且戴着老花镜一个字一个字地将这些“图像记录”打成文章的。记忆中还有很多高质量的科学散文、科学小品,却因上了年纪,精力、眼力有限,只好望“盘”兴叹!从这一点说,挂一漏万、遗珠之憾,在所难免,万望鉴谅!

说百合

陈 敏

自然界是那样的博大精深，植物是那样的千姿百态，散发着勃勃的生机、盎然的气息和读不透的深蕴……

万物皆有灵性，生生死死循环往复。夏天，在那一片沙壤土中，洁白的野百合花正自在地怒放，给人一种自然美的享受。

百合，原产地亚洲，性喜温暖干燥，我国各地多有分布，主产于浙江、陕西、湖南、江苏等地，种类甚多，开红黄、黄、白、淡红等花，有食用价值的仅为卷丹、小卷丹、山丹、天香百合、白花百合等几种。

关于百合名字的由来，我还是从一位老郎中讲的民间传说中知晓的：

有一年，东海上一伙海盗跑上岸来，洗劫了一个渔村，把劫去的财物搬上船，还把妇女和儿童也押上船去，然后驶向大海中的一座孤岛。后来，海盗们又到别的地方抢劫去了，不久狂风大作，雨如瓢泼，恶浪有几丈高，贼船被狂风巨浪掀翻，海盗们个个葬身海底喂了鱼。可是过了些日子，孤岛上的人也因粮食吃光，受饿犯愁，只得四处去寻找吃的。有一妇女在山坡边挖来些圆圆的如大蒜头的野草根，把它煮熟了吃，味道鲜美。此后，人们就纷纷挖来当粮食吃，解决了饥饿问题，身体瘦弱、痨伤咳血的病人都恢复了健康。转年春天，有个采药工驾着船来此孤岛，看到孤岛上的妇女和儿童都在吃“大蒜头”样的草根，个个吃得又白又胖，采药工掐了点尝尝，很甜，猜想它可能具有药性，就把那些草根和妇女、儿童一起接回大陆。采药工经过栽种、试验，果然发现这草根有润肺止咳、清心安神之功效,就把它当药用了。但不知是何名。想起了孤岛上被救的妇女和儿童刚好一百人,又因这种地下球状鳞茎由多瓣组成,就取名叫“百合”。

百合,性微寒,味甘、微苦、无毒,能入心、肺经,具有清肺润燥、润肺止咳、清心安神等作用,适用于肺燥或肺热干咳、咽痛,也用于热病后余热未清,气阴不足而致心悸、失眠、精神不安等症,凡风寒咳嗽、脾胃虚弱及大便溏泄者忌用。

百合作药用在《神农本草经》一书中就有记载:“主邪气腹胀心痛,利大小便,补中益气”。《名医别录》中还说:“除浮肿胪胀,痞满寒热,通身疼痛,及乳难喉痹,止涕泪。”

据化学药理分析,百合含有蛋白质、脂肪、淀粉、多种生物碱等。和粳米煮粥,可治疗咽痛口渴;加蜜蒸软,时时含一片吞津,可治烦闷咳嗽;同雪梨一起蒸服,可治疗支气管炎;和盐捣泥外敷,治疮肿不穿;配鲜藕煮食,治咳血。明代医学家李时珍在《本草纲目》中说,主治小儿天疱湿疮,用百合花“暴干研末,菜籽油涂”。唐朝名医孙思邈说,治疗肠风下血,用百合子“酒炒微赤,研末汤服”。

老郎中还告诉我,百合花与白木耳炖汤吃,能起到滋阴润肺的作用;经常服用百合苡仁粥,能防癌抗癌,有利于癌症病人放疗后的身体康复。百合与绿豆同煮,能清心解毒,对于神经衰弱的病人具有强壮滋养的作用。

(原载于《科学24小时》2005年7、8合刊)

为柿已软美

陈　敏

金秋十月，丹桂飘香，霜菊惊艳。殊不知还有秋日柿林中一种脱俗的美在涌动，柿熟时节，那丹果宛然一盏盏小红灯笼高高悬在枝头上，让你感受到一种生命的燃烧……

北宋孔平仲诗云："林中有丹果，压枝一何稠。为柿已软美，嗟尔骨亦柔。风霜变颜色，雨露加膏油。"把柿子的景象描绘得美不胜收。诚如诗人所云，秋日柿林中一种脱俗的美在涌动，柿熟时节，那丹果是这般的生机盎然，充满活力。甜香的柿子，红红的脸，让你感受到一种生命的燃烧，给人以美的享受。

柿子为我国原产，《礼记·内则》中有记述，把柿与桃、李、梅、杏、枣、栗、榛、瓜等水果并列为"庶羞三十一物"。唐人段成式在《酉阳杂俎》中赞美："柿有七绝：一树多寿，二叶多荫，三无鸟巢，四无虫蠹，五霜叶可玩，六佳果可啖，七落叶肥大，可以临书。"

我国柿的栽种历史达2500多年，北魏贾思勰所撰的《齐民要术》中对柿树的栽培、柿果的贮藏和加工技术作了具体的阐述。明代徐光启编纂的《农政全书》载："三晋泽沁间多柿，细民乾之以当粮也，中州、齐、鲁亦然。"说明古代柿的栽种已蔚然盛之。

柿的普遍栽种，激发了历代诗人的灵感火花，他们创作了不少对柿的赞美称颂之诗。宋朝诗人杨万里在赵姓友人送给他柿子时感慨万千，便写下了

《谢赵行之惠霜柿》一诗:“红叶曾题字,乌椑昔擅场。冻干千颗蜜,尚带一林霜。核有都无底,吾衰喜细尝。惭无琼玖句,报惠不相当。”对柿树的特色和柿果的品味作了生动精彩的描写。唐宋八大家之一的韩愈看到成熟的柿子时也激动地吟起诗“霜天熟柿栗,收拾不可迟……”唐朝诗人刘禹锡的《咏红柿子》一诗:“晓连星影出,晚带日光悬。本因遗采掇,翻自保天年。”更让人感受到其中的无限情趣。

我国的柿遍布各省市,其品种有200多种,著名的有河北易县的甜心柿,甘甜无比。河南荥阳的辉柿八月黄、陕西富平的光柿和升底柿等,都是制作柿饼的主要品种。浙江杭州的铜盆柿,个大如铜盆,入口如蜜甜;古荡的高脚柿,以果大无核、甜香可口而驰名。浙江临海的水红柿,皮薄汁多,甜润清口,汇溪镇牌前村有上百年的水红柿220株,常年产量1万多千克。还有关中的软柿,果小而圆,别有风味,李时珍在《本草纲目》中称之为“形似枣而软也”,《广志》中讲它“肌细而厚,少核,可供御”,是柿中之珍品。

柿虽然好吃,但不可多食,更不能空腹食用。古人寇宗奭说“食之引痰”,“日干者多食动风”。颂说“凡柿同蟹食,令人腹痛作泻”。这些讲法颇有科学道理。因为柿中含有单宁,有较强的收敛作用,柿吃多了,单宁会刺激肠壁收缩,从而减少肠液分泌,降低消化吸收功能;柿还含有鞣酸,而蟹则富含蛋白质,当蛋白质碰到鞣酸时就会变成硬块,并在肠胃中聚集,影响消化功能,所以柿蟹同食就容易出现肚子痛、呕吐或腹泻的症状。

柿子,味甘、涩,性寒,无毒,营养价值较高,每100克中含葡萄糖、果糖及碳水化合物15%—20%、蛋白质0.7%、脂肪0.1%,还有胡萝卜素、维生素C,以及钙、铁、磷、钾、钠、镁、碘等元素。柿子除鲜吃外,还可制成柿饼、柿干、柿疙瘩、柿糕,以及做糖、酿酒、做醋等,用途很广。

当然,柿也可榨成汁,叫作“柿漆”,若加米汤或牛奶调服,能有效防治高血压、中风等症。还有用柿漆制作的药,对高血压、痔疮出血均有较好的疗效。

明代医学家李时珍在《本草纲目》中说“柿乃脾、肺、血分之果也。其味甘而气平,性涩而能收,故有健脾、涩肠、治嗽、止血之功”,主治“补虚劳不足,消腹中宿血，涩中浓肠，健脾胃气。开胃涩肠，消痰止渴，治吐血，润心肺，疗肺痿心热咳嗽，润声喉，杀虫，温补。多食，去面黑皯，治反胃咯血，血淋肠澼，痔漏下血”。这是对柿子果实及果脯药用功能的明确表述。

其实，柿霜、柿蒂和柿叶也能入药治病，对人类健康有着很好的功效。

柿霜，李时珍在《本草纲目》中写道“真正柿霜，乃其精液，入肺病上焦药尤佳”。因其味甘，性凉，具有清热润燥、止咳化痰之功效。李时珍还指出：“霜：清上焦心肺热，生津止渴，化痰宁嗽，治咽喉口舌疮痛。”说明柿霜对口舌生疮、咽干喉痛、肺热痰咳、咯血等病有显著的疗效。

柿蒂，味涩，性平，无毒，含有糖、鞣质、羟基三萜烯酸、白桦酯酸、乌孛酸、荠墩果醇酸等物质，具有降呃、止呃功效，可治呃逆不止、百日咳、恶心、小儿遗尿等症。李时珍在《本草纲目》中称：“古方单用柿蒂煮汁饮之，取其苦温能降逆气也。”

柿叶，具有降低血压、软化血管的作用。经常饮用柿叶茶，能增进机体新陈代谢，利小便，通大便，清热健胃，助消化；能净化血液，使机体组织细胞复苏，并对降低和稳定血压、软化血管、防止动脉硬化和冠心病、消炎等均有益处。值得注意的是，柿叶茶为弱酸性，不可同咖啡、红茶、绿茶一起饮用。制作柿叶茶的方法很简单，一般采播时间在6月中旬到8月中旬，这期间果实已经长牢，采叶不影响柿树的生长和结果。采回来的柿叶要在3—5小时内加工完成，即把柿叶用线穿起来，投入沸水中浸15秒钟，捞出后投入冷水内浸凉，然后再捞出放在通风处风干。干燥后将柿叶切碎，装入密封容器内保存就可以了。

（原载于《科学24小时》2011年第10期）

水的“三绝”

陈子耕

夏季多雨，我联想起水，它不但有平凡的个性，而且有奇异的本领。

水能流动。古代的一种计时仪器——漏壶，就是靠水的流动，显示出液位的高低来确定时辰的。现代工业生产中，为了争取时间，迫使水流得快一点，化学家发现只要在水里加上万分之一到千分之一的高分子化合物，水的流速就会成倍提高。这种水被称为“超流水”。如果用“超流水”灌满“漏壶”来计时的话，时间也会“快”两倍半。

清澈透明的自来水，看起来十分纯净，可是现代工业常常因其杂质过多而无法使用。工厂里常用蒸馏水、去离子水来替代它，可以提高产品质量。不过这两种水在半导体等工业中还是不合要求。于是对水进行二次纯化，直到接近完全不含杂质为止。目前，在原子能发电、制药、医疗、精细化学和半导体工业上，这种“超纯水”占有重要的地位。

食盐能溶解于水中，成为“盐水”，这是常识。相反，许多烷烃和苯又不溶于水，这也是简单的化学知识。可是，当水的温度达到374.2℃和218.3个大气压，处于气体和液体之间的一种特殊状态时，水就会“一反常态”，同许多有机物“友好相处”而混溶，却把食盐之类的无机物排斥在外。这种极端现象的水，称为“超临界水”。“超临界水”有一身“绝技”：能在水中“燃烧”有毒废物，这个本领帮了环境保护的大忙。据报道，美国环保局1983年规定危险废物焚化率必须达到99.99%以上，使用“超临界水反应器”销毁有机废物，不仅能达到规定的标准,还可以回收贵重的无机物,真是“一举两得”。

(原载于《北京晚报》1985年7月10日,曾被评为1989年浙江省优秀科普作品二等奖)

衣裙翩翩话“异纤”

陈子耕

“纶”字辈的合成纤维以耐穿著称，有坚牢耐磨的锦纶、结实耐穿的维纶、挺括抗皱的涤纶、胜似羊毛的腈纶、轻柔保暖的氯纶……

然而，聪明的消费者却越来越喜爱丝绸棉布的光泽、色彩和手感。天然丝绸质地柔软，轻盈爽滑，色泽优雅。棉布的透气性和吸湿性均在各种合成纤维之上，使人穿起来感到舒服。纯羊毛的手感丰满，做成全毛服装，弹性好，柔软适度、挺括。这一切，化学纤维都“望尘莫及”。

为了提升人民生活，我国已开发多种万吨级的化学纤维新品种，异形纤维就是其中之一。

提起异形纤维，大家也许知道美国发明新型纤维的往事。1968年美国杜邦公司宣称发明了一种新型纤维，它可以同真丝媲美，不仅外形与真丝相似，而且兼有轻柔光滑的手感和闪闪发光的色泽，又有防皱耐磨、快干等化纤品质，因此有人把它誉为化纤家族中的“皇后”，它就是异形纤维。

异形纤维是在天然纤维的启示下诞生的。这是为什么呢？

首先让我们来认识一下棉、麻、丝、毛的“庐山真面目”。我们把各种天然纤维的断面放在显微镜下就可看到：棉纤维呈蚕豆形、马蹄形，也有中空的；亚麻有多角形的、中空的，也有扁平椭圆形的；蚕丝接近于三角形；羊毛大多数是圆形，侧面有鳞片状。

所谓异形纤维，也就是把原来“千佛一面”的合成纤维，制造成截面为畸形的纤维。像天然纤维那样，使它们呈现三角形、星形、多叶形等。它们可以是异形截面纤维，也可以是异形中空纤维，或者是复合异形纤维。

异形纤维可与天然纤维媲美。譬如呈三角形截面的合成纤维，能发出宝石般的光泽，具有使织物闪光、衣服增辉的品质，同时，透气性和抗起毛性能也大大改善。圆形中空纤维弹性好，适宜做混纺型和仿毛型的纤维织物，用这种纤维制成的衣服，透气性和吸湿性比普通化学纤维大为改善。譬如，圆形中空涤纶纤维制成的衣服，夏天穿着也不会感到闷热；而中空尼龙丝袜，更适宜于有脚汗的人穿用。

讲到这里，也许有人要问，异形纤维是怎样制成的呢?其实很简单，只需把各种高分子聚合物通过特制的畸形喷丝头，吐出的纤维就是异形纤维了。各种化学纤维，如维尼纶、涤纶、腈纶、丙纶、锦纶等，无论采用何种纺丝形式，都能制成异形纤维。异形纤维的种类很多，性能也随之各异。纤维异形化是一种既简单又经济的改善纤维性能的方法，将会在化纤生产中大放异彩。而大力发展异形纤维，也一定会在“美化”人们生活方面作出新贡献。

（原载于1987年7月4日《科技日报》）

正是啤酒花开时

陈子耕

初秋骄阳普照，把杭州市郊的柏油路晒得乌黑冒“油”了。我乘车去药物试验场拜访友人，进入试验场，却另有一番景象。沿着绿树成荫的大路，我碎步走向办公楼，忽然间一阵清爽的花香扑鼻而来。

香源在哪里？到了大楼，只见走廊里满地都是小黄花。据朋友介绍，这是被西方人喻为“绿色金子”的啤酒花。

哦！啤酒花，生长在多年生缠绕植物上的小花。它们雌雄异株，形状有别。每两朵雌花外覆一鳞状苞片。雌花苞片和子房里有称为香脂腺的微细花腺，正是这些看不见的香脂腺，散发着舒心的香气。

啤酒花，亦称忽布，它是啤酒之魂。大约在12世纪，日耳曼人在制造啤酒时，把啤酒花作为香料加入其中，结果给啤酒带来了清爽的苦味、芬芳的香气和持久的泡沫。这种啤酒有清热解渴、活血健胃、镇静防泻的功能，倍受人们的青睐。而啤酒的这些功能主要来自啤酒花的雌花序，它们身上的香脂腺含挥发油、苦味素、树脂和单宁，有着特殊的香气。人们常在雌花即将成熟时将它们采摘下来，进行干燥、煮沸，可浸出苦味和酒花香味。

雌花入药，有镇静、健胃、利尿等功效。据说，采摘啤酒花的工人曾有过在工作时酣睡过去的经历，因此啤酒花又是一种没有任何副作用的催眠药。欧洲民间把它当作镇静、解痉挛、止痛、健胃剂使用。

近年来，淡黄色的啤酒花已经从啤酒厂走向日用化工厂。把啤酒花的浸渍液，配制成护发膏、洗发水，发挥了啤酒花的药理作用，既能止痒，又能防止头发感染细菌，且有营养肤发的作用。

初秋，正是啤酒花开时，我想起含苞的啤酒花，似乎又闻到了清爽的花香。

（原载于《科技日报》1988年9月17日，后被《新华文摘》同年11月号摘登）

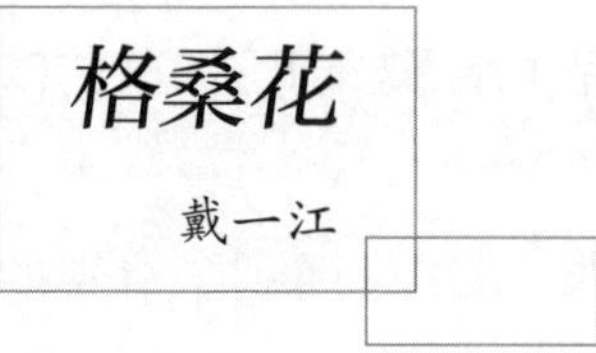

格桑花

戴一江

……绿绿的牧场/哺育和梦想/还有我那心爱的情郎/我是你心中的那朵美丽的格桑花/你就是我的思念里唯一的牵挂/雪域中的风寒下/我什么都不怕……

（歌曲《格桑花》片段）

格桑花，花的名字，写起来好看，念起来好听，这首以《格桑花》命名的歌，旋律优美，歌词也优美。

不知为何，我武断地认为：它生在西藏，长在白雪皑皑的高山上，非常漂亮、纯洁、优雅、恬静，美得无与伦比。

认为它生长在西藏，纯粹是根据歌曲和花的名字臆断，格桑花到底长什么样、怎么个漂亮法，在我脑海里朦朦胧胧，没有具体的印象。

一天，去江洋畈生态公园，这里曾是堆积西湖淤泥的地方，如今改造成了美丽的生态公园。一进园就看见满眼的色彩缤纷，这是一大片任意生长的草花，带点紫、带点粉、带点白、带点黄……细细的茎，似乎看不到叶子，一茎一花，随风摇曳，无边无际的灿烂，看得人心醉。

一位游客介绍，这是格桑花，也叫波斯菊。

格桑花？我惊叫了一声。

原来，它是那么的普通，就像所有的草本小花一样，只是比小花多了一点点“野”味。在我们江南的花园里，它照样开得无忧无虑。

当你站在这无边无际的花海边上，能感受到它特殊的美，它充满一种无牵无挂、无拘无束的活力，这种活力就像海上铺天盖地的巨浪一样，一浪接一浪冲击你的视觉和触觉，让你的身心一步步体验着奇特而巨大的震撼。

我更喜爱格桑花了，于是便多了对它的关注，知道了“格桑花”是西藏首府拉萨的市花，知道了“格桑”在藏语中，是“美好时光”或“幸福”的意思，寄托着藏族人民期盼幸福吉祥的美好情感。

格桑花还有着许许多多美丽的传说：

一个传说是曾经有过一场严重的瘟疫在西藏肆虐，人们成群死去，有一位来自异国的活佛经过，采集了一种植物制成草药，治愈了大家，而活佛因积劳成疾，不幸仙逝。人们听不懂他说的语言，但时常听到他在使用草药时会念叨“格桑”二字，于是称这位高僧为“格桑活佛”，所有象征希望和幸福的事都被称为“格桑”，草原上最美丽的花就称为“格桑花”。

又一说：天下的花都是同一个妈妈的女儿，格桑花和雪莲花是孪生姐妹，二人因性格倔强、互不服输导致分离，心高气傲的雪莲花选择了长年冰天雪地的喜马拉雅山。后来，格桑花抑制不住思念之情，千里迢迢来到喜马拉雅山，但雪莲花已经被晶莹的冰雪覆盖，只开出一朵朵洁白的花。伤心欲绝的格桑花决心不再离开妹妹，就在雪莲花边上躺下，化作了无数朵盛开的各种色彩的鲜艳小花。

自古以来，藏族就以彪悍豪爽著称，我终于明白他们珍视这小小的格桑花的原因，她不畏风霜严寒，美丽而不娇气，她象征着爱与吉祥，她是圣洁之花，如一种精神珍藏在百姓心中。

当你亲临格桑花开的现场，站在这无边无际怒放的格桑花的边缘，你才会真正感受到这小小花朵里散发出来的振奋人心的力量。

（选自《镜子里的你》，杭州出版社，2018年11月第1版）

蜜蜂消失的警示

郭志平

据《参考消息》转引外媒报道，说在过去的四年里，国外不少地方的蜜蜂蜂群，出现了一种令人不安的变化，即在养蜂人无助的注视之下，这些群居昆虫原有的采蜜功能，竟然退化成为无法解释的混乱现象：工蜂飞走后再也不会回巢，幼蜂在蜂巢中漫无目的地爬动，蜂群的日常劳作无人过问，直到蜂蜜生产完全停止，蜂卵因得不到照料而死去。自从2007年以来，这种被称为“蜂群崩溃综合征”现象出现以后，每年冬天都会使养蜂人的蜂群数量减少大约30%。

这是一个让人忧心的消息。据说，爱因斯坦曾对蜜蜂的安危说过一句振聋发聩的警句，他说：“如果蜜蜂从地球上消失，那人类只能再活四年。”小小蜜蜂的安危竟关乎人类的命运，这话是否说得有点儿离谱？不，从生物学的角度来看，这话说得一点也不过分。因为世界上76%的粮食作物乃至84%的植物要依靠它们来传授花粉。如果蜜蜂消失，谁来完成这道重要的工序？人类没有了维系生命的粮食作物，还怎么能继续生存？

说来有意思，蜜蜂传授花粉，并非它的本意。其本意原是为自己采花觅食，传授花粉只是它们在采花过程中的一种不慎的“疏忽”行为。原来，以花为食的蜜蜂，由于它们在形态构造上的特殊性，例如舌管（吻）长得较长，再加上周身长有许多绒毛，因而在花间采粉时，一不注意就会将一些花粉掉落在花上，而这些掉落的花粉关系重大，常常造成了植物的异花授粉。因此，蜜蜂在采花过程中这种不慎的“疏忽”行为，其价值要远比它们为自己制造蜂蜜和蜂蜡的价值更为巨大。一旦蜜蜂消失，那么，从稻米、大豆到苹果、花椰菜等等可“食”作物，都将无“籽”可结，由此带来的后果，则是人类赖以生存的食物链将不复存在。不仅如此，它们的消失还将引发一场物种灭绝的多米诺骨牌效应，全世界的两栖动物也将有超过三分之一的物种面临灭绝威胁。据哈佛大学进化生物学家和自然资源保护论者E.O.威尔逊估计，如果蜜蜂消失，每年将有27000种物种会从地球上消失。据此估计，爱因斯坦的预言和担忧，也就并不是什么“空穴来风”了！

因此，现在有些生物学家已经发出了惊呼，本文开头提到的现象，就是引自美国《新闻周刊》网站上一篇题为《人类能挺过第六次大灭绝吗?》的文章。作者在文中尖锐地提出：“我们是否处在一次大规模灭绝过程的序幕之中，而这一过程最终将导致地球上数以百万计的动物植物物种——包括我们人类自己——的消亡?”尽管这一观点还带有相当大的假设成分，然而许多人却是这一假设的支持者。

这一假设是否正确，当然还有值得商榷的地方。但从提高忧患意识、防患于未然的角度来看，它却有着警示的作用。因为，据生物发展史，我们的地球已经经历过五次大规模的灭绝过程。恐龙的灭绝是最近的一次，但却不是最致命的一次：那时地球上所有物种的76%被消灭了，恐龙只是其中一种。这之前的1.85亿年所发生的大规模灭绝，才是最具破坏力和毁灭性的一次。古生物学家甚至用“大灭绝”来形容它。而发生那次“大灭绝”期间的气候变化，据史料分析刚好与我们目前正在经历的气候变化有着某些相似之处。因此，不管人类是否对此负有责任，地球上的第六次大规模灭绝还是有可能发生的。再加上现在已经有充分的证据证明地球正在走向灾难——从鸟类和两栖动物灭绝速度的加快，到超级风暴以及最近世界各地发生的灾难性气候异常，使我们强化了这样一个认识：即我们人类可能正处于一次新的大规模灭绝过程的初期。所以，不少生物学家忧心忡忡的提醒显然不乏积极的意义，是有可取之处的。

当然，这种提醒也仅仅还是基于一种假设。尽管导致蜜蜂消失的原因很多,灾难性的气候变化只是其中之一,但不论如何,我们都必须开始高度关注气候的变化,想方设法让它保持在一个适宜蜜蜂和我们人类生存的温度范围内。据有关资料介绍,目前世界上的气候变化,全球科学家达成共识,认为有90%以上的可能是人类自己造成的。因此,人类的所作所为将影响气候变化的走向。如今的地球比过去两千年的任何时期都要热,如果情况持续恶化,那么到二十世纪末,地球的温度将攀升至二百万年来的最高位。基于这样一个严峻的现实,我们再也不能听凭气候恶化的情况继续发展下去了,应当努力控制气候变化,千方百计给地球"降降温"。降低碳的排放量,以减少和清除大气层中的二氧化碳,无疑是有效的措施之一。我们应当增强环保意识,发展绿色经济和低碳经济,选择绿色低碳生活,以便调整气候,使之适应于那些和我们共享地球生态系统的生物的生活。

如果我们希望人类继续存在一百万年,那我们别无选择,只能这样做。

你说呢?

龟趣

劳伯勋

自从几位朋友送我几只大乌龟，我家后院就成了“龟世界”。养着的龟有两种：有“橄榄头”的金龟和嘴有弯钩的鹰嘴龟。平日白天它们隐居在花木底下的草丛里。一阵雨过，水泥地上出现一汪水潭，这些龟就欢闹地聚集到水潭里去了。金龟爬行的风度总是像绅士，并不出奇。有趣的是鹰嘴龟，天晴时我还以为它已“寿终正寝”，谁知下雨后竟把水潭权充它祖居的山溪，悠哉游哉来个不亦乐乎。

由于龟背中央有十三块大型的六角形甲板，人们就给了它“十三块六角”的诨号。尽管历史上乌龟一度有过崇高的殊荣，但随着人们观念上的改变，尤其是“龟蛇相交”之类的不实之词的相传，致使“十三块六角”之名也颇带贬义，但我对这“十三块六角”的爬行动物倒也喜欢。

儿时读过的一篇关于乌龟的故事油然浮上我的心头：一只狼抓到了一只乌龟，要用酷刑处死它。狼要把龟投入火中，因见龟有喜色而中止。当狼要把龟投入河中时，龟却愁眉苦脸起来，于是狼就猛地掷去。“噗咚”一声，龟探出头来向狼放声大笑……讲的是龟懂得利用敌人的“逆反心理”而脱身的故事。实际上，不少龟一直泡水里也是受不了的，因为它们是利用肺呼吸的，并无靠鳃呼吸的鱼的能耐。像金龟，我把它们投在水缸里，它们总是把头探出水面上来。给了一小盆浅水，也只是偶尔去洗个澡而已。鹰嘴龟虽然喜欢泡水，但在没顶的情况下也总要定期探头到水面上来，不过不如金龟频繁罢了。

这些天来,每当我买回肉食时,总把它切成长条去喂几只龟。起初,金龟对我抱有戒心,总是远避着我,我把食物抛过去,它们总是待我离去才吃。可是几天之后,食物却成了我对金龟的“指挥棒”。它们一觉察我踏在地面上的震动,就迎着我追来。我为了吊一下它们的胃口,把条形的肉举得略高于它们的口。这样一来它们可起劲了,爬呀,攀呀,直至食物到口才来个“向后转”。没到口的龟,还会和衔着肉类的龟进行激烈的争夺。

我知道金龟到我手中接食时若被咬一口也没关系,可是我总避免发生这种事。之所以如此,倒是鹰嘴龟引起的,因为我被咬过两次,颇吃过点苦头。早年在大学念书时,我到闽北调查,带回一只生猛的鹰嘴龟,当时是在炎夏,我怕放在背包里的鹰嘴龟会闷热致死,于是便探手其中。这时,我不禁“啊唷”一声,它竟紧咬我的食指不放。我好不容易抽出手来,已是流血不止,因此这次养龟我就不敢大意。最近,我让它整天泡在深约十厘米的水中,它和我相安无事。可开始时我却把它放在地上,当时久旱,它整日隐居草中,见到时它连眼睛也已闭上,我以为它准向“阎王”报到去了,于是我就用食指接近它的嘴巴。说时迟那时快,它突然张口将我的手指咬住,疼痛难当。这时,应付的办法涌上我的心头,我来个如法炮制:立即将鹰嘴龟放入水缸中,很快,它就把口松开,不过它的咬痕已深印在我指上了。

鹰嘴龟的这种“装死”,我上过它的大当。在自然界里,蛇类以至猛禽,人们也常因其一股死相而麻痹,以致被咬住而被置于死地……

(原载于《科学24小时》,1990年,后作为科学小品范文被选入《科学文艺写作技巧》一书,浙江大学出版社,1991年9月第1版)

一种崭新的能源——水藻油

卢曙火

浩瀚的沙漠地区，荒凉、沉寂，没有一点绿色，似乎只有空气在那里呼呼作响。有一天，人们在沙漠上铺上一只只装满水的巨大塑料袋，在袋里种植水藻，荒凉的沙漠变成一片水波荡漾的绿洲。种植的水藻被运到就近的炼油厂，不久，提炼出来的一桶桶水藻油络绎不绝地运往世界各地！这不是神话，这在不久的将来就会变成现实，并且目前已部分获得了成功。

能源是经济和社会发展的重要物质基础。工业革命以来，世界能源消费剧增，煤炭、石油、天然气等化石能源消耗迅速，生态环境不断恶化，特别是温室气体排放导致日益严峻的全球气候变化，人类社会的可持续发展受到严重威胁。2011年3月11日，日本大地震引发的福岛第一核电站一系列事故，使人们原本寄予厚望的核电变成谈“核”色变。已有25年核电发展历史的德国，成为首个宣布放弃核电的国家。现实使人们探寻新能源的目光再次投向绿色环保可再生能源，水藻炼油引起了国际上的广泛重视。在宣布弃核的同时，德国执政联盟公布了一份雄心勃勃的新能源计划，将投入330亿至400亿欧元用于开发水藻油等可再生能源。

水藻能炼油是怎样被发现的

可再生能源包括水能、生物质能、风能、太阳能、地热能和海洋能等，资源潜力大,环境污染低,可持续利用,是有利于人与自然和谐发展的重要能源。20世纪70年代以来,可持续发展思想逐渐成为国际社会共识,可再生能源开发利用受到世界各国高度重视,许多国家将开发利用可再生能源作为能源战略的重要组成部分,提出了明确的可再生能源发展目标,制定了鼓励可再生能源发展的法律和政策,可再生能源得到迅速发展。

科学家很早就提出用植物来提炼燃油,比如从油菜籽和大豆中提炼燃油,很少有人会想到用水藻来提炼燃油。但是,目前这种绿色植物却异军突起,成为最有力的竞争者,因为它有许多品质是其他植物所不具备的。

水藻炼油的设想源于1978年。当时的美国总统卡特制定了一个"水生植物计划"(ASP),希望能从水藻中提取洁净的生物柴油代替汽油。根据卡特总统的要求,美国一些科学家开始研究这种技术。可是用了十多年时间,花费了2500万美元,研究小组也未能从水藻中提取出具有使用价值的油料。1996年克林顿政府取消了这一项目。但是ASP项目不是一无所获,他们在部分领域已取得了成果和突破,ASP项目科学家认为十多年研究时间不能白花,他们对自己的工作进行了总结,写出了详细报告,并发表在美国能源部的网站上。

美国人吉姆·塞尔斯是一位工程师,一个偶然的机会,他在网络上看到了那份被他称为"水藻圣经"的ASP报告。经过认真研究,他发现,ASP项目的科学家已找到了一种能产油的水藻,但他们把这种水藻种在了露天池塘里,野生水藻迅速入侵这些露天池塘,把科学家选出的特种水藻杀死。这一偶然获得的信息使塞尔斯对水藻炼油发生兴趣,他不断投入资金进行进一步的研究,终于找到了一种解决办法。他设计了一种大塑料袋,在里面装满水,在袋里种植水藻,既能让充足的光线进入,又能防止其他种类的水藻入侵,并用两条平行的长轨道固定大塑料袋。水藻一旦长成,就被送到炼油厂提取油料,然后再转化成生物柴油。他创办了专门研究用水藻生产生物柴油的"索利克斯生物柴油公司"。他把种植水藻的大塑料袋戏称为"水藻反应堆"。目前,"索利克斯生物柴油公司"用大塑料袋种植水藻的技术已申请了国际发明专利。

用水藻炼油的优势

用水藻炼油之所以引起世界各国的重视，是因为其具有许多优势。

一是水藻是由简单的水生有机体组成的，通过光合作用储存光能，水藻几乎不需要特别的养分，它们需要的只是阳光、水和二氧化碳。水藻可分解为糖、蛋白质与油脂等，海藻油可提炼为生物燃料，糖可提炼乙醇。

二是水藻可以种植在任何地方，而且能够迅速繁殖，在沙漠这样不适宜耕作的土地上，只要提供水源，就可以种植。而且采取立体种植方法，可有效利用的面积比率是最高的。

三是水藻不仅能生产绿色油料，还可以吸收大量的二氧化碳，净化空气。如种植在火力发电厂附近，吸收发电所产生的二氧化碳。美国麻省理工学院的“绿色油料公司”正在进行这方面的实验，小规模的实验发现这是可行的。

四是据科学家估计，水藻的产油量比其他作物更高。每英亩水藻每年能生产2000加仑燃料，而棕榈树只能生产650加仑，甘蔗只能生产450加仑，玉米仅仅能生产250加仑。

很多科学家认为，通过水藻将大量二氧化碳变成生物燃料是一举数得。

如何提炼水藻油是个难题

目前，要想让水藻成为“产能大户”，需要解决的问题还很多。如选择哪一种水藻品种用来生产生物燃油。水藻种类有数千种，选到产油量最高种类是十分重要的。水藻生长的速度极快，如何科学种植需作进一步研究，如果水藻繁殖太快，阳光不充足，会造成大批死亡；而如果繁殖太慢，就缺少效能。要解决这个问题，可能需要借助计算机来控制水藻的生长速度。

水藻会产生油，但它们不会主动将油送出来。成功收获了水藻，还面临着另一个难题，那就是如何把油提炼出来。从大豆、油菜等植物中提取油用冷压法,但水藻中没有那么多的纤维,标准的榨油方法提取不了水藻中所含的油。

有的科学家设想,用生物工程技术,培植产油高、取油容易的转基因单细胞水藻,大面积种植这种经特殊改造的转基因水藻,就能解决水藻的种植和生物油的提炼问题。有的科学家认为,从水藻中提炼油并没有想象的那么难,从技术上来讲,藻类油属于甘油三酸酯,其中包含碳、氢和氧原子,只要除去氧原子,留下纯碳氢化合物就可以获得所需的生物燃油。科学家设想在绿色的水藻中加入化学添加剂提炼出油,相对而言有效又节省成本。但由此又会产生新的问题,这种方法可能用水量过大,还会产生污水。

科学家估计,大规模生产水藻油,并让水藻油在很大程度上分担化石能源所担负的重任,大约还需5至10年时间。慷慨的大自然为人类提供了丰富的资源,人类所要做的就是用慧眼去发现、开发和利用这些资源。

(原载于《科学24小时》2011年第11期)

蒙太奇

谢昭光

电影艺术的表现方法是蒙太奇。

蒙太奇，是法语Montage的译音，原义为构成、装配，引申到电影上就是剪辑和组合的意思。由于蒙太奇的运用，电影变得神奇起来。苏联著名电影导演爱森斯坦曾从理论上总结了这种现象："把无论两个什么镜头对列在一起，它们必然会联接成这一对列中作为新质出现的意象。"

自然界万物、社会各学科门类，乃至人生，也有"蒙太奇因素"，一旦构成组合，便会产生质的飞跃。

我国的汉字结构就有蒙太奇原理。像"口"和"犬"组合便成了"吠"字、"口"和"鸟"组合又成了"鸣"字。很显然，它们在组合前均有各自的含义，组合之后便发生了"质"的变化。首先是词性变化，即由原来的名词变为动词，然后在词义上就被赋予了完全崭新的意义。

由此，我忽然神翔到了科学王国。在科学王国里，不是也有许许多多的蒙太奇结构吗？

物理与数学组合，便产生了一门崭新的学科——"数学物理"，它应用数学理论来研究物理现象。物理与化学组合，便产生了一门崭新的学科——"物理化学"，它应用物理学的原理和方法来研究化学。化学与生物组合，又产生了一门崭新的学科——"生物化学"，它是大量运用化学的理论和方法研究生物学的。诸如此类二元组合不胜枚举：生物全息学、原子光学、化学仿生学、气象卫星学……还有三元组合的,比方说“生物物理化学”,就是应用物理化学的理论和方法来研究生理学的……

同样道理,在应用科学,在材料世界里,倘能把两种不同性质的材料组合起来,也会发生质的变化。玻璃纤维和塑料都是材料界里的“软弱者”,把它们组合在一起,便成为一种新材料,叫作“玻璃钢”。它既发挥了玻璃纤维的抗拉优势,又保持了塑料的可塑性和韧性,并且具有身轻如燕、强度胜钢的本领。用它来制作火箭、导弹的外壳,能经得住瞬时一万摄氏度高温的考验。“金属陶瓷”是金属和陶瓷的粉末在高温下烧制而成的,具有耐高温、抗冲击的特点。其硬度可与金刚钻媲美,因而有“硬度之王”的美誉。目前用来制造火箭燃烧室内衬和喷嘴的材料,还非它莫属呢。

社会科学亦然。一言以蔽之曰:科学是一个整体,它的各个门类相互关联,相互渗透,纵横交叉。科学工作者是“总导演”,他们夜以继日地开动思想机器,一旦思维发生碰撞,就会迸发出灿烂的智慧火花……

人生更是如此。金无足赤,人无完人。每个人都有自己的优点和缺点,关键是在群体组合中如何扬长避短,克服唯我独尊的心理,发挥团结效应和群体智慧。难道我们就不能从电影蒙太奇中得到一点启迪吗?

(原载于《科学24小时》1999年第4期)

说“倒”

谢昭光

当你面对一湖碧水，从她那微笑的涟漪里，看到山在摇，树在舞，太阳碎了，化作金光万道；抑或，从她那酣睡的静态中，看到鸟儿悠然地飞，白云自在地飘，鱼儿摇头摆尾地穿过柳条时，你也许会情不自禁地赞叹：啊，多美的倒影！

宋代诗人杨万里曾写下这样一首诗：“篙师只管信船流，不作前滩水石谋。却被惊湍漩三转，倒将船尾作船头。”可见，江河泛舟，船头倒转，虽浪涛铺天盖地，滚滚而来，但却气势磅礴，别有一番情趣。

事物总是一分为二的。当你在解决疑难问题时，左思右想找不到办法，似乎到了“山重水复疑无路”的地步，不妨从事物的反面去思考一下，有时也会出现“柳暗花明又一村”的境界。于是，人们便把这种思维方式叫作“倒反思维”（即反过来思考）。

19世纪以前，人们对电和磁这两个课题，始终认为是互相独立的。1820年，丹麦物理学家奥斯特对电和磁的关系进行了深入的探讨，发现了通电导线使磁针偏转的现象，称为“电流的磁效应”。在认识了电流能形成磁场的原理以后，人们又倒过来思考，提出了磁场产生电流的种种假设。英国科学家法拉第就是根据这种“倒反思维”提出的假设进行了多次试验，终于在1831年证实，如果有一块磁铁在一电路附近运动，这个电路就会有电流通过。这就是“电磁感应现象”，是电磁学中最重大的发现之一。

因此,我们在各种思维活动中,一定要打破思想上的条条框框,从矛盾的正反两个方面去思考问题和解决问题。人们一旦摒弃习惯性的看法,就可使创造性思维得到很大的发挥,使思想产生新的飞跃。

倒影也罢,倒转船头也罢,倒反思维也罢,它们的共同点就是一个“倒”字。只要具有江河泛舟那种“倒将船尾作船头”的伟大气魄,倒反思维的前景就会像倒影那样美好,那样令人神往。

(原载于《杭州日报》“科学纵横”,1983年)

茶味情真

杨达寿

我没有喝茶的习惯。每当倦怠时，我要么如同儿时伏桌稍憩片刻，要么站起来伸腰摆手，继而又醉心于无尽的方格田，或播种什么，或收获什么。

1994年春末，昆明校友托人带来两包云南特产雪茶，一直搁置在食品橱里。1995年盛夏，我去昆明采访，校友又送我两包雪茶，并叮嘱说与龙井茶合用，其味无穷，并可清热解暑、养性安神……当年“秋老虎”盛气凌人，百年罕见。我真品尝起龙井茶和雪茶来了，并一发不可收拾。

雪茶是地衣类地茶科植物，属枝状地衣。它生长在云南丽江玉龙雪山海拔4000至4200米雪线附近阴湿的岩石上，形似番薯丝状。这种丝状物是藻类和真菌类植物的共生体，由于常年受霜雪的陶冶，它洁白如玉，内含雪茶素。这就是雪茶名称的由来。

我喜欢用毫无雕饰的透明玻璃杯来泡龙井茶和雪茶，只为在一束灯光下稍憩时，能静静地观赏茶叶的起起落落，并为营造出浅碧色的香郁的一派清新雅意而兴奋不已。

茶味真情的魅力是无穷的。为了寻觅那一份真情，我借晨练之机，从黄龙洞旁白沙泉取来大山的“乳浆”。当沸腾平复后，饱含深情的一汪清泉冲入杯子时，那些稚嫩的龙井尖瓣，剧烈地翻滚，尔后，张开了感知的触角，鹅黄的脚步蹒跚地划破玉液，不息地在慢慢伸直身子的雪茶中间穿行。它们欲言又止，微动嘴唇，欣然似朵朵羞涩的蓓蕾正待开放。那种脉脉含情，五分亲切五分羞涩的快乐,酿制了一种纯真而氤氲的气氛,强烈地诱惑着缕缕陌生的目光。再后呢?那些舒展的鹅黄悠扬飘游,而白嫩卷曲的身子也伸开双臂,彼此握手、拥抱、亲吻……

在这一刻,一切都在热情之中膨胀,唯独没有膨胀的是我的目光,欣慰地注视激动交臂的那些小伙伴。看它们一见如故,情投意合,沐浴在渐渐增浓的碧色友情之中。

面对飘逸的馨香,我贪婪地大口品尝起来,虽舌尖烫得火辣辣的,但胸中回荡着一种从未有过的舒畅和满足,我倾倒了。此时,我的心放牧于想象中广袤的原野:倘能变成一叶迎风招摇、傲立枝头的碧绿,抑或蜷伏雪线岩石上的"银丝",并举手为祖国母亲滋补养颜,为辛勤耕耘的园丁生津提神……那该多好啊!

再沏混合茶,也会在浅蓝色的时间长河里渐渐冷却。然而,冷却前的一缕缕缭绕的茶雾,却是那样地撩动心胸,诱引目光!

直面沉底的秀叶和远去的馨香,我扪心自忖:这不恰似人生的秋色吗?揽镜自照,光滑而丰润的肌肤已褪去青春的色泽,染霜的毛发里刻进悠长的叹息。真想独自一人找一间冷清的茶馆,在岁月的下游溯洄,拄着记忆的拐杖去看蓬勃枝头的一时新绿,追品那青春的甜蜜,同时还要寻觅雪茶未展的青春风采和生命内涵!

是的,雪茶是茶叶王国的新贵。据中国科学院昆明植物研究所研究表明,雪茶中含有大量缩酚酸类化合物雪茶素,消炎抗菌功能大大超过一般茶叶。历史也告诉我们,早在明朝,玉龙山雪茶就是纳西族人民给土司木氏进贡宫廷饮用,借以养颜健身的珍品。近几年来,雪茶的名声像长了翅膀一样飞向各地,但因产量太少而鲜为人知,其生津止渴、清热消炎、滋阴润肺、降脂减肥、平肝降火、养心安神之奇效尚未充分有益于人,有待进一步宣传推广。

友情是一棵常青树。

我的目光在回游,只见龙井茶在崛起的新伙伴面前陷入沉思,也许在梳理自己辉煌的历史,抑或领略雪茶馈赠的真情;而雪茶呢,却是不作声,莫非不愿在人前尽展自己的才智，抑或感激龙井茶浓浓的友情？

一切尽在不言中。

我终于在混合茶冷尽之前大彻大悟：龙井茶和雪茶平淡归真，已注入新的融合力。它们亲密无间，互爱互敬，一心为人，不正是浙大人奉献爱心的象征吗?!

在夕阳西斜的人生之秋，我爱上了龙井茶和雪茶的混合茶；我更爱比茶更浓更醇的浙大校友的真情！

（原载于《北美浙大校友会通讯》1996年5月第37期，后收录于《诗文缘》，天马出版有限公司2006年版）

让读书成为一种习惯

杨达寿

1857年,西方现代小说的奠基者、法国著名作家居斯塔夫·福楼拜写给尚特皮小姐的信中有这样一句话:“阅读是为了活着。”福楼拜把读书视为和空气、阳光和水一样重要,视为自己的精神食粮。他一生如饥似渴地读书,把读书视作生命的第一需要,他成为世界公认的杰出的现实主义作家。

鲁迅先生在江南水师学堂读书时,因成绩优异,学校奖他一枚金质奖章。他把奖章拿到南京鼓楼街头卖掉,随即买回几本书和一串红辣椒。当夜读寒冷时,鲁迅就会摘下一只辣椒咀嚼驱寒。由于刻苦读书,鲁迅终于成为大文豪。

笔者从稍懂事起,就因无钱买书而向其他小朋友借书读。随着时间的推移,笔者的藏书日增,但读书的热情反而减少。多年来,书友们每年送来的书不下一二十本,但能从头至尾读完的确是不多,愧对书友一片心意。作家协会赠读的书刊也多,我也只是挑点喜读的作品看看而已。为何不多读书?常用的托词是没有时间。在有限的读书过程中,笔者着力找一些写作高手的作品来读,以便接受好书对自己的熏陶;或者有针对性地找一些书刊阅读,以便尽快吸取有益的营养。

2014年2月7日,国家主席习近平在俄罗斯出席第二十二届冬季奥运会时接受了俄罗斯电视台记者布里廖夫的专访。习主席说,我个人爱好阅读、看电影、旅游、散步。今年春节期间,中国有一首歌,叫《时间都去哪儿了》。对我来说，问题在于我个人的时间都被工作占去了。现在，我经常做到的是读书，读书已成了我的一种生活方式。读书可以让人保持思想活力，让人得到智慧启发，让人滋养浩然之气……听了习主席的一番话，我深感自惭形秽！我们应该向习主席学习，彻底丢掉“忙”字的挡箭牌，从今天做起，静下心来，读几本好书。

习近平主席爱读书。记得1998年他在《当代人》杂志上发表过富有真情的《忆大山》一文。2009年，习主席在中央党校春季学期第二批进修班暨专题研讨班开学典礼上，做了《领导干部要爱读书、读好书、善读书》的讲话，令学员受益匪浅。2013年，习近平主席在接受金砖国家媒体联合采访时也谈到“我爱好挺多，最大的爱好是读书”。同年11月，他在山东曲阜参观孔子研究院时翻阅了《孔子家语通解》和《论语诠解》，表示“日后要仔细看看这两本书”。在与希腊总理萨马拉斯会谈时，他曾回忆起年轻时阅读了不少希腊哲人的书籍，认为它们与东方文明的古老智慧一样启迪着世人。

而今，很多国人心态浮躁，喜欢读书的人少了。据报载，国人每年人均读书4.5本，低于韩国的11本、法国的20本、日本的40本、以色列的64本。扪心自问，自己每年的阅读量恐未达国人的平均量，自觉汗颜。当然，这4.5本的阅读量，大多是学生的贡献，其他国民的贡献恐平均不到一本，这就更令人忧虑了。事实确也如此，每次出境省亲或旅游，中国人随包带的是相机、钱和食品，而老外带的除相机和钱（信用卡）外，多是一本书。在机场、码头候机、候船时，常可看到老外或坐椅上，或坐于地，专注地读着，享受着书籍给予的滋养与快乐。而大多中国游客则穿梭于商场购物或围坐一起大声谈笑。

读书的好处多多，“书中自有黄金屋”一言足以诠释！读书除增长知识外，至少还有三点好处：一是读书可以认识世界，刷新经验。不同的书呈现不同的时空与体验，可将你带入万花筒似的世界，使你心灵充实。寿有限而知无涯，读书有助于刷新生活经验，使你的生活丰富多彩！二是读书可修身养性，提升气质。而今，大工业轰鸣，商业化盖地，浮躁情绪疯长，书可助人脱离俗世浊流，使人在喧闹中静下心来。同时，读书可滋养人的气质，细观之，读书人与不读书人的气质大不同。任何地方、任何时候，只要你与书同行，你就不会丢失自己。正如百一居士所说:“能读书,才必博;能养气,量必宏。二者不可偏废。”三是读书给人快乐。古人对读书很在意,但多留下“苦读书”的记忆,少有阅读的快意。我们应该调整心态,把注意力更多引向品味“书中的美味”,抵达“陶醉于书”的审美的高境界。这就要求作者把书写好,特别是那些枯燥高深的理论性或前沿性的科技书,应有一些形象思维的内容结合其中,以减少阅读的疲劳。

读书要有人气与氛围。高尔基说:“我重视读书,它是我的一种宝贵习惯。”我们这个几千年来有阅读传统的民族,应该重造阅读氛围,重聚读书人气,让读者忘记物欲横流的世界,与书本一同伤悲、快乐。记得2007年去美国省亲期间,在一位校友家中小住。时值暑假,校友家的三个孩子每周要去社区参加读书会,并在社区图书馆借书阅读,一借就是十几本。三个孩子展开读书竞赛,上初中的孩子还要写读后感。她说一年精读十来本,粗读的书更多。国内的中学生与之相比,读的书少多了。看来,读书是全社会的事,并要从娃娃抓起,从小养成读书的好习惯,受益终生。

浙江海宁乍浦镇的顾国华30年独守“书事”。他自幼喜欢读书,从连环画到武侠小说,再到苏联文学作品都爱读。他曾在邮局帮人代办邮寄信件、包裹的服务,所赚来的一点手续费还没等捂热就换成了书。他还执着中国文化的继承,自1983年起,邀请各地文化老人赐稿,畅谈往昔,说人、说事、说书,并将来稿自费编印成笔记丛书,每年一卷,至今已达30卷,可见爱书、爱写书之一斑。

读书要讲究方法,讲究效率。爱因斯坦有一个“总、分、合”读书法,先浏览前言、后记等,了解本书大致内容;次读目录,了解全书结构;最后逐页读全书。这种读书法为后学者所仿效。

有人针对中国书市平庸媚俗之书频出的现状,提出“读书有风险,购书需谨慎”的敬告。的确,读者的时间宝贵,在读书前应做好“断舍离”的功课:断掉于心无补之作,舍弃平庸书籍,远离媚俗作品。这样,多读好书自然多有裨益。

今年是马年,我们几位诗友以诗贺岁,不亦乐乎。但笔者也收到不少“马上发财”“马上有房”等不切实际的祝语。但愿到下一个马年，人们却爱发“马上有书”“马上读书”等祝语。让读书成为我们的美好生活方式，成为每个人的宝贵生活习惯。这样，一个尊重文化、热爱阅读的民族与国家才会立于世界之林。

（原载于《浙大校友》（内刊）2014年第4期、《浙江科协》（内刊）2014年第6期，曾获2015年《浙江科协》优秀作品二等奖；2015年6月11日金华电视报转载）

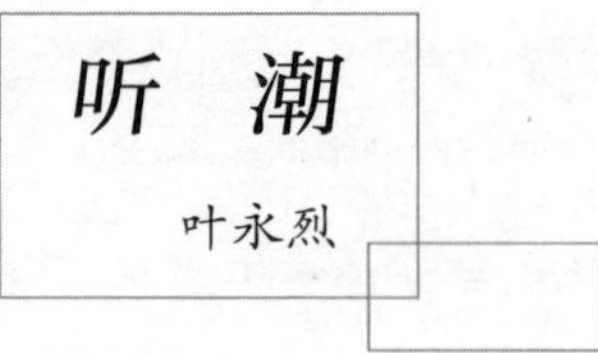

听潮

叶永烈

半个世纪前，著名作家鲁彦（1901—1944）曾写过一篇题为《听潮》的散文，生动地描绘了夜间在海滨听见的潮声：

"海终于愤怒了。它咆哮着，猛烈地向岸边袭击过来，冲进了岩石的罅隙里，又拨剌着岩石的壁垒。音响就越大了。战鼓声、金锣声、呐喊声、叫号声、啼哭声、马蹄声、车轮声、机翼声，掺杂在一起，像千军万马混战了起来……"

半个世纪过去了。今天，我读着《听潮》，却产生了一种奇异的感觉。我的耳际，仿佛也澎湃着浪潮之声。尽管我不在海边，但潮声如沸，不绝于耳。

哦，那浪潮不光是在海洋起伏，而且在陆地上奔腾。它冲击着工厂，冲击着农村，冲击着整个科学王国。

哦，那是新的技术革命浪潮！

在群浪之中，那排山倒海一般领头的巨浪是微电子浪潮。它不是水浪，这是众多银光闪闪的硅片组成的"硅浪"。撷取一片浪花看看，呵，在那微小的硅片上，浓缩着一座电子城！硅片是组成电脑的"细胞"，电脑广泛地应用于科学王国的所有领域，冲击着一切，改变着一切！

那在太空中汹涌奔腾的是空间工业浪潮。航天飞机、人造卫星、宇宙飞船，组成空间工业浪潮的一个又一个浪头。从此，人类再也不拘束于他们的摇篮——地球。人类，要成为宇宙的主人。

那由许许多多细如银丝的光导纤维组成的浪潮，疾如千骑，呼啸而过。

光导纤维遍布世界，飞快地传送着信息，真正实现了“天涯若比邻”。

那变化多端、神秘莫测的，是生物工程浪潮。浪潮之中，隐藏着生物魔术师。生物工程创造了一种又一种新的生物——高产的新庄稼，肥美的新家畜、家禽。干扰素给人类带来征服癌症的福音。

那蔚蓝色的真正的浪潮是海洋工程浪潮，它使科学王国发生了一场“蓝色革命”。水晶宫中的宝贝——众多的鱼类、丰富的海底石油和锰结核、用之不竭的潮汐能，都将奉献给人类。

哦，还有那信息工业浪潮、激光浪潮、新材料浪潮、新能源浪潮……一浪又一浪，一浪高一浪，后浪推前浪。

新科学风起云涌。新浪潮如钱塘江中秋大潮，气势雄伟，锐不可当。一个个浪头，如高峰耸立于海面。

潮声，那么地响，那么地急。

新的技术革命浪潮，将比当年的蒸汽机、电动机更大地改变工业的面貌。

我国面临着新的技术革命浪潮的挑战，面临着未来的挑战，面临着信息社会的挑战。我们应当尽快地用新科学、新信息武装自己的头脑，我们应当兴风作浪，推波助澜！我们应当加快实现“四化”的步伐！

洪涛巨浪，排空而来。潮声如鼙鼓，如霹雳，震耳膜，叩心扉。

风高浪急，做一个弄潮儿吧。任它浪淘风簸，任它“春潮带雨晚来急”，迎风破浪，勇敢地向前，向前！

褒禅山的启示

张明梁

王安石游褒禅山华阳洞，因未穷其底，留下老大遗憾。在《游褒禅山记》一文中，他认为，美好的境界往往在险远处，“入之愈深，其进愈难，而其见愈奇”。这话对那些严肃认真、踏实苦干的人来讲，是非常正确的；对那些粗心大意或别有用心的人来说，则完全是另外一码事。

十九世纪德国著名化学家利比希研究从海藻中提取碘。他把海藻烧成灰，用热水浸泡后再通过氯气，便分解出漆黑色的固体结晶碘。奇怪的是，在提取后的母液底部，沉淀着一种深褐色的具有刺鼻臭味的物质。利比希想当然地认为这种物质是氯化碘，贴上标签了事。1826年，法国青年化学家波拉德在做利比希做过的实验时，面对这种深褐色具有刺鼻臭味的物质，他没有想当然，而是认真地研究，证明这是另外一种元素“溴”。由此他发表了《海藻中的新元素》的论文，从而名垂青史。利比希读完这篇论文之后，后悔莫及。

在探索科学奥秘的道路上，利比希之“入”不可谓不深远，其“景”不可谓不奇伟，但他一时粗心，未及细细“观赏”就匆匆地折回了，对“奇伟之观”视而不见，犯了一个科学家不应该犯的错误，以致抱恨终身。

王安石未能穷尽华阳洞景观，回来后承认自己耳朵皮软、主见不够，在半途中稀里糊涂地跟着别人出来了，感到后悔。这种实事求是的态度，颇为后人称道。有些人则不然，他们不但没有“入”至深处，而且连“洞口”也未摸到，就天花乱坠地吹了起来，把未曾谋面的“世之奇伟瑰怪非常之观”吹得神乎其神，欺世盗名。

1974年，美国人莫林宣称：黑鼠的皮肤片在体外培植后，可移植给白鼠而不发生免疫排斥反应，并且能长期存活。当莫林正准备在学术会议上报告自己的“辉煌成就”时，他的一名助手偶然发现，这种黑鼠皮肤片竟能被酒精脱去颜色。原来这只不过是染上了黑颜色的白鼠皮肤片。此事一被揭露，社会舆论哗然，许多报刊称之为“美国科学界的水门事件”。这位莫林先生连“华阳洞”的方位都未搞清楚，就凭空炮制出许多“奇”来，引人入彀，结果身败名裂，遭到惩罚。

王安石从华阳洞出来，面对倒在地上的古碑，感慨万千，由于古代文献资料的失散，后代人以讹传讹，不明真相的情况确实不少。最近有人对“哥德巴赫猜想是数学皇冠上的明珠”这句话作严谨的考证，这正是对学问“不可以不深思而慎取之”的态度。

我们宣传科学知识，更应“深思之”“慎取之”，否则极有可能上当而损害科普创作的声誉。

（原载于《科学24小时》1987年第4期）

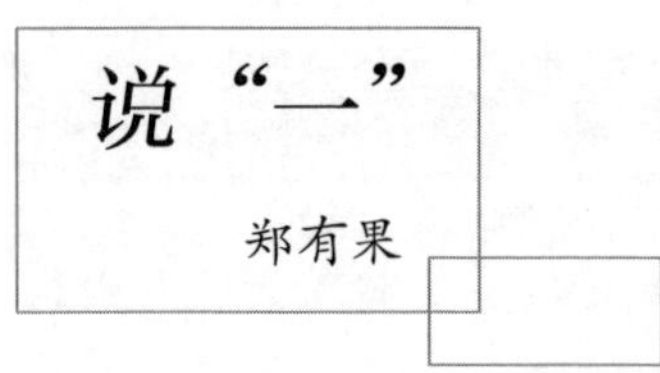

说“一”

郑有果

“一”是“最小的正整数”，或者说是“数之始”，解释不同，意义一样。

“一”由于太小了，有的人就瞧不起它。其实，饭要一口一口地吃，路要一步一步去走，事情要一件一件去做，你能说“一”就不重要吗！还有，人们说话、写文章也离不开“一”。“拧成一股劲”“一步一个脚印”“一言既出，驷马难追”……至于成语中用“一”打头的，粗略统计就有七十多个。

“一”是决不能小看的，没有“一”，就没有二、没有三。没有一点一滴的水珠汇流，哪有汪洋大海的浩荡；没有一砖一瓦的堆砌，哪来高楼大厦的耸立；没有一分一厘的积累，哪来成千上万的巨款；没有一分一秒的延续，哪来日日夜夜的漫长岁月。

小与大是相对的，不是绝对的。一秒钟，声音在空气中能传播三百四十米；一亩森林，一天能吸收六十七千克二氧化碳，五十至一百六十千克灰尘，释放出四十九千克氧气；一毫升烟雾中的微粒，数目可达五十亿颗，是一般城市空气中所含烟尘微粒浓度的一千倍；一只捕鼠最好的猫，一年能捕鼠两千多只；一只草鸮，一年能捕鼠一千多只；一只燕子，一天能吃掉各种害虫一千多只；一只青鸟，一年能吃掉松毛虫一万五千多条；一条射水鱼，一天能吃三四十只昆虫；一尾斗鱼，一餐能吃六七十只孑孓。

因此，“一”是决不能小看的。丢掉“一”，小看“一”，就会丢掉一切。

［摘自叶永烈主编的《中国科学小品选》(第三集)，天津科学技术出版社，1985年11月第1版］

汪沆与扬州瘦西湖

顾国泰

提起扬州“瘦西湖”，可以说无人不晓，但瘦西湖之名从何而来，知道这段历史的人也许不多。其实瘦西湖三字出自清乾隆年间的一首七绝，诗作者叫汪沆，笕桥横塘人。他因这三字而占尽风流。

“天下西湖三十六”，最初，除杭州西湖最著名外，还有福州西湖、惠州西湖等，但并没扬州西湖一说。扬州早时只有“保障湖”（一作保扬湖），这个湖名平平淡淡、毫无文采可言，它位于今扬州城西北，原是唐罗城、宋大城的护城河，保障湖上有座红桥（后改名虹桥）。清代以来，扬州一些文人墨客多次在红桥“修禊”（类似今天在风景绝佳处开笔会、诗会），红桥名声渐渐传开。“红桥修禊”影响了后世，波及全国，当时的修禊主持者皆为名士，其中一位是浙西词派的领袖人物厉鹗，汪沆是他的门生，汪沆写“瘦西湖”与厉鹗有因果关系。

最早在红桥修禊的是清初扬州推官王士禛。康熙元年（1662）春日，王士禛与扬州诸名士雅集于红桥，众人击钵赋诗，游宴不息；康熙三年甲辰（1664）三月上巳，王士禛又一次修禊红桥；接着，孔尚任于康熙二十七年（1688）三月三日，在红桥举行修禊，参加的名士24人，由于参与者籍属八省，这次聚会被称为“八省之会”；之后，乾隆三年（1738）十月十七日的修禊，在清诗史上有着独特的地位，主持大江南北诗坛数十年的厉鹗与扬州诗人闵华、江昱、陈章等七人举办“红桥秋禊”。他们在秋日畅游保障湖后，留下了一组流传极广的《湘月》(即《念奴娇》)词作,厉鹗在词前序言中写道:“扬州胜处,唯红桥为最。春秋佳日,苦为游氛所杂。俗以大舟载酒,穹篷而六柱,旁翼阑槛,如亭榭然。每数艘并集,或衔尾以进,则烟水之趣希矣。戊午十月十七日,风日清美,煦然如春。廉风、萸亭、宾谷、葑田,招予与授衣于湘,唤舟出镇淮门,历诸家园馆,小泊红桥,延缘至法海寺,极芦湾尽处而止。萧寥无人,谈饮间作,亦一时之乐也。悬灯归棹,吟兴各不能已。相约赋《念奴娇》鬲指声一阕,而属予序之。”那次“红桥秋禊”,厉鹗举办得很成功,汪沆闻后艳羡不已。

后来汪沆游扬州,慕恩师雅事,召集曾参与前次秋游的闵华及其他几位诗友,作一次小型的修禊,他们沿厉鹗原走的线路,扁舟载酒,过红桥、法海寺、芦湾……一路以诗相和。望着波澜不惊的“保障湖”,汪沆突然来了诗的灵感,随即吟咏起来:“垂杨不断接残芜,雁齿虹桥(即红桥)俨画图。也是销金一锅子,故应唤作瘦西湖”——在汪沆的眼里,保障湖和杭州的西湖一样秀美,只是稍稍瘦了点儿,但“环肥燕瘦”,瘦西湖应当说自有其独特的风姿,就看你是怎样去欣赏它了。由于该诗以此喻彼很贴切,有点石成金的效果,“瘦西湖”之名马上传扬开来,从此取代“保障湖”,成为扬州一景,后来几乎成了扬州的代名词。扬州人因此记住了这两位杭州诗人的名字。

扬州瘦西湖在清代极盛时有二十四景之称。十里波光,幽秀明媚,去过那里的杭州人其实心里明白:论景色,瘦西湖无疑要逊色一些,但就“天下三分明月夜,二分无赖是扬州”“二十四桥明月夜,玉人何处教吹箫”等一些扣人心弦的诗句而言,却又不在杭州西湖之下,像汪沆“故应唤作瘦西湖”般的一首首佳诗,给它插上神奇的翅膀,瘦西湖的名声越传越远。

诗作者汪沆(1704—1784),字西颢(一作西灏)、师李,号槐堂(一作槐塘)。祖籍安徽歙县汪村,宋绍熙壬子(1192)迁歙县槐堂,明初迁杭。汪沆10岁那年,后脑壳上留起小辫子,他父亲请杭州著名文人厉鹗到家里来教书(《槐堂诗稿》里有首《题〈晴江村居图〉》:“我年才总角,读书在横塘……”)。厉鹗从康熙五十三年到五十七年(1714—1718),一直住汪家。厉鹗极尽教师之责,认真授业,给汪沆留下深刻印象,以至到了晚年,他在文章中还谈道:

“忆康熙甲午至戊戌，先生授予家听雨楼，兄浦偕沆朝夕承提命，去今五十年，先生之绪论犹在于耳。”他们读书的那间书斋原名“听雨轩”。听雨轩后归汪舍亭，据汪沆《听雨楼集》载：“楼在厅东偏，余兄弟从樊榭厉先生授经之地也，听雨为先生命名，金丈寿门（即金农，扬州八怪之一）曾为书额。”汪家家风很严，汪沆和兄长汪浦两人在恩师的教授下，学业大有长进，在当地小有名气。汪沆后来参与编纂《杭州府志》等，成为一位杭州名士，与杭世骏等人，并称“松里五子”。《清史稿列传·文苑》里人物排列：诸锦、沈廷芳、夏之蓉、厉鹗、汪沆……汪沆排在第五位。

汪沆有一姐二妹，哥哥汪浦早他而逝；姐姐老且寡，没有孩子，终日流泪，把眼睛也哭瞎了，汪沆把她接到家里养着；两个妹妹很贤惠，可惜中年均丧偶；比他小11岁的小弟汪浚，字蔗塘，体弱多病，药当饭吃，为了生活，常年在外，一直到头发白时才安居横塘，汪沆称他“在郊弟”，曾多次去横塘看他。汪沆邻里和睦，“惠周戚党，前后葬三十余棺”。他腿足有病，常年埋头看书，把眼睛也看坏了，老来头白齿掉，戴着一副近视镜，后来干脆瞎了，连写文章也要人家代劳。他性格温和，家庭和睦，“四世共一饭，欢然集我房，殷勤训汝辈，难得菜根香”。

汪沆不仅在瘦西湖一事上出名，且对天津的地方史也作出了贡献。乾隆初年，他在天津客居查氏水西庄，曾应邀与吴廷华主修《天津府志》和《天津县志》。由于他“学极奥博”，在修志过程中，大至典章制度，小至草木虫鱼，都能“稽核精详”。比如“天津”之得名，前人众说纷纭，莫衷一是，汪沆指出：“天津名自长陵赐，三卫新军驻羽旗。”说长陵是明成祖朱棣的陵墓，“天津”一名系朱棣于1404年所赐，当时为军事建置，即“天津卫”，“天津”之义实为“天子津渡”。闲余，汪沆写了一本《津门杂事诗》，是天津历史上第一部竹枝词。不仅诗意优美，特色鲜明，而且每首都有十分详细的注释，系汪沆从大量史书、方志中钩稽而成。《津门杂事诗》与《瘦西湖》等诗风格一致，都是化风俗为诗意，容易引发人们对相关历史文化的联想，且形象，便于口耳相传。

汪沆曾寓居仁和水沟巷，他的《竹里馆集》载：“小园有地数弓，屋数椽。绕屋栽竹数百竿，颜曰‘竹里馆’……”晚年住丁敬那里，两人交谊匪浅。丁敬住所名“带江堂”,位于今望江门外,与金农住所仅“一鸡飞之地”。丁敬的带江堂之东,有园数亩,花木掩映,老屋三间。汪沆在此栖息,取名“苔华老屋”,屋旁“倚修竹,依苍苔,颇有幽古之致”。汪沆的儿子汪彭寿是杭世骏的女婿,和丁敬的长子丁健为连襟。汪沆活到80岁,也算长寿之人了。

(选自《艮山门外话桑麻　上》,杭州出版社,2013年12月第1版)

杭州西湖的前世今生

郭志平

在巴黎举行的联合国教科文组织第三十五届世界遗产委员会作出决定，正式将中国申报的文化遗产杭州西湖景观列入世界遗产名录。从此，充分展现我国传统文化的杭州西湖，就成为中国第四十一处世界遗产，被加以保护。

杭州西湖历来有“人间天堂”之誉。一提起它，谁不心驰神往，欲求一游？我国有一句民谚，说“天下西湖三十六，其中最好是杭州”。你看，它三面环山，层峦叠翠；一丘一壑，浑然天成。你看，它一泓湖水，碧波荡漾；亭台楼阁，交相辉映。数不清的名胜古迹，散布其间；说不完的传说故事，产生于此。的确，杭州西湖的秀山丽水，实在是太妖娆、太美丽了！杭州的人文底蕴，也实在是太丰富、太深厚了！古往今来，凡是到过杭州西湖的人，无不为它的自然景色和人文景观所倾倒、所陶醉。唐朝诗人白居易调离杭州后，说“未能抛得杭州去，一半勾留是此湖”。可见他对西湖的眷恋。宋朝诗人苏东坡也将西湖比作美人西施，说“欲把西湖比西子，淡妆浓抹总相宜”。不用说，他对西湖的爱慕与痴迷达到了何种程度。据传，西湖的美名通过丝绸之路传到了国外，在外国人中间就流行过一种说法，说到了中国如不到杭州西湖，等于没有到过中国……

天下的西湖那么多，为什么唯独杭州的西湖能够一枝独秀，扬名于天下？究其原因，它固然是出于大自然的鬼斧神工，但多半还是依赖于后人的创造。有专家说,是自然的美和人工的美融合成一体,才构成了今天西湖的极致之美。此言极是。

杭州西湖究竟是怎样形成的?归纳一下各家观点,大致有如下几说:一是“筑塘成湖”说,此说认为西湖本与海通,东汉时钱塘官民为防止海水侵入,筑起了一条“防海大塘”,西湖的雏形也就在其中形成(钱塘县治迁入塘内,这就是现在杭州市的前身);二是“火山爆发、岩浆阻塞海湾”说,此说由日本学者石井八万次郎在1909年提出,他认为杭州西湖与日本的中禅寺相似。西湖南山古生代岩层的山坡,溪水长流,为北山的火山岩堵塞而成;三是由著名气象学家竺可桢在1921年提出的“潟湖”说,他通过反复的研究考察,提出了一个大胆的科学推论,认为西湖在远古原是钱塘江口的一个小海湾,后来由于涌潮夹带的砂土堵塞其湾口,而逐渐形成了一个内湖,此即后来的西湖;四是“沼泽”说,因近年来有地质学家经对西湖东岸钻孔采样,发现4米深的地下已有2600多年前的陆上水生植物,因此认为杭州西湖还不是一个典型的“潟湖”。关于它的形成机制和确凿年代,还留有许多未解的谜团。

但尽管如此,大多数专家经过勘测研究,还是认同竺可桢的“潟湖”说。这个学说认为,至少在距今2000多年以前,西湖还是一个和钱塘江相连的浅海湾。现在的杭州城池,除个别山岭以外,几乎全部淹没在海水之中。耸立在西湖南北的吴山和宝石山,就是当时环抱这个海湾的两个岬角(所谓“岬角”,就是面向大海而突出的陆地尖角,通常是由陡岩岸或松散岩石组成)。后来,随着海水的不断冲刷,泥沙越积越多,终于将两个岬角淤积起来,逐渐变成了沙洲。再后来,沙洲又不断向东、南、北三个方向延伸,最终导致吴山和宝石山的沙洲连成一片,把海湾和钱塘江分隔了开来。于是,留在内侧的海水,就自然而然地形成了一个内湖。这在地质学上叫作“潟湖”。杭州西湖的雏形,也就由此而诞生。与历史印证,此说也较为可靠。相传公元前210年,秦始皇东巡会稽(今绍兴)时,就曾在宝石山下停船,缆舟休息,故在如今的宝石山麓,还留有“秦皇缆船石”的遗迹。那时的杭州湾,可以用船直达现在的灵隐一带。我有一个已故朋友申屠奇,他写了一本很有影响的书,叫《西湖古今谈》。此书介绍，说在公元前206—公元220年的汉朝，“这个湖虽已形成，但它仍随着潮水的涨落而出没，处在若有若无之间”。一直到了隋朝(581—618)，这个“湖泊的形态才基本固定下来”。

虽说此时的西湖已经成形，但它还像一块未经雕琢的璞玉，并不为天下人所关注。据志书记载，西湖大规模的疏浚始于唐代，而钱塘及其属县农田水利的大力兴修，更使农业生产得到迅速的发展。中唐以后，杭州已成为天下财赋的“渊薮(集聚的意思)之地”。然而，由于此地的居民饮水还受到潮水的侵蚀，因而日常仍饮“咸苦之水”，生活受到了很大的影响。但是到了唐大历年间(766—779)，李泌任杭州刺史时，他见当时城区井泉咸苦不堪饮用，就在人烟比较稠密的钱塘门、涌金门一带，开凿了相国井、西井、方井、金牛井、白龟井、小方井，共六井(池)，并在井底埋设竹管(北宋时换成瓦筒)，导西湖内的淡水至井内，才解决了城区居民的生活饮水问题。从此，“井邑日富”，城区日益扩展，杭州终于崭露头角，引起了世人的关注(今六井多已湮没，仅解放街井亭桥西的相国井遗址尚存)。可以说，李泌是治理杭州西湖的第一大功臣。

现在的西湖，总面积为5.6平方千米左右，要比那时的西湖小多了。西湖缩小的原因，一方面是受到泥沙的反复淤积，另一方面是达贵豪绅的占湖为田。就在李泌走后不久，即出现了上述状况。但幸运的是，在唐长庆二年(822)，杭州又迎来了一位贤明的刺史、大诗人白居易。他到杭州上任后，看到西湖日渐壅塞，湖水干涸，就接过了李泌传下的“接力棒”，组织大规模的人力疏浚湖面，挖湖筑堤，兴修水利，从而使西湖泄蓄并举，登上了一个新的台阶，有力地促进了当地的农业发展。再加上城区的运河与大运河、钱塘江沟通，使得手工业和内外贸易日益繁荣，杭州织锦、造纸等产品也就随之名扬全国，成为贡品。于是，杭州就一跃而成为我国东南的名都!

白居易之后，北宋大诗人苏东坡对西湖的治理，也功不可没。1089年，他第二次到杭州任职时，看到西湖疏于管理，又是葑草芜蔓，堙塞其半，也不惜工本，“募民开湖”，对西湖进行了又一次的全面整治。其间，筑长堤、建六桥、植桃柳，更在湖中建立三潭，使西湖的面貌锦上添花、焕然一新!而今的苏堤,就是用当年的湖泥堆积而成的。长堤筑成后,苏东坡满怀喜悦地写下了“六桥横绝天汉上,北山始于南屏通”“卷却西湖千顷葑,笑看鱼尾更莘莘”的动人诗句……

除此以外,明朝的杭州郡守杨孟瑛对西湖的治理,也作出过很大的功绩。明田汝成的《西湖游览志余》介绍:“西湖开浚之绩,古今尤著者,白乐天、苏子瞻、杨温甫三公而已。”原来,苏东坡疏浚西湖后,因年久失治,到了元、明之间,苏堤东、西一带,又被豪绅强夺霸占,筑起篱笆,成为桑田。杭州民谣“十里湖光十里笆,编笆都是富豪家”,讥讽的就是这种景象。所以,在明正德三年(1508),杨孟瑛到任杭州后,就步白、苏后尘,对西湖大加整治。他不顾富豪劣绅的阻挠,先后拨银二万三千多两,拓展了田荡三千四百多亩,终于使西湖重新恢复了“湖上春来水拍天,桃花浪暖柳荫浓”的美丽景象。

杭州西湖的名称,最早始于何时?据史料介绍,最早也是始于唐朝。这之前,它有许多名字,诸如武林水、明圣湖、金牛湖、钱塘湖、石涵湖等等,其中尤以“金牛湖”流传最广。北魏的郦道元在《水经注》中说:“父老传言,湖有金牛,神化莫测,湖取名焉。”这是关于杭州西湖的一个神话故事。现在西湖南岸的“涌金门”,传说就是当年涌现金牛的地方。到了唐朝,因钱塘县治迁址至钱塘门内的冲积平原,所以就将位于城西的这个内湖,叫作“西湖”。特别是在宋朝,苏东坡妙笔生花,他将西湖拟人化地比喻为美丽的西施,从此它又多了一个“西子湖”的美称。至此,西湖的许多旧名便一扫而光,“西湖”“西子湖”的美名,就被历代文人吟咏渲染,一直流传至今……

值得一提的是,在白居易以后,苏东坡之前的五代,吴越王钱镠(852—932)建都杭州后,他对杭州和西湖的建设,也是值得大书一笔的。当时,他除了修筑钱塘江海塘,防止潮患外,还设置浚湖兵士千人,专门维护西湖的水利功能。清乾隆年间出版的《西湖拾遗》一书中,辑录有一则关于他的轶事,更从一个侧面说明了他对杭州西湖的贡献。据说钱镠建国之初,他选择江头凤凰山建造宫殿时,有一个风水方士对他进言:“如在凤凰山造宫殿,王气太露,不过有国百年而已;若将西湖填平,只留十三条水路以蓄泄湖水,建宫殿于其上,便有千年王气。”钱王闻言,反驳他道:“西湖乃天下名胜,安可填平?

况且‘五百年必有王者起’，岂有千年而天下无真主者乎？有国百年，吾愿足矣！”遂将宫殿定址于凤凰山上。倘若这则轶事属实，那我们后人真要感谢这位吴越王的深明大义。要是当时他听信了这个方士的“馊主意”，那么，五代以后的杭州，也就没有今天的西湖了！

的确，杭州西湖的闻名于世，离不开它深厚丰富的人文底蕴。如果西湖只有山水之秀和林壑之美，而无上述种种动人的故事，那么，人们对西湖的兴趣，也就不会像今天这样大！换句话说，如果美丽的西湖没有白居易、苏东坡（以及陆游、林逋）这样一些流传千古的绝代诗人，也没有钱王建都杭州，更没有后来岳飞、于谦、张煌言、秋瑾这样一些气壮山河的民族英雄，以及没有许仙和白娘子、梁山伯和祝英台这样一些美丽动人的神话传说等等，那么西湖的魅力和它的知名度，也不会像今天这么大。正是由于西湖的秀丽山水，同上述历史人物、佳话轶事有机地融合在一起，西湖才在世人面前，焕发出了美丽夺目的奇光异彩。可以毫不夸张地说，西湖的美丽动人，是自然之美和人文之美的完美结合。

特别是中华人民共和国建立后，西湖回到了人民的怀抱。20世纪50年代初，杭州市政府就对西湖进行了一次史无前例的机械化疏浚，使原来只有70厘米深的湖水加深到2米左右，许多新景点也相继开发，从而使西湖焕发出了青春的美丽。郭沫若有诗咏道：“雨后四山净，湖开一镜平。霞光映碧波，水色入心清。”改革开放后，西湖更进入了一个新的历史时期，变得天更蓝、山更青、水更绿、景更美，以其特有的美丽姿容，迎接国内外的四方来客！这一次，杭州西湖的申遗文本，把杭州西湖文化景观定义为“十多个世纪以来中国传统文化精英的精神家园，是中国各阶层人们向往的人间天堂，是中国历史最久、影响最大的文化名湖，曾对9至18世纪东南亚地区的文化产生广泛影响”的结论，显然是非常正确、非常妥帖的。

从“密电码”到量子通信

季良纲

小时候看电影《红灯记》，一个情节让我至今记忆犹新：主人公李玉和把密电码放在圆桶形的饭盒里，表情严肃地告诉女儿铁梅说，一定要誓死保护好。那时我就十分好奇，密电码是什么东西？竟然让“好人”李玉和英勇赴死。像这样的电影情节，后来在《永不消失的电波》等影片里也有出现，密电码总让人觉得无比神秘。长大了，慢慢有所明白，电话、电脑、手机等通信工具，都会有安全隐患。生活中屡屡接到的骚扰电话，就是信息泄露造成的；军方也曾有过情报被破译造成泄密，导致重大军事行动失利的沉痛教训。

现代社会是信息社会，各种信号连接着你我他，如果不能做到保密，那么小到个人隐私，大到国家安全，都会陷入难堪的境地，甚至遭受重大损失。美军在伊拉克、阿富汗等地能够多次采取定点清除战术，将敌方军事目标、重要领导精准消灭，依靠的就是先进的通信技术，及时捕捉到对方通信的蛛丝马迹，将其直接设定为打击目标。就此而言，信息就是生命，泄密就会死亡。现代战争在高科技引领下，毫无悬念地证明了这一切。现在不用密电码，泄密事件依然惊心动魄。

“把自己彻底隐藏起来，让别人无计可施。”昔日听似神话，如今真能变成现实。挥舞这个神奇魔棒的，就是量子通信技术。它利用量子纠缠效应进行信息传递，是一种全新的绝对安全的通信方式。这个量子论与信息论相结合的高科技领域，涉及了量子密码通信、量子远程传态和量子密集编码等诸多领域。因其传输高效和绝对安全等特点，已经成为下一代IT技术的支撑性研究内容，是全球物理学研究的前沿与焦点领域。

说到这一学科与技术，与爱因斯坦、薛定谔等科学大咖都有密切关系。科学家发现，量子纠缠状态的奇妙之处在于，即使相隔万里，也能“心灵相通”，一个状态发生改变，另一个也会作出相应的改变。爱因斯坦因此把它称为“幽灵一般的远距离作用”（spooky action at a distance）。为了论证量子力学的不完备性，1935年，他与另外两位科学家一起，提出著名的“EPR佯谬”。这里所谓“佯谬”，是个术语，是指一个命题看上去是错误的，但实际上不是。这是一种错觉，表明认识事物的不彻底性。

几十年后，科学家们终于发现了其中的奥秘，超远距离量子纠缠效应，有着不可分割、不可复制的特点，天生是个“防窃神器”。破解密码技术再高超，一旦碰上了量子密钥，也会立即无计可施。简单地说，你的一切小秘密，只为你一个人所有，别人再不可能“窥视”或偷听了。

中国一群年轻的科学家，潘建伟、金贤敏团队已经走到了这个领域的世界前沿。2003年，他们提出量子科学实验卫星计划；2012年，成功实现百公里量级的自由空间量子隐形传态和纠缠分发；2013年，国家批准建设长达2000余千米的世界首条量子保密通信干线——“京沪干线”；2015年，完成星地光学对接试验；2016年8月，成功发射世界上第一颗量子科学实验卫星，完成了卫星与地面之间的高速量子密钥分发、量子纠缠分发、量子隐形传态等三大任务；2017年6月，实现了星地双向量子信道的发送与测量，在世界上首次实现千公里量级的量子纠缠的实验。全球科学界为之震惊！《自然》杂志称其“有望成为远距离量子通信的里程碑”，“通向全球化量子网络”。中国量子通信技术，开始独步世界，引领全球！

中国科学家一步一步走向世界科技前沿，用智慧、勇气和无可辩驳的技术应用，从理论到实践，证实了爱因斯坦那个著名的“佯谬”之谬，量子力学满足所有判据，不是不完备的。

爱因斯坦的愿望落空了，但世界笑了，中国人笑了！

（本文为《科学24小时》2017年第10期卷首语，曾被杭州市、宁波市北仑区等地作为2018年度高二语文试卷现代文阅读材料）

进军北极的科学使命

昊 海

我国首次赴北极考察的勇士们，已于1995年5月6日10时55分胜利到达北极点，把五星红旗插到了北极点上。这标志着中华民族为北极的科学研究作出新贡献。

我国科学考察队的专家对北极进行了冰雪、海洋、生物、大气、环境、大地测量和遥感应用等方面的综合性科学考察，为科学研究北极获得了第一手资料。

我们为何要研究北极?北极与我们人类社会究竟有什么关系呢?

揭示冰层密码

我国首赴北极的科学考察队员之所以不远万里、不辞艰辛地从北极取回冰雪样品，这是因为北极的冰层中隐藏着地球历史的“密码”，解开这些“密码”，我们就可以研究20万年前至今的大气成分以及气温的变化。

冰样是怎样提供古代大气线索的呢?

北极是北半球最寒冷的地区，也是北半球寒潮的发源地，那里终年飘雪，零下40摄氏度左右的低温使积雪从不溶解，雪花中约带有10%的空气，这样年复一年，积雪一层又一层，当下面的雪被压成冰块时，雪中的空气就形成一个个小气泡，这些小气泡就是当时空气的珍贵样本，通过这些样本，科学家便可测知当时大气中各种成分的含量。从表面到2000米深层的冰样几乎提供了20万年前至今全部的空气样本，使人们对地球大气系统的历史变化有了完整的了解。

完成这一项目的技术关键是，如何将冰样气泡中的空气取出。当冰样从很深的冰层来到表面时，由于巨大的减压作用，冰样中的气泡会一个个相继爆裂。所以必须在钻头里加上特制的取样装置，由它裹住取出的冰样，然后放入冷冻加压室内，缓慢地减压，使冰样中的气泡只是体积增大而不爆裂。

科学家对获取的样品，将使用多种方法确定其年代。有趣的是，冰层和树木一样，也有年轮，因为不同年份下的雪累积起来时，都留有明显的界面，人们用肉眼就可辨别并进而计算出距今几百年左右的冰样的确切年代。但到了一定深度，冰层受到巨大的压力，分层逐步消失，科学家要用计算机模拟下雪与累积过程，然后算出深度与冰样年代之间的关系。历史上的火山活动也有助于确定冰样的年龄。火山爆发时，喷出大量的火山灰进入大气层，又随着降雪来到了北极。公元79年毁灭庞贝古城的维苏威火山大爆发，1986年的切尔诺贝利核电站事故，都在北极冰层中留下了它们的痕迹。当人们测定冰样的化学成分并推算年代时，就可以知道当年有无火山爆发等重大事件。对于极深处的冰样，科学家们是通过测定其中碳同位素的含量来估算其形成年代的。

从冰层中探索古代大气变化的目的是推知未来大气的变化。科学家们预计今后的100年中，大气中的二氧化碳含量将进一步增高，温室效应将日益严重，这对动植物的生长和活动将会产生什么影响，是需要人们认真对待的问题。

科学认识聚宝盆

过去人们曾认为，北极是由冰雪构成的白色荒原，遥远而神秘。但随着探险和科学考察活动的不断深入，人们惊喜地发现，北极不仅美丽，而且还拥有极为丰富的资源，是地球家园的聚宝盆。

据现有的科学考察资料分析,在北极的冰雪下,石油、煤、天然气、铁、铜、镍、金、银、金刚石以及多金属矿等储蓄量约占世界总含量的1/3,仅北美洲北极地区的石油含量就有502亿~1000亿桶,天然气含量达到0.85万亿立方米。这笔惊人的财富已引起世界各国的广泛关注,特别是与北极地区相邻近的国家,以“近水楼台先得月”之便,抢先开采北极资源。目前,美国和加拿大的石油公司已在北极大量开采石油、天然气和煤炭资源,而苏联60%以上的石油和天然气来源于北极。更可观的是,北冰洋辽阔的大陆架上每立方米的沉积物都拥有同中东地区相媲美的石油潜力,展示了诱人的未来资源前景。科学家断言,在资源已成为世界各国经济命脉的今天,北极很可能继中东之后成为人类社会未来最重要的能源基地。

北极丰饶的生物资源同样引人注目,千百年来,在北极地区过着游牧渔猎生活的土著人,就是依靠北极的野生动物生存至今的。据调查,北冰洋的大型海洋哺乳动物鲸类有几十种,如北极露脊鲸、白鲸、灰鲸、独角鲸、鳁鲸和须鲸等,都是商业价值很高的生物资源。而成群结队的海豹、海狗、海象等海洋哺乳动物在北极随处可见。特别是躯体庞大的北极熊,它不仅是北极的象征,而且全身是宝,是世界上最珍贵的动物之一。北冰洋的渔业资源也极为丰富,其中巴伦支海和挪威海都是世界上最大的渔场,捕获量较大的经济鱼类有鳕鱼、鲽鱼和毛鳞鱼等。科学家们认为,如能对北极的生物资源加以保护,并合理开发利用,这将是人类社会永久的财富。

令人担忧的是北极地区的商业性开发要比南极早得多。由于对鱼类,特别是狭鳕和毛鳞鱼的过度捕捞,已导致部分鸟类数量下降,哺乳动物的许多种类也都已降至很低的水平,直到限制捕捞之后,部分种类的数量才开始回升。因此,如何正确评估北极商业性物种在生态系统中的地位以及矿产资源开发对环境生态的潜在影响,是当今科学工作者极为关注的问题。

维系人类社会的生态系统

科学家一致认为,影响全球气候和环境变化有三个举足轻重的因素,那就是地球的三极——南极、北极和青藏高原。在人类社会面临人口爆炸、资源短缺和环境恶化三大难题的压力下，对南北极的科学研究显得越来越重要。相比之下，北极所维系着的生态系统对人类社会的作用要比南极大得多。这是因为世界上最主要的国家、最重要的工业区、农业区和经济文化中心以及最主要的大城市都集中在北半球，人口占全球85%以上，成为人类社会的主体，所以北极对于人类社会的影响比南极大得多，也直接得多。

北极是怎样维持这个生态系统的呢？

当太阳辐射的热能把赤道附近的空气和海水加热之后，分别从高空和海表流向两极，在那里冷却之后，又从地表和海底流回赤道，如此周而复始，才有风雨阴晴。因而，北极对控制北半球气候、促进全球大气交流、调节地球气温起着重要作用。地处北半球亚热带和温寒带的国家，每当北极的冷空气南下，寒潮袭来时，接收着大量的雨雪，使这些地区的越冬农作物受益，从而给人类社会带来风调雨顺、安居乐业的景象。

但人类并不能因此而高枕无忧。北极和亚北极地区维系着一个庞大的陆地和海洋生态系统，约有500亿吨的碳储存量，这相当于大气中含碳总量的2/3。过去人们一直认为，气候酷寒的北极地区，动植物尸体分解缓慢，是一个巨大的固体碳“储存库”。而最近观测研究表明，北极某些地区已开始一种“逆转”过程，固体碳冲破了冰雪“封冻”，并向大气释放二氧化碳，这一趋势与北极的温度上升是一致的。毫无疑问，这将会对威胁人类生存环境的温室效应和全球气候系统的变化产生十分重要的影响。

事实上，北极和南极的冰盖像两面巨大的镜子，把太阳照射到地球上的相当大一部分能量反射回太空，从而达到某种动态平衡。如果这两面镜子面积扩大，地球表面的温度就会降低。相反，如果这两面镜子消失了，地球表面的温度就会上升。因此，日益严重的温室效应如不能得到有效的防治，这种恶性循环将使昔日千里冰封、万里雪飘的北冰洋成为未来的永久“不冻海”。据科学家估计，南北两极冰层的消融将使全球海平面上升60米！这意味着全世界90%以上的大城市都将淹没海中，可供耕种的土地面积也将消失2/3，整个生态系统受到的破坏将是不堪设想的。

北极进入科学时代

科学界认为,地球是一个整体,其变化是全球性的,并不为国界、洲界或大陆和海洋的边界所限制。因此,人类要认识自己赖以生存的地球,必须从全球范围内去观察和研究其变化,任何对北极的盲目开发,都将给生态环境带来极大的破坏,并最终导致人类的毁灭。

这绝不是杞人忧天,只要看一看面前的事实,就知道事态有多严重了。北极的原始居民只有几十万,而涌入北极的外来人口现已达数百万之巨。日益增多的人口和迅速发展的工业化过程,给北极当前的自然环境造成了很大压力,已经并将继续产生严重的后果。据国际海洋哺乳动物协会调查,北极野生动物体内至少存留29种污染物质和12种杀虫剂,受到伤害的动物有海豹、独角鲸、北极熊、海象和雪鹅等。北极居民也受到污染的危害,加拿大爱斯基摩妇女的母乳中,有害化合物多氯联二苯的含量要比魁北克妇女高5倍。苏联切尔诺贝利核电站事故发生后,由于放射性尘埃飘落在北极地区,导致当地拉普人饲养的驯鹿的奶和肉已不能食用。生态专家警告说,如果污染得不到控制,北极地区的野生动物将不复存在。

为了保护北极地区的生态环境,为了合理地开采北极的自然资源,也为了人类社会的前途和未来,人类向北极进军的历史终于在90年代掀开了新的一页。1990年8月,在北极圈内有领土和领海的8个国家(加拿大、丹麦、芬兰、冰岛、挪威、瑞典、美国和苏联)成立了非政府的"国际北极科学委员会(IASC)"。该组织包括了北极科学的所有领域,有地质学、冰川学、海洋学、生物学、大气学、宇宙探测、全球变化、环境监测和评估、人文科学和教育。各国科学家对北极的考察和研究,已经从海底到高空,形成了一种立体框架结构。人类已开始迈入了通过国际合作科学地认识和开发北极的新时代。

重新认识感冒

连长贵

小病危害大

人们都以为感冒是小病，当然，与其他严重的器质性疾病相比，感冒确实只能算是小病。然而，感冒对人类的危害常常在“小病”的幌子下被掩盖了。据统计，成年人平均每年要感冒三四次，儿童则多达六次以上。职工病假的36%，学生病假的67%，均是由感冒造成的。老人与小孩由于机体防御能力较弱，患感冒以后容易并发支气管炎和肺炎；青少年经常感冒则可能并发病毒性心肌炎。感冒对孕妇的危害更为严重。在妊娠早期，胎儿发育尚未完善，病毒通过胎盘可直接影响胎儿发育，使先天性心脏病、恶性肿瘤及各种畸形的发病率增加；妊娠晚期感冒，可刺激子宫引起流产、早产和死胎。感冒也是长寿的大敌。人在一生中经受了数百次感冒的侵袭以后，机体组织和功能总会受到不同程度的损伤，尤其是对老年人的影响更大。这样，人的部分寿命就在无形中被病毒吞噬了。人类直接死于与感冒有关的呼吸系统疾病的数字也相当可观，据世界卫生组织统计，每年至少有200万人以上。由此可见，打着“小病”幌子的感冒，事实上是人类的大敌，不可掉以轻心。

寒冷不是感冒的病因。自古以来，人们总是把感冒与寒冷联系在一起，感冒的英文是“cold”，与冷是同一个词。其实寒冷只不过是感冒的一个诱发因素而已。经常在冰水里游泳的人很少发生感冒;在气候寒冷的北方,感冒的发病率并不比相对暖和的南方高。

感冒是由病毒引起

引起感冒的病毒现在已知有10多种、100型以上。其中最常见的是鼻病毒,约占50%左右。过去一直认为,病毒是通过病人打喷嚏、咳嗽、讲话时喷出的飞沫从呼吸道侵袭健康人的。现在发现,除了上述途径,感冒病毒还能通过手的接触而传播。有人反复化验鼻病毒感冒患者的手,结果90%的人可以分离出鼻病毒;用沾染了鼻病毒的手有意接触眼结膜和鼻腔,结果大多数人患上了感冒。美国弗吉尼亚州立大学的杰克教授通过一系列试验后得出结论,认为寒冷不是感冒的原因,感冒是病人通过手的接触而传播给健康人的。这一新的观点给感冒的防治工作提供了新的重要线索。

感冒无须服药。患感冒时,多数人都有不同程度的头痛、咽痛、咳嗽、流鼻涕等症状,有些人还有发烧,这些都是人体正常的防御反应。病毒入侵呼吸道后,使大量细胞受到破坏。细胞破坏时释放出一种叫组织胺的物质,使呼吸道的毛细血管扩张,体温升高,白细胞和抗体聚集以杀死病毒。这时如果盲目地使用退烧药和抗组织胺类药物(市售的感冒药有一些是由退烧药和抗组织胺类药混合制成的),由于大量出汗,体温暂时降低,病人感到一时的轻快,一旦药物作用消失,热度又会回升。由于病人体液消耗较多,免疫功能受抑制,不仅延长了病程,而且容易产生并发症。因此,对于轻度发热的普通感冒病人,医生不主张用退烧药。

感冒是一种病毒性疾病,因此,一般情况下没有必要使用抗生素。抗生素只能作用于相应的细菌,对病毒并无杀灭作用。相反,使用抗生素以后,鼻咽部敏感的细菌是消灭了,不敏感的细菌由于失去了相互间的竞争和抑制而大量繁殖,病毒也乘机大量复制,反而可使病情加重,病程延长。滥用抗生素还会增加细菌的耐药性,使原来对抗生素敏感的细菌变得不敏感,以后一旦患上细菌感染性疾病时,会增加治疗的难度。抗生素对人体都有一定的毒副作用，感冒病人滥用抗生素以后，将受到病毒和药物毒副反应的双重损害而增加痛苦。因此，医生们反复强调，除老人、小儿以及术后、风湿性心脏病、慢性支气管炎等容易导致细菌感染的感冒病人，或者病程超过一周无好转，有合并细菌感染可能的患者，一般都不建议使用抗生素。

患了感冒只要好好休息，补充充足的水分，一般经过一周左右的时间就可康复，无须服药。如果感冒迁延不愈或反复感冒，这是机体免疫功能低下的信号，要警惕其他疾病，应请医生诊治。

保护咽喉把好关

医生在看病时常常要病人张大嘴，发“啊”音，查看咽部是否发红充血，就能大致判断病人是否得了感冒。咽喉不仅是观察呼吸道的“窗口”，也是人体抵御病毒入侵的第一道关卡。感冒病毒侵入人体以后是否发病，要看人体的免疫功能是否健全，具体地说，要看咽喉部黏膜细胞里的一种叫IgA的抗体水平是否正常。冬春季节感冒发病率高，是因为鼻腔和咽喉部的血管收缩，黏膜干燥，细胞破裂，抗体水平下降的缘故。因此，强身健体，提高咽喉部细胞的抗病能力是预防感冒的重要环节。

保护咽喉并不光靠戴口罩、围围巾，或躲在家里不出门等消极手段，而是提倡从夏秋开始就加强咽喉部耐寒能力的锻炼。可用冷水洗脸、擦脖颈，喝凉开水，一直坚持到大冷天。清晨，到空气清新的地方去做深呼吸运动，新鲜的空气对咽部黏膜细胞是一种良好的按摩刺激。容易感冒的人每天早晚坚持用拇指背侧沿鼻翼两侧上下来回按摩50～100次；用两手掌从额部经面颊来回按摩30～50次；用大拇指和食指捏住两侧耳垂向下拉扯30～50次，能促进咽喉部的血液循环，增强对感冒的抵抗力。

食物也具有保护咽喉的作用，某些富含碘元素的食物能促进咽喉部腺体的分泌，增强纤毛的运动，有助于滋润咽喉，排出灰尘和病毒。容易感冒的人多吃海带、紫菜等含碘丰富的食物，或用淡盐水漱口，有一定的预防效果。

（原载于《大众医学》杂志1985年3月，后全文转载于《新华文摘》1985年7月）

当电脑与人脑相连时……

卢曙火

《科学24小时》2006年第10期曾发表过一篇科幻小说《他读懂了她的思维》，讲的是探测火星航天工程正在紧张进行之时，总指挥却因发生意外的车祸而致昏迷。当他清醒过来后，思维恢复了正常，却又得了失语症。在关键时刻，科学家利用新发明的一架能读懂大脑思维的仪器，成功地把总指挥的思维解读出来，使火星登陆舱顺利地升空。

幻想是神奇的！但科学发展的进程更令人惊奇，昨天的幻想今天已变成了一种生活现象。前不久，国际科学界向世界宣布，科学家首次成功地使用仪器，在一个人自己未披露思想的前提下，由仪器读懂了他（她）的思维！人类的读脑时代正在迅速地到来！

世界上最神奇的莫过于人脑，人脑最神奇的莫过于思维。人类对思维的研究，经过了几千年的不懈努力，终于取得重大突破。

认识神奇的大脑

地球上自出现生命以来，大约已有30亿年的时间了。生命生生不息，一代又一代地繁衍，都只能被动地适应环境。人类出现以后，登上了万物之灵的宝座，是因为人有着一个充满智慧的大脑，有着一种充满创造性的思维！

思维虽然神奇，但人对这神奇的思维却了解不多，仅仅知其然，而不知其所以然。人类思维的本质是什么?这个问题曾长时期地困扰着人类。即使在今天看起来非常简单的问题,如哪一个器官是人的思维器官,也是经过上千年的探索才搞清楚。古希腊哲学家亚里士多德认为人的精神活动是由“心”产生的,脑的作用只不过是让血液冷却。到了十六七世纪,西方一些解剖学家开始对脑的形态作了一些描述,但对大脑具有思维功能仍一无所知。世界科学史上第一个对大脑进行了系统研究的是德国解剖学家高尔和他的学生勃海姆。1808年,他们在进行多年研究后发表了一篇论文,提出一种在当时惊世骇俗的理论:通过对人脑与动物脑在形态上的差异比较研究,提出大脑皮层是实现精神活动最高部位的猜想,并且认为,大脑皮层的不同部位有着不同的精神活动机能,这是科学家第一次提出大脑皮层机能定位的学术思想。

再深一步,人们研究的对象是大脑学习和记忆的机理。发现了大脑颞叶皮层是一个记忆区,人类的各种功能,如视、听、触、嗅、运动等都可以在大脑皮层中找到相应的部位。

思维在大脑中是否也有一个专管中枢呢?那么,到哪儿去找思维中枢呢?人们想到了大脑额叶前部——前额叶。前额叶的后部有语言中枢,语言中枢也与思维有着密切的联系。开始人们认为大脑前额叶就是思维中枢,但后来的研究表明,几乎全身所有的感觉,包括视、听、触、嗅、痛、热等,都可以汇聚到前额叶。感觉信息进入后,首先到达各自的初级感觉区,然后沿着由初级感觉区发出的神经纤维依次到达次级感觉区和感觉联合区,最后才到达前额叶。因此,进入前额叶的信息是已经由许多部位多次加工处理后的信息,信息在前额区的加工处理可以说是最后阶段的处理。损伤任何一部分大脑,都会影响到思维功能。思维过程是一个复杂的过程,思考时,大脑前额叶需依赖各机能部位提供的信息,前额叶可以看成是主要的思维中枢,在最复杂、最周密、最富创造性的思维中,有着重要作用。

让人更聪明一些

认识大脑,了解大脑的功能,是为了科学地开发大脑。有权威人士指出,今后十年是脑科学的十年,哪个国家在这个问题上有突破,哪个国家就有活力。美、日、欧等发达国家和地区早十年前就已制定脑科学的长远研究计划,并称21世纪为“脑科学时代”。难怪人们将人类脑组织的研究计划比喻成又一个“曼哈顿计划”,在人类基因计划背景下,全球将制订出一个多学科交叉协同的人脑组织研究计划。

经科学家深入研究,对大脑中的信息传递已有新的认识:神经细胞通过神经通路发送电子信号,在通路的终端释放传送物质。在电子显微镜照片中可以清楚地看到,在发送信号时,神经通道周围会形成一层由神经胶质细胞组成的绝缘层,绝缘层绝缘性能越好,神经网络的信号传递速度越快,反应越灵敏。音乐家在练习弹钢琴时,练的时间越长,传递钢琴弹奏技巧信息通道周围的绝缘性越好,流动速度越快,弹奏的指法越熟练。

人的大脑大约有1000亿个细胞,一般人只用了其中四分之一,空余着大量的智力储备。爱因斯坦是世界上最伟大的物理学家,他发现了相对论的原理,使现代物理学走上了一个新的历程。这一位伟大的天才人物大脑重量是1230克,和普通人大脑的重量一样。但仔细研究他的大脑,发现爱因斯坦的大脑的胶质细胞比平常人多。也就是说,他的脑神经网络的绝缘性能比较好,信号传递得比一般人快。后天的勤奋,同样是成才的重要因素。

人发明了汽车,使运动的速度大大超过了步行。有没有可能发明一种方法,可以迅速提高人的智力水平?这一想法也是可行的。科学家为发明一种“聪明药”,曾做过这样一个试验。试验对象是涡虫,因为涡虫有脑子,也有神经系统,以简单的分裂方式繁殖后代,尾巴掉了会长出一个新的尾巴,而掉了的尾巴又会长出一个头来。科学家在试验中发现,把受过某种训练的涡虫加工成食品,喂给未受过训练的涡虫吃,未受过训练的涡虫也有了受过训练的涡虫的记忆。这说明大脑是信息储存的仓库,吃进含有某种信息的蛋白质，也会使人获得相应的信息。人们有可能制造出记录着特定信息的蛋白质，服用了这种蛋白质后，这种特定信息就能在脑组织中安家落户，可以省掉许多耗时费力的学习过程。因为学习的过程，也是通过发生一系列的电、化学及微观结构变化，使所学信息在大脑中储存下来。

从幻想到现实

进入21世纪，科学的快速发展，正在把昨天的梦想变成今天的现实！最新的大脑科学成就主要集中在两个方面：

第一，对智力开发的研究进展迅速。美国阿拉巴马大学心理科研中心做了一个令人惊讶不已的实验。大学生体操冠军西尼尔，不仅平衡能力极佳，而且记忆力超凡，能记住许多体操动作。科学家把他的这些能力编码输入一个用电池供电的芯片中，并把这一芯片植入一个因车祸损害了平衡功能，走路东倒西歪的中学生凯利的大脑中。当凯利康复，能下床走路时，一改往昔面貌，不仅走路平稳，而且健步如飞。在一块草坪上，他伸展腰肢，紧跑几步，纵身一跳，完成了一个漂亮的空中翻滚体操动作，比他遭遇车祸前有更强的肢体运动能力。由于芯片的电量有限，仅仅几天以后，凯利的运动能力迅速下降，一周后，已不能做出任何体操动作了，但走路仍比较平稳。由于芯片的电量即将耗尽，科学家只得再次手术取出芯片。当芯片取出后，凯利又恢复到原来走路东倒西歪的状态。通过这一例子，科学家预言，当电脑与人脑相连时，人们的学习记忆将会变得十分轻松，能轻而易举地学会多个国家的语言，能轻松地记住许多繁杂的数学、物理公式，能背诵成千上万篇文章。美国科学家已试验成功电脑传感器。将这种电脑传感器戴到头上，就可以凭人的意念指挥电脑替自己工作。德国已有700多名聋哑人的头颅里装上了人工耳蜗和语言处理机，使聋哑人恢复了听觉和语言功能。法国科学家在研究“人工视网膜”，与大脑相连后能够使盲人重见光明。对人类最有诱惑力的是生物芯片，生物芯片中的DNA是活细胞的基本信息存储体，10万亿DNA分子的体积仅如弹球大小。所以理论上说，人可以在这么小的空间中进行10

万亿次的运算。科学家预言,未来人们将把生物电脑即生物芯片直接与人脑相连,新世纪的新人类将会是生物电脑与人的混血儿。这种混血儿将会具有超级智慧和超级能力,可以大大缩短科研项目获得成功的时间,原先需要研究几十年的科学难题,物理、化学、生物及历史、社会和自然现象中的许多难解之谜,都可以很快获得答案。

第二,对思维的研究已进入到揭示其本质的阶段,科学家已能通过仪器读懂人类的思想。读脑术有两条路径可走,一是通过高分辨率的大脑扫描设备来识别大脑的思维模式;一是将大脑思维微电流进行破译,来读懂大脑思维。后一种读脑术目前仍处于设想当中,而前一种读脑术,科学家已能用来读懂大脑的大部分思维。

采用扫描设备来读懂人类思维是建立在大脑机能定位基础上的。大脑某一特定部位的活动,表示这一部位正在进行着相应的活动,如语言区的活动表示正在表达语言。同一区域的活动,又有细微的差别,如数学中的加和减,会在皮质区域表现出不同的活动模式。看到不同的物体时,如看到人脸、猪、狗、房屋、衣服、鞋子等,会在大脑相应部位显示特定的图形。

读脑术的设备基础是一种高分辨率的核磁共振成像机。微电子学、电子计算机和放射性同位素技术的发展,使得人们可以将人的行为与大脑单个神经细胞的活动结合起来分析,甚至可以在正常的生活状态下观察人在进行学习、记忆、逻辑推理分析等思维活动时,大脑神经细胞活动的特点与规律,使人们对大脑的高级机能有更深入的了解。这种大脑成像技术可用于测谎,用来审讯罪犯和嫌疑人;用于飞机安全检查,可以在犯罪行动未实施前就控制罪犯的行动。当这种读脑术达到完善的程度时,还应该建立“神经伦理学”,因为读脑术使得人的一切隐私无从谈起,需要防止不法分子窃取他人思想。

(原载于《科学24小时》2007年10月第10期,曾被中国知网《吾喜杂志》电子杂志网站转载)

一块瑰丽多彩的多面晶体
——从《西游记》到心理学

鲁承禹

最美的花

恩格斯在《自然辩证法》中赞道："思维着的心灵是地球上最美的花。"据现代天体学的研究，地球的历史已有60亿年了，经历了漫漫的沉睡期，逐渐形成了生命。生命进化和分化成种类以百万计的生物，真是千姿百态。近几千年更出现了人类社会，直到演变为五光十色的现代文明，在这使人眼花缭乱的社会里，在这纷繁复杂的世界上，恩格斯唯独把心灵赞誉为"最美的花"，这是为什么？

让我们从《西游记》中寻找解答的线索。

《西游记》是一部脍炙人口的名著。相信大家对于大闹天宫、三打白骨精、大战牛魔王、女儿国遇险、玉兔下凡等故事都不会陌生，无论是在电视、电影、动画片还是漫画书上都能看到。特别是最近张纪中版《西游记》登陆天津、东方、浙江、云南四大卫视，更引起了人们的兴趣和关注。

《西游记》的精髓在孙悟空——由天地之精华钟毓而成的石猴。这石猴意味着什么呢？请翻开《西游记》的目录，我们将会看到"五行山下定心猿""心猿归正""心猿正处诸缘伏""心猿定计脱烟花""意马忆心猿""心猿妒木母""猿熟马驯方脱壳"等回目题句，原来吴承恩笔下的这只石猴，又名"心猿”,是心的象征和化身。

且看这猴子有什么能耐:它能瞬息万里,一个筋斗就是十万八千里。上可达南天门,穿三十三天,直逼离恨天兜率宫;下能到冥界,访十殿阎罗,辟水径入龙宫。它还有一般地煞数七十二般变化。应该说这石猴的能耐唯独心灵才有。心是神奇的,一念之转可由秦汉直下2000年后,一眨眼可从克拉玛依飞抵波涛汹涌的西沙群岛;心是善变的,纵观近代的宇宙飞船、激光武器、电视传真、核能发电、仿生机器、试管婴儿……无不先有人心的苦思冥想、设计谋划,才“物化”为现实世界中令人赞叹不已之物。心灵多变,其变岂止七十二般,可以说,现代文明的全部构成都是心之“物化”。

正因为这猴子瞬息万里,须臾万变,才使读者顷刻间突然摆脱现实的约束,仿佛自己也能瞬息万里,随心而变,感到从未有过的解脱,因之兴奋喜悦;也正因为心灵虽然是第二性的,但却在认识及改造世界中扮演了神奇而重要的角色,才被恩格斯赞誉为“地球上最美的花”。“最”,意味着无出其右。

如果说心理学是研究这种奇而多变的心灵规律的科学,那么《西游记》可否视为描述心之特征及其历程的神话?是否可以认为心理学和《西游记》是从不同的侧面研究“心灵”?

心之历程

发展心理学告诉我们,心是发展的,发展是有规律的,犹如一粒谷子,从萌芽到发棵,从拔节到抽穗,从扬花到结籽……一个阶段接一个阶段,环环紧扣,层次分明,规律井然。

综观全书,一部《西游记》,实际上可以认为是一部心之历程史。

《西游记》第一回,开宗明义,首先点明石猴的渊源:自盘古开辟,经三皇五帝,在天之下,地之表,有一巨石,巨石本无生命,唯感受日精月华,天长地久,渐萌生机,生机演化,终于有朝一日,巨石迸裂,石猴出世。我们再看看,人的大脑的演变史又如何呢?地球之始,本无生命,更无人的心灵,宇宙内在的规律使得地球循一定的方向演变,渐至产生原始生命,原始生命“不甘”于自己的简单机能，日益演进，于是依序出现脊椎动物、哺乳动物、灵长类、古猿人……终于出现具有高度发达大脑的现代人。人的大脑是高度组织起来的物质，而人的心灵（意识）则是大脑的机能。人的心灵的发生过程与心猿出世的过程几乎是异曲同工，十分吻合。这应该相当于心之历程的远古史阶段。

石猴出世，不知生，不知死。唯知玩耍于青松林下，洗濯于泉水涧边，顺涧探得水帘洞天，才得栖息之所。你看它，朝游花果山，暮宿水帘洞，无近愁远虑，好不快活。这多么接近于心之发展历程的幼儿期。

石猴生涯的又一阶段是：灵台方寸山，斜月三星洞，是诚心向学的时期。这时它已领会到“学”的必要，故远涉重洋来到西牛贺洲，拜在菩提祖师门下。它有浓厚的学习兴趣，所以每听祖师讲到精妙处，会抓耳挠腮，眉开眼笑，手为之舞，足为之蹈，从而深得祖师欢心，学得真才实学。但是童心岂能泯灭？偶遇祖师不在时，会在师兄弟们面前卖弄手段，变化耍闹。这明显地相当于心之发展历程的学龄儿童期。

学了本领，翅膀硬了，成为一个一味逞能、不知天高地厚的猴子。且看它离开斜月三星洞的所作所为：闯天宫，伤水族，强索镇海神针金箍棒；大闹森罗，勾销生死簿，凌辱阎罗，自封“齐天大圣”，乱王母蟠桃会，偷老君仙丹，脚踢八卦炉，棒打天神将，大闹天宫，直至扬言要玉帝让位。这多么相当于一个精力充沛、血气方刚，社会经验不足，不知天高地厚，一味闯祸闹事的心之历程的青少年期。

宇宙是一个复杂的制约网，每一个具体事物都处于一个庞大的制约系统中。猴子再能干，也不可能翻出如来的佛手掌。如来制它于五行山下，观音又给它套上金箍，这时的猴子是屈从于外部强大制约，不得不老老实实尽其作为宇宙中之一员的义务，护送唐僧上西天雷音寺取经。虽然取经途中仍累累野性复发，但毕竟抵不住紧箍咒。这相当于一个被社会现实制约（佛祖手掌及观音金箍乃是其象征），有了清醒的认识，不得不承担起社会义务的、基本就范的、心之历程中的成年期。

一部《西游记》可看成粗线条的心之历程，可看成心理发展规律的文学化。近代发展心理学对心之发展作了更为详尽的刻画，从初生儿、乳儿、婴儿、幼儿、学龄初期儿、少年、青年、中年、老年，每一阶段有每一阶段的继承和发展，每一阶段有每一阶段的特点，只不过近代心理学刻画得更为细腻罢了。

心灵皈依

一个上天入地、敢斗敢拼、精力过剩的猴子，心向何处去?吴承恩按照他自己的世界观、宗教观，将它一步步纳入皈依佛教的路。这条路的主线是十分清楚的，只要看看《西游记》的章回目录就够了。举几个例子："五行山下定心猿"，这明明是说心本未定，经佛之金木水火土五行制约始定。"心猿归正，六贼无踪"，书中所指的六贼都有名姓，乃是眼看喜、耳听怒、鼻嗅爱、舌尝思、意见欲和身本忧，实际上是指来自感官的外界诱惑。"心猿定计脱烟花"，更清楚地指明心在皈依的过程中挣脱(来自女儿国的)色欲的诱惑。皈依的过程是十分艰难的，途中有九九八十一重困难，而当"九九数完魔灭尽"时，才到达"猿熟"的阶段，也就是心的炉火纯青的阶段，这时的心将"脱壳""成真"，心取得了对肉体的难能可贵的超脱(注：本段加引号的均引自《西游记》)。

我们不是吴承恩，我们的时代无可比拟地优越于吴承恩所处的濒临倾覆的明末年代，我们的理想是伟大的共产主义和辩证唯物主义的世界观，更不是吴承恩受时代局限的宗教观，但是我们也面临着一个十分相似的问题："青少年旺盛到过剩的精力将向何处去?"

有统计表明，近年，天津市青少年犯罪占全部刑事犯罪的80%，犯罪者的年龄分布的峰值为什么在青少年段?这当然有许多原因：品德不良，教育不当，思想不成熟，家庭拖累……这些都是原因。但精力过剩也应该是一种原因。精力过剩想寻求释放，没有正路就冲向邪路。

吴承恩对待精力过剩、违法犯上的猴子的方法是用五行山、金箍硬性强制，逼它皈依。这受制的猴子确实也建立了功勋。试想，没有这猴子，唐僧怎能到西天？

我们决不赞同吴承恩的强制手段，我们主张疏导、教育，将青少年过剩的精力引向正路，使之和社会主义物质文明、精神文明建设结合起来，使之具备为共产主义理想而献身的精神。

关心青少年一代的成长，是关系到祖国兴衰的头等大事。善于引导，则祖国建设能获得取之不竭的能源。这“能源”岂是石油、煤、炭之类可比的？引导不得法，不但减少建设动力，还会使社会增加不安定的因素，影响社会和谐发展。这的确值得青少年工作者和教师们深思。

《西游记》是一部久经历史考验的名著。《西游记》之所以让人们喜爱，就在于它是一块瑰丽多彩的多面晶体，人们可以从不同的角度去评价它、分析它，上述诸点是从心理学角度出发评价它的一种尝试，特向专家、学者请教。

［原载于《语文周报》（教师版）2015年11月12日第197期，后入选《百川集》，上海科学普及出版社］

科学24小时

——《科学24小时》代发刊词

田志伟

宇宙间，似乎一直就在奏鸣着一种永远不会终了却又听不见的奇妙乐曲。它用强烈而轻快的旋律，伴和着所有星星自转与相互绕行的优美舞步……

太阳是银河系一千多亿颗恒星当中一颗很普通的恒星，而我们所居住的地球，则是太阳系九大行星之中一颗极平凡的行星。她总是那么勤劳、愉快，默默地载负着人类，沿着公转的轨道永不停息地向前飞奔，并且绕着自己的地轴不停旋转……

地球在太阳面前自转一圈所花的时间，叫作一个"太阳日"，但是，一年之中那365.25个太阳日，时间长短并不完全相同，把它们平均一下，便称为"平均太阳日"。"24小时"就是平均太阳日。

"24小时"不算长，但也不短。如果从午夜开始，它指的是同一天，要是从正午算起，它却跨接着"昨天"与"今天"。"今天"与"昨天"，或者说，任意的前后两天、两年、两个世纪，以至全部的"公元前"与"纪元后"……

"24小时"不大，也不小。因为人们都把太阳正射的时刻作为当地正午十二时，所以地面上的经度每隔十五度时间就差一个小时；平行于赤道的一整圈地面上经度总共差三百六十度，同一时刻的时间便正好相差整整二十四小时。比如，当位于东经一百二十度的杭州（郊区）已是烈日当空的十二时，柏林却是东方欲晓的凌晨五时，英国格林尼治天文台还是睡意正浓的四点整，而华盛顿则尚在“昨天”深夜二十三时；至于在经度一百八十度那条“国际日期变更线”却成了十六时零分。如果这时你站在那条日期变更线上，一只脚在线的西侧、另一只脚在线的东侧，那么，你踏在西侧的那只脚是在度过跟杭州同一天的下午四点钟，而你的另一只脚却正在经历“昨天”下午的同一时刻。

“24小时”是整个地球的自然节律——或者说，是地球心脏搏动的周期，在整个世界的任何角落都能毫不费劲地察觉到。那里，既有晨曦妩媚的早春黎明，又有晚霞迷人的深秋黄昏；有万里无云、风平浪静的晴天，也有暴风骤雨、震天撼地的日子；有机器轰鸣、热浪翻滚的白昼，又有挑灯夜战、刻苦攻关的深夜……当然，其中也少不了有在屏息聆听严师益友谆谆教导的辰光、和与爱人悄悄私语、甜蜜温柔的时刻……

“24小时”无论是生物或非生物，也不管是宏观世界或微观世界，他有、你有、我有，就连它们也都有。可是，如何安排和使用各自的“24小时”，却各有各的打算，很不一样。比如说地球，“24小时”她就在太阳面前自转一圈，要是你在赤道上走，她将驮着你飞翔四万公里；同时，由于她还在离太阳大约一亿五千万公里的太空中不停地围着太阳兜圈，必须跑完大约九亿三千九百万公里，因此“24小时”除了完成一次自转任务外，她还将带着全人类在她公转的轨道上豪迈地向前飞驰约二百六十万公里。

然而，有些人竟说，“人生难得几回醉”，将一个又一个“24小时”消磨在吃喝玩乐、稀里糊涂，甚至像追腐逐臭的蛆一般的生活之中；也有些人说，“有钱能使鬼推磨”，把自己个人的小算盘一天拨二十四小时，连梦里也不肯放下，居然极其可怜地向鬼乞讨谋钱的差使。

人活着，每分钟心脏就得跳动七十次，“24小时”就应该跳动十多万次，而每跳动二十七次左右，鲜红的血液就完成体内的总循环。因此，那些永远令人钦佩的英雄烈士们都知道时间就是生命、时间就是胜利。这就使他们在咆哮着的敌人机枪面前，在监狱中和刑场上，也牢牢记住在用自己生命最后一个“24小时”中的最后几秒，为了崇高的共产主义理想向敌人扔出最后一颗手榴弹，为那壮丽动人的最后一曲谱上最后一个音符！

至于科学家,其实他们都和我们一样。

他们也需要生活,需要休息和真挚灼热的爱情。但是,他们常常把时间当作“能源中的能源”,看成是构筑人类幸福的元件。他们发现,地球自转在非常缓慢地变慢,尽管过一百年仅仅只使“24小时”增添千分之一秒,也决不马虎通融。他们把一秒的长短用铯原子钟、铷原子钟和氢原子钟校了又校,虽然已精准到“24小时”不会相差千万分之一秒,也仍然没有满足。老实说,他们对时间是十分斤斤计较的,因为在他们看来,用整个宇宙的财宝也无法弥补那已被丢失的一秒钟。

“24小时”是一切运动的舞台。在“科学的24小时”的宝库中,收藏着可以用以征服自然、使人类主宰自己命运的那一长串奇妙的钥匙。

亲爱的读者,让我们珍惜自己的和他人的“24小时”,以各自的最佳方案,最合理而有效地去使用每一个“24小时”中的分分秒秒与点点滴滴。正像我们的地球那样,勇往直前,决不后退,在公转轨道上每秒钟前进三十公里,一秒钟也不停顿。也要像我们的太阳那样,以自己每秒钟消瘦五百吨所换得的光和热,普照寰宇,暖人心坎,一分一秒也不要间断!

（原载于《科学24小时》1980年第1期）

大峡谷

谢昭光

朋友，你到过科罗拉多大峡谷吗？

科罗拉多大峡谷是美国西南部科罗拉多高原上一条深邃无比的峡谷，它蜿蜒三百五十公里，在与下游支流在巴利亚河口汇合之后，水势湍急，浪花翻飞，一往无前地向科罗拉多河奔腾而去。大峡谷垂直分上下两部：上部开阔，两壁呈阶梯状；下部陡窄，呈V字形。两岸危崖壁立，沟壑纵横，色彩斑斓，旷世绝古，被称为“世界第八大奇迹”。

我不记得还有比这更清新更亮丽更暖和的冬天的早晨了。

在大峡谷村，当我第一个醒来打开窗户时，发现太阳正像个淘气的孩子，涨红了脸，从地平线上跳将出来，那柔和的光线和最初的温暖，洒进窗内，恰似一杯清醇的红酒，在一切感觉上都会唤起一种甜美的记忆。我揉了揉惺忪的睡眼，走出小木屋。

朝霭笼罩下的峡谷似乎更具神秘和神圣。

透过逝去的岁月、尘封的世纪，我仿佛看见那个印第安人第一眼发现大峡谷时便悬崖勒马、脱帽跪拜的虔诚情景；仿佛看见1540年一支由西班牙贵族、Corond号探险船船长堂洛佩斯·柯罗拉所率领的探险队为寻找西波拉的黄金城而无意中发现了大峡谷，但虽被如此绚丽多彩的荒原景色所震撼，却因对悬崖断层幽谷的恐惧而不再继续前进的沮丧情形；也仿佛看见后来岁月里另一支西班牙探险队正准备乘船向峡谷下游行进时，却突然船只遭损,于是不得不放弃对大峡谷作全程考察的悻悻场面。

大峡谷真正的发现又过了大约三百年。直到十九世纪中叶美墨战争结束,美国开始派员勘探获得的西南部土地。1857年,作为特派员,艾维斯这个自以为是的所谓历史学家在勘查了大峡谷以后居然信口开河:“这是个鸟都不下蛋的地方,毫无价值可言”,致使美国政府延缓了对大峡谷的探索。但在民间,一些勇于冒险的探险家、梦想家却对这块高原及峡谷产生浓厚的兴趣。

艾维斯以后,最著名的探险家是约翰·卫斯里·鲍威尔。他参加过南北战争,年仅三十五岁便成为炮兵少校,战争使他失去了左臂。1869年,鲍威尔率领一支由九名原部下组成的探险队出发。他们是冒险家、梦想家和无赖,完全置生死于度外,经过三个月艰苦卓绝的跋涉,他们中有两名队员被激流卷走,三名副手因忍受不了饥饿在绝望中逃逸,另三名因偷袭印第安人而被杀死,唯独鲍威尔靠独臂攀上崖顶,死里逃生,成功地穿越了大峡谷。三年后,他再度临谷勘探,风餐露宿,顽强拼搏,并依靠平时掌握的地理知识,采集大量实物标本,绘制地图,终于把大峡谷的雄姿呈现于世人面前。

太阳渐渐升高。

凭崖远眺,气势磅礴的科罗拉多大峡谷,犹若一幅巨大的色彩丰富的欧洲古典油画映入眼帘——这时候,任何描述都无法形容这一高原峡谷的雄伟程度,它向目力所及的——由众多大小峡谷、瀑布群、洞穴、塔峰、岩突、沟壑所组成的辽阔而雄浑的自然综合体远方伸展。我惊讶,我兴奋,我心潮澎湃!

这条大峡谷,和我们熟悉的长江三峡完全不一样。长江三峡,岸两边层峦起伏,云雾缭绕,奇峰峥嵘,绿荫如盖,中下游是“风吹稻花香两岸”的鱼米之乡。而科罗拉多大峡谷却是一望无垠的高原风光,宽阔的“石缝”,映衬着崖顶平整如削的高原地面,显得十分奇特、壮丽。峡谷两岸,南低北高,自然环境迥异。南岸雨水稀少,气候干燥,满目荒漠;北岸林木苍翠,麋鹿成群,一片生机。

沿着观景台旁一条小路慢慢走向谷底,举目环顾,峡谷两边排列着许多层层叠叠、姿态各异的孤山和石柱，有的傲立山崖，有的匍匐谷底，蔚为壮观。哦，是古埃及的金字塔，还是古希腊的城堡？是西班牙的斗牛士列队，还是秦始皇的御林军？是三峡神女，还是石林阿诗玛？也许都是，也许都不是。不过有一点是可以肯定的，那是一条燃烧着的有生命的峡谷。据说这条平均深达一千八百米的大峡谷还在不断加深，每七十年要加深一厘米呢。

日光从头顶直射下来，眼前所有的景物都变得五彩缤纷。但在这大峡谷里你决不会看到两次完全相同的景象。太阳和流云的阴影，透过一组从黑色、紫棕色到淡粉色和蓝灰色的柔和光谱，不断地改变着岩石的颜色，崖边露出的一层层粉红、橘黄和绿色合成朦胧红色，还有淡紫色、灰色和棕色，远处是迷蒙的浅色，构成了绚丽多姿的自然奇观。

最令人惊叹的是，峡谷两岸的岩层全呈清晰的水平层次裸露，宛如无数卷巨书重叠在一起，由底而上，展现亿万年来从古老到新生不同地质时代的岩层，俨然一个阅尽沧桑的历史老人，脸上布满了远古年代的皱纹。

从地质学上说，现在的科罗拉多高原，六亿年前曾经是一片平原，又在相当长的一个时期里被海水淹没。到了距今约两亿三千万年的时候，强烈的地壳运动使这里的陆地崛起，并且几乎整体保持水平状态缓慢上升，北岸的上升速度比南岸快，形成了面积约三十万平方公里、海拔两三千米不等的高原。大约一千万年前，高原上的河流开始形成，随着河水不断下切，地壳不断抬升，便出现了一条穿越岩石的深水道，这就是科罗拉多河。加上大自然的风化侵蚀作用，把覆盖在高原上以及峡谷两岸的沉积地层剥蚀掉之后，渐渐露出了古老的岩石。成岩两百万年的柔软的石灰岩是最先被侵蚀掉的，接着是位于下层的年代较老的页岩和砂岩。最古老的岩石是二十亿年前的花岗岩和片岩，现在成为大峡谷底部壮丽的景观。

从高处俯视，很难想象谷底那条细小、棕色的流水能担负起塑造大峡谷这一巨大工程的重任。然而在底部看，科罗拉多河汹涌澎湃，势不可当。这里的熔岩瀑布急流是世界上流速最快的可通航急流，由此也不难想象它是如何凝聚力量、刻蚀和穿越岩石的。

大自然的力量是多么地伟大！峡谷里，许多被人们冠以各种天神和英雄的名字的景观，无一不是大自然的杰作。雄踞在河流上方的“武尔坝石”，是大约一万年前火山活动中一个由黑色火山渣构成的火山锥。“埃斯佩拉纳德”是一个强度侵蚀的红色砂岩阶地。“天使之窗”就在北缘的一面山嶂上，这嶂体被剥蚀成了一个通天空洞，映出蓝天白云，煞是好看，故而得名。而南缘的一面则被风化为一个突出的岬角，叫“美德岬”，很像古代将军授印拜帅的将台。还有宏伟壮观的“阿波罗神殿”“天仙岛”……

我们在大峡谷盘桓了整整一天。随着日头的移动和光线强弱的变化，岩石颜色也忽明忽暗，变幻无穷。夕阳落下不久，西边的天空还燃烧着一片橘红色晚霞。大峡谷也被这霞光染成了猩红色，它与灿烂的天空交相辉映，使这条幽深的峡谷变得更加色彩纷呈，扑朔迷离。当最后一抹余晖消失时，天际处堆起了青黛色的云层，彩色的大峡谷便慢慢融进朦胧的夜色。

高原的夜景在壮烈与肃穆之外更添一层温柔和诗意。月光如泻，湛蓝的夜空闪烁着无数璀璨的星星——映照在科罗拉多大峡谷的河水里，把这里变成了如同水晶般的童话世界。西北风哗哗地歌唱着。大峡谷依旧依偎在高原的怀抱里。两岸的崖壁虽已隐去白天明朗的形象，却隐不去铜墙铁壁般的山崖的影子。我们燃起了篝火，坐在峡谷的半坡上，凝望着月色如醉的夜空，心河里荡漾起欢愉的涟漪。其实，我们每个人，如同岩石蕴藏着地火一样，生命里也燃烧着热爱自然和生活的激情。

也许是触景生情吧，同伴中的一位女“歌星”，忽然轻声地哼起了一首美国民歌：“月光照在科罗拉多河上……”大家围着篝火，跟着美国小姐，合着欢快的节拍，翩翩地跳起了印第安人古老的舞蹈。

(原载于《科学24小时》1997年第3期)

访“谢尔曼将军”

谢昭光

走，只见领队老黄把手一挥：咱们去看看谢尔曼将军！

汽车驶出繁华的旧金山，沿着宽阔的高速公路，箭一般地向加利福尼亚州中部的内华达山驰去。途中经过一个叫弗雷斯诺的地方后，再向前行驶大约半个小时，便进入一座原始森林。

这是一片墨绿世界。路边一棵棵参天大树，仿佛旧金山闹市里的高楼群，但它给人的感觉并不是现代化城市的那种喧嚣、那种凝重和压抑，而是青翠、幽静和愉悦。原来这一带就是著名的北美红杉生长地。

谢尔曼将军可真会挑地方。我跟翻译说。

是啊，一位伙伴随声附和着，他把别墅建在森林附近，准是看中这里清新的空气和幽雅的环境。

翻译只是狡黠地一笑。

巨杉是地球上最大的树。化石记录表明，巨大的红杉是2亿年至1.4亿年前的侏罗纪代表植物。当时它曾遍布北半球的广大地区，后来气候变冷，进入了第四纪冰期，一场巨大的冰雪所形成的冰川摧毁了这种巨杉，唯有美国这一带存留了数千棵，因而也就显得特别珍贵。

这些原始红杉主要分布于两处。一处在加利福尼亚州北部沿海一带，也就是从俄勒冈州南部的克拉玛斯山起，一直延伸到加州北部蒙特雷湾附近。长势最好的红杉，都在这一狭长的海岸坡地，这里被辟为红杉国家公园。

另一处在加州中部内华达山西坡的金斯峡谷，这里的红杉比前一处的红杉长得更加巨大。为保护这一稀有的树种，1890年美国政府建立了“巨杉保护区”——金斯峡谷国家公园。

我们现在的落脚点就是这片巨杉的生长地。

踏着柔软的、据说是一片覆盖着几个世纪落叶的寂静的地毯，一步一步地往密林深处走去。满目都是高大的红杉。浓密的上层树冠，排斥了几乎所有投向地面的光线，而在相对疏朗的杉林底层，各种蕨类和耐阴植物有幸存活，并同偶见的红杉幼树长在一起。年幼的小树沿整个树身分蘖树枝。还有叫不出名字的各色小花，令人眼花缭乱。

巨杉的样子很像我国的杉木，叶子也很小，但它的个头比杉木不知要高大多少倍。它们同属裸子植物这个大家族，而且都是杉科这个小家庭的成员。没走多远，一片以“参议院组”著称的巨杉突然横亘在我们面前，那一棵棵红杉树的根部，就像一头头大象的巨足，粗壮有力。

愈往树林深处走去，景色愈是迷离诱人。

忽然之间，我惊喜地发现从红杉林中走出两只美丽的鹿，一大一小，显然是一对母子。浑身棕黄色、只在背脊和臀部间有白色斑毛的母鹿，不时扬起灵巧的头颅，机敏地注视着前方。小鹿紧跟在母鹿身后。它们一会儿在林间空地上轻盈地奔跑，一会儿停下来唇角相摩、亲密无间，多么惹人喜爱。

俄而，它俩也发现了我们。但母子鹿既不逃跑，也不惊慌，只是微微转过头来，张开两只小巴掌似的大耳朵，好像在等待人们向它们挥手致意……

翻译说，这仅仅是开头呢，如果运气好的话，有时这里还会出现包括驼鹿、麋、黑熊、河狸，以及白尾鹿和黑尾鹿在内的许多种珍贵动物。后来我们又多次遇见了鹿。大家被林中的生态陶醉了。于是，原本急着要去访问谢尔曼将军的我们，到了这种境界，这念头也就无影无踪了。

我似乎还对这类树种发生兴趣。植物学告诉我们：红杉性喜潮湿，加州北部以冬雨为主，雾霭沉沉的沿海地带和面迎海风的向阳山坡，是红杉理想的生长地。红杉具有顽强的生命力。一旦生长起来，便蓬勃向上，成材后树干笔直，下层的树枝自行脱落，只在上方形成浓密的华盖，郁郁苍苍，遮天蔽日。它还具有非常强的自我防护能力。暗红色的树皮，皮层很厚，如同海绵一般，含水量很高，如遇火灾发生，就能起到自我保护的作用。即使烧坏了树皮，也能自愈创伤，长出新的树皮来。

红杉木质轻而坚硬，木纹精细光亮，很少有节疤，能生产质量极高的木材，用途非常广泛，可用来造房子、做家具和做铺铁路的枕木。树汁中鞣酸成分较多，能防菌、抗寄生虫，耐腐烂，这也是红杉长寿的原因。

十九世纪后半叶，这类树木因被过量采伐，加上分布范围有限，已濒临绝种的危险。当今美国政府，虽然也继续努力将森林残留地兼并到现有的保护区内，但开采仍在蔓延着。据说原覆盖面积为6131平方公里的红杉林如今已大大削减，而且绝大部分限于红杉公园和金斯峡谷两个保护区。前者占地425平方公里，后者占地1625平方公里，两者加在一起也不过是2000多平方公里的面积。

通常红杉能长到90米左右，而在红杉公园里却曾测量到一棵红杉有112米高。红杉春天开花，秋天结果，是一种种子产量很高的植物，但只有少量种子能顺利萌芽，就算萌芽成功，也得与低光照度相抗争。

在自然状态下，缓慢的更新率已经足够，因为一般的红杉都能存活3000年左右。巨杉的寿命更高，可达4000岁，仅次于狐尾松。不过，随着开采速率的上升，用以取代被砍伐老树的新林生长速度远远跟不上。因此，保护这种珍稀树种为全人类所刻不容缓。

说着说着，我们不知不觉地来到了一棵巨杉面前，它顶天立地，伟岸庄严，与之相比，人显得微不足道。要知道这棵巨杉高102.6米，底部直径11米，需二十五六个人才能合抱过来，树龄大约3500岁，重3000多吨，是世界上最大的树王。

翻译说，它就是我们今天要访问的“谢尔曼将军”。

至此我才如梦初醒。

诚然，称其为“将军”当之无愧。世界上能有几棵“将军树”？况且对这些树的称呼，也都是以美国早期历史上著名将军的名字来命名的。罗杰·谢尔曼将军，就是美国《独立宣言》五人起草委员会的成员之一。

金斯峡谷是红杉寿星荟萃之地。在这个国家公园里，还有一棵树，名叫“格兰特将军”，高81米，底部周长33米，树龄3000多年，重约2500吨，被称为世界第二树王。另外两棵被列为世界第三、第四树王的，分别是“李将军”和“哈特将军”。

（原载于《科学24小时》1998年第6期）

约塞米蒂情愫

谢昭光

约塞米蒂，你快醒来吧。

无论你怎么呼唤她，约塞米蒂这位年轻美貌的女子，始终如梦，一丝不挂地仰躺在美国加州境内四季如春、风光旖旎的内华达山腹地的西坡上，沐浴着初夏温煦的阳光。

你看那晶莹碧透、清澈见底、一尘不染的冰川湖泊，多么像她浓重的岩石眉毛下眨动的眼睛；那连绵起伏、高高隆起的山峦，多么像她丰满而富有弹性的乳峰；那娇嫩欲滴、平滑如丝的草地，又多么像她柔软而细腻的小腹；还有那瀑布般的长发、清泉似的玉臂和令人艳羡的小银杉模样的修腿……

我简直被她美丽的“体态”震撼了。

她其实只是一条长12公里的小峡谷，面积也不过3000平方公里，仅占约塞米蒂国家公园的很小部分。可她非同凡响，不但美丽，景观众多，而且野性十足，浪漫如风。对于人类朋友她总是“有求必应”，不求任何索取和回报。面对这个独特而新颖的冰川地貌的小峡谷，在我看来，没有什么比在约塞米蒂观赏风光更能使人感到大自然惊人陶醉的美了。

早晨，迷蒙的阳光伴随着翩翩起舞的山岚，把我们一行迎进了约塞米蒂谷。

走进谷地，你就会有种被自然原始拥抱的快感。峡谷两岸，巨岩对峙，翠枝摇影，危峰坠水。在幽深的峡谷和盆地间隔下，彼此分列的座座尖峰刺向四千多米的苍穹。终年积雪的高山圣洁无与伦比。阳光融融的半山腰花草繁茂,而银装素裹、长长的陡坡上雪崩却在呼啸,激湍的溪流在九曲回肠、跌宕起伏的山谷中咆哮,冰川在阴暗潮湿的山坳里缓慢无声地完成着它们塑造大地的任务,冰川脚下是新生的湖泊、瀑布和茂盛的森林……

峡谷里遍布美丽的小橡树林、草地和鲜花盛开的灌木丛。溪水两岸掩映着柳树、赤杨、月桂和槭树。地上的小草因为阳光照射变成一铺碧玉。棕色树皮、枝条纤细的小叶黑莓,这时精神百倍地挺起了腰杆,它们叶叶相连,密密匝匝,绵延数百公里,在黄松与兰伯氏松下形成一片绚丽的地毯,其间偶尔会冒出一棵百合花或一丛穗头弯下的雀麦。沟壑里、崖壁上长满了各种茂盛的蕨类植物、藤蔓和开花的野草。

阳光渐渐暖和,小鸟啁啾,松树林俨然是它们的天下。假如你把脚步放轻,还可以看到这些小鸟在密林覆盖的山涧快活地饮水。那些本来就撒野惯了的北美洲大野兔、小松鼠、黄鼠鼬和土拨鼠,纷纷从自己的地洞里爬出来,漫山遍野跑个不停。五彩斑斓的各种蜥蜴在洒满阳光的岩石上窜来窜去。美洲熊是动物中的巨杉,很少有游客能有幸见到它,但美洲熊的的确确悠闲地在整个公园里散步。还有数量不多的狐狸、豹子、獾、豪猪、郊狼和黑尾巴的山地鹿,使这个小小的景区充满勃勃生机。

沿着蜿蜒小道匆匆东行,当你最终走出树林,艰难地穿过杜鹃花和杜香树丛时,你的脚便从树荫底下布满苔藓和落叶的松软地面一下子踏到了光裸的斑岩地表上,巨大的穹丘毫无遮掩地展现在你面前。这是一片受人喜爱的图奥勒米草甸高地。

你瞧,草甸上半圆丘岩、将军岩、落箭岩、埃尔卡皮坦岩,还有许多叫不出名字的巨大的石圆丘,从谷中拔地而起。它们中有的向后倾斜,泰然自若;有的向前微扑,果断坚毅;有的则高于它们的伙伴,垂直或近乎垂直地耸立着,仿佛陷入沉思中。据说一千万年前约塞米蒂还是一片较低的丘陵地带,而后地壳运动使丘陵隆起,河流也把河谷刻凿得更深。随着岩石受到侵蚀,上层岩石减少受压,因而膨胀、裂开,坚硬的岩核最后剩下白色和灰蓝色的花岗岩丘。

它们生来就是这样顶天立地，高达两千多米的埃尔卡皮坦岩是世界上最高的花岗岩穹丘。岩体光滑细腻，即使用放大镜将其表面放大一二百倍，仍能保持原有的晶体形式和细腻程度。中午强烈的阳光从头顶射下来，映照在它们身上，由此你不难想象出这些被冰川打磨得光彩照人的穹丘有多么雄伟瑰丽了。

越过图奥勒米草甸是长达三公里的泰奥加山隘。凭崖远眺，由特纳雅、伊利洛特和约塞米蒂三条支流汇合而成的默塞德河，像一条蓝色的飘带，横贯谷底。

数百万年前冰川运动使约塞米蒂成为世界上瀑布集结的区域之一。高悬峡谷北壁的约塞米蒂瀑布，在附近陡崖作三级劲跳，下泻739米，被称为“北美洲瀑布之首”“世界第三长瀑”。南壁的赖德韦尔瀑布也有190米高，还有长近百米的弗纳尔瀑布，它们飞流直下，震天撼地，浪花四溅，雨雾迷蒙，把峡谷闹得轰轰烈烈，沸沸扬扬。

我喜欢观瀑，可惜时间不容许，只好背向而去。

一路上虽涛声不绝于耳，也终究遗憾。然而，当我快要下到谷底时，猛抬头，远处的悬崖上约塞米蒂瀑布就像一匹素绢从高天飘然而降，并被折叠成两截：一截叫上约塞米蒂瀑布，一截叫下约塞米蒂瀑布，在翠绿的山涧显得格外雪白，秀美极了。我想，此时此刻如果身临其境，那磅礴的气势该是多么激动人心呵。

其实最秀美的是默塞德河的水。约塞米蒂的出色美景倒映在清冽的河水之中，显得更富有诗情画意。太阳已开始偏斜，我漫步河边小径，慢慢地欣赏起小河的景色来了。

蓝天，白云，碧水，还有漫山遍野的原始植被、绿茵草地，以及青蓝如黛的小桦林和白色野花，倒影清晰，纤毫俱显。氤氲水雾使两岸的翠枝绿叶终日如沐甘露，分外湿润鲜嫩，连临水的岸壁也披上一重滑滑的苔藓，显出几分生命的灵动。偶尔几声鸟啼让人觉得是那么水灵。悬崖上潺潺的溪流，像少女的披发飘然而下，散落在岩块上飞珠溅玉，宛若天女散花，很快汇入谷底的小河里。

轻松欢快、哗啦啦的流水声是那么地优美,那是大自然一首美妙动听的歌。河面上经日光一照,波光粼粼,仿佛满天繁星。蓦然一条活泼可爱的小鱼跳出了水面,泛起层层涟漪。噢,原来它也不甘寂寞,想来和游人们凑个热闹。

少不了儿时的情趣油然而生,我顺手拈起几枚薄薄的石片,低着头,斜着腰,往河里使劲一甩,这叫"打水漂漂",于是薄石片在水面上疾速飘了起来……

忽然之间,水漂漂里浮出一个泳女,莫非是约塞米蒂?

只见她轻轻地向堤岸划来,如同想念恋人的我飞也似的扑向那清丽幽静的河边,她嫣然一笑,我情不自禁伸手去抚摸她那细嫩光滑的肌肤,似乎感受到她身体的温度、生命跳动的节律和女人特有的绵绵柔情。我真的好想好想——想要跳到河里和她一块儿尽情嬉戏,但我还是理智地控制住自己这不文明的野性,生怕身上的汗渍玷污了她纯洁的肌体。

前面是一大片绿茵茵的草地,隔远望去,在阳光下,就像一块翡翠,绿得发亮,又像调色盒里的水彩,绿得鲜艳,绿得可爱。我抢先来到这丝绸般的草地,就地一滚,仰面朝天,一时间,我觉得自己也酷似其中的一花一草,整个人被陶醉得浑身滴翠,连血管里流动的血也是绿油油的。

那水也不是单调的清澈,而是因崖壁的高低、山色的深浅、天气的阴晴,显出明明暗暗的层次、浓浓淡淡的色彩和虚虚实实的意象。有时清波晃动,晃得水底的鹅卵石阵阵跳荡,像是在扑打耸立的崖壁,笃笃有声;有时松影疏枝,横斜河面,与绿藻共舞一河婆娑;有时丽日照水,倒映碧空,鸟翔浅底,鱼游云端,不亦乐乎?

或许你不信,甚至空气也是甜丝丝的,这是世界上最清净的空气,吸一口,沁人心脾。城市里的人哟,如果你有时间,不,你应当挤点时间去约塞米蒂那样的大自然里走一遭,要不然你再怎么富有,也享受不到如此的奢华……

默塞德河正是以这清纯如一的风格和摇曳多姿的韵致,把人们带入圣洁、宁静、迷人的境界。

夕阳下沉，长长的、含情脉脉的紫色阴影逐渐升起，笼罩着绵延在公园西部边缘的山林。当要拥别约塞米蒂之际，我忍不住依依不舍地频频回首，热泪盈眶。风情万种的她的确让人留恋无比！我想，如果再给我一点时间，我将享尽她那如风的浪漫、狂野的缠绵；如果再给我一次机会，我将会拥有她全部的美丽和爱，看江山多娇、人间美好。如今，每当我想起她的时候，也还如南国红豆情思万缕。

人生的境遇往往就是这么奇特：有的人终年聚首但形同陌路，而有的人偶然邂逅却留下永久的记忆……

（原载于《科学24小时》1998年第2期）

尼亚加拉观瀑

杨达寿

循着水雾打湿的路走了二三百米，便来到了加拿大和美国交界的伊利湖旁，只见湖中山羊岛的加拿大一侧，675米宽的尼亚加拉瀑布，像一只巨大的碧玉似的马蹄雄居山羊岛绝壁上，流自伊利湖的湛蓝湖水，以排山倒海之势直向断层河床倾泻下去，这不正是“银河落九天”吗！马蹄瀑布猛烈冲击尼亚加拉河的青色深水，扬起高高的银白色水柱和重重巨浪，飞溅开来的水雾团升腾百米高空，遮天蔽日，向四周飘散。夏日，男士们在水雾下打着赤膊，感受瀑布的清凉，女孩的披肩长发上滚动着晶莹的水珠，儿童们光头赤脚像一只只小“落汤鸡”，兴高采烈地蹦跳不止……人们一边忘情地淋着雾雨，一边欣赏这世界七大奇景之一的巨瀑。

兴奋与激动之余，忽觉又一阵风从身边吹过，水雾随风向河对岸飞飘，河道上空映出七彩长虹，头顶上的太阳露脸微笑。我们赶快取出摄像机和照相机，争先恐后地与马蹄瀑布合影。约过了五六分钟，水雾卷土重来，太阳再次失去光泽，我们再次陷入“雨雾”之中……

沿着尼亚加拉河岸向下游走去，约走了七八百米，来到美国瀑布面前。

美国瀑布位于山羊岛的另一侧，在美国境内，瀑布宽328米，绝壁高55米。伊利湖94%的水量由马蹄瀑布泻下，只有6%的水量由美国瀑布倾进尼亚加拉河。美国瀑布下为凹凸不平的巨石，水流细，巨石阻挡的飞流像新娘的婚纱，轻灵飘逸，水色浅蓝，又称婚纱瀑布。婚纱瀑布虽没有马蹄瀑布那样气势磅礴，但瀑布泻在礁石上，水流飞散，涡流丛生，显得别有奇趣，风韵独特。

买了游轮票，凭票领取一件中国造的蓝色塑料薄膜雨衣。乘上“雾中少女”号游轮，于尼亚加拉河面仰望两个大瀑布的“庐山真面目”，又有另一番刺激与情趣。游轮先来到婚纱瀑布前，耳边骤然响起雷鸣般的吼声，狂风席卷的水滴扑面袭来。甲板上的人顿时慌作一团，有的避到背向瀑布一侧，有的蹲在甲板中心以防跌倒，我躲在船柱后偷拍了几张照片，张张是“天水地浪”茫茫一片。“雾中少女”经受着惊涛骇浪的一阵冲击，小心翼翼地调转船头，逆水向马蹄瀑布驶去。人们惊魂未定，游轮更剧烈地摇晃起来，像一个醉汉踉跄进入水天连接的朦胧世界，载有近200名游客的游轮似一叶小舟，停在倾湖而下的巨瀑仅20米之遥，任凭惊涛骇浪的冲击与摆弄。在巨浪前冲击震颤了四五分钟，人们饱受了惊心动魄的刺激，“雾中少女”艰难地冲出了巨浪和雾团笼罩的“混沌小天地”，顺利地回到了游轮码头。体察了“黄河之水天上来”的刺激与气度，人们长长地吁了一口气……

（原载于《浙江日报》2004年9月9日，后收录于《诗文缘》，天马出版有限公司2006年版）

馥满神州话茶花

叶英儿

少时读小仲马的《茶花女》，我被玛格丽特和阿尔芒的爱情悲剧感动得热泪涔涔。这部感人肺腑、流传千古的小说，不知感动了多少情窦初开的青年男女的心。年轻时，我们只知道玛格丽特喜欢戴白、红茶花，也就认为茶花肯定非常的漂亮、迷人，不然为什么女主人公外号就叫茶花女呢？

“山上的茶花开呀开，你曾走到山上来；那时候我奋不顾身，只为看一次花开。”玛格丽特，一个烟花风尘女子，顶着世俗的压力勇敢地接受了阿尔芒的爱情，却终于还是没能扼住命运的咽喉，任多少美好多少曾经成为无可挽回的过去。她终于还是被上帝拖走，放开了阿尔芒温暖的手。这美丽悲惨的爱情故事，据说是有真人真事的。小仲马的伟大就在于他写出了人性中的真情和虚伪，我们为茶花女落泪的同时，谁又不谴责这个世界的残酷、虚伪？

美丽，总是要付出代价的。当蝴蝶破茧而出，她唯美的爱情，已经时日不多。于是，玛格丽特必然要成为上流社会的牺牲品，成为凋谢的山茶花。即便茶花已谢，但我深信，玛格丽特和阿尔芒纯洁的爱情之花，将永远在人们心间怒放。

茶花是我小时候的喜欢，也是我长大后的欢喜。现在我的办公室和家里的阳台上，都养殖着这美丽的山茶花。茶花是我国十大传统名贵花卉之一，亦是世界名贵花木。属山茶科，山茶属多种植物和园艺品种的通称，花瓣为碗形，分单瓣或重瓣，单瓣茶花多为原始花种，重瓣茶花的花瓣可多达60

片。色彩缤纷，富贵骄人，有不同程度的红、紫、白、黄各色花种，甚至还有彩色斑纹茶花，其植株形姿优美，叶浓绿而有光泽，花形艳丽缤纷，受到世界园艺界的珍视。

唐代著名诗人白居易写有《十一月山茶》："似有浓妆出绛纱，行光一道映朝霞。飘香送艳春多少，犹见真红耐久花。"更有清代的段琦写的《山茶花》："独放早春枝，与梅战风雪。岂徒丹砂红，千古英雄血。"茶花美丽高洁，令人喜爱，是我们温州市的市花，现在在温州的各个角落，公园、景区几乎都可觅见它的芳踪，那一簇簇、一丛丛，含苞欲放、灿若晚霞的倩影曾打动多少爱花人的心。眼下流行在家里种植植物，使家居生活充满生机、活力、典雅，茶花以其优越性成了许多家庭的首选。今天我就向大家简单地介绍茶花的种植方法。

茶花最适宜的生长温度为18～25摄氏度，所以要求环境温度不能太高或太低。冬季，室内温度必须在3摄氏度以上，如果低于0摄氏度就会冻伤。茶花又忌强光，所以在种植的时候一定要注意阳光，春季和秋季要求光照充足；到了夏季，一定要避开阳光直射，否则很容易死亡。

茶花比较喜欢肥料，所以在种植过程中要特别注意肥料的施用，但是施肥也有个度，千万不能次数太多，一般在开花后的近半年间，施肥约3次，冬季施肥一次即可。为了使花朵更加亮丽，肥料中最好多放磷肥。茶花除了喜欢肥料以外还喜欢湿润的环境，所以要注意土壤湿度，不能太干，也不能太湿，也不能时干时湿。一般在春季可以多浇水，这样利于发芽，夏季要早晚两次浇水，最好能两三天一次浇到叶面上，切忌在高温的时候去浇水。

关于茶花，还有许多趣事和传说呢。相传，有一个名叫达布的妇女，她勤劳、善良，一直独自一人，早出晚归地劳作，有吃有穿，生活过得很舒心。因为她十分爱花，在一次看到山茶花后，却思念成病，用什么方法都治不好。后来一个美丽的姑娘来探望达布，达布看到姑娘头上戴着一朵漂亮的花，问姑娘戴的是什么花，她说是山茶花，达布问她有没有花秧，姑娘就送了达布一株。就这样，达布栽了茶花，病也好了，而这美丽的茶花越种越多，也越长越漂亮。人们为了纪念达布栽种茶花的功劳，就建造了"神庙"并取名叫茶花庙。

听着这动人的传说,也许你急了,茶花真美,惹人喜爱,那如何能获得茶花,养在温室里,美丽又芬芳,养眼又养心呢?

其实,想要获得茶花植物还是比较简单的,一般茶花在养殖园里很常见,主要是用于选育新品种,一般是在12月采集种子,2—3月播种,3—4年后开花,播种时覆土厚度为2厘米左右,一个月至一个半月就会发芽,第二年春天就可以移植了。

扦插可以说是人人都会的技术活儿,我自己办公室和家里的茶花,就是以这种方式获得的。一般在春季,用树上的嫩枝进行扦插。但是有一点要注意,在插播前,将插条的基部放在萘乙酸溶液中浸10小时左右,可以大幅度提高生根率,插后要喷水遮阴,不能让强光直晒,空气湿度要保持在85%~95%之间,周围温度为25~30摄氏度,在插后一个月左右,插穗基部就会产生新根,就容易成活了。

茶是个好东西,茶叶的作用自不用说。而山茶花的药用价值,也可圈可点,始见于明代李时珍《本草纲目》。清乾隆丁丑年(1757)名医吴仪洛的《本草从新》卷九木部灌木类二十八种中也有详述:山茶花,微辛、甘寒、凉血。治吐衄、肠风下血,汤、火伤灼(麻油调涂)用红者。又有吴其浚的《植物名实图考》(1849)卷三十五中记述:山茶,《本草纲目》始录,救荒本草,叶可食及作茶饮,其单瓣结实者,用以榨油,山地种之。花治血症。直到现在,在西南地区,民间还常取山茶花花蕾供药用,视红色宝珠茶花为药用茶花。茶花可以食用、泡酒,茶花糯米粥可以治痢。

茶花以其缤纷绚丽的姿态为人们带来了赏心悦目,为自然界带来了繁花似锦,也为人们带来了食用植物油,更是云南人民的精神象征——胜利花。其各方面的价值,如观赏价值、药用价值、食用价值,不可估量。

(原载于《科普创作》2017年第3期)

我们无法略过时间（九章）

张一芳

年轮作为生命的过程

一棵枞树，相对于时间的起始和宇宙的发端，可以说是微不足道的。以它一生的生长，它的曾经新鲜茁壮而后枯老的心路历程，它的暑热冬寒、风吹霜打、虫摧斧斤留下的创痕，向世界证明的，不过是短暂。

短暂也是一种过程。

岁月沙沙流去，牵扯枞树稀疏的枝叶悸动，生命谱图依凭这种深邃的内力，次第展开，形成年轮。年轮作为树的记忆，是一种特殊的时间记录。这种记录在人的骨骼中，以另一种方式存留下来。

树不仅仅有记忆，而且也有预知。过去存在于年轮，未来也存在于年轮，譬如一株伤残的树，时间从伤口切入，而后从花朵缤纷渗出。一种树，不受点摧折，枝叶是不会繁茂的。

树以这样的方式表达生命，表达存在和过程。

沉湎于回忆是人老了的标志，就是因为有那么一些时间，有他难以忘怀的人和事。考古者不断地咀嚼历史，跋涉或历险，去寻找、发掘远古的珍藏，在岁月的年轮上，力求复原因长远而愈显辉煌的某个时间点。小说家便天马行空地奇思妙想，把人物故事用情节的经线和纬线编成过程的网，装进时间篮筐里,把读者引入他们描绘的过去和未来……

对于枞树,生命的过程就是时间的过程。生存状态以图谱的形式录入年轮,至少显示出两个道理:一是无序度或熵随时间的增加而增加,指向毫无生机的平衡状态——热寂;二是大量星系在我们的注视下,以光谱红移的哀伤迅速远去,指向宇宙不可截止的膨胀,而不是收缩或静止。如同我们站在狭窄的脚印上,树一样直立着生长,无论怎样祈祷或忏悔,都只有明天和未来向我们走来。

感知生命,唯有通过相应的时间。

你只是看不见时间的身影,但时间永远都在你身边。在你凝视的每一颗星星里,在你每天早起沐浴的第一缕阳光里,在拂过你的身体的每一阵风里。无论何时,无论何处,你在,你的时间就在。

一个人的逝去,不管是因为战争、灾情、疫病、突如其来的横祸、心脑血管阻塞,还是自杀性爆炸、狂躁型抑郁症,或者"灯油耗尽",生命的时间终止了,物理的时间依然在延续。

站在时间片断上的枞树,枞树的年轮,何尝不是这样?

沙漏和爱丁顿的时间之箭

沙漏是一个象征,使人记起简约的、不紧不慢地飘散着干草气味的时代——磨坊的风车、碓房的水轮、滴水的铜壶,还有日晷……

斗升内的细沙永流未尽,循着环状轨迹,尽管迢迢路远,终究还是回到了起点。

或许,随着节气的来临,河床会重新涨满,夏季以后的秋冬,也会接踵而至。玛雅人坚信每260年,历史会重复;"柏拉图年"的说法则认为:经过2.6万年,星辰会复位,宇宙周期会重新开始……

事实却是,每一年惊蛰的雷声响过,原野的新绿与旧年分明两样了,任何嫩芽,都不是去年那一枝;播向田野的,不是去年那一把种子;收获,也不是去年那一斗粟。所谓"周而复始",在这里被无情地否决了。无论朝圣者怎样虔诚地摇着转经轮，也无论披头散发的巫师如何吟唱灵魂的回归，甚至无论你是苏格拉底，还是挤牛奶的农妇，都不能死而复生。多少个260年过去了，玛雅人终究没有回来。

所谓“白驹过隙”“光阴似箭”，中国人用乡间俗谚的句式说着说着，说了几千年，同样形容时间的话语和文字还可以找出一箩筐。注重于感知的中国人在理论上的缺失让外国人捡了个大便宜，钟情于不可逆理论的爱丁顿，拈起中国语境中闪烁着光辉的部分，以严谨、缜密而优雅的论证和推理，铸成一支一直前行的时间之箭，射穿一个曾经如此美丽的循环，把玛雅人和柏拉图们搁置在一边，说的就是时间既不会停步，也不可能倒退或者拐弯回到已经走过的任意点。我们需要跟随那支刚柔适度的箭杆，才能进入这个美丽的境界。而在只能以“瘫坐”的姿态攀爬天体物理研究顶尖的霍金那里，问题变成为：时间有没有起止？宇宙有没有边缘？

任何生命都拥有时间，这是迄今最公平公正的分配，但个体对于生命时间的拥有，都不尽相同。从严格的意义上说，每一段特定的时间内，流过沙漏的只有一粒沙子。“如果珍爱生命，就应该意识到时间的宝贵”，并且，霍金还告诫说，“不能指望等到宇宙收缩时，有一个倒转的时间箭头恢复你的青春。”

永不回归的时间之箭，以无法触摸的力量穿透一切，在造物坚硬而柔韧的密纹唱片般的沙漏上划了一道笔直的伤口。此前的悬念，景深处是涨落有序的海潮、缺而复满的圆月。此后的悲剧，无处不是俯拾不起的回不去的时间的碎裂之声。一座古拙的沙漏，一架笨重的计时器，肯定承载不起如此铿锵的碎裂之声。

从此以后，无论《圣母颂》《安魂曲》，还是《英雄交响诗》，都碎裂得令人焦躁不安。当然，不只是沙漏，还有五花八门精彩纷呈的机械指针钟表，或光、电驱动液晶数字钟表，都一样。

沙漏是人的严谨而肃穆的制作，但不是时间本身。时间是不会碎裂的。

譬如牛顿那只苹果

譬如牛顿的那只苹果。

尽管在沃尔斯索普的花园里，确实长着一株苹果树，那树上的果实缺少味道，而且带有黄绿条纹。可那只苹果在牛顿手里，却显得鲜红饱满，浑圆多汁。从此，天体和苹果都循着可以计算的一种力的轨道运转，秩序井然。

牛顿的这一发现如同苹果底部的凹陷，使世界能够稳定地摆放，又使人禁不住想翻过来再次窥探这是怎样的一种凹陷——人永远都为新的发现所困扰。

聪明的彭齐亚斯和威尔斯发现了弥漫在天空的微波背景辐射，为此他们甚至赶走了一对在角状天线上筑巢的鸽子。那对鸽子的双翼后来成为霍金电动椅子的转轮，载着一个瘫痪的躯体和思维敏捷的头颅，碾过现代天体物理崎岖的歧路。

宇宙起源于一次大爆炸的传说更加清晰了，在这个理论面前，所有的物理规律都失效了，数学方程整个地瓦解了，那些布满天空的电磁辐射，那看不见摸不着的黑洞，被解释为宇宙演化极早期的遗迹，是宇宙诞生的胎记。

而时间呢？在这一起始之前，没有时间。奥古斯汀说，时间是宇宙创造的一个属性，在宇宙开端之前并不存在。柏拉图认为，时间是创造的一部分，它本身也是被创造的。那么引力和磁场，在外宇宙也是存在的吗？……人类抑郁而警觉地一遍一遍地追问和探寻，使他们在路上遇见的苹果和鸽子，富有深浓的牧园寓意。

一种理论加上另一种理论，由之形成的第三种理论，让我看到在什么情况下一加一不是等于二，而是等于三。

追求和谐和追求美，是科学家和社会学家共同堕入的陷阱。这与其说是理性的矜持，不如说是如宗教般的偏执和顽固。即使过程中发现其中的破缺，也会以哲学的调侃，将其说成是引领我们走向更加和谐和完美的门。于是继续追求，企图使世界一再以这样的形态呈现——吸引、对称、守恒。

我们多么愿意活在经典描述的世界里，活在转轮吟游诗人的轮回里。当我们感受生命的时候，会发现每一个生命都是个别事件。个别事件纷纷从吸引、对称和守恒中剥离，使时间不再是理想构造的形态。

“在一个政治、社会、环境都很混乱的世界，人类如何走过下一个一百年？”瘫在轮椅里的斯蒂芬·霍金在为人类的未来担心。在他眼里，人类生存环境惨遭破坏，自然界中的物质做成了杀伤性武器，地球被过度开发，导致无数隐患，已经病入膏肓。人类将不得不寻找新的生存家园，前提是能在未来一百年内不自相残杀。

牛顿手中这只具有特殊意味的苹果，在霍金艰难转动的眼中，仍会一次又一次地摆弄人的命运。

无法以物理的方法量度和称重

时间负载之重，譬如把一个满溢的容器置于时间之上，无论作为哲学还是自然科学的问题，自苏格拉底到爱因斯坦，一直困扰人类的心智和情感。它是宇宙中无法提防的黑洞，任何从它边缘不慎擦过的物体，都即刻被捕获吸附，无法逃逸。

一个看似不着边际但又很切合实际的问题摆上了科学研究的桌面：时间能自处于世界之外吗？

相对于物质存在状态，时间无法用物理的或化学的方法复制合成，也无法以物理的方法量度和称重。如斯宾塞所说：“在本质上，‘生命’是无法通过物理、化学的方法来认知的。”

……然而，死亡呢？

一个苹果的死亡，一个k介子的死亡，一个人——无论是苏格拉底还是挤牛奶的农妇——的死亡，这些一点一点啮咬着我们的、无可挽回的死亡……

宏观世界有多大，我们看不到边际；微观世界有多小，我们触及不到根本。有时想想，我们带着对这个世界的一无所知而来，然后又一无所知地离去,实在是可悲的经历。史前文明的发达程度让人瞠目结舌,我们是在做着无谓的重复吗?

爱因斯坦30岁前便抛出了相对论,但是他始终相信万物最后应该统一于本质,用他生命的最后几十年研究统一场论。

或许爱因斯坦已经取得了成功,但他没有将之公之于众。答案很简单,经历过“二战”和自愿背负广岛、长崎沉重十字架的他,深深了解人类危险的一面。我们的智慧还无法解决贫富差距、霸权扩张、世界大战这样的现实问题,掌握更高深的物理理论无疑会加速人类的灭亡。换一个说法,人类的道德异变是科学解决不了的问题,当道德底线和科技水平出现巨大的负相关,尖端科学落入邪恶之手,人类的末日也就不远了。

所以霍金说:人类最终将毁灭在自己的手里!

诚然,苏格拉底和挤牛奶的农妇对于死亡的触摸,肯定不是同样的感觉;霍金和我们的死亡感触,也不在同一概念上……

霍金说:因为交谈的困境,不同领域的人互相读不懂。他还说,哲学家如此地缩小他们的质疑的范围,以至于连20世纪最著名的哲学家维特根斯坦说:“哲学仅留下的任务是语言分析”,这是从亚里士多德到康德以来,哲学的伟大传统的何等堕落!

于是,哲学家退出场外,剩下遍体鳞伤的科学家孤独地跳舞。

不管那个满溢的容器装的是什么,真理还是谎言,和平还是战争,香花还是毒蝎,甚至于哲学或骗术,惊喜或眼泪,无公害食品或摇头丸,一次性筷子或石油渗漏……

时间之上的那个满溢容器,倾泻而下的会是什么?

漂亮而不十分牢固的绳套

玻尔兹曼在他的一部著作的前言中,向人们透露一条个人信息:“我意识到自己是在孤零零地奋斗,对时代潮流作软弱无力的反抗。”这部著作后来被称为“经典著作”,但与玻尔兹曼的这段表述已经毫不相干。因为早在这之前的一个很平常的日子里，玻尔兹曼孤零零奋斗的时间，一下子定格在一个绳套上。

那天，玻尔兹曼要穿上外套返回维也纳，而他的夫人要把那件外套送到洗衣店去干洗。在无序度或熵时刻增加着的宇宙演化的理论中，任何市井纷争和家庭口角是极其可笑的。于是，我们在以后知道的同一时间段上，夫人拿走了外套，并去往蓝天丽日的西司提瓦纳海边裸泳，也顺便晒晒皮肤；玻尔兹曼把一根短绳的一端系在窗棂的横木上，另一端围着自己的脖子，优雅地打了一个绳套。

世界就这么奇怪，任何一个简单的触点都会引发很多事情在世界的每一个角落发生。

玻尔兹曼用行为艺术描述时间的不对称和不可逆演化，彼此不相关的分子沿着自己的轨道孤零零地行走，突然而至的碰撞，改变了它们的命运。于是，它们从此以后的相关、接连的事件，便在时间的箭头上散裂成杂乱的涡旋，搅动着世界。时间的箭头继续前行，不断地散裂，不断地涡旋……

分子混沌对于牛顿的对称定律是一种破坏，在很久以来对称潮流没顶的时代，没有谁能进入玻尔兹曼这个美妙的假设，也没有人用扫盲班数学计算一下玻尔兹曼最后一个动作所耗费的时间。但有一点是肯定的，即那个漂亮的本该是柔软的套圈，有那么一瞬间的坚硬，并且完成被赋予的使命，属于玻尔兹曼个人的时间就在它那里结束了。这个消息在一定的圈子内散裂成的涡旋，被人们议论着，搅动着他们的世界，好一阵。

多年以后出现的洛伦兹蝴蝶效应，仿佛是为了解释事物从不相关到相关的精奥：在亚马逊原始丛林里，一只蝴蝶扑动一下翅膀，会引起西印度群岛的一场狂风暴雨。就是因为混沌，因为对条件的极端敏感，因为碰撞和彼此相关。

难以表述的世界，家庭口角和攻击性论战、沙漏、熵、狂躁抑郁症、时间的箭、维也纳、海湾、外套、不可逆悖论……任何一片丛林……任何一只蝴蝶扑动一下翅膀……任何一个时间标位上发生在每一个角落的事件……

玻尔兹曼仍然不失伟大，他身躯高大，骨骼坚硬，而他的内心易碎，脖颈的肉很软。他最后相信宇宙早已热寂,而我们之所以活着,仍然思索,仍然吃饱了饭关注离自己生命非常遥远的一个非常庞大的时间话题,以宗教的虔诚陷入其中,是因为我们恰巧位于一个屏蔽。如霍金那样把全部身躯肢体和头颅交付给轮椅,却背负着时间起源与宇宙边界的沉重的十字架。

生存的确是个荒谬的事件。

一部当代的物理学著作这样开头:

……路德维诺·玻尔兹曼,1906年自杀身亡。艾伦菲斯特继续了这项工作,但也以类似的方式而死。现在轮到我们了……

这就是柔软的绳套有那一瞬间坚硬的注脚。

伽利略和钟摆

伽利略终身是一名忠实的天主教教徒。

这是他一面忏悔宣布放弃哥白尼主义,一面却喃喃自语“但是它仍然在转动呵”的原因。

信仰是一种残酷的力量,外部世界的任何迫害和迷惑,都比不上自我的内心煎熬。在他生命的最后日子,他致力于研究时钟的钟摆,这是一个静悄悄的工作,并且也看不出与教义有什么冲突,只让人看到伽利略已经老了。

老了的伽利略已不刻意开创什么新的科学时代,他不过是在寻找一个似乎没有学术硝烟的边缘问题。在他的身后,钟摆设计成了钟表匠显示技能的参照物。从此,一个精确守时的制作在他的不经意中同样静悄悄地开始了。

很难说这样的一个时代,会给人们带来什么。我只知道时间已经不能从人的所有活动分离出来,也不仅仅是一台稍加点油拧足发条便能坚硬、冷漠而又非常守信地转动的机器。无论神灵降生的祭祀或世俗的狂欢,无论出门远游或做梦,无论锈迹、霉斑的漫漶和摇滚乐,无论卫星的发射、回收和诱杀蟑螂,都不能把它切断。

钟表将其节律强加于人，每一个细胞都学会按照钟摆的咒语生长，像是一种宗教现象，无论胚胎的生长和脉搏的次数，无论上班工作，还是在车站接站、机场接机，时间迫使我们更准确地运转。在一个无所敬畏的时代，我们被矢量时间紧紧地追剿。

人和时间同行，动静皆宜，忙闲亦然。无论什么运动，我们说处位在前的人先到达目的地，这样的幽默带着点滑稽。但在运动竞赛中，终点线那个需要极端精确认定的一瞬，却又是多么重要。

一切都是一次性的，从餐巾纸到个人生命，从社会和个体，对于时间。枝头的嫩叶一经凋零就不可能长回去，子孙只是带着基因密码的另一个生命个体……生命使每一瞬间具有独一无二的意义，从婴儿的第一泡尿到年老时风干的眼泪，在每一个独一无二的短暂感受独一无二的存在。

伽利略孤独地终结在他的钟摆问题上。虽然有撕裂的疼痛，但他是完整的。

现在，我们居住空间的每一个角落都安放着时钟，不管是什么样的驱动，不管有没有钟摆，都离不开运行的借力，当然，这只是实时的工具。我们的悲哀是，只觉得生命的时间飞逝而去，却捡拾不起被摆荡成碎片的自己。

一滴墨水落在吸水纸上

一滴墨水落在吸水纸上，瞬息之间，墨水粒子会沿着所有可能的路径弥散开来。假如其中有一条路径是经由计算确定了的，那么就有一百条路径让决定论遭到质疑并被驳得体无完肤。

一个事件往往有更多的不确定的走向，而且我们还不可能预先安排这些事件的结局，即便那是我们自己的事件。

海森堡的测不准原理所说的是物理学上的问题：人们永远不可能同时准确地测量一颗粒子的位置和动量，你对其中的一个测得越精确，则对另一个测得越不精确。这不仅是发生于物理学所有分支的事实，而且是世界的一个基本的不可回避的性质。

并非存心反叛的普朗克,不幸把量子幽灵从理论的魔瓶放出来,他试图捂着自己的眼睛。而爱因斯坦,这位曾以量子理论的领军人物身份远远走在时代前面的呐喊者,突然搁置浅滩。他拒绝相信缺乏因果性的随机的幽灵,拒绝承认测不准原理是自然界的一个基本事实。他习惯于每一个粒子都是有一个确定的存在,习惯于毫不含糊地说是或不是,于是他只能被搁置在浅滩上。

我们寄身已久的实在的世界悬浮起来,在某种朴实中游移,我们无法描述,因为语言的贫乏和枯竭,像结痂的触角,无由地感觉世界的软肋。

每当宁静的黄昏,有来历不明去向未知的风气飘起,我们会不会想起,我们此时所处的宇宙其实并不是唯一的,如同光子通过狭缝,有无数独立的平行或弥散的宇宙,每一个都像我们所处的宇宙那样真实,那样陌生。

测不准原理意味着甚至所有实空或虚空也存在着无法限定的取向。时空多维卷曲,能量渗入所有空间,许多曾经为我们认定的事竟是不可能认定,不在预期中的却忽然有了。测不准原理把多重思维楔入量子论居室的窗棂,其声锐利,于是整个城堡被风化坍塌。那个单一的、为许多经典决定了的宇宙,像墨水滴入吸水纸一样,四处弥散,可以从每一个门洞出走,墨水般弥散的所有取向都是可能的路径。

粉碎的、悬浮的、测不准的世界。弥散的、多维的、测不准的取向。甚至时间,它以量子跃迁的情态成为永恒的即兴创作,具有普遍的随机的性质,这也是我们所容身的时间的整个儿的遗失。

地点和时间都可以标定人或事物的处位,但习惯采用的是地点,如我们为什么总是询问对方“你在哪里?”。这个“哪里”为什么只指空间的处位,如某某街某某门牌某某茶室某某座,而不是时间的处位,如几点几分几秒?你可以在我说的那个地点处位找到我,却不能从我说的时间处位找到我。我可以不离开当时说的地点,但我不能不离开当时说的时间。而时间确定下的处位又往往能使事后对事件的认定更显明确,如某某时间你在哪里。

轮椅上的时间坐垫

霍金蜷缩在电动轮椅里，用两只尚有感觉的手指揿动开关。他借助一个叫作平等器的电脑程序，用脸部肌肉的抽搐和眼球的转动，从荧屏中选择词汇，每分钟造出三到五个字词，书写著述；或通过装在轮椅上的语言合成器，与人交谈。这样的电脑在全世界独一无二，这样的霍金在全世界独一无二。

运动神经细胞病，并不是人类由来就有的不幸，这种被认为是极端非典型的疾病，或许不会令我们担忧自身。然而，霍金的表达艰难和迟滞，而他的思维剧速飞翔，已经走出很远很远的时间，却会使我们明白自身陷入的困境。

我们看到的来自遥远星系的光，是几百万年之前发出的，假如举头仰望星辰，我们所见的是过去的它。光年成为宇宙测算单位，既为时间概念，也为距离概念，谁能说时间不是距离呢？成为光的事件在时空之中呈圆锥状散开，时间越是久远，光锥浸渗越大。

此时读着霍金，已是在读着他的过去，已是驻足于他未来的光锥之中。

霍金的长线投资是试图接近并到达探索自然的终极定律，这是古往今来几乎所有探索者的梦想。多少次人们听见到达终点的大声宣告，却又发现有道路在终点处星状散开。霍金瘦尖的屁股，坐在无数前人花费不知多少心血做成的时间坐垫上，也坐在自己的时间坐垫上。在这个电动轮椅的时间坐垫上，霍金试图解决令人哑口无言的奇点，解决使所有科学定律都相继悖时的大爆炸，譬如黑洞并不是完全黑的，引力坍塌并不是死亡的结局。测不准原理允许粒子和辐射从黑洞的任何路径泄漏、逃逸，或蒸发。黑洞蒸发有一种抗拒宿命的色彩，微妙缥缈，却又无可置疑。它意味着终极牢狱并非终极，物质在那里分崩离析，坍塌消失，而新的物质也在那里创生；从黑洞逃逸出来的粒子，在别处继续它的历史。

霍金把虚时间引入我们的宇宙，让它消失了奇点或边界，开端或终结，在九重天外，为永恒留下了位置。我们想到虚时间可能是真的，是更基本的，而我们所处的实时间只不过是应用概念,以便于描述我们认为的宇宙的样子。

科学的巨匠往往短寿,他们生命的存继时间的短促与他们的发现和破译的深远实在无法同比,这是生命时间与宇宙时间的悖论。

霍金也不是宇宙物理研究的顶点,如墨汁浸透的路径有很多,相对于科学的浩瀚,他充其量只是走在某一条路径上,或在某一条路径的一个时点上,前有人,后也会有人。这在当前算是霍金自己的悖论。

我们至今不能达到逃逸速度,逃逸不出最终的坠落。但是,时至而今,飞翔终究是最好的生命情态。正是飞翔的欲望使我们窥见了一个窘困的现实:追寻终极的漫漫长途和借行于电动轮椅的残损畸零的人,行动、表达的迟慢和思维的飞翔——这不仅是霍金的悖论,同时也是世界的悖论。

我们无法略过时间

很难以现实的理由解释终极探索——宇宙的终极、生命的终极。它并不影响马铃薯长出绿芽的程序,不影响苏格拉底和挤牛奶的农妇各自做他们该做的事情,也不改变交通堵塞和毛皮衣料长出霉点的问题。然而对终极的关怀却如此悠久,它在人类创生的同一个时间创生,如一株数千万年永生的枞树,一直直立着生长,纵然被斧斤砍伐了一次又一次,却始终还屹立在土岗上。

每一种生灵都有它独特的、唯它所循的法则,人类的法则就是自由和尊严。造物不慎把一个无法驾驭的、测不准的基因种植到人的身上,从而引起一次又一次的背离、抵抗和衍生。通过降临灾难把人类导向一条被指定的胡同是无效的,人类正是从灾难中感知了自身的力量,窥见了自身的尊严。我们如此感动,以至执着地询问生命的意义,不愿辱没了这庄严,如霍金那样。

无论乘坐哪一束阳光,我们都无法略过时间。

我们注视时间的目光,如此锋利地穿透我们所处的境况,每每令我们战栗。科学的确在重新发现时间,这与其说是理性的需要,不如说是情感的需要。虽然对于时间，我们是无能为力的。即使物理学能理清时间之谜，即使时间之箭能如光在引力之下弯曲、折回甚至侧转，我们同样也是无能为力的。

我们能不能用形象一些的话语说：宇宙是具有情感的有机体呢？星光一点一点润泽我们思想的枝杈，牵引蜷曲的嫩芽伸展。确如人择原理所说，如果世界不是如此美丽，我们就不会在这里为其美丽而惊讶。尽管这惊讶在内心深处是忧伤的……

在一个无序度增加的宇宙中，建立一个很少的有序的角落，这是人的使命。所有的造物之中，唯人是负有使命的。当然，玻尔兹曼的使命和洗衣坊师傅的使命不一样，苏格拉底和挤牛奶的农妇的使命不一样，霍金的使命与我们的使命不一样。

时间为众生守夜。

我们不得不承认——我们不知道。在这同一个时点上，忙着的人和闲着的人对于时间的感觉差异究竟有多大，我们不知道。无论是忙着，还是闲着；到底忙着是闲着，还是闲着是忙着，我们都不知道。为什么表达“忙”的状态不用“闲”字，“闲”的描述对象不是“忙”，我们不知道。有些事情苏格拉底不知道，霍金也不知道。

然而我们必然需要时间，拥有时间。无论是苏格拉底还是轮椅上的霍金。

不仅任何事物都由时间来辨别，而且所有生命都由时间来量度。

（原载于《仰望星空》，中国文联出版社，2015年12月出版）

论“酒”

章胜利

酒，有时是“杀人的利器”，鸩酒一类的毒酒即是；有时是“救人的良药”，比如中医用药材与酒配制的药酒。我国古代关于造酒的传说很多。《吕氏春秋》里有“仪狄作酒”一语，但也有“杜康”是造酒祖师爷的说法。古医书《黄帝内经·素问》中有一段关于黄帝与岐伯讨论造酒(醪)的记载，有人据此认为在传说中的黄帝时代就发明了酒。

在我国，酒是全民饮料，从王者霸主到流氓泼皮，从艺术大师到下里巴人，谁不为之心荡神驰？中国人结婚、生育、迎宾、待客、出师、祝捷以至祭奠，都用得着酒。酒成了人生的伴侣，使我们的生活更加有滋有味。中华民族的祖先发明了酒，创造了中国的酒文化。似乎可以这么说，无酒不成礼，无酒欠敬意。金樽美酒，是中国人品尝人生乐趣的媒介物，酒令、酒器、送酒、饮酒，万种风情闪现着中国人的德行和智慧。

爱酒人总结一生喝酒的感受，认为微醺最好，大醉无趣。

何谓“微醺”？答曰：在沉醉与清醒之间，亦即微醉、略醉，也许是半醉，至多是七八分醉。酒家对此种境界更为推崇。似乎可以说，喝酒在醉与非醉之间更有趣。太醉为亵渎酒神，不醉为冷落仙子。饮酒微醺，飘飘欲仙，精神兴奋，头脑清醒，余香满口，吹气如兰，个中妙趣，有不可言传者。

微醺的快乐，真不可一言以尽。此时，你会变得率真起来，宛若童稚，活泼可爱；会使忙人解脱思虑，从种种繁文缛节中脱颖而出。如果情思充溢，你会焚烧旧藏的回忆，引发你的诗兴，使你情也悠悠，思也渺渺，使你达到哲人所说的“复归”或“返真”的境界，使你袒露一个未经修饰的灵魂。所以，这时候产生了李白斗酒诗百篇，陆游悲歌击筑，辛弃疾醉里挑灯看剑，贵妃醉酒，武松醉打蒋门神，乃至张乐平创作《三毛流浪记》，谢晋构思泉涌等等风流趣事。

不过，酒有水一般的柔情，亦有火一般的烈性。“酒神”是很奇妙的东西，就在你喝得最快乐舒畅时，也正是你大脑神经被麻醉之时，科学饮酒的规则告诫你应停止喝酒。如果你还是一杯接一杯，酒神会把你送入“醉乡”，最后也享受不到微醺的乐趣了。

酒的发明，是聪明人的天才创造，有人说比发明原子弹还要伟大。但自从世界上有了酒这种晶莹透明、浓香四溢的绝妙液体，人们便纷说不一，或褒或贬，或誉或毁，古今一贯，中外皆是。恶酒的人则把它说得一无是处，甚至挥斥它致疾败行、乱性丧身、滋生罪恶。有人说到“酒性”，说那一片清冽芳郁的液体，竟是人间“媚骨”所溶成：如果你在忧闷，它便伴你忧闷得要死；如果你在快活，它便鼓励你快活得失却常态；如果你在懊恼，它便怂恿你变为一只野兽，失却理智；如果你心里有罪恶的火星，它便频频煽动，让你熊熊燃烧起来……

然而，南北朝的陈暄，在其《与兄子秀书》中论到酒，却有一个与众不同的说法：“酒犹水，可济可覆”。

1990年的一项调查表明，在我国因斗殴被拘捕、教养或判刑的青少年中，有63%与酗酒有关。流氓犯罪的青少年中，也有63%与酗酒有关。酒后犯罪增多，这是什么原因呢？因为乙醇可引起一种特异质反应，特别是对乙醇耐受性低的人，酒后更易引发强烈的精神运动性兴奋，常有攻击性行为。发作时间从几分钟至几小时不等。有这种特异质反应的，医学上谓之“病理性醉酒”。但酒后犯罪不能都用病理性醉酒来解释。

目前，医学界认为，长期饮酒者会导致乙醇依赖，而乙醇依赖则是一种精神障碍，已是一种病态。乙醇依赖者的症状是：记忆力严重损害；无中生有、大讲特讲根本不存在的故事，或把旧事当新闻；容易发生多种躯体疾病，如胃炎、胃溃疡、心肌炎、胆囊炎、肝硬化和性功能障碍。无节制的饮酒还可导致智力低下和生长发育的胎儿酒精综合征。

估计全世界有1.4亿人是乙醇依赖者,这是个令人焦虑的数字。

对待万事万物,都有一个“度”:在一定的界限内是安全的,超过了一定的界限就是危险的。美国已采用“血液酒精”来测量人醉酒的程度,规定血液酒精的含量不超过千分之一。通过科学计算,西方已找到了一种饮酒的安全标准:人体每日可摄取1.5盎司的纯酒精——相当于每杯1盎司、标准为100的威士忌酒(酒精含量为50%)三杯,每杯8盎司的啤酒四杯,或半瓶葡萄酒。

物无美恶,过则为灾。中国传统的饮酒态度,主张“温克”。所谓“节饮”,就是根据自己的酒量,适可而止。

那么,万一喝多了,醉酒怎么办呢?这时候,就需要采用醒酒方法了,以尽可能使醉者快速清醒过来。在新加坡,人们用姜丝草药汤醒酒治醉;希腊人是将鸡蛋敲破一个口子,然后把鸡蛋一点一点吸下去;在意大利,醉酒后要吃米饭、面食、奶制品这样的“白色食品”,而不吃西红柿。不过,我们中国人却有自己的醒酒秘方:喝杯牛奶;绿豆100克,加水煮至糜烂,再加入适量蜂蜜(无蜂蜜时可加少许盐),待凉饮服;鲜藕洗净捣碎绞汁服用;生山芋适量,绞碎拌白糖服用;松花蛋(皮蛋)1个,蘸醋徐徐吃下;鲜橙榨汁饮之;吃点梨或柑橘……

历数了饮酒的种种黑幕和害处,对饮酒是否应该戒尽杀绝呢?非也!

国外有医学家断言,酒是“人类最早的药”。人类发现、发明了酿酒之后,酒就用于医疗了。古代社会里医和巫是不分的,医和药同样如此。早期的医字写作“毉”字,表明巫师在当时既能祈福,也会治病。有酒之后,酒成了重要的药物。酒之古文是酉,后来的医字就写成了“醫”,时间大概在医、巫正式分开的周朝。

酒少量用之使人兴奋,多量用之可让人麻醉,用来作治疗的溶剂和麻药。中国历代医学著作里都有药酒记载,还有酒炙、酒炒、酒浸药物以及水酒合煮、酒糊为丸、酒服等治病方法,难怪《汉书》要说“酒为百药之长”哩。

酒是麻醉剂，大家对此并不陌生。战国时期医学家扁鹊给病人手术时，让饮毒酒，“迷死三日，剖胸探心”，然后“投以神药，既寤，如初”。不过，我们不清楚，这“毒酒”是纯粹地用酒麻醉，还是加进了其他“毒药”?但不管怎么说，扁鹊是用酒作麻醉剂的。

若干年来，人们发现饮酒有益心脏，可预防心脏病。波兰科学家研究表明，饮酒可能有减少动脉硬化的风险。英国布里斯托皇家医学院研究人员说，每天饮半瓶葡萄酒可降低同心脏病有关的胆固醇值，并可使高密度脂蛋白胆固醇(好胆固醇)增加，还能减少胆石生成。

英国、德国、以色列、法国等国研究人员提出，适量饮酒会使人血管硬化程度减轻，有助于防治心血管疾病。日本老年综合研究所对400名老人进行连续观察，结果发现老年人适量饮酒可以益寿。男性饮酒者死亡率为24%，而戒酒者死亡率为前者的两倍。

此外，不饮酒者易得痴呆症，这个消息正是在2000年召开的世界老年痴呆症大会上发布的，让爱酒人士心头一阵欣喜。

[选自《初尝酒味》一书(华龄出版社，1999年2月版)，曾获全国报纸副刊征文优秀奖]

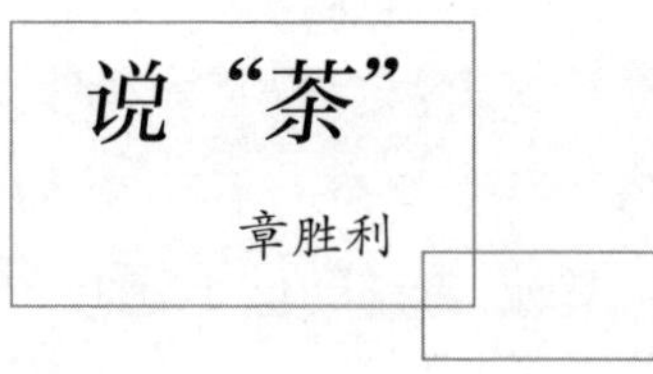

说“茶”

章胜利

有茶馆门联云:“清泉烹雀舌,活水煮龙团”“扬子江中水,蒙山顶上茶”,可见茶在人们心中的形象。元曲《玉壶春》曰:“早晨起来七件事,柴米油盐酱醋茶”,足见茶在人们生活中的地位。深究其中奥妙,饮茶的确“妙”趣横生。

我国古代药书《神农本草经》道:“茶叶苦,饮之令人益思、少卧、轻身、明目。”东汉名医华佗在《食论》中也说过:“苦茶久食,益意思。”这是古人的见解。今人的说法是,饮茶能提神、助消化,可促进血液循环,强心利尿,对肠胃病有辅助治疗作用,并能增强微血管壁的抵抗力。

茶叶,在我国最早是被用来作“祭品”的,春秋后期为“菜食”,而在西汉中期则发展为“药用”,西汉后遂成宫廷“高级饮料”,普及民间当在西晋以后。直至目前云南少数民族仍用“腌茶”“竹筒茶”当蔬菜食用,或用香油浸腌,炒蒜食之,或用香料拌和细嚼,鲜美无比。日本也有以茶当菜食的习惯,以茶叶为主料做成茶糖、茶糕、茶饼、茶羹、茶面条等等。

据科学实验分析,茶叶是一个有机物的世界,包含了450余种有机化合物,诸如糖类化合物、脂类化合物、维生素类化合物,以及各种矿物质元素。几乎人体所必需的各种微量元素,在茶叶中比比皆是。这些物质可分为营养成分和药效成分两大类,前者与维持生命的新陈代谢有关,后者则与疾病防治有关。

对人体来说，茶叶中的许多成分，有的是一种成分发挥一种作用，有的是几种成分起到协同作用。这是茶叶独有的特点。由于茶叶具备调节人体新陈代谢的许多有益成分，茶自然在人们的心目中居于特殊的地位。

许多喝茶的人都知道，喝茶不仅可以提神益思，还能消食去腻、明目清心，补充人体需要的多种微量元素。现代科学研究进一步表明，茶叶在抗衰老、防癌症、养生方面起着积极的作用。对一般人来说，茶叶已成了一种理想的养生长寿饮料。

日本冈山大学药学部奥田拓男教授、日本国立遗传研究所贺田博士等对茶叶中的多酚类物质的抗衰老性能进行了试验和研究，发现茶多酚是一种强有力的抗氧化物质，对细胞的突然变异有着很强的抑制作用。维生素E被医学界公认为抗衰老药物，然而茶叶中的茶多酚对人体内产生的过氧化脂肪酸的抑制效果要比维生素E强20倍，具有抗衰老的作用，一般每百毫升茶汤中约含有120～250毫克的茶多酚。

饮茶对长寿的好处还可以从我国古代著名文豪的著作和平均寿命中得到验证。唐代刘禹锡、白居易，宋代苏轼、陆游等人，他们酷爱饮茶，撰写了许多与品茗有关的诗词。在古代科技不发达、物质水平低下的情况下，刘禹锡活到70岁，白居易活到74岁，苏轼活到65岁，陆游则活到85岁高龄，平均寿命比一般不饮茶或少饮茶的人都要长。

现代社会中许多人都爱饮茶。上海有位逾百岁的女寿星，叫张斯秀，老太太每天起床后都要空腹喝一杯红茶，这是她从20岁起就养成的习惯。四川万源县大巴山深处的青花乡，被称为“巴山茶乡”，那里的人都有种茶、喝茶的习惯，全乡一万多人至今未发现一例癌症患者。乡里有百余位老人，平均年龄在80岁，最大的超过百岁。据一位老人讲，他从2岁起就开始喝茶，每天坚持不停。乡里人已视饮茶为主食，宁可少吃一餐饭，也不肯少喝一杯茶。

俄罗斯一位老人叫阿利耶夫，活了110多岁，他的长寿秘诀就是喝茶和到空气清新的地方散步。埃及尼罗河三角洲布海拉省的一位农民札那帝·朱夏尔活了100多岁，他从不抽烟，但每天要喝六杯茶。中国有位吴觉农老先生，活到92岁高寿，一生研究茶，一生喝茶，被誉为“当代茶圣”。我国著名茶学专家、安徽农学院茶业系的王泽农教授和陈椽教授,都不喜烟酒喜爱茶,八九十岁时依然身体硬朗,令后生敬慕。

中国预防医学科学院营养与食品卫生研究所在研究了145种茶叶后证实,茶叶确实有阻止人体内亚硝胺合成的作用。日本癌学会也认为,绿茶中的鞣酸能够控制癌细胞的增殖,长期饮茶尤其是绿茶,对防癌益寿确有效果。日本新近的一项研究报告也表明:饮茶对促进长寿的确大有裨益,在日本研习茶道的人往往高寿。茶叶中所含的芳香物质、生物碱、类黄酮等成分能降低人体中的胆固醇、三酸甘油酯的含量,降低血脂浓度,具有较强的解脂作用;同时,茶叶中的脂多糖可以减轻辐射对人体的危害,对造血功能有显著的保护作用。

另外,茶叶中的重要成分茶多酚是一种天然优质的抗氧化、抗辐射、防突变、防癌的生理活性物质。茶叶已被证明是人类养生保健的长寿饮料,人若能从小养成合理而科学的饮茶习惯,对防癌、健康、长寿是会大有好处的。所以,有人总结了茶叶养生的道理,得出“常饮香茗助长寿,长寿得益品茗中”的结论。

茶叶也有分类,各种茶都有自己的强项。

绿茶的养生保健,侧重于抗氧化、抗辐射、均衡维生素C的摄取量,有清凉解毒、降脂、抗菌抗毒、防癌抗癌的作用,以及消除吸烟的部分危害。

乌龙茶的养生保健,侧重于改善血脂代谢、防止红细胞聚集、抗氧化、防衰老的作用,提高机体免疫功能,增强免疫力。

红茶的养生保健,侧重于松弛神经、稳定血压、刺激肌肉、促进减肥、清热解毒、抗菌消炎、保护眼睛、预防近视。

普洱茶的养生保健,侧重于消食化痰、清胃生津、治疗口破喉燥、受热疼痛、降低血脂、预防心血管疾病和降脂减肥。此外,它在利尿、助消化、醒酒、健身、增强食欲,乃至血管扩张、血压暂时降低、心率减慢和脑部血流量减少等生理效应方面,皆有疗效。

普洱茶的这些功效,已被人们广泛关注和应用。法国、日本、西班牙等国已用此制造“减肥茶”“美容茶”“益寿茶”,还把喝普洱茶作为一种时尚。

中国提倡并弘扬茶文化。

为了恢复品茗饮茶的民俗，有人提出“茶艺”这个词。广义的茶艺，可以泛指包括茶的种植、加工、品饮在内的茶之艺，也可以理解为与茶文化同义，甚至扩大到整个茶学领域；狭义的茶艺，可以专指“饮茶之艺”，即品饮及品饮前的备器、择水、取火、候汤、习茶等学问和艺术。

饮茶讲究实用和艺术化的方式，在探求“五境之美”即择茶、选水、候火、配茶具和布置品茶环境中互相引发，彼此烘托，使之成为养生艺术的有机体。

（选自《养生利弊道名茶》，天津科学技术出版社出版，2005年1月第1版）

江南的风

章云龙

在江南，风是最寻常的物事。

我寓居的小城，滨海又临山。东海的涛声，吹来的劲风，在不同的季节，演绎的动感、肆意、柔情、豪放，可谓多姿，耳熟能详。山野飘来的风，夏日弱弱的风，却充满了清凉。冬天，山风凛冽，像夹带一把把刀，剜得人的脸痛痛的。春天来了，橘子花开，漫天橘花飘忽而来，馨香溢满大街小巷。夏日姗姗而来，一天的酷暑后，晚上的街头巷尾，一家家围坐着纳凉，有光着膀子的，也有在大人边四处奔跑着的小孩。大人们气定神闲，摇一把蒲扇，聊家长里短，温馨弥漫，不时爆出的笑声流淌在大街小巷。一袭凉风吹过，还夹杂着不远处大排档螺蛳、老酒的香味和一天劳作后人们猜拳、喝酒的声音，随风而至。宁静与喧闹，在昏黄的路灯下，组成小城动与静相融的夏日旋律。

这是我三十多年前关于小城风的记忆，关于夜晚的记忆。

后来的后来，与全国众多的城市一样，楼房高起来了，城市亮起来了，车辆多起来了。风，夹杂着噪声破空而来。一组组街巷纳凉的温馨小景消失了。一台台空调悬挂在居民楼上，灯红酒绿，商铺林立，风吹过的都是人流的气息、商业的气息，还有混浊的汽车尾气。

小城居东海边，夏季是台风频仍的季节。与海相近的我们，习惯了台风“张牙舞爪”的模样，但仍有一些台风超越了我们的想象。记忆犹新的二十多年前名为“云娜”的台风，以十四级以上的劲疾卷过小城。台风酝酿期，城市一片闷热、昏暗,仿佛末日来临;台风肆虐时,暴雨如注,以排山倒海之势滚滚而来。从雨珠—雨线—雨带—雨帘—雨瀑不断转换,疾风过去,江河漫漶,街巷汪洋一片。居民楼下,水声潺潺。旧楼房在风的摧枯拉朽下摇摇欲坠,水泥结构的楼房铁窗只要有一丝缝隙,风便吱吱窜入,如箭矢射来。破窗,还是破窗。那时,家居五楼,响应政府"抗台"号召,把家中每一扇铁窗玻璃用十字形胶带粘贴,静候"台风君"光临。台风不期而至,我看到了奇异的景象:缝隙边,玻璃慢慢弯曲,接着是如石块击碎汽车玻璃似的开裂,然后,玻璃粉碎,随风落地,大雨冲进了房间,坠落满地。人,在自然的强力下无计可施。

雨还在倾盆而下,街头的树像人喝醉酒似的,东摇西晃,然后连根拔起,倒伏在街道上。穿街想去玻璃店,手撑雨伞几秒钟,伞已翻转方向,失去了挡雨功能,索性扔了。几十米的路,人随风的方向不断调整,行走了半个小时,像长跑似的。想家中大雨,买了玻璃后步步为营地往家赶,不到半路,玻璃折碎,无声无息地掉落在水中。折腾了两次,趁风稍小赶路,总算不负使命。

我突然意识到,在大自然急促的呼吸面前,人是何等的渺小。所谓的抗台,其实只是标语。

关于风的记忆,自也有温馨、舒坦的时刻。二十多年前酷暑的晚上,常在单位值班,下班后骑着自行车回家。不远处,方山如黛,双塔灯火阑珊。行在九峰路上,一阵凉风袭来,全身的臭汗尽散,那种从毛孔中传递入的快意,无与伦比。下车,买一瓶冰镇的可口可乐,透心凉的感觉从口中直达肺腑,全身舒畅。一路上,哼着小调,看路边璀璨灯火,路人不徐不疾,居民在昏黄路灯下若隐若现。有几家小吃摊,借着路灯摆开。一对父女在摊边忙碌着,脸上洋溢着生命的活力。几个食客,在凉风下,幸福地吃着美食。

多好的风啊,多美的夜!

许多年过去了,这一幅城市夜归图始终在我脑海中留存。

其实,有时候,幸福很简单。夏夜酷暑的一阵凉风,或者,风中美妙的事,都会酿出温情、织出诗意来。

(原载于《台州日报》2019年4月14日)

乐游尤溪不知返

赵建德

近几年，浙江临海的江南大峡谷声名鹊起，闻名遐迩。百闻不如一见，一个气候宜人的周末，我呼朋引伴，踏上了探访江南大峡谷、亲近秀山丽水的神秘之旅。

江南大峡谷位于全国环境优美乡镇——临海市尤溪镇境内，全长约35公里，呈阶梯式上升。峡谷内奇峰秀瀑遍布，危岩峭壁皆是，有美丽幽静的情人谷、惟妙惟肖的鲫鱼岛、深邃险峻的漏斗峡、深不可测的七折潭、峭壁如削的天门岭、神秘幽雅的法海寺、碧波荡漾的竹海、涛声阵阵的松林、古朴原始的村落……各类果园遍布山谷，珍稀名木点缀其间，野生动物出没于此，集清、幽、奇于一体，汇瀑、溪、林于一地，是一个未染世尘的原始画廊，一处自然清纯的天然氧吧。

峡谷过去鲜为人知，溪水空自奔泻流淌，白白消逝，两岸零星点缀的古村落，默默沉寂。有鉴于此，当地党委、政府依托江南大峡谷提出了“兴一业旺百业”的战略构想，大力发展乡村休闲旅游，打出了“生态尤溪、快乐小镇”的品牌，着力建设“山水尤溪”，打造“都市近郊型休闲旅游胜地”，走出了一条可行的特色小镇建设之路。

江南大峡谷有两段式漂流，其中军事探险漂流属浙江首创；指岩村新开发了生态乐园和台州市首家滑草场，供游客自由采摘蔬果，体验草上滑行；坎头村开辟出200亩蔬果乐园和30亩鱼乐园，为游客提供休闲娱乐、欣赏田园美景、学习农耕文化、体验农事等活动；下涨村增设游客接待中心、休闲长廊、自娱亭等娱乐设施，周末由农家乐经营户出面邀请地方越剧团或临海词调演出，增加了农家乐文化内涵。

尤溪镇投资百万元，建成水上活动基地和CS真人野外拓展训练基地，借此吸引更多的游客光临景点消费，进一步刺激旅游经济发展。他们新引进总投资1000万元，开发建设指岩滑草场至情人岛十里沿线，即将建成多个探险项目。与此同时，他们通过网络、发放消费券、节庆活动等形式加强旅游宣传和推介，先后举办了以江南大峡谷为名的自行车邀请赛、漂流节和“金秋尤溪·峡谷嘉年华”等特色节庆活动。2011年，又推出了“春之邀·踏青拾野趣”“夏之乐·激情飞峡谷”“秋之韵·乡村嘉年华”“冬之欢·笑靥农家乐”系列活动，唱响乡村旅游“四季歌”，让游客真正体验到“时时有快乐”“人人都快乐”的感觉。目前，尤溪镇已成为浙江省首批风情小镇。

出临海西南郊区沿临尤公路约12公里，就可到达尤溪镇政府驻地，再西行数里，便到峡谷下游的指岩村，村庄不大，傍山依水，因村后有巨岩曰指岩而得名。村前有一天然浴场，滩缓沙细，水质清澈。路边有临海八大古刹之一的法海寺，始建于五代后周年间。历史上法海寺几经毁坏，但经有心人多次修缮，现又显昔日风采。

在指岩滑草场，我们穿着滑草鞋，沉浸于绿色之中，感受用进口的马尼拉草铺成、最大落差达30度的台州首家滑草动感运动项目，舒缓而行，悠然自得。也可以坐上滑草车，顺势疾驶，风驰电掣，体验“指岩滑草场，心随草飞扬”的欢快浪漫情怀。在指岩生态乐园，竹海果林绿波连绵，湖光山色相映成趣。可惜时季不符，不然我们可以参加葡萄园、桑果园等功能区块认领耕作，体验农事。

缘溪而上，四周碧水潆洄，溪畔绿树掩映，一条如玉带般蜿蜒的盘山公路，把我们带入一个世外桃源。

峡谷并不宽，溪中多卵石。溪水时而低吟浅唱，平缓舒展；时而奔腾咆哮，飞流急湍；时而游走在岩罅，时而静立于浅滩；时而遁入草丛，时而跌落深潭，虎腾蛇行，且歌且舞，把这千年溪石打磨得千姿百态，惟妙惟肖。石头与溪水和谐共处,相得益彰。石头挤挨得溪水激情四溢,姿态万千;水抚摸得石头玲珑剔透,光鉴可人。

不一会,我们就到达位于羊尾水库处的情人谷景区。两条来自不同方向的溪水,在此交汇冲刷,形成一个天然小岛。谷内青山叠翠,飞瀑悠扬,清潭成串,卵石遍布。岛上开设的山水歌舞、溪坑垂钓、泼水狂欢、沙滩烧烤、渚上露营等参与性项目,异趣横生,异彩纷呈,令人乐不思返。

有山就有水,有水就有瀑。行程中,我们不时能从林木交织的缝隙里,看到泉瀑清澈飘逸的身影。

峡谷中,涓涓细水从树丛中、花草间、岩缝里流出,汇成溪、聚成潭、泻成瀑,涌动着,欢笑着,弹奏出各种美妙动听的乐章。

在赤颊潭,我们看到两条瀑布从峡谷中奔涌而出,汇集着大山的乳汁,负载着远古的幽梦,携带着岁月的传说,在十几米的落差中恣意挥洒,飞珠溅玉,蔚为壮观。瀑布一粗一细,刚柔相济,朝夕相处,形同伴侣。

从赤颊潭下来,沿盘山公路而上,就到了我们歇脚的下涨村。下涨村依托江南大峡谷漂流,积极发展"农家乐",现已初具规模,全村共有"农家乐"34家,可同时接待上千人就餐,并成立了台州市首家"农家乐"协会,"农家乐"管理逐步走向规范化。游客们在下涨村不仅可以吃农家菜、住农家屋、享农家乐,还可以感受踩水车、磨豆腐、捣年糕等当地古老民俗文化。

吃饱了,喝足了,歇够了,我们继续前行。经下涨,过栅下,就到了漂流中最为险峻的漏斗峡。漏斗峡宽不过数米,陡壁峭立,林木葱茏,遮天蔽日。两岸花草树木有的在石缝中孤芳自赏,有的在悬崖上搔姿弄首,有的在峭壁处倒荡秋千,还有的干脆与对面伸过来的枝蔓来个亲密接触。

再往上,很快就到红岩脚水库大坝脚下,这里是江南大峡谷军事探险漂流的起点。江南大峡谷的漂流有"纵情江南大峡谷,激情华东第一漂"之美称,全程6.8公里,水位落差183米,由50多处落差很大的急流险滩组成,单个冲滩最大落差达10米,惊险刺激,"男人一路欢笑、女人一路尖叫"的广告语充分说明了此项目的惊险和刺激。漂流分上下两段:上段为军事探险漂流,搏浪闯滩,惊心动魄,终生难忘;下段为军事休闲漂流,让人体验一种忘情山水间，嬉戏碧波中的乐趣。

我们登上红岩脚水库大坝，但见万顷碧波像一块巨大不规则的蓝玻璃，飘浮在群山之间。一阵微风吹过，水面起了涟漪，“蓝玻璃”就晃动起来。幽蓝的水色使得天地间蒙上一层神秘莫测的气息。走近水边，只见水深无底，碧水舐山，山脚入水，山水交融，意趣盎然。蓝天落入水底，青山映在水中，使人感觉到有一种融洽而又恬静的东西支撑在天地之间。天、山、水构成的图画，是那么的和谐，互相浸润着的山光水色是那么的永久。

在悠长的峡谷中漫游，在自然的丛林间穿引，在山水的情怀里濯足，感受原始与自由，畅享回归与宁静。累了，找一处林间小憩，看倦鸟归林扇动的翅膀拍落一片片盛满阳光的叶子，瞧松鼠于林间穿梭，望清泉在石上流淌，闻花香泥土香，馨香扑鼻；听鸟声松涛声，声声入耳，顿觉舒筋解乏，周身通泰。渴了，掬一捧清泉入口，甘甜醇美，倍感心旷神怡。

游走在峡谷的小道上，沐浴在山水的怀抱中，多少生活的意想和时光的流程，多少深邃的境界和神奇的演绎，都在这峡谷清流中舒展着，延伸着。那种抛却矜持的释放，打开心扉的畅快，涤荡凡尘的感悟，忘情山水的惊喜，始终在脑海里涌荡。

（原载于《文化交流》杂志，2012年第2期）

梅园赏梅

赵建德

几天前的一场大雪，勾起了我踏雪寻梅的雅兴。好不容易熬到周末，我早早唤起女儿，一起去梅园，以了却一桩心事。

梅园处在古城西隅，紧靠古城墙，依山就势，高低错落，面积虽不大，却也小巧玲珑，精美别致，是一个修身养性的好去处。

入梅园的路有两条，一上一下，各具风韵。我们驱车到原台州市委党校门口，步行不到几分钟就到梅园入口，自下而上游览梅园。

入得拱门，读梅轩前洁净如洗，一尘不染，一左一右两条石板砌成的小径，扭着腰肢，引领我们进入梅园深处。

远山的积雪还没有化尽，早晨的阳光斜照着梅园，也照在我们身上，没有一丝的暖意。也许还不到赏梅的时候，偌大的梅园还没有别的游客，显得有些冷清。

我们拾级而上。但见园内老桩筋骨外露，虬枝舒展，苍老遒劲；新枝旁逸斜出，婀娜多姿，生机勃发。光秃秃的枝条上缀满花蕾，大多是春潮涌动、含苞欲放的样子，有几株赶早的，已是蓓蕾初绽、暗香浮动、朵朵催春了。可惜没有蜜蜂光顾，也无蝴蝶萦绕，一任梅花独自芬芳。

许是梅花开得不多，小女没叽喳几句便不感兴趣了，独自找到一片结冰的石壁，拿起一块小石头不停地砸着冰玩，任由我一人左右观赏，上下拍摄。

其实，赏梅以含苞欲放之时最佳，贵稀不贵繁，贵老不贵嫩，贵瘦不贵肥。

小女年纪尚幼，哪知这些道理，我却乐得独自逍遥，独享春色。

赏梅是大有讲究的，要真得神韵还须“三知”。一要知色。梅花以绿和墨为名贵。但人们在观赏时多喜欢看红、白、黄三种颜色，因“红梅”花形极美，花香浓郁，“绿萼梅”花色白，香味袭人，久看目不困倦，且引人入胜，让人流连忘返。二是知形。梅株以“梅不盈十尺”为美，即枝干繁茂、粗细匀称、高矮适中。其株形分为柔伞、宝塔、蓬松等。其花形态不一，有俯、仰、侧、依、盼等。梅以曲为美，直则无姿；以疏为美，密则无态。梅花品种甚多，其中金钱绿萼、骨红垂枝、早凝馨、大羽、龙游等为梅中珍品。三要知香。梅花不仅形美、色美，而且还有香味美。梅花中的香味，倘若你不仔细品捉是难以闻到的。赏梅时节，人们在百梅丛中细品梅香，有清醒提神、解乏润气之功效，达到“赏梅人儿花间走，花攀衣袖步生香”之意境。

梅园的梅花以红色、粉红色的居多，虽不怎么名贵，却正好迎合了大众的审美口味。其间点缀着几枝白梅或绿萼，让人想起“故作小红桃杏色，尚余孤瘦雪霜姿”这样秀气的句子来。

自古以来，梅花以优雅飘逸的姿色、傲霜斗雪的品格、坚韧不拔的精神深得人们喜爱。她有着花的姿容，但没有花的娇态，不需要和煦的春风，不依靠润物的春雨，不求得绿叶的扶衬，不指望温暖的呵护，全凭着不屈不挠的风骨，在百卉凋零的冬季，“万花敢向雪中出，一树独先天下春”，被誉为抗寒的勇士、报春的使者。

睹花思物，触景生情。人们从梅花疏影横斜、高标逸韵中，领悟出她的品格、她的精神，从中悟出做人的道理。

心驰神往间，不觉已过半个上午。于是移步换景，登上梅园最高的城楼，居高临下，俯瞰梅园。

已近中午的阳光也有了暖意，阳光在草丛中行走，微风拂上枝头，满园的春意就荡漾开来。此时的我，如一枝探出墙角的早梅，神定气闲，随风摇曳。

［原载于《中国建材报》（五色石副刊）2006年3月3日］

哦，石头

郑有果

石头，随处可见，俯身即拾，它实在是太平凡、太普通、太微不足道了。然而，我要赞美石头，讴歌石头。

有这样一副对联："石头解性真吾友，竹子虚心是我师。"竹子是"岁寒三友"之一，又是"花中四君子"之一，将石头与竹子相提并论，足见作者之慧眼。

传说女娲以五彩石补天，大禹的儿子启是从石缝中诞生的。尽管这是神话，但说明石头在人们心目中的形象和地位。石头与人类的生存和发展是息息相关的。科学家已经在长达30亿年龄的岩石中，考察出20多种不同的氨基酸"遗迹"，为揭示地球生命的起源带来了曙光。稍有点历史常识的人都知道，燧石引发了人类第一个火种，从而结束了人类茹毛饮血的野蛮生活，导向人类文明，推动了生产力的发展。

人类怎么能离得开石头呢？是石头架起了桥梁，是石头矗立起摩天大楼，是石头铺设了道路，是石头拦截了江河湖海，是石头垒起了辉煌的金字塔，是石头筑成举世闻名的万里长城，是石头作为母体孕育出精美的艺术瑰宝，奉献出金、银、铜、铁、铝……

人们怎能不讴歌石头呢？无论是被埋在地下，或投入熔炉，或抛入海中，或玩于掌心，石头都能放射出灿烂的光彩。"千锤万凿出深山，烈火焚烧若等闲。粉骨碎身浑不怕，要留清白在人间。"这虽然是于谦赞咏石灰石的诗，事实上也可以热情地讴歌石头的高尚情操和可贵品质。

人们爱把石头比作花。石头的绚丽多彩，完全可以与花媲美。孔雀石翠绿欲滴，玛瑙石雍华富贵，红宝石绯红如霞，金刚石刚毅坚硬，冰洲石晶莹无比。还有，魔石能解毒，天竺石能醒酒，香体石、麦饭石、水晶石能治病，怕痒石搔其痒处能发出笑声，还能笨拙地摇头，蛭石受热发胖，沸石可作饲料，化石能推测历史，陨石带来大量天外信息，水晶石能耐千度高温，可以抽成头发丝直径百分之一的水晶丝……不要以为石头是没有生命、没有感情、没有价值的东西。石头是爱情、友谊甚至权力和财富的象征。在我国古代，才子佳人常常随着书信附上一双琅玕，这是一种诚信的表示。"海枯石烂"往往是爱情的誓言。宝石在某种程度就是权力和财富的象征。更有甚者，战国时有名的"和氏璧"，被帝王奉为传国玉玺，秦襄王想得到它，曾许以15座城池与赵文王交换，真可谓"价值连城"！

古往今来，文人雅士与石头结下了不解之缘，特别是怪石。唐代诗人王维"以怪石养蕙兰，雅致之极"。北宋画家、书法家米芾，外号"石癫"。传说他在安徽做官时，拾到一块怪石，爱不释手，带回家中，置于案上，朝暮礼拜。清代郑板桥也以石自喻，他喜爱画石，而且画之石无一不是怪石。他在画中题曰："板桥此石，丑石也，丑而雄，丑而秀。"不仅流露出他愤世嫉邪的思想感情，也是一种艺术的辩证见解：石头愈丑则愈美。其实，丑石并不是真正的丑，只是别致新奇罢了。

曹雪芹对石头喜爱之甚，颇有研究，是画石的好手，故以石自喻，写出了传世著作《石头记》。"无才可去补苍天，枉入红尘若许年"，表现出一副不愿苟同流俗的骨气。徐霞客跋山涉水之时，总是捡些奇异石头，临死时将石头置于榻前，"摩挲相对"，握石而终，表明了他对自己所从事的事业的挚爱。

石头形形色色，姿态万千，它曾为许许多多有识之士所收集和研究。在我国，历史上比较有名的数南许北张两大家。南许为许问石，家有数以千计的雨花石；北张为张曰辂，生于清光绪己亥年(1899)，生平喜石成癖，居室中悬一联："曾拥图书逾万卷，幸随顽石共千秋"。刻有印章"颇得闲情弄石头"。著有《万石斋石谱》。广州有一座石头博物馆，里面收藏着数万件五光十色、形态各异的矿物标本。还另有一座石头博物馆，坐落在新加坡圣淘沙岛上，馆内陈列着大大小小、数以千计未经雕琢的石头，以其天然纹理组合，显现出山川、人物、花草等栩栩如生的形象。现任馆长张荣光继他玄祖父张石来，自1850年开始，收集至今，历经五代。更为有趣的是，在日本的秩父市，有个令人瞩目的“珍石馆”，它所收藏的并不是什么珍奇宝石，而是些河滩、山谷里普普通通的石块。这些石块形状怪异，但经收藏者——馆长羽山正二先生的丰富想象和巧妙构思，变成了一个妙趣横生的“人面像”，给人以艺术享受。

大自然的造化，鬼斧神工，即使是普通的石块，也蕴藏着无限的生命力。关键在于发现。不知是谁说的，“石头最有情，它们是凝固的历史，凝固的音乐，凝固的眼泪”。很难想象，世界上如果没有石头，将会是个什么样子。

哦，石头！

（原载于《科学24小时》，1991年第3期）

“恐艾牛”

朱建平

阿牛是我的朋友，因特别害怕艾滋病，被戏称为“恐艾牛”。

早些年，当有艾滋病刚从国外传进来时，阿牛的印象是美国人爱得太乱了才得这种病。

那回，刚下海的阿牛到一个南方沿海城市进货。到那里一看，酒吧、桑拿样样有，还碰到暗娼拉客，阿牛觉得这儿跟美国差不多了。进旅馆，打开电视，正在报道说该市又查出几例艾滋病，还说会有没查到的艾滋病病例，要大家加强预防。

阿牛觉得到了一个艾滋病病毒很多的危险地方，第一次犯了“恐艾症”。预防艾滋病阿牛不懂，但预防肝炎阿牛是知道的。那年他一家三口都染上了肝炎，病得脸蜡黄，一想起来就头皮发麻。据说艾滋病还要更厉害呢！

阿牛不敢到饭店吃饭，只觉得吃饼干、面包，喝矿泉水才安全。阿牛想艾滋病是“爱”的病，床上可能最容易传染吧？所以旅馆的床不能睡，实在困了就坐在椅子上打个盹；上厕所不敢坐抽水马桶，蹲上去解手，一不小心滑下来，额头上起了一个大包。

几天下来，休息不好，又着了凉，阿牛病了，又发热，又咳嗽。会不会得了艾滋病？心里一紧张，阿牛吓得路都走不动了，出差不到十天，瘦得脸上都凹了进去。

回到家，阿牛马上来找我这个搞卫生防疫的。我忍着笑，给了他一本预防艾滋病的小册子,并告诉他,握手、共餐、住旅馆、共用坐便器等日常生活接触不会感染艾滋病。他这才有些放心,直到感冒好了,才又精神起来。

后来,阿牛又犯过几次恐艾症。那次阑尾炎发作,医生要给他打针、动手术,他又吓坏了,他知道艾滋病可通过注射器、做手术传播。忍着痛,逃出医院,差点阑尾穿孔。我知道了,赶紧去告诉他,正规医院都使用一次性注射器,手术器械都严格消毒,不会造成艾滋病传播,他这才让医生给他做了手术。

以前没听说恐艾的阿牛做过拈花惹草的事,可不久前,他出人意料地风流了一回,又被恐艾症折磨得要死。

阿牛又去进货,凑巧对方女经理也是下海的老乡。老乡对老乡,生意顺利成交,还共进晚餐。

喝着干红,话很投机,阿牛赞赏女经理的靓丽、能干。白领丽人也有苦衷,几年拼搏,钱是挣了不少,可丈夫被“小蜜”夺去了。红颜命薄啊!阿牛直为她叫屈。

阿牛把几分醉意的丽人送回她那装饰雅致的单身公寓。

丽人进了洗盥间,出来时只披着一块浴巾,倒进了阿牛的怀里。白嫩的肌肤、娇柔的身躯,阿牛难以自持。两位生意人一夜销魂。

第二天,感觉不错的阿牛突然害怕起来。在这个开放环境里生活的她会不会有艾滋病?能去问她吗?怎么办?自己染上了,还会传染给妻子,后果难以想象。

阿牛不敢回家,回到家乡,找了个借口住到了朋友那里。时时想着会不会染上艾滋病,书上说可以化验确诊,可到哪里去化验呢?这种事最怕人知道,不敢公开问,暗里问了几个私人医生,都觉得没有说出头绪来。

吃不下,睡不着,阿牛头发都愁白了,像患了绝症似的,躺在那里,没力气起来,留他住的朋友吓坏了,几次要喊车送他去医院。阿牛忍不下去了,只好打电话把我喊了去,再三要我保密才说出前后经过。

我跟阿牛说,如果遇上感染艾滋病病毒的性伙伴,当然有被传染的危险。有没有染上,可做HIV抗体检测。目前各市、地以上卫生防疫站、疾病控制中心、皮肤病防治所以及一些大医院的性病科都提供这一项目的检测。国家对这一项目检测的实验室有严格质量要求，准确率都在99%以上。艾滋病病毒感染后会有一个窗口期，最长为三个月，窗口期内可能检测不出来，可在三个月后再检测一次。

我把阿牛带到疾病预防控制中心艾滋病病毒检验实验室。经过检验，阿牛没有感染艾滋病。

这个“恐艾牛”经过几次折磨，已经懂得怎样预防艾滋病，也不会谈“艾”色变了。可我碰到过类似的恐艾症有好几位，感到很多人都应该好好学习一下艾滋病防治知识，碰到问题及时请教专家和业内人士，对避免染上艾滋病或无端害上“恐艾症”都是很有必要的。

（原载于《人之初》2002年第6期，曾获2003年度省科普作协医学专业委员会评比一等奖）

科幻小说、童话选篇

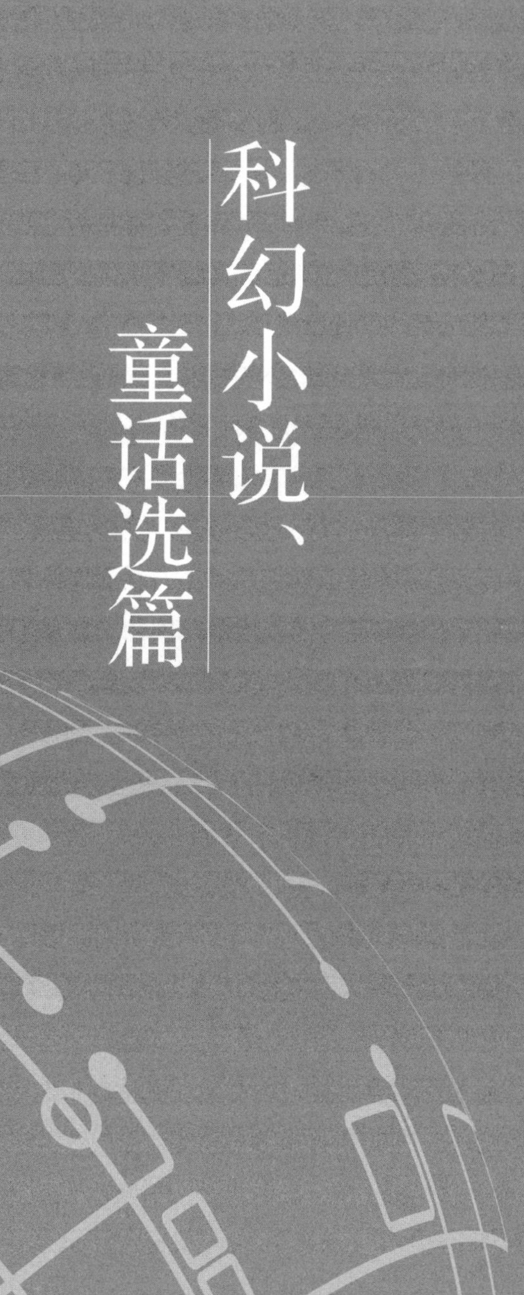

浙江科幻小说、童话40年概述

赵海虹

科幻小说在中国是一种年轻的文学。回顾我们的历史与文化，很早就能找到中国人对宇宙万物的思考、对自然万物生存形态的推究，但这种思考与推究正式进入文学，通过小说方式表达出来，则是20世纪之后的事了。当近代中国遭遇“三千年未有之大变局”，西方科学文化进入中国，带来了思想、文化上的巨大冲击，期望变革的中国文化先驱们对科幻小说这一独特的文学样式产生了特殊的兴趣。前有梁启超亲自创作《新中国未来记》，带动吴趼人的《新石头记》、徐念慈的《新法螺先生谭》等一系列晚清科幻小说问世；后有鲁迅提出“导中国人群以行进，必自科学小说始”的号召，他翻译凡尔纳科幻小说，以期改变国人的精神，将科学的血液注入古老的民族，而后老舍以《猫城记》抒发对混乱时局的愤懑，顾均正的《在北极底下》则有一定的科学普及作用。

20世纪五六十年代萌生的新中国科幻小说是在国家“向科学进军”“从青少年抓起”的口号下发展起来的，因此从一开始就具有强烈的科普性和儿童文学性，它们的产生与当时的政治形势和时代特点紧密结合在一起，充分体现了“文艺为社会服务，科幻为科普服务”的特点。郑文光、叶永烈、童恩正、刘兴诗等科幻创作者依托各自的科学研究背景，创作出具有严谨科学性的科幻小说，为一代青少年读者热爱科学、投身四个现代化建设作出了贡献，也为新中国的科幻小说发展打下了坚实的基础。

从70年代后期开始，中国科幻创作进入了新的发展期。科普型儿童科幻继续受到读者的欢迎，但许多科幻创作者开始尝试更丰富的文艺创作手法，寻找“属于文艺”的科幻小说创作途径，在人物塑造、情节设置、民族化、通俗元素等多方面进行了探索。叶永烈的《石油蛋白》(1976)被认为是这个阶段的起点，而浙江省的科普文学创作也得到了他的大力支持。

1979年，作为当时中国最具影响力的科幻小说家和科普工作者之一，叶永烈(1940—2020)在浙江省科普作家协会成立的会议上宣读报告《关于科学文艺创作的问题》，为浙江省科普作家认识和理解新时期科幻文学创作提供了重要的参考。《科学24小时》杂志同年创刊，成为全国创办较早、具有一定社会影响力的综合性科普期刊。40年来，杂志的科幻板块成为全国科幻作者发表作品的长期阵地，杂志历获“华东地区优秀期刊”“浙江十佳期刊”“中国科协优秀科普期刊”等奖项，在全国拥有广泛知名度，是科普圈的历史名刊。作为《科学24小时》的创刊人之一、首届编委会编委的叶永烈，生前一直关心杂志社的工作，还多次为杂志撰稿，杂志创刊号就刊载了他的科幻小说《弦外之音》。2020年5月15日，中国科幻大师叶永烈因病辞世，《科学24小时》原主编谢昭光撰文，深情怀念叶先生长年来对杂志的支持与指导。

除了《科学24小时》这一发表园地，浙江省还有全国第一个科幻小说的翻译研究机构，郭建中教授主持的杭州大学“外国科幻小说研究所”。20世纪八九十年代以来，郭建中和他的团队翻译的大量国外科幻小说，为新时代中国科幻作者的创作提供了重要的文学养料，他也是新世纪中国科幻小说翻译领域的奠基人之一。

郭建中教授是首任浙江科普作协科幻研究所所长，现任名誉所长；1938年生于上海，1961年毕业于杭州大学，留校任教直至退休。他曾任中国译协第二、三、四、五届理事兼翻译理论与教学委员会副主任、浙江省译协会长，同时身兼中国作协会员、世界科幻作家协会会员、美国科幻研究会中国籍会员等多种身份。在各种翻译理论研究与文学翻译之外，他尤其钟爱科幻与科普翻译和研究，在国内外发表科幻小说研究论文数十篇，翻译和编辑出版的科幻小说达900余万字，其中与美国科幻名家詹姆斯·冈恩教授联袂推出的中文版《科幻之路》300余万字，将冈恩的代表作——集历史、评论和作品于一体的西方科幻小说史《科幻之路》英文版首次译介到中国，是“外国科幻小说研究所”的重要翻译成果，也是国内科幻爱好者与创作者全面了解西方科幻小说的入门必读。由于他在译介国外科幻小说方面的成就，1991年被世界科幻小说协会授予科幻小说恰佩克翻译奖，1997年又获北京国际科幻小说大会翻译奖金桥奖。2004年，他的《科普与科幻翻译：理论、技巧与实践》成为国内科幻科普翻译研究的奠基之作。

叶永烈、郭建中和以上两家单位推动了浙江省科幻文学的翻译、研究和发表。而浙江省科普作家协会成立四十年来，常年召开科普创作研讨会，迈入21世纪后，更多次以研讨、讲座形式，帮助协会作家理解科普宣传的形势，指明科幻创作的方向与路径。如2019年省科普作协主办，台州市科普作协承办的浙江省科学文化专题论坛。创作研究方面，2018年6月，由杭州师范大学主办，浙江科普作协科幻研究所协办的“科幻研究与20世纪中国文学史的写作”学术报告会邀请了国内外顶尖的中国科幻研究学者到会研讨，哈佛大学东亚系主任王德威、卫斯理学院副教授宋明炜、重庆大学李广益、清华大学飞氘、西安交通大学王瑶、浙江工商大学赵海虹等中外学者进行了深度学术交流，杭州师范大学人文学院院长洪治纲、《中国比较文学》杂志副主编宋炳辉到会发言。这个会议也是杭州师范大学副教授、科幻研究所的詹玲老师在同名国家社科课题下召开的重要活动，会上思想的碰撞产生了大量灵感的火花，为中国科幻小说研究开辟了新思路。

此外，科幻研究所所长赵海虹常年受邀参加中国科幻大会和中国国际科幻大会，作为会议嘉宾主持并参与各种讨论会，参加2019、2020两届之江青年艺术周的科幻论坛讲座活动，并两次担任(2015年、2019年)全球华人科幻星云奖评委。

2004年，省科普作协组织从事科普创作的会员专门成立了科幻研究所，由郭建中任首届所长，陈福明任秘书长，冰波、蔡永强、金强芸、赵海虹、夏葦生等人为初期成员。历经横跨数年的多次研讨和细致工作，推出了“黑蝴蝶”科幻系列口袋本图书，2008年由浙江科学技术出版社出版。该系列共六册，收录冰波的《宇宙蛋》《狼蝙蝠》，陈福明、王宁舟合著的《教授儿子失踪案》《新月》，赵海虹的《不枯竭的泉》，金强芸的《绿蚊子》，成为浙江省科幻小说成果的一次阶段性检阅。

冰波本名赵冰波，杭州人。现供职于浙江文学院，国家一级作家，曾获全国优秀儿童文学奖（3次）、精神文明建设“五个一工程”奖（3次）、国家图书奖（2次）、宋庆龄儿童文学奖（1次）、冰心儿童文学新作奖（多次）等共计50余个奖项，是全国著名儿童文学作家。

《狼蝙蝠》是一部推想地球古老文明始于狼蝙蝠的科幻童话，采用双线并进的结构，节奏感强，语言风趣幽默，心理建构细腻，想象丰美，深谙儿童文学精义。该文曾获第四届宋庆龄儿童文学奖、第三届全国优秀儿童文学奖、第三届全国优秀少年儿童读物一等奖。

《宇宙蛋》是一部充满童趣，歌颂真善美的科幻童话。描述了两只从天而降的宇宙蛋分别被平民家庭和实验室科学家发现，蛋里孵化出了外星人娃娃，在不同的生长环境里培养出了截然不同的性格：在男孩米米家倍受呵护的外星娃长成一个有爱心的孩子，在实验室饱经虐待的外星娃仇恨满腔，心心念念要报复人类。最后爱战胜了仇恨，童心拯救了世界。

陈福民，浙江温州人，高级工程师，教授，资深科普作家，曾任中国科普作家协会理事等职。发表各类科普作品三千多篇，出版大量科普图书，曾获“全国优秀科普作品奖”等奖项。他和70后作者王宁舟合著的两部作品展示出两人不同的创作风格。陈福民为第一作者的《教授儿子失踪案》以科幻点结合案件侦破流程，节奏紧凑，内容风趣；王宁舟为第一作者的《新月》则有很明显的文艺气息，更注重小说的文学性。

赵海虹，杭州人，浙江工商大学副教授，现任浙江省科幻作协科幻研究所所长。她从1996年大学一年级开始发表科幻小说，前期作品和第一部个人小说集《伊俄卡斯达》（1999）仍带有大学生创作的气息，研究生时代开始探索多种创作风格，同时注重在文学表达时结合独特的科学技术内核，表达一定层次的人文思考。至今出版个人小说集7部、长篇小说《水晶天》。历获科幻银河奖（1997—2002共6届）、第六届宋庆龄儿童文学奖（2003）、第六届全国优秀儿童文学奖(2004)、浙江省"青年文学之星"(2006)、全球华人科幻"星云奖"少儿短篇银奖(2016)等文学奖项共16次,其中,《伊俄卡斯达》获1999年"银河奖"特等奖,并在LCRW、Lightspeed、Asimov's Science Fiction(阿西莫夫科幻小说)等美国著名科幻小说杂志、电刊上发表英文小说。创作之外,她还翻译过四十多篇中短篇科幻小说和美国科幻大师贝斯特的两部代表长篇《群星,我的归宿》与《被毁灭的人》。除了原创和翻译,她也涉猎小说评论,参与了中国科普研究所《百年中国科幻小说精品赏析》项目,为童恩正、王晋康两位作家撰写综述与作品赏析,其中发表在《科普研究》杂志的论文《王晋康,中国科幻的思想者》是国内王晋康小说研究的重要作品。另外值得一提的是,1998年,她以《桦树的眼睛》获得科幻银河奖一等奖时,在复旦大学为她颁奖的,正是前辈科幻作家叶永烈。

金强芸,杭州人,主要创作科幻小说与童话作品,著有长篇科幻作品《阳光城疑案》《恐怖的绿色袭击》,儿童文学集《我家有宝藏》等。她的中长篇科幻小说《绿蚊子》讲述火蛇星人利用基因武器攻击人类,人类研制出携带基因药物的绿蚊子拯救危机的故事。小说叙事流畅,语言轻松活泼,也是一部成功的儿童文学科幻小说。

除了"黑蝴蝶"系列收录的作者外,还有几位省内主要的科幻作者在本次科幻小说卷中展露风采。

衢州作者鲁承禹从20世纪70年代开始发表作品,此次他入选的《大脑印刷术》是一篇脑科学领域的科幻小说,既有一定的科学原理,又结合了日常生活,语言风格颇为风趣。

台州作者龚泽华著作甚丰,曾多次获浙江省优秀儿童文学奖。此次收录了他的长篇儿童科幻小说《海底人》(节选)。小说语言生动,对海底世界的描绘有一定的科学支撑,属于符合儿童文学标准的科普型科幻作品。

杭州作者卢曙火的科幻创作非常全面,科幻点涵盖基因工程、暗物质研究、大脑科学、特殊材料学等多个领域,故事情节曲折,富有悬念,也注重塑造小说人物,启发读者的深度思考。可以说,他的科幻小说如童恩正所强调的那样,是"作为文艺的一个品种"。此次选入他的短篇《寿国迷案》——一个长寿之乡的离奇案件，借破案故事探讨具有哲学意味的人类生死迷思。

杭州作者杨达寿从20世纪60年代起发表各类文学科普作品，他创作的科幻小说，涉及大脑科学、气象学等技术领域，擅长结合现实的近未来科幻小说。本次选入的《路露的“露露”》是一篇气象学与农业相结合的科幻小说，故事中带着对土地的深深眷恋。

丽水作者张一成创作了大量科普文学，曾获得金骆驼奖、金江寓言文学奖、戏剧寓言奖等多项全国性文学奖项。此次选入他的科学童话《侦察蜂露西》（节选）。他生动、细腻而准确地用拟人手法介绍了蜜蜂的习性，童话的题材也特别适合低龄段的儿童，是非常优秀的科普文学作品。

夏辇生，资深记者、著名童话家、小说家、编剧，常年致力于推广自创的“魔方童话”“接龙童话”等中国童话新品种。此次她入选的《念力游戏》就是一篇有一定科幻意味的童话，虽然“意念控制”的原理在童话中并未用科学给予充分解释，只是作为一个前提出现，重点放在了故事的生动性与趣味性上，叙事节奏感很强，语言生动，体现了作者对儿童心理的深切了解和把握。

作为本省科幻创作的代表作者，赵海虹24年来主要从事科幻文学创作，历经不同创作阶段，作品风格多样化，擅长将技术点与故事搭建“强结合”，具有较强的文学性。科幻点涉及天文学、人工智能、基因技术、材料学、大气物理、脑科学等各技术领域。此次选入她2019年的作品《姑娘，请摘下你的美瞳》，这是她的科幻系列“火星穴人”系列的第二篇，将现实游记、科幻设想和社会问题深度结合，读来亦幻亦真。

由于篇幅所限，也为避免资源重复，本次科幻选集基本不再收录“黑蝴蝶”系列作品，而在卷后语中统一介绍，但《狼蝙蝠》作为冰波最具代表性的长篇科幻童话，选入开头的章节，是本选集中唯一的例外。

此外，本省创作者中颇有几位具有相当知名度的科幻作者尚不是本协会的会员，如长铗、燕垒生、白乐寒，因此作品未能收录本次选集。入选作品主要从会员投稿作品中遴选而出，难免遗珠，盼未来补全。

狼蝙蝠（节选）

冰　波

第一章　庞大的沉睡者

冷冷的太阳，看起来有点发白，它是那么无力地照射在白茫茫的冰川、河流上。

这里是南极。

一支神秘的探险队，正在南极的冰川间慢慢移动着。

这是国家科学总院派出的特别探险队，带队的是大名鼎鼎科学总院的自由院士申其教授。

自由院士，是科学院里享有特权的最高级的院士，是科学总院里的特权人物。一般的院士，如果要做一项研究，就得提出详细的课题报告，再经过院里的科学委员会审批之后，才能批给研究的经费。而自由院士的研究课题的确定，却不需要经过认定和论证。他们不但不用提出报告就可以开展研究，甚至他的研究结果也有权保密而不公布。而他的研究经费和其他人力物力，总是能得到保证。不管自由院士别出心裁也好，精心策划也好，他想研究什么就可以研究什么，而国家保证满足他所需的一切条件。科学总院是国家的最高科学研究机构，要获得自由院士头衔，必须是对国家作出过三项以上极重大贡献的科学家。有这项殊荣的科学家，在科学总院只有三位。一位是院长，另一位是副院长，还有一位就是申教授了。

申教授性格比较孤僻，脾气又很暴躁，但非常热爱工作。他有一个外号叫“科学狂人”。他工作起来，投入程度完全像一个疯子。目光炯炯，像一头狼似的不知疲倦。和他共事的人，都会叫苦连天。唯一的例外，就是他现在的助手司平教授。

今年三十八岁的司平教授，是科学总院里最年轻的教授，虽然他也是教授，在研究中生代恐龙方面有出色的成就，但是在申教授这个科学巨人面前，他也只能当助手。不过这是司平教授十分乐意的，他是申教授亲自教出来的学生。

不过司平教授这次没有来，因为当申教授以最快的速度组成南极探险队的时候，司平教授正在外国讲学呢。

这支探险队连申教授在内，一共是十二个人，组建起来还不到一个月。他们中间，十一个人都是年轻小伙子，只有一个年纪大的，那就是申教授。他已经五十六岁了。因此队里特地配备了三个医生，一个外科医生、一个内科医生，还有一个是牙科医生。这其实是专为申教授服务的，因为申教授的牙不太好，出发前刚拔了一颗大牙，正痛着呢，就到南极来了。没想到，到了南极，一投入忘我的工作，申教授的牙痛奇迹般地好了。倒是那个牙医自己患上了牙痛，却又不能给自己拔牙，十分痛苦。

“真是见鬼，科里有那么多高水平的牙医，偏偏选上了我！”年轻的牙医一路在冰上跌跌撞撞地走，不停地骂骂咧咧的，满肚子的牢骚。

“得了得了，”申教授不耐烦地挥一下手，“你们科里的牙医，有的跟我去过非洲研究狮子，有的跟我去过沼泽地研究鳄鱼，还有的跟我去过海底洞穴寻找电鳗，你，还算是轻松的。”

牙医瞪大了眼睛，心里想：怪不得我们科里的医生谈到申教授，不像是在谈一个病人，而像是在谈论一只可怕的怪兽。

“那，我们到南极来干什么？”牙医大声地喊叫。

年轻的牙医到底年轻，不懂行规，说出了犯忌的话。要知道，跟申教授出来工作，他最讨厌人家问他目的。照他的话说，他的一切研究都是绝密的。因为他是有特权的自由院士,谁敢问他。

申教授向牙医瞪起了眼睛,想发火。

“是啊,干什么来了?”

“真是的……”

“唉……我前世作孽,摊了这一趟差……”

此时,其他十个人也都小声地附和着,不同程度地表示不满。他们实在是被南极之行害苦了。

申教授朝大家看看。一张张脸上,都是黑紫黑紫的,那是被强烈的紫外线照射的结果。有的脸上,还粘着风吹来的一粒粒小石子,因为石子和脸的温差太大,就粘在了脸上。要是硬抹的话,就会扯下一层皮来。他们短短的胡茬上,结满了层层的冰霜……

申教授想:是啊,到南极来,辛苦程度是可想而知的。为了科学,这些小伙子付出了多么大的代价啊……

申教授动了恻隐之心。

“好吧,”他习惯地挥了一下手说,“我的工作原则是,在研究结果没有明确之前,是绝对不公布我的研究项目的。可是,大家跟我到南极来,已经辛苦了半个多月了,我就破一次例吧,告诉你们来南极干什么。”

申教授摆摆手,示意大家坐下来。十二个人围成一圈,坐在冰地上。他们觉得兴奋和好奇。

申教授点上一支烟,慢悠悠地讲起来:“这要从我的牙讲起。在出发前,我拔了一颗牙,正痛得很厉害……”

“这个我们都知道,诊断书上都写着。问题是,后来呢?”牙医着急地打断了申教授。

“我就开始怀念我的那颗牙,它拔下来之后,被丢到哪里去了呢?由此,我又想到了,如果那颗牙齿有感情,它会有什么感想呢?当它离开了它赖以生存的牙床,被抛弃之后,它会不会怀着孤寂的心情,也在怀念着它曾经生活过的牙床,在等待着回归……”

有几个队员开始感到反胃了,而牙医的牙此时更痛了。

申教授继续说:“你们不要皱眉。这是很严肃的问题,它关系到人和大自然的重大意义!就在那天晚上,我做了一个不平凡的梦!”

他忽然变得深沉起来。

“在梦里,我看见了一只从来没有看见过的动物,它的身体非常庞大,如同中生代的恐龙。可是,它不是恐龙。它长着一个巨大的、像狼一样的头,它的四肢既结实,又显得十分灵巧,在四肢和尾部之间,长着皮膜,看起来就像是蝙蝠,不过它有巨大的身体。它像是一种生活在中生代的侏罗纪和白垩纪的动物。但是,它绝对不是恐龙,是一种从来没有记载的动物,也从来没有被发现过化石的动物。我给它命名为狼蝙蝠。它,就在南极!”

听的人个个面面相觑。好半天,他们才回过神来。

“这么说,我们是来寻找这种动物的?”有人小心地问道。

“对,我们很快就会找到它了!”申教授显得很兴奋。

“什么?我们千辛万苦地来到南极,就是因为你的一个梦?来找一个你梦中见到的动物?”

大家的神态上明明白白写着惊异和气愤:这不是拿我们开玩笑吗?

申教授从兴奋变得有点失望:“我知道,我还是不说的好……”

“可是,毕竟只是一个梦……”牙医说。

“不!”申教授猛然抬起头来,“不纯粹是一个梦。我做过无数的梦,可我从来是不相信的。我是一个科学家!可这次的不同。虽然我说不上来到底什么不同,但是我强烈地感受到那个动物的存在!它在呼唤我!我有一种使命,就是要找到它!”

申教授近乎喊叫地辩白着,好像想驱走自己心中的犹豫。他似乎怕自己会受到大家的影响而动摇。

大家看着申教授,沉默了一会儿。

“我梦见过我捡到了一箱钱,可是醒来……”一个队员小声咕哝着。

申教授像是受到了污辱,脸都变白了,手也在微微发抖。

忽然,他把手很重地一挥:“好啦,不谈这个了!我们继续往前走!”

说完,他举起铁杖,一个人蹬蹬蹬地向前走去了。

大家你看看我,我看看你,摇摇头,也只好收拾起东西,向申教授追去。但是,他们忽然感到,浑身一点力气都没有了。

申教授已走在很前面了。

从后面看去,他显得苍老而疲惫。

我叫艾莫。

我在这里已经躺了多少年了?

七千万年?或者还不到一点,或者已经超出了?

这里永远是那么黑,那么冷,这使我的等待更漫长了。啊,没有比无休止的等待再乏味的了。

已经等了那么久了啊……

活着,是幸福的;死了,也是幸福的。可是,我却不是活着,也不是死了,而是休眠。

我们的种族,怎么会有这样一种生存状态?既不是活,又不是死。肌体完全停止一切生命活动,而思维,既附着在肌体上,又游离出机体而存在着,让我会想,会盼,会等,会喜,会悲……

没有生命作为载体,思想却存在。这就是我们种族区别于其他或低级、或高级的生命的最大特点。但是,我需要我的身体成为我心灵的载体。上亿年来,世界一定不是原来的那个世界了。但是,它现在是什么样子?真想看到,可是我不能。因为我还在等待,将我的生命作为抵押,在这里等待。

永远是寂静。

那些和我们朝夕相处的恐龙们,它们还活在这个世界上吗?会有幸存的吗?真想念它们。它们真笨,可是它们单纯。可惜,它们的生命形式太低级了。

我叫艾莫。

真好玩。在我前几天的意念里,曾经出现过一个动物。它的身体很小很小,但是我看到它也是高级的生命。我应该称它为他。他有思维,虽然他身体的可供调动的内能很有限,但是,他的思维却是很有价值的。我曾用意念向他靠近,这是为了更清楚地了解他。虽然我这样做得冒着也被他看清的危险。我确实感到了这种危险,因为当我进入了他的意念后,我体察到他的思维开始启动了。我发现他的注意力和理解力已达到了较高的层次。虽然和我们种族有所不同,但在指向上是一致的。

这很奇怪。

也许,我们可以依赖这种动物?

我是想试试看的。我向他发出求救信息。我也看到了他的反应。但是,看起来,要帮助我,他的内能好像还远远不够。

那么,在这个世界上,能够帮助我们的高级生命还没有出现?

我们这个种族,还将在这个世界上再等待一千年?一万年?一亿年?

真不想做这种推测。

申教授在前面很快地走着。在后面的队员们努力想追上他。

大概是因为申教授憋着一肚子气的缘故,队员们和申教授之间的距离反而拉大了。

“申教授,等一等……”他们在后面喊着。

声音的回响引起了震动。远处的一座冰山,有一块巨大的冰块,轰隆一声倒了下来,翻滚着,落进了冰山下的河里。白色的水花溅起了老高。

申教授理也不理他们,继续向前走着。

“真是一个疯子,我的牙又痛了……”牙医捂着腮帮子。

这也确实是一件奇怪的事,申教授已经五十六岁了,可是,他却能一个人噔噔噔地走在前面,让后面清一色的小伙子们都追不上。他的身上有什么奇怪的力量吗?

申教授自己也觉得奇怪。

“我身上有一种从来没有过的感觉,好像有谁在我的身体里输进了用不完的力量……”

申教授的脚踩在冰雪地上,发出“咯吱咯吱”的声音。他不禁暗暗得意。

申教授心里忽然生起一种信念:狼蝙蝠就在前面!

他甚至听到了一个冥冥中的声音:往前走,我在你的前面。往前走,我在你的前面。

“咯吱咯吱……”

申教授脚下的冰雪发出的声音越来越响了。

“申教授,等等我们……”后面,传来了很远的声音。

我已经听见了脚步声。

多么细小的脚步声。

为了引导他,我给他一个意念吧。

往前走,我在你的前面。往前走,我在你的前面。

好了。他不会错了。这确实是一种高级的生命,一种微型的高级生命,只是体能太有限了。

但还是不同寻常,比恐龙可是强出了几万倍。

不过还得考验他的胆量。

申教授爬上一个很高的冰坡。

他爬到了最上面。在他的面前,出现了一个冰洞。洞口大约有一米。往下看,黑洞洞的,看不到底。他捡了一块冰,往洞里丢了下去。没有听到碰底的声音。五秒钟,十秒钟,一分钟,还是没有听到碰底的声音。

申教授身上的汗毛都竖起来了。天哪,这是一个无底洞吗?

“我在下面,我在下面。”

那个声音又响起来了。是在他的脑子中响。

申教授倒抽一口冷气。

这是一个无底深洞啊。如果下去,会一直掉到哪里呢?

他呆住了。

这时,队员们都气喘吁吁地赶了上来。看到他站在这个深不可测的冰洞面前,队员们也都吓了一大跳。

牙医结结巴巴地说:“对不起,申教授,我不是有意惹您生气,您别,别想不开呀……”

看着申教授神情呆滞，牙医以为他要自杀了。

“别吵！”申教授说。

“什么……”牙医莫名其妙。

“你们听到了吗？下面有一个声音在叫我。”

“不，不可能吧？”牙医从医学的角度分析，诊断出申教授有点精神失常了。

“听，听，它要我下去！”申教授眼睛直直的，瞪着万丈深的冰谷。

“完了完了，超强的紫外线和稀薄的空气，使他发疯了！”牙医在心里叫着，并且顾不得自己的牙痛，要去拉他。

可是已经晚了。

申教授像个就义的战士，纵身一跳，往冰洞里跳下去了。

在上面的队员们，一个个都呆在那里，嘴张得老大，不能接受刚才的事实。

倒还是牙医，挣扎着说了一句：“他疯了……”然后晕了过去。

申教授一直在向下坠落。

这是一种非常奇特的体验。他先是有一种想小便的感觉，接着就是一种在飞翔的感觉，身体变得很轻盈，再下去，他便觉得不是在向下掉，而是在向上飘了，到了最后，他倒是有点想睡觉了。

申教授就是这么在向下掉。时间在他的身上已经不存在了。他只觉得这个冰洞正在随着他的坠落而变得越来越宽敞。

“咚！”

他觉得自己掉在一个什么东西上面。那个东西并不太硬，但他还是晕过去了。

眼前是一片漆黑。

哦，他已经到了我的身边。

怎么他的思维忽然断了？

一丝一毫的体能也测不到了。

这是怎么回事?

死了?

好了,从现在开始,我得封闭一切与他的联系了。即使是意念,我也不能给他。这是为了考验他。

是的,为了我们的种族,我得看看他怎么来对待我……

申教授慢慢醒了过来。

一片漆黑。他的手在周围摸索着。他摸到的不是冰块,而是像皮革似的东西,但是要粗糙得多,而且有很深很硬的皱褶。他首先想到的是大象的皮。但是,这可要比大象的皮还要粗糙。

忽然,在申教授的意识里,跳出来的是他梦中的动物。

"啊,狼蝙蝠!"

申教授突然叫出声来。

他从身上摸出手电筒,打开了开关。一道光柱射了出来,亮得刺眼。

在他的面前,是一个巨大的动物尸体。比他想象的要大得多,像一座小山一样横在他的面前,使他根本不能看到它的全部。因为它实在是太大了。

巨大的尸体,透着一种雄伟的悲壮。

申教授兴奋到了极点。他绕着它跑了一圈,为了看清它的整个轮廓。

"天哪,它和我在梦里看见的一模一样!"

它长着一个巨大的、像狼一样的头,结实的四肢,四肢的终端长着显得十分灵巧的脚趾,在四肢和尾部之间,长着像蝙蝠一样的皮膜。它身上还长着已经退化了的毛,稀稀拉拉的,是暗褐色的。

这是一个地球上从来没有见过的动物。连类似的化石也没有发现过。

看起来,它很像是一个正在冬眠的动物,皮肤完好,富有弹性,也没有呈冰冻状态。

"奇怪呀,"申教授大惑不解,"如此庞大的动物,只有在中生代的侏罗纪和白垩纪才能出现。可是,这里的温度并不很低,只有零下四十摄氏度。在这样的温度下,是绝对不可能保存几千万年之久的……"

“难道它还活着?”申教授把耳朵贴到了它巨大的腹部。

好久也听不到心跳的声音。

“如果它活着,我会听到像闷雷一样的心跳声。因为它有一颗巨大无比的心脏。可是,它是死的。”

但是,它怎么看,也不像是死的。最起码,也不是死了很久的动物。

申教授走到它的头部。他爬到了它巨大的头上,站在了它的脑门上,去翻它的眼皮。

它的眼皮就像是一床浸湿了的棉絮,很重。申教授用尽了浑身的力气,才将它一点点拉了起来。

出现了一只巨大的眼睛。

这是一只远古的眼睛,空洞地瞪着。从远古看到了今天,茫然而陌生。

申教授害怕了。

他一松手,放开了它的眼皮。它弹了回去,恢复了老样子。

啊,我体验到了一种从未有过的触摸!

虽然是那么小的接触,但是我感到了神奇。

多么神奇!

等待这一刻,等待了六千五百万年。

这一切是真的吗?

但是,我还是没有感应到他的内能。他是那么渺小,几乎没有什么内能。

他有力量将我从远古的年代拉出来吗?

我真的很怀疑。

申教授从它的头上爬下来,坐在地上喘气。

他太累了。

他忽然感到冷了。大概是因为害怕吧?恐怖开始侵袭他。

他抬起头,向顶上他落下来的那个洞喊着:

“喂——”

洞里,发出了一阵阵的回声:“喂——”

这声音听起来很恐怖,虽然是他自己发出的。

申教授这时才清醒过来:天哪,我怎么会跳到这个洞里来的?我怎么一点都不记得当时的念头了?现在,我怎么出去呢?

申教授又扯着嗓子喊:“喂——”

回声过后,隔了好一会儿,他听到了一个微弱的声音。

“申教授——”

这个声音那么小,仿佛是从天边传来的。申教授甚至怀疑它的真实性,是不是我的幻觉?

“申教授——”

这个声音第二次响起,似乎比刚才要响了一些。

可是,即便是这样,也是没有什么意义的。因为,这个洞实在太深了,没有什么办法,可以把他从这个近乎是无底洞的最底下救出去。

“我完了……”

申教授又晕了过去。

我很困惑。

他竟然感到了痛苦。好像是在痛苦于他周围的空间。在他的意念里,我感到他很想复位到他刚才的空间。可是,他又显得力不从心。

难道,他没有能力将他周围的空间扭曲一下,可以使自己回到原来的地方?

连扭曲空间的能力也没有?

太不可思议了。这真是一种没有内能的高级动物吗?

真的使我很困惑。

他连这点内能也没有,那他怎么能在这个世界上生存下去呢?凭什么能力呢?

我们这个种族,如果没有内能,不是和恐龙们一样了吗?

如果他没有内能,不是也和恐龙一样了吗?而且力量要小得多了。

我应该帮他一下?

但是我在休眠,我的内能还不能调动,只有靠我的意念了。不过,这样时间可要长一点了。

我试试吧。

大约过了半个小时,申教授慢慢地醒来了。

他几乎是很绝望地向上面那个洞口望去——因为他可能是再也出不去了。

但是令他大吃一惊的是,他看见,从洞口,有一根绳子挂了下来。他认得出来,那是他们探险队登山用的绳子。

他几乎不敢相信自己的眼睛。这是真的吗?把他们队里所有的绳子加起来的一百倍,也绝对不够放到他掉下来的洞底的。这个洞太深了。可是,面前明明挂着那根绳子呀。

绳子轻微地晃动着。

这是生的希望!申教授向它跑去,紧紧抓住了绳子。是真的,不是幻觉。

他一节一节抓着绳子向上攀着。他大约才攀了十米的路程,忽然听到从上面传来的谈话声。

“喊了这么久,都没有听到申教授的回答。”

“这个洞太深,大概是听不到吧?”

“说不定他已经死了吧?”

“那段绳子太短了,不可能让申教授抓到的。”

申教授知道,那是他的队员们在说话。他们都不知道该怎么办才好。他一抬头,大吃了一惊,一片亮光从上面透了下来。这一惊非同小可,差点让他一松手从上面摔下去。

“我离洞口已经不远了!”

大概再攀十米的样子,申教授就可以出洞了。

申教授怎么也搞不明白,这本来是深得出奇的洞,怎么一下子变得这么浅了?在他坠落的时候,他曾亲身体会过它的深度。他是过了很长的时间才坠到底的。

这是怎么回事?

当申教授从洞口爬出来的时候,队员们又吓得要命。他们以为自己是看见鬼了。一个人怎么可能从无底洞爬出来呢?

申教授和大家拥抱在一起。

牙医说:“申教授,太好了。我原来以为我们可以回去了。现在,你又活了过来。我们的探险还得再继续下去吧?”

“你还牙痛吗?”申教授问。

“经过一惊一吓,好多了。”

申教授转脸对大家说:“小伙子们,我们不久就可以回去了。因为,我已经找到了狼蝙蝠!”

大家都惊立在那里,没有一下子反应过来。

“找到了?你那个梦里的动物?”

“对。”

“就在这个无底洞里找到的?”

“对。”

“和你梦中是一样的?”

“对……”

申教授几乎对大家的惊奇,无力回答得更多。因为他实在太累了,好像一生的精力,都在刚才耗完了。

申教授软软地瘫倒在地上。

第二章　重复的梦境

夜里,司丽丽在她自己的房间里等着爸爸。

今天下午,爸爸曾打来电话。他说这次在外国的讲学就要结束了,今天晚上就回来。爸爸还说,已经给她准备好了一份特别的礼物——一只恐龙玩具。

爸爸在电话里是这样说的:“丽丽,你一定会喜欢的。这是一种仿真玩具。它有小狗那么大,模仿三角龙的样子,非常逼真,会爬、会叫,你会害怕吗?”

丽丽在心里想:我才不会害怕呢。

她抬起头,看着墙壁。

在墙上,贴满了恐龙、外星人,还有尼斯湖水怪、大脚怪的图片。它们都是丽丽自己从杂志上剪下来的。她订了好几份很有神秘色彩的杂志,如《中生代》《外星人》《世界之谜》等等。每当她翻开这些画册,她仿佛置身于茫茫无边的宇宙,或是神秘莫测的远古。她对宇宙和远古的神秘非常着迷,甚至到了痴迷的地步。看到《中生代》里那些大幅的恐龙活动图,那栩栩如生的一草一木,每一种恐龙以各自的方式在活动,总是让她有身临其境的感觉。她特别爱看其中的一幅,上面叙述的是三只可怕的霸王龙,正趴在一只巨大的梁龙身上,用它们尖利的牙齿撕咬着梁龙的身体,食草的梁龙将它极长的脖子转过来,小小的头,小小的眼睛里充满了痛苦,但是又毫无反抗的力量。因为它是食草恐龙,而霸王龙是食肉恐龙。就连这样的画面,她也没有感到害怕过,只是感到,即便是在侏罗纪,弱肉强食的残酷规律就已经开始了。

“于是,梁龙就比霸王龙先灭绝了。因为,它们被肉食恐龙吃光了……”

每次看到这幅画,丽丽就会这样想,然后叹一口气。

所有的恐龙,都在一个时期里,全部灭绝了,多么悲壮,多么遗憾啊……

“那时候,到底是什么原因使所有的恐龙都一下子灭绝了呢?”

丽丽总是会这样想。可是,这是连科学家都感到头痛的问题,至今为止,没有一个科学家能理直气壮地回答它。

时钟指到了十点,爸爸还没有回来。

丽丽迷迷糊糊地睡着了。

她做了一个梦。

她在一望无际的平原上走着,到处是茂盛的蕨类植物和松柏类植物,高大的银杏树,静静地展开着它扇形的叶子。整个天空透出暗暗的淡红色。这是一种很奇怪的颜色,大概只有中生代的傍晚才会有的吧?

周围很静,听不到一点声音。

仿佛是从天边,飞来了一只巨大的翼龙。

它翅膀展开着,直向她飞来。

当它从她的头顶上一掠而过时,她听到了从空中传来的啸声,那是它巨大的翅膀在风中摩擦的声音。

它向下斜着,越飞越低,最后,一头栽倒在前面的地上。

大地轰然震动了一下,又沉静了。

它再也没有动。

出现了沉重的脚步声,她知道,那是凶恶的暴龙粗壮的三趾脚踩在地上发出的声音。它们一定正在向那只没有牙齿、没有利爪的翼龙走去,想去吃它。危险正在逼近那只温和的翼龙。

可是,可怕的暴龙还没有出现。

她向它跑去,用她细小的手,去摇它庞大的身体。

“喂,快起来呀!危险!”

可是,她的手实在太小了,无论如何都不能摇动它一点点,怎么叫也叫不醒它。她爬到它的身上,用力地跳着,又爬到它的头上,用力地跳着。

翼龙还是没有反应。

不过暴龙也没有出现。

很奇怪,她明明听到了暴龙那沉重的脚步声,却没有看到暴龙出现。

她只好离开它,走了,一边走,一边回头看它。

它多么像一只巨大的蝙蝠啊。她想。

当她第三次回头的时候,翼龙却抬起了头来,从后面看着她。

“丽丽,”翼龙对她说,“谢谢你的关心,我很好。”

她站住了,默默地向它看着。

它的眼睛是黄色的,中间有一道蓝色的横线。

它的眼睛多亮啊。

“我叫风神翼龙。”它说。

丽丽醒来了。

“我怎么又做这个梦了？”

这个同样的梦，最近以来，她已经做过好几次了。这是怎么回事？她总是不明白。

风神翼龙？我好像没有在书上看到过这种名字的恐龙呀。看起来，它像是无牙翼龙的一种吧？那它肯定不是肉食性恐龙……

丽丽出神地想着，再也睡不着了。

“丁零零……”

从爸爸妈妈的房间里，传来了电话铃声。

“喂——我是司平，是的，回来了。”那是爸爸的声音。

啊，爸爸已经回来了！丽丽从床上坐了起来。

半小时前，就在丽丽正在做着那个梦的时候，司平教授已经回来了。他进了屋，和妻子于琳拥抱了一下，就问：“丽丽呢？”

“嘘——她已经睡了。”于琳小声说。

司平蹑手蹑脚走到丽丽的房间门口，侧耳听了听，又退了回来。

“是不早了，我们也该睡了。”司平说着，走进浴室去了。

过了一会儿，司平从浴室里出来了。他一边擦着头发上的水珠，一边高兴地说着：

“这次收获很大，在讲课之余，我去参观了一个大型的侏罗纪模拟生态馆，是一个原大的模拟环境，太好了！那种逼真的场景、原大的植物和会动会跑的恐龙，对孩子们的吸引力真是太大了，他们感到了极大的刺激和好奇。我在里面看到了一些最新发现的恐龙化石，都非常有价值。这对我进一步研究侏罗纪恐龙巨型化的原因，很有……咦？”

这时候，司平才发现，于琳已经睡着了。

“我忘了，”司平自言自语地说，“她最讨厌我谈恐龙，说它们都是碎石烂骨头……”

他刚躺到床上，床头柜上的电话就响了。

“我是申其，我现在在南极，”申教授在电话的那头激动地叫着，“我发现了一种世界上从未发现过的神秘动物。它大约生长于八千万年之前,可能会更早,也可能会更迟些!”

“是恐龙的新种吗?”司平问。

“不不不!不是恐龙,是一种极其特别的动物!从外形上说,它巨大,体长有十多米,长有一个狼一般的头,却有着一个蝙蝠一样的身体。而且,它的尸体十分新鲜,好像是才死去的样子。”

“那它一定是侏罗纪的一种翼龙了。”司平说。

“不不不!”申教授几乎在那头尖叫,“它不是恐龙,绝对不是!从它的头颅看,它的脑容量极大!好了,我们先不讨论这个问题。我要你马上跟科学总院设备处联系,让他们以最快的速度制造一个移动冰柜,尺寸是长25米、宽20米、高15米,温度必须在零下60摄氏度以下。”

司平大吃一惊:“什么?你这是造礼堂,哪是造冰柜?这么大的冰柜,听都没有听说过!你想把南极的冰山装回来吗?”

“我必须把这个动物带回总院研究!冰柜一定要造出来!马上通知设备处!”

“可现在是半夜里,怎么通知?”

“我不管!”

电话挂了。

司平一看表,已是深夜一点半。他自言自语地说:“唉,这申老师又发疯了……”

他没有给设备处打电话,因为没有用,那里是没有人值班的。他躺在床上,望着天花板。他意识到,他的老师又“发疯”了。不过,每次他发疯之后,总会有巨大的科研成果。他记得,申教授一共发过三次疯。

申教授的第一次“发疯”是在十八年前。他一个人到了寒冷的西伯利亚,对那具半站半跪的猛犸象尸体发生了浓厚的兴趣。猛犸象是大象家族中长牙多毛的成员,它们在一万多年前就绝迹了。可是,人们却在西伯利亚厚厚的冰雪中发现了一头保存完好的猛犸象,在发掘出来的时候,它的嘴里还含着草。当时的科学家们对它作了平淡无奇而又简单的结论:它是在悠闲地吃着草的时候，忽然掉进了一个冰窟，它就是这样在冰层中被保存下来，度过了起码一万年的时间。

可是申教授对这个结论不满意。他到了西伯利亚，一待就是两年。回来之后，他发表了一篇奇文——《火山爆发埋葬了猛犸象》。这篇文章引起了整个世界的轰动。申教授的猜想是那么的新奇，却又是那么的有说服力：只有在几秒钟里速冻的动物，才能保持细胞壁的完整，不被冰胀破，而使肌体在长时间里保持新鲜。那么，怎样才能使一头重达十几吨的庞然大物在几秒钟里速冻呢？只有一种可能，就是当时一定有一座巨大的火山正在喷发。一座巨大的火山喷发时，会喷出岩浆，也会喷出大量的火山气体。它以极大的力量冲到大气的上层，就会冷却到极低的温度。然后，它们还会以惊人的速度回冲到地面，使地面的温度骤然下降到极低。于是，地面上的一切植物和动物都在几秒钟内被速冻了。正在吃着草的猛犸象，在它还没有意识到发生了什么事之前，就已被冻成了一个坚硬的雕像，随着时间的推移，它渐渐沉到了地下，静静地躺在深深的冰雪中……

这个研究成果，使申教授获得了极大的声誉。

申教授的第二次“发疯”，是在十二年前。他又是一个人跑到了那不勒斯海湾，开始了对“地下的庞贝城”的研究。

庞贝城，是在维苏威火山爆发后，被大量的火山熔岩掩埋在地下达1500多年之久的城市。它在18世纪被人们偶然发掘出来。整个城市是在人们毫无准备的情况下，被突如其来的灾难灭顶的，所以被发掘出来以后，可以看到当时人们的各种姿态，有的在烤面包，有的在交谈，有的在做生意……两个世纪以来，人们对庞贝城的秘密产生极大的好奇。他们的面包是怎样的形状？是什么味道？他们正在谈着什么内容？他们是如何做生意的？成交的物品的价格怎样？是不是比现在便宜？

在这许多的人中，有一个躺在地上的人，他的手里抓着一把金币。这么多的金币，他为什么不放在口袋里，而要抓在手里？是他刚从钱庄里取出来的，还是他正要去买一件贵重的东西？或者，他从什么地方抢来的？

申教授经过半年的研究之后，他叙述了这样一个故事：公元79年8月24

日,一个有钱的贵妇人正在街上走着,她戴着一枚昂贵的钻石戒指,手里拎着一个装有金币的小包,一边走,一边悠闲地东看看,西看看。这时候,一个跟了她多时的小偷,忽然从后面冲上来,抢走了她手里的包,一边跑一边从包里掏出所有的金币。然后,他扔掉了空包,又继续朝前跑。贵妇人在后面大叫着:"抓小偷,抓小偷!"正在这时,维苏威火山爆发了!那个小偷,手里抓着赃物,成了永远的罪人。

这个故事,再次引起了全世界的注意。但是人们对这个故事,并不认为有多大的真实性。他们认为这是申教授的想象。但是,按着申教授的思路,人们却在庞贝城发现了这样的事实:就在小偷身后十多米处,有一个穿着讲究的贵妇人,可以看出她的表情是愤怒的,一只手指向小偷。在贵妇人和小偷的中间,人们发现了一截皮带,进一步发掘,找到了一个小包,包里面,一个金币也没有,而在小包的带子上,却钩着一枚钻石戒指!人们再回过头来,竟然发现贵妇人的左手无名指上,有一道伤痕。原来,小偷在猛力地抢走贵妇人包的时候,带子钩着了戒指,戒指被一起拉了出去,还划伤了手指。小偷只注意到包里的钱,却没有注意到带子上却有一枚更值钱的戒指。而这,却被一千多年后的申教授注意到了!

当人们问申教授,这个一千多年前的案子,是如何被他破获的,他哈哈一笑说:"当我在研究庞贝城的时候,我的整个身心都扑在了那上面,于是,就好像看到了那一幕。"

申教授的第三次"发疯",是在六年前。在一次考古研究中,申教授在地下挖到了一块琥珀。应该说,这是一块平常的琥珀,只是它比平常的琥珀要小得多,它只有绿豆那么大。从年代看,大约产生于一万年前。奇怪的是,琥珀里面有两只蚂蚁,一只蚂蚁背着另一只蚂蚁。它们肯定是正在行走的时候,就陷进了这一滴一万年前的松树的油脂里,一直保存了一万年,慢慢形成了硬度极高而又玲珑剔透的琥珀。看起来,两只蚂蚁就好像昨天刚死的一样。

但是,蚂蚁为什么会一只背着另一只呢?蚂蚁平常是没有这种习性的呀。而且,这样一块小的琥珀,当时只是松树中刚冒出来的一滴松脂,平常情况下,它是不会掉下来的。除非当时它受到了极大的震动。那么,是怎么样的一种震动呢?

申教授从这颗小小的琥珀,开始了对蚂蚁的研究。在他对蚂蚁做出了大量的研究之后,得出的结论是:蚂蚁在任何情况下,都不会一只背着另一只走路。

但琥珀里的蚂蚁是怎么回事呢?

有一次,申教授随着一个科学家考察团去南美洲的一个原始森林考察。当大家正在森林里欣赏着大自然的景色时,申教授却趴在地上看那里的蚂蚁。忽然,他大叫起来:“不好,要地震了!大家快跑!”大家都被他搞得莫名其妙。地震?监测局没有预报过呀!但是,当大家看到申教授满脸的惊恐,不像是在开玩笑,又因为他的绝对威信,只好取消当晚在森林里露宿的计划,回到了饭店。他们又向监测局打了电话问询有没有地震将要发生,回答是:“NO!”可是,申教授还是坚信不疑:“十个小时之内,一定会发生地震!”就在当天下午,在他们逗留过的原始森林,突发了6.7级的地震,大片的树木被地震埋进了深深的土里。

同行的所有科学家,甚至连地震监测局的工作人员,一致对申教授佩服得五体投地。问他是怎么知道会有地震的,申教授摆摆手,说:“没什么啦,我只不过在森林里的一根树干上看到,有一只蚂蚁背着另一只蚂蚁在走路。”

就因为这次事件,生物学和地理学的科学家们,掀起了一阵研究琥珀的狂热。而申教授,却因为已经知道了蚂蚁为什么会背着另一只蚂蚁走路的原因,就再也没有兴趣进一步研究了。恐怕他是对的,因为,直到今天,科学家并没有从琥珀的研究中获得更多的成果。

琥珀,它是千万年前一棵松树的一滴眼泪,在它流动的过程中,将正在活动的小昆虫们裹了进去,并因为一次地震而被深深地埋入了地底下。沉睡在琥珀里的小虫子,它们是幸运的,它们永远保存着新鲜的身体。但仅此而已。人们在欣赏它的时候,并不会了解到它在松脂中窒息的时候,是多么的痛苦。

所以,申教授对琥珀的研究再也没有兴趣了。

……

“啊,申老师就是这样一个科学狂人,他好像是每六年要发一次疯,今年就是他该发疯的年代……”

司平躺在床上,感慨地想着。

床头的台灯,发出柔和而又宁静的光。身旁的于琳熟睡着,发出均匀的呼吸声,把司平情绪从激动的回忆中拉回到安宁的气氛里。

门“吱——”的一声开了。

门口站着穿睡衣的丽丽。她表情很古怪地看着司平,一动也不动。

“丽丽,你怎么啦?”司平被吓了一跳。

丽丽停顿了几秒钟,用幽幽的口气问:

“爸爸,是不是发现了一只恐龙?”

司平更吃惊了。自己的女儿怎么啦?是不是着了魔了?她的口气和她的年龄太不相称了。

“……”司平不知该怎么回答她。

“我想知道这只恐龙的事,爸爸。”

“这……现在已经三点钟了,你不睡觉……”

“告诉我,爸爸。”

“这,好吧,”司平既担心又无可奈何地说,“到你的房间里去吧,别吵醒了妈妈。”

司平跟着丽丽到了她的房间。满墙壁的恐龙画片,好像把他们带进了遥远而又神秘莫测的中生代。司平不禁对女儿的这种特殊爱好感到了害怕。

这时候,丽丽那双明亮、美丽的大眼睛,正看着司平,等待着听到关于南极和新发现的恐龙的故事。

“可是,丽丽,申教授说,那好像不是恐龙……”

“不是恐龙?”

“是这样……”司平耐着性子,开始给丽丽讲申教授发现的这只奇特动物的事。

一早，司平就赶往科学总院。

在汽车上，司平一路都心事重重的。

昨天晚上，他几乎没有睡。他实在不理解，他的女儿才九岁，怎么会迷上恐龙这种可怕的爬行动物？只要一说起恐龙，她居然眼睛发亮，精神十足。痴迷到这种地步，真是太怪了。特别是对一个才读二年级的女孩子来说，就更怪了。

司平有点后悔，在丽丽很小的时候，他曾从单位里拿来大本的恐龙的图册，像讲故事一样讲给她听。他不善于讲童话故事，而讲起恐龙来，却是有条有理，绘声绘色。因为他就是研究这个的。可以说，伴随着丽丽成长的，不是优美、抒情的童话，而是恐龙的故事。在自然科学里，与其他的知识相比，恐龙的故事更富有幻想性，也更富有神秘感，大概是这个原因吧，司平一到讲故事的时间，总是免不了要讲恐龙的故事。虽然她的妈妈给丽丽讲的是童话故事，但是，丽丽好像更喜欢听恐龙的故事。有一次丽丽这样说："我不要听童话故事，它们都太轻了，好像一吹就飘走了。我喜欢恐龙，它们都很重。"丽丽的这句话，曾让他心里"咯噔"了一下，这孩子，怎么会有这种奇特的感觉？而她的妈妈听了却感到很恼火，说丽丽一点也不像个温文可爱的女孩子，倒像有点……怎么说呢……野蛮。因为，于琳从图片上看恐龙，一只只都显得那么粗鲁、低级、愚笨、野蛮，比起娇弱、美丽的白雪公主来，差得多了。

"是不该给丽丽讲这么多的恐龙故事……"司平在心里想。

他想起了昨天晚上丽丽告诉他，她老是做同一个关于恐龙的梦。当时，司平真是听得汗毛都竖起来了。这个梦可不太妙啊，里面有一种什么不祥的感觉。那气氛，那情景，都容易使人产生一种孤寂、冷漠、悲观的情绪。而这一切，都是因为他讲了太多的恐龙故事。

不过，丽丽怎么老会做同一个梦呢？它预示着什么？

难道，丽丽的梦和申教授发现的这个巨大的动物之间，有着一种奇特的关系？要不，就是丽丽的想象力过于丰富，甚至是心理有点不正常？

“忙过这一阵,我要带她去看看心理医生……”司平对自己说。

到了科学总院,他直奔院长室。

“陈院长!”

“哦,是小司啊。回来啦?快请坐。”

院长陈必真也是一个自由院士,今年六十四岁,身体很好,工作很有激情。他是原子物理方面的专家,但他对申教授很敬重,总是全力支持他的工作。他唯一的缺点,大概就是服装不整洁了。领带经常是歪的,扣子常扣错位置,皮鞋里面很少穿袜子。有人说,院长之所以这样,是因为老婆死了的缘故。

“怎么样?有什么事吗?”陈院长笑嘻嘻地说。

“嗯,是这样……”

司平发现陈院长的衬衫领子,一边在里面,一边翻在外面,看起来怪怪的。要不要告诉他呢?司平犹豫着,这个想法使他走神了。

“是这样,昨天晚上申教授从南极打来了一个电话,他在那里发现了一只奇怪的大动物……”

“哦?”陈院长很有兴趣地坐下来听。司平看着他的领子,心里直想笑。

司平断断续续终于把发现动物和制造移动冰柜的事讲完了,一边讲,一边控制住自己不要去看院长的领子。

“啊,移动冰柜,”陈院长有点为难地说,“这可是一项大工程,可要不少的经费呢……这个……”

陈院长开始沉思起来,一边不经意地摸着自己的脖子。

就在这当儿,陈院长摸到了自己的领子。他满不在乎地一边把翻在外面的那个领子翻回去,一边继续思考。

陈院长终于将领子整理好了,这让司平松了一口气。也就在这个时候,陈院长已经想出主意来了。

“造这样一个大冰柜,没有三个月的时间怎么能行?等到造好了,那动物也就会受到很大的侵蚀了。我看,就这样吧……”陈院长打住了。

“怎么样?”司平很急切地问。

“还是将我实验室里的那个核反应炉改装一下吧,尺寸也正好,改装成冰柜大约只要三天的时间。”

“那您的实验?”

陈院长平静地说:“就停一下吧。申教授的研究可停不起啊。”

司平看着陈院长,一下子觉得他很高大。虽然他又发现了陈院长的衬衫扣子没有扣对,也没有觉得难过,反而觉得那样的穿着出现在陈院长身上,很有特点。

陈院长朝他挥一挥手:“放心吧,三天之后,我一定把移动冰柜改装好,往南极运。”

“谢谢!”

司平退了出去,他要把这个消息尽快地告诉申教授。

司平回到了家里。

司平给南极的申教授打电话。听筒中清晰地传来了申教授的声音。

“喂,我是申其,什么?移动冰柜要三天后才能造好?”

“这已经是最快的速度了,还是陈院长亲自设计将他的核反应炉改装的呢!”

“什么时候能运来?”

“改装好了,马上派特型运输机运去。”

“到时候你一起来,做我的助手。”

“我,这个……”

“你到底来不来?”

“那,研究计划是什么?”

“这你不要多问。”

“可,我是你的助手啊!”

“那就更应该懂我的规矩!三天后见。”

“啪”,申教授将电话搁了。

司平心里愤愤不平的:“真是一个学霸,我又不是佣人……”

司平一抬头,看见丽丽倚在门口,呆呆地看着他。

丽丽说:“爸爸,移动冰柜是用来装恐龙的吗?”

“是。但它好像不是恐龙,不是跟你说过了吗?”

“它是恐龙,它告诉我,它叫风神翼龙。”

“什么?”司平大吃一惊,“风神翼龙?你从哪儿看到的这个名字?”

“我没有从书上看到过,是恐龙自己告诉我的。它说它叫风神翼龙。”

“这么说,你不知道什么是风神翼龙?”

丽丽睁大了眼睛,摇摇头。

司平糊涂了,他在心里想:怪了!风神翼龙是恐龙中不太知名的一类。它属于翼手龙类,是翼龙中稍晚一些才出现的一种,它们都没有牙齿,也没有尾巴,身体比嘴口龙类翼龙更接近鸟类,确切地说,是更接近现代的蝙蝠。

“丽丽,告诉爸爸,你真的没有从书上看到过风神翼龙的画片吗?”

丽丽抬起天真的脸:“真的没有,爸爸。什么叫风神翼龙?就是我在梦中见过的这个样子吗?”

“是的,可是……”司平不知道该怎样来解释这件事。一个爱好恐龙的孩子,在梦里见到了她从来没有见过的一种恐龙,并能正确地说出它的名字。

“爸爸,”丽丽拉住爸爸的手,“我能和你一起去南极吗?”

“不行。你要读书,再说,南极是很冷的。”

“那我就多带点衣服还不行吗?”丽丽摇晃着爸爸的手臂。

“不行。爸爸是去工作,不是去度假!”

“可是,那只恐龙,它认识我,它能叫出我的名字……”

丽丽的眼睛里充满了泪水,司平看了,心里一阵难过。可是,他是绝对没有可能带丽丽上南极去的。

“别难过,丽丽。”司平蹲下身来,擦着丽丽的眼泪,“我会代你向它问好的。等把它带到科学总院,我再带你去看它,好不好?”

丽丽抿着嘴,不让自己哭出来。她向爸爸点了点头。

忽然,司平跳了起来。

“啊呀,我忘了!我给你从国外带来的礼物都没有给你!”

他赶紧把那个大盒子捧出来，交到丽丽的手里："打开看看。"

盒子里是一只玩具恐龙，它是模仿三角龙做的，头上长着三只大角，两只长，一只短，还长着像老鹰一样的尖嘴。身上的皮又硬又厚，颈部还有一块大骨甲，样子既威武又凶悍。

给它装上电池，三角龙就开始在地上慢慢地走起来，走几步，就转几下它那沉重的头，东看看，西看看，还抬起脖子叫两声。它的叫声有点像牛。

丽丽一下子就喜欢上它了。

她欢呼着："我知道，它是白垩纪的三角龙！"

爸爸笑着点了点头："别看它的样子凶，却是食草恐龙。"

"哞——"

三角龙硬着脖子，仰天叫了一声。

第三章　南极归来

三天以后，司平随着装移动冰柜的巨型运输机飞到了南极。

同时跟去的，还有上百个工人和几台吊车。要将那样一个庞然大物装进楼房似的移动冰柜里，可不是一件容易的事。

到了南极，申教授也不让司平休息一下，就带他去那个大冰洞。

司平跟着申教授，爬进了那个巨大的冰洞。粗绳索吊在他们的腰间。申教授一边爬一边说："司平，有一件很奇怪的事。这个洞，从洞口到洞底，总共只有二十多米深。"

司平向下看了看，说："这并不奇怪，看起来你的眼力没有问题，它大概就是这么深。"

"不！"申教授又激动起来了，"我说的不是这个！在我第一次进来的时候，它几乎就是一个无底洞！根本不知道底在哪里！可是当我从昏迷中醒来时，它却变得这么浅了！"

"这是不可能的。人如果长时间在太低的温度下，有时精神会错乱，出现幻觉……"司平说。

“胡说!”申教授很生气,“我的头脑是高质量的!”

他们说着,已经到了洞底。

面对着这个庞大的动物,就像申教授第一次看到它一样,司平也倒抽了一口冷气,发出了一声惊叹:

“啊!”

只有真正了解恐龙的科学家,才会对出现在眼前的保存如此完好的尸体感到惊奇。因为在一般情况下,如果能发掘到一两块化石,就已如同凤毛麟角了。而在司平面前的,竟是一个仿佛死去不久的动物。如果申教授的推测准确的话,它已经在这里躺了几千万年以上了。

“天啊,真不可思议……”司平绕着它走了一圈。

申教授得意地看着司平。

“我给他取了个名字,叫狼蝙蝠。”

“狼蝙蝠……”司平在口里喃喃着,他似乎又有点魂不守舍了。他觉得自己像是一个穷光蛋,忽然掉进了一个金库里。

狼蝙蝠静静地躺着,睡着了似的,好像去摇摇它,就会醒过来。

司平也像申教授一样,爬到狼蝙蝠的脑袋上,将它的眼皮翻了起来。

他看到了一只多么有神的眼睛,仿佛惊奇似的,看着翻起它眼皮的人。

司平浑身一哆嗦,这只活着一般的眼睛使他害怕。

“好,我们上去开始工作吧。”申教授说。

“慢着,我有一点想不通。”司平说,“它在这样浅的冰层下面,怎么可能保存完好呢?”

“所以我说怪嘛,它原来是在很深的冰层下的。可是在我下来之后,这个洞就变浅了。”

“难道是……”

一阵短暂的沉默之后,他们两人同时脱口而出:“空间扭曲!”

像这种在很短的时间里,空间发生很大的变化,除了空间发生了扭曲,似乎没有别的更好的解释了。

“如果是这样,那么,是谁使空间扭曲的呢?”司平说。

“我也一直在想，为什么就在我进了冰洞之后，空间扭曲了，不但救了我，还让我能得到这个狼蝙蝠……”

申教授顿了顿，忽然说：“有一种奇特的力量在帮助我！”

申教授的眼睛里，闪射出一种锐利的光芒，好像忽然悟到了什么。

过了一会儿，他们攀着绳索回到了地面上。

紧张的工作开始了。申教授和司平指挥着工人们先把冰洞的洞口扩大，再吊狼蝙蝠。

几台吊车呜呜地响着。很粗的钢索，一圈圈缠在了狼蝙蝠的身上、脚上。钢索慢慢地绷紧，狼蝙蝠慢慢地离开了地面，悬在了空中。

吊车臂慢慢移动着，将狼蝙蝠送往移动冰柜。

随着“砰”的一声，移动冰柜的柜门合上了。

申教授情绪激动地大声叫着：

“将冰柜的温度控制在零下60摄氏度，立刻起飞，回科学总院！”

这是一个黑匣子。

我感到不安。

多少年来，我一直在我自己造就的空间里，也是一样的黑暗，但是我很安心。

现在也是一样的黑暗，但这不是我的空间。世界在我的周围正在变得陌生起来。我甚至……有点害怕。

我觉得，他们是一群奇怪的生物。我无法捉摸他们。他们的内能很小，但是智慧程度却又很高。他们的身体实在是太小了，所以要借助于那些冰冷的极不完美的骨骼一般的手臂。

还有，这黑匣子是什么？是他们身体的一部分吗？……好像也不是。

我有点懂了，他们会借助于器械。这在我们的种族里是办不到的。我们从不利用任何器械，因为我们的内能使我们不会面临太多的困难。可是……能够利用器械，不就等于增加了内能吗，虽然笨拙了一些？

将我放在黑匣子里，大概是想对我进行一些考验吧？我也正好可以借此考验他们。

啊,温度好像有点不对。好像是太冷了,又好像是太热了。这不是自然的温度。奇怪,我从来没有体会过这样的温度,感觉很怪。

我感到不安。

这事来得快了一些。

巨型运输机安全抵达科学总院。

“从南极运来一只巨大的恐龙!”这个消息不胫而走,引起了轰动。各种猜测、各种传说,以各种各样的方式传播着。有担心的,有害怕的,也有激动、兴奋的。

小道消息传得最多的,就是那个牙医。他的家里挤满来听他演讲的人。无论在学校还是在医院里,他从来都是听人家演讲,这次有那么多人目不转睛地听他讲关于恐龙的故事,使他无比的兴奋。

“林丁,再讲讲,那恐龙的牙齿你看到了吗?”科里的同事问他。

林丁,就是那个从南极回来的年轻牙医。

“这个嘛,”林丁开始胡编,“有点像鳄鱼的牙齿,发黑,像是四环素牙……”

每天不停地讲话,他的牙居然不再痛了。

“我发现了一个偏方,只要不停地讲话,可以治牙痛。”牙医对科里的同事说。

于是科里的那些牙医们,出于对牙齿的保健考虑,也开始对家人、对朋友,甚至对病人大讲特讲恐龙的故事。一夜之间,他们都成了恐龙研究的专家。牙科门诊现在几乎成了新闻发布处,一些在报纸上写些豆腐干文章的人,不管牙齿是否有病,也都来牙科挂号了。

关于狼蝙蝠的传闻,就是这样在不断被加工着。

申教授正在他的办公室里拟定他的研究计划。后面的门“吱”的一声响,有人走了进来。

申教授立刻把桌上的材料盖上,头也不回地说:“出去!”

后面的声音说:“是我。”

申教授还是不回头:“说的正是你,出去!”

“我是陈必真。”

申教授这才回过头来:“原来是陈院长。我正在拟计划,所以不希望被打扰……”

陈院长没有在意:“怎么?一直在这里工作?还没有回过家吧?”

“回什么家呀,一天到晚听老太婆骂,还不如在这里……”

陈院长接着他的话说:“所以你不知道,外面关于狼蝙蝠的传闻,真是越来越离谱啦。甚至有人说狼蝙蝠的肉很补,一个公司还来找我,希望将它制成口服营养液呢……”

“什么!”申教授很不高兴,“这是谁在瞎传?这是科学情报,怎么可以乱传?”

陈院长说:“所以,你一直反对将发现狼蝙蝠的事公开已经不成了。还是照我说的,开个新闻发布会吧,以正视听。我就是为这个来找你。”

“这……好吧……”申教授只得答应了。

“好,那我走了。”陈院长说,“还是先回趟家吧,瞧你的胡子都那么长了。新闻发布会明天就开,你准备一下。”

“陈院长,我……我不想回家。”申教授说。

“不行。你不回家,你夫人就找我要人,该骂你的话,都落到了我的头上。”

陈院长转身走了。

申教授只好回家去。

到了自己的家门口,他才想起来:“哎呀,我出去了一个多月,连件纪念品也没给老婆孩子带……”

他按响了门铃。

“荷花,荷花,开门吧。”他在门外小心地叫他老太婆的名字。

他听见儿子在里面叫:“妈妈,妈妈,爸爸回来了!”

然后是荷花的声音:“叫什么!你的爸爸已经死了!”

门唰地一下拉开了,门口站着虎视眈眈的老太婆。申教授笑着脸,尽可能柔声地叫她一声:“荷花……”

“你找谁?”荷花严肃地问道。

“我找……这个……找……”申教授觉得这个问题很难回答。

“哼,”荷花双手叉腰,气势汹汹地说,“你两天前就回来了,现在才想到回家?你把家当什么?嗯?”

“我,我……”申教授不知说什么才好。

有几户邻居已经打开门,准备出来看热闹了。

荷花一把把申教授拖进了门里,“砰”的一声,重重地关上了门。“我才不给人家看热闹呢!”

“对,对。”还没有站稳的申教授很同意这个看法。

他十岁的儿子申林达,很高兴地跑了出来,像是要去拥抱他爸爸的意思。

荷花忽然一声吼:“林达,别过去!”

“为什么,妈妈?”

“让他站在门口!”

申教授只好站在门口,不知道有什么厄运要降临到自己的头上。

“把衣服全部脱下来!”荷花命令道。

“干,干什么?”申教授很心虚地问。

“你穿了一个月的脏衣服,还想再穿下去吗?我给你洗呀!”荷花说完,转身进里间去了。

就在门口的凳子上,已经放好了一叠干净的衣服。再看浴室,浴缸里已放好了一缸热水。一股暖流涌进了申教授的心里。他不禁在心里感叹:“唉,荷花这个人可真好,就是太凶了……”

当申教授舒服地泡在浴缸里的时候,南极那种寒冷和疲劳,一扫而光了。他觉得像要融化了似的,真想就这么一直躺下去,慢慢回忆他走过的路,过过的日子……

申教授是四十五岁才结婚的。他的妻子蒋荷花是他的一个远房亲戚介绍的，从乡下来，比他小十二岁。申教授看她黑黑胖胖的，而且很高大，使他联想起侏罗纪的大个儿鲸龙，就很满意地对介绍人说："只要她同意，我没有意见。"荷花也"没有意见"，他们就结婚了。而且在第二年，有了一个儿子申林达，这个儿子对他们两个人都算是老来得子。她刚来的时候，对科学家是非常尊敬的，因为她知道，如果没有科学家，大家到现在都得点蜡烛，而且连电视也没得看。可是，她后来发现申教授这个科学家，一天到晚都拿了个锄头，今天在这里挖挖，明天在那里挖挖，总找些碎石烂骨头拼来拼去的，既像个盗墓的，又像个捡破烂的，连个电灯也不会发明。她对科学家就有了新的理解。再看到申教授今天忘了吃早饭，明天忘了吃药，后天又找不到自己的袜子了，就更觉得科学家"不过就那么回事儿"，还得让她操很多的心，而且是她越操心，他越不知道该怎么生活了。

所以，荷花管申教授是管得很紧的。

有一次荷花对邻居大妈讲："我要是管得不紧，说不定他回家的路都会不认识的。我倒没什么，错进了人家的门，还不让人把他当小偷？"

申教授在浴缸里正泡得舒服，荷花在外面叫了："喂，还没有洗好哪？在里面孵蛋哪？"

申教授赶紧一连声答应着，往身上搓肥皂。

"快点，怎么比女人还慢。饭菜都要凉啦！"

荷花又在外面喊。

第二天，新闻发布会开始了。

因为移动冰柜太大了，会场是设在一个广场上的，为了便于大家等会儿参观这个巨大的动物。

该来的人都来了。有总院的领导，有国家科学委员会的领导，还有环境保护组织、动物研究协会以及宠物爱好者协会。

各大报纸、杂志社、电台、电视台的记者们也都来了。丽丽喜欢看的《中生代》《世界之谜》的编辑们也都来了。

大家都怀着好奇和激动。不过，只有一个人脸色很阴沉，他就是跟随申教授去南极的林丁。这个新闻发布会一开,就意味着大家都将会知道关于这只恐龙的一切细节,也就意味着他林丁的演说将失去听众。这样一来,他这一趟南极之行不是变得没有意义了吗?

“讨厌。”林丁心里想。

丽丽是跟着爸爸来的,紧紧地拉着爸爸的手。她很激动。司平感觉到,她小小的手掌里,一直在出汗。

“别怕,丽丽,狼蝙蝠是死的,没什么可怕的。”司平说。

丽丽摇摇头,他也不知道她是什么意思。

到了会场,他们正好看见申教授带着他的儿子林达也来了。

丽丽立刻挣脱司平的手,向申林达跑去。

“林达!”

“丽丽!”

林达很高兴地拉住了丽丽的手。

他们两个是同学,林达比丽丽高一级,他读三年级,她读二年级,都在一个学校。虽然他俩在学校里不太说话,可是他们是好朋友。因为司平经常会带着丽丽去申教授家,两个爸爸一谈起来就没个完。她就会到林达的房间里去玩。林达自己的房间,比丽丽家她的房间要大多了。可是他的玩具没有她多。因为他妈妈觉得,玩玩具是很没有出息的。他们在一起玩的时候,总是很快乐。

林达和丽丽坐在前面的一排,看起来,丽丽已经不害怕了。

新闻发布会开始了。

申教授介绍了发现狼蝙蝠的整个过程。他显得很激动。他讲他的研究所达到的高度,他的发言使大家都感到震惊。

“我将发现一个新的世界!一个人类出现以前就已经存在,但是直到今天都没有被发现的新的世界!那就是狼蝙蝠曾经生活过的世界。”

有一个记者提出了疑问:“请问,这种叫作狼蝙蝠的动物,它属于哪一类动物?”

“这要通过实验才能下定义。但它是一个超出一般意义上的动物!”

有一个记者提出了疑问:“请问,它难道不是恐龙吗?”

“不!”申教授大叫着,“它绝不是恐龙!下一个类似的问题你们也不用问了,它也绝不是蝙蝠!”

会场沉默了一小会儿。

又有记者提问:“它死了有多久了?”

申教授说:“谁说它死了?”

“您的意思是,它还活着?”

“谁说它活着?”

大家你看我,我看你,一时不明白申教授的话是什么意思。

申教授走到移动冰柜前,在一个按钮上按了一下。

“你们自己看吧!”申教授大声说。

冰柜发出很轻微的声音,液晶式窗帘拉开了,冰柜的一面柜壁变成透明的了。

“啊!”

在人们的一片惊叫声之后,霎时又都沉默了。因为大家都被冰柜中的动物惊呆了。

它长着一个巨大的、像狼一样的头,嘴上还露出两根长长的獠牙,结实的四肢终端和尾部之间,长着像蝙蝠一样的皮膜。这皮膜仿佛皱巴巴的,像是老化了的雨布。它身上还长着已经退化了的、稀稀拉拉的毛,是暗褐色的。

看起来,这巨大的动物不像是死了,而像是睡着了,似乎随时会一声大叫,爬起来,扑向人群。

“它就是狼蝙蝠,”申教授用低沉的声音说,语调充满了悲壮感,“它早已停止了心跳和呼吸,但是,它没有死!”

下面响起了一些窃窃私语声,好像在对申教授的话发出疑问。“怎么回事?心跳呼吸停了,还叫没死?”

记者们好像才醒过来,涌到了冰柜的前面,响起一片照相机的快门声,闪光灯闪电似的亮着。很多摄像机像炮筒似的对着它。

啊,这么多眼睛在注视我!

这些是多么特殊的眼睛啊。它们好像是没有生命的,但是,它们比有生命的眼睛更可怕。

我害怕,真的。

任何东西,当它被过于关注的时候,它就要失去本来的意义了……

这些闪着光的眼睛,和那些孔径很大的眼睛,它们都带有一种很不友好的意识。这种意识对我是一种威胁,它们会形成能置我于死地的力量。

可是……

我有了一种奇特的感觉。有一种极其微弱的能量,正在向我靠近。它是友好的。可惜我正处在休眠期,不能调动我的内能去寻找它。

但是,我越来越明显地感到它的存在!

这能量就在附近!虽然它是那么微弱,但是,它会是我的希望和保护神!

啊,如果我能醒来,但愿我能找到它!

丽丽和林达在人群里钻过去,到了冰柜的前面。所有的照相机快门就在他俩的后面响着。

他们站着朝这个巨大的动物看去。他们的角度,正好面对着狼蝙蝠的头部。它看起来是多么大啊。虽然它闭着眼睛,但还是显得狰狞、可怕。

林达害怕起来了。

“丽丽,我们回家吧?”林达小声说,似乎怕声音会吵醒狼蝙蝠。

“嘘——别吵。”

丽丽看也不朝他看一眼,向他摇了摇手,还是专注地看着狼蝙蝠,似乎完全被她面前庞大的躯体迷住了。

“天哪……”她轻轻地叹息着,“它和我梦中的恐龙真是太像了!只是,我梦里的恐龙没有牙齿和利爪……”

但是林达却越来越害怕。他拉了拉丽丽的衣角,丽丽根本没有反应。

“那,我先走了。”

林达说着,自己走了。

丽丽还是站着,一动也不动。她的眼睛似乎朦胧起来了。

那个梦境,又回到了她的脑海中。

巨大的翼龙躺在地上,一动也不动。

远处,出现了凶猛的暴龙的沉重的脚步声。

她向它跑去,用她细小的手,去摇它庞大的身体。

"喂,快起来呀!危险!"

可是,她的手实在太小了,无论如何都不能摇动它一点点,怎么也叫不醒它。她爬到它的身上,用力地跳着,又爬到它的头上,用力地跳着。

翼龙还是没有反应。

她只好离开它,走了,一边走,一边回头看它。

当她走远了的时候,翼龙却抬起了头来,从后面看着她。

"丽丽,"翼龙对她说,"谢谢你的关心,我很好。"

她站住了,默默地向它看着。它也看着她,它的眼睛是黄色的,中间有一道蓝色的横线。

它的眼睛多亮啊。

"我叫风神翼龙。"它说。

当记者们摄影、摄像工作完成,会议又继续进行下去。

"在超低温状态中,再浓的液体都会凝固,可奇怪的是……"申教授停顿了一下,继续讲下去,"从狼蝙蝠皮肤的色泽、弹性看,它的血却没有凝固!"

下面又"嗡"的一声,响起了小声的议论。这个消息确实具有爆炸性。

"从现象上看,"申教授继续讲,"它就像是一分钟前才死去,似乎血液刚刚停止流动,可是,实际上,它已经在深深的冰层里,躺了上亿年……"

说到这里,申教授很动情地摇了摇他的头。

"所以我说,它是死了,但是,它又没有死!因此,我将做一项关于生命存在形式的研究。这是一项伟大的研究,也是一项伟大的工程!"

"能具体说说你的研究计划吗?"一位记者问。

“不,这是绝对保密的!”申教授叫着。

有一个人站起来提问:“请问申教授,如果你的研究成功了,是不是意味着,将来人的尸体也可以保留一亿年以上?”

下面响起了一阵哄笑声。提问的人就是林丁。

申教授的嘴角哆嗦着,显然是生气了:“如果是这样,你的尸体却没有保留的价值!”

下面又是一阵哄笑。

“申教授,”陈院长在旁边小声地说,“请注意你的措辞。”

被刚才这下打扰,申教授的思路已经乱了。他一挥手说:

“我的介绍到此结束。”

说完,申教授从台上走了下来。

一大帮记者围住了申教授,许多采访录音话筒伸到了他的面前,好像要塞给他吃似的。

正在这时,一个黑黑胖胖的女人冲了上来。她的手里拎着一只锅子,外面还包着保暖的棉布。

她就是申教授的夫人荷花。她一手捧着锅子,另一只大手挥了一圈,把那些话筒都抹到了地上:“哎哎哎,你们不要给他吃这个,我这里有好吃的。”

记者们还没有回过神来,荷花已经跑到申教授面前。

“老申,我专门给你烧的肉骨头粥为什么不喝?”荷花说着,打开锅盖,递到申教授的面前,喷了申教授一脸的热气,很浓的肉骨头粥的气味弥漫开来。

申教授急了,小声说:“哎呀,你真是,我在接受采访!再说,我早上已吃了一个荷包蛋了……”

“不够的,把这吃下去!”荷花丝毫没有商量的余地。

“可是……”申教授迟疑着。记者们捡起了话筒,又围了上来,想要继续采访。

荷花一瞪他们:“先等他吃完了早饭!”

伸过来的十几支话筒,在申教授的嘴边录进去的是“呼噜呼噜”的喝粥声，同时还有一个女人很得意的声音：“好不好吃？好不好吃？”

整个会场都乱哄哄的，只有一个人一直很安静，她就是丽丽。

丽丽一直站在冰柜面前，呆呆地看着里面的狼蝙蝠。她和它的距离是那么地近。

“你就是那个风神翼龙吗？”

丽丽嘴里喃喃着，好像在问狼蝙蝠，又好像在问她自己。

（选自《狼蝙蝠》，接力出版社，2005年2月第1版。初版于江苏少年儿童出版社，1993年12月。曾获第三届全国优秀少年儿童读物一等奖、第三届全国优秀儿童文学奖、第四届宋庆龄儿童文学奖；根据本书改编的长篇卡通图书《龙蝙蝠》获第六届全国“五个一工程”奖）

海底人（节选）

龚泽华

（一）白旋风

罗刹湾，无风三尺浪，有风浪滔天。海底暗礁如林，凶恶如罗刹；海面涡旋不断，暴戾似夜叉。平日渔船不敢进，商旅远远避开。这天清晨，却有一只气垫船风驰电掣般地驶进罗刹湾。船上只有一人，虎头豹眼，一脸豪气，约莫十三四岁，一副天不怕地不怕的神态。他来干什么?看他的举动像是钓鱼。不对，他是来钓人，钓传说中的海人——海和尚。

他的名字叫卫卫。

海和尚活像三岁小孩，有手有足有五官。它们成群结队跟着船游，碰到暴风雨要来了，它们就跃出海面警告水手。如果谁捉了它们中的一个，其他便一齐跃入你的船中，将船压沉，救出同伴。听说它们是海洋人类，可是只有传说，却谁也没有见过。卫卫的爷爷是海洋科学家，卫卫问过海和尚的事，爷爷说，海洋有人类，但不一定就是海和尚。爷爷的话给卫卫带来许多幻想。昨天，卫卫听岛上最老的渔人说他爷爷的爷爷在罗刹湾曾经钓起过一条人一样的鱼，用海水养了三天，生下一条小人鱼就死了，后来这小人鱼也死了。卫卫听了激动极了，一种好奇和怀疑诱惑着他。他偷偷地来到罗刹湾下了钓钩。

幻想是美丽的，而一种愿望——捉到海和尚后的轰动更是激动人心。正当他如醉如痴地陶醉在美丽的构想之中时，一场由死神开路的灾难正渐渐临近。

海面依然很平静。出海的渔船早已远去，四面是一片蔚蓝。可是，一种声音，从海平线那边传来。噜……不是风声，也不是浪啸，更不是汽笛，而是一种从未听到过的怪声，很轻很轻。定神一听，声音不在四周，而在自己耳中的鼓膜里。卫卫以为是耳鸣，但声音却越来越响。

卫卫突然感到头皮发紧，心跳加剧，还有点恶心。他根本没有感到害怕，却有这种奇怪的反应。是传说中的“罗刹的叫声”吗？他想。

不一会，东方的天际出现一团乳白的云，这团云渐渐由东向西移动。这云很特别，当中竟出现一个圆锥形的东西，像个漏斗。漏斗口下面的海水像沸水一样翻腾起来。水面上也有一个漏斗，口子向上，从天空上看下来，一定是个空心大漩涡，也许那空心直达海底。

卫卫惊叫起来：“糟了，遇上海龙风了。”

卫卫仔细一看，自语道：“不是海龙风。海龙风的云是黑的，有雷声，风浪更大，这白旋风……”

没等卫卫说完，白旋风已噜噜地怪叫着过来了。他赶紧启动气垫船，但机器突然失灵。船死了，死了的船随着风浪颠簸着，必覆无疑。

海龙风范围小，这股白旋风更小。碰到海龙风一般都来得及躲避，对这股白旋风，卫卫的气垫船本来也可躲避，可现在不行了。

四周一片噜噜声，感觉中似有无数的“竹蜻蜓”（玩具）在飞旋。耳朵出奇地难受，有气往外通似的。

眼看要翻船。卫卫不会游泳，他只得抱着气垫船听天由命。

呜噜一声，卫卫猛地感到一种失重感，他和气垫船像片羽毛飞上了天。突然，一股奇怪的引力，他和气垫船又一起被吸入海底。

“永别了，爸爸妈妈和亲爱的爷爷。”当他失去知觉之前，他在心里这么说。

仅仅是十分钟之后，海面又复归平静，似乎一切都不曾发生过。只有浮在水上的一根钓竿,能给人产生一个疑问:它的主人哪里去了?

(二)哭泣的海底人

一道夺目的光芒把卫卫刺醒了。

只见头顶100米高处是一个圆形的拱顶,许多玄武岩的石柱支撑着。柱子上有许多天然的雕龙画凤和奇形怪状的花边,一切都是古色古香。洞外怒潮奔腾,洞内的海水却十分平静。洞极大,能开万人大会。整个洞宛若一个巨大的浴池。浴池里有许多许多动物,坐在水里,两只长臂猿一样的"手"扪着双眼,在唏唏嘘嘘地哭泣。眼泪从指缝中溢出,像珍珠掉到水中叮咚有声,闪闪发光。

这是什么地方?

我是在做梦吗?

卫卫揉揉眼,拧拧自己的大腿。眼能见物,腿能知痛。活着——自己还活着。

突然,他大吃一惊。水里的倒影,倒影中的他,也是只大青蛙。身上没有衣服,手脚都有蹼,胸前有一个围兜,兜上排着几个红红绿绿的开关,脑袋也差不多,没有了头发,阔嘴大眼,只是他们的头圆而扁,自己的头是圆而不扁的。

我怎么变成了这样?

卫卫惊骇不已,哇哇大叫起来。

一只大青蛙过来,他似乎明白卫卫在想什么,他在卫卫胸前将一个开关一按,卫卫身上的蛙皮自动开裂,倒影中的卫卫恢复到本来的模样。卫卫心里平静了许多。

大青蛙在卫卫面前做了几个很好看的手印,卫卫只觉得头皮一阵阵发麻,脑子霎时变得透亮。脑屏上出现了一行行有声有形的语言:

朋友,请别害怕。我们是大西洋的海底人,现在正在流浪。因为我们,你吃了许多苦,我们又救了你。我们知道你是好人。你刚才脱下的是蛙衣,没有它无法在海里生活，更无法进入深海。这蛙衣有六个小型喷气式发动机，各装在两手两脚与背上，帽子下面还有两个人工鳃，可以在海水中呼吸空气。我知道你叫卫卫。我叫图拉，是大西洋海底国的王子。你不要惊慌，等办完事我们会送你回大陆的。

海底人的身上具有强大的人体磁场。在这磁场的影响下，卫卫也具备了思维传感能力，不须通过交谈，便能明白对方的思想。

图拉知道卫卫现在在想什么。他将手一招，五六个海底人立即跑过来。他们簇拥着卫卫，跑出洞窟，一起进入大海。他们要重演拯救卫卫的全过程，也让卫卫明白他们是怎样行动的。

当蛙衣的按钮一打开，卫卫觉得自己在海里的行动全凭意念而随心所欲，整个身子是旋转的，自己又不觉得这是在旋转。当脑子里出现“亚光速”三个字时，自身的形象就消失了，仿佛传说中的“隐身术”。卫卫恍然大悟，隐形的原理原来如此简单，电风扇转得不很快，但扇叶在视觉中消失了，一样的道理。

海底人还表演了腾空。那次的白旋风就是因为海底人遭到了虎头鲨的袭击，集体腾空避难造成的。

卫卫也飞升到了天上。在高空，他看清了这是一座无名岛，离自己的居地长乐岛不远。这是一座荒岛，他和班里同学来过，许多长乐岛人都来过，但谁也没有发现地底还有这么一个大洞窟。卫卫对海底人刚刚说出“谢谢”两字，就感到阵阵心跳，血液犹如海峡的乱流一样东奔西突。这是怎么一回事？只见图拉和其他几个海底人都立在海边，翘首东望，全身抽搐，泪如泉涌，痛苦万分。这是怎么回事？脑屏上立即显现了一幅幅图画和有声的语言，仿佛在放电影。

卫卫明白了。图拉为自己的母亲遭难而悲伤。海底人为他们的王后被大陆人俘虏而哭泣——王后巴巴拉不小心被“猎鹰”号万吨级捕鱼船的吸鱼器吸入贮鱼舱。刚才大家的难受是一种心灵感应。卫卫从脑屏里看到“猎鹰”号船长、他的亲舅舅铁柱，正在指挥船员将捕获的鲜鱼进行冰冻。王后巴巴拉当然感到浑身不舒服。

“你们怎么不去救她?”卫卫问。

“谁不想救?我们是怕伤害那船上三百多号大陆人。我们只有把船弄翻才能救王后。”图拉回答。

这是一个非常善良的民族,卫卫想,他深受感动。卫卫说:“我能够救她,船长是我的亲舅舅呢!”

图拉立即拥抱了卫卫。海底人用拥抱表示感谢。

追赶“猎鹰”号那是眨眼间的事。海底人要护送卫卫到“猎鹰”号上去。图拉说:“决不能让船上的人知道王后是海底人,否则王后就活不了。船上的人决不会放过海底人,他们会把她送到研究室搞研究,甚至制成标本。”卫卫惊讶图拉对大陆人的了解,也佩服他想得周到,他点点头说:“我会有好办法的。”

当下,海底人回到洞窟,他们得吃饱了才能行动。他们吃的是海带、海藻,他们很像佛教徒,吃素而不杀生。可是,太平洋的海带、海藻营养远远不如大西洋。大西洋海底人之家的海域,是个天然大铀矿。海藻具有很强的附集铀的本领,这种铀正是海底人身体能量的主要来源。因此,来到这里的海底人个个都营养不良,而又贪馋无比。

卫卫必须吃熟食,吃不惯海带、海藻。图拉用击石取火的办法生起了火,煮起了海带、海藻。当他看到卫卫皱着眉头难以下咽的时候,图拉浑身抽搐起来,心神不宁地在水里蹦跳着,好像是跳水上迪斯科。凡是海底人感到内疚和歉意时,都会这样难受。

卫卫明白了,他立即强颜欢笑,大口大口吞咽起海带、海藻来。不放姜,不放蒜,没有任何佐料的海带、海藻实在不好吃。不一会他就哇哇呕吐起来,吐得满面是泪。他有点想家,他可以吵着要回家,可是他不,他觉得那简直成了拖鼻涕的小孩。这样的人成不了哥伦布那样的英雄好汉。

突然有人在叫:“王子不见了!”果然,整个洞窟里都不见图拉的影子。图拉一定去干不愿让人知道的事,否则他不会将自己的人体信息封闭起来而让别人感应不到。

大约半小时之后,图拉回来了,背着一袋子熏烤好的鱼干,香气立即弥漫了整个洞窟。

卫卫最喜欢吃鱼片，这鱼干比鱼片香脆，他一接过就狼吞虎咽起来。由于专注于吃，他的思维传感被干扰了，连海底人鸡一嘴鸭一嘴地谴责他们的王子也疏忽了。

“图拉王子，你怎么破了我们海底人‘不杀生’的戒？”

“王子犯法，与民同罪。我们要惩罚你，大家说对不对？”

“不惩罚，我们的国家就会彻底倒霉。”

图拉王子说：“我愿意受惩罚。”他跪在水里，由海底人轮流打巴掌，一个巴掌一口唾沫。

卫卫不知道发生了什么事，惊骇得跪着求情。当他明白这全部是因为他的时候，他哭了。他愿代王子受罚，但海底人守法如山，理也不理。

图拉的脸肿了起来，有的地方破裂了，流出绿色的血液。那被唾液吐到的地方，立即开始溃烂，因为溶着愤恨的唾液是有毒的。图拉是名好汉，卫卫想，他钦佩图拉。

惩罚结束，卫卫要为图拉包扎，图拉摇摇头说，“不必”。他伸出很长很长的绿色舌头，舔着受伤的脸和溃烂的脊背。奇怪，伤口立即愈合了。

卫卫问：“痛吗？”

图拉说：“能不痛吗？为了母亲，为了友谊，我愿意。”

说罢，手一招，海底人像雁群降落到王子周围，听从王子的调派。图拉又做了几个手印，大概有一半海底人箭似的射出洞窟。王子跟七八个年轻力壮的海底人，簇拥着卫卫朝“猎鹰”号航行方向射去。

海面依然很平静，谁也不知道这平静的海面下面，活动着一群海底人，其中还有一个被海底人武装了的大陆人——卫卫。

（三）海国浩劫

说是庆贺，不似庆贺。

海底人围着王后、王子和卫卫载歌载舞，庆贺王后获救，舞姿宛若海豚嬉水。可是,卫卫感觉到这气氛并不快活。洞窟的整个气场里弥漫着一种浓重的悲哀。这种悲哀一般人是感受不到的。卫卫身体里已经有了海底人的那种磁力,他立即感应到了。

卫卫正在奇怪,突然一个海底人双手扪眼,噜噜地大哭起来。接着,一大批海底人都号啕恸哭。王后和王子也相抱而泣。

不是激动的哭,不是高兴的哭,只觉得洞内阴风瑟瑟,平静的水面陡起狂浪,乌云不知从何而来,洞壁与洞顶都在颤抖。鬼哭狼嚎,真如鬼哭狼嚎一般。这种几百人抱头痛哭的场面,卫卫从来没有见过。他本来想立即回家去,爸爸妈妈和爷爷一定以为他遇到海难死了,早一天回去就早一天解除他们的悲痛。可是海底人巨大的悲哀把他同化了,他很想弄清楚这些善良的海底人又有什么伤心的事,同情心和责任感同时在心中纠缠,他和海底人有了共同的哀乐。

除非铁石心肠或狼心狗肺,才能不被这种集体的悲恸打动。卫卫也跟他们一起哭泣。

罪恶的魔鬼侵占了我们的领土,美丽的庄园被糟蹋了,妻离子散,我们成了流浪者,无家可归,谁能克制这种亡国的悲哀……

哭够了的海底人又一齐唱了起来,这悲痛的歌声更能感天地、泣鬼神。卫卫知道了一个大概,一种强烈的正义感更催着他去刨根问底。

图拉说:“你该回去了,卫卫,我们的好朋友,谢谢你向你舅舅求了情,救了我的母亲,我们送你回去吧!”

卫卫回答:“不,图拉。在没有彻底弄清你们的灾难原因之前,我不能回去。眼看着别人被欺凌而见死不救,这是不道德的,我爷爷经常这么说。爷爷还说,男子汉要有广阔的胸怀,就是说要以天下为己任……”

图拉和他的臣民们深受感动。王后巴巴拉对图拉说,你就向你的好朋友说说这场海底浩劫吧!让他知道大陆人里边不乏强盗和恶魔。

那是一年前的阳春三月,图拉带着新娘和一批仆从在大西洋做蜜月旅行。阳光柔和，海水蔚蓝，微波不兴，梦似的静谧和温暖很符合蜜月的气氛。他们躺在被褥似的海面上，随波逐流，充分享受着海底人的自由、无羁和幸福。图拉在新娘佳拉身边，如波浪一样絮语着自己的理想，他要为臣民们多建宫殿——金字塔，要开辟一条贸易之路，为大陆人提供大量的金银铂锌铀，要创造条件让海底人畅游祖先曾经生活过的大陆……美丽的梦像天上的白云轻柔舒展着。

突然，海鸥惊飞，仓皇逃窜。能够预知大海气象的海底人并没有得到任何天气变化的信息。图拉和他的仆从一齐翘首望天，只见一艘银白色的巨艇，以亚音速向洋面滑落。

"巨艇失事了。"大家一齐叫了起来。

巨艇跌落在十海里外的洋面上。

海底人个个捧着自己的心，等待着震天动地的爆炸，并估计在眼前将出现一幅难以形容的惨状。

图拉手一招，率领仆从奔向出事地点准备救援。

可是巨艇并没有爆炸，而是眨眼就潜入海底。大家正在目瞪口呆，在不远的洋面上又接连降下四艘。

这是怎么回事？海底人阵阵心悸，发现自己的心律被干扰了，思维也迟钝了。

"不好，也许国家有灾难。"图拉有了预感，立即率领仆从返回。

图拉他们进入自己的领土。眼睛特别尖的佳拉突然惊叫起来："我们的粮食，完啦！"

大家也都看见了，海水中大片大片含铀的海藻不翼而飞了。"我们吃什么？"一阵恐怖掠过他们的心。

一定是被巨艇抢走的，大家都这么猜。

在100米以下，海洋已是漆黑一片，更何况这是在1000余米的深海。可是他们看到了一个不可思议的情况，前面的海底一片五彩荧光。

不能贸然前进，图拉派了三名仆从前去侦察，可是一去不回，也不知发生了什么事。图拉只好退回原路迂回过去，在黑黢黢的海中行动。

临近他们的京城,他们听到了一阵阵可怕的尖厉的怪声,四周海水激荡,一股引力使人摇晃不定。

仿佛出现了海底地震。

但不是地震,水温并没有改变。

大家正在疑惑,突然一股海流朝他们涌来。他们躲避不及,几乎被撞倒。原来是他们的睦邻——无数巨鲸,如同架架黑色轰炸机,倾斜着身体,滑过幽暗的海底峡谷,改变往日那优美潇洒的游姿,急急地逃窜而去。

一条巨鲸擦着图拉身子过去的时候,图拉听到了骑在这条巨鲸背上的母亲的呼叫:"图拉,快逃,恶魔为了开采锰团矿,用海底原子钻洞车将金字塔摧毁了。他们派出海底机器人,把你父亲和大批的臣民俘虏去当劳工……"

图拉立即跃上一条巨鲸的背,将身子紧紧地伏在上面。图拉、佳拉和仆从们从王后和其他海底人的思维里知道,只有这样才能逃过巨艇上的海底雷达的搜寻。

背井离乡,四处流浪,他们成了海洋流浪汉。

一个国家,就这么轻而易举地被五艘巨艇灭亡了。这真是不可思议。卫卫疑窦丛生。

卫卫问:"你们海底人都是具有特异功能的绝顶聪明的人,你们怎么不组织起来保卫自己,难道你们没有军队也没有武器?"

图拉回答:"我们海底国的法律是'不杀生'。几百万年前,从非洲至南美洲的一片陆地由于地壳变化,逐渐下沉。我们的祖先为适应水下生活,才穿上这身蛙衣。后来适应了水下生活,我们的身体就开始变化……现在,我们的同胞有三百万,过着平等、自由、博爱、逍遥自在的生活。我们向来没有争执,没有冲突,人人满足,个个幸福,我们海底国是真正的'世外桃源'。我们从不侵犯其他水族,其他水族侵犯我们,我们能够躲避,连鲨鱼对我们也没有办法。我们不需要军队,也不需要武装,我们没有想过人类会侵犯我们……"

卫卫惊叫起来:"你们怎么能这样?怎么能这样?地球上的人类总是有敌

人和朋友,有好人和坏人,这在我们陆地上,连三岁小孩也懂。好,这回可得到教训了吧!"

王后巴巴拉不以为然:"这是暂时的,恶有恶报善有善报。他们侵犯我们,他们会受报应的。"

"王后,这不显示了你们的无能和怠惰吗?"卫卫说。

"你怎么能这样说?"海底人一齐叫喊起来。

"天下最大的无能是连家和国都保护不了。"卫卫很固执。

"你胡说。我们是不愿杀生,不愿发动战争。"海底人为自己辩护着。

"你们的好心是一种愚蠢。你们应该组织起来把侵略者驱逐出去才算好汉。"

"罪盈恶满,他们自己会逃走的。"

"我爷爷管这种思想叫宿命论,你们太软弱无能了!"

双方争论很激烈。图拉恼怒了,独自憋在一边生闷气。图拉毕竟是聪明的王子,他听了卫卫的话,心有所动。现实摆在这里,海底人如果不改变原来的生存法则,如果不改造国民的懦弱、怠惰的性格,就要当亡国奴,几万年来建立起来的海底文明就要被破坏。图拉虽然还不能认识这么深,但他似有觉悟。他知道卫卫的好心,他决定向这位异域的朋友求教。他笑着前去,拍拍卫卫的肩膀,卫卫一转身甩掉他的手。卫卫有小性子,有独生子女的骄气。图拉曲意逢迎,在他面前模仿各种海族的动作,把卫卫给逗笑了。这时,图拉才非常诚挚地说:"朋友,我向你请教,我们怎样才能驱逐侵略者,恢复我们的国土?"

"我要说的都说了。具体办法,我得去问爷爷,我爷爷有办法。"

"你爷爷会理解我们吗?他会接纳……"

卫卫不假思索地说:"会的。"

卫卫惦记着爷爷、爸爸和妈妈,他很想请大人们助海底人一臂之力,他知道爷爷、爸爸和妈妈比自己有办法得多。

(本文选自《海底人》,浙江少年儿童出版社,1995年2月第1版)

大脑印刷术

鲁承禹

（一）

齐承兴穿着淡绿色格子睡衣，躺在疗养院的沙发上，凝视着电视机里的新闻节目。

报幕员以银铃般的声音在向观众介绍我国一项划时代的发明——大脑印刷术。“印刷术是我国古代劳动人民发明的，它推动了世界文明史的进程。今天，我们伟大的祖国又取得了和古代印刷术相呼应的新成就——大脑印刷术初步研究成功。这是一位十七岁的小科学家齐承兴首创的……”齐承兴的目光渐渐模糊了，晶莹的泪水从他还带几分稚气的脸上滚落。

齐承兴是海市科技大学附中高中部的学生，高高的个子，水灵灵的眼睛，长得英俊、机灵，在学校是个理科尖子。他爸爸是海市科技大学神经生理学教授，以知识渊博、治学严谨著称。爸爸钟爱承兴，了解儿子有强烈的求知欲，尤其在脑神经领域的探索方面正初露锋芒。他对儿子的未来寄予极大的希望。孩子是个实验迷，凡事喜欢自己通过实验来证明、判断推论的正确与否。齐教授虽然心中默默赞许，但却下了一道似乎不近人情的禁令：实验室里的任何东西，只准看，不许动。齐教授是这样想的：实验设备是人民的财产，自己没有权力将使用权分给儿子。齐承兴多么酷爱实验室啊！每当爸爸做神经生理实验时，他总是站在旁边，凝神屏息地看着爸爸操作仪器，注意观察爸爸的助手中关生的配合动作，直到爸爸关了仪器电源，离开实验室为止。

齐教授的助手中关生，是个憨直的伙计，蓬松的卷发，方方的脸蛋，高高的鼻梁，肤色白里透红，模样十分健美，但仔细一端详，就会发现他有五只眼睛，除头部的前后左右各有一只外，头顶上还有一只。中关生能讲话，善思索，他诞生在中关村心理研究院，是个机器人。

承兴的妈妈是海市科技大学实验室的管理员。承兴家除了爸爸、妈妈、关生外，还有一条狮子狗——冬虎。

每天晚饭后，承兴才有机会与关生一起到森林里去散步，每每在这个时候，承兴的思绪异常活跃，他向关生不断地提出大量有关神经生理方面的问题，因为齐教授把大量的神经生理资料储存在关生的大脑储存器里，通过和关生的对话，可以整理自己学过的神经生理知识。

“0值是什么?”

“噢，噢，0值是神经生物电流的冲击网值，如果感觉神经束中通过的电流值大于0值的话，神经细胞就要受伤；电流值接近0值的话，则会在脑神经上刻下永久性的记忆。”关生微笑着回答。

接着，承兴又提出其他的问题。例如，从胚胎到婴儿期，各发育阶段的神经细胞结构式；当营养中钾的摄入量不足时，Σ神经第37链将会产生怎样的变异。对于所有这些问题，博学强记的关生都能一一作出正确无误的回答。

（二）

一个中秋节的傍晚，齐承兴照例与关生一起到林野间去散步。但这一回，承兴却一反常态，只是领着关生沿着森林小径一步步往前走，默默无言。走到小山脚下，他竟违背了不领关生上山的惯例，一直沿山坡上去。近来由于齐承兴迷上了神经生理学，日语成绩大大下降，今天日语课，郑老师向他提问时，他竟把“哲学家”误为“猩猩”，引起了同学们的哄堂大笑。郑老师严肃地批评了齐承兴:“你不背怎么能记住日语呢?”

一肚子的委屈压在承兴的心上,直到傍晚,他还是郁郁不乐。

“噢,小承兴,你身体不好吗?”由于半小时没有收到来自承兴的声音,关生的“随机系统”作出判断。

“好关生,郑老师说‘不背就记不住日语’,是这样吗?”

“噢……”关生无可奈何地摊开双手,表示无法回答。

“那么你是怎么记的呢?你怎么能背熟由几万万原子组成的Σ神经结构式呢?”

“噢,噢,感谢您的提醒,在我的历史上没有背诵的记录,至于我的记忆,是操作者通过电刻系统刻在我的储存器里,而操作者就是您的爸爸,刻印过程中有一位少年旁观者在场,也就是您……”关生以他特有的修辞方法娓娓地讲述着。

“啊,我知道了,我找到了!”齐承兴突然感到眼前一阵发亮,似乎森林都在歌唱,他仿佛体会到哥伦布发现新大陆时的兴奋,阿基米德想出了辨别皇冠是否掺金时从浴缸里跳出来的冲动,他忘记了关生,兴奋地高叫着,朝山下奔去。

关生呢?被小主人突如其来的行动搞糊涂了,他中断了对电刻系统所作的详细解释,经过几秒钟的运算,他作出了抉择:“赶快追赶小主人去。”

中关生是只会走平地的机器人,不善于爬山,更不善于下山。当他刚朝下跑了两步时,一个踉跄,“咯嘣”一声从山坡上滚下去。钢筋铁骨的中关生,只在额角陷下了一个浅浅的凹印。

(三)

春天的雏燕,吃下爸爸、妈妈喂下的一条条小虫、一粒粒谷物,羽毛渐渐丰满了,它多么向往巢外明媚的世界:飘舞的柳枝,鲜艳的花朵,碧绿的草地。它多么渴望用自己的翅膀扑闪在蓝天白云下。

齐承兴——科学战线上的雏鹰,羽毛也日渐丰满了,开创科学新天地的夙愿激励着他，他要冲击，他要飞翔了！

夜深了，齐承兴还伏在书桌上，全神贯注地思考着。他绘下了这样的主框图：

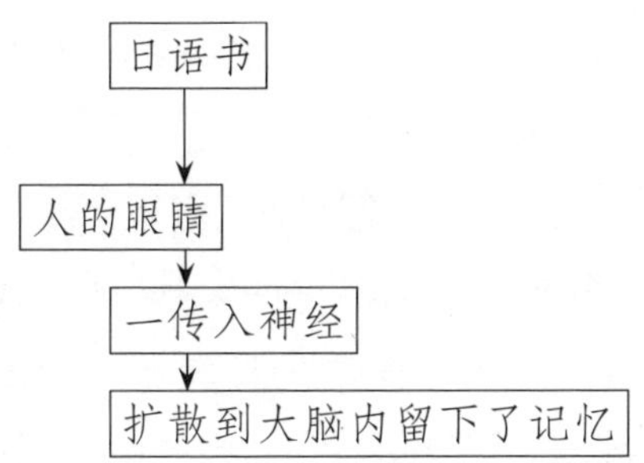

齐承兴想：日语书，不就是信息储存器吗？它用光的形式向眼睛发出信息。眼睛通过预处理将光信息转换为相应的电信息，再通过眼底神经传入大脑，在脑内的电子交换过程，导致了脑内神经细胞结构和神经间联系形式的改变，从而刻下了相应的记忆。他认为，如果用一只特定的光分析器来代替眼睛，或用一只声分析器来代替耳朵，把电流直接由神经束扩散到大脑的相应细胞上，那么，日文再也不用背了。"记忆"就可以很快地印在大脑细胞上。

其结果将是：

光信息→光分析器→眼底神经束

声信息→声分析器→耳底神经束

只要使输入的电流包含着相应信息并且电流强度接近0值，那么大脑就会刻下相应的记忆。在小山坡上齐承兴之所以会高兴着冲下来，就是由于从关生的回答中得到这样的启发。

废寝忘食，锲而不舍，不畏艰险，勇攀高峰……齐承兴就像当年陈景润大伯伯一样，他入迷了，一个雄心勃勃的实验方案在他眼前展现。方案的细节一天比一天清晰，色彩一天比一天绚丽。

(四)

那是一个百花齐放、桃李芬芳的春天,齐教授要到A国去讲学。待飞机一消失在云海里,齐承兴便箭也似的跑进爸爸的书房,取出实验室的钥匙,牵着冬虎到实验室,开始他的“大脑印刷术”试验。

第一天的实验是这样进行的:他将冬虎麻醉后,把一部从家里到冬虎从来没去过的西山道路的录像影片通过光分析器送入冬虎的大脑,电流强度调到了狗的0值。影片放完后,他又通过声分析器向狗的耳底神经发出命令:“到西山去,衔一片红叶来。”接着齐承兴用电刺激冬虎,使其醒来,让它喝下满满的一杯牛奶。冬虎喝完牛奶,一伸腰,立即箭一般地向外冲去,方向直指西山。一小时后,冬虎衔回一片西山的特有的红叶,齐承兴欣喜若狂:他清楚地意识到通向西山的路信息已经深深地印在冬虎的大脑里,第一步试验成功了!

经过一个不眠之夜,第二天齐承兴很早就来到实验室,这次他没带冬虎,而是命令关生立即给他自己做同样的实验,播送的内容是编号为DP39221的那本书。

他喝下一杯麻醉剂后就昏昏迷迷地倒在长沙发上,关生完全依照小主人昨天的操作执行着命令。

但是这里发生了两件意外的差错。第一,关生把编号DP39221的薄薄的日语课本误听为编号PK39221的西班牙语大学教本,这本书是很厚的。误听的原因是关生前一个月在山上跌过跤后,头脑内的一个电路被颠倒了。第二,关生没敢更改输入电流量,昨天的输入电流调在狗阈0值,对人来说是受不了的。

承兴的妈妈直到深夜,还不见儿子的影子,心慌了,她到处寻找,最后在实验室的沙发上看见了嘴里喃喃不停的承兴。

“Oh! Lo encontre por fin.”

(“啊!我终于找到了。”)

“Professor zheng, quiza deje deoriticarme.”（“郑老师，你不再批评我了吧？”）

关生摊开两手，呆呆地站在旁边。

齐承兴妈妈推推承兴，他翻了一下身子，仍然不停地说着。妈妈大声喊着承兴的名字，但是齐承兴什么也听不到、看不见。

“啊！这是怎么回事啊？”不懂西班牙文的妈妈带着哭声惊呼着。

邻居都来了，大家用自动车把承兴送到医院。

一路上承兴仍然叨叨不停地说着西班牙语。

医师立即对他作了全身检查，结论是内脏完全正常，血液正常，瞳孔也正常，腱反射正常，脑电波显示出M节律略有增加，而最解不开的谜是没有听觉和视觉了。虽然各科医师进行了会诊，谜仍然无法解开。

不会被感情和紧急状况所扰乱的中关生，遵照主人给他定下的规则：在遇到无法处理的情况时，应向主人发出信号。

呼救的无线电波从关生头顶上的“眼睛”向全世界播发。

（五）

正在阿尔卑斯的齐教授收到了中关生发来的信号，马上决定提前回国。飞机跟踪着关生的无线电信号降落在医院大楼的阳台上。

齐教授听完了束手无策的妻子与医师的叙述，踌躇着，思考着。一转念，他把关生叫到跟前，打开他的后脑壳，在大脑储存器里拿出他三天的工作记录。

一切都变得豁然开朗了，昨天关生把微电极组扦到已麻醉的承兴的眼睛和耳神经上，向承兴大脑直接输入PK39221这本厚厚的西班牙文的词汇和文法上的各种信息，输入的信息分散在承兴的记忆中枢，并刻下了相应的记忆。因为记忆中枢的范围比较泛，所以没有受伤。但是眼和耳神经由于输入电流超过了0值，时间又太长了，使得神经中枢的磷代谢紊乱，导致脑神经功能失常。

病症明确了，治疗就有办法。医师终于使齐承兴的耳朵恢复了听觉，眼也睁开了。这时他看见爸爸、妈妈,还有穿白衣服的医师都围着他。

承兴问爸爸是何时回国的,又问妈妈自己为什么进医院,后来他告诉爸爸自己实验的构思和经过及信念——“大脑印刷术”是一定会成功的。他确信自己掌握了西班牙文的全部词汇。下一步是要解决神经在负担过重时的磷代谢以及其他技术问题。

欢呼声使齐承兴从回忆中惊觉过来,他抬起头,电视正播送Λ国的科学院院长就“大脑印刷术”的初步成功发表谈话,世界生理学会就“大脑印刷术”的初步成功举行世界生理学会电视会议……

(首刊于《科苑撷英》,上海科学普及出版社2003年版,发表于《花果山》杂志丛书2002年第9期;收录于鲁承禹、吴虚谷著,团结出版社2019年出版的故事集《金鸡上的金鸡》)

寿国迷案

卢曙火

（一）

这是一个有1800多万人口，如仙境般美丽的大都市。

在这个大都市西面，有一个美丽的湖。湖的三面被群山包围，这些山，不高不矮，恰到好处地分层次陈列在湖的周围。湖山全被浓郁的绿色所覆盖。绿色丛中，点缀着一丛丛鲜艳夺目的花卉，牡丹花、桃花、杜鹃花、菊花……原先在不同季节中开放的鲜花，由于基因工程的进步，已能在任何一个季节开放了。在严寒的冬季，人们也能观赏到美得令人心醉的牡丹。

人的平均寿命达到了150岁。公园里，提着鸟笼，拉着小狗散步或摆开架式打太极拳的鹤发童颜的百岁老人比比皆是。退休年龄已推迟到85岁。

人们生活在和谐、吉祥、荡漾着欢快幸福气氛的环境中。

但在这世外桃源般的世界里，却也存在着不和谐的旋律。公园公告栏里，张贴着一张令人惊悸的通缉令："范耿耿，男，112岁，职业医生，犯有借行医为名，故意杀人嫌疑罪。该疑犯身高1.76米，剪短发，长方脸，高鼻梁，肤色白皙，戴纯钛细边镀金眼镜。出逃时穿咖啡色西装。"

"伍晶晶，女，28岁，职业律师，细高个，身高1.66米。系犯罪嫌疑人范耿耿的辩护律师。2510年3月27日，借辩护律师与犯罪嫌疑人见面之际出逃。

凡提供有效线索抓住犯罪嫌疑人者奖励100万人民币。”

人们在布告栏前议论纷纷。

“呀,范耿耿是一个名医呀,百岁老人怎会沦落为杀人犯!”

“据说他医德很好,为抢救一个病人曾在手术台上连续工作36个小时。在36个小时中,未睡觉,未休息,仅喝了一点护士送到手术室的饮料,直至病人转危为安才走出手术室。”

“他怎会变成一个杀人犯呀。这个世界真是变得令人不可理解了!”

“有再好的口碑,总得相信事实,相信公正的法律!难道因口碑好可以不受法律的约束吗!?”

“律师伍晶晶是有名的市花,帮杀人犯罪嫌疑人出逃,也太不值得了!”

在布告栏前,有摇头顿足的,有连声惋惜的,有同情的,有愤恨的……

(二)

正当公安机关布下天罗地网通缉范耿耿时,范耿耿却与他的辩护律师伍晶晶潜藏在一个人迹罕至的小岛上。

范耿耿怎会沦落成杀人犯罪嫌疑人的?这要从他从事的职业说起。

范耿耿有双重学历,一是医学,一是生物工程学。生物工程学主攻应用于生命的技术,即从微生物直至高等动物组成生命的器官、组织、细胞等生物有机体来发展新学科新工艺。生物工程技术被视为26世纪高科技中的佼佼者,直接与人民生活、卫生、健康密切相关。范耿耿特别精通基因工程,已熟练掌握了在不同物种基因之间,根据人们的意愿,在体外进行切割、拼接和重组,再转入生物体内,生产出人们所期望的这个世界本不存在的物种,或创造出具有新的遗传特征的生物类型。范耿耿20多岁时,利用生物工程技术提高人类寿命取得了重大突破,使90多年来人类平均寿命获得了极大的提高。人的预期寿命已达到了150岁。范耿耿虽然已有一百多岁,但看上去仍很年轻,似乎仍是一个中年人。

他沦落为杀人犯罪嫌疑人与他担任了著名天体物理学家乔厉科的保健

医生有关。乔厉科从事天体黑洞的研究，正承担着一个国家级科研项目，并取得了重大进展，已从黑洞中发现了一种比原子核爆炸更具威力的新型动力源。假如他的研究获得成功，将解决全世界的能源短缺危机，并将为提升国防力量作出不朽的贡献。因为这是一种看不见的暗能量，不仅能安全地运用于工农业的生产中，也能制造出威力巨大的军事武器。由于承担的科研任务如此重大，国家特聘范耿耿为乔厉科的私人保健医生。但一向身体健康的乔厉科，在范耿耿担任私人保健医生不久，却出现了严重的衰竭症状。急送医院检查，却又查不出明显的病症。在检查的过程中，乔厉科的病情不断加重。一个月前，乔厉科突然陷入重度昏迷之中。由于他在科研领域有重要地位，他的突然发病受到了国内外舆论的高度关注。人们将焦点对准了范耿耿，认为他有重大的谋害嫌疑，并在范耿耿为乔厉科煎的留在碗中的残汁中分解出了来历不明的有毒物质。在确凿的证据前，公安机关迅速拘捕了范耿耿，假如他不能提供令人信服的关于有毒物质来历的证据，那他将受到法律的严惩。

年轻女律师伍晶晶得知范耿耿需聘请辩护律师时，自告奋勇提出为范耿耿辩护。伍晶晶有一种直觉：范耿耿为大幅度提高人类寿命作出了贡献，又是一个德高望重的科学家，绝不可能谋害乔厉科，其中必有冤情。

在拘押所内，伍晶晶约见了范耿耿。

由于是辩护律师，伍晶晶被获准零距离会见范耿耿。在四壁透明的犯人会见室里，伍晶晶见到了112岁的范耿耿，由于被拘，他显得憔悴不堪，原先白皙的肤色黄黄的，脸上布满了纵横的皱纹，眼泡肿胀，一夜之间苍老了许多，依稀透露着百岁老人的苍老。从疲惫不堪的神态上，也可以看出他内心是多么的焦虑和不安。

伍晶晶和他面对面坐下。未待伍律师提问，他便讷讷地说："一个威望很高的科学家，在实施国家重点科研项目，并即将取得重大突破之际，作为他的保健医生，未能保证他的健康，内心必定会感到深深的自责。我有着不可推卸的责任，不想为自己辩护什么！"

伍晶晶诚恳地说："您不也是一个著名的医生吗？在某种意义上说，有着与乔厉科同等重要的地位。人类社会如果失去了您,同样是一个巨大的损失。您对目前的定罪认可吗?”

“我作为一个医生和生物工程学家,为人类的健康和长寿作出贡献,是我应尽的义务,我怎会做与宗旨背道而驰的事呢?!但人们却被一种观点蒙蔽住了,不相信我所说的话。”

“那么,乔厉科得的什么病?”伍晶晶亲切地看着范耿耿,表示相信他说的是真话。乔厉科突然陷入重度昏迷,这必有原因,不搞清致病缘由,范耿耿的罪责便无法洗清。

“唉,我已说了很多遍,但无人相信我说的话!”

“您要先说服我,才能说服更多的人!对吗?”

范耿耿想想也有道理,但不无担忧地说:“科学是一门系统知识,我不知您能否听懂。”

“这您相信我吧!假如我没有听懂,那您就再重复一遍。”

“好吧,就算我为您上一堂科普课。如您对生物工程有兴趣,就可能很容易听懂我的话。据我初步分析,乔厉科得的是一种刚刚发生的DNA退化病,它的起因是遗传基因进化到一定的阶段后发生的生理性退化。因为从生物学的角度来说,不仅一个人有生命周期,一种物种也有生命周期。比如说,原先认为细胞分裂到50次就到了生命的极限,每分裂一次的周期是2.4年。而现在因为科学的发展,将分裂一次的周期延长到4年,使人能轻松活到150岁。但无论人的寿命极限是150岁还是200岁,总有结束之时,因为按唯物主义的观点,一切产生出来的东西都是注定要灭亡的。一个物种也不是从地球诞生之初就存在,也是一种产生出来的东西。因此,一个物种进化到了一定的时候,到了这个物种生命周期的退化期,就逐渐向衰老方向发展。如人们经常吃的香蕉,从发现时至今已经历了几千年的历史,几千年来,人们采用无性繁殖的手段扩大香蕉的种植,代代相传。前几年人们发现这种植物已进入全面退化阶段。如不采取挽救措施,照此下去,不出100年,人们便不能再吃到香蕉。人类DNA退化病,也类似于香蕉树退化的过程。当出现这种病后,人类生物生命便进入衰退期。”

不听则已，一听便吓到了伍晶晶，她惊讶地问："乔厉科得的既然是DNA衰退症，那么，是否意味着这种病在乔厉科身上出现后，也会逐渐地在其他人身上表现出来？"

范耿耿赞赏地点点头："不愧是年轻有为的律师，领悟能力超群。您说得很对，因为整个人类是同一个物种，他的起源与演变都是具有共性的，每一个人体基因都包含有两个寿命信息，一个是他的父母亲从生下他时开始计算的寿命，另一个是从人类诞生开始起计算的寿命。这两个寿命都能通过DNA基因计算出来。现在首先在乔厉科身上出现的病症是后一个寿命出现问题而表现出来的。后一个寿命每一个人都已有几百万岁，基本是一致的，差别相当小，因此，在乔厉科身上表现出来的病症用不了多长时间，便会在大多人身上反映出来。"

伍晶晶沮丧地说："这真如到了人类的末日一样。那么，这种情况有改变的可能吗？"

望着焦急的伍晶晶，范耿耿安慰她说："即使得了DNA衰退症，目前人的寿命已可达到100岁左右。况且科学进步到了今天，人们已掌握了修补基因的技术，是能解决DNA退化病的。我相信，这历史使命责无旁贷地落到我们的身上。但现在除了您之外，似乎没有人相信我说的话！"

（三）

海浪轻轻地摇晃，有节奏地拍击着壁岸，激溅起白色的浪花，并发出"哗哗"的响声，月光下的海岛显得分外美丽和安宁。

这是一个荒无人烟的无名小岛。岛上除了一块块硕大的巨石外，便只有在巨石的缝隙里顽强生长着的茅草。范耿耿和伍晶晶一边走，一边轻轻地交谈着。俩人的步履都显得有些沉重，范耿耿更是心事重重。

伍晶晶与范耿耿面晤时的一席话，使伍晶晶相信范耿耿根本不是杀人犯，而是一位德高望重的科学家。她将这些情况向法院作了陈述，但法院仍然坚持认为范耿耿有罪，并说他是为了逃脱罪责而杜撰出这些谎言，要数罪并罚,加重惩处。任凭伍晶晶说得口干舌燥,法官仍没有丝毫转念。

范耿耿已经高龄,留给他的时间十分宝贵。假如范耿耿被判刑,那么,他从事的科研事业便无人能继,人类在这个危险的节骨眼上,有可能失去一次转危为安的机会。

怎么办?伍晶晶经过反复权衡,利用律师可单独约见服务对象的规定,和范耿耿出逃辗转来到这小岛上!

在这荒无人烟的小岛上,俩人过起了野人般的生活。没有饮用水,也没有可供充饥的食物。渴了,在小岛的坑坑洼洼处寻找雨天天然积蓄的山水;饿了,便在山上采摘野果。这样的生活,到底不是长久之计。

范耿耿望着原先美丽漂亮的伍晶晶,几十天下来,没有梳洗,也没法护理肌肤,已完全失去了昔日的风采。他心疼地说:“都是我,让你跟着吃苦。”

伍晶晶诚恳地说:“范老师,您别这样说。我们今天落魄到这样子,完全是出于一种高度的社会和历史责任感。您作为一个医生、一个科学家,为使人类避免一场危机竭尽全力,完全没有过错,我相信您!”

范耿耿感动地说:“有您理解我,我一切都不怕!”

伍晶晶说:“不过,我们总得想个办法来摆脱眼前的困境。最现实的问题是,乔厉科还有救吗?抢救他,不仅可以使我们摆脱眼前的困境,也符合全人类利益。他担负着这么重要的科研任务,却在这个节骨眼上倒下了,假如能让他恢复健康,也将使我们获得解放!”

“是呀,我也在考虑这个问题。”范耿耿忧郁地说,他陷入了思考之中。忽然,他抬起头来,眼中闪着一丝亮光:“据我掌握的资料推测,在一周后,乔厉科会重新苏醒过来,并且有半个月的苏醒期,这是让乔厉科康复的最后一次机会。假如在这个时期用最先进的基因修复技术进行修复,他便完全可能获得康复。但如果失去这次治疗机会,乔厉科便永远没有康复的希望,半个多月后会失去生命!”

伍晶晶有些着急:“果真如此,那必须不惜一切代价抓住这一宝贵的机会!可是,您说的话没有人会相信呀!人们对您的成见太深了!”

“是呀,科学发现、科学发明,在开始之初都被认为是异端邪说。科学要被大众所认识,还有一个等待的过程。”

伍晶晶更着急了:“那怎么办呀?”

范耿耿说:“这样好吗,我们首先说服乔厉科的家人,让家人出面说服法院,并告诉他们这一机会的重要性,机不可失,时不再来。”

“他们能相信吗?”

“让事实说话是最好的方法。假如确如我们所料,乔厉科在一周之后醒来,便已说服了他们大半。”

伍晶晶问:“那您现在能与乔厉科的家属联系上吗?”

范耿耿说:“我有他的电子邮箱,可用我们随身携带的电脑给他的夫人发电子邮件。”

伍晶晶说:“那就快行动吧!”

范耿耿打开随身携带的微型电脑,用无绳上网的办法迅速发了一封电子邮件,将他们的推测告诉了乔夫人,并告知了他们现在的地理位置,希望能派船来接他们。几个小时后,范耿耿收到了乔夫人发回的邮件,说她正在与有关方面洽谈。

伍晶晶有些不放心地问:“他们会来接吗?!”

范耿耿自信地说:“会的。”

两天后,乔夫人发来了第二封电子邮件,说马上派轮船来接他俩回大陆。

伍晶晶真感到高兴,但回去后,如果不能使乔厉科获得康复,问题就会马上变得复杂起来:“乔厉科醒来后,您能保证让他恢复健康吗?”

范耿耿劝慰她:“其实,这项研究我已进行了多时,已到了可成熟应用阶段了。”

伍晶晶更感到高兴:“这太好了!您能透露一点治疗方案吗?”

“好呀,我向您介绍了,可能就会让您放心一些。乔厉科既然得的是基因衰退病,那也只能用基因疗法。早在500多年前,美国南加利福尼亚大学生物学家瓦尔特教授发现,酵母菌细胞中有两个核心基因SIR2和SCH9具有控制细胞寿命的功能,如果采取抑制这两种基因的基因组,细胞的寿命能延长6倍。按此计算,人类的寿命会达到令人惊讶的程度。科学家经过研究,又获得了更具诱惑力的重大发现:细胞的染色体尖端有一种叫端粒酶的物质,细胞每分裂一次,端粒酶便缩短一截,当端粒酶缩到无法再短的时候,生命便达到了终点。如果对端粒酶来个时序倒转,从理论上说,生命便有可能达到不生不灭的境地。人类第一次大幅度延长寿命,是通过采取延长细胞分裂一次的单位时间来达到目的的,而当细胞出现衰退症后,只能采用这两种办法来延长寿命,要么控制核心基因SIR2和SCH9,要么让细胞染色体的端粒酶时序倒转。目前人类已经能应用纳米技术熟练地对基因进行修补,治疗基因衰退症已没有不可逾越的障碍。”

伍晶晶高兴地说:“那么拯救乔厉科应该是没有什么大问题的!”

范耿耿自信地说:“我相信时间会给出让您满意的答案!”

“太好了,我没有白为您受苦!”她忍不住在范耿耿苍老的脸上吻了一下。

伍晶晶又想起了什么:“那么,药液残渣中检测出有毒物质是怎么一回事?”

“可能是仪器的一种误判吧!”

远处传来轮船的马达声。

范耿耿和伍晶晶看见海天一线处,一艘轮船正朝小岛疾驶而来……

(首刊于《科学24小时》2007年3期,收录于中国知网)

侦察蜂露西（节选）

张一成

第一章　风雨中诞生

乌云越积越厚，就像魔法师的黑色披风，悄无声息地笼罩过来。

一只蜜蜂孤独地、急匆匆地飞回蜂巢。

忽然，一道闪电照亮了密不透风的森林，大雨裹挟着震耳欲聋的炸雷倾盆而至。雨水铺天盖地地肆意冲刷着每一棵树、每一张叶片和所有的花花草草，仿佛要让森林脱胎换骨。动物们销声匿迹，早就找好地方躲避雨水。挤在洞穴里的一窝野猪受到闪电惊吓，惴惴不安地哼了一阵，很快安静下来。一只白脸山雀躲在一张宽大的泡桐叶子下面，但是他找错了地方，泡桐叶上的雨水越积越多，最后无法承载，"哗"地一下倾泻下来，把他浇了个透心凉。白脸山雀惊愕地伸长脖子，甩了甩身上的雨水，横着身子在树枝上快速移动几步，失落地蹲下来。泡桐叶子减轻重量，弹了回去，叶片背面默默停着一只赶路的蜜蜂。

大雨肆虐了一阵，势头逐渐减弱，蜜蜂从泡桐叶子背面飞出来，冒雨上路。

啪！一颗雨点打在他身上，他猛地跌落下去，险些着地，却马上顽强地飞上来，翅膀把雨点振成碎片，像散落到玻璃上的珍珠一般抛洒开来。又一颗雨点打在他身上,他又跌下去,但又重新飞起来。

一对天牛情侣倒挂在长满苔藓的树枝下方避雨,有一句没一句地闲聊——

“这场雨下得不是时候,本来说好中午要去百果园品尝鲜果汁,现在连锅带勺泡汤了。”

“给你省钱了,其实你应该心里偷着乐!”

“我会那么小气吗?别忘了,你过生日,我都给你送了一片掉到地上的枯叶子。”

蜜蜂正好从树枝下面穿过,天牛姑娘惊讶地调转话题说:“今天是什么日子?我长这么大,从来没有看到过蜜蜂在雨中飞行!喂,别飞了,快到我们身边避避雨吧!”

“不行,我要快点赶回家去。”蜜蜂加快了速度。

“别太玩命了!有什么事这么急?”天牛小伙冲着蜜蜂的背影大声喊。

蜜蜂已经消失在零零落落的雨水中……

就这样,蜜蜂一上一下,沿着锯齿状的路线艰难向前飞行。

终于,他飞回蜂巢。蜂巢大门紧闭,他敲了敲大门,门卫吉木打开一条门缝,看清来者模样,惊喜地说:“哟,是曼尼大哥,你回来啦!”吉木“吱呀”一声打开大门。

“回来了,这雨真够呛。”曼尼抖抖翅膀,甩掉身上的雨水,进入蜂巢。

事先预测到大雨,其他蜜蜂全部留在蜂巢里,没有外出。大家难得清清闲闲聚在一起,互相招呼,互相问候,你说我笑,特别开心。

这是一个大家族,他们把自己的家建在一座废弃的古塔里。古塔只剩下断壁残垣,藤蔓密布,无人问津。附近的蜜蜂都尊敬地称这个家族为卡露丽蜂群,他们世世代代采蜜授粉,辛勤工作,在这里已经不知送走了多少个春夏秋冬。

现在的首领是卡露丽蜂王,她雍容华贵、气质高雅,深受大家的爱戴。为了扩大蜂群,卡露丽蜂王不停地生孩子,她在蜂室里产下卵,3天后便可发育孵化成幼虫。工蜂每天按时给幼虫喂食，喂了6天，工蜂把蜂室封上蜡盖。幼虫藏在蜂室里，不声不响变成蛹，然后羽化为蜜蜂，接着急不可耐地咬破蜡盖，钻出蜂室。

一道闪电，卡露丽蜂王刚好产下一粒卵，在闪电照耀下，这粒卵圆滚滚的，晶莹如玉，从内到外透露着一股子奇特的灵气。卡露丽蜂王看了看卵，满意地笑了。没有人知道，日后，会从这粒卵里发育出卡露丽蜂群了不起的侦察英雄。

曼尼穿过挤满蜜蜂的甬道，直奔王宫。一路上，大家纷纷向他问好，他不停点头致意。几只蜜蜂正在搬运蜂蜜，看见他连忙让出一条路。

“谢谢！”曼尼侧着身子挤了过去，没有停下脚步。

雄蜂来西不知从什么地方钻出来，“哗啦”一下绊倒一只空桶。

在蜜蜂世界里，蜂王是雌性，雄蜂是雄性，工蜂是发育不完全的雌性。但在我们的故事里，从另一个角度看，工蜂都是兄弟姐妹，比如曼尼就是一位强壮的男子汉。

空桶骨碌碌滚过来，曼尼弯腰扶起空桶。一只蜜蜂接走空桶，来西和那只蜜蜂撞了一下，仍然冲过来拦住曼尼：“哇哈，曼尼，好几天不见，你上哪里去了？”

“我去采人参花蜜了。”曼尼微笑着回答说。人参隐藏在深山老林里，很是稀有，开花更是难得遇上，只有曼尼这样经验丰富的蜜蜂才找得到。

曼尼脏了手，拍了拍，还是没有弄干净。旁边的蜜蜂解下系在脖子上的毛巾递给他。曼尼接过，擦擦手，把毛巾还给那只蜜蜂，继续前进。

“人参花蜜？你快给我尝尝看。”来西紧紧跟上，拉住曼尼说。

“你别闹了，不抓紧处理，人参花蜜过了24小时就要丧失功效，不然的话，我也不会冒这么大的雨赶回来。”曼尼焦急地说。

“好，好，你忙，你忙。”来西松开手。

拐角处，一只独眼的蜜蜂正在给一些小蜜蜂作技术指导：“收脚抱球，左转出步,弓步分手,形如野马分鬃。”

见到曼尼,独眼蜜蜂收起姿势说:“曼尼,你来教教这些小家伙。”

小蜜蜂们一边欢呼一边跑过来围住曼尼,曼尼搂住靠在左右的小蜜蜂,对独眼蜜蜂说:“你教得挺好的。你的眼睛怎么样,好些了吗?”

“幸亏吃了你给的药,总算保住左眼。”独眼蜜蜂招呼小蜜蜂,“大家回来,别影响曼尼大哥。”

小蜜蜂回到独眼蜜蜂身边,曼尼向他们挥挥手:“你们好好练。”

王宫外面,几只蜜蜂正在调试乐器,看见曼尼,演奏了一段欢快的乐曲送给他。曼尼拱手致谢。

侍卫看见曼尼,迅速打开宫门。

“蜂王好!”进入王宫,曼尼恭敬地向卡露丽蜂王致意。

“你回来啦!”卡露丽蜂王看见疲惫的曼尼,心疼地说,“你先休息一下吧。”

“不行,时间来不及了。”曼尼从蜜囊中吐出人参花蜜,放在盛蜂王浆的桶里,然后搅拌起来。在蜂王浆中加入人参花蜜,是卡露丽蜂群的独家秘诀。完成工作,曼尼舒了一口气。

“你来看看我刚生的一颗卵。”蜂王喜滋滋地说。

“真可爱!”曼尼疼爱地伸手想触摸一下卵,不料,把一滴雨水滴在卵上面。

“你呀,真粗心。”蜂王连忙擦去雨水,“蜂卵不能碰到水,这下糟糕了,我还对这颗卵寄托很大希望呢。”

“这,我……哎呀,怎么办呢?”健壮魁梧的曼尼顿时像孩子一样手足无措。

“我处理及时,应该没事。”蜂王抬头说,“你可要好好照顾这颗卵,等孵化出来后,由你来培养他。”

“遵命!”曼尼庄重地说。

侍卫进来,把一个信封交给卡露丽蜂王。蜂王撕开信封,看了一遍,紧锁眉头,默默地把信函递给曼尼,吩咐说:“你来读一下。”

曼尼接过信,大声读出来:“尊敬的卡露丽蜂王,我——金太阳蜂王,向您表示崇高的敬意!不过,我要告诉您一个不幸事件,您的5位手下侵入我们的领地,被我们扣留下来了。请您立刻派人送上15桶蜂蜜,赎走他们。否则,明天正午,一到阳光直射头顶,我们就要把他们一个一个凌迟处死!”

“岂有此理,这分明是讹诈!”曼尼气愤地把信揉成一团,扔到地上,“我马上带上人马,把兄弟们解救出来。”

“不能乱来!”卡露丽蜂王举手阻止,然后陷入思考。王宫里寂静无声,蜂巢外面雨水也已经停息,只听到一两点树叶上滴落下来的残留水滴,“啪嗒、啪嗒”地敲打着蜂巢顶盖。

过了好久,蜂王对曼尼说:“看来,这事还得你去处理。你单枪匹马过去,跟他们谈判。记住,一定要冷静,不能冲动,以和为贵。实在不行,我另有办法。”

“好的,我现在就去。”曼尼紧了紧腰带,拔腿出发,走到王宫门口,又深情地回头看了一眼那颗卵。

“你放心吧,他要过3天才能孵化出来。你抓紧时间,快去快回。”

曼尼凭着自己的智慧和勇气,孤身深入金太阳营地,与金太阳蜂王巧妙周旋,迫使金太阳蜂王无条件释放了5个弟兄。曼尼回到卡露丽蜂巢,那颗卵刚刚孵化成幼虫,张着小嘴巴寻找食物。曼尼从蜜囊里吐出一滴蜜露,喂给小幼虫:“这是临别时,金太阳蜂王送给我的精制蜂蜜,赛过琼浆玉露,你好好吃吧。”

小幼虫拼命吃起来,曼尼满意地笑了:“我给你取个名字,就叫露西。你还是卵的时候,我粗心大意把雨水滴到你身上,现在喂你吃琼浆玉露算是补偿。所以,叫你露西。”

“露西?”来西神出鬼没地出现在曼尼身边,挠挠腮帮子说,“唔,这个名字好!跟我一样都带着西字,真不愧是我们卡露丽家族人见人爱的小东西。”

来西说着,伸手要去抱露西:“让我来抱抱小宝贝。”

“你别碰他!”曼尼连忙阻止。

“好,我不碰他,那你的琼浆玉露也给我一点尝尝。”来西乞讨说。

曼尼不得不吐出一滴蜜露,送给来西。来西一下塞进嘴里,一骨碌咽了下去,睁大眼睛惊愕地说:“天哪,太好吃了,露西能吃上这样的好东西真有口福。”

在曼尼精心照料下,露西发育成真正的蜜蜂。别看他刚出蜂室时骨骼轻软,体表的绒毛十分柔嫩,过了一会骨骼便硬化了,腿脚伸直,体内各种器官随即发育成熟。他神气地扇扇翅膀,跃跃欲飞。

可是露西试了一下,飞不起来,他呆呆地站在蜂房上面一动不动,过了好久,稚声稚气地说:“我饿。”

“你饿?”正好一只老蜜蜂拿着一罐东西经过露西身边,“你们谁给他喂点吃的。”老蜜蜂环顾四周,除了自己,身边刚巧没有别的蜜蜂。

“我饿。”露西机械地说。

“这可怎么办呢?一下子找不到吃的呀!”老蜜蜂慌了手脚。

“我饿。”露西接着说。

“你别看我,我拿的是蜂王浆,掺上了曼尼千辛万苦带回来的人参花蜜,是给蜂王吃的,除了蜂王,谁尝一下都不行!”老蜜蜂腾出一只手,把盛蜂王浆的罐子遮得严严实实的。

“我饿。”露西还是说个不停。

“管他呢,我总不能让你饿肚子。”老蜜蜂见左右没人,就给露西喂了一口蜂王浆,露西满意地咂咂嘴巴。

“这事千万别跟别人说。”老蜜蜂拿起剩下的蜂王浆迅速离开。

走了一段路,他又不放心地折回来,再三交代露西:“我的小兄弟,这事只能天知地知你知我知。任何时候,任何情况,绝不能告诉任何蜜蜂,你吃过人参花蜜酿造的蜂王浆,明白吗?”直到露西肯定地点点头,老蜜蜂这才匆匆消失在蜂巢里。

第二章　致命的尾针

老蜜蜂一离开，露西就展开翅膀，扑棱棱飞起来。

露西在蜂巢里东飞一下，西飞一下，两片翅膀如同坏脾气妈妈手里的苍蝇拍，到处拍打。蜜蜂们看见他纷纷称赞："小家伙真有劲，是块好料子，将来一定有出息。"

卡露丽蜂王正在查看生产进度表，露西扇起一阵风，把她手中的进度表吹得哗哗作响。

"你别在这里捣乱！"雄蜂来西厉声训斥露西。

"你不要吓唬他。"蜂王放下表格，欣赏地打量了一眼露西，转过头对来西说："这小子野得很，你带他到蜂巢外面活动活动，熟悉一下周围的环境。在这里磕磕碰碰的，小心闯祸。"

来西领着露西来到蜂巢外面，任凭他自由飞翔。露西如同鱼儿奔向大海，啊哈，你们大家快闪开，我来啦！

一切的一切都是那么新奇，露西的心情就像蓝天一样辽阔清净、开朗透明。他深深吸了几口新鲜空气，欢蹦乱跳地飞入鲜花盛开的石榴树丛里。阳光透过树枝，照在他身上，一根一根细细的茸毛金光闪闪，充满朝气。

露西挥动翅膀，时高时低，时左时右，兜起圈子。一只小花猫正在树荫下面睡懒觉，听到露西嗡嗡翱翔的声音，嫌他碍事，伸出爪子一挥，差点抓住他。露西大吃一惊，吓得连滚带爬逃回蜂巢。

曼尼正要外出，和露西撞了个头对头。看见露西的窘态，曼尼好笑地问："你这么慌慌张张的，出什么事啦？"

"我差点让小花猫抓住了。"露西上气不接下气地说。

"怎么会让小花猫抓住，你的武器呢？"曼尼又问。

"我没带武器呀。"露西说。

"我们的尾针就是我们的防御武器，如果受到威胁，我们可以用尾针反击对手,捍卫蜂群。”曼尼耐心地说。

露西翘起屁股,嗖的一下,露出一根锋利的尾针,就像撕开夜空的闪电,让人不寒而栗。“原来如此,以后我什么也不怕了。”露西兴奋地说。

“我来教你如何使用尾针吧。”曼尼说。

“这还用教吗?”露西不屑一顾。

“你向我刺来!”曼尼命令说。

“真的?我不客气了。”露西撅起屁股,对着曼尼猛地一刺。曼尼向左一闪,露西刺空了。

“重来!”曼尼威严地说。

露西又狠狠一刺,曼尼向右一闪,露西又刺空了。

“再来!”曼尼大声喝道。

露西拼尽全力,不顾一切地刺过去。曼尼凌空一跃,露西还是刺空了,摔了一个大跟斗。

“你的心太浮躁,所以找不到方向,你看我的。”曼尼突然出针,刚好抵住露西的咽喉。

曼尼松开露西,后退一步,对他说:“你做好准备,我再来一次。”

“你来。”露西盯住曼尼,心想,不就是一根针吗,这次我不会让你刺中。露西还在思考如何躲避,曼尼已经刺过来,正好又抵住他的咽喉。

“我们再来一次吧。”露西不服输地说。

“好!”曼尼答应说。

露西叉开腿,摇摆身子,把脑袋晃来晃去,得意地想,这样我看你怎么找准目标。“嗨!”曼尼一声喊,尾针还是刚好抵住他的咽喉。

“你太神了,这样高超的本领,你是怎么学会的?”露西敬佩地仰望着曼尼。

“只要你用心专一,努力学习,一定能超过我的。你来跟我学吧。”说着,曼尼一招一式地示范起来。

在曼尼的耐心指导下,露西进步神速,出针又准又快,还学会了各种高难度的技术。

露西趾高气昂地到处炫耀自己的尾针，蜻蜓飞到他前面，他神气地大叫大嚷："让开，让开，快让开，当心我用针刺你！"露西说着要起金蛇针法，蜻蜓连忙闪到一旁。

到了花丛里，露西看见蝴蝶停在花瓣上，又傲慢地说："你敢跟我抢花蜜，看我的厉害！"他一把亮出狂风快针，蝴蝶赶紧张开大翅膀飞走了。

蚱蜢不服气地说："你不就是有一根针吗，耀武扬威的，谁怕你？有本事我们比跳跃。"

"跳就跳。"露西要强地说。

蚱蜢轻轻一蹦，从一张叶子跳到另一张叶子上。露西挪动腿脚，只能笨拙地爬一爬，根本跳不到哪里去。露西知道自己上当了，扑腾翅膀，追着蚱蜢要用针扎。

曼尼不得不警告露西："你千万不能乱刺乱扎，不然的话，既害了别人，也会害了你自己。"

"为什么会害自己呢？"露西疑惑地问。

"我们的尾针和内脏相连，上面还有倒钩，蜇到其他动物之后，针要留在动物身上，会把我们的内脏拉坏，不到万不得已，绝对不可以随便使用尾针。"曼尼细心解释说。

听了曼尼的话，露西把尾针小心翼翼收藏起来，再也不敢到处吹嘘了。

一条红头蜈蚣跟一只黑尾蝎子一言不合，就动起拳脚。见到打架，露西兴致勃勃地爬到树杈上看热闹。蝎子一出手，使用的武器居然也是尾针，露西心里立刻有几分向着蝎子。谁知道，蜈蚣不是等闲之辈，他挥舞着几十条腿，疯狂地扑向蝎子。一记左勾拳，正好打在蝎子的脸颊上。跟着一记右直拳，打在蝎子下巴上。随后飞起扫堂腿，踢得蝎子接连翻了几个跟斗，四脚朝天，躺在地上直喘粗气。

蝎子败下阵来，蜈蚣仍然不肯罢休，还要往死里打。眼看蝎子要吃大亏，露西急忙飞到蝎子头顶，提醒他说："快点起来，蜈蚣过来啦！"

听到露西的叫喊，蝎子一个鲤鱼打挺站了起来，两眼怒视蜈蚣。蜈蚣往边上一闪,蝎子又失去目标。

“蜈蚣在你左边!”露西不得不一再提示。

蝎子举着两只大螯,翘起尾巴,转向左边。

“对极了,使劲,揪住他!”

蝎子手忙脚乱地去抓蜈蚣,也不知道给蜈蚣哪条后腿绊了一跤,头重脚轻地摔了个狗啃泥,想不到,尾针刚好扎在蜈蚣的七寸上。

蜈蚣身受重伤,躲到一块破瓦片下面,再也不敢出来了。

蝎子赢了蜈蚣,神气地摇晃几下大螯,大喊一声:“耶!”然后跟露西用力握了握手:“今天幸亏朋友相助,敢问朋友尊姓大名?”

露西不习惯这样的江湖习气,有几分胆怯,腼腆地说:“我叫露西。”

“露西?这个名字不怎么样。”蝎子大大咧咧地说,“你用的是尾针,我用的也是尾针,你喜欢阳光,我喜欢阴凉,我们合在一起,正好是阴阳双针,最佳组合。我们一起去闯荡世界,一定天下无敌。”

“不行,不行,曼尼哥哥说过了,我的尾针不好乱用,会害了自己的。”

“我的尾针里面有毒,可以反复使用,我也不要你出针,你在我身边给我看着点就行。我常常会晕头转向,只要别人一点拨,头脑就会清醒。而且,我的尾针只能上下垂直活动,不能左右摇摆,如果有人从后面偷袭,我只能束手就擒。”

“不行,不行,我会想家的。”蝎子的建议虽然很有诱惑力,但是让露西离开蜂群,风餐露宿,独自生活,露西没有这个胆子。别说露西,任何蜜蜂都不会同意。

“真没劲,没有你,我照样可以独霸江湖。”

蝎子气呼呼地走了,迎面碰上一只大公鸡。“走开,走开,别挡道!”蝎子翘起尾针大声说。

大公鸡一口啄住黑尾蝎子,撕去毒刺,活生生吞了下去。

露西看得心惊肉跳,这尾针真的不能乱用。听曼尼的,没错!

“你以后不要跟蝎子搅在一起,他们的尾针是寻衅闹事欺负人用的,我们的尾针是自卫防御用的,两码事。”曼尼知道后告诫露西。

露西开始跟着其他蜜蜂外出采蜜。因为他还小，哥哥姐姐都很照顾他，采了一会，大家让他带着花蜜先回家，免得太重了驮不动。

露西载着花蜜摇摇晃晃回到家门口，看见一只黑熊东寻西找，伸长鼻子用劲嗅闻，准备到蜂巢里偷盗蜂蜜。露西对着黑熊大声喊："走开，你这个不要脸的小偷！"

黑熊根本不理睬露西，照旧直冲蜂巢而来。

哥哥姐姐们还在花丛里干活，露西拼命叫也叫不应，急得哇哇大哭。曼尼刚好采蜜回来，见此情景，高声喝道："快走开，你这个强盗，不然我就不客气了！"

"一只小小的蜜蜂，我会怕你吗？"黑熊厚颜无耻地说，"吃你一点蜂蜜，我还是看得起你呢。"

"看我的尾针！"曼尼气愤地对准黑熊俯冲过去。

"你敢来，我一巴掌打死你。"黑熊对着曼尼重重打了一巴掌，幸亏曼尼躲得快，没打着。黑熊更神气了，拍拍手说："今天这个蜂蜜我是吃定了。"

曼尼绕着黑熊飞舞，黑熊两手乱抓，好几次抓住曼尼，曼尼都灵活地从他手掌缝中飞出来。

"我要让你看看，是你厉害还是我厉害！"黑熊越来越蛮横无理。

曼尼使出最后绝招——无影连环三连刺。只见曼尼对着黑熊当头直刺，黑熊"嘿"的一声，伸手一挥，斜身闪开。曼尼掉转尾针，拦腰横刺，黑熊纵身跃起，又躲过去。曼尼反拨尾针，疾刺黑熊后心。黑熊笨重地转过身体，曼尼刚好落到他脸上，使出尾针狠狠一蜇，黑熊疼得嗷嗷大叫。

大批蜜蜂赶到了，黑熊捂着脸狼狈而逃。

赶走黑熊，曼尼筋疲力尽地躺在家门口，奄奄一息。露西哭着说："曼尼哥哥，曼尼哥哥，你明明知道用了尾针会牺牲自己，为什么还要这么做呢？"

"为了保护家园，我必须这么做。"曼尼坚强地微笑说。

"本来应该由我去蜇黑熊的，可是我好害怕，为什么我这么胆小呢？"露西趴在曼尼身上伤心地痛哭。

"你还小，长大以后，你一定能成为最勇敢的蜜蜂。"曼尼抚摸了一下露西的脸颊,永远闭上了眼睛。

从这一刻开始,露西觉得自己长大懂事了。

(原刊于《科普创作》《侦察蜂露西》2017 年第 3 期,《科普创作》2017 年第 3 期节选刊发其中第一、第二、第五章。2018 年 9 月,全文由天津人民出版社出版)

姑娘，请摘下你的美瞳

赵海虹

诸位读者，先别一看这个题目就开骂，给我个解释的机会。

上月我应邀去青海参加科幻活动，从敦煌中转，顺道去了一趟鸣沙山，在山上遇见了一位姑娘。因为某种特殊的机缘，我对她说了这句话。然后，她既没有翻个白眼骂我神经病，也没有啐我是直男癌。倘使在大街上随便找个戴美瞳的姑娘这样请求，大概率会遭遇以上两种情况。运气不好，还可能吃一记耳光。

好吧，如果你还有耐心听我讲下去，就容我从那天下午开始，细细讲来。

飞机在敦煌降落的时候，我就从天空中看到了鸣沙山。这座绵延四十多公里的沙山构造了敦煌最醒目的自然景观。而在敦煌城，这个已升级为地级市的旧日县城里，朝西南方向，一抬眼就能看到它的存在。它是自然矗立的宏大的纪念碑，华美而壮阔，如虬龙蜿蜒，在日暮的阳光下闪烁着光华。

我在网上订的客栈就坐落在鸣沙山山脚。出租车司机颇费了点周折，才找到位于“客栈一条街”内侧的小旅店。店主很客气，一楼的房间宽敞明亮，舒适洁净。窗户开着，清风揭起窗帘，窗外的院子里几树粉色的杏花撞入眼帘，倒有些江南的意思了。

收拾了行装，我向老板打听了隔壁月牙泉公园的情况。一张票能用两天，第二次进门时刷脸就行，早晚七点间可自由进出，之后只出不进。我预订了次日去莫高窟的票,留给鸣沙山的时间只有今晚。于是我带足了水、穿上防风防沙的外套出发了,一心打算待到深夜再下山。

走出客栈,刚上大路,我就看到了两百米开外的公园入口。售票厅建筑古朴,是开阔大气的唐代宫殿风格。门口似乎刚举行过什么庆典活动,一群穿着飞天服装的女性在那里谈笑,旁边还站着四个古装人物,却是披着红色袈裟的唐僧同三个奇形怪状的徒弟。一看之下,让人生出走进了穿越剧的感觉。

但鸣沙山的庄严会消弭一切的滑稽与轻浮。它的宽广让人惊叹,人世沧桑,朝代变幻,而山还在那里。据说鸣沙山是流动的沙山,千年来山丘与山丘也如波浪般此起彼伏,但那庄严与辽阔没有变,而驼铃声声,从古代的商旅到今天的游客,一直在山丘间鸣响。

打破怀古之幽情的,却是一首歌。距离刻着“鸣沙山月牙泉”六个大字的石头还有五十多米时,我就听见了田震的《月牙泉》:

就在天的那边
很远很远
有美丽的月牙泉
它是天的镜子
沙漠的眼
星星沐浴的乐园
从那年我月牙泉边走过
从此以后魂绕梦牵……

田震低沉而略带沙哑的嗓音回荡在鸣沙山月牙泉公园的每一个角落,仔细寻找,我发现那声音来自公园道路两边石墩状的音箱。这首十六年前曾经响彻中国大江南北的歌曲,曾让多少听众对这个遥远边陲的沙漠泉眼燃起了浓厚的兴趣与无尽的向往。此刻在这里听来,辽阔的沙漠生出几分浪漫，而那些举着纱巾，在山前用各种姿势摆拍的女游客，也因此与背景相得益彰。

坐公园的内部交通车绕到了山的另一侧，我就看到了月牙泉。

近了，更近了，起伏的沙山下蜿蜒着一弯月牙形的泉水，古意盎然的赭红色唐代风格建筑群静穆地守护在泉边。日光下那一泓碧水波光粼粼，曾经映照过千年前商旅的身影。而田震的歌一路跟随，被无处不在的公共音箱反复播放，同一首歌在古建筑中听来，让人生出年代错置之感。

再回头，我眺望对面的沙山。浅褐色的沙山上散落着穿着各色服装的游客，如蛋糕上撒的彩色糖粒，我决定加入他们的行列。

从山脚到半山的方向，铺着一具绳梯，由钢索穿着圆木条做的踩脚档，直接搁在沙山上。游人爬山时踩在木条上，比较能着力，上行速度与平时爬山差不多。我沿着绳梯一路向上走，时时需要侧身，与下行的旅客交错而过，有时还有旅客停在半路中拍照，我也趁机用手机摄下几张沿路的风景。

刚到半山腰的一片缓坡，绳梯就走到头了。从这里到沙山顶部，还有超过三分之一的路途。看着高处欢蹦乱跳的年轻人，仿佛上山是多么轻松简单的事。但我抬腿试了几步，才发现远比想象中艰难。每前行一步，跨距大约30厘米，但前脚一落在沙丘表面，就立刻深深陷进了松软的沙粒中，当身体的重心前移，前脚就立刻在簌簌的沙粒滑动声里陷下了20多厘米。每一步都要经历这样上行下滑的过程，几乎只能用龟速向上挪动。如此上行了十几步，我实在不胜其烦，干脆跪了下来，用膝行加双手的方式，直接“爬”上了山顶。

站在山丘顶上，向东望去，山谷中是波浪般连绵起伏的沙丘，狂风呼啸，在山谷中滚动，形成夹带风沙的旋风，那旋风几乎像拥有自由生命的物体，迎面撞在我身上，差点将我撞倒。我站不住了，在身边一个带盖的铁丝垃圾筐上坐下，这才觉得稳当了一点。回头西望来时路，上山的人变得稀稀拉拉，更多的人起程下行。从这个角度，我正好将视野西侧平缓的沙山、它们环抱中的一弯浅蓝的月牙泉、泉边古塔与建筑群尽收眼底。劲风中，细沙从沙山顶部飞速下滑，在气流中旋转，由于空竹效应，或叫“马格努斯效应”，发出鸣鼓般的嘭嘭声。这便是“鸣沙山”的名字由来。

波澜壮阔的沙海上,金色的落日正在缓缓下沉,巨大的光球如灿烂的巨卵,几乎让半面天空燃烧起来,那耀眼的光令人不敢直视。我不由得想起“大漠孤烟直,长河落日圆”的诗句,这月牙泉上的落日也是千年不变的景致吧。

僧人乐尊一千六百多年前路经鸣沙山,正是在这样闪耀的金光中看到万佛现身,便在东麓的断崖上凿穴修行。后人效法,洞窟愈多,佛法大盛,因有莫高窟千佛洞。恍惚间,我觉得自己成了千年前的古人,面对这震慑人心的壮观景象,感到穿越历史的美直击心头。

在轰鸣的风中,我的头被吹得有些发木。傍晚7点36分太阳落山,天色迅速暗下来,山顶上的风越来越大。我坐在沙山上,一段段向下挪动,移到上行绳梯终点处的那片坡地。沙山上的游客渐稀,8点多时,仅余寥寥数人。不到9点,我的视野中居然空无一人了。

灰蓝色的夜空还有些光亮,整个沙山却沉入了黑暗,只有月牙泉亮着一片光晕,像半面张开的翅膀。远处的敦煌城亮起了灯,天色尚有余光时,灯光是一片温柔的黄色光点,被连缀成一片。

又过了一会儿,黑夜的帷幕笼罩大地,月牙泉边的建筑群却陡然通体放光,如暗匣中的夜明珠,格外耀眼,与黑暗中更显明亮的敦煌城灯火遥遥呼应。风吹沙舞,猎猎作响。幸亏我穿着防风防沙的外套,虽然被吹得几乎身体麻痹,但一点也不觉寒冷。

我将外套拉链拉到了口鼻处,用双肩背包垫在脑后,平躺在沙山上。细沙从我身上流过,旋转、鸣叫,把我变成了这万年沙山的一部分,与它共享黑夜与沙海的秘密。夜空中悬着明亮的朔望月,许是月明星稀的缘故,只见寥寥几颗星星。

在这远离尘世的夜幕沙海中,我忽然感到一股激动的情绪,它在鼓点般的鸣沙声中越来越强烈。我掏出手机,冒着手机进沙的风险打了一个久违的电话。

“喂。”电话那边传来了珺儿熟悉的声音,却伴着热闹的背景声,她好像正在饭局上。

我愣了一下，但眼前远离城市的孤独给了我勇气。“你还好吗？”

“老样子。”她的回答不咸不淡，没有透露出一丝情绪。

“我在鸣沙山上。敦煌。”我鼓起勇气说，“现在天黑了，山上看不到一个人。”

“啊？”她的声音变了，仿佛在笑。好嘛，笑吧，上次冷战之后已经一年半了，我多少次想和她联系又被男性的自尊心拦住了。互相拉黑微信之后，我只能通过新开的小号，从她的微博上偷看她的近况。我知道她还没有新男友，也许她还在等着我？

“想我啦？”她问，声音里有了一点撒娇的意思。

“经常！”我回了两个字，就搁了电话，让她在另一头体味我的语气。良久，我自我感动，颇觉荡气回肠。

这时，我忽然听到了歌声。透过轻雷般、鼓点般的鸣沙，传来了田震的《月牙泉》。

我的心里藏着忧郁无限
月牙泉是否依然
如今每个地方都在改变
她是否也换了容颜

那声音是从不远的山坳里传过来的。沙山里还有一个人！

刚听见歌声时我略微一惊，但听清那是用手机播放器之类的东西放出的录音，我顿时释然：原来还有和我一样不怕黑夜、喜欢孤独的人。我顿时来了兴致，颇想会会这个人物，看看是什么样的人和我的喜好如此相近，也许能结成“倾盖如故”的好友呢。

我取出手机，打开电筒功能，灯光在黑暗中射出很远，我把手机当成了探照灯，在空中左右摇晃，希望另一个黑暗中的旅人能看到、领会我的信号，这是有人在茫茫沙海的另一边向他发出讯息。

歌声近了,更近了。在黑暗的沙海上,我们俩一个凭着声音,一个靠着灯光,一点点靠近。当来人行进到我身前几米处时,电筒光将他的身影在沙山上拉出一个细长的影子。歌声突然停了。满耳都是沙山的呼啸。

“我是北京的,你从哪儿来?”我想了半天才琢磨出这么一句搭讪的话。

“柴达木。”声音混着风声,并不清楚,但似乎是个女声,辨不出年龄。

我有点意外,不过也觉得更有趣了,柴达木正巧是我这次采风的目的地啊。她正是从我的去处来。“请坐吧,这里风小一点。”我邀请她一起坐了下来。鸣沙山的沙粒温柔绵软,做地毯再合适不过。

可什么样的女人这么晚还在山上晃荡呢?虽然她选歌的水准并不高明,不过,就凭她大放《月牙泉》的歌,多半是以为鸣沙山上只有她一人,想浪漫一把。知道了我的存在,她居然不害怕,也真是胆儿大。

“这么晚了还不下山?”这句话一出口我也觉得很笨拙,简直是没话找话。

“和你一样啊。”她一句话就把我噎住了。

“我是想看看星空,想看银河。没想风沙太大,月亮太亮,能看到的星星并不多。”我情不自禁地话多起来。天地良心,之前刚给珺儿打过那个叙旧电话,我这会儿绝对无意撩妹,只是在这么特殊的情境之下,想和另一个有趣的灵魂真诚交流。如果来的是一个男人,我会觉得更自在。

“看星星这么重要?”她的声音好像兴奋起来。

“这个嘛,个人爱好。”我一时脑热,几乎说出自己写科幻小说,但及时刹了车。因为我颇煞风景地想到了聊斋里的女鬼们,认为对这个来路不明的陌生女子不该透露太多个人情况。

“认识那颗星吗?”她扭头指着东南方向的一颗亮星。风沙很大,我扭头时被沙子迷了眼睛,隐约看到那颗星不像其他几颗亮星那样苍白,而是带着偏黄的颜色。从地球上肉眼可以观测到的有色彩的亮星——我马上想到了火星。隔着遥远的距离,红色的火星看上去呈黄色。

“那是‘荧惑’。”我有意掉了个书袋。

“你觉得那上面会有生命吗?”她直接接下了话头,好像完全知道“荧惑”

就是中国古籍中对火星的称谓。

“说不准，也许有呢，NASA（美国宇航局）的最新消息，已经在火星上发现了固态水，而且地下似乎还有巨大的空洞。要知道火星远古时期曾经有过大气层，虽然现在只剩不到百分之一，但有科学家认为，火星在历史上可能有过一段宜居时期。假设那时已经产生了智慧生命，而且还发展出了一定的科技，随着火星大气条件的恶化，他们就有可能转移到巨大的地下洞穴里去生活。”说起拿手的话题，我不觉开启了滔滔不绝的炫技模式。

“真的吗？”她短短接了一句，忽然沉默了。黑夜中的沙鸣声显得格外响亮，不，是因为她的沉默让我难堪，才觉得背景声更大了。幸亏是夜里，她看不到我尴尬的表情。有必要向在深夜的沙山上碰到的女士，大谈这种话题吗？虽然是对方开的头，但也许人家只是随口问问罢了。

“那么，如果真的存在这种火星穴人，他们又会是什么样子？”她突然问。

“你真的感兴趣？”我大感意外。

“说说看嘛。”她的声音有点生硬，好像脖颈被风沙吹得僵硬了，声带振动功能都受到了影响。

我一边俯瞰黑夜中闪亮的月牙泉与泉边建筑，还有敦煌城遥遥的灯火，一边听着空竹效应下响彻沙山的鼓点似的风声，就在这样的情境下，讲起自己未来小说的设定，感觉非常奇妙。

她听得很认真，或者心里在嘲笑我，却没说出口。我为她耐心的倾听，感到由衷的感激。

这也算是知音吧。

说着说着，我不知道是什么时候开始，渐渐意识模糊，趴在自己收拢在胸前的双膝上，睡了过去。醒来时，天已微明，波澜起伏的沙海上方，淡青的天宇一层层明亮起来。我看了看手表，6点40分了。预报的日出时间是七点零三分，公园早晨七点开门，要不了多久，看日出的大队游客就将涌来。

我没想到自己会在鸣沙山上过了一整晚，幸好莫高窟的票预定在上午10点，赶过去还来得及。我一边琢磨，一边抬起僵硬的脖子，左右转动，忽然发现身边站着一个人，正在舒展筋骨。电光火石间，我想起了昨夜做梦一样的经历,那一切原来不是梦,而是真实发生过的!

我缓缓起身,双腿像针扎一样,又疼、又痒、又麻。我借着活动筋骨,暗中打量昨夜奇遇中的女主角,脑海中尽量回想我到底都说了些什么。

她个子比我高。可我在男性中也算中等身量,如此一比,她身高至少有一米七五,而且竟像是卡通漫画中才有的“9头身”比例的长腿少女。

“早……早上好。”我支支吾吾地问好。她的大半张脸都包在魔术头巾里,紧裹脸部的蓝色纱巾勾勒出长长的尖下巴。头巾上方露出的眼睛非常大,堪比某著名女演员,眼光朝我看来时,我发现她的眼珠明显比正常的大一圈。眼睛特别黑,虽然也能反射光点,但却完全没有正常瞳孔的层次。莫不是戴着一种叫“美瞳”的隐形眼镜?

我陡然一个激灵,想起了昨夜我对她说的话。

不,这只是一个普普通通的网红脸美少女,我对自己说。我在沙山上迷糊了一夜,现在头脑是不清醒的。

也许是为了礼貌,要给萍水相逢的聊友留一个完整的印象,美少女把整个魔术头巾扯到脖颈处,露出整个白净、光滑的脸。“你好。”她说。我心里“咯噔”一下。我能说这张脸就像是美图秀秀磨过皮、修了图的美女照走下了App吗?

虽然是日出前的光线,但已经足够我看清这个近在咫尺的女子。一个脸上没有皱纹、没有黑眼圈、没有一丝半点皮肤褶皱和毛孔,“白得发光”的女人。而被流沙旋风蹂躏了一夜的我即使是皮糙肉厚的老爷们儿,还做了防沙的措施,也依然挂上了发黑的眼圈。

“姑娘,请摘下你的美瞳。”我是鬼打墙才说出这么一句没头没脑的话来。但那一刻我真的怀疑,昨夜自己滔滔不绝说的设定,也许在真实世界早已发生。

少女笑了。

这是一个非常可怕的笑容。她的嘴角向上弯,但除此以外,面部肌肉几乎没有发生任何连带的变化。是,这就是人们常说的“皮笑肉不笑”。但这样的笑容,却呈现在一张雪白的锥子脸上,显得格外瘆人。

“你知道，它摘不下来。”她说，用那超出正常一圈的瞳孔盯着我，仿佛完全看透了我的想法。

是的，它摘不下来。没有人会在流沙飞卷的沙山上戴隐形眼镜，更不必说是美瞳镜片。即使有人判断失误戴了上山，也绝对熬不过这么久的时间。不断吹迷了眼的大风只要几分钟就会在膜状的镜片上沾满沙粒，之后的每一秒都会非常痛苦，无法睁眼闭眼。除非从头到尾都戴着防风镜，但她显然没有。

“如果真的在火星地穴里生活着智慧生命，他们的身形一定会比地球人纤长，因为火星的重力只有地球的五分之二，常年步履轻盈会影响他们的形体，甚至他们的脸型。如果和我们长得相似，也会比我们更尖更长。地穴即使有人造光源，但整体光线不足，他们的皮肤会变得苍白，而眼睛可能更大，搭配更大的眼球，以便在黑暗中聚光。”

——我想起昨夜讲的“火星穴人”设定。但那只是我小说中的背景设计，难道仅仅因为这个少女自带美瞳眼，我就把她当成是火星人？

“你猜对了。”她接着我头脑中的想法说。

我大惊失色，但立刻又想办法为她开脱。这应该是巧合，她说的“猜对了”，指的是她的美瞳隐形眼镜因为某种特殊理由不便摘除，而不是我心中夸张的联想。但她随后的话却无法解释成巧合。

“我确实是从那里来的。”她指了指天空，昨夜火星出现过的那个位置。

为什么，为什么她知道我在想什么？忽然，我想起来，昨天夜里，我并没有告诉她我靠写科幻小说谋生，而她听一个黑夜中偶遇的陌生人讲了那么多稀奇古怪的科幻设定，居然完全没有追问我的身份，好像没有一丝好奇。又好像，她全都知道了。

我记起儿时看过的美国科幻连续剧《火星叔叔马丁》，里面有一位来到地球的火星人，每当他竖起一对长在脑门上的可伸缩天线，就能知道别人在想什么。难道她也会读心术？

“我是十几年前从火星来的。有的同伴来得更早。”她又露出了那种皮笑肉不笑的表情,然后这次更努力了一点,带动了一些腮帮子上的肌肉,显得略微正常了一点,脸上也终于产生了一些细微的纹路。

她承认自己是火星人!

我努力思索自己面对的状况。真如她所说,她是十几年前来到地球,难道她婴儿时期就参加太空旅行了?或者,火星穴人特别不显老?还是这根本只是一个小姑娘,听了我昨夜讲的科幻设定,特意和我开的玩笑?

"按地球人的算法,我已经五十岁了。"她说。

显然她真的可以读到我的想法,这不可能又是一次偶然。

我的大脑高速运转起来,一切都说得通,完全说得通。她之所以看上去完全不显老,是因为她没有皱纹。而她没有皱纹则是因为火星人既然会读心术,可以靠思维直接沟通,面部表情既不需要参与情感表达与日常交流,几乎就完全被放弃了。所以一个真实的火星人,除非为了刻意模仿地球人,完全不必做出表情,因此也不会产生表情纹。而他们又常年穴居,人类皮肤老化的另一个重要原因是来自阳光中的UVA和UVB,这一点几乎也影响不到火星人,因此火星人类的外表衰老得特别慢。

"你为什么要告诉我?"我问。

"按地球人的说法,这样遇见,很有缘分。"她又戴上了魔术头巾,解除防护状态才一会儿,她口中已经嘎吱嘎吱地嚼到了沙子。

"你们为什么要来地球?"我一出口就觉出了自己问题的傻气。地球人不也派了探测器和飞船到火星上去了吗?就不许别人礼尚往来?或者我希望她回答一句"我为和平而来"就会安心吗?人类几年内还无法登陆火星,显然,先登陆地球的"火星穴人"技术远比我们先进。如果他们要侵占我们的家园,我们恐怕并无还手之力。

"好奇心。还有,自我保护。"她的回答几乎是为我的疑问做了总结,言简意赅的四个字表达了火星来客的使命无关侵略。

信还是不信,恐怕由不得我。但我又想到一个问题,她为什么会说话?如果火星人都会心灵感应,进化中连发声的功能都可以放弃了吧。我在心里嘀咕,并没有问出口,试试她能否再次读出我的心思。

“火星地穴里还有别的生物，发声是为了和它们交流。”她果然又“听到了”我的心声，直接回答我说。但对付这些“其他生物”显然不需要高级的交流，我已经发现她的语言表达能力并不流畅，发音的方式有些滞涩。

“你为什么要告诉我这些，不怕我告诉媒体、告诉大众，让大家把你们都找出来吗?”

她咯咯笑起来。这次是模仿得比较成功的地球人的笑法。“你一个科幻作家，说得再逼真，都不会有人把你当真的。”

我一怔，可不是这个道理。所以这个忍不住想在地球人面前彰显存在感的火星人才会向我吐露真相。兴奋的火苗在我胸中越燃越旺，假如这辈子真的能遇到火星人，我没白活！

“你们什么时候开始来的?还来了多少人?反正你都说了，没有人会把我的话当真，不如全告诉我，满足一下我的好奇心吧！”我一把抓住她右手的衣袖不让她跑掉，连珠炮般地追问起来。

“我们的人来地球的时候，乐尊还没有来鸣沙山呢。”她的语气里透出一丝得意，“不过开始移民计划，是这几十年的事。开始也只有十几个人，这几年越来越多了。”

我不相信，我不相信大量的星际人口迁移只是为了好奇心和自我保护，这说不通。我还未表达自己的质疑，全知的火星女已经直接回答了我头脑中的疑问。这一次，她居然在我头脑中投射了一个画面，一个空旷、广袤、被人造光线照耀的地下空间，有河流，有不喜光的火星植物，有卵形的穴人居室；然后画面一换，来到了荒凉的赭红色星球的表面，即使是火星穴人，也要穿着束手束脚的太空服，才能在火星表面行走。然后，画面陡然消失，我从压抑的巨穴、太空服内狭小的空间，陡然回到了现实，没有阻隔，无需屏障，我直面广袤的天地，沙山、月泉，辽阔的天宇清澈明亮，玫红色、水红色、橙红色交织而成的纱巾般的云霞，已经在沙海上空绵绵地铺展开来。

——我想在这样的地方生活！

她的嘴唇一动不动，那回答直接钉进我的意识中，我一个趔趄，几乎坐倒在沙山上。

她最后望了我一眼,在沙山上蹲下,以臀着地,向山下滑行,在她下方的沙海上,上行的游客已经像彩色的小甲虫,沿着绳梯蠕动。

“喂!看完日出再走吧!”我对她喊道。

火星女顾自远去了,她对我依然抱有戒心,如果在人多时我呼吁大家抓住火星人,也许会闹出乱子。她只读到了我的想法,她并没有读到我的心。我真诚地想和她做朋友,了解另一个星球上的独特生命和他们的思维方式。倘使我不是这样想的,那我就不配做科幻作家。

渐渐地,山坡上游人越聚越多。但我一直陷在奇遇带来的震撼中不能自拔。旭日腾出云霄的那一刻,周围的人群发出由衷的惊叹,“哇——”。

我的目光在看,一轮红日映在了我的瞳孔中,我的思绪却回到了昨天深夜,自己如何在这里邂逅了一位神秘的火星人。

我想了又想,几乎误了去莫高窟的参观。在匆匆成行的路上,在我游走于若干保留千年的洞窟之际,在异彩纷呈的人物形象中穿行的时刻,我一直在思考这段奇特的际遇。

走出九层塔的大门时,我忽然“啊”了一声,开悟了。

火星女的故事不是梦,她恰恰解释了近年来我百思不得其解的一系列社会现象。由于他们读取人类思维甚至直接影响人类思维的能力,他们在大量进入人类社会之后,改造了大众的观念,尤其是审美,这恰恰是为了火星穴人得以更好潜入人类社会做的心理铺垫。

有几个有趣的细节。比如,她说火星穴人正式开始登陆地球的计划仅几十年,而且重要理由之一是“自我保护”,这恰恰是地球人开始各种地外探索的时间区间,登月、火星探测器,都可能触发火星人的危机意识,进入地球开始反侦察。

“开始十几个人”,应当是以全球为范围设置登陆地点,从中寻找合适的长期基地。因为已经找到、设置了长期基地,火星穴人,或者更具体地说,是对能够自由生活在外部空间特别向往的这一类火星穴人,开始大量涌入地球。但为什么他们没有被发现呢?他们读心的本领帮助他们规避了不少风险，也许还事先学习过地球人的语言，但更重要的是，他们可以让地球人接受他们的特殊外貌，从而快速融入人类社会。

从这一点上看，我认为他们进入地球的长期“接入口”就在中国，甚至有可能就是昨晚她随口提到的“柴达木”。荒无人烟的戈壁滩，岂不是大规模登陆的最好地点？至于他们选用了什么样的技术，我想大量运送时应该不是靠飞船，而是某种“空间扭曲”技术或者“空间传送门”之类的装置，否则太容易暴露。

为什么“接入口”应当在中国？我认为自己已经找到了充分的证据。因为就是在近几年，中国大众中出现了一股来势汹汹的奇特审美，一反基本的人类解剖学特征和延续千年的欣赏标准，开始了对极其尖锐接近三角形的锥形脸、远高于一般人眼眶比例的大眼睛的疯狂追捧。而由于大量“求美者”通过美容院的整形手术才能获得这样的非天然脸型与眼睛，正常的眼珠在人工扩大的眼眶里会形成“三白眼”，甚至整个边缘都暴露出眼白，不得不使用“美瞳”这样扩大瞳仁边沿黑框的美容型隐形眼镜进行搭配。于是让原本生动、层次感丰富，能表达各种情感的自然瞳仁，让位于生硬、呆滞的人工美瞳。当佩戴美瞳成为时尚之后，原本为掩盖三白眼迫不得已的举措，呼啦啦成了许多年轻女性们趋之若鹜的时尚，不管有没有做过眼部整形，都喜戴一对美瞳，以为这样就是“美美哒”。

我以前百思不得其解，这样反人类又不健康的审美是怎么流行起来的，尤其美瞳比一般的隐形眼镜更容易伤害眼睛。现在一想豁然开朗，如果不让美瞳和锥子脸成为时尚，火星人以他们独特的形貌，要融入人类社会一定困难重重。因此，他们用他们改变人类思维的力量，一步步改变了大众的心理。

除了最明显的锥子脸、美瞳眼，还有“白得发光”的皮肤和九头身、大长腿，纤细而不能有一丝赘肉的身材。这些都是火星人的特质，现在都成了中国人，尤其是年轻一代的审美潮流。

也许有人会说，这不是中国流行的审美，这是日本漫画、二次元文化的喜好。关于这一点我不是没有斟酌过。但我认为，日漫里虽然有大量这样的人物，但除了COSPLAY之类的角色扮演活动，日本社会并不将二次元的审美当成评判生活中真实人物的标准。日本演员里多的是圆脸、苹果脸的妹子，少有锥子脸和美瞳眼的美人。亚洲人审美中喜欢白皙、大长腿是有的，但是对男性都开始憧憬白皙、轻盈、纤细的外形，真还是这些年的变化，而且总的来说，这阵畸形审美的风潮发生在中国，因此我判断火星穴人的大本营正在这里。

我思绪纷纭，越想越兴奋。我在游客中穿行，大队旅行团正在入口排队，那是一个夕阳红旅行团，队伍里有许多穿着艳丽服饰的矍铄老人。他们的笑容感染了我，又让我想到另一个细节。

这几年，弥漫于中国社会的，还有一种浓浓的害怕衰老的风气。具体说来，与其说害怕的是衰老，不如说是害怕衰老的具体表征：如皮肤松弛、下垂，面部的皱纹、眼袋，一路扩展到脱发、油腻，等等。每天打开电脑，自动跳出的某免费杀毒软件提供的新闻界面，总有几条这样关心“面子”的新闻：A女星面部松垮、保养无度，或是B女星面部浮肿，疑似玻尿酸注射过度，就连男演员也逃不过它们的冷嘲热讽。每次看到类似的新闻标题，我就气不打一处来。但如果删了这个杀毒软件，又没有合适的替代物。

我那时不明白，凭什么平台每天要让它的上亿用户关心某个一线二线或三线明星脸上的褶子？不仅仅是这个界面，几乎所有网民日常会使用的网页，某主要搜索软件的热搜、某社交软件日推的新闻，这些动辄覆盖几亿用户的庞大宣传平台，为何对艺人的外貌保持了如此巨大的关注，并强制浪费着我们的时间和平台的宣传资源。

原来，它们都是在不停暗示中国的男男女女们：你不可以老，不可以有皱纹，不可以油腻，你要去注射，你要去填充，你要去运动。然后日复一日，越来越多的人接受了它们的心理暗示，将自己的脸变成火星人那样——因为无需用表情交流情感，脸部僵硬、没有皱纹，但也因此如同塑胶假面一般。运动本身倒是好事，但显然近来的风头也有点走火入魔。修图软件借势而上，用高光、磨皮的效果和各种微调手段营造永不老去的“标准网红脸”和完美身材。直到有一天，越来越多的人不修图就不敢发照片，也就越来越不敢面对自己真实的样子，只得蜂拥去各种美容机构改造自己“不标准”的脸和身材。当浩浩荡荡的追逐潮流者都变成了这个模样，火星穴人的男男女女们无需任何化妆，就可以在这片土地上自由行走，顺便享受人们“美的崇拜”。

最后，或者是我想多了。我想到一些“玻尿酸满满”的年轻明星们，明明不会表演，却还是红得发紫。他们和她们拍戏时几乎只有两种表情：扑克牌脸与表达过度后撕心裂肺的失控脸；语言能力也很差，据说拍戏时只能念叨“12345”，完全依靠后期配音人员为他们配上台词。可就是这样的演技，居然还能收获大群的真爱粉丝，掌控可观的影视资源。难道说，他们都是能控制人心的火星穴人？

我就这样越想越多，越想越离谱，不知不觉间，已经沿着莫高窟外的白桦树林走到了敦煌藏经洞博物馆。我回头遥望古朴庄严的九层塔，几千年中国的历史如电影般在心头快进。我已经知道了这么多，我现在能为我的国人做什么？

就像火星女所说，没有人会相信我。

但我依然要说。就算用小说的方式也好，如果能唤醒更多的人，让他们明白，不要被火星人蒙蔽，不要丧失了自我，不要害怕时光的痕迹。

我的心怦怦直跳，我真想现在就赶到珺儿身边。

我想对她说，请让我陪你一起变老，请让我去爱你的青春、你的皱纹、你的似水流年。

因为我们都终将死去，可岁月的痕迹才是我们活过的证明。

（首刊于《科幻世界》2019年第1期）

念力游戏

夏辇生

星期天早上，太阳笑眯眯地坐在窗台上，还神秘地眨了眨眼睛，仿佛是说："留神点，这是个不平常的日子！"这是"阿呆猫"的感觉。

"哼，你自个儿去留神吧！"

阿呆猫刷地一下拉上了窗帘，把太阳挡在了外面。

阿呆猫不是一只猫，而是一个扎着歪辫子的小女孩。她天生胆小，最不喜欢那种神神道道吓人的样子。

此刻，她正准备打开电脑，趁哥哥不在家，偷着玩里面的游戏。要知道，平时她只有站在一边发呆的资格。她管哥哥叫"粘屁股强盗"。谁让哥哥一在电脑面前坐下就粘着屁股起不来！

她哭过、吵过、闹过，还向爸爸妈妈告过状，都没用。爸爸妈妈总是说她小，不会玩电脑，万一搞坏了，可是好贵的东西！哥哥呢，说起来更简单："我才不让你乱弄一气！"

"谁说我乱弄一气？"别看小丫头才四岁，嘴也不饶人。

"瞧你那样——阿呆猫！"哥哥生气的原因倒不真是妹妹那副斗鸡眼的呆样，而是他不喜欢她叫他"粘屁股强盗"，可他又管不住她的嘴，那就干脆做出强盗的样子狠声狠气地骂她"阿呆猫"。

谁知妹妹一点不生气，她说她喜欢"阿呆猫"这个名字。一来二去叫多了，便成了上口的小名儿，连爸爸妈妈都跟着叫开了。爸爸帮着哥哥，说现在是信息时代，玩电脑还真得有点儿粘屁股的劲儿。妈妈安慰妹妹说“阿呆猫”有什么不好，大智若愚嘛！

今天可是个难得的好机会，哥哥去参加足球比赛，爸爸妈妈都当了啦啦队。阿呆猫不愿去，就独自留在了家里。她知道哥哥肥得像只大狗熊，哪会踢球！是爸爸开后门硬塞进了少年足球俱乐部。他这个电脑迷整天坐着不动，越来越肥。平时，他最喜欢玩电脑里的足球游戏，那就让他到球场上去玩点真的吧！

阿呆猫还真有点儿大智若愚呢！你瞧，现在她学着哥哥的样子，拿起鼠标几下一点，轻轻松松就打开了游戏程序。哇，里面各种各样的游戏好多！光快捷图标上画着足球的，就有几十种。可她不喜欢足球，她喜欢小动物。

她找到一个很像唐老鸭的小图标，“哒哒”，她用食指在鼠标的左键上轻轻点了两下，这叫作双击。哦，被打开的不是什么唐老鸭，而是一只小恐龙。

“啊，小恐龙我喜欢！”——阿呆猫情不自禁地欢呼起来。

小恐龙笑了：“我就知道你会喜欢我的！不像你哥哥，一天到晚玩那种踢来踢去的足球，一点意思都没有。”

“不许你说我哥哥！”这种时候，阿呆猫的胳膊肘还是往里弯的，“你不知道，哥哥是个力气好大的强盗，今天肯定能踢进一个球。”

“嘿嘿，我怎么不知道？”小恐龙撇了撇嘴说，“他又不是那种能踢球的强盗，是个粘屁股强盗！”

阿呆猫不作声了，话头一转，问：“那你说，玩什么有意思？”

“要我说，当然是玩‘念力游戏’喽！”小恐龙打了个哈欠。

“怎么玩，你告诉我。”——阿呆猫跟着也打了个哈欠。

“很简单，你先放我出来，”小恐龙说，“只要亲我一口就行。”

阿呆猫噘起小嘴，往屏幕上的那只小恐龙亲了一口。尽管她是个胆小的女孩，但是朝画面上的恐龙亲一口这点胆量还是有的。

一阵很悠扬的音乐飘然而至，屏幕上弥漫起一股五彩缤纷的烟雾……

“好玩！好玩！”——阿呆猫快活得拍手直跳，可是跳到一半她突然傻眼了。

烟雾散处,小恐龙活生生地站在了她面前,还踏着节拍跳起舞来,而且一边跳一边在长大。不一会儿,巴掌大的小东西便长成了快顶穿屋子的大家伙。

“别长了!别长了!”阿呆猫大叫着,跑出了家门。

“不长就不长呗!”小恐龙把头从屋顶的老虎窗伸出去,朝着女孩叫唤,“你跑什么跑,游戏还没玩呢!”

“你,你长这么大,我害怕啊!”阿呆猫的声音打着战。

“好吧好吧,那就小一点。”说着小恐龙已变成鸭子那么大,站在阿呆猫的脚边。

阿呆猫又揉了揉眼睛,心想,怎么没见它跑出来就已经到了面前。

“我看你还真有点呆呢,”小恐龙说,“看得见就不叫念力游戏啦。知道什么叫念力吗?那就是只要你想干什么,一念之间就干成了什么。念力,是一种很神奇的力量,看不见,但却无比强大!”

阿呆猫不知是听不懂,还是不相信,她摇着头一转身又逃跑了。可她哪能跑过小恐龙呢?眨眼间,小恐龙已拦在了阿呆猫面前,说:“你不信?那就试试。我知道,你想去足球场讨救兵。”

阿呆猫真被吓呆了——自己心里想什么,这家伙全知道。

”别发呆了,上来吧!”小恐龙收小了嗓门,“不用费那么大劲去跑!”

这会儿,阿呆猫想摇头都摇不成了。因为说完这句话的时候,她已经被驮到了小恐龙的背上。怎么给驮上去的,她都不知道。

难道,这就是小恐龙所说的神奇的“念力”?

足球场很远,坐汽车都得一个多小时,可是,阿呆猫还没来得及闭上眼睛,球场已出现在面前。这一来,阿呆猫真相信了小恐龙的念力游戏。

“怎么样,飞行的滋味挺不错吧?我的小天使!”小恐龙停在了看台上。

“你叫我小天使?!”阿呆猫惊喜地问。

“是啊,会飞的小姑娘都叫小天使!”小恐龙说。

“那是你在飞,又不是我在飞。”阿呆猫心里有些难过了。小时候躺在摇篮里,她就羡慕那些会飞的鸟儿,她做梦都想飞呢!

小恐龙说，刚才在驮着阿呆猫飞行的过程中，已将念力程序传给了她。从现在开始，她已经是“念力天使”啦，可以自己飞翔了。

“真的吗？”阿呆猫伸开手臂，试着扇动了两下。天呐，她真的飞起来了！但她马上停了下来。要是让人看见足球场上出现一个小飞人，那还有谁会去看球赛？

下半场球赛已进入了尾声。哥哥他们那个穿红色球衣的火炬队已经没戏了，0∶5输给了穿黄色球衣的阳光队。谁都知道阳光队是邻省最有名的全明星球队，而火炬队是市里刚成立的一支新球队，当然踢不过他们。尽管这样，只要球一滚到火炬队的脚下，看台上便会响起一阵阵“加油”声。毕竟，是自己市里的球队嘛！

“看来，现在得去帮帮火炬队了！”小恐龙朝阿呆猫挤了挤眼睛。

阿呆猫不好意思地笑了笑：“嗯，让我哥哥变瘦些，然后让他跑快些，再踢上两脚，进不进都得亮个眼。”

“不，不，变瘦干什么？就得让大肥熊射门才有趣，他成了明星咱们还好认。”

“你能让他射门？”阿呆猫惊诧地张大了嘴。

“不是我，是你——我的念力天使！”小恐龙朝着她神秘地眨了下眼睛，这眼神就像早晨坐在她家窗台上的太阳。

阿呆猫也学着眨了一下眼睛，用念力试了试，不行。她能做到的，只是让球滚到哥哥的脚下，可是哥哥又肥又笨重，球刚到脚下还没碰着就被人抢走了。

“那是你信心不足，‘念力’的能量不够强。”小恐龙说。

“有办法吗？还剩最后五分钟了！”阿呆猫着急起来。

“有，离他近一些。”小恐龙叫她飞过去发念力。

那怎么行啊——阿呆猫差点叫出声来。这一来，到底是让观众看小飞人呢，还是看踢球？

小恐龙望了她一眼，没有说话。然而，阿呆猫已经接收到了小恐龙的提示，抿嘴一笑，变成一只小麻雀飞走了，停在了火炬队的球门框上。谁都没注意到这只不起眼的小麻雀,倒是哥哥回了一下头。

接下去,人们清晰地看到那个火炬队最肥的大肥熊,一下子矫健地奔跑起来,像一辆开足马力的车飞驰而去,又突然一个急刹,接过队友"长腿猴"传来的球,闪电般跑过中场……

"加油!加油!"顿时,全场观众的情绪被点燃了。

大肥熊的这点变化还是引起了观众足够的注意,尽管没有人看见在他头顶上飞行的小麻雀。大肥熊跑到了"长腿猴"的前头,球也就自然地跟了过来,同时跟了过来的是对方的铲球名将"闪电"。全场又一下寂静无声,观众都惊呆了。谁知,"闪电"铲了个空,从大肥熊的胯下滑过。

嗵!大肥熊飞起一脚,啊,球进了!

全场欢声雷动,天地间回荡着一个声音:"好样的,大肥熊!"阿呆猫这才知道,大肥熊是哥哥在球队的绰号。这时候,阿呆猫这只停在球门框上的小麻雀找到了在看台上欢呼的爸爸妈妈。

干脆再来点精彩的。小麻雀用她的念力让哥哥变换着花样,一连进了四个球。最后一个球,竟然是在防守对方罚角球的机会中,大肥熊一个跳跃式的高点头球,隔着整个球场把球给顶进对方的球门去啦。连阿呆猫自己都看傻了眼。她真不敢相信,自己怎么会有这么强能量的念力!

比赛结束了,火炬队和阳光队踢成平局。

这个刚学会用五个手指头数数的阿呆猫,让哥哥踢进了五个球。在她看来,这是个最大的数。不过,这已足够让大肥熊出尽风头。

球迷们发疯似的涌向绿茵球场,把一个重量级球星连同他的父母像抛彩球那样一下又一下地抛向半空,欢呼声如大海里汹涌澎湃的浪涛!

一高兴,阿呆猫骑着她的小恐龙沿场飞了三圈。人们太兴奋了,竟然没有人发现一个骑着小恐龙在天空中盘旋的神奇女孩。

"回家吧!"阿呆猫说这话的时候,有一点点失望。

哥哥和爸爸妈妈满心喜悦地回到家时,阿呆猫正坐在沙发上看电视。三个人都抢着要把今天的奇迹告诉她,还一个劲地说她今天不去太可惜。

阿呆猫扭头一笑:"不用啦,我都看到了。"

对对，电视里早已将实况转播放了又放。可是，接下去让三个人大吃一惊的是——餐厅里摆好了满满一桌丰盛的午餐，还冒着热气呢！

这时候，三双眼睛瞪得比阿呆猫还厉害。当然，阿呆猫不会说出那桌饭菜是她和小恐龙一起玩念力游戏给玩出来的，她只是噘着小嘴奶声奶气地说："别再这么叫我'阿呆猫'好吗？"

"对了对了，该叫念力天使！"哥哥脱口而出。

"为什么？"——爸爸妈妈不明白。

哥哥摇着头回答："我也不知道。"

阿呆猫神秘地笑了，隐约还能听到另一种"嘎嘎"的笑声。

除了阿呆猫，没人知道——那是电脑里的小恐龙在笑，歪咧着大嘴，笑得喘不过气来。它是为"大肥熊"在踢球时已被输入了念力天使的念力而高兴。

（该作品曾在《少儿故事报》《童话故事城堡》《童话选刊》等多种报刊刊登，并与《失踪三天的秘密》《礼物的风波》等，被收录于获奖作品集）

报告文学选篇

浙江科学报告文学40年概述

卢曙火

浙江省科普作协的科学报告文学创作，是沐浴着科学春天的阳光，伴随着改革开放的现代潮流而逐步发展繁荣的。

（一）

科学报告文学引起社会的广泛重视，应源自著名报告文学作家徐迟的《哥德巴赫猜想》。《哥德巴赫猜想》以数学家陈景润为主人公，最初发表于1978年1月的《人民文学》第1期。《哥德巴赫猜想》一经问世，立即引起了极其热烈的反响！各地报纸、广播电台纷纷全文转载和连续广播。包括党政军领导干部在内的全国各界读者，喜欢文学的和平时不太关心文学的，都找来一遍又一遍阅读，有的人甚至能够背诵出来。由于《人民日报》《光明日报》的宣传，也扩大了《哥德巴赫猜想》的影响。一时间，《哥德巴赫猜想》飞扬神州大地，陈景润几乎家喻户晓，天天都有大量读者来信飞往中科院数学所。为革命钻研技术，分明是又红又专，却被有些人攻击成白专道路。《哥德巴赫猜想》的发表，使人们吁了一口气。徐迟也每天收到大量来自全国各地的读者来信。一篇《哥德巴赫猜想》，似乎使社会从长久以来的冬蛰中苏醒过来。《哥德巴赫猜想》产生了不可估量的社会效应和历史价值。1979年，党中央召开的全国科学大会，进一步吹响了“向科学进军”的号角，提出“要用现代科学知识武装广大干部和群众”，激励了科普作家的创作热情。

在此社会背景下，省科普作协从成立之初，就十分重视科学报告文学的创作。

最初作为省科普作协会刊的《科学24小时》在1980年的创刊号上即开辟了“科学家传记”专栏，发表了周而复的《求是精神永存——忆竺可桢校长》。同年第二期上，发表了本会名誉会员叶永烈的《访苏步青教授》。

我省科普作家创作的科学报告文学，以几千字的短篇为主。科学报告文学创作的第一个小高峰，是1988年7月，为庆祝浙江省科学技术协会成立30周年发出征文通知，省科协委托省科普作协组织采写报告文学。时任秘书长的庞毅明组织部分会员，采访了一批浙籍或在浙工作的著名科学家，如江希明、陈立、王季午、徐洽时、毛江森、朱祖祥、杨士林、路甬祥、王启东、田志伟及一批作出显著贡献的工程技术人员如任祖伊、张金香、高忠儒、章银弟等。至当年12月，编辑出版了《浙江省科协三十年征文选编》一书，共发表了17篇报告文学，参加采访的科普作家有陈福民、田华、俞鑫鑫、金木、李立辉、胡颂虞、宋宪章、卢曙火、张磊、王胜贤、刘炼石、吴永志、陈卫强、李福民等。

科学报告文学创作的第二个小高峰，是向中华人民共和国成立40周年献礼，由李谨华、严光鉴任主编，方山、黄翰南、张祖荣任副主编，由上海科学文献出版社1989年10月出版了《改革春秋　第1辑》，重点采写了向“四化”进军征途中的创业者，共发表了46篇短篇报告文学。会员杨达寿、鲁承禹、黄翰南、董其岳、卢曙火等都写了多篇报告文学作品。紧接着，又出版了由李谨华任主编，方山、张祖荣任副主编的《改革春秋　第2辑》。参加撰稿的作家有陆绎广、张理虞、葛昌选、周桂林、董其岳、华家乐、永宁、丁苗、祖麟、张志权、陶振杨、丁志明、张加欣、章庄、卢曙火、鲁承禹、胡霜、黄雅芳、黄翰南、杨达寿、陈永庆、徐飙、余志华、董克、陈达荣、金烈芳、郑华彩、周道明、翁贤福、陆耶溪等。第二辑具有浓郁的地方色彩，除了介绍创业企业家、悬壶济世的名医外，重点介绍了临海市二镇八大家。第二辑不仅继承了第一辑礼赞科技工作者、创业者的特色，还组织创作了《活跃在浙江科普文艺战线上的人们》专辑，以报告文学的形式，介绍了本会会员严光鉴、黄翰南、谢昭光、卢曙火4位科普作家从事科普创作的事迹。以报告文学的形式,在公开出版的书刊上介绍我省科普作家和科普创作事迹,这是浙江省科普界的第一次尝试。

由杨达寿任主编、卢曙火任副主编,2009年1月由中国经济出版社出版的《精彩人生》,是科学报告文学的又一个专辑。共发表了22篇人物报告文学,作者基本是省科普作协的会员,如杨达寿、单金发、葛海有、鲁承禹、姚太谟、卢曙火、徐双华、沈肖宝、金小铃等。这可以说是我省科学报告文学作家的又一次集体亮相。

临海市历来是我省科普创作活动的一座重镇。2012年由章伟林任主编,杜灵凤、林海蓓、赵建德、梁祖霞任副主编的《科海扬帆》,发表了一批科学报告文学作品,撰稿者以台州特别是临海地区的科普作家为主,有胡式锋、陈希镯、陈红松、夏剑敏、林法人、吕信洲、李尔昌、丁锡贤、朱汝略、何仃、杜灵凤、陈永庆、王金龙、潘雪梅、葛伟莹等。

短篇报告文学还有多部合集,如杨达寿独著或主编的《俊彦跫音》《浙大校友们》《浙大大师们》《浙大学子们》等。义乌籍科普作家、原省科普作协理事沈肖宝主编了《洪波曲》;骆斌主编了《书友情缘》《书友情怀》《风雨春秋》等书,收录了一批报告文学作品。

根据自愿报送、择优录取的原则,这次报告文学专辑收进了隗斌贤、杨达寿、谢昭光、王咏雪、姚太谟、郭志平、吴优赛、程维新、沈文华、朱金灵、卢曙火11位作家的报告文学作品,所选的作品也不全是严格意义上的科学报告文学。有一批曾经发表过报告文学作品的作家,本次由于多方面原因未选送作品,通过查阅有关资料,得到如下名单:赵国栋、陈荣发、陈夏法、朱建苏、何红志、王小波、卢贤松、张祖荣、仲向平、方路、盛胜雄、吴高盛、章胜利、董广生、王佩民、张希盛、刘大培、陈婉丽、张淑锵、虞国平、陈趣联等。受条件限制,还会有遗珠未能进入选编。

我省科普作家的短篇报告文学作品频频在省内外获奖。如卢曙火的《美容文化的拓荒者——记著名心理美容专家、〈美容文化·21世纪新概念〉作者戴一江》于2002年12月获中国文学艺术基金会“中流砥柱”全国报告文学征文比赛优秀作品二等奖。

科普创作有激情、有作品，但缺少发表阵地是不争的事实。有部分作家，因创作的作品无法发表，渐渐失去了创作的动力。有鉴于此，时任浙江省科普作协科学文艺委副主任、临海市科普作协理事长的李谨华，以自己创办实业所获得的经费，于1980年创办了《科普文艺》，共编辑出版了124期，作品发表后还向作者支付稿酬。他经常在《科普文艺》上整版介绍科普作家辛勤创作的事迹，为培养和激励科普作家作出了积极的贡献。可以说，李谨华为科普作协作出的贡献是巨大的，也是值得后人铭记的。为此，卢曙火曾采写《蕴育了五十年的科苑浓情——记我省资深科普作家李谨华》，被收录《科海扬帆》等书中。此后，重新成立的临海市科普作协理事长章伟林，创办了《科普作家报》《浙江科学文化》等报刊，受到社会的关注。谢昭光曾采写《临海：传播科学文化的一面旗帜——记临海市科普作家协会主席章伟林和他的团队》，在《文化交流》杂志发表后，被人民日报网络版、科普文化交流网等多家媒体转发，并收录《科海扬帆》一书中。时任省科普作协文艺委主任的杨达寿创办了《浙江科学文艺》，为科普作家发表科学报告文学及科普作品提供了阵地。

（二）

科学报告文学是运用文学手段报道科学人物或科学事件的一种科普作品，是报告文学体裁在科普创作中的应用。科学报告文学既有文学性、新闻性，还有科学的元素，描写的对象以科技人物、重大科技事件、活动等为主。它是科学报告，也是文学作品。它将人物、事件和环境生动地描写出来，使读者能从作者描述的生活图景中了解作者所表达的科学内容、主题思想、所塑造主人翁的精神面貌，并力求人物形象生动逼真，写出人物性格特征和他们的高尚心灵。不能虚构，不能凭空想象，所描写的人物言行必须有事实依据。真实，是科学报告文学的生命。

省科普作协创作的科学报告文学作品亮点在长篇专著。

2005年中秋节，浙江省科普作家协会在西子湖畔举办茶话会，时任浙江省科协党组书记的吕志宏出席了茶话会。会上,科普作家郭志平认为浙江人杰地灵,出现过大量知名科学家,建议省科普作协牵头编撰浙江科学家传记丛书。他的建议立刻引起与会科普作家的共鸣,赵宏洲、杨达寿和卢曙火等是积极的支持者,大家踊跃发言,很快一个构想就初步形成了。

科普作家的建议得到吕志宏书记的重视,他敏锐地认识到开展这项工作的重大意义,科学家传记可以让普通读者更深入地了解他们在科研、生活中的故事,以此来弘扬科学精神、传播科学思想,引导和激励青年一代积极投身于科学事业。从浙江科学家写起,通过大家熟悉的人来诠释科学精神和科学思想,无疑会给浙江科普工作增加新的内涵,也是科普作协扩大影响的一次机遇。经省科协党组讨论,为浙江科学家立传被列为浙江省科协的重点工作,并给予组织和资金保证,确定由省科协宣调部指导,省科普作协具体操办。此后,吕志宏书记由于工作调动,离开了浙江省科协,他的继任者也十分支持浙江科学家传记的编撰工作,传记出版时,组成的编辑委员会如下:主编:鲁善增,副主编:隗斌贤、傅里甫、陈汝炎,赵宏洲秘书长担任编辑委员会常务副主编,具体负责编辑工作。

第一批科学家传记丛书在全国范围征集作者。这项工作刚一启动即受到新闻界广泛关注,《浙江日报》等十多家媒体都做了报道。全国有30多名作者来电咨询应征事宜。如《钱三强》的作者葛能全是中国工程院的编审,担任过院党组成员、秘书长,出版有科学技术史、科技政策、科技人物、科学事件相关著作10多部,还担任过钱三强先生的秘书。7部传记的作者都是通过层层遴选才确定的。2008年12月,丛书第一部《钱三强》正式出版,到2014年底,第一批丛书《苏步青》《严济慈》《钱三强》《竺可桢》《茅以升》《陈立》《钱学森》等七部全部由浙江科学技术出版社出版。丛书(全7册)荣获2015年第24届浙江树人出版奖,该奖项是我省唯一的政府出版奖。该丛书同年荣获华东图书一等奖。值得一提的是7位作者中,杨达寿和卢曙火是本会会员,杨达寿承担了《竺可桢》,卢曙火承担了《严济慈》的创作任务。《严济慈》还被列为浙江省精品文化工程重点项目。

其实,我省长篇科学报告文学的创作起步较早。此前已有作家作了多年的探索，创作成绩斐然。如杨达寿于1994年著《科学家竺可桢的故事》（第一著者），2001年著《赤子春秋——刘奎斗传》，2014年著《施雅风传》。卢曙火于1991年著《天堂神功》，2002年著《事业是这样铸成的——世界发明金质奖获得者、全国劳模史悠彰的传奇人生》，2004年出版的《科学泰斗——严济慈传》，被列入“浙江文化名人传记丛书”，2013年创作了列入“杭州全书”的《茅以升和钱塘江大桥》等。我省会员撰有中长篇报告文学的，还有王佩民《大师之路——徐经彬传》（8万字），北京中国诗联书画出版社2017年12月出版；《二姐和她的“人生三春”》（6.6万字），国际亚太出版有限公司2013年12月出版；顾国泰《爱情诗人董培伦》（40万字），东北师范大学出版社2016年出版。

以上所述的我省长篇科学报告文学的创作者中，年龄最小的是“50后”，正当致力于长篇传记的作家青黄不接之际，“60后”作家季良纲采写的《科普年华——联合国“卡林加科普奖”获奖者李象益》于2018年9月在科学普及出版社出版，为科普界吹进了一股清风。新时代面临着创作的大好机遇，为科普作品百花齐放提供了条件，年轻一代的创作者，也将会如雨后春笋般茁壮而起！

浪漫诗人的科学品格

隗斌贤

众所皆知，徐志摩是中国现代文学史上的著名诗人，他不仅是20世纪初新文学史上“新月社的巨擘”“新月诗派”的“祭酒”，在新文学创作上散发的光芒如日中天、久而不晦，而且他风流浪漫的人生同样传奇瑰丽，富有诗情画意。毋庸讳言，徐志摩一生最受社会责难的莫过于他所追求与实践的“不是罪”的“浪漫真爱”，但人们却常常忽略了他为把各类具有不同价值的西方思想和科学文化知识引入到封闭已久的中国所作出的不懈努力。

事实上，徐志摩是一个非常重视科学文化交流的人，无论接触、交流、游历都表现出他特有的开放意识。他不仅介绍文学艺术，还就人们关心的哲学、政治、社会、经济、教育问题，甚至自然科学问题进行介绍，从而对中西科学文化交流产生巨大的影响。早在1922年，《民铎》就刊登了他撰写的长篇文章《爱因斯坦相对主义(物理界大革命)》，针对爱因斯坦的《相对论浅说》中阐述的是不是时间也绝对了、空间也绝对了、地心引力也绝对了等观点，徐志摩用了许多事实和比喻作了别开生面的论述。他对爱因斯坦的成就极力推崇，认为爱因斯坦在物理界的革命已经获得当代科学家认可，譬如英国科学界领袖汤姆生就尊他为奈端(即牛顿)第二。在1921年4月15日出版的《改造·相对论号》杂志上，徐志摩的文章与夏元瑮、王崇植等介绍相对论的文章，以及爱因斯坦撰写的文章一起被刊登出来。徐志摩为了写好文章，把“吃奶的力气也使出来”了，他搜集并列出了1920年出版的爱因斯坦的《相对论:狭义与广义的理论》、埃丁坦的《空间、时间和万有引力:广义相对论纲要》、哈罗的《从牛顿到爱因斯坦》、弗莱德利克的《爱因斯坦相对论的功能》、哈夫·埃里奥特的《相对论法则》和维尔登·凯尔的《相对论法则的哲学和历史层面》等相关著作。可见,他是真正下了功夫来研究的,以至于林徽因说他“疯过”爱因斯坦的相对论,并在《悼志摩》中风趣地写道:“任公先生的相对论知识还是我从徐君志摩大作上得来的呢,因为他说他看过许多关于爱因斯坦的哲学都未曾看懂,看到志摩的文章才懂了。”

徐志摩并不局限于相对论的“迷恋”,他在《猛虎集》序里就明确地说,“在二十四岁以前我对诗的兴味远不如我对于相对论或民约论的兴味”。这不仅源于他“生平最纯粹可贵的教育是得之于自然界”,而且也与他所接受的早期的科学教育有关。他11岁入学的海宁开智学堂除开设英文、国文、算术外,还有自然、修身、体育、美术、音乐等课程。13岁升入杭州府中学(后改名为杭州第一中学),除前述课程外,格致、地理等新课程使他感到新奇,尔后他又对天文学甚感兴趣。他不仅经常观察夜象,还购买了不少有关天文知识的书刊,孜孜不倦地研读,还记了不少笔记,甚至打算写一本关于天文的小册子。同班、同宿舍的同学郁达夫在《志摩的回忆里》写道:他是同学里最顽皮的孩子,可是考试起来门门功课得第一。这当然包括自然科学。徐志摩17岁时发表在校刊《友声》上的《论小说与社会之关系》中就多次提到科学,如“若科学、社会……诸小说,概有裨益于社会,请备言之;科学小说,发明新奇,足长科学知识”等。次年,他用文言文撰写的科学论文《镭锭与地球之历史》又发表在《友声》上。他对自然科学的这种热情后来一直坚持下去,正如张奚若在《我所认识的志摩》中所说:“他的聪明、他的天才,当然也不限于美术方面,他对于科学有时也感很大的兴趣。当我1921年和他在伦敦重聚时,他因分手半年,一见面就很得意地向我说他近来作了一篇文章,料我无论如何也猜不着……我笑谓大概不是自由恋爱,就是布尔什维克主义。他说都不是。原来他作了一篇爱因斯坦的相对论!”林徽因撰文也提到:“他始终极喜欢天文,他对天上星宿的名字和部位就认得很多……好几次他坐火车都是带着关于宇宙的科学的书。”用徐志摩自己的话说:“宇宙间的玄妙,并非读自然科学的人的专利,凡是诚心求真确知识的人,都应该养育一种不怕难、好奇的精神,方才可以头头是道。”

徐志摩不仅对科学有兴趣、有研究,而且他在诗的创作与研究中也嵌入了科学元素,他认为“合理的人生,应有几种元素——自然的幸福,友谊的情感,爱美与创作的奖励,纯粹知识——科学——的寻求……”在他存世的200多首诗中,涉及星、月、光等自然环境描述的就占了四分之一,不仅表达了诗人有关社会、人生与艺术的思考,而且流露出他对自然的敬仰。正如他在《杂记(二)坏诗,假诗,形似诗》中所说的,“真好人是人格和谐了自然流露的品性,真好诗是情绪和谐了(经过冲突以后)自然流露的产物”。所以他认为“诗是人天间基本现象之一”。他在《鬼话》中更加明确:“我只是自然崇拜者,我生平教育之校择者,都从眷爱自然得来。”他在描述了月的圣洁、幽秘、慈悲、美哉以及自然崇拜心境后,以“慧”字来概括宇宙的奥秘。如“慧,然汝喜科学,问言天文者月何似”,“向之神秘,向之美,今变为科学之事实,幻象消而美秘俱逝”,“慧,设汝有择于真灵之间,汝将焉取?虽然,科学何足以知月,量镜何足以知月,惟见事物之灵者,乃见其真,故讶月之秘之美,而月真之”。他在《杂记(二)坏诗,假诗,形似诗》中对“有人想用科学方法来研究诗”,认为“就是研究比量诗的尺度、音节、字句,想归纳出做好诗的定律,揭破历代诗人家传的秘密”,这“犹之有人也用科学方法来研究恋爱,记载在恋中人早晚的热度,心搏的缓急,他的私语,他的梦话等,想勘破恋爱现象的真相”,“所以研究做诗的人,尽让他从字句尺度间去寻秘密”,并认为“这都是有剩余能耐时有趣味的尝试”。

在社会问题研究中,徐志摩也不忘与科学联系起来,并分析如何正确运用。1923年12月,他发表在《东方杂志》的《罗素又来说话了》一文中分析道,“工业主义的一个大目标是‘成功’(Success),本质是竞争,竞争所要求的是‘捷效’(Efficiency,有效率,效率高的)。成功,竞争,捷效,所合成的心理或人生观,便是造成工业主义……使人道日趋机械化的原因”。他进一步分析道,“我们常以为科学与工业文明有不可分离的关系”,“没有科学,就没有现代的文明”,“但科学有两种意义,我们应得认明:一是纯粹的科学,例如自然现象的研究,这是人类凭着智力与耐心积累所得的,罗素所谓'The most god-like thing that men can do';一是科学的应用,这才是工业文明的主因。真纯的科学家,只有纯粹的知识是他的对象,但绝对不是功利主义的,绝对不问他所寻求与人生有何实际的关系。孟代尔(Mendel)当初在他清静的寺院培养他的豆苗,何尝想到今日农畜资本家的利用他的发明?法兰岱(Faraday)与麦克士惠尔(Maxwell)亦何尝想到现代的电气事业?"因而他认为,"功利主义的倾向,最是不利于少数的聪明才智,寻求纯粹智识的努力。"他在谈到"近来很讨论科学是否人生的福音,一般人竟有误科学为实际的工商业,以为我们若然反抗工业主义,即是反对科学本体,这是错误的"时,明确"科学无非是有系统的学术与思想,这如何可以排斥;至于反抗机械主义与提高精神生活,却又是一件事了"。显然,徐志摩在那个时代已经对科学价值、科学精神以及科技伦理有自己的见解了。

可见,徐志摩不仅是中国新诗坛上一颗闪烁的巨星,而且他的自然天性与浪漫主义文学精神的统一,使他作为中西学术联络人在东西方科学文化与文学之间架起了一座桥梁。他对科学从有"兴味"到"疯过",以及他对工业革命时代的科学精神与科技伦理的认识,铸就了浪漫诗人的科学品格,这是我们不能忽视,也是不能忘记的。

大师风范永铭于心

——缅怀著名生物学家、教育家、生物物理学奠基人贝时璋院士

杨达寿

2009年10月29日，我国著名生物学家、教育家、生物物理学奠基人，中国科学院最年长的资深院士贝时璋先生在睡梦中仙逝，享年107岁。噩耗传来，浙江大学广大师生员工及50万校友无不悲恸万分。在长达20年的交往中，笔者受教良多，特撰此文敬悼。

五次加冕博士冠

1903年10月10日，贝时璋出生于浙江宁波镇海县一个渔民世家。1921年秋，贝时璋于上海同济医工专门学校（同济大学前身）医学预科毕业后，乘坐海轮赴德国留学。他“弃医从理”，先后在福莱堡、慕尼黑和土滨根3所大学学习自然科学，并以动物学为主修专业。

1924年初，贝时璋提出以自由生长于醋里的线虫为实验材料，对醋虫的生活周期、各发育阶段的变化、细胞常数及再生等进行实验研究，于1927、1928年先后发表两篇论文，他的博士论文题目为《醋虫生活周期各阶段及其受实验形态的影响》。1928年3月1日，贝时璋荣获土滨根大学博士学位。

1929年秋，贝时璋放弃了德国土滨根大学助教工作的优厚待遇，毅然回到阔别8年的祖国。1930年8月应聘为浙江大学副教授，筹建生物系，担任系主任。

1948年3月，贝时璋被选为“中央研究院”第一届院士。1949年5月3日杭州解放不久，贝时璋被任命为浙江大学理学院院长。在浙大工作期间，他和竺可桢校长、同事、学生们同甘共苦，感情深笃。1950年春，贝时璋离开浙江大学，到上海中国科学院实验生物研究所任研究员兼所长。

1954年1月，中国科学院成立学术秘书处，聘任贝时璋为学术秘书。同年8月成立实验生物研究所北京工作组，1957年改名为北京实验生物研究所，他任所长。1955年他被聘为中国科学院学部委员（1993年改称为中国科学院院士）。1958年8月，在贝时璋倡导和建议下，中国科学院北京实验生物研究所易名为中国科学院生物物理研究所，他出任所长。同时，中国科技大学新设生物物理系，他任首任系主任。1959年底，贝时璋又提出建立一个直属研究所的理论研究组，以非凡的创造精神分别吸收生物、数学和理论物理专业的研究人员，和自己一起研究前沿的生物控制论、信息论和量子生物学。1965年建立第五研究室，开展仿生学研究。他主张应用这些学科的先进方法和手段，推动生物学的发展。经过几十年的艰苦努力，贝时璋不仅从丰年虫、鸡胚早期发育等研究中，证明了以卵黄颗粒为基础或细胞质为基地，可以重建细胞的理论，还培养了一大批专业高级人才，为推动生物学科的发展作出重大贡献。基于贝时璋在科学研究、培养人才过程中取得的卓越成就，1978年3月土滨根大学再次授予他自然科学博士学位（“金博士”）。

自20世纪70年代以来，贝时璋专心致志地开展细胞重建的研究，到1980年已组成了40多人的科研队伍，置办了现代化的实验设备，还运用了生物化学方面的各种新技术和新方法。因此，工作进展显著，在卵黄颗粒内发现有染色质，这在生物史上是首次发现。1982年，他除在《中国科学》上发表5篇论文外，另编集了24篇论文，于1988年出版了《细胞重建》论文集第一集。1988年3月，土滨根大学又授予贝时璋第三个自然科学博士学位。这在中国和德国教育史上都极为罕见。

因贝时璋院士年事渐高，自1983年起任中国科学院生物物理研究所名誉所长。他在92岁之前，每天都坚持去实验室工作。夫人程亦明逝世后，自1996年起，贝先生才改为在家工作。他每天坚持工作3小时，主要是阅读书刊、做笔记、写短文、指导研究组的工作。2003年,他完成了主编《细胞重建》第二集的工作。同年3月,也就是贝先生荣获第一个博士学位75周年之际,又值他百岁华诞之年,德国土滨根大学第四次授予他自然科学博士学位。

贝先生进入期颐之年后,仍坚持工作。每个周三上午,他都要与助手生物物理所王谷岩研究员讨论工作。近几年来,贝先生的视力日趋衰弱,笔谈时也要借助放大镜了。步入期颐之年后,贝先生做的工作主要有两件:一件是继续对他建立的"细胞重建学说"及与之相关的重要生命科学课题,进行深入的理论探索与研究;贝先生说,他要把进行这项工作的思路和探索研究得到的认识作为"备忘录",交给研究所和国家,希望对一些科学问题的探讨与发展有些帮助;另一件是回顾和总结他从事科研和教学80年的心得体会与经验,以及他创建并长期领导生物物理研究所的思想与实践,他把这件工作称作"回忆录",同样也要交给研究所和国家。

贝时璋先生一直是德国土滨根大学的骄傲,也是浙江大学师生和校友的荣光。在他荣获第一个博士学位80周年前夕,土滨根大学第五次为他加冕博士学位。这在世界高等教育史上是绝无仅有的殊荣。

呕心沥血育桃李

1930年春,贝时璋接到浙江大学的聘书,从同年8月起聘,并被委以系主任一职,时年27岁。贝时璋见浙大生物系白手起家,于是提早于4月份就来到浙大,单枪匹马,把生物系筹办起来,真可谓"筚路蓝缕,以启山林"。学校划拨给他3间房子,他把楼下中间的一间作为办公室,楼上左边一间作为自己的寝室。他孤军奋战,亲手绘制教学挂图,开出单子订购仪器、药品以及图书和杂志,样样都由自己操心准备,直到9月初开学,学校才拨齐7间房子,以应教学之急需。

1930年秋,新学期开学了,贝时璋首次走上讲台。他一方面多写板书,多画示意图;另一方面精心备课,把许多讲课内容背诵下来,并克服了英语不够流利的缺点。这样,他很快收到满意的效果,特别是精心备课这一条,不折不扣地贯彻于他的全部教学生涯之中。上课之前，他博览群书，精心准备，做到内容烂熟于胸。上课了，他不带讲稿，只带两支粉笔，不仅讲课内容丰富，有条不紊，而且板书端端正正，漂漂亮亮。这是他几十年坚持"高标准，严要求"的结果。多少年来，贝时璋的认真细致、干净利落、凡事都要做好的作风，一直影响着他的学生。

贝时璋以博学多闻著称。他的博学，基础好固然是一个原因，更重要的是他善于学习。他给科研人员讲"控制论"，这门新兴学科不是贝时璋做学生时学习过的，而是通过自学才掌握的。贝时璋善于利用零碎时间，工作之余广泛阅读文献，随时掌握生物科学的现状、动态和发展趋势。这就是他博学的源头活水。

生物学科的教学和科研都离不开实验室。1934年春，他首次在杭州刀茅巷生物系实验室举办书报讨论会，师生们见到贝时璋绘制的挂图精美绝伦，宛若美术品，无不称赞叫好。

抗日战争爆发后，贝时璋一肩挑起家庭的担子，一肩挑起系务重担，随校西迁，生活备尝艰难。但他仍利用一切零碎时间，在显微镜下精心绘图，1938年到泰和时已绘制图片一百数十张，满足了教学实验的急需。1938年10月底到达宜山后，他一家大小住在简陋的民房里，生活十分艰难。这时，他心中只有一个信念：尽快组织师生上课。1938年2月5日，18架敌机在广西宜山标营浙大校舍投弹118枚，学校损失惨重。生物系师生在贝时璋带领下，白天逃警报，晚上照样上课或做实验。生物系有一次学术性书报讨论会，就是晚上在一间民房楼上举行的。1940年1月，浙大迁至贵州遵义后，生物系师生立即继续上课。生物系的实验室安置在民房里，贝时璋照常拿出自己亲自绘制的挂图，与师生们一同讨论。讨论之余，大家十分赞叹贝时璋研究工作的细致和图片的精美。1944年10月，英国生物化学家李约瑟等人来贵州湄潭参观浙大理、农两学院。李约瑟等人体验了浙大校园浓厚的学术气氛，参观了贝时璋、罗宗洛和谈家桢三位教授的实验室，流连忘返，于是推迟两天才离开湄潭。李约瑟回到英国后，在《自然》周刊上赞誉浙大为"东方剑桥"。这是贝时璋创办的生物系教学和科研闪耀光芒的佐证。

在浙大20余年的工作中,贝时璋以实验生物学为主要发展方向,亲自执教生物系主要课程,培养了一大批杰出的生物科学家和生物学科带头人,其中朱壬葆、姚鑫、施履吉、施教耐等院士都是贝时璋在20世纪30至40年代的高足。他给毕业生用得最多的题词是“业精于勤,行成于思”的名句,这也是他的座右铭,是做好教学和科研工作的重要原则。

集勤和俭于一身

世界闻名的生命起源专家、美国的福克斯教授对贝时璋的细胞重建理论颇为赞赏,经过三星期的合作研究,对贝时璋的勤奋工作精神更为钦佩。说起贝时璋的勤,同事和家人都可讲出许多小故事。他来到实验室,一做起实验来就心无旁骛,以为时间凝固了,有时甚至忘了吃饭。对待工作,他不惜时间,要做得很完美才罢休。从实验准备到完成论文,他都要亲自动手,直到将近期颐之年,还和同事们一同研究课题计划、审阅论文。

勤奋的人都是珍惜时间的人。贝时璋就是一位惜时如金的典范。在工作中,他争分夺秒,潜心教学和科研,取得举世公认的成果。在生活中,他善于利用零碎时间,并坚持“今天的事今天做”。这是他多年从事行政管理工作养成的良好习惯,成为世人的表率。

1950年,贝时璋调任中国科学院实验生物研究所所长,为创建该所立下汗马功劳。而后他又出任中国科学院生物物理研究所所长,并兼任多种社会职务,如《中国科学》副主编、《中国大百科全书》总编辑委员会主任、中国科技大学生物物理系系主任和研究生院生物学部主任、中国动物学会理事长、中国生物物理学会理事长等职。他是第一至第六届全国人民代表大会代表,第三至第六届全国人民代表大会常务委员会委员,曾代表我国政府和中国科学院多次出国考察访问,除苏联外,还去过捷克、匈牙利、尼泊尔、越南、英国、瑞典、加拿大、美国、法国、奥地利、意大利和德国等国。这些任职、兼职和出国考察访问,占据了他许多宝贵时间,给他的研究带来了一些影响。有人说,贝时璋“20多载的英年时代,可不能收之桑榆”。因此,在20世纪70年代后，经贝时璋向上级再三请求，才重新开始科研工作，并筹备细胞重建的研究。他倍加珍惜时间，勤奋工作，最终重新站在世界生物科学研究的前沿，在生物史上首次发现卵黄颗粒内有染色质。这是贝时璋勇攀高峰、勤奋研究的结果。

生活中的贝时璋和在科研工作中一样勤奋。他每天都要坚持阅读五六种书报，接受大量的信息。贝时璋凡事勤于打理，包括仪容和着装，都是清清爽爽，整整齐齐。在实验室也好，在家里也好，他从不胡乱堆放东西，就连出差带的日常用品，也在小箱子里摆放得十分紧凑、到位。

多年来，贝时璋坚持脑力劳动和体力劳动并举的原则。他认为，为了确保身体健康，除天天坚持脑力劳动外，也要有适当的体力劳动，以活动筋骨，增强体魄。他说，人的起居要有规律，每天睡眠七八个小时，中午休息半个小时，长年坚持，益处多多。贝时璋有早起的习惯，一早起就抹桌子、擦凳子或洗衣服，女儿劝他去晨练，他认为家务劳动也是锻炼，还说，既活动了身体，又看得见劳动成果，一举两得。

说起贝时璋的俭也是有口皆碑。踏进贝时璋的家，从住房、家具到他的衣服和日用品，看起来都不合他的身份，显得过于俭朴了。贝时璋说："学问要讲胜似我的，生活要看不如我的。"他过去用的公文包，式样陈旧，打过补丁，但他包里放的外文期刊、资料却是最新的。虽然他用的家具已经落伍，有的油漆斑驳，可他在桌子上写出的论文却位居世界生物科学的前沿，是一流的。"现在都赶'洋'，我却爱'土'，这些家具跟我几十年了，应该爱惜。"贝时璋语重心长地对笔者说。前些年，在他的实验室里，他仍在用那个几十年前小学生时代用的洋铁皮文具盒，里面整整齐齐地放着铅笔、圆珠笔和橡皮等，用时一样一样拿出来，用完后一样一样放回盒子里，放得很紧凑。这种"物尽其用"的节俭美德值得后学者学习与弘扬。

爱心殷殷情长青

贝时璋是一位爱国爱校的楷模学者。无论在浙大任教或在中国科学院工作,他都十分关注浙大的改革与发展。他曾不无感慨地对我说:“我在浙大20年,是人生的黄金季节。”他十分眷恋浙大倡导的求是校风,认为求是精神是他取得辉煌业绩的指路明灯。笔者身历过他关心母校、关爱后学的几件事:一是1995年12月25日,我以校友总会名义向贝时璋教授发出《求是英才传》(两院院士集)的征稿信,他虽已至耄耋之年,但第一个按要求从北京寄来手稿、照片、题词和2000元捐款;二是1996年12月,我们请他为母校百年华诞题词,他很快寄来了“求是精神光芒万丈,英才辈出鉴德知来”的墨宝;三是1998年夏,笔者给《浙大逸事》一书写了有关他的几个小故事,请他审定,他很快作了细心的审改后寄回给笔者,此后,我又写了关于他的几篇文章,他都仔细审阅后尽快寄回;四是2003年1月24日,我给贝时璋寄上一张贺卡,并请贝老赐予墨宝。真想不到,他收到我的贺卡后,即于同年1月31日(除夕)作了复信,并题了“求是精神若明灯,光芒四射照后人”几个字。此后,我捧读墨宝,仿佛眼前有一盏明灯照亮了前进的路。这不就是贝老几十年身体力行的求是明灯吗!再如2004年8月,贝先生送我一本《贝时璋与生物物理学》,扉页上有他亲笔签名。这是贝先生给我题签的最后一件墨宝。每当捧读这些墨宝,十余年前我去中关村寓所拜望他时见到的和蔼可亲的形象就会浮现在眼前,难以忘怀。最令人感动的是2009年6月,107岁的贝老为浙江大学西迁办学70周年植树纪念碑题写“求是林”3个遒劲的大字,笔者夫妇立于碑旁,景仰与激动的心久久难以平静……所有这些都是贝时璋关心母校、关爱后学的体现,着实令人感佩不已。

贝时璋先生为中关村“院士手印墙”题词时,写下了“求实、求是、求真”6个字。这是他平生在教学和科研道路上追求真理、勇于开拓和弘扬母校“求是创新”精神的真实写照。正如贝老在期颐之年赐予我的墨宝一样,将会在一代又一代后学心灵深处永远发光!

（本文原刊于2009年第四期《浙大校友》、2009年11月6日《浙江大学报》,并被《诗文缘(续一)》《浙大大师们》等转载）

报国坚斗志　盛世展才华

——记国家最高科技奖获得者、著名数学家谷超豪院士

杨达寿

2009年是祖国母亲60华诞年，也是中国科学院院士谷超豪校友双喜临门之年——

2009年10月20日，经国际小行星中心和国际小行星命名委员会批准，在复旦大学将紫金山天文台于2007年9月11日发现的171448号小行星命名为“谷超豪星”。这是继吴健雄、李政道、谈家桢、赵九章等8位校友后，第9位浙大校友荣获以自己姓名给小行星命名之殊荣。

2010年1月11日上午，北京人民大会堂张灯结彩，隆重集会，党和国家领导人胡锦涛、温家宝、李长春、习近平、李克强等出席会议，为2009年度国家最高科技奖获得者谷超豪、孙家栋两位院士颁奖，奖金500万元人民币。自2000年设奖以来，至今已有16位科学家荣膺这项殊荣，其中叶笃正、徐光宪、谷超豪为浙大校友。

喜讯传来，采掘谷超豪院士人生故事的念头顿时活跃起来，有幸与读者一起去回望他勇于奉献、攀登微分几何和微分方程(称“双微”)两座数学高峰的一行行闪光足迹。

“只盼江海清”

请读者先读一首诗：

中山春草绿，铁鸟恨无情。
抗敌效微力，报国托童心。
青田险滩急，瓯海骇浪深。
万苦不言苦，只盼江海清。

这是谷超豪于1990年为母校温州中学所写的一首诗歌。然而要真正理解诗的高远意境、深刻含义，还得把岁月的翅膀拉回到70多年前——

1926年5月15日，在温州高盈里小巷的一座老式农家院落里，一个男婴呱呱坠地，小巷顿时热闹起来。这个小男婴在谷家男孩中排行老二，上有哥哥超英（后改名力虹），于是，父母顺理成章叫他超豪，期盼他们长大后成为"英雄豪杰"，好为国家争一口气。

抗日战争爆发后，谷超豪先后进入温州联立中学和温州中学。他学习非常努力，样样功课名列前茅。1939年，日寇飞机对温州肆无忌惮地狂轰滥炸，温州中学的前身中山书院内的中山和春草地两个校内小景及其附近的初中部房舍全部被炸毁。面对这种惨景，谷超豪再也无法压抑心中的怒火，第一次离家参加了抗战宣传队。在宣传队里，他积极写壁报，演街头戏，张贴标语，在抗日洪流里经受锻炼与考验。当年，谷超豪不满13岁。1990年夏，温州中学校庆之际，回首往事，他百感交集，其诗句"中山春草绿，铁鸟恨无情"自然流注笔端。这充分表达了作者强烈的爱国主义情怀。

在革命志士谷力虹哥哥的帮助下，谷超豪参加各种革命活动。他除了认真阅读进步书刊外，还是温州中学"五月读书会"的活跃成员，多次上山或到野外去开会，学习革命理论和商讨抗敌救国的大事。为了躲避敌机的轰炸，温州中学于1939年夏被迫迁校到青田水南，师生的生活更为艰苦。1940年3月，谷超豪经冯增荣介绍，在青田县宣誓，秘密加入了光荣的中国共产党，成了一名少年共产党员。他一面求学，一面冒着白色恐怖的危险，奔走于温州和青田之间，"青田险滩急，瓯海骇浪深"，既是自然风光的写照，又是借物言志，暗喻革命工作的艰苦和危险。所有这一切，谷超豪以"万苦不言苦"的坚强意志克服了。同时，他用江海一样的热情和胸怀，怀抱抗敌救国和发展科学的大志,对前途抱有热切的希望。而今,这一切终于得到了实现,温州欣欣向荣,母校蒸蒸日上,祖国繁荣富强,这不就是“江海清”吗?!

“激情浙水边”

1943年秋,谷超豪告别了亲人、战友,跋山涉水,来到了龙泉芳野求学。风闻自己已受到国民党的注意,只好隐蔽起来,并集中精力用于数学学习。

抗战胜利后,浙大龙泉分校率先复员杭州。谷超豪在刻苦学习数学专业知识的同时,和同学共同办起了“求是学社”,并担任负责人。他秘密组织同学阅读《新民主主义论》《论联合政府》和《整风文献》等进步书籍,坚决反对国民党挑起内战、消灭共产党的野心,推动杭州市大、中学生的反内战运动,参与组织了“六一三”反内战大游行。

1946年暑假,谷超豪和同乡同学在温州成立了“大专学生暑假联谊会”,向中学生宣讲时事,极大地激发了中学生的反内战热情。当时,一艘外国商船非法驶入瓯江,当地政府视而不见,而谷超豪和联谊会成员四处奔走,严正抗议,终于把商船驱逐出港。这件事受到浙南中共党组织的重视,这样,和中断联系3年的党组织又联系上了,谷超豪喜出望外,更是浑身有劲了。

1947年10月29日,浙江大学学生自治会主席于子三被国民党杀害,全校师生悲愤万分。此后,在全国掀起了声势浩大的抗议运动,全国学联发表《告全国同胞书》,国际学联于同年11月11日也发来信件,对浙大师生表示亲切慰问和声援。浙江大学的学生自治会在这次运动中进行改选,谷超豪当选为学生自治会主要负责人之一。

谷超豪进入浙江大学后,感受到这里是求学科研的好处所,于是把学校作为锻炼自己的大熔炉。当年的数学系,师资阵容强大,陈建功的“复变函数论”,苏步青的“综合几何”,都像磁石一样深深地吸引着他,使他对数学的兴趣与日俱增。1947年暑假起,谷超豪开始修习一门特殊的课程——数学研究:由老师指点论文,学生自己读书、读论文和做报告。每个学生最多参加一个方向的“数学研究”。因谷超豪成绩好,被苏步青和陈建功老师特许参加

“几何”和“分析”两个方向的“数学研究”，这是史无前例的事。苏步青布置谷超豪读道格拉斯的有关变分反问题的论文，这是一块“硬骨头”。拿到论文后，谷超豪先把论文全文抄写下来，尔后是顺着逻辑，耐心地读下去。除了政治活动外，他把整个暑假时间全用上。功夫不负有心人，谷超豪终于读懂了那篇长达几十页的论文，最后顺利过了苏教授主持的论文讨论班考核。50多年过去了，谷超豪还在怀念苏教授那种从严、从难要求学生的“大松博文”训练法，除了使自己知道论文中闻所未闻的高深的数学内容外，还对阅读高深论文找到了方法，树立了信心，真是一举多得。

1948年，谷超豪大学毕业，苏步青选他当助教。当时，谷超豪从事地下党工作。随着解放军胜利南下，在杭州中共地下党市委领导下，成立了一个党小组，专门负责保全杭州市的科技机构以迎接解放，谷超豪任小组长。他们积极开展工作，依靠广大科技人员，使杭州许多科技、工业单位都安然无恙，从南京暂迁杭州的雷达研究所，也拒绝了反动政府南迁的命令，在杭州解放时宣告起义。尽管地下党工作很忙，但他并未放弃数学，继续听苏、陈二师的课。

1990年，浙江大学校庆前夕，谷超豪写下《祝母校浙江大学校庆》一组诗，其一曰：

寂寞山城夜，激情浙水边。
学子愤国事，师母愁炊烟。
弦歌终不辍，江潮更无闲。
不畏古怪多，秧歌堪流连。

这是谷超豪以“求是精神”为指导，一边求学，一边参加革命的真实写照。

“寻思求百通”

杭州解放后,谷超豪在中国科学工作者协会杭州分会和中华自然科学联合会杭州分会工作。虽然他工作十分繁忙,但仍然坚持不懈去听苏步青师的课,并对课程中“K展空间”产生浓厚兴趣。

勤奋和创新意识是成功的必要条件。有了这些,就会不停地钻研,获得自己的发现。谷超豪听苏步青讲到K展空间的子空间理论尚未建立时,更是心潮澎湃,一有空闲便想:子空间如何建立?经过几天的冥思苦想与演算,结果和他的预测相同。苏步青见到他的独创成果,真是喜出望外,并帮助谷超豪把成果写成中、英文论文在《科学记录》杂志上发表,后来还作为一章写进了苏步青的《一般空间微分几何学》一书内。谷超豪对K展空间的表述方法与众不同,正是他的“解题岂一法,寻思求百通”诗句的一个印证!

热爱是最好的老师。谷超豪诗曰:“人言数无味,我道味无穷。”

1951年,谷超豪借人民日报“五四”社论发出“革命青年要向科学进军”号召之机,辞去有关“科联”党组书记和科普工作者的行政职务,回到了浙江大学的教师队伍中来。

1953年,谷超豪随苏步青来到复旦大学,专心致志地与“图形和公式”打起了交道。由于教学与科研成绩突出,1956年,谷超豪出席了全国先进工作者代表大会,并作为主席团成员之一,受到了党和国家领导人的亲切接见。1957年,他赴莫斯科大学力学数学系进修,仅用两年时间,在无限连续变换拟群的理论研究方面取得了突破性的成果,于1959年6月荣获物理-数学科学博士学位。这是一个非常高的学位,我国只有极少数人荣戴这顶桂冠。他的博士论文《无限连续变换拟群》被认为是继20世纪伟大几何学家E.嘉当之后,又一次对这一领域作出的重要推进。

自20世纪60年代起,谷超豪把目光集中到偏微分方程的研究及其人才的培养上来。经过5年一步一个脚印的攻关与攀登,他在双曲型和混合型方程的研究方面取得了世界领先的成果,受到了世界同行专家的重视与好评。

1974年6月，美籍华人物理学家杨振宁来到复旦大学访问时，谷超豪、胡和生等人就规范场问题与杨振宁开展了合作研究，并联合发表了《规范场理论的若干问题》等论文，对经典规范场的数学理论作出了突出的贡献。尔后，谷超豪又对波映照、混合型极值曲面和孤立子理论倾注了不少心力，并有较大的建树。20世纪90年代中期，他担任了国家攀登计划项目非线性科学的首席科学家，在非线性科学方面不断取得新的成果，使这门新兴的交叉学科走在世界先进水平的行列。

50多年来，母校的"求是精神"似一盏明灯照着谷超豪攀登的路，他在"寻思求百通"思想指导下，心怀创新思想和浓厚兴趣，在一般空间微分几何、齐性黎曼空间、无限维变换拟群、双曲型和混合型偏微分方程、规范场理论和孤立子理论及线性科学等方面都取得了系统的成果。特别在偏微分方程和规范场理论方面的研究成果，引起国际数学界的重视，并荣获国家自然科学奖二、三等奖各一项，国家科技进步奖一等奖两项。他研究并解决了超音速飞机机翼绕流等数学难题，其成果比国外早10余年。在正对称方程组和混合型方程研究方面取得重要成果，首次提出高维、高阶混合型方程的系统理论，并在高维时空孤立子理论研究方面取得重大成果，受到国际同行的称赞。他在国内外发表了130余篇数学论文，并应邀在美国、墨西哥、法国、意大利、日本、英国、苏联、保加利亚等国家举行的十多次国际学术会议上作报告。他曾担任过我国举行的第二届、第六届国际"双微"会议和非线性物理会议的组织委员会主席以及多种会议论文集主编。他总结了规范场的研究成果，写成专著《经典规范场理论研究》，并被世界著名的《物理学报告》整篇转载。他撰写、主编的专著与教材还有《齐性空间微分几何》《孤立子理论与应用》《数学物理方程》等。1978年，他写的《规范场数学结构》荣获全国科学大会奖。鉴于谷超豪在数学上的杰出贡献，1980年被中国科学院评为院士，1994年当选为国际高等学校科学院院士，1995年荣获第二届华罗庚数学奖和何梁何利基金奖，1996年又获得柏宁顿孺子牛杰出奖。2002年，他又荣获了上海市的最高科技奖——科技功臣奖。1992年，他应邀参加法国科学院院士大会，法国院士肖盖称他具有"独特、高雅、深入、多变的风格"，是"一位向难题进攻并解决难题的偏微分方程专家”。在2002年国际数学家大会上，国际数学家联盟主席帕利斯教授把谷超豪列为培育中国现代数学之树的极少数数学家之一。这些就是国际著名专家给他为中国、为世界的科学事业作出卓越贡献的真诚褒赏！1996年初秋，谷超豪给笔者主编的《求是英才传》题写了“坚持求是精神，力攀科学高峰”12个字，这正是他几十年科研生活的真实写照！

谷超豪的业余爱好是思考问题，解决问题。他还喜欢古典文学，尤其是诗歌。他认为和数学一样，诗歌的对仗也是一种规律，非常优美。他在茶余饭后创作了不少科普文章和诗歌，被人誉为是一位“文理双优”的科学家。

“新蕾化新丛”

谷超豪不仅以他卓著的科研成就享誉国内外，还悉心培养指导青年教师和学生，并造就了一支教学科研梯队。他所教过的学生中，有9位科学院院士和工程院院士，事业后继有人。在担任复旦大学研究生院院长、副校长和担任中国科技大学校长的5年间，行政工作极其繁忙，可他仍坚持不脱离教学和科研，取得管理、育人、学术成果三丰收。鉴于谷超豪在培养人才方面作出的贡献，1993年他被评为全国教育系统劳动模范。他还兼任许多社会职务，担任过中国数学学会副理事长、国务院学位委员会学科评议组数学组召集人、上海数学学会理事长、中国民主同盟杭州市委委员等职。此外，他还是第三、六、七届全国人大代表，第五、八、九届全国政协委员，第八、九届全国政协常委，为国家参政议政，奉献心力。

谷超豪说，他最难以忘怀的是竺可桢校长倡导并身体力行的“求是精神”。每当捧着爱心回到母校，他不是为母校的改革与发展出谋划策，就是用自己的革命经历、学术才智去滋润求是园里众多求知者的心田。多年来，他担任浙江大学校友总会副会长之职，我们更有缘领受他的爱国、爱校的衷情！

谷超豪写过一首《咏太阳花》的诗：

偏怜人间酷暑中，朝朝新蕾化新丛。
笑倾骄阳不零落，抚育精英毋闲空。

这不仅是谷超豪几十年艰苦奋斗、攻关创新风格的注释，也是他勤育新人、呵护精英和桃李累累的写照！

“霜叶红于二月花”，谷超豪除了被温州大学邀聘为校长，继续为家乡的教育事业作力所能及的贡献外，2005年，八十高龄的他还带3名研究生，坚持每周两个半天与学生讨论学术问题，正应了“春蚕到死丝方尽”的名言。我们深信，在谷超豪等老一辈著名科学家培育下，“朝朝新蕾”一定会绽为“新花丛”，并飘香万里……

（原文刊于《俊彦跫音》报告文学集内，上海科普出版社2003年版，后被《浙大校友》(2009)、《求是之光》(2011)等多种书刊转载）

诺贝尔化学奖得主钱永健

谢昭光

瑞典皇家科学院于2008年10月8日公布诺贝尔化学奖获奖名单之时，钱永健居住的美国加利福尼亚州天还未亮，祝贺获奖的电话将他吵醒。而第一个与钱永健分享获奖喜悦的，正是他身边的妻子温迪。

下村修、马丁·沙尔菲和钱永健三名科学家获奖的理由是绿色荧光蛋白（Green fluorescent protein，GFP）。这种蛋白为生物与医学实验带来革命，它发出的荧光，像一盏明灯，帮助研究人员照亮生命体在分子层面和细胞层面的诸多反应……

钱永健是美国科学院院士、医学院院士，现任美国加州大学圣迭戈分校化学及药理学系教授。

天才少年出名门

1952年，钱永健（Roger Y Tsien）出生在美国纽约新泽西州利文斯顿的一个工程师家里，祖籍杭州，是五代十国吴越国国王钱镠的第三十四世孙。美丽的西子湖畔有一座钱王祠，毗邻的临安也有一座钱王祠，那都是为纪念钱镠而建的。据《十国春秋》记载，武肃王钱镠统一了吴越两浙以后，保境安民，重视农桑，兴修水利，修筑海塘，开拓海运，发展贸易，其功绩彪炳千秋。钱镠的后裔名人辈出，宋末元初画家钱选，明代学者钱德洪、画家钱谷，明末清初学者钱谦益，清代学者钱文选、钱塘，文字训诂学家钱大昕，篆刻家钱松，名臣钱陈群，近代植物学家钱崇澍，现代科学家钱学森、钱伟长、钱光照、钱三强、钱正英，学者钱玄同、钱钟书……据史书记载，钱镠曾立有家训，给子孙留下“心存忠孝，爱兵恤民，勤俭为本，忠厚传家”等十条遗嘱，这些家训和遗嘱世代相传，激励着钱氏后人。

钱永健的家族可谓是“科学家之家”。父亲钱学榘是美国波音公司和壳牌石油公司的高级顾问，拥有多项美国国家级、世界级专利。舅舅李耀滋是麻省理工学院工程系教授，伯父更是著名的“中国导弹之父”钱学森。大哥钱永佑则为著名的神经生物学家，任斯坦福大学生理系主任。二哥钱永乐是电脑科学家。他和大哥不仅分别获得过美国大学生含金量最高的两个奖学金，而且在20世纪90年代双双成为美国科学院院士。因家中“工程师成堆”，钱永健也自称为“分子工程师”。对于自己的科学生涯，他说他“似乎生来就要做这样的工作，走这样的道路”。

钱永健从小就对化学感兴趣。由于儿时患有哮喘，钱永健不得不尽量避免户外运动。当两个哥哥在野外做剧烈运动或游戏时，他却独自躲在家中地下室做化学实验，一做就是几个小时，甚至废寝忘食。他说，化学“实验所产生的鲜艳色彩让我着迷”。看小永健如此专心致志地学化学，父母心里甚为高兴，还专门为他买了一套化学实验用具。不过，钱永健很快对这套化学装置感到厌倦，说“我在学校图书馆里发现了一本旧时的化学书，里面有许多更吸引人的化学实验”。于是，他开始“玩命”于化学书上的各种危险实验，甚至接触火药。有一次，他和两个哥哥用火药制作了一个手榴弹，手榴弹最后没有爆炸成功，只是把家里的乒乓球台炸坏了一角，弄得满屋“乌烟瘴气”。

对化学的热爱加上天资聪颖，钱永健在众人眼中就是“天才少年”。16岁那年，他研究金属与硫氰化合物，并以出色的论文荣获美国“西屋科学人才选拔赛”一等奖。这项比赛，现称“英特尔科学人才选拔赛”，是美国历史最久远、最负盛名的科学竞赛，参赛者以高中生为主，比赛所设奖项又称“少年诺贝尔奖”。

钱永健以获得美国国家优等生奖学金的骄人成绩进入哈佛大学，主修化学和物理。但这位化学天才少年对传统的化学感到忍无可忍,十分失望。有记者质疑钱永健为什么不喜欢学校的课程却能成为诺贝尔奖得主,钱永健回答:"学校里有很多课程,我不喜欢高中的化学课,但幸运的是,我知道科学比课本上所教的更有趣,尤其是对20世纪六十年代的教学方式而言。"后来,他终于发现,神经生物学十分有趣并引人入胜。钱永健20岁就获得化学物理学士学位并从哈佛毕业,接着前往剑桥大学深造,1977年获得生理学博士学位。

绿色荧光照亮一个新世界

目前,世界上使用的荧光蛋白大多是钱永健实验室改造后的变种。如同诺贝尔奖委员会在公报中说,在绿色荧光蛋白(GFP)的革命中,钱永健伟大的贡献是他延伸并丰富了研究人员手中的调色板,他创造了一个五彩缤纷的调色板,里面的发光蛋白拥有彩虹的各种颜色。

科学发现有如一场有趣的接力赛。

早在1955年,27岁的下村修成为名古屋大学教授平田义正的研究助理。平田给了他一个似乎不可能完成的题目:寻找一种磨碎的软体动物(海萤)的残骸遇水发光的原因。可幸运的是,一年后下村修得到了这种发光物质,这是一种蛋白质,它的亮度比磨碎的海萤残骸高出37000倍。

研究论文发表后,美国普林斯顿大学的弗兰克·约翰逊教授聘请他到实验室工作。下村修开始寻找另一种自然发光体水母的发光原因。1961年,他们从北美西海岸近海的一种水母中分离出GFP,第二年发表论文,详细描述了提取发光蛋白质的过程。这种蛋白质在日光下呈淡绿色、灯光下呈黄色、紫外光下呈绿色。他们将这种蛋白称为"绿色蛋白",也就是今天的GFP。这是人类第一次对GFP的描述。

20世纪70年代,下村修更加专注地研究GFP的荧光性质,终于弄清了水母会发光的原因。这是物理化学中已知的荧光共振能量转移在生物中的体现。但他却完全不知道也不在乎GFP有多少用途。

也许后来的三位诺贝尔化学奖获得者都应该感谢一个人，他就是道格拉斯·普瑞金。他在佐治亚大学做研究生时就对水母发光蛋白质产生浓厚的兴趣，并克隆了水母的其他发光蛋白质。1987年，他天才般地想到，可以把GFP作为其他蛋白质的信号指示。1992年，他克隆并对野生型的GFP进行了测序。但具有讽刺意味的是，当他申请美国国家科学基金继续做研究时，基金评审者认为没有蛋白质发光的先例，就算他找到了，也没什么价值。普瑞金一气之下便离开了科学界，将GFP的基因（准确地说是cDNA）送给了几个实验室。之后，很多人尝试用GFP的基因来表达蛋白，但都失败了。1992年9月，沙尔菲在查阅荧光蛋白质的资料时，发现了这位曾想合作却因一系列误会导致两人失去联系的普瑞金。普瑞金毫不吝啬地将GFP的cDNA送给了他。一个月后，沙菲尔的实验成功了！在显微镜下，他看到线虫在红外线的照射下发出绿光。这一发现奠定了今天的GFP应用的基础：GFP可以作为多种生物学现象的发光遗传标记，实时观察蛋白质在细胞内的运动和变化。普瑞金却没有那么幸运，他最后失去了科研工作，在一家汽车公司当公共汽车司机。然而他不后悔不仅将GFP的cDNA给了沙尔菲，还给了钱永健。

绿色荧光照亮一个新世界。

在获得诺贝尔化学奖的三位科学家中，钱永健走出的这一步可以说是绿色荧光蛋白开发历程的“最后一步”。他的主要贡献是在下村修和沙尔菲研究的基础上弄清了GFP发出荧光的机制。同时，他拓展出可用于标记的其他颜色，从而使科学家能够对各种蛋白和细胞施以不同的色彩。这使得在同一时间跟踪多个不同的生物学过程成为现实。

“我的所有DNA来自中国”

钱永健获奖的当天，就收到了200多封贺信，其中40%是来自中国。面对中国人的关心，从小在纽约长大的钱永健坦承自己不算是中国的科学家，曾多次强调自己对于获得诺贝尔奖并没有预期，他最希望的是，这个奖项承担的是国际科学精神。

当有记者问他与中国有什么联系时,钱永健显示了他的幽默:“我当然和中国有很多联系,我的所有DNA来自那里。我们家是一个中国文化和美国文化的混合体。在中国我还有很多亲戚,包括我们钱氏家族的一些科学家。每个人都有自己的家庭和血缘背景,我也不例外,所以我不会忘记中国。”

据从航天通信股份有限公司退休的高工陈天山介绍:舅舅(永健的父亲)钱学榘生于1915年,中学是在杭州高级中学读的,喜欢踢小皮球。1930年他考上海国立交通大学(今上海交大),读机械系航空发动机专业。毕业后在清华大学当助教,1935年考取了清华“庚子赔款”官费留美生的资格,去了美国。此前1934年他堂兄钱学森已同样获官费留学生的资格在美国留学。所以,有人对当时任浙江省教育厅督导的钱均夫(钱学森的父亲)开玩笑说:“留美官费都被你们钱家包了”,钱均夫听了哈哈大笑起来。

1941年前后,钱学榘满怀热血毅然回国投入抗战,在贵阳大定发动机制造厂当总工程师,负责造飞机。1945年,他去了纽约,再把夫人李懿颖和长子钱永佑接到美国,1950年在美国生下二子钱永乐,1952年小儿子钱永健出世。

成为科学家后,钱永健曾陪同母亲来中国旅行。他“有很多美好的回忆”,但也对中国的环境污染表示忧虑。

2004年,钱永健应邀要到香港讲学。赴港前,他打算携母亲来杭州玩一番,实际上这也是他多年的愿望……

原来,1979年他父亲曾带着母亲、大哥和大嫂回国给爷爷奶奶上坟。1984年父母再次回国,这是父亲受联合国的项目委托和资助来京、沪作航空新材料专题讲学的。在沪期间,钱学榘把在杭州工作的外甥陈天山全家叫了过去,他们一起在上海住了三天,还说了不少钱家往事和他出身贫寒的童年以及在国外对祖国和亲人的怀念。

钱学榘1997年在美国加州病故后,钱永健母亲李懿颖和大哥、大嫂及其儿女于2000年8月19日来过杭州,住在中北大酒店。那一次行程也是陈天山安排的。当时他们玩了很多地方,从六公园坐船到三潭印月,在平湖秋月上岸,然后漫步孤山、西泠桥,在香格里拉饭店用中餐,然后到灵隐。第二天,他们坐车去了临安钱王祠。永健的大嫂向文仁还激动地敲了钱王祠门前的大鼓,意思是说“你的三十四世孙从美国回来看你来了!”一家人在钱王陵碑前拍照留念。那一次,他们在杭州逗留了四天,临行前李懿颖买了三套有关钱王的书,说要带回美国让三个儿子看看。

2004年10月的一天,陈天山夫妇收到舅妈李懿颖从美国寄来的信,信上说他们回国是参加美国的一个旅游团来的,日程安排得很紧。10月29日他们飞北京,先后游览了黄山、苏州、桂林,然后从桂林直飞香港,11月11日回美国。

这当中到杭州他们是从黄山绕道来的。

舅母说,这一次回来是永健夫妇请她一同来的,永健是刚得了一个“沃尔夫奖”[①]。他平时工作很忙,这次能挤出时间来祖国观光不容易。改革开放后的中国发展日新月异,舅母深有感触地说,中国会成为世界上第一流的国家,中国人过去苦了这么多年,现在过上了好日子。

11月5日晚上,陈天山夫妇在香格里拉饭店与钱永健见了面,这是他们第一次见到这个表弟。陈天山说,钱永健当时穿格子短袖衬衫、蓝色牛仔裤,个子不高,面目清癯,很像他年轻时的舅舅,尽管头上有些白发,看上去比他实际年龄要小。

钱永健的中文说得不是很流利,一般用英语,他说了些在美国工作的事,说他在美国教书,平时空余的时间都是自己的,喜欢搞点研究……

陈天山说,看得出来,钱永健是个博学多才、充满智慧而勤奋的人。

2008年11月1日初稿

2008年11月6日改定

(原载于《文化交流》2008年第12期)

---

① 沃尔夫奖:是世界上具有较高学术成就的多学科国际奖,仅次于诺贝尔奖。1976年由以色列议会设立,1978年首次颁奖。沃尔夫科学基金会是在R. 沃尔夫及其夫人的倡导下设立的,基金来自R. 沃尔夫及其家族一千万美元的捐赠。设有数学、物理、化学、医学、农业五个奖(1981年又增设艺术奖)。通常每年颁发一次。

细微之处的睿智

——对话1996年诺贝尔物理学奖得主奥谢罗夫

王咏雪

他是问鼎1996年诺贝尔物理学奖桂冠的台湾女婿，他是行走在世界低温物理学前沿的睿智长者，他是一年乐意飞行15万千米到处演讲的青年学子的偶像，他就是美国斯坦福大学教授道格拉斯·奥谢罗夫先生。《科学24小时》记者在丹桂飘香的时节独家专访了做客第19期“科学会客厅”的奥谢罗夫先生，走近他的科技人生。

科学24小时：因发现了氦-3的超流态现象，您与其他两位科学家共同分享了1996年诺贝尔物理学奖。发现的过程有何值得回味？

奥谢罗夫：1972年4月20日应该是我铭记一生的日子。我一如往常地将液态氦放在仪器中做实验。当温度降到很低的时候，我突然发现液态氦的信号变得非常微弱。这时正是凌晨的2时40分，于是我在实验室的记录本上写道：“凌晨2点40分，我发现了氦-3的超流态现象。”这是我最先观察到的。这可以说是我人生中最激动人心的时刻，这对当时年仅26岁还是研究生的我来说是非常勇敢、大胆的宣告。后来，在诺贝尔奖评选委员会的评语中也提及，正因为我的警觉在这一发现中起到了关键作用，因为上述现象很容易被视为一种正常的“微小的偏差”。

当时的我兴奋地在物理实验室里走来走去，想找同事们一起分享我的好消息。但是此时物理实验室里唯有我一人。终于，我忍不住打电话给我的导师戴维·李教授，听得出来他非常高兴。之后，我和戴维以及其他的教授谈了谈，他们都赞同这一现象就是液态氦的相变。我们针对这个现象写成一篇论文提交给一个学术杂志社，但编辑退回了我们的文章，因为他们觉得氦-3的超流态现象绝对是不可能发生的。

科学24小时：您认为您的发现最大的价值是什么？对于现代科技的发展有何重大的贡献？

奥谢罗夫：其实接近绝对零度这种温度，对于普通人的生活而言并无多大的意义。我们借助科学仪器第一次发现了氦-3在低温状态下的超流动性。我们知道，在寒冷的冬季，蒸气会变成水，水会变成冰，这种现象称作"相变"。但当温度继续下降到极低状态，接近绝对零度时，液体氦的样品会具备所谓超流动性。在这种情况下，液体会在失去所有的内摩擦力的情况下从杯中溢出。通过对这种现象的研究，可以获得从微观上描述这种物质的极有价值的理论。

氦-3的超流动性的发现不仅对凝聚态物理的研究起了推动作用，而且在此发现过程中所使用的核磁共振的方法，开创了用核磁共振技术进行断层检验的先河，今天核磁共振断层检验已发展成为医疗诊断的普遍手段。

科学24小时：是否有什么成功的秘诀可以与立志于科学研究的青少年朋友分享的？

奥谢罗夫：我认为成功的秘诀主要在于保持一颗像年轻学生一样不断探索的心。从6岁开始，我便热衷于把我的玩具拆开来查看里面的构造。我还喜欢在我父亲搭建于我家地下室的实验室里进行一些科学的实验。我甚至因为做了一些大胆出格的实验而差点要被学校开除。我想对于未知领域的这种好奇心是成就今日这番事业的重要原因之一。

此外，中学时期的化学老师威廉姆对于我日后的成功也提供了很大的帮助。如果有这么一位老师对你非常了解，并鼓励你进行科学研究，你一定要和他保持密切的联系。因为老师的这种激励对你一生来说都是极大的催化剂。我记得威廉姆老师有一天带了一只牛奶盒到教室，说科学研究就像牛奶盒中的未知世界一样,你每天做实验就像是在问自然一个问题,自然会回答你这个问题,但自然并不会直接告诉你牛奶盒当中有什么东西,因而你要做更多的实验,可能会经历失败,然后才能了解自然之前给出的答案,这就是基础研究主要的内容,也就是我们为何要研究自然,让自然来给出答案的原因。

科学24小时:关于这次报告的主题“科学进展如何获得成功”,您有什么感想?

奥谢罗夫:科学进展是怎样取得的,又如何造福人类,这是个很复杂的问题。其实科技的进步绝不可能是一个人独立完成的,它离不开整个科技界共同的努力。通过不断提出问题,然后发明新技术来解决问题,并与他人分享成果和创意。大家可以看到,前人的技术成果会对继承者的科研发挥巨大的作用。在此非常感谢那些低温物理学领域的前辈们,他们都为我的成功作出了巨大的贡献。

当今世界,一个人如果想在科学研究上有所进步,就必须获得全社会广泛的支持,科学家应善于和他们的同行进行沟通,大家每天都花一点时间做些研究以满足自己的好奇心,这样才能促进科技界的真正进步。

科学24小时:中国科学家在国际科学界崭露头角,但迄今还未有中国大陆的科学家获得诺贝尔奖,您对此有何见解?

奥谢罗夫:我认为中国科学家获诺贝尔奖是早晚的事情,而且我希望他们可以获得不止一项诺贝尔奖!中国的人口这么多,如果没有人能获奖,那一定是疯了!诺贝尔奖历来重视表彰在自然科学或在基础研究方面的发现。首先,尽管有些基础性的研究可能不会在短期内带来经济效益,甚至看起来根本没有实际的应用前景,但是我认为中国政府应该在基础研究方面加大投入,更加重视理论科学;其次,中国科学家应更为频繁地到国外的高校访问,去美国、欧洲的实验室进行学术交流,让同行更多地了解你,了解你的研究方向和成果。

科学24小时:那么,您认为中国大陆的科学家,在不久的将来,在哪个自然科学领域最有可能率先获得诺贝尔奖?

奥谢罗夫:这个问题太难回答了!不过我愿意猜一猜:也许固态物质学是一个很好的领域,因为现在这个领域的新成果层出不穷,而且它有很大的附加值,其成果可以直接应用于人类的生产生活。我虽然不愿意这么说,但是像我研究的领域,如氦-3的超流态现象,必须把它冷却到近似绝对零度,这只能应用于实验室,没有办法应用于实际生活。但是在固态物质学研究领域,可以说有更多的可能性,可以让这些研究成果应用于人类社会的实际生活。比如石墨就是一个很好的物质,它的各种性质都是我们之前难以想象的,可以应用到我们的生活中,这是一个研究的方向。

很抱歉,我谈我的技术很在行,谈天文学或者其他的领域就不是很擅长了。我认为应该鼓励孩子们对科学本身产生兴趣,并不仅仅是理论研究。其实实验研究也是很重要的。我猜想,未来获得诺贝尔奖的实验科学家会比理论科学家更多。

采访手记:与中国颇有渊源的奥谢罗夫教授并非想象中那么严肃的科学巨匠,他的谈吐举止倒酷似平和且风趣的圣诞老人。

20世纪70年代初,他作为美国康奈尔大学康奈尔低温小组的一员,和同事们一起研究同位素氦-3的超流动性。当一次次的重复实验没有得到相应成果,组员们相继放弃时,只有他一人还待在实验室里。他的不懈努力终于换来了最终的实验成果——他的发现成为低温物理学领域中的重大突破。

他的人生经历告诉我们,失败是正常的,关键是要以平常心对待,从失败中学到更多的东西。无论周围环境如何变化,都不要放弃自己的道路。

(刊登于《科学24小时》2011年第11期,被评为2011年度《浙江科协》优秀稿件一等奖)

喝细菌求真相的科学狂人
——巴里·马歇尔

王咏雪

这个世界如果没有他，那么国际医学界还将长期处于消化性溃疡发病机理的悖论当中！这个世界如果没有他，那么数以万计的消化性溃疡患者还将长期处于这种令人痛苦的慢性疾病的煎熬中！他就是造福千万人的2005年诺贝尔生理学或医学奖得主，2011年当选为中国工程院外籍院士的澳大利亚科学家巴里·马歇尔。凭借杰出的观察力、非凡的勇气与信念，马歇尔点亮了消化性溃疡治愈之路的光明。

贪玩会玩的“无所不知先生”

1951年9月30日，巴里·马歇尔出生于澳大利亚西部城市卡尔古利市。父亲是铁路工人，母亲是护士。马歇尔从小就是个自信的孩子，当他才3岁的时候，就表现得好像什么都懂。上学的时候，如果听不懂老师的课，他便会想：“这是个坏老师，讲得一点都不好。”同时，小马歇尔还一直是妈妈眼中的“麻烦的孩子”。有一次，他用螺丝刀拆开祖母的一块表，然后试图把零件都装回去，结果最后“多出来”好几个零件，表也就此报废了。玩得最出格的一次是，他偷买了很多化学制剂，用报纸卷着火药制成一个超级烟花，点燃后剧烈的爆炸声吓得周围邻居纷纷跑出屋子一探究竟。结果炸碎的纸屑不但散了满屋都是，他的小脸也被灼伤，头发被烧焦，甚至连眉毛也被烧光了。但这次经历并没有妨碍他探究未知世界的好奇心。在十几岁的时候，他对工程学、化学、物理、生物这些学科都很感兴趣。因他在家中总是拆装东西，所以在学校开始做实验期间，有些实验无法进行或出了问题时，同学们就会说："请马歇尔过来吧！"他只需看上几秒钟，就会告诉他们"哦，你应该拧这个钮"或者"这个地方连接不对"。

1968年，当他高中毕业时，同学们都认为马歇尔升学方向应该会选择理工科，将来成为工程师。但他却选择上医学院，因为他认为学医不仅可以学习到科学知识，而且还可以多结交一些很有趣的人。医学院的考试很多，淘汰率也很高。刚入学时，他班上大概有100名学生，但一学年后教室只能坐下90个人了。如不想被淘汰，只能采取两种策略：一是必须成为班上最好的学生就肯定不会被淘汰，但这是比较辛苦的；还有一个比较轻松的办法，就是要让成绩超过10个人。马歇尔选择了后者，在校期间他的成绩虽然并不拔尖，但一直都处于"安全区间"。1974年，他获得西澳大利亚大学医学本科学位。

喝幽门螺旋杆菌的"科学狂人"

1981年，马歇尔在皇家佩思医院做内科医学研究生时遇到了罗宾·沃伦——一位日后成为他的合作伙伴，对他帮助极大的病理学家。他们以100例接受胃镜检查及活检的胃病患者为对象进行研究，最终证明了幽门螺旋杆菌的存在确实与胃炎相关。此外，他们还发现，这种细菌还存在于所有十二指肠溃疡患者、大多数胃溃疡患者和约一半胃癌患者的胃黏膜中。大量研究表明，超过90%的十二指肠溃疡和80%左右的胃溃疡，都是由幽门螺旋杆菌感染所导致的。1982年，他们做出了幽门螺旋杆菌的初始培养体，并发展了关于胃溃疡与胃癌是由幽门螺旋杆菌引起的假说。那年，马歇尔才31岁。

之前，主流学说认为胃溃疡主要是由于压力、刺激性食物和胃酸过多引起的。由于胃溃疡会导致出血，所以，有病史的人都不敢作长途旅行，否则，一旦胃出血而没有得到及时医治，24小时内就可能丧命。他们提出的"细菌引起胃溃疡"的说法直接挑战了当时的主流观点——"消化性溃疡是由情绪性的压力及胃酸引起,只能够以重复的制酸性药物疗程来治疗"。巴里·马歇尔主动要求医界科学家向他提出挑战,证明他是错的。很快,美国及其他国家进行了许多用以反驳他的实验,得到的结果却反而证明他的假设是正确的。他与搭档沃伦在《柳叶刀》上发表的第一篇文章被引用的次数在1984年是16次,到了1988年达到了283次,而到1993年更是跃至762次之多。截至1992年,全世界至少进行了3组大规模临床试验。在此基础上,美国国立卫生研究院于1994年召开了一次大会,基本上同意幽门螺旋杆菌是胃溃疡的元凶。此时距离两人在《柳叶刀》杂志上第一次发表论文的时间正好是10年。此后,这项具有划时代意义的假说又经过了11年的考验,巴里·马歇尔在2005年终于获得了诺贝尔奖。

而这其间,马歇尔"以身试菌"的故事一直被外界津津乐道。幽门螺旋杆菌假说在刚刚提出时被科学家和医生们嘲笑,他们不相信会有细菌生活在酸性很强的胃里面。由于动物实验失败且缺乏人体试验对象,1984年的一天,马歇尔吞服了含有大量幽门螺旋杆菌的培养液,试图让自己患上胃溃疡。5天后,冒冷汗、进食困难、呕吐、口臭等症状接踵而来。10天后,马歇尔在胃镜检查时发现,自己的胃黏膜上果然长满了这种"弯曲的细菌",而穿过胃壁而出的白细胞正努力杀死并吞噬那些幽门螺旋杆菌——这就是造成胃溃疡的原因。为此,他狂喜不已,但经不住妻子的劝说,这才服下抗生素,真正向炎症宣战。"马歇尔疯了!"当人们惊呼这种"疯狂举动"的同时,也逐渐认同了幽门螺旋杆菌才是导致消化性胃溃疡的罪魁祸首。

对科学孜孜不倦的"小男孩"

幽门螺旋杆菌及其作用的发现,纠正了当时已经流行多年的人们对胃炎和消化性溃疡发病机理的错误认识,被誉为是消化病学研究领域的里程碑式的革命。由于马歇尔与搭档沃伦的发现,溃疡病从原先难以治愈、反复发作的慢性病,变成了一种只要采用短疗程的抗生素和抑酸剂就可治愈的疾病,大幅度提高了胃溃疡等患者的痊愈率,为改善人类生活质量作出了贡献。这一发现还启发人们去研究微生物与其他慢性炎症类疾病的关系。人类许多疾病都是慢性炎症性疾病，如局限性回肠炎、溃疡性结肠炎、类风湿性关节炎、动脉粥样硬化等。虽然对这些疾病的研究目前尚没有明确结论，但正如诺贝尔奖评审委员会所说："幽门螺旋杆菌的发现加深了人类对慢性感染、炎症和癌症之间关系的认识。"

马歇尔的妻子常评价他做事很多时候像个"小男孩"，为此他不仅欣然接受，而且还乐于此道。他意味深长地说道："其实，科学的探索过程特别像侦探故事。你可以看见犯罪现场，然后你说这里曾经发生过什么，接着你开始寻找线索。我觉得这也许是一个线索，让我们找找看这个线索是从哪里来的，那个又是从哪来的，所以我们把幽门螺旋杆菌当成线索。这里有胃溃疡并且还存在幽门螺旋杆菌，于是我们建立联系，然后一点点拼凑出谜题答案。如果你具备小男孩的性格，那么你会对一些不寻常的事情感兴趣，或做一些与大多数人不同的事情，而不仅仅是延续别人的工作。"

此外，他还曾多次告诫有志于从事科学研究的青年学子："不要害怕被别人拒绝。每个人都有可能被拒绝，但不要因为别人的拒绝而心生恐惧。"他以自己的亲身经历诠释了这个真理，因为他在研究初期也曾有过被别人拒绝的经历。那是在1983年，他将关于幽门螺旋杆菌的论文投递给西澳大利亚大学的一个学术论坛，当时评审委员要从67篇论文中选择56篇，结果他的论文被拒绝了。但他富有远见性地藏起了这封拒绝信。2005年获得诺奖时，那封早年的拒绝信被天性坚定、不服输的巴里·马歇尔找出来，现在就挂在他在西澳大利亚大学的办公室墙上。

如今，年过六旬的马歇尔仍从事与幽门螺旋杆菌相关的疫苗研究，他立志于食物化疫苗的研制。当今世界，疫苗技术50年内并没有大的突破，他坚信未来通过细胞培养，食物化疫苗将是前景诱人的方向。马歇尔就像是个永远不知疲倦的奔跑者，科研的快乐不会因为时间的流逝而停止，为人类的健康，他将生命不息，奔跑不止。

（刊登于《科学24小时》2012年6期）

邵关根：50岁创业，诚信铺就亿万路

姚太谟

一个小学文化程度的普通农民，走出大山，来到城镇办厂创业，竟在短短十多年的时间里，把一个名不见经传的小厂办成了“中国私营企业纳税50强”企业。如此神奇的故事，就发生在美丽的富春江畔的浙江华达集团。故事的主角就是集团董事长邵关根。

诚信创业：10年企业造就总资产7亿元

邵关根的老家在富阳县新义乡虎尾坞村。1990年，他从村干部的位置上退下来，当年就在富阳镇太平桥租了厂房，办起了一家纸箱厂。4年以后，纸箱厂已名声在外，产品供不应求。

1992年上半年，邵关根了解到国家电缆紧缺，于是把纸箱厂的积蓄拿出来，加上多方筹集，投资300万元，在富阳市区文教路附近征地90多亩，筹办华达通信电缆厂。当时的成缆机是从舟山买的。这年的农历十二月十八日，邵关根去舟山看机器，途经白峰渡口时出了车祸，脊椎骨严重受损，人站不起来，可他躺在病床上，考虑的仍然是买成缆机的货款。他关照属下，一定要千方百计及时拨付给对方。

由于邵关根的诚实守信，华达电缆厂生产的电缆产品畅销全国各地，从未因质量问题退货，职工工资也不拖欠，银行贷款讲求信誉。华达电缆厂一路春风，越办越好。从办纸箱厂到电缆厂，行业不同、产品不同，“隔行如隔山”，起初，邵关根对办电缆厂一窍不通，但是他到处“拜师请教”，不久就成了通信行业的内行人。1998年，邵关根又在生产电缆产品的基础上向前迈进了一大步，决定投资2000万元，建起光缆生产线，使华达集团从规模和效益上又跃上了一个新的台阶。至今，浙江华达集团已拥有8家子公司，总资产达到7亿元。邵关根也成了一位名副其实的企业家。

诚信待人：小学生带领大学生创业

“小学文化”不等于没有能力，不等于不能创业，邵关根可算是一个例证。那么，邵关根创大业靠的是什么呢？用他自己的话说，除了要勤劳，就是靠“诚实、尊重”。

邵关根深知，当今时代是科技突飞猛进的时代，办厂必须依靠人才、依靠科技。如果离开了这两点，一切都是空话。于是，他从诚信待人做起。自从1992年办华达通信电缆厂开始，邵关根就十分注重人才的引进和使用。这10年间，他从全国各地引进的大中专毕业生和高级管理人才多达100多人。

有人说，邵关根有这样的“本事”：明明是他求别人的事，但到后来，反而变成别人如果不“扑出性命”来为他服务，就会感到对不起。这当中有个奥秘，就是邵关根平时诚信待人。前几年，华达集团为了加强对外联系，便于客户了解，编印了一本彩色画册。画册的首页选用了一幅集体照，照片中的领导成员占了60%，下面说明文字为“厂部决策成员”。照片上的这些人，无论是本地的、外地的，都是说话可以算数的人物。副总经理季绍敏，是从丽水来的一名大学毕业生。到华达后，邵关根不仅赋予他应有的权力，在生活上也无微不至地关心他。现在，季绍敏已在富阳成了家，小两口打算在华达长期干下去。工程师姜振宇是从嘉兴来的，一到厂里，邵关根就给他安排了一套房子，并把他的妻子也调到富阳，安排在华达集团的一个科室工作。早年，邵关根上下班总是骑一辆旧的自行车，后来才换上了一辆普通桑塔纳轿车，可他招聘来一位有丰富经验的营销人才，一到厂里，就给他配备了一辆“2000

型”桑塔纳轿车。邵关根对普通职工也是一片真情。2002年6月份,绞车间职工孙连珍的丈夫住院开刀,需要手术费10万元。邵关根得知后,带头捐款2000元。接着,集团工会也发动职工捐款累计1.13万元,为孙连珍家解了燃眉之急。

诚信回报:跻身“中国私营企业纳税50强”

邵关根常说,我家世世代代是贫农,是共产党培育我长大成人,毛主席领导我们翻了身,邓小平指引我们搞改革开放,江泽民带领我们走上了致富路。我现在致富了,当了企业老板,无论如何也不能忘记共产党。

办厂以来,邵关根按时纳税,即使有时企业资金周转困难,也把纳税放在首位。仅近3年中,华达已向国家缴纳各类税款达1.1795亿元。2002年,华达实际缴纳国税达到1801万元,被国家列入“中国私营企业纳税50强”排行榜第22位。2003年又向国家上缴税金2730万元。

在华达集团工作的1000多名职工中,有70%是来自农村的剩余劳动力,有的是国有、集体企业的下岗职工,还有100多人是残疾人员。这1000多人在华达集团解决了生活出路。打扫卫生的一位年轻聋哑女职工,见笔者与邵关根在一起,便一手指着邵关根,一手跷起大拇指,脸上还绽放出花一样的甜美笑容。这位聋哑职工,正在真心夸奖董事长呢!

邵关根对家乡的事业也十分关心和支持。前几年,他出资20多万元,在新义乡虎尾坞村建造了一所“华达小学”,方便了附近农民的孩子上学。

办厂以来,邵关根在富阳乃至全省全国援助救灾、救难及为社会公益事业捐赠的资金已达200多万元。每年9月学校开学前,邵关根提前半个月就会叮嘱集团工会、团委负责人,一定要及时把华达长期结对援助的困难学生的书杂费先送去,让孩子和家长放心。

诚信开拓:富春江畔描绘新蓝图

多年来,邵关根牢牢把住集团公司生产的电缆、光缆质量关,宁可少挣点钱,也要保住华达集团“隆和”这一品牌的口碑。所以,尽管近年来我国电缆、光缆销售形势下滑,但华达集团生产的“隆和”牌电缆、光缆还是订单不断,有时甚至供不应求。“隆和”牌电缆、光缆前不久获得了国家质量监督检验检疫总局颁发的产品质量免检证书。邵关根没有沾沾自喜,他考虑的是以后如何寻求新的发展空间。在经过了一番市场调查并向专家请教以后,他决定要向建材行业进军。看准的项目,邵关根是决不会放弃的。近年来,华达集团又在富阳市的鹿山街道和大源镇征地150多亩,征用土地款如期上缴。由邵关根控股、邵泉生参股,建在鹿山街道的华达建材有限公司,已于2003年11月18日投产;由邵关根控股、赵乃桂参股的华达钢业有限公司,也正在紧张的筹建之中,预计2004年4月份可以投入生产。

邵关根满怀信心地对笔者说,2003年,公司完成工业产值10.5亿元,到2004年年底,华达集团控股的这两个新办企业又可新增产值7亿元,整个公司的工业产值将达到17.5亿元。

（原载于2004年2月3日《浙江企业导报》第三版,2009年10月修改后,被浙江省委、省政府编入《浙江脊梁——浙江省企业家风采录》一书,新世纪出版社出版）

一缕清甜心底溶

——记全国科普先进工作者吴宏与“桑”的情缘

沈文华

“不爱葚子垂，爱此远枝扬。”吴宏在担任海宁市科协主席期间，出版了科普专著《桑的药食两用》（江西科学技术出版社，2016年5月），深受医者和患者的好评。吴宏先生出生于1964年，海宁人，他的桑情源自他的家乡、越剧《何文秀》唱词中的“九里桑园”——离海宁县城九里的桑园。20世纪90年代，海宁曾有10万亩的桑田，大小几十家蚕丝厂，他母亲就是蚕丝厂的职工。吴宏本科毕业于浙江中医药大学中医专业，后在中国药科大学药学专业研究生班进修两年，又从事中医临床工作八年。吴宏是中医药工作者，从事科普工作多年，用心积累了有关桑树的大量资料，他出版的《桑的药食两用》一书，集中展现了他对药用植物桑树的情有独钟，为广大经商者、患者和研究者提供了丰富的科普知识。

“百花飘尽桑麻小，夹路风来阿魏香。”桑树一身均可入药，桑叶、桑葚是国家卫生计生委发布在药食同源名单上的中药，它们既有药物的治疗作用，又可食用。吴宏集专业和科普于一身，行医数十年，在医疗实践中积累了丰富的临床经验，临症期间收集了大量用桑治病的宝贵处方，在书中都无私地介绍给了读者。浙江中医药大学副校长张光霁教授是吴宏的大学同学，他在书的序中写道：“有位院士说过，科学研究固然重要，但科普更为重要，科普让科研走进千家万户，让科学服务于社会、服务于生活、服务于生命。”“书中记载的药方和技术，即是有价值的经验，有些桑食小方还能治大病，用桑得当，足可自疗，是一部具有理论价值、实用价值和科普价值的药食两用的科普读本，实足为患者之良友，百姓保健之参考。”

吴宏于2016年8月从领导岗位退下来后，有了更多的空余时间从事药物的研究和科普宣传。他是海宁市中医院图书室的常客，也是借阅量最多的读者，为写作他甚至去海宁市其他医院和单位的图书室查阅有关桑的资料。随着媒体对桑黄介绍的增多，吴宏对《桑的药食两用》一书中没有介绍和记录桑黄一节感到遗憾。浙江省农科院蚕桑所与海宁市宏欣农业科技有限公司合作建立了目前国内最大的工厂化桑黄研究与人工栽培示范基地，2016年栽培桑黄菌35万袋，年产桑黄3000千克，年产值超过1000万元。桑黄的培植和药用前景广阔，这又给了吴宏新的研究课题和科普内容。

吴宏在海宁市曾先后担任过制药厂、医药公司的技术员和总经理，还任职食品药品监督管理局局长十年之久。他的药物专业知识和行政管理经验，给了他敏锐的药物市场嗅觉和广阔的药物疗效科技前沿视角。吴宏利用节假日赴山东和云南，与桑黄企业技术人员和经销商交流，还与浙江大学农科院蚕桑研究所李有贵博士进行桑黄研究的专业讨论。

桑黄是一味古老而又名贵的中药，由于通常生长在桑属植物上，子实体为黄褐色而得名。据《科普中国》记载，桑黄始载于唐朝的《药性论》，《本草纲目》也有记载。目前已知世界上桑黄属有12种，其中长在桑树上的只有一种，就是桑树桑黄。吴宏说，西藏、四川一带是野生桑黄资源最丰富的地区，其中以西藏南部、东南部分布较多。真正的桑黄在野外只生长在桑树树干上，产量极为有限，有“森林黄金”之美称。桑黄具有“扶正、解毒、无毒”三大特征，可以长期服用，无副作用。他说，有一位病例的经历对他触动很大。79岁的女性公务员范某某，2016年10月出现胸闷、气急，经嘉兴市第一医院CT检查，诊断为“两肺数枚良性磨玻璃微小或粟粒结节”，因没有对症的治疗药物，医生建议先观察，定期复查。范女士服用桑黄一个月后胸闷、气急症状减缓，七个月后CT复查，两肺结节全部消失。

眨眼桑叶萋满枝，黄花遍地桃花艳。作为中医师的吴宏，将桑黄推荐给患者使用以治疗相关疾病。据资料披露，韩国和日本对桑黄进行科学研究和临床试验后,得出结论表明:桑黄具有抗癌、增强免疫力、抑制尿酸生成、改善睡眠等功效,是目前国际公认的生物抗癌领域中药效非常好的真菌。桑黄还具有活血、止血、化饮、止泻之功效,常用于血崩、血淋、脱肛泻血、带下、经闭、症瘕积聚、癖饮、脾虚泄泻等症。今年54岁的企业老板薛某某,6月20日经吴宏开具辨证处方,服用桑黄2天后,患痛风三十年的他双膝、双肩关节明显感觉轻松,双眼视觉清晰。今年53岁的海宁市木材公司退休女工徐某某,失眠已有七八年,入睡困难,半夜醒来就难入睡,每晚需服用安眠药,服用辩证桑黄处方十天后,一觉睡到天亮,而且少做梦,现在不吃安眠药每晚也能保证6～8小时的睡眠。吴宏在给病人看病时,不纯粹使用桑黄治疗,而是用中药理论辨证施治,适当配合2～3种中药,并都亲自尝试,口服效果都很好。

“参差红紫熟方好,一缕清甜心底溶。”桑黄的奇效正在逐渐被人们认识和接受。吴宏正热衷于桑黄的研究和科普推广,并热心为患者提供服务。他的座右铭是:“改变中药几千年的传统服药方式,我一直在探索,在路上……”他说,现在从领导岗位上退下来了,有更多的时间问道科普,药道疾病,心道善行。桑黄不仅可以治病,而且可以养生。平时大家可用桑黄泡水喝,一般选择在饭后服用,有利于人体五脏排毒,但如果消化功能不好的朋友就需要辩证治疗才能服用。桑黄可泡茶、煮水、煮汤,食用非常方便。购买时,一定要选择表面光滑、颜色通亮的。好的桑黄没有沉重感,也没有特别的味道。

“殷红莫问何因染,桑果铺成满地诗。”2016年12月,吴宏获得了中宣部、科技部、中国科协联合授予的“全国科普先进工作者”荣誉称号。他说,我是学药物的,为病人解除痛苦,是我人生最大的快乐。同时,我也是搞科普的,普及药物科学,更是我一生之追求。

（首发于《浙江科协》2018年第10期,中国新闻网转载）

克隆树木的科学家

——记全国优秀科技工作者周天相

郭志平

前几年，英国科学家利用无性繁殖的技术，用一只成年绵羊的体细胞，成功地克隆出一只名为“多莉”的绵羊，此举像《西游记》中的孙悟空出世一样，真是石破天惊，一举轰动了整个世界。

动物可以克隆，植物能吗?回答是肯定的，植物不但能够克隆，而且早于动物克隆许多年之前，它就已经克隆成功。本文主人公——国家级有突出贡献专家、全国劳动模范、第八届全国人大代表、浙江省开化县林场教授级高工周天相，就是这样一位早于动物克隆之前，就已经痴迷于树木克隆的林业科学家。2001年以来，国家为嘉奖他卓越的科研业绩，又连续为他颁发全国农业科技先进工作者和全国优秀科技工作者的光荣称号。6月下旬，他更得到了浙江省政府20万元的重奖。值此喜讯频传之际，我冒着盛夏38℃的高温，沿着浙西山区的逶迤公路，直奔我国四大示范林场之一的开化县林场，采访了这位我国林业战线上涌现出来的名人。

（一）

周天相于1938年3月出生在福建省平和县的一个农民家庭。平和县地处闽西南地区，全县境内山脉纵横、丘陵密布，郁郁葱葱的青山连绵不断，所以，他从小就耳濡目染，对祖国的莽莽林区产生了浓厚的兴趣。1956年他高中毕业,怀抱着“兴林救国”的大志,报考了福建林学院并进入林学系就读。周天相十分幸运,他在大学求学期间,遇到了一位德高望重的好老师。此人名叫俞新妥,是我国杉木科研领域的著名专家。俞老师不但在课堂上呕心沥血,循循善诱,教会了周天相专业知识,而且在野外实习上身体力行,言传身教,指导他们深入林区。俞老师认为,作为一个学林业的大学生,其赖以生存的专业基础,就是苍莽的林区。如果他离开了林区,离开了林业生产的实践,那将一事无成。因此,俞老师总是为人师表,视杉木研究为生命的第一要务,一有空就喜欢背起行囊往山里钻。俞老师有一句口头禅,至今还让周天相记忆犹新:“杉木长在山上,搞杉木研究的不往山里跑,还往哪里跑?”这一句质朴无华而又充满哲理的话,给对未来充满着憧憬的周天相以深刻的影响……

1961年周天相大学毕业,他接受组织的派遣,来到了举世闻名的美丽城市杭州,被分配在浙江省林业厅工作。照常理,被誉为“人间天堂”的杭州,有六桥三竺,十里烟柳,是一个不少人求之不得的好地方。可是,选择杉木科研为主攻方向的周天相,却感到若有所失。他牢记着恩师的教诲,一心只想往林区跑。所以,当他在西子湖畔过了半年以后,便按捺不住焦急的心情,找到领导要求调动工作。

周天相说:“我学的是杉木,我喜欢种杉木,我希望到杉木比较多的地方去工作!”一口气说了三个“我”的理由,让谈话的领导一时不知如何回答才好。

一阵沉默过后,领导终于开口问道:“那好!开化杉木比较多,你到开化去吗?”

周天相不假思索、干脆爽朗地答道:“去!”

就这样,这个刚参加工作不久的林业大学毕业生,放弃了按部就班的机关生活,用一根家乡带来的扁担,一头挑着几包书籍,一头挑着一卷铺盖,爬上了开往开化县的长途汽车,一路颠簸地来到了这个浙西边陲的山区小县。开化县位于浙、皖、赣三省交界,总面积2240平方公里,其中林业用地占85%,是一个“九山半水半分田”的纯山区县。境内峰峦重叠,群山盘结,海拔

800米以上的山地随处可见。主峰莲花尖海拔1145米，是钱塘江水系的发源地。

开化县林场的林地，如星星般地散落在山峦之间。当年，这里的自然条件十分恶劣，工作环境也极为艰苦。虽然这里是浙江省林业重点县之一，林业生产的历史也相当悠久，但在20世纪60年代初，作为新中国成立后建立不久的一个国营林场，开化县林场还只是属于初创阶段。因为解放时遗留下来的一些分散的小林场，大都是小作坊式的个体经营，成不了什么大的气候。特别是林业机构设立甚少，仅在民国17至30年（1928—1941）间，在县城北郊划过18亩土地设立了开化县苗圃，然而中途又屡置屡废。新中国成立后，党和政府十分重视林业生产，开化县林场的建设也被摆到了重要位置上来考虑。但新中国成立伊始，各方面的困难还很多，故而开化县林场的建设举步维艰……

周天相初到开化县林场时，当时的场领导看到他是省厅下来的一名大学生，出于好心照顾，特意安排他在城关的林场总部上班。但岂料周天相却并不领情。因为他主动要求下来的目的，就是为了深入林区，奔赴生产第一线，创造接触杉木科研的机会。可是他没有想到自己刚离开了杭州的大机关，又进了开化的小机关，再一次坐进了办公室，心里真像是打翻了油盐酱醋，不是滋味。所以，他又一次告诫自己：要沉就要沉到底，决不能半途而废。于是，他在开化城关蹲了不久，又忍不住再三向林场领导请示，主动要求调到基层——新建的浙赣交界的立江分场，去当了一名技术员。

（二）

那时的立江分场，许多山岭都是荆棘丛生，沟壑纵横，野兽出没，一片荒凉。因而，当年的分场领导根据总场的统一部署，确定了当时的办场方针，是以营林为基础，勤俭办场，集中一切力量绿化荒山。

绿化荒山可是一项既艰苦又危险的工作，但热爱山区、热爱林业的周天相并没有被它吓倒。相反，他深感自己责任重大，更加坚定了扎根山区的决心。因为他一沉再沉地来到立江,目的就是兴林报国。现在,领导要我们上荒山营林绿化,不正是大有用武之地吗?所以,当农场职工住草棚,喝溪水,日复一日地挑着种苗,在荒山上进行原始的植树劳动时,他也脚穿草鞋,头顶草帽,爬山涉溪,乐呵呵地跟着职工上山去营林绿化。特别是当分场的职工们为了歼灭高山上的一个植树"盲点",不得不冒着生命危险,爬到人迹罕至的峰顶谷坡去造林,他也毫不犹豫地像猴子一样,攀绝壁,登山顶,去给那里种上一片绿油油的小树苗……

就这样,他在这远离城镇的偏僻山林安心地扎了下来。没想到,这一扎整整扎了13个年头。在这13年中,他除了和分场职工一起上山开荒栽树,帮助大家补习文化、提高技术水平以外,也积极开展野外的林业科研工作。13年来,他抽时间爬遍了分场的每一座山、每一条岭,实地勘测了分场所属的3.5万亩山地,并亲手规划和组织营造杉木林,其中400亩杉木林成为全国科学营林的典范;同时,他又用了5年时间,主持研究杉木、柏木的秋播育苗,获得成功。这两项成果荣获1979年浙江省科技进步奖,不久在全国推广。此外,他又首次从四川引种桤木成功。此树种不久就成为浙江和周边广东、湖南等省公路绿化的主要树种之一。在这13年中,他又进行了杉木幼中林、近熟林施肥试验,获得显著成效,并被大面积推广……据了解,他还是当时采杉果的能手,一天能上山采50多斤,这个数字常常是全场的冠军,其他诸如播种、育苗、施肥等植树营林的操作技术,他也毫不逊色,往往胜过来场多年的老工人。

(三)

提起杉木无性系繁殖技术,这在当时我国的林业界,还是一个并不热门的科研话题。虽然在那时,北京林科所的马常耕就已经提出了这种杉木无性系研究的概念,但真正为广大林业科技工作者所熟知的,还是南京林业大学陈岳军提出的杉木有性系研究。这里所说的杉木无性系研究和有性系研究,虽然只有一字之差,但其研究内容却有天壤之别。所谓无性系研究,指的就是无性系繁殖，简单地说，它是利用杉木营养器官（根、茎、叶）所进行的一种繁殖。这种繁殖可以获得更高的遗传增益，具有巨大的开发潜力。而杉木有性系研究，指的就是有性繁殖，研究的是种子繁殖，或者叫作实生苗繁殖。由于无性系研究是一项新的科研课题，在当时的我国还刚刚开始被提及，因而从事杉木课题研究的广大科技工作者，大多数仍还埋头于传统的有性系研究之中。

众所周知，杉木是我国特有的优良速生树种，我国栽培杉木的历史也已有一千多年。但当年新中国成立伊始，国家经济建设的用材量非常之大，而杉木的传统繁殖技术又相对滞后，这便导致杉木的育林成材远远跟不上祖国建设的需要。因此，杉木品种的改良和栽培技术的更新，已是摆在全国林业科技工作者面前的重要科研课题。

正好在这"青黄不接"之时，周天相偶然看到了一篇文章，说在70年代中期，巴西已有人采用"无性系"技术繁殖桉树，取得了成功，并使产量增加了一倍。这一条科技珍闻像一股和煦的春风，吹开了他的心扉。他想："桉树能行，杉木怎么就不行？"联系马常耕提出的观点，他决心对杉木的无性系研究进行一次身体力行的实践。从此，"无性系"三字就刻进了他的脑海，像着了魔一样挥之不去。科研创新的探索之途并不平坦。那几年，他为了寻找无性繁殖的母本优树，承受着一次又一次的失败。因为开展杉木无性系选育技术研究，还没有一个现成的模式可以效仿，因此，他在频繁地深入大山的同时，也频繁地向科研单位和母校请教。这期间，他废寝忘食，绞尽脑汁，制定各种科研方案，开展选育试验。他和同事们用杉木优株上的枝条进行扦插，结果不行；他又从种子园中采撷优株扦插，仍然不成活；一不做二不休，他们干脆就砍下大杉树锯成树段埋进土中，用其长出的萌芽条进行扦插，结果又是失败……整整3年多的时间，失败的阴影一直笼罩着他们。有一些人摇头怀疑，打起了退堂鼓。然而，他没有退却，仍旧坚持着自己的试验。1982年初春的一天，他在杉木林中来回巡视时，突然发现有一棵高大的杉树根颈部，有一从从的萌蘖芽长得生机勃发，特别旺盛。他想用此作为母本优树来试试看，于是就随手采下几株带回扦插。想不到这一插，竟取得了关键性的突破。

两个月后，这些与众不同的幼芽长出了根须——活了！这真是使他大喜过望。他像母亲看护出生的婴儿一样，整天守候在苗圃里，详细观察和记录着它们的每一个变化数据。一年后，幼苗长高到35厘米，比一般一年实生苗的25厘米高出40%。

这是一个多么令人鼓舞的收获啊！可是，在一阵兴奋之后，他又冷静了下来。因为在科研的道路上，一次偶然的收获，并不代表发现了必然的规律。他需要的不是这种随手拾来的扦插成果，而是一整套杉木无性系育种的科学方法。虽然他知道眼前出现的这个可喜景象，已为他预示了光明前景，但真正要掌握这种选育技术的真谛，他仍有一段艰苦而又漫长的路程要走。所以，在这以后的几年里，他更加振奋精神，足迹踏遍全林场的18万亩山林，并延伸至江西、福建、广东等省，苦苦求索着杉木克隆技术的科学规律。通过5年多时间的反复对比试验，积累了两万多个数据，他终于找到了一条杉木无性系选育的正确道路。周天相和他的同事们育出的优选品种无性系“开天3号”，造林后11年经采伐试验，每亩出材15.6立方米，比杉木初级种子园增产8立方米，其他多项性能也都优于传统繁殖。这个试验结果堪称杉木育种史上出现的一个奇迹……

1986年11月，周天相撰写的《杉木无性系育种》论文在全国林业遗传学术会议上发表，引起了强烈的反响。会后，各地的林业工作者纷纷到开化县林场学习参观。一年后，周天相牵头发明的“杉木无性系选育和良种繁殖”技术，通过省级鉴定，被专家评为“处于国内同类研究领先地位”。同年，此技术获浙江省科技进步一等奖，并被列为国家科技成果重点推广项目。1989年，此项技术又获国家发明三等奖。

从1978到1988年，10年魂牵，10年梦绕，周天相和他的同事们终于不负众望，得到了丰厚的回报！

（四）

说到周天相的获奖，还有一段“有趣”的“插曲”值得一提。杉木无性系育种作为一门林业科学的先进技术，其优越性是无可替代的。经试验比照表明，它至少比传统育种的杉木具有以下三点优势：一是生长期短，传统育种的杉木，从育林到成材，要用25年时间，而克隆的杉木只需15年，整整缩短了10年；二是品质好，克隆杉木皮薄质好，树干通直圆满，其抗雪压、抗病虫害的能力，远远高于一般杉木；三是出材率高，克隆杉木要比一般杉木出材率高23%，单位面积木材增产达一倍以上。

更为神奇的是，克隆出来的杉木，其木材的硬度可根据实际的用途来选择。需要硬的，则栽硬的；而要软的，那就种软的。只要在相同的土质条件下，它们都能保证规格一致、木质一致。这似乎有点让人难以置信，然而却是事实！

当时，杉木无性系育种研究还是一个新的科研课题，其技术也还在逐渐完善之中，因此，当国家科委要开展全国发明奖的评奖工作时，省里出于审慎的考虑，在上报他的这项工作时，只报了一个二等奖。岂料国家科委评委会接到浙江省上报的这个参评材料后，经过初评却建议浙江省改为申报一等奖。消息传出，引起了我国林业界的一阵轰动。令人意想不到的是，有人写信向国家科委反映情况，说自己也取得了杉木无性系研究的成果，反对给周天相评奖。这一“节外生枝”，打乱了国家科委评委会的预定方案。但因这次全国发明奖参评在即，而评委会一时又无法对信件中反映的内容作出正确判断，只好在请教林业界的权威专家之后，采取了一个折中的办法：一、根据已经进行的科研实际情况，将评奖题目改为《杉木三优及矮杆采穗圃》；二、由初评的一等奖改为三等奖。事后，国家科委的领导为了查清事实真相，曾派员赴开化县林场调查了解此事。当得知来信反映者就是当年来开化的一名学习参观者，而周天相又拿出他肯定开化林场创新意见的书面留言之后，此事也就不查自明。好在宽容大度的周天相也并不计较这点小事。于是，这场无端掀起的评奖“风波”也就这样不了了之。

这以后，周天相轻装上阵，义无反顾地走着他的科研之路。一方面他继续指导着杉木无性系育种的培训推广工作，一方面又总结经验、撰写论文，把实践的经验上升到理论高度。与此同时，他又挤出时间，把在杉木无性系研究中所取得的成果，借鉴应用到其他植物的克隆上去。经过努力，他又成功地将无性系技术运用到松树的繁育之中，并因此获得省级科技进步二等奖。接着，他又用这项技术去研究茶叶无性系选育，结果提升了茶叶品质，使茶叶提前了10天采摘时间。最近，他又成功克隆绿化树木山杜英，并选育出不同叶色的无性系优良品种……

这一连串的树木克隆成功，使得周天相的名声远扬。新西兰林木育种专家托尼·思布朗博士等国外专家闻讯多次来开化考察杉木无性系的研究情况，并对他取得的科研成果作了积极的评价："开化林场的杉木无性系研究是世界级的，是我所看到的最好的无性系项目之一。"1998年，新西兰的《林学科学》杂志还首篇刊出了周天相撰写的论文，并在封面刊登了他的大幅照片。

经过周天相近40年的不懈努力，开化林场推广杉木无性系造林达4.2万亩，其中经过1～2次筛选的无性系造林2.25万亩，平均比对增产59%；经过10～12年测定和块状造林对比试验及大面积生产性验证，选出的10个杉木无性系具有速生、优质、抗性强的特点，已推广造林1.95万亩。林业部已将该成果拍成录像，上海科教电影制片厂也将它拍成科教片在全国发行。20多年来，南方杉木产区的16个省、自治区、直辖市，740多个县(市)共计一万多人，都来开化林场学习参观过。到目前为止，全国杉木产区已用无性育种和良种繁殖技术造林90万亩以上，为国家增加了木材生长量200万立方米。

苍山如海，残阳似血。周天相这个扎根山区的林业科学家，用自己的青春年华和毕生心血，向党和人民交上了一份满意的答卷。如今，岁月虽然改变了他的模样，使他从一个热血青年变成了一位老人，但他仍和广大林业科技工作者一起，用他们的科研成果改变着祖国山河的面貌。华夏大地的茫茫林区，正在他们的共同努力之下，变得更加苍翠更加壮美……

(刊于《科学新闻》2001年第39期)

高油油菜引发育种革命

——记浙江省农科院陈锦清博士

郭志平

由中国科学院学部联合办公室、中国工程院学部工作部、《科学时报》社共同主办，路甬祥、宋健、徐匡迪等568名中国科学院院士和中国工程院院士投票评选的“振邦杯”2002年中国十大科技进展新闻揭晓时，陈锦清博士主持研究的油菜高油科研课题以“浙江省农科院培育出世界上含油量最高的油菜品系”为题，名列第七。

新闻篇幅虽然不长，但言简意赅，分量很重：“……浙江省农业科学院原子能所运用基因工程新技术，首创了一种油菜含油量调控技术，大幅度提高了油菜的含油量，他们培育的‘超油1号’和‘超油2号’两个油菜新品系，含油量提高25%以上，其中‘超油2号’的含油量高达52.82%，是目前世界上含油量最高的甘蓝型油菜。”

作为油菜种植大省的浙江人，我自然对这条消息倍感欢欣鼓舞。事隔几天，我又听说，这个油菜育种新技术即将引发一场农作物的育种革命。于是，我按捺不住激动的心情，冒着江南春天的潇潇细雨，驱车赶往位于杭州城郊的浙江省农科院，走访了这位脱颖而出的农业育种科学家。

（一）

陈锦清博士，1953年出生于浙江温州瑞安。从外貌举止上看，他身材中等,彬彬有礼,透露出中年人的成熟。而听他开口说话,又发现他有浓重的温州乡音,给人一种圆通精明的感觉。

乍一接触,说实话,我还无法将他与科学家的形象联系在一起。特别是当他在谈话中突然接听放在一边的手机,那种与人周旋的语气,那种当机立断的神态,与其说是一个埋首专业的科研人才,倒不如说是更像一位成功的企业界人士。然而,这窗外的春雨,这报载的消息,却真切地告诉我:坐在我面前的这个中年人,就是一位富有创新精神的科学家。

果然,陈锦清博士呷了一口清茶,告诉我:他今天能够投身于科研事业,取得一点成就,并不是他人生经历的必然结果,而是他人生道路上的几次偶然机遇,促使他走上了今天的科研道路。现在,他作为院科研所所长和课题的负责人,正领导着一批科研战线上的精兵强将,攻克农业领域里的育种难题。其中,研究高油和超高油油菜,让油菜生产出优质食用油的同时,也能开拓出一条可再生能源的新途径——绿色环保油源。让油菜种出石油来,就是他组织实施的诸多重点科研课题之一。

陈锦清博士说,回顾他的科研道路,其实很不平坦。翻开他前半生的履历,可以说是自学促使他走上了这条道路。早在1971年,他在瑞安中学初中毕业时,还是"文化大革命"期间,教育战线陷于全面瘫痪,他与其他同龄人一样,只好根据当时的实际情况,上山下乡,到离县城15公里的飞云江农场去务农。然而,求知欲望很强的他,又并不甘心于"面朝黄土背朝天"的简单劳作。于是,他就利用业余时间,找些高中课本,抓紧自学。当时的农场修配厂需要一名车工,他被领导看中,就幸运地调去厂里工作。在修配厂当车工不久,他又根据工作需要,兼管起了民兵武器库。即便如此,他还是没有放弃自学,每到夜晚,总是听着田野里传来的一片蛙声,青灯伴读,从不间断。两年下来,他终于以顽强的意志修完了全部高中课程,甚至为了加深印象,他还完整地抄了一遍。说来也巧,当时农场又要选拔工农兵学员上大学,领导看到他十分好学,又表现不错,就又一次选拔他到浙江农业大学去读书。作为车工的他当时兴趣却在农学上,所以他选择了农学专业。浙农大有一个很大的图书馆,喜欢读书的他就一头钻了进去。对于一般工农兵大学生来说,由于入学前基础知识不够扎实，所以和普通大学生相比，学习能力差上一截。但陈锦清尝到过自学的甜头，所以对学习知识如饥似渴，热情很高。在求学期间，他犹如海绵吸水一样，刻苦自学，用自己的发奋努力出色地学完了老师所授的全部课程，达到了毕业规定要求。

1977年，陈锦清大学毕业，他按照当时的规定，回到老家瑞安县，在一个区农机站工作。

（二）

三年的大学"充电"，对陈锦清博士一生的影响很大。这三年的学习生活为他今后的工作打下了知识基础，也为他的继续腾飞提供了一个"跳板"。知识可以改变命运的观念，已经深刻印进了他的脑海。因此，他一回到瑞安，就在心里暗暗为自己定了三条"自我告诫"：一是随大流的事不干，不把宝贵的时间浪费在其他无谓的活动中；二是重视逆向思维，注意用不同的眼光去发现和研究新的问题；三是加强自身学习，特别是英语自学（口袋里每天都要放英语卡片），以拓宽视野，适应新的工作岗位。他当年的这三条"自我告诫"，确实对他以后的人生起到了令人意想不到的作用。日后，他就靠这三条"自我告诫"积累起的充分准备，抓住了光顾自己的机会。有人说："悄然而至的机遇，总是青睐那些有准备的人。"他的成长和经历，就充分说明了这一点。

先说他遇到的第一次机遇。陈锦清回到瑞安这一年，恰逢全县四级农科网的工作全面展开，全县晚稻丰收超过千斤。当时，领导看他文笔不错，就让他写一篇经验总结进行推广。他写出的经验总结不仅在县里产生了一定的影响，也给他带来了一次去杭州开会的机会。省农业厅的领导也看上了这篇经验总结，让他到省厅召开的会议上作介绍。谁知道，普通的会议却改变了他一生的道路。因为他在会上碰到了昔日大学的老师，知道党中央已作出重大决策，决定于次年四月恢复高考，同时招收硕士研究生。这个喜人的消息，对于好学上进的他来说，不啻是一种莫大的鼓舞。他抑制不住内心的惊喜与冲动,会议一结束,就投入了紧张的复习迎考之中。结果,在瑞安十几名考生中,他考了一个“头名状元”,又如愿回到了他的母校——浙江农业大学,攻读硕士研究生……

再说他遇到的第二次机遇。陈锦清这次读研,攻读的专业是水稻作物研究。由于他过去接触水稻的机会很多,对水稻高产的不平衡性有许多感性的了解,因此,二年的读研过程中,他便把研究的重点放在水稻作物高产的稳定性上。经过两年多的潜心研究,他终于发现了其中的规律,以优秀的毕业论文顺利获得学位。毕业后,他被分配到省农科院原子能农业利用研究所,得以继续从事水稻作物研究工作。在水稻所,他开始水稻辐射育种研究。两年后,他又获得了一次出国留学的机会。当时省农科院分到了几个赴日读博的名额,比较了解他的水稻所所长陈秋芳刚好上调到院里当了分管外事工作的副院长。陈锦清一看这次出国的条件,无论是对口专业还是外语水平,他完全够格。于是,他就跑去找了陈秋芳副院长,谈了自己的想法。陈副院长一听,二话不说就同意了他的要求。这样一来,他又在一次偶然的机遇之下,东渡扶桑留学深造。

他遇到的第三次机遇,几乎可以说是一次“巧”遇。陈锦清赴日读博,仍然修读水稻育种专业,但他当时所读的大学却只是日本的二流大学。他赴日之初,由于该校的师资力量不是很强,并没有太多的东西好学。但令人意想不到的是,他在二流的大学却碰上了国际上一流的教师。此事说来也真是“巧”极了。原来,日本的二、三流大学有一个不成文的惯例,就是为了提高学校的声望,常常会聘请名校的教授来学校兼职讲课。陈锦清没有想到,给他们来上育种课的教师,竟然是世界作物品质育种专家、东京大学著名教授武田元吉。他在听课之余主动接近武田元吉,希望获得这位名师的更多指导。武田元吉教授与他交谈之后,发现这个来自中国的年轻人思路清晰,专业基础扎实,很有培养前途,所以就主动建议他改考东京大学,有意将他招入门下。陈锦清大喜过望,于是半年后,他便遵嘱报考东京大学,做了武田元吉教授的一名入门弟子。从此,在武田元吉教授的教导之下,陈锦清跟踪国际科研的前沿动态,紧盯世界育种的热点难点,视野更为开阔,学业大有长进,发现和解决了许多科研上的新问题……

偶然孕育于必然之中。这一个又一个的偶然机遇，为陈锦清的人生赋予了某种传奇的色彩，但也为他不断地重塑自我提供了难得机会。他终于用自己的努力实现了人生追求。他已羽毛丰满，只待展翅高飞了！于是，这个当年的农场场员，如今的海外学子，读完博士后，在应恩师之邀，到三井植物生物技术研究所工作不久，便托言于一次意外车祸，毅然决然地返回了阔别8年的祖国。

（三）

陈锦清博士回国后，受到了省农科院的高度重视。当时的院长陈传群看到陈锦清博士已学有所成，就破格拨出10万元科研经费，让他从事作物品质改良基因工程的研究。院领导的关爱对他的触动很大，他决心在生他养他的华夏沃土上，用学到手的新知识，做出新的科研成绩！

据陈锦清博士介绍，他当时申报的科研立项，直接就选择了提高油菜含油量的课题。他作出这个决定原因有三：一是提高油菜高油含油量是目前世界上育种专家普遍重视的一个科研课题，通过国际专家的努力，关于油菜高油的育种研究现已掌握了一整套比较成熟的技术；二是浙江省虽是种植油菜的大省，但油菜含油量却长期低迷，如何提高油菜高油的含油量是一个事关全省农村经济的重大问题；三是他本人对油菜高油研究有感情。身为温州瑞安人，他从省城回到瑞安，要穿过大半个省。透过车窗，他看到野外冬闲田上都种着油菜。一到春天，油菜花开，蝶飞蜂舞，一片金黄，令人舒心惬意。其实还有一个更重要的原因，那就是他对提高油菜高油早已在心中酝酿有一个新的科研方案。因为他通过对作物蛋白质、油脂的生物合成途径的深入研究，认识到植物生长的营养，虽然来自光合作用和根部的吸收，并经过复杂的生物合成过程，从而形成了作物的各个组分，但这种生长模式并不是不可改变。如果我们能借助基因技术，通过基因表达调控，改变能量的“流向”，限制生产油脂或蛋白质的“通道”，那么，植物的各个组分的比例就可以人为地加以控制。比如,把生成蛋白质的营养借用基因技术调控到生成油菜的油脂上去,则油菜的含油量自然就高。反过来也一样,如能把生成油菜油脂的营养调控到生成油菜的蛋白质上去,那么生成油菜的蛋白质含量则相对较高。这个全新的科学育种理念无疑是一种大胆的理论创新。因此,他想通过这次科研立项和自己的实践来验证一下设想是否正确。在这个创新理论的指导之下,陈锦清提出了一种通过抑制蛋白质的合成来提高油菜含油量的原创性育种新方法。当然,要实践创新的科学理念,取得创新的科技成果,可不是一件轻松的事情。这项研究始于1994年,直到1998年才取得阶段性成果。这漫长的四年中,他和他的同事们克服了人才、资金、设备等方面的困难,经过含辛茹苦、脚踏实地的潜心钻研,最终在油菜基因工程高油育种中取得了重大的突破。他们育成的“超油1号”和“超油2号”含油量提高幅度创下了世界纪录,并成为运用基因技术、提高植物含油量方法中油量提升最多的两个油菜品系……

陈锦清博士说,这项育种技术将给农作物育种的理论和实践带来一场革命。因为它不仅适用于油菜的定向育种,也可广泛应用于其他农作物的育种。

值得一提的是这项科研成果的评选问题。早在1999年,研究已经获得了成果。当时,陈锦清博士想提升技术在实践中的成熟度,所以直到2001年才将它报请省科委,并鉴定通过。《科技日报》的一位记者获悉,赶写了一篇消息登在报纸上,不料消息一登,竟引起了众多媒体的注意。连中央电视台的记者也赶来杭州驻院一个多月,拍了一部科技专题片,放在“走近科学”栏目中播出。2003年开春,陈锦清竟突然看到新华社的报道,说油菜高油育种新技术经过两院院士的投票,已入选“2002年中国十大科技进展”新闻。他在惊喜之余也大感意外:自己并没有什么材料上报两院,参评之事从何谈起?经事后了解,才得知两院院士看了登在《院士论坛》上的我国油菜育种专家、中国工程院院士官春云写的一篇介绍此事的文章,这才注意到了陈锦清团队和他们的研究成果。

陈锦清博士笑着说:“这真是羊年大吉啊,全院上上下下的人都感到惊喜,感到意外!”

（四）

日前，中国工程院院长徐匡迪在点评2002年中国十大科技进展时说，超油油菜的应用前景很好，它不仅对改善老百姓食用油的质量、提高农民的经济效益具有重大的现实意义，而且作为石油的代用品具有潜在的战略意义。

现在，这项育种技术已被列入国家“863”研究计划，并经农业部批准进行生产性试验。105亩超油油菜已经在省农科院和绍兴种植。生产性试验通过后，超油油菜将获得转基因作物生产许可证，进行大面积种植。相关的国家发明专利及通过PCP国际合作程序申请的国际专利也均已进入实审，并在美国、加拿大、法国、德国等国公开，其实用性、创新性已被认可。

陈锦清博士对我说，他属于那种“闲云野鹤”式的人物。虽说想法较多，比较超脱，但没有想到，留学回来以后，他的几任院领导会那样放心大胆地信任他、支持他，他的同事又会那么真心实意地帮助他、拥护他。这一切真使他感到说不出来的感激和温暖。所以，他在验证自己的科研设想时，虽遇到过许多困难，但没有一丝一毫的气馁和松懈。相反，一种动力促使他克服困难，勇往直前……

几年来，他和同事们想方设法，借助外部力量，组成一个联络广泛的“虚拟实验室”，除了完成对超油油菜育种的研究以外，还开始对大豆、向日葵、水稻等多种农作物进行定向育种试验，并都取得了理想的效果。此外，他正在对提高中草药的药效成分和玫瑰香精精油含量等研究领域展开积极的探索。其中，对大豆的基因进行调控，让高油的大豆产油，让高蛋白的大豆制成豆制品，是他们继培育出高油和超高油油菜后在农业科研上掀起的又一场“飓风”。据最新的消息，他们在吉林的合作伙伴已培育出了世界上产油量最高的大豆。到时候，我们可以各取所需，“你种的大豆做豆腐，我种的大豆只产油”，大豆作物的生产种植从此也有了明确的分工……

（刊于《科学新闻》2003年第8期）

痴迷ABCD，普通农民成就super（超级）传奇

朱金灵　黄保平

一个英语专业的本科毕业生，通过国家规定的英语八级考试，其词汇量在1.2万个左右；而一个普普通通的农民，通过多年自学，掌握的英语词汇量达到了5万多个，被当地人称为“活字典”。如今，他不仅担任着三家工厂的英语翻译工作，还登上了大学讲堂，为大学生们讲英语，并通过浙江人民出版社出版了《蒋文生英语学习词典（初中版）》。是什么力量让一个农民获得如此大的成功？

清寒的家世，苦难的岁月

现年53岁的蒋文生出生在浙江省东阳市画水镇一个普通的农民家庭，自幼家境贫寒。1959年，其父遭人陷害，被派遣到东阳横锦水库做苦力，受尽非人折磨。为了活命，其父于当年农历十二月隐姓埋名逃到了江西，家人也跟着受尽磨难。那时吃的是“大锅饭”，年仅3岁的蒋文生户口被吊销，没有了饭吃。左邻右舍的乡亲们看着面黄肌瘦的蒋文生心生怜悯，为了让他多活几天，就从自己嘴里省下一口粥或一口饭给他吃，但根本解决不了问题。眼看蒋文生已经饿得奄奄一息，家人含泪打算将他埋到山上了事，可是奶奶坚决不同意，在一个风雨交加的深夜离家出走，背着瘦弱的蒋文生，带着邻居给的几把米糠，一路乞讨来到江西，找到了父亲，三代人抱在一起哭成了一

团……1960年，蒋文生和父亲、奶奶回到了东阳，经过上级组织调查，父亲的冤屈得以昭雪，并恢复党籍。然而好景不长，“文化大革命”期间，父亲又由于政治问题被冤枉成“反三红分子”。从小饱受摧残的蒋文生暗自发誓，长大后一定要改变自己和家庭的命运！

1973年，蒋文生高中毕业后回家种地。第二年，北海舰队到农村招收海员，蒋文生获悉赶紧报了名，体检合格后，他却由于父亲的问题——“政审”关不能通过而深受打击。

1975年，蒋文生报名参加全县招聘民办教师的考试，也因为“政审”问题，怎么也盖不上乡里的公章。后来几家工厂来招工，都因父亲问题没有去成，蒋文生只好含着泪回家继续种地。可是倔强的他并不愿意向命运低头，恢复高考的第二年，蒋文生又报名参加了高考，通过勤奋努力以322分的高分达到了录取分数线，却还是因为“政审”不合格，无法在9月1日那天走进大学的校门。命运和他开了一个玩笑，同年11月，父亲的问题得以平反，而蒋文生的大学梦却破碎了。在一次次的打击之下，时年24岁的蒋文生开始重新思考自己的人生之路，难道农民一辈子就只能靠种地吗？

改革开放的政策让蒋文生看到了一线曙光，蒋文生就此敏锐地意识到学好外语的重要性，改革开放离不开国际的交往，中国必然会与其他国家有更多的往来和接触，于是他暗下决心一定要学好英语，并借此为自己找寻一条生存之路！

他从高复班的同学那里借来初级班、中级班六本英语教材，在无人指导的情况下开始学习起英语。在庄稼地里，大家常常看到这样一道特别的风景，蒋文生一边拼命地干着农活，一边口中念念有词地背英语单词。那时候，在农村学外语对大多数人来说是一件不可思议的事情，蒋文生的做法立即遭到了全家人的反对，就连村子里的人也暗暗嘲笑他：“这小子怎么拿着锄头学英语？该不是上不了大学受了刺激，精神不正常了？”

尽管蒋文生每天下地干活，累得只想趴在地上睡一会，但是一想起自己的梦想，浑身又充满了力量，别人忙完活都去洗澡休息了，他却忙着抄记单词，连洗脚的工夫都不想耽误。冬天最冷的时候，大家都抱着火炭炉在外面晒太阳,他却躲在屋子里看书,有时手冻僵了,就用舌头舔书来翻书页。买不起纸张,他就在天黑以后悄悄溜到附近的一所小学,趁没有人的时候,偷偷捡拾学生们丢弃的废纸团,然后拿回家后小心地一张张摊平备用。为了节省纸张,他先用铅笔写一遍,接着用圆珠笔写,最后再用钢笔抄写,每一面都先后使用三遍,还是舍不得扔掉,最后他用针线将用得不能再用的废纸串起来拿到废品站卖掉,一斤废纸可换五分钱,而五分钱就可以买一张白白净净的纸张,就可以减轻家里的负担。

蒋文生知道如果光记单词,那也是哑巴英语。为了买收音机,蒋文生和几个青年承包了割水稻的活,割100斤稻可以挣5分工钱,蒋文生使出浑身的劲儿拼了命地干。后来,他听说有些人到金华的磐安山区拉木材卖,一次能赚二三十块呢。于是他费尽口舌借来20元本钱,一个人推着独轮车就去了。因为怕遭到别人阻拦,蒋文生就选择夜间行动,偷偷地翻山越岭,徒步50公里才来到磐安,将重达100公斤的杉树搬上独轮车,在黑灯瞎火中摸索着行进,整整走了一个晚上,磨出一脚的大血泡。这趟历险,蒋文生足足赚了35元钱,激动不已的他一口气狂奔到黄田畈供销社买下了那部梦寐以求的收音机,抱着它,兴奋得好几个晚上都睡不着觉。从那以后,蒋文生每天晚上都可以收听英语,通过"业余英语广播讲座(English by radio)"学外语,经过四个月的练习后,基本适应了广播讲解。他还买了一本英汉小词典,掌握了1.2万多个词汇。但蒋文生并不满足,遇到不懂的就去母校请教英语老师,老师被他的精神感动了,只要他来,总会耐心地为他辅导。后来他问的问题已经超越了教材,连母校老师也回答不上来了,就建议他去东阳中学找吴星老师。

见到吴星老师后,老师并没有第一时间帮他解答问题,而是先给了他一份宁波地区高中英语的竞赛题,说:"这份试卷先做做看,总分是120分,时间两个小时,做完我再回答你。"蒋文生斗胆做了,一个小时不到就交了卷。老师看他那么快交卷,摸着眼镜框若有所思地说:"题目挺难的吧?"然后拿起红笔改了起来,最后得出总分114分。吴老师惊呆了!吴老师又对他进行了口试,全都顺利过关。吴老师激动地说,东阳中学现在刚好缺英语老师,明天你就来上班吧!”就这样,蒋文生幸运地成了东阳中学的一名英语教师。

然而,一年后,蒋文生由于没有文凭,被同行排挤,无奈地离开了。

痴迷英语数十年,人称“活字典”

回到家里,蒋文生又重拾起锄头,心里百般不是滋味,英语并没有像他当初想象的那样改变了自己的人生,不堪重击的他这一次终于灰心了。从此,蒋文生没有了任何想法,整日面朝黄土背朝天,这把锄头一拿就是整整十三年。和许多人一样,蒋文生开始结婚生子,在农村过着无波无澜的日子。妻子是做裁缝的,农闲时,他就在一边帮忙钉纽扣、熨衣服,对人生的期望似乎也一点点被熨得平平整整。

一晃十多年过去了。1993年,上海东申制衣厂来到东阳招工,要求懂英语,会服装熨裁等技术。通过考试,蒋文生顺利过关,于农历正月十三离开东阳来到上海,在这家服装厂做了一名仓库保管员。由于这项工作需要用汉语和英语登记材料,在新进的工人中,只有蒋文生能胜任。重新回到英语世界里的蒋文生无比珍惜这次机遇,因为先前吃过没文凭的苦头,这一次他决定去上海外国语学院夜大报名。由于经济原因,他向学校请求直接从大三下学期读起,虽然十多年没有碰英语书了,但记忆力极强的他通过了考试,竟破格入学。进了夜大后,蒋文生吃着最便宜的饭菜,把所有的钱都省下来用于学习。后来东申制衣厂效益不景气倒闭了,大家一个个都走了,只剩下蒋文生和几个看门的保安。保安好几次过来赶他,他“赖”在仓库里就是不走,他们就把他的电路给切断了。后来,保安得知他是为了学英语才待在这里不走的,大家都红了眼圈,赶紧帮他接亮电灯,让他继续学习,还告诉他想什么时候走就什么时候走。

蒋文生继续学了一段时间,身上的钱越来越少,当兜里只剩下最后6元钱,仅仅够他回东阳的车费的时候,他慌了……他必须得回东阳了,他无奈地告诉夜大老师,他需要暂时回去,能否在结业考试的时候让他来上海参加考试,老师同意了。回到家后,蒋文生一边干农活一边抓紧自学。功夫不负有心人,1994年元旦,蒋文生去上海参加了结业考试,以笔试78分、口语80分的成绩拿到了大专英语单科结业证书,别人要用3年时间才能拿到的证书,蒋文生只用了半年时间便将它“拿下”了。

有了文凭之后,蒋文生通过招聘顺利地去了金华市塑料总厂上班。1995年11月的一个休息日,蒋文生在金华看到一则东阳化工厂的招聘广告,这家企业就在蒋文生的老家,名气相当大,蒋文生动心了,当即找到这家企业的招聘人员,要求应聘。当时,有数十人应聘那家化工厂,其中大部分是大学生,唯独蒋文生的学历最低。

为了测试一下蒋文生的英语水平,厂长直接带他到上海去见一个前来谈判的外籍商人。在谈判过程中,上海的一名高级翻译对一个专业词“萤石”翻译不出来,正急得抓耳挠腮。外商疑惑地看着这位翻译,这时蒋文生熟练地用英语“fluospar”将它翻译了出来,外商露出了满意的笑容,对蒋文生竖起大拇指说:“We understand(我们懂了)!”厂长高兴地说:“你明天就可以来上班了。”蒋文生因此轻松获得了这份工作。

由于勤奋好学,蒋文生很快成了厂里重要的翻译骨干,一到要举行重要谈判、翻译重要资料,厂里都会派他去办理。企业下面有好几个分公司,性质各不相同,蒋文生主要负责农药、化工、机械三家分公司的日常资料、文件翻译,接待外宾、外国工程师时担任贴身口译,还要经常和技术人员参加国内各种展会,向外商直接推荐产品和提供服务。

到了1996年,蒋文生的词汇量已达到3万多个,要知道,一般英语八级的水平也只有近万个单词量。在厂里,同事们都称他为“活字典”。

农民翻译家,勇敢自编《英语学习词典》

2001年,厂长办完事情陪外商到附近风景区看看,蒋文生负责给外商介绍一些古建筑、古文化,讲到古建筑依靠“雌雄榫”来连接两块木头的时候,他准确地说出了“concave and convex wedge”,在一旁的景区管理人员正好听到,连忙过来问:“先生,你是哪个大学毕业的?”蒋文生实话实说:“我是一个农民，上过六个月的夜大。”管理人员惊奇地睁大眼睛说，“雌雄榫”难倒了很多翻译，从来没人将它译出来，没想到竟被一个农民翻译出来了。他赶紧掏出笔记本记下蒋文生的联系方式，以便日后讨教一些英语难题，他还告诉蒋文生，以后想什么时候来这里玩都可以，不用买门票。

1996年1月，蒋文生意外地收到了来自上海外国语学院陈振东教授的来信，信中说，想请他参与编写一本英语同义词词典，主要供大学生学习研究之用。蒋文生以为自己看花了眼，因为这样的词典一般是大学教授才有资格编写的。受宠若惊之余，他开始静下心来着手编写这部词典。后来，这部词典成了大学生、研究生学习英语的重要工具书。

1999年6月9日，蒋文生受公司老板的委托，到东阳邮电局为厂里邮寄一份技术性资料给澳大利亚某公司客户。邮电局里的一位女性工作人员给了他一张EMS国际特快专递邮件详情单，正要填写的蒋文生发现该单子中的目录有个英文单词是错误的，把LABEL错印成LABLE，接着往下看正文，发现这样的错误居然共有5处。蒋文生连忙对女工作人员说：“同志，这张单子里面的英文有几个字母印错了，请你们把此事赶紧上报，让他们立即改正，否则被老外发现，中国人的脸面往哪儿搁?”女同志听了他的叙说，嘲弄地撇了撇嘴角说：“你懂什么是英语吗?这些单子用了几十年了，还从来没听人说有错误，是不是你的眼睛有问题了?”蒋文生气坏了，但他意识到问题的严重性后，还是毫不犹豫地提笔给国家邮政局写了封信，指出了特快专递详情单上的错误。国家邮政局速递局收到蒋文生的来信后，十分重视，立即责成有关印刷部门进行纠正，同年10月8日，国家邮电局速递局专门给他回函表示了谢意。

2008年1月9日下午，教育部国家督学、《人民教育》杂志社总编辑傅国亮一行来到了东阳，专门在东阳中学约见了蒋文生，详细请教了他记忆英语单词独到的方法，对蒋文生自学成才的精神表示赞赏，对他能够掌握5万个英语单词的能力表示肯定，并语重心长地对他说，如果他能把自己的学习经验写成书，让全国的青少年来分享他的成果，为国家培养人才出力，那将是一件非常有意义的事情。蒋文生听了很受启发。在傅国亮先生的不断鼓励下,蒋文生静下心来,开始在家编写《英语学习词典》。

2009年3月底,蒋文生接到央视社教节目中心法制专题部主任的电话,邀请他作为特邀观众参与一次研讨,并要求他结合自身的经历畅谈想法。到现场后,蒋文生才被告知,自己是唯一的农民代表,现场坐着的不是专业人士,就是来自各大高校的学生。录制完节目后,蒋文生感慨地说,我要感谢ABCD,没有ABCD,也许至今我还是一个拿着锄头的农民汉。

2009年6月1日,由蒋文生编著的《蒋文生英语学习词典》系列丛书之一(初中版),在浙江省翻译协会有关专家学者的帮助指导下,由浙江人民出版社出版发行了。丛书包括小学版、初中版、高中版、大学版。截至目前,高中版已脱稿,大学版还在编著中。《蒋文生英语学习词典》和以往的英汉词典最不一样的就是,把原来的单词重新排列组合,不按字母的顺序排列,而是按单词的后缀分类排列。根据蒋文生几十年的研究,英语单词后缀有400多种,这样分类组合,能帮助青少年更好、更快、更多地掌握词汇。

回想先前走过的曲折路,蒋文生认真地说:"我的目标是将词典从东阳推广到全省,再推广到全国,真正让全国的孩子能边学边玩,提高英语能力。"

(本文发表于《人生与伴侣(上半月)》2009年第11期)

巡天遥看万里海

——记省重大科技奖获得者、中国工程院院士潘德炉

卢曙火

科学创造的机缘，总是偏爱善于积极探索思考者。生活中的鸟语花香、逆顺祸福，对于一个有着创新和创造眼光的人来说，都可能触发他的创新灵感，做出一番让人钦佩不已的事业。英国的贝尔，听到电流流过螺旋线圈时发出的一阵噪声，经过反复研究设计，终于发明了走进千家万户的电话机；我国古代的鲁班，被山上带细齿的野草划破了手，发明了至今仍被人们所用的锯子；而我省一名海洋科技工作者，因出海晕船，无法适应船上的生活，引发了他的思考，继而开创了我国卫星海洋遥感事业。他就是国家海洋局第二海洋研究所研究员、中国工程院院士潘德炉。

晕船无法出海，萌发创新思维

潘德炉成长为中国工程院院士，有着一个曲折的过程，是一个在逆境中奋斗的故事。这个南京理工大学毕业的高才生，有一段让人难以置信的经历——曾在国家海洋局第二海洋研究所做过仓库管理员。

潘德炉做仓库管理员，缘于他不能适应海上的生活。调到第二海洋研究所之前，他曾在国防科工委某研究所工作，为了解决夫妻分居问题，1977年8月，他调到了海洋研究所研究船上绞车自动控制仪器。这项工作必须出海。蔚蓝色的大海瑰丽多姿，他非常喜欢海上风光。但第一次出海，从宁波启航，

航行了40多公里,到桃花岛附近时,他就因晕船而呕吐,接着开始吐血,他实在不适应船上生活,只好中途停航把他送回来。他睡在床上一个多月后感到房子还在摇晃。一段时间后,他恢复了健康,心想:第一次不行,第二次可能会好一些吧?又再次出海,但接连三次,结果都是一样。所主任对他说:“看来,你有些不适应,调整一下岗位吧。”海洋研究所主要就是研究海洋的,除此就是一些后勤辅助性工作了,没有其他合适的岗位,就安排他当了仓库管理员。仓库在4楼,他的工作就是管好所里的电子器材,把它们妥善地按定置管理的要求,放到相应的柜子里或地面,收货、发货,做好一笔笔进出货的记录,工作比较轻松。

潘德炉想,仓库管理不可能做什么科学研究,他的理想也并不在这份简单轻松的工作上。他从学生时代就养成了爱学习、爱思考的习惯。高中念书时的一件事,让他记忆深刻,永远不能忘怀。那时,每个周六回家,周日带好一周的霉干菜和粮食再返校,霉干菜里没有多少油水。最后一学期临近高考,母亲想让他增加一点营养,改善一下伙食,给他带了一罐肉炒的霉干菜。带到学校后,潘德炉却舍不得吃。待高考最后一门功课结束中午吃饭时,他才想“开开荤”,好好享受一餐。那时学校里没有可供他们坐餐的饭厅,中午吃饭时,他和一些同学及老师去学校大门口的柳树底下吃。他拿着充满诱惑力的霉干菜罐子,似乎已闻到了肉的香味。但打开盖子一看,让他心疼得想掉泪:因气温过高,肉炒的霉干菜上已有虫子在爬,只好全部倒掉!转眼看到每个老师的面前都有两只碗,一只碗里盛的是白米饭,还有一只盛的是新烧的菜,他好羡慕,想以后能有这样的饭和菜就好了!他猛然醒悟:一个人的境遇,是与他的学识和为社会作贡献的能力成正比的!他们都是十年寒窗,经高等院校培养的!一定要多学一点知识和技术!从此他变得更加勤奋爱学习了,觉得知识是有用的,学到的知识和技能,大火烧不了,洪水冲不掉,贼也偷不去。

在仓库里,潘德炉想,海洋那么大,一条船开到海上一个一个点去测温度、取海水样品,再带回实验室细细分析,多费工夫啊。其实当船离开时海水的温度和成分已经发生变化了。是不是非要到海洋上一个点一个点地去测不可,有无其他办法?他在大海上看到,海鸥在高高的蓝天上翱翔,可以从高处直接俯冲下来,准确无误地抓住一条鱼。人观察海洋,难道不可以从高空观察吗?于是他就利用仓库管理比较空闲的时候,跑到图书馆去查找有关从高空测量海洋的资料。看到了美国用人造卫星观察海洋,能看到几千公里外的消息,这让潘德炉兴奋不已。他在国防科工委某研究所时,就是从事研究卫星连接器的,但我国在利用人造卫星观测研究海洋方面当时还完全是一片空白。潘德炉认识到,他现在是一个仓库管理员,如果要从事卫星海洋遥感研究,改变目前的工作现状是必须的。

不甘受人钳制,开创自己的遥感事业

1983年的一天,他在仓库发铝泵,走到一楼楼梯口,看到贴着一张通告:招收出国研修生报名,要进行英语笔试、口试,他就到所主任那里报名。主任笑着说:“你刚调过来,未参加过英语培训,而他们已培训一年了。”见潘德炉非常自信,当然也同意了。考试那天,共有20多人,上午笔试,下午口试。考试结果出来,潘德炉的综合成绩进入前3名,这使主考的主任感到非常惊讶。原来“文化大革命”时,英语是不能碰的,可这些“紧箍咒”却没能让潘德炉放弃学习,他一直巧妙地坚持着学。《毛主席语录》是向全世界发行的,有英语版,而学习英语版的《毛主席语录》却没有人敢提反对意见,他就是通过学习英语版《毛主席语录》,打下了深厚的英语功底。

通过考试,潘德炉被选为出国研修生,出国研修院所可以由研修生自己选择,潘德炉挑选了加拿大海洋科学研究所,这个研究所有卫星遥感研究室。1985年3月,潘德炉正式赴加拿大海洋研究所,研修了两年时间。1987年3月,潘德炉学成归国,他没有带一般人喜爱的食品和纪念品,却费尽周折带回了近百斤重的50多盘珍贵的卫星遥感资料。从北京海关出来,没有人接站,怎么把这么重的资料拿回去呀?为了省钱,潘德炉没有雇挑夫,自己临时找了根棍子挑起来,辗转回了家。回来后,潘德炉在海洋研究所的一幢楼顶造起了一个海洋水色卫星地面接收站。

1987年,美国发射了第二颗海洋遥感卫星。潘德炉想,要想办法把美国的卫星资料接收下来。资料接收下来后,却无法解读。潘德炉又与美国航天航空局联系,结果对方提出了接收美国卫星资料的4个条件:(1)要用美国的黑匣子接收,半个月后由美方提供一个24位数的密码,才能解读,这样时间就推迟了半个月;(2)只能用美国的软件处理数据;(3)处理后的资料只能用于科研,不能用于生产经营和其他,特别是不能在军事上应用,(4)接收的资料需到美国归档。潘德炉想想没有其他办法,只好答应下来。

海洋水色卫星地面接收站接收下来的资料,用美国软件处理后,发现我国沿海由于海水混浊,显示的图像中海洋和陆地难以分开。用专业术语讲,是遇到了“海洋复杂水体的水光学遥感辐射传输参数反演难题”。潘德炉花了三年时间,研究出了自己的模型,针对浑浊水体水质,创新提出了“用固有光学量代替表观光学量的非光化物质的海洋遥感反演模型”。该模型可应用于我国沿海比国际上高出10倍的高浊度水体,反演精度显著提高,误差明显降低。

潘德炉又针对大气校正难题,建立了国际领先的综合考虑海气耦合、粗糙海面与偏振特性的海洋遥感辐射传输矢量模型和基于蓝紫光波段高浊度水体的大气校正模型,在近海复杂水体应用中替代了国际上基于近红外波段的大气校正模型。该模型解决了美国和欧洲航空局等国际标准算法在我国近海水体遥感资料处理失效的难题,遥感资料利用率从45%提高到99%以上。基于蓝紫光波段的高浊度大气校正模型被国际IOCCG权威遥感组织作为国际大气校正的标准模型之一,并成为国际上处理静止海洋水色卫星的主导性推广模型。

美国著名海洋遥感学家詹姆士博士和加拿大著名海洋生物学家普拉特博士在IOCCG 2009年年会等国际会议上多次提到中国学者提出的海气耦合矢量辐射传输模型、浑浊水体大气校正模型和生化参数遥感反演模型发展了海洋水色遥感,是对世界海洋可见光遥感的重要贡献。潘德炉的研究成果在*Scientific Reports*、*Journal of Quantitative Spectioscopy and Radiative Transfer*等国际权威期刊上发表,出版了《海洋水色遥感机理及反演》等专著，并获2009年浙江省科学技术进步一等奖和2013年国家科技进步二等奖。美国大使获此消息后，带着美国海洋局局长一起到国家第二海洋研究所拜访潘德炉，希望和潘德炉合作研究海洋卫星遥感领域的相关技术。

潘德炉在遥感领域的研究不仅仅限于海洋遥感技术，还包括遥感卫星技术。他适应自主海洋卫星论证、设计和研制的技术跟踪和效能预判需求，在国际上率先提出图像综合信噪比的概念，研制了我国首套海洋太阳同步轨道可见光遥感卫星应用效果仿真系统，实现了卫星上天前遥感图像质量和卫星资料利用率的预测，有效降低了卫星发射后资料失效的风险。该成果已成功地应用于我国海洋一号系列卫星、气象一号系列卫星、神舟三号载人飞船、台湾ROCSAT卫星等。同时推广到美国、欧洲航空局、日本、韩国等国家和地区的卫星上，在国际遥感界产生重大影响。该成果2002年经专家鉴定，认为“国内首创、国际领先”，获2002年国际光学工程学会（SPIE）遥感科学成就奖（个人）、2003年国家科技进步特等奖（中国载人航天工程）和2003年浙江省科技进步一等奖，2016年又获中国光华工程科技奖。

潘德炉针对我国自主海洋卫星入轨后出现的故障和资料处理问题，发展了海洋卫星几何与辐射一体化的校正技术，保障了自主卫星业务化运行。他牵头解决了自主海洋卫星以及神舟三号飞船遥感器卫星上无定标系统的难题；解决了由于HY-1A卫星K镜停转引起图像错位和旋转的难题；解决了HY-1B图像中严重的条带和偏振响应等难题，使卫星和飞船遥感器的辐射定标精度相对误差从原来的85%降低到5%，保证了我国自主海洋卫星长期稳定的业务化运行。

着眼造福百姓，拓展为民服务领域

潘德炉认为，无论什么技术，归根结底是为了直接或间接服务大众、造福大众的，因此，卫星海洋遥感事业也要立足于服务百姓。利用国外卫星接收资料时受到外国的限制，有了我国自己的卫星后，潘德炉竭力推进为民服务项目。舟山渔民判断海洋上哪里有鱼，原来主要凭经验，一是看水肥不肥，有没有鱼吃的东西;二是听音,不同的洋流声音是不一样的,鱼在什么洋流中活动很有规律性。这得费很多的时间和精力,有时他们就跟在日本人后面捕鱼。潘德炉把卫星遥感到的海洋哪里有鱼的资料提供给他们,开始他们不信。后来,提供的信息准确率很高,渔民按此指点捕鱼,收获比以往丰硕得多,于是主动向潘德炉要资料。在潘德炉的指导下,他们在渔船上建起了卫星接收站,结束了跟在日本人后面捕鱼的历史。

在为民服务方面,潘德炉还针对浙江沿海实时海洋水质环境监测的需求,研发了我国第一个基于卫星遥感的浙江沿海水质、赤潮和CO_2等业务监测系统,拓展了我国海洋卫星遥感应用的新领域。浙江省沿海海洋水质恶化,氮、磷超标位居全国前列;赤潮频发,占全国赤潮发生总次数的70%;传统船只和浮标测量无法满足沿海水质恶化与赤潮灾害发生实时监测要求……在浙江省科技厅攻关项目支持下,潘德炉研发了“长三角水质和赤潮遥感监测与速报系统”,自2005年业务化运行以来,水质分类监测平均精度达到89%~92%,实时监测赤潮发生的中心位置和面积精度达80%以上,赤潮种类的监测精度达90%。与传统监测技术相比,监测成本降低到1%,监测频率提高了100倍,性价比提高了万倍,保证了浙江省沿海水质、赤潮灾害实时监测的业务化,成功推广到全国应用,已成为我国业务化海洋水质监测和赤潮速报的重要平台,为浙江省的海洋事业发展作出了重大贡献。同时该技术通过国际海洋水质遥感培训班已推广到美、法、英、德、日、韩等11个国家应用,并获1999年国家海洋局科技进步一等奖和2009年浙江省科技进步一等奖。基于该成果,针对军民海洋环境监测的需求,潘德炉开发了我国第一套具有自主知识产权的以自动和定量为特色的一体化卫星海洋遥感综合应用系统,安装在军民多个部门长期稳定运行,卫星遥感产品已在环保部和国家、省、市三级海洋部门、环球大洋考察船、南北极地考察中实现了业务化应用。自2009年4月20日开始,该系统业务化应用于制作中央电视台新闻频道《海洋预报》节目,还应用到海洋国防事业中,成果得到国家领导人和遥感、海洋界院士的高度评价。该系统获2013年国家科技进步二等奖。

在全国“908”项目支撑下,潘德炉作为总项目的指导专家,针对浙江省海岛种类多、数量大(占全国40%)的特点,直接指导建立了浙江省卫星遥感、航空遥感、水体测量、地面调查四位一体的海岛资源环境调查技术体系,首次实现以遥感为主的大规模海岛资源环境调查,摸清了浙江省海岛“家底”,编制了迄今最完整的《中国海岛(礁)名录》(上、下册),为浙江海洋战略提供了重要基础支撑,并推广到全国各个沿海省市的海岸带与海岛环境资源调查中,获2014年国家海洋局海洋科技成果一等奖和浙江省科技进步二等奖。

在推进卫星海洋遥感事业时,潘德炉还得到了时任浙江省委书记习近平的积极支持,指派相关领导直接处理相关事项并提供支持。

潘德炉开创的卫星海洋遥感事业充分体现了创新在科技领域中的重要性,创新不仅是一种理念,更是一种方法。现代科技单打独斗的时期已经过去,科研需要的是团队的合作,因此他也十分重视团队的培养。作为博士生导师,他指导学生如何选择从事的职业时说:“一个人想做点事,该做什么?主要做三件事:一是要做人家想不到的事;二是做人家想到,不敢做的事;三是做已经在做,但别人总是做不好的事。”三件事都需要一种独具慧眼的创新精神。潘德炉走过的道路说明,科技创新是一个国家、一个民族发展的重要力量,是时代进步的灵魂!

(原载于《浙江科协》2016年第10期,《科学24小时》2018年第7—8期转载,被“原创力文档网”等多家网站转载)

葡萄园里写春秋

——记义乌市希洪果树开发研究所创业发展之路

吴优赛

张希洪，男，1960年12月生，浙江义乌人，农艺师，本土水果专家，现为希洪果树开发研究所所长。1982年开始创业，在大陈后畈承包义乌第一片椪柑园50亩；1985年，承包经营郑家坞橘园80亩；1988年，承包开发新品种桃园60亩；2001年初，开发苏溪新乐75亩高标准葡萄园；2002年5月，创办义乌市希洪果树开发研究所，并使该所成为一家集生产、科研、技术服务、果品销售、种苗繁育等于一体的民营企业；2003年1月，又承包新建八里桥头葡萄园50亩；2004年2月，该葡萄园被市人民政府认定为“义乌市无公害农产品基地”；2008年5月，其承包经营的葡萄园又被认定为“省级无公害水果产地”。葡萄园出产的葡萄，在义乌市首届葡萄鉴评会（2007年开始）上连续三年荣获葡萄现场评比一等奖；2010年8月，中国农学会葡萄分会在上海市嘉定区举行全国早、中熟优质葡萄评比会，希洪果树研究所选送的“希洪”牌喜秀红提葡萄获得“优质奖”。另外，葡萄园还先后被授予“市科技示范户”“金华市残疾人扶贫基地”“葡萄设施栽培示范基地”等荣誉称号。1994年12月10日，时任中共中央政治局候补委员、书记处书记的温家宝同志走访张希洪家，对他的勤劳致富精神给予充分肯定。

义乌首批“万元户”

“种果树，一年变成万元户。”这是进入20世纪80年代特别是党的十一届三中全会以后，群众生活水平的真实写照。义乌的老百姓不仅解决了温饱问题，而且许多人都成为先富起来的一部分。首批万元户，都与“农”字沾边。当时，张希洪所在的村叫“后畈村”，是个深入开展“农业学大寨”群众运动的榜样村。该村是坚持以路线为纲，认真落实农业“八字宪法”，为革命种田的先进典型，其结果却是个“高产穷队”。为此，村里利用石头山开发种植椪柑园50亩，成为义乌第一片椪柑园，但因缺乏技术，管理水平较低，未能取得理想效益。1982年初，村里决定“发包”，让农户承包经营椪柑园。张希洪在叔叔支持下，承包了这片椪柑园。在上级农业部门的指导下，加上自己的刻苦学习和实践，又恰逢老天帮了个好忙，张希洪在承包当年就获得好收成，一举成为远近闻名的“万元户”。这是他在果树承包经营中掘到的第一桶金。

1983年3月9日，在全县1982年度劳模、先进表彰大会上，时任义乌县委书记的谢高华作了题为《全县人民放下心来，放开手脚劳动致富，为国家为人民作出新贡献》的报告，并表彰了义乌第一批“万元户”。张希洪就是受表彰的“万元户”之一。

“十万元户不算富，百万元户刚起步，千万元户刚刚富。”进入21世纪，背靠义乌大市场，义乌老百姓对富裕的标准也在发生变化，因为在义乌这片热土上，身家百万元、千万元的老板比比皆是。然而，对于20世纪80年代初的义乌人来说，“万元户”又是一个怎样的概念呢?那个年代，1万元可以买到很多东西。米价每斤仅一角四分钱，肉价每斤是九角五分；走亲戚送礼花两元钱就够了，小孩子在大年三十晚上，能享受到长辈送的一角、两角压岁钱就蹦蹦跳跳、心满意足了。据当时县统计局统计，1981年义乌县农民人均收入为229.93元，1982年在350元上下。由此可见，在人均日收入不足1元的情况下，1万元简直是一个天文数字。

改革开放之初，邓小平同志提出“让一部分人先富起来”，为此，党对农村政策作了较大调整，在农村推行农业承包责任制。一些农户靠个人或全家的埋头苦干，加上懂技术、善经营，迅速成为农村致富的“能人”。

谈到“万元户”，人们自然会想到新华社的两篇报道。1979年11月17日，新华社以文字和图片的形式报道了山东临清八岔路镇赵汝兰一家植棉，年纯收入达到10239元的消息，此消息先后被国内外50余家新闻媒体转载。1980年4月18日，新华社播发的通讯《雁滩的春天》提到，1979年末，甘肃兰州雁滩公社社员李德祥从队里分到了一万元钱，社员们把他家叫作“万元户”“村里的高干”。自此，“万元户”的叫法就像一阵春风，吹遍了大江南北。“万元户”也成为20世纪80年代最受关注的词汇之一。在人们生活水平不断提高的今天，“万元户”成了一个历史概念，它已经淡出了历史舞台。

张希洪的成功得益于中国的改革开放政策。他在承包的葡萄园内专心钻研种植技术，摸透水果的生长发育习性和结果规律，并与当地的土壤、气候等环境因素相结合，实施一套行之有效的栽培技术，果品产量稳步上升，效益逐年增长。

2009年仲秋的一天，义乌的老领导、年近八十的谢高华书记，在有关人员的陪同下，走访希洪果树研究所。张希洪早在大门口恭候迎接，两人一见如故，手拉手，肩并肩，跨进了希洪果树研究所的办公室。谢高华书记一边品尝着喜秀红提葡萄，一边滔滔不绝地聊起“万元户”的往事，他们谈得十分投缘。谢书记看到张希洪事业又有了新发展，很高兴，连声说：“了不起，了不起……”并与张希洪夫妇合影留念，还当场挥毫写下了八个大字：“改革创新，服务三农”。

比翼双飞共创业

时光追溯到1983年。当时，陈秀英还是一名青春少女，她生活在大陈安里自然村一个富裕家庭里。经人介绍，陈秀英与邻村的有志青年张希洪建立了恋爱关系。当时张希洪的家境并不好，但为人正直、勤奋好学，并承包经营着义乌最早的人工栽培的椪柑园，两人在相互交往、一起劳动的过程中，逐渐加深了了解，有了共同的志趣和理想。这对有情人终于喜结良缘，携手走上了共同创业致富之路。当年，夫妇俩到杭州度蜜月时，在杭州城站一下车，看到有人在出售柑橘种子，张希洪的脚就像钉了铁钉似的，身上的600多元钱全部买了柑橘种子回家，蜜月旅行的计划也泡了汤。

创业的初步成功，坚定了张希洪夫妇开发果园的信心和决心，并决定扩大经营规模，寻求更大的发展。1986年，他们先承包了大陈一村的25亩荒山，经一个冬春开山整地，次年种了15亩椪柑和10亩桃树；后又承包了浦江县郑家坞乡宗宅村的35亩溪滩低产橘园；1991年，再承包大陈二村15亩荒山和本村的15亩土地，开发种植5亩葡萄、10亩桃树、15亩柑橘。

随着种植规模的进一步扩大，他们内心已经深感果园科学管理技术的不足和经营管理水平的欠缺。在向市农业局、市科委、镇农技部门请教和阅读有关科技书刊的同时，他们一直希望有机会参加果树科技知识的系统学习，市农函大圆了张希洪夫妇的学习梦。1991年，张希洪先参加农函大果树专业学习；1995年，陈秀英又跨进了农函大的大门，成为我市第14届农函大果树专业的学员。夫妇俩学习都十分认真，从不缺课，总是准时赶到面授地点，仔细听讲；并结合自己的果园情况，提出一些问题请老师解答。夫妇俩边学习、边实践，经常交流学习心得，相互勉励，共同提高。通过农函大的系统学习，他们比较全面地掌握了果树基础知识和主要管理技术。在实践中，他们用科技型、集约型的管理方式取代落后的传统型、粗放型管理方式。加快新品种、新农药、新技术的引进与应用，先后引进衢州优质椪柑、常山胡柚、甜橙、布目早生（桃）、砂子早生（桃）、油桃、藤稔葡萄、京亚葡萄、美人指、巨峰葡萄、喜秀红提葡萄等新品种近20个。

在人们的印象中，张希洪夫妇性格开朗，待人和蔼，勤劳有为，富而思进，有知识，懂技术，处事稳重，热情好客，一天到晚总是笑盈盈的。谈到多年来的创业体会时，陈秀英说："作为一名农村妇女，要自尊、自爱、自强、自立，更要学科学、爱科学、懂科学、用科学，这是勤劳致富的捷径，也是推进农村两个文明建设的有效办法。我已经参加了三届农函大的学习，获得了果树、妇幼、政法三个专业的结业证书，农函大使我变得更充实、更有精神了。"确实,农函大是提高农村劳动者素质,造就一批懂技术、会经营、善管理人才的重要阵地。

“千淘万漉虽辛苦,吹尽狂沙始到金。”张希洪夫妇在果园开发与经营过程中,风雨同舟,勇于开拓,一步一个脚印,终于走向成功的彼岸。1995年1月,在市科委、市农业局组织的“柑橘新品种观评会”上,他们培育选送的“大陈甜橙”荣获“优胜奖”。1998年陈秀英还出席了省第10次妇女代表大会,在地方党组织的培养下,1997年6月,陈秀英光荣地加入了中国共产党,次年6月转正,后又当选为大陈镇后畈村党支部委员、书记。

张希洪夫妇的创业得到各级党委、政府和有关部门的大力支持。得到政策和技术上的扶持的同时,也得到了金融部门的支持。《义乌金融志》载述:“大陈镇后畈村张希洪,1988年在后畈村承包荒山65亩,开发种植柑橘、葡萄等水果,每年可收柑橘35万斤、葡萄5万斤,并承包一口池塘(10亩),每年养鱼收入可达4万元,累计总收入可达15万元。大陈信用社给优惠贷款4万元。”

总理教诲铭记心间

1994年12月10日下午,温家宝总理在省、市领导陪同下到大陈镇考察农村和农业发展状况。温家宝一行到达大陈镇后畈村后,微笑着走进张希洪家。

温总理仔细察看了张希洪家的每个房间,然后落座在张希洪家客厅里,围着八仙桌与张希洪夫妇拉起了家常。在平易亲切的温总理面前,张希洪像打开话匣子一样,滔滔不绝地说了起来:“我们全家一共五口人,在家里的是妻子和一儿一女,还有个叔叔刚刚出去了,因为叔叔无儿无女,我从小就过继给叔叔当儿子。我承包山地专业种植柑橘已经12年了,收入年年增长,生活一年比一年好。全村的村民现在也大都是柑橘种植专业户了,生活年年在改善。这几年,靠党的改革开放政策,特别是当地党委政府的大力支持,我们有信心、有决心从事农业开发,走上致富的道路。”

对张希洪夫妇依靠科技、勤劳致富的做法，温总理当即给予高度评价，并鼓励张希洪夫妇要继续好好干。从张希洪家出来的路上，温总理迎面碰上一位老农，温总理主动伸出双手和老农握手，并询问老农家住哪里。老农指了指温总理身后不远处说，就是您刚刚去过的那家。温总理连连点头，笑着说："哦，你就是张希洪的叔叔。"张希洪的叔叔回家后很兴奋，他说："中央来的领导真没架子，很土格（义乌农村方言，很平易近人、随和可亲的意思）。"

日前，笔者采访张希洪夫妇，他们说起当时的情景还记忆犹新。张希洪说："总理平易近人，亲切和蔼。总理说的每句话，都让我们心里倍觉温暖和亲切。这几年，总理的教诲，我们一直铭记心间，一心一意想着把自己的事业做强做大，决不辜负总理的鼓励和殷切期望。"

张希洪说："目前，世界上有90多个国家生产葡萄，种植总面积约为11250万亩，年总产量约6500万吨，在各类水果中居于第二位。农业部今年4月启动了'鲜食葡萄新品种及设施化生产技术引进与创新应用'项目。这个项目计划从日本等国引进新设施、新技术，包括避雨栽培的棚架结构设计技术、整形修剪、病虫害生物防治等先进生产技术，结合国内现有技术进行集成创新。我们将主动引进新技术、新装备，向社会提供更优质、更安全的葡萄。"

葡萄是一种多用途水果。它不但营养丰富，还有保健作用。在葡萄所含的较多糖分中，大部分是容易被人体直接吸收的葡萄糖，所以葡萄成为消化能力较弱者的理想果品。葡萄中含较多酒石酸，有帮助消化的作用。适当吃点葡萄，能健脾胃，对身体大有好处。医学研究证明，葡萄是水果中含复合铁元素最多的水果，是贫血患者的营养食品。常食葡萄，对神经衰弱者和过度疲劳者均有益处。

张希洪对发展葡萄产业充满信心。他说："随着社会进步和人们生活水平提高，类似葡萄这样的健康水果的需求量也将进一步增加。"

科学技术是把金钥匙

对科技的认识提高，就会产生强烈的应用科技的欲望。张希洪从专业杂志上得知桃树应用“多效唑”效果十分明显，他当即联系购进此种农药，正好赶上当年使用时间。在桃树花谢后10天，用50g多效唑加12.5kg水制成喷雾，当年就收到良好效果，桃树夏梢生长得到有效控制，新梢生长开张，保果作用明显，桃果个大质优、圆滑鲜艳、外观漂亮，在市场上成为抢手货。据义乌业内人士说，在桃树上应用多效唑并取得良好结果，这还是第一家。张希洪还运用在农函大学到的知识，进行柑橘药剂处理贮藏保鲜试验，开始时应用“托布津”作为贮藏保鲜药剂，后来经科技人员介绍，先后多次到省农业厅水果科引进国外进口的“培福朗”“施宝克”等最新的柑橘贮藏保鲜药剂，并与常规药剂进行了对比试验，发现用“施宝克”处理的柑橘贮藏保鲜效果最优，失水少，青绿霉病与褐腐病等病害发生率低，果实饱满，新鲜度高，在春节前后上市销售，价格高于其他柑橘三分之一以上，还供不应求，经济效益明显。研究所先后承担了“桃新品种引进与栽培技术的研究”“优质无公害葡萄生产技术”等市科技项目，并与浙江大学果树研究所签订了科技合作协议。

张希洪夫妇主动指导当地农民和专业户搞好生产，带动了周边地区的农户发展各类水果2000多亩。2005年5月16日《义乌商报》的一篇题为《课堂搬进果园》的报道写道：“葡萄大棚内传授着自己生产葡萄的经验心得。张希洪指着葡萄梢说：‘抹梢能保果，增加光合作用。’接着，他又向葡萄种植户们介绍如何抹梢。‘留下的花蕾是否能全部结下葡萄？’‘一般来说，五分之三是要落果的。’一问一答间，果农心中的许多疑难问题化解了，果农们在这里学到了许多实用农业技术。”

“传授科学技术，发展效益农业，带领大家共同致富，是我义不容辞的责任和应尽的义务。”他这朴实无华的语言，使我们看到像张希洪这样本土科技人才的脱颖而出，为农业的腾飞注入了新的活力，将进一步促进农业现代化和新农村建设！

科学技术一旦运用到实践中去，就会变成强大的物质力量，成为发展生产和实现现代化的重要源泉，可以实现资源的高效合理利用，并优化配置，降低能耗，提高效益，促进农业的可持续发展。科学技术的应用在提高劳动者自身素质的同时，也带来了丰厚的物质回报，促进了周边地区科学技术的普及与推广。通过学习、吸收与应用科学技术，张希洪已尝到了甜头。在葡萄栽培中，张希洪充分发挥葡萄的特性，采取控制产量提高品质、病虫害规范化防治等措施后，葡萄连年稳产丰收。他的葡萄价格比市场价高出30%以上，上门收购与电话订购还是络绎不绝，原因是他的葡萄外观漂亮、果大均匀、口味甜美、商品性强，具有较强的市场竞争力。

地处缺水的义乌市，种好葡萄又节水的办法就是用滴灌设施。掀开一段塑料薄膜，就看到下面细长的水管在不断往下渗水。看看土地表面，土壤湿度均匀饱和，大棚内用上滴灌设施后，不仅改善了灌溉条件，节省了劳力，用水量也比以往减少70%左右，作物可增产8%左右。更重要的是，滴灌还有效减轻农业面源污染。

这笔“水账”怎么算？张希洪一一道来：人工浇灌每天每亩地的用水量在3吨左右，采用喷、滴灌技术后，每天每亩地的用水量只有1吨。购置设备也很划算，为了节水，义乌对购置喷、滴灌设备的企业出台扶持政策，按购置价的35%予以补助。而用水的直接成本节省更明显，他所在村农业用水来源是水库水，按时收费，放一小时水收取2元。用滴灌技术后，放2个小时水储备在自家小池塘里，再慢慢灌进去，可以把地全部浇一遍，用原来的漫灌技术，浇一遍地整整需要15小时！“越来越多的乡亲看到了滴灌的好处，在政府的大力支持下，这两年买滴灌设备节水已成了时髦！”张希洪笑着介绍。节水在义乌已经成为农民们的自觉行为。

龙祈山下再创新业

抬头仰望，蓝天映衬下高耸的龙祈山，是那么险峻，那么沉稳，那么刚毅，那么厚重；从龙祈山深处飘过来的悠悠白云，更让人神往龙祈山的高远与深邃。相传，清朝乾隆皇帝曾两次到过龙祈山，诗赞：“此处山野风光秀，佛手迎宾万里香。长瀑笑宴天下客，百鸟欢歌龙王康。”龙祈山下的美景更是令人陶醉：远观，是一幅幅美丽的画卷；近听，是一首首美妙的诗篇。这其中就有两片神奇的葡萄园，一片在苏溪新乐，一片在大陈八里桥头。

2001年1月，张希洪从义乌市农业局了解到，义乌市第一个土地流转试点村——苏溪镇新乐村有270余亩村集体土地要对外公开承包。他抱着试试看的心情来到新乐村一探虚实，一问才知果有此事。于是，他便同新乐村协商，承包了75亩土地用于葡萄种植，租期十年。村委、党委不仅大开绿灯，还给予他村民同级待遇。

提起这些，张希洪喜上眉梢。尽管刚开始时他先后投资近百万元，搭起钢架大棚，但由于经验不足，再加上葡萄品种不适合当地生长，效益不好，一度走了弯路。2003年，张希洪对所种葡萄进行了品种改良，淘汰“白鸡心”“黄提”等品种，引进“巨峰”“巨星”“美人指”等新品种。为创出自己的特色，张希洪针对消费者的心态和市场需求，将亩产控制在2500斤左右，以增强葡萄的口味。同时，成立了“希洪果树开发研究所”，精心打造无公害葡萄基地。

2003年1月，为扩大再生产，他又承包新建八里桥头葡萄园50亩。引进选育的“喜秀红提”，丰产优质，外形美观，味甜香浓，适应性好，商品性强，深受消费者的欢迎。其后，又计划引进原产于日本的夏黑葡萄，这是一个集诸多优点于一身的优良品种，抗病，丰产，极早熟，易着色，耐贮运，含糖高，口感好。

七、八月间，走进八里桥头葡萄园，只见行行葡萄架排列整齐有序，一串串葡萄挂在下面。看哪，那葡萄紫红晶莹，形如玛瑙，颗颗饱满，大小均匀，这简直是长篇叙事诗《伊利亚特》所描写的丰收景象：“葡萄园，结满了美丽和金黄色的葡萄，有紫葡萄串悬挂着，全园到处都搭着葡萄架……快活的青年男女用编制的筐子、篮子盛着甜蜜的葡萄……”

“白的像白玛瑙，红的像红宝石，紫的像紫水晶，黑的像黑玉。一串一串，饱满、磁棒、挺括，璀璨琳琅……”现代作家汪曾祺在散文《葡萄月令》中用娴熟的文字将葡萄的美展现在人们面前。今年八月下旬的一个周末，笔者在张希洪的葡萄园里，也看到了此番美景。

说到“葡萄经”，张希洪十分自信地说：“经过多年潜心研究，我们已摸索出一套适合本地的葡萄种植技术。最关键的是要严格按照《NY5086-2002无公害食品鲜食葡萄》要求，进行无公害生产。重点抓好五个方面的技术：一是选用优良葡萄品种，巨峰、喜秀红提等这些品种品质好，耐贮藏，耐运输，市场销路好，商品售价高，其经济效益远高于其他葡萄品种；二是改善葡萄栽培设施，通过改善栽培设施，大大减少农药使用次数，节约农药成本；由于土壤水分可以人为控制，葡萄糖度普遍增加，酸度降低，可溶性固形物提高，葡萄品质和商品性得到有效提升；三是科学合理施用农药，在南方高温高湿、多雨少日照的气候条件下，葡萄相对其他经济作物病害种类多，发病较重。根据各个病害的发生规律，在病害即将发生前进行事先预防，这样既能控制住病害，又能节省农药支出。此外，病虫害防治应做到综合防治，除药剂防治外，主要应从栽培措施上着手，通过肥水管理、整枝抹芽技术，增强树势，提高抗逆能力；四是科学肥水管理，以使用有机肥为主，基肥秋施；在化肥施用上，控氮肥，增施磷钾肥，注重微量元素的施用，根施与叶施相结合。在水浆管理上，根据葡萄各个发育阶段的需水规律与气候条件决定控水或灌水，着重做好果实膨大期的灌水与着色成熟期的控水，夏天高温适当灌水降温；五是重视疏花疏果和果实套袋，通过疏花疏果，使穗型整齐，果穗与果粒大小基本上一致。果实套袋一般在第二次膨大期开始，套袋前先做好病虫害的防治。

张希洪认为，葡萄质量安全直接关系到人类健康和安全、基地的信誉和效益。为此，研究所制定了《质量安全管理制度》，由专人负责，做好葡萄生产与销售的全过程质量安全管理工作，做到“三个严格”：一是严格产地环境的管理，不准工业“三废”、城市“三废”进入基地，化肥、农药、包装材料等农业投入品要按有关标准使用，保护产地环境条件，从源头上把好产品质量安全关；二是严格生产过程的管理，按照技术标准组织生产和销售，科学合理使用化肥、农药等农业投入品，加强对生产过程的无公害控制与监测工作；三是严格鲜果销售的管理,对包装材料严格把关,鲜果要按标准分级挑选,不合格的产品不准装箱外运,并要做好跟踪服务工作。

2008年葡萄成熟季节,有记者到张希洪承包的苏溪葡萄园采访。只见葡萄园内钢架塑料大棚一个连着一个,张希洪正在葡萄园内穿行,他用双手托住一串葡萄笑着说:“这串葡萄足有2斤多重,在市场上就可卖一百多元钱。”环视大棚内,像这样一串2斤多重的葡萄比比皆是。这是什么葡萄?有这么大的魅力?!他说,这种葡萄原产于日本,葡萄果粒前端鲜红色至紫红色,恰如染了红指甲油的美女手指,故叫美人指。一串串、一颗颗长长的美人指挂在枝头,放眼望去,无比美丽。美人指对栽培及气候条件要求极其严格。从2001年春季引进美人指后,他们对整枝抹梢、施肥、水量控制、生物用药等方面都进行科学管理。记者一边听一边摘下一颗美人指,想洗一下,再尝尝鲜,张希洪摇着头说:“不用洗,这是无公害的,尽管放心吃。”记者将一颗美人指塞进嘴里,汁多味又甜。

看着连片的葡萄园,有人不禁问道:“这么多葡萄,销路愁不愁?”张希洪开心地说:“由于实施规模种植,从不使用激素,属于无公害果品。葡萄甜度高、品相好、商品性强,又讲信誉。一到采摘期,马上就变成抢手货,大部分是老客户和回头客,我们的葡萄销售形势非常好。”

在谈到未来发展时,张希洪信心十足地说:“铭记总理的教诲,继续从事这甜蜜的事业。下一步,将重点做好钢架连栋大棚建设,实行避雨栽培。避雨栽培是南方地区葡萄种植的一次技术革命。在政府政策、资金、项目、技术等方面支持下,去年已建成5000平方米,今年将再建8000平方米,全部实现葡萄避雨栽培,为社会提供更多更好的无公害优质葡萄。”

(摘自《洪波曲》,中国戏剧出版社,2012年1月)

为了西苕溪水清鱼跃

——科技工作者陆卫东首推“西苕溪禁渔期”

程维新

在西苕溪岸边的安吉县梅溪镇板桥村，村民李小四兴致勃勃地告诉我：“现在的西苕溪，真可谓是鱼多又大，花鲢鱼好多都有上十斤重啦。”递铺街道横塘村老高也多次跟我说：“近几年，西苕溪的鱼大得好快，量也多多了。”

山绿鸟飞、水清鱼跃，这才是我们需要的良好环境！

回想20世纪八九十年代，虽然渔业行政主管部门不断地向西苕溪增殖放流，安吉县每年向西苕溪水域投放鱼种就在100万尾左右，但是，由于无序捕捞，电、毒、网鱼行为屡禁不止，大鱼小鱼一网打尽，年初年终捕鱼不息，再加上一些企业污水直排，导致西苕溪渔业资源急剧下降，渔民们怨声载道，有的渔民不得不放弃几代人从事的职业，弃渔上岸。如今，看到西苕溪安吉段水清鱼跃，两岸民众都不约而同地认为：“设立西苕溪禁渔期是一项明智决策！”

说起设立西苕溪禁渔期，第八届安吉县政协委员、安吉县第十六届人大常委会委员、高级工程师、多次获省市县科学技术进步奖的基层科技工作者陆卫东可谓是有功的首推人！

今年51岁的陆卫东是九三学社社员，高级知识分子，他虽然只担任了一届县政协委员，却是政协委员中的活跃分子。他是县政协特邀信息员；他每年撰写的社情民意调查报告数量均名列前茅；他每年递交提案都在2件以上；他每年都代表县政协委员作大会发言，直接接受县长的点评；他是政协委员中少有的被选为安吉县最具影响力的委员;他连续五年被评为“优秀委员”。

陆卫东在大学学习水利工程专业,从1990年起,在县水利农机局工作近30年,是安吉县水利专业的技术人才。他履行政协委员职务,总是与专业相结合,底子明,研究深,意见建议中肯。《关于切实加强饮用水资源保护的建议》《关于做好农家乐与防汛安全管理的建议》《关于提升县城区城城市河道总体环境与防洪能力的几点建议》《关于建设环凤凰水库游步道的建议》等,都得到了政府的高度重视和积极回应。

陆卫东担任县政协委员期间,正是安吉县生态建设成果迭出的时期。全国首个“生态日”在安吉设立,安吉成为全国第一个生态县,生态立县、生态经济强县意识得到全面增强,美丽乡村建设开始起步,西苕溪整治逐步推开,安吉获得联合国人居奖……这一切正是“绿水青山就是金山银山”理念健康孕育的进程。安吉县水利工作始终以护卫和开发利用母亲河西苕溪为重点,近年来,投入了大量的人力、物力、财力,使其抗洪、灌溉、运输能力得到了有效提升。陆卫东以专业技术人员的慧眼,看到了保护美化西苕溪的重要性,也认识到西苕溪包括亮化、彩化、娱乐休闲在内的非工程的护卫措施比较滞后,尤其是渔业增殖、丰富活鱼种类、保证渔业持续健康发展等方面尤为突出!他看到了这一点,希望及时引起各级领导的重视。2012年,他在有关调研和座谈会上提出了设立西苕溪禁渔期的意见,并以民主无党派人士的身份,向县、市统战部门提出了建议。2012年底,陆卫东以提案形式提交了《关于设立西苕溪禁渔期的建议》,希望更好地保护西苕溪渔业资源,保护河道生态环境,使水域资源的衰退得到有效缓解。他是整个湖州市第一个提出在西苕溪实行禁渔期的人。他的建议得到了县政协的重视,县政协邀请有关部门专业人士进行立案审查。专家和行政主管部门人员审查认为,苕溪属于省级河道,县级部门无权设立禁渔期;西苕溪涉及两县一区,仅仅在安吉县局部实行禁渔期,效果不太明显。当时各级领导在这方面的意识也不够强,意见没有得到统一,认为设立禁渔期的条件还不成熟,建议县政协不予立案。

设立禁渔期是保护江河湖海和丰富渔业资源的有效手段，渔业资源受到严重破坏的母亲河西苕溪必须落实禁渔期！陆卫东并未因提案不予立案而放弃这一具有科学性、可行性的建议。他认为，早在夏商时代，就有“夏三月，川泽不入网罟，以成鱼鳖之长”的规定，现在完全可以推动西苕溪渔业资源的可持续发展。为了设立西苕溪禁渔期这一目标，他没有放弃，坚持不懈地努力着。2012年以后，他通过政务信息、政协委员建议、民主人士意见、科技工作者建言等多种途径，向各级领导宣传实施禁渔期的重要意义，向有关部门和西苕溪沿岸群众灌输相关知识，而且会同县农业局渔政管理部门的同志，一起到湖州市农业局、长兴县和吴兴区渔政主管部门开展宣传动员，强调“实施禁渔期制度是实现渔业可持续发展的战略之举，是保护资源环境的长远之措，具有重要的现实意义和深远的历史意义”。2013年1月举行的县政协八届二次会议上，陆卫东代表九三学社安吉基层委，就设立西苕溪禁渔期作了专题大会发言，得到与会人员的高度赞誉。会后，县政协对此进行专题性调研，就设立禁渔期一事多次与县政府协商，还积极以社情民意信息的形式向省、市党委、政府反映。在陆卫东的动员和感召下，市、县农业局很快统一了思想认识，通过多渠道向省渔业与海洋局反映各级人大代表、政协委员、基层群众对保护西苕溪渔业资源的意见和要求，并组织专业技术人员开展专题调研，根据西苕溪水质、水文、水流状况和渔业资源历史发展变化状况，提出西苕溪设立禁渔期的建议。

2014年，省委发出了“五水共治”的号令，水成了全省上下目光的聚焦点。陆卫东看到这一大好形势，明显感受到西苕溪设立禁渔期的时机已趋成熟，于是他抓住这一机会，再次撰写信息、建议上报省、市、县党委和政府及有关部门，同时再次开展调研，撰写政协委员提案。他在准备提案的过程中惊喜地获悉，自己撰写的关于设立西苕溪禁渔期的建议得到了时任湖州市委书记马以的批示，后来，省政府党组副书记、省政府顾问、省“五水共治”工作领导小组办公室主任王建满对这篇建议又作出了重要批示，陆卫东一下子成了“五水共治”提出新建议的大红人。他自己也激动不已，落实西苕溪禁渔期的积极性更高，信心更足了。没多久，他完成了一篇2000多字的《关于加强西苕溪生态保护、设立禁渔期的建议》。这篇建议通过自己亲眼看见渔业资源遭受破坏的事实描写，提供有关法律依据，调研实施禁渔期的重要意义以及有关工作建议，有理有据，对政府作出决策提供了充分的支持。

2014年，县政协八届三次会议开幕的第二天，陆卫东就将早已准备好的《关于加强西苕溪生态保护、设立禁渔期的建议》作为大会提案，递交给大会秘书处。这一提案很快引起了大会秘书处的重视，建议大会主席团将其列为重点提案，交县政府有关部门办理。

在县政府的统一领导下，县农业局等部门立即与上级有关部门沟通，县政府向浙江省海洋与渔业局递交了《关于要求设立禁渔制度的请示》。6月，经省海洋与渔业局论证后及时发出了《关于同意安吉县设立禁渔期制度的复函》，明确了禁渔范围、禁渔时间和禁止行为，并要求禁渔期间积极组织开展相关渔业法律法规宣传和渔业资源增殖工作，切实采取措施加大禁渔区的管理力度，加强渔政监督检查，保证禁渔期制度设立的实际效果。

每年的3至5月，正是西苕溪主要鱼种产卵和成长的时节，鲢鱼、鲫鱼等几种主要经济鱼类生长较快、繁殖力较强，一般一年即可达性成熟，翌年即可形成产卵种群。根据这一特点，有关部门决定从2015年起，每年3月1日至5月31日，在西苕溪安吉段干流小溪口至递铺街道六庄村长潭段实行禁渔区和禁渔期制度，安吉县成为湖州市首个推行禁渔区和禁渔期制度的县，也是继2009年安吉县西苕溪实施禁止商业采砂行动后的第二“禁”，对母亲河的保护意义深远。随后，湖州市其他县区也先后设立了禁渔区和禁渔期制度，到2017年底实现全市全面推行。政协委员“助推西苕溪实施禁渔期”入选“安吉县政协成立30周年十大最具影响力事件”！

实施禁渔制度，西苕溪安吉段每年渔业捕捞量可稳定在300～500吨，为两岸渔民增加经济收入300万～500万元。珍稀鱼类纷纷回归，其中，太湖白鱼对水质要求特别高，没有好水一般活不长，更不会从太湖来到上游产卵。然而2016年以来，西苕溪安吉段不断有太湖白鱼出现的报告，西苕溪水质提升，渔业资源恢复有了好兆头，设立禁渔期功不可没。

禁渔期设立后，安吉县各部门通力配合，加大了宣传力度。县科协开展禁渔期相关知识的普及，沿岸乡镇村组建了教育、巡逻、信息报送等组织，县农业局每年制定禁渔期工作计划，农业行政执法大队工作人员到10个重点村进行现场宣传，宣传车流动播放公告和相关科普知识。5年来，县政府将渔政管理纳入平安安吉管理系统，举报电话统一归并到12345县长热线，举办培训班10期，县农（渔）业执法大队24小时待命，一有报警信息，随时出动，现场处置。5年来，已立案查处违法捕捞62起，其中移交刑事立案1起，拘役1人，罚款总计142250元，没收清理非法使用的渔具2000余件。2019年，已张贴《安吉县人民政府关于实行禁渔期制度的通告》1000余份，印发宣传资料1000余份，开展禁渔巡查35次，开展打击电鱼等违法行为的夜间巡逻15次，处理110及12345热线举报38起，立案查处非法捕捞行为10起，收缴电捕工具5套，清理没收违法网具150余条。县政府决定2017年起在西苕溪安装监控摄像，对西苕溪鱼类捕捞实行全天候监管。随着禁渔期制度的实施，西苕溪违法捕捞现象逐年下降。设立西苕溪禁渔区和禁渔期，成效已十分明显。

作为这一制度的首推人，陆卫东看在眼里，喜在心头，他坚持不懈地关注着西苕溪的发展变化，并经常了解和掌握每一项工作进程，以政协委员、人大代表的身份开展监督。在西苕溪撒网捕鱼的人有没有办理捕捞许可证？电毒炸鱼、网目小于规定尺寸捕鱼和无证捕捞水产的情况严重不严重？这些问题仍然挂在他的心头。他表示，会坚持不懈地为安吉“绿水青山就是金山银山”理念样板以及西苕溪生态建设献计献策、建功立业。

（发表于《浙江科协》2019年第6期）

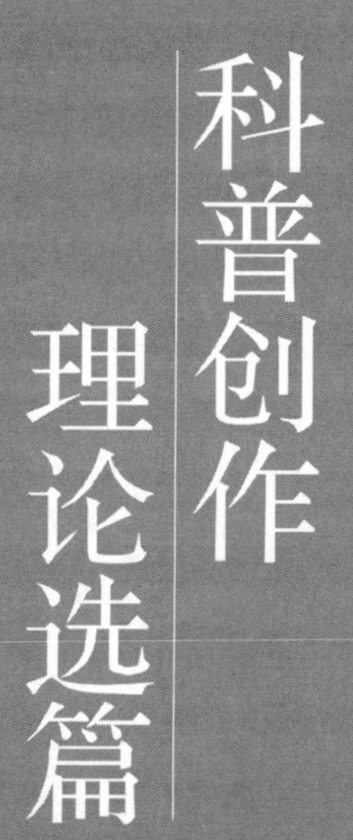

科普创作理论选篇

浙江科普创作理论40年概述

赵宏洲

“理论总是灰色的，而生命之树常青。”此语出自歌德的《浮士德》，曾被广泛引用。其中的后半句，因国内著名科普作家徐迟的一篇报告文学的标题而风靡全国。如果完整地理解前后句，与歌德原意不会有很大分歧，但若断章取义，可能就会误解歌德的原意。事实上，在人文社科领域，理论不仅从来不会缺席，而且始终担负着重要的作用，比如文学理论之于文学，新闻评论之于新闻就是最好的例子。

一般而言，创作和理论是不能截然分开的。理论是创作实践的总结和抽象，反过来又指导和启示创作。科普创作的理论和实践亦是如此，要繁荣科普创作，必须要有坚实的科普创作理论基础。但事实上，科普创作理论又可以同时不依附其他创作而相对独立地担负起科普的重任。本次编选的文论中就有案例。鉴于科普创作理论的重要性，浙江省科普作家协会从成立之初就对科普创作理论极为重视，40多年来一以贯之。研究和总结科普创作理论、发挥科普创作理论的作用，始终是协会的一项重要工作。

想当年，浙江省科普作家协会在科普创作理论工作方面曾有个梦幻般的开局。那是在协会成立当天，著名科普作家叶永烈给会议代表作了题为《关于科学文艺创作问题》的报告，为协会开展科普创作理论工作上了第一课。紧接着，协会与《浙江日报》文教组联合主办了我省首次科普创作座谈会，探讨科普创作理论问题。协会在组织架构上，单独设立了理论专业委员会，为会员探索和研究理论搭建了平台。这个专业委员会延续了三届，到第四届时才合并到科学文艺专业委员会。浙江省科普作协对科普创作理论的重视引起了中国科普作协的关注。1982年6月25日，中国科普作协委托省科普作协在浙江宁波举办“全国第一期科普创作与科普编辑讲习班”，有不少热爱科普创作的青年就是通过这个讲习班成为成绩斐然的科普作家。

好的开局为后来协会开展科普创作理论工作打好了基础，形成了理念，提供了范例，指明了方向。40年来，特别是进入21世纪以来的20年，协会几乎每年都会按惯例召开有关科普创作理论的学术研讨会，对当下的科普创作、科普传播、理论研究所存在问题及发展方向进行研讨。这里可以拉出一份长长的协会有影响的学术活动名单：

2000年11月，协会召开科普创作研讨会，研讨面向新世纪的科普创作。2003年11月，协会举办科幻创作座谈会，探讨我省科幻创作的途径，为我省科幻创作复兴吹响了号角。同年科普节期间，还邀请著名科普作家叶永烈、陈芳烈一起参与“小灵通带你漫游未来通信世界”主题论坛活动。

2004年，科普作协首次举办大型科普创作理论学术年会，有150多位作家参加了研讨会，共收到60位作家的有关论文80多篇，陈茂梁、丁士选、谢昭光、郭建中、王其玲和倪集裘6位会员在会上宣读论文。2005年，科普作协举办了科幻创作研讨会，来自全省科普科幻方面的学者、专家及新闻记者40多人参加了研讨会。科普作家就浙江科幻创作如何赶上全国水平进行了研讨，为我省科幻创作成为科普创作突破口作好了理论准备。

2006年，协会针对网上否定中医药的言论，组织医学科普作家进行了学术探讨。2007年，协会落实《全民科学素质行动计划纲要》精神，对协会在新形势下如何发挥应有作用进行研讨。2009、2010年连续两年，举办协会成立30周年庆祝活动和《科学24小时》杂志创办30周年庆祝活动，叶永烈先生和协会会员共同研讨如何在传播中让科学精彩起来。2010年，为探索“基层科普作协如何发挥作用”这个课题，协会借中国科普作协创作实验基地挂牌之际，专程在临海市召开基层科普创作沙龙，交流经验、探索途径。2011年，协会与科技期刊学会联合举办学术研讨会，研讨科普读物与科技期刊的发展方向。2012年8月，召开“期盼——科普创作座谈会”，中国科普作协副理事长卞毓麟等和协会作家共同探讨我国科普创作的现状及遇到的瓶颈和新思路。2014年，协会筹办了创新科普创作论坛，邀请中国科普作协理事长刘嘉麒和有关专家向我省科普作家传递全国科普界的最新信息。2015年，随着《星际穿越》《三体》等科幻作品带来的科幻热潮，协会邀请著名科幻作家吴岩作学术报告，受到媒体的高度关注和报道。

2017年12月，中国科普创作实验基地、浙江省科普作家协会在台州市科普作协2017年年会期间联合主办浙江省科普创作学术研讨会，商讨新时期科普作协建设工作和科普创作的发展趋向，就如何繁荣我省科普创作开展研讨。会上提出了科普创作“台州现象”，台州媒体以整版篇幅作了报道。同年，另一项学术活动也在协会展开，省科普作协向省科协申报的调研课题“浙江新兴休闲产业及科普资源的现状及对策研究”正式立项。课题对浙江省内的休闲产业，特别是其中的新兴休闲产业，有较详细到位的特点调查分析，对新兴休闲产业中蕴含的科普知识进行了挖掘，并提出意见和建议。这个课题于次年完成并通过评审。

2018年，中国科普创作实验基地、浙江省科普作家协会联合召开第二届浙江科普期刊研讨会暨科普创作交流会，会议商议科普报刊发展方向，规范科普报刊的运作目标，树立“科普浙军”品牌，携手打造创新型高品质的科普创作高地。2019年，由协会主办、台州市科普作家协会承办的浙江省科学文化专题论坛在台州临海市举行。来自全国科普创作界、长三角科普创作联盟和浙江省的科普作家及有关学者参加了此次论坛，就科学文化的传播、发展与创新展开交流。

这是一份协会近十年来进行科普创作学术研究的“流水账”，这长长的“流水账”，可以印证协会多年来对科普创作理论的重视和付出。正因为这份重视和付出，在全国性的科普刊物中可以经常看到浙江科普作家发表的论文，连同他们正式出版的论著，在全国科普创作界形成了一定的影响。40多年来，科普创作理论成为协会工作的一张亮丽的名片，人们可以透过这张名片了解浙江省科普作协的追求和所取得的成绩。

回顾浙江省科普作家协会在科普创作理论方面所走过的路，大致可以分为三个阶段：

第一阶段，协会组织作家紧紧围绕科普创作实践进行理论探索，为科普创作实践提供理论指导。庞毅明、杨达寿等有关科学诗的论文，为浙江科学诗在全国科普创作界崛起打下了坚实的基础。如庞毅明1984年发表于《科学时代》杂志上的《诗歌与科普》详细分析了科学与诗歌的关系，指出“科学诗就是用诗歌形式来普及科学知识”。他在《丰富的知识　优美的诗篇》一文中解读了诗歌是怎样进行科学知识普及的。杨达寿在他1994年出版的诗集《星星雨》的长篇序言中对科学诗的发展详加梳理，寻找其中的创作规律。这样的文论还有许多，有待整理和总结。这个阶段值得一提的是谢昭光于1991年发表的《科学文艺写作技巧》，这是科普创作界最早系统研究科学文艺写作方法的理论专著之一。全书共分九章，作者从全国已发表的科学文艺作品中选取100个写作案例进行分析，归纳提炼其中成功的技巧，既有实用性又有欣赏性，对科普作家创作科普作品有着极大的帮助。此书的出版引起国内科普界的广泛关注，代表了那个时代浙江科普创作理论的水准。此外，严光鉴刊登于1981年《杭州大学学报》增刊《纪念鲁迅诞生一百周年》上的《鲁迅是我国科普创作的伟大前驱》一文，也在科普创作界产生了不小的影响。

2005年，协会主编的第一部科普创作理论文集《以科学的名义——21世纪科普创作论》正式出版，这本书体现了广大科普作家对新世纪科普创作的理性思考，也反映了编者对科普创作主体、客体及走向的认识。随着这本书的出版，协会的科普创作理论工作进入第二阶段，这个阶段的科普创作理论不仅着眼于写什么、怎么写等写作技巧，更着眼于为什么写、怎样去传播等自身价值的追问。

《以科学的名义——21世纪科普创作论》收录了60位作者的80篇文论，全书分为“科普与时代纵论”“科普创作方法论”和“科普理论与实践”三编。提出科普作家应该认真思考的问题。比如新世纪带来全球飞速变化，科普如何应对新时代的机遇和挑战？科普创作怎样才能适应时代的需要，为经济和社会的发展作出贡献？吕志宏在书中提出了“解放思想和解放科普创作力”

的观点,陈福民提出了“科普是一种创新”的观点(此文后以《试论科普创作是创新》为题发表在2005年科协论坛上),杨达寿提出“创作、创新、创业是科普作家的历史使命”(此文后被2008年中国科协学术年会选为15篇报告论文之一),这些观点引起广泛的关注。这本书不仅是省科普作协成立以来正式出版的第一部关于科普创作的学术论著,也是近年来国内科普创作理论方面的重要学术著作。书出版后,在读书界有着广泛影响的《文汇读书周报》作了报道。在第五届全国科普作协代表大会上,这本书也得到代表们的广泛好评。世界华人科普作家协会和四川科普作家协会为此特意邀请本会会员吕志宏和赵宏洲参与了《科普创作通论》的编写工作,此书先由四川科学技术出版社于2007年正式出版,2015年经修订后易名为《科普创作通览》,作为全国高层次科普专门人才培养教学用书,由科学普及出版社再次出版。2004年,本会会员、中国科幻翻译领域的领军人物郭建中教授出版了《科普与科幻翻译——理论、技巧与实践》,被列入“十五”国家重点图书“翻译理论与实务丛书”的一种。协会有七位作者关于科普创作的论文获得了2003、2004年度浙江省自然科学优秀论文奖。

随着科学技术和互联网的迅猛发展,现代科普创作必须与时俱进、更新理念,只有在题材、体裁、内容、形式以及创作方法、创作机制上不断探索,推陈出新,才能保持其旺盛的生命力。协会科普创作理论工作也与时俱进进入第三阶段。

2018年11月,由浙江科普作协牵头、汇集三省一市科普创作理论征文、反映长三角科普创作联盟科普创作理论成果的《新时代　新科普——科普创作文论》由浙江科学技术出版社正式出版。该文论反映了2016年下半年以来长三角各省市科普创作方面的最新成果。其中既有科普创作理论,探讨当前科普创作的最新实践及可发展的方向,如科学文化、科普意识流、科普传播的不同层面及科幻创作的研究等,又有科普书评,通过剖析评介当下科普作品个案,为科普创作提供可参考的范本案例;既论及科普平台拓展,探索新媒体时代如何提升科普传播能力,如应用科普情景剧的跨界创新、多媒体作品的创作、微信科普的实践等,又论及科普创作经验,以科普作家创作的实践和体会，漫谈不同题材科普创作的结构主线、创作手法、科普中的诗文创作以及作家们对科普事业的坚持追求等。这部论著对新时代新科普的创作有一定的理论指导价值和现实意义，其中选录的谢昭光、季良纲和赵宏洲的三篇论文从不同角度叙述了科学文化这个论题，也反映了协会对科普创作理论走向的一个重要思考。

在这个阶段里，赵宏洲关于科普创作的文论集《徘徊在科学边缘》于2014年正式出版。这是一本作者十多年来发表在《科普研究》《科普作家通讯》等刊物上的文论选编。赵海虹有关科幻创作的论文接连在《科普研究》杂志上发表，体现了协会在这方面研究的成果。

本编所选作品并不能完全反映协会科普创作理论方面的成果，《以科学的名义——21世纪科普创作论》和《新时代　新科普——科普创作文论》两书的文章基本没有收录，入选作品可能只占协会40年来发表的科普创作理论作品的千分之一。但是尽管如此，本编所收的文论还是能反映出协会科普创作理论工作的一些概貌。由于编者水平所限，还有许多不足，恳请大家指正。

丰富的知识　优美的诗篇

庞毅明

科学诗，是科学文艺园地中一朵稚嫩的新花，还没有受到足够的重视，对她的扶植、培育不够，因此和其他科学文艺“品种”相比，发展是不够快的。

《科学文艺》从1979年创刊到1980年年底，一共出版七期，每期都安排一定的版面发表科学诗，对积极扶植这朵新花的发育成长做了很多工作，受到了科学诗歌作者、爱好者和研究者的欢迎。

作为一个读者，我想谈谈自己读后的一些体会和感想。

科学诗，顾名思义，就是用诗歌的形式，讲述科学奥秘，传播科学知识，增长人们的见识。《科学文艺》发表的许多科学诗，都起到了这种作用。创刊号《显微镜下的城市》就是一个较好的例子，这是一首漫谈数字集成电路的科学诗。集成电路、电子计算机都是专业性强、比较晦涩难懂的东西，但诗歌作者却用丰富的想象，将它比喻成一座生机勃勃的城市：

把硅片放在显微镜之下，
一座神奇的城市，使你惊叹！
纵横交错的线条，是大街小巷
栉比鳞次的方块，是楼台庭院……
硅片城有港口，市场，宿舍，车站……
只有0电平和1电平两种居民。

0和1,是这个城市的“方言”。

接着,诗歌又描述了0和1怎么形成数据以及它的巨大作用:

这一串0和1又译成了数据,
数据,使导弹寻敌,轧车高产!

诗的后半部分还讲述了人们怎样修建这座神奇的城市。作者仅用64行诗句就把复杂难懂的集成电路生动形象地讲清楚了,既有科学蕴涵,又有诗情画意。

《奇怪的“跳豆”》(1980年第3期)也是一首有特色的科学诗。作者首先介绍了这种奇怪的豆“能够跳高,能够翻筋斗”的特点,然后分析了它会跳的原因:是一只幼虫在它肚里安家。又讲述了幼虫妈妈怎样在跳豆开花时在花心里产卵,最后变成幼虫,诗最后说:

花结果,长出了坚实的豆,
卵变虫,就包在这肚子里头。
从此豆子便有了新的生命,
于是成了独一无二的“跳豆”!

这首诗寥寥十六行,把一个生物科学的奥秘讲得饶有趣味,是首很好的科学诗。

《烟》(1980年第1期)虽然只有六行,但却非常精练、形象,描绘深刻。

住在各种漂亮牌号的房间,
雪白的外衣裹住狠毒的心肝,
随烟飘去的是青春和生命,
给顽癌留下了营生的地盘。

它,是走遍全球的诈骗犯,
“香”只是镀金的标签。

《奇树剪影》(1979年第3期)介绍了洗衣树、面包树、酒树、纺锤树的知识;《树林居民储粮过冬》(1980年第2期)通过森林中几种动物过冬的情况,反映了这些动物冬天的生活习性及对人类的益害;《芦苇丛里发生的事》(1979年第3期)介绍了布谷鸟把蛋下到芦苇窝中,叫苇莺“代劳”孵育下一代的故事。这些科学诗篇都授人以丰富的知识。

科学诗除了传授、普及科学知识外,还应当激励人们克服各种困难,奋发向上,勇往直前,努力攀登科学高峰,为祖国争光。

《宝镜》(1980年第4期)通过描写汉代的铜镜,歌颂了华夏祖先智慧的心灵,赞美了“给中华争光,使欧美震惊”的古代光辉科技成就,然后笔锋一转写道:

古代成就就是祖先的光荣,
面对铜镜,后辈热血急涌——
我们,该为人类踏上新的科学高峰,
铜镜闪闪,是响鼓,是洪钟……

是的,两千多年前,我们的祖先已制造出了精致的铜镜,使世界许多国家望尘莫及,惊叹不已;可是,由于各种原因,现在我们的科学技术大大落后了,看到《宝镜》,我们要发扬祖先的光荣传统,作出新贡献!

《永恒的定理》(1979年第3期)歌颂了古代科学家阿基米德为科学事业献身的英勇事迹:

当罪恶的宝剑碰到老人的石壁,
这位科学巨匠才走出思索的境地。
他睥睨着身边的士兵,

坦然地讲出自己的心意：

“再给我一会工夫，
让我把最后的数据演习；
我不能给后代留下呵，
留下一条没有证完的定理。”

然而，残暴的罗马士兵还是不容分说地挥剑将阿基米德杀害了。科学家虽然死了，但他用生命谱写的定理，却永远激励着人们向愚昧、向强权作斗争。

在科学诗的创作中，涌现了一批新作者，湖南的徐晓鹤就是其中较突出的一位。《科学文艺》(1980年第1期)发表的《科学诗一束》是引人注目的。达尔文的进化论作为科学诗的题材有许多东西可写，徐晓鹤抓住了一个字：“走！——”。

走呵，才腾出劳动的手，
走呵，才昂起智慧的头；
这茫茫的大地究竟谁来主宰，
敢走新路，人类才变得富有！

在新形势下，不是有些人在十字路口徘徊吗？不是有些人想走回头路吗？不是有些人在左右摇摆吗？希望这些人不要学猴子，向后退；要向猿人学习，向前走，走向光明！

深刻的哲理，饱满的激情，熔铸成铿锵的诗句：

达尔文的进化论告诉我们什么？
走，光明在前；不走，森林在后！……

作者还用拟人法写了几颗星星,如水星是多愁善感但不轻弹眼泪的羞涩姑娘,而金星却是一个美丽多情、活泼善舞的女郎:

她在近圆形轨道上轻移舞步,
绕日旋舞三圈和地球两年相当。
她的一个昼夜是一百一十七天,
一“年”只有两个早晨打扮梳妆。

读了这些优美的诗句,不仅了解了有关水星、金星的“脾性”,获得了形象的知识,也获得了美和艺术的享受。

河南作者范建国写的《太阳光的妹妹》(1980年第2期)是一首以奇特的构思见长的好诗。阳光,大家都熟悉;激光,大家不熟悉。作者巧妙地运用了对比的手法,反复对比阳光和激光的不同之处,使抽象乏味的知识一下子变得易于理解:

姐姐的衣裙是用七色丝线织成的,
我穿的只是一种色彩单调的衣裳。

这里用太阳的七色光谱来对比激光的单色光谱。

我的志愿表上填写的是:
战士,工人,医生,剪裁,测量,照相……
如果需要我去点火引爆氢弹,
我会表现得比小伙子还要坚强!

这里把激光的作用写得既清楚又生动。

从以上作品看,科学诗的主要特征可以用“识、情、画、理”四个字来概括。

识，就是科学知识。科学诗主要应着眼于普及科学的知识，讲述科学道理。

情，就是激情。激情是诗的生命。诗只能以情成篇，以情动人。所谓“感人心者，莫先乎情”，写科学诗更需要感情。

画，就是优美的画面。“诗中有画”“诗情画意”是我国诗人一直追求的艺术境界。诗人必须要有丰富的想象，运用比喻、夸张和拟人的艺术手法，塑造形象，描绘优美动人的画面，以唤起读者的美感，打动读者的心灵。上面引证的许多优美的诗句，都具有这种魔力。

理，就是含有深刻的哲学道理。所谓“耐人咀嚼，回味无穷”，就是这个境界。只有这样的诗，才能启发读者的联想，使读者受到教益，这比运用直接叙述的手段效果好得多了。

优秀的科学诗，大都具有这四个特征。

当前，我们要鼓励、提倡各种形式风格的科学诗，积极扶植它们发育成长，迅速繁荣科学诗的创作，使科学诗更好地为“四化”建设服务！

一九八〇年十二月二十三日于杭州

（选自《中国文艺年鉴》第1集，文化艺术出版社，1982年9月第1版，本文原载于《科学文艺》1981年第12期）

让科学诗纵情翱翔

——兼论科学诗的现状与未来

杨达寿

近几十年来，科学诗作为文学的一个宠儿，备受诗坛瞩目，尤其是“十年解冻”后，科学诗舒枝展叶，沐浴着科学春天的阳光，喷吐出阵阵诱人的芳馨……

科学诗是对科学与文学世界的把握与理解，科学诗作者面对科学技术突飞猛进的大千世界，面对火箭、飞船、月球工厂和太空站的时代，把科学与文学结合起来。现代科学新诗成就最高的莫过于高士其同志，自1946年发表第一首科学诗《天的进行曲》以来，他已累计发表科学诗100多首。《天的进行曲》是他在新中国成立前的代表作。新中国成立后，在党的阳光雨露滋润下，他诗情勃发，又于1950年发表了《我们的土壤妈妈》等40余首优美的科学诗，并于1959年由作家出版社结集出版。“十年解冻”后，他又写了不少科学诗，其代表作是《生命进行曲》和《让科学技术为祖国贡献才华》等，讴歌科学春天的美好景象。

被毛主席誉为“伟大的人民教育家”的陶行知，也是著名的诗人，在《行知诗歌集》中，也有不少科学诗，如《手脑相长歌》《纪念牛顿与伽利略》等等，现将后首摘录如下：

中国要牛顿，也要伽利略。
他们已经死，不能再复活。

除非赶上去，跟着他们学。
学牛顿深思，学伽翁实做。
播下科学种，结成智慧果！
吃了变牛顿，又变伽利略。
从此两大贤，化身千万个。
光明普照处，精神永远活。

这是陶行知1942年为纪念牛顿三百周年诞辰而写的心迹。

著名科普作家董纯才《新火车头的歌》，用浅显的科学道理向孩子们生动地介绍了火车头开动的原理，深受儿童们的欢迎与喜爱。

诗人郭沫若在诗集《百花齐放》里，写了一百零一种花的形态特征、特性用途等，给人诗情与知识的双重享受。他还写了《骆驼》《天上的街市》等科学诗，形象生动，意境美妙，受到好评。著名诗人艾青的《电》《鱼化石》，流沙河的《太阳》，台湾诗人余光中的《控诉一支烟囱》，李瑛的《罗布泊的石子》，以及胡乔木的《秋叶》《车队》等，都在科学诗坛上绽放夺目的异彩！

科学家苏步青说："写诗是我的一种业余爱好。"又说："在业余读读诗，写写诗，调节调节脑筋，再去钻研数学，工作效率就高多了。"苏步青院士善于写旧体诗，是理工科"文理兼优"的楷模。他自编《原上草集》，收录一些科学诗。著名数学家华罗庚写的《治学》《寄青年》诗集，生物学家杨纪珂《粒子歌》诗集，鸟类学家周本湘《咏啄木鸟》等，都有很好的科学诗，值得后学学习。

高士其在《科学诗》集的序言里写道："科学诗是现代文学中种新的品种，它的特点就是把科学知识和诗歌结合起来，把一般人认为枯燥无味的科学，变成生动活泼富有诗意的东西。"这种独特的感受，像一石击破平静的水面，在诗人的心灵回音壁上产生共鸣与回响。他们以独特的慧眼洞察社会，独辟蹊径，用自己的胆识、智慧和心血，谱就了一首首动人的诗篇。

科学诗的数量和质量稳步提升是科学诗走向成熟的重要标志。在新诗70多年的诗史长河中，科学诗人们通过向外国新体诗、古典诗和民歌借鉴学习,已经创造了许多光彩夺目的科学诗篇。除已出版的26部科学诗集外,另已发表八千余首科学诗,连同诗集共发表的科学诗有一万余首。这是科学诗人心血的结晶!

在科学诗人的笔下,大到寰宇,小至夸克,慢至植物生长速度,快到激光发射,都奉献在人们的眼前,揭示出科学的内涵,并激起情感的层层涟漪。中国科学诗要有足够的勇气,独树一帜,走上诗坛,走向世界,一步一个脚印地探索、耕耘与登攀!

(本文选自《科技日报》1989年8月11日,曾获全国科技写作研究会优秀论文三等奖)

科学·幻想·小说

鲁承禹

（一）

如果循着金色秋天的满园硕果回顾，我们将会看到春天生机茁壮的蓓蕾；如果沿着科技史上一项项灿烂的科技成果上溯，我们将会在它们的源头发现一个个美丽的科学幻想。

从古代的千里眼到今天的望远镜、传真、电视；从顺风耳到今天的电话、无线电；从点石成金到中世纪的炼丹术，再到今天的原子、分子的多彩变化；从敦煌壁画流露出的飞天幻想到今天与蓝天比翼的飞机、遨游太空的宇宙飞船；从封神榜中金光圣母宝镜中的金光到今天的激光；从嫦娥奔月的美丽神话到今天的登月飞行……无数的事实说明，任何一项重大的科技成果都经历着一条由微到显、由小到大、由缥缈的幻想逐渐凝聚成形到最后成为一项赫然耸立的科技成果的道路。不过，有许多人往往只听见长空中的霹雳巨响，而没有去考究其发展过程，误认为这是一个突然产生的创新。

从原始至今的全部人类历史，都承载着自然力对人的无情制约及人们奋起和自然力的搏斗。生产力的发展历史实际上就是人类不断突破自然力的制约，使自己由必然王国迈向自由王国的历史。试以飞天的幻想为例，在世界各国的古老的神话里都描绘着会飞的天仙。我国敦煌壁画中的“飞天”,拉菲尔的壁画中插上翅膀在天空中翱翔的安琪儿,同样都使人激动。哪吒的风火轮,孙悟空的“翻筋斗”,人们用各种各样的形式设想着飞入浩瀚的太空。这些幻想一代又一代地流传,激励着一代又一代的后继者,经过一次又一次的探索和失败,才取得一点点的进展。有人曾经把木制的翅膀绑在手臂上试验从山上飞下来,但不幸摔死了;又有人试验把自己吊在大风筝下,结果还是失败了。今天,飞机的式样已不下千种,各种各样的飞行器得意扬扬地飘浮在天空。但从最初的幻想到今天的现实,是经历着一条漫长而艰难曲折的道路的,这就是幻想—设想—草案—蓝图—试验—修正—现实。科学幻想——如果要为它下一个定义的话,那就是科学硕果的蓓蕾。蓓蕾的发展指向是果实(当然也有凋谢),所以儒勒·凡尔纳说:“凡是有人想到的,就有人去实现它”。果实有赖于蓓蕾,列宁曾经说过:“否认幻想在最精确的科学中起作用,那是荒谬的”,“没有幻想就没有微积分”。郭沫若先生说:“有幻想才能打破传统的束缚,才能发展科学。”

法国著名元帅利奥台在法国下议院说:“现代科学只不过是凡尔纳的预言付诸现实而已。”为了一个硕果满园的明天,我们应加倍爱护和培养初现的蓓蕾。

(二)

在“科学幻想”的后面加上“小说”,就组成一个新的名词:科学幻想小说。顾名思义,科学是它的核心,是它的目的,幻想是它的形式,小说是它的外衣。科学幻想小说实际上是科学教育的一种手段。它应该从人们征服自然力的宏伟的幻想式的愿望中产生创作的动力,再在这样的基础上编织起美丽动人的故事,使用文艺的彩笔绘制一幅瑰丽多姿的画面。

儒勒·凡尔纳是科学幻想小说的伟大先驱。他的作品情节曲折离奇,人物栩栩如生,色彩瑰丽夺目,但最宝贵的一点是他的作品是以科学幻想为核心。他以丰富的想象、明快的语言,遵循着科学的基本原理,设想了当时世界上还未出现的电视、潜艇、导弹、飞机、机器人以及其他在日后实现的科学成果。西蒙·莱克说得好:“儒勒·凡尔纳是我一生事业的总指导。”他是潜水艇的发明者,正是受了儒勒·凡尔纳的《海底两万里》的激励和启发,使他创造出真正的潜水艇。

近代以来集成电路微型化的趋势,启发我们想到有朝一日可以进入体腔的微型手术机,它的操作可以在体内进行。这一设想在我们面前展示了一个十分有趣的场面:手术室可以取消了,手术可以没有痛苦,手术过程可以不知不觉,于是我们干脆把手术搬到园林中去,把手术的过程变成一次愉快的游园活动。我正是在这样的思想基础上,创作了《园林外科手术》的科幻小说。同样,我们知道记忆过程实质上是外界信息通过传入神经而在脑细胞上留下痕迹的过程,从而设想终有一天可以直接向脑内输入相应的电子信息,从而把记忆印在大脑上,这样一来,将引发教育事业彻底的革命,这是我写《大脑印刷术》的出发点。

科学幻想小说,是一种普及的手段,是一种科学教育的手段,但是目前的科学幻想小说却有着另一种倾向。推动作者创作的不是某种科学上的预见,而是一种创作惊险小说的激情,再贴上一些科学的标签。这样的作品虽有特殊的魅力,读起来使人爱不释卷,使人拍案惊奇,使人如醉如痴,但是能在读者脑中留下多少“科学”呢?能获得多少科学创新的激情呢?

科学幻想小说毕竟不是神怪小说,不是《南柯梦》或《山海经》。科学幻想小说应有它的科学上的使命。

(三)

每当青少年们阅读着引人入胜的科学幻想小说时,眼睛里就会闪耀着科学的光芒,一簇簇灿烂的焰火就会在他们大脑的“宁静的夜空”中升起,五光十色,变幻无穷。各种知识和求知的激情一起注入他们的血液中。科学幻想小说是众多的“知识补血药”中的一味良药。

我们不妨回忆陈景润的故事。当年在福建省英华书院一间简陋的教室里,老师讲了一个“哥德巴赫猜想”的故事,很快引起陈景润的遐想、憧憬和决心。它成为一只生命的罗盘,指引着陈景润毕生的航程。它竟具有如此神奇而持久的精神力量,支撑着陈景润孱弱、瘦小的身躯,使他无视严寒酷暑,不顾病魔缠身,为着祖国的科学事业和荣誉,勇攀科学高峰,经岁月风霜而壮心益炽,历千难万险而矢志不移。当年老师在讲台上讲的"哥德巴赫猜想"故事如丝丝柳絮,随风飘扬,但是一旦这朵柳絮进入青少年大脑的沃土,就会生根、发芽、成长。当陈景润在数论领域的成果如参天巨木屹立在东方地平线上,为祖国赢得了荣誉的时候,我们应该追忆,应该思考,应该去充分估计当年轻如柳絮般的一个科学幻想的神奇分量,因为这是一粒种子,一粒参天巨木的种子。

千百年来,人们总是幻想人类社会的明天,从"大同世界"到"桃花源",从"空想社会主义"到"共产主义"理想,正是这些炽热的幻想和美好的憧憬,激励人们奋斗,使人类社会不断向前发展。科学技术是决定生产力的一个重要因素,必然制约着社会的发展。因此,我们更需要立足于今天,依据社会发展规律,构筑科学技术发展的明天。我们盼望着有更多的科普作家来写科幻小说,以推进科学创作的发展。

科学幻想小说是普及科学知识的一种重要手段。科学知识越丰富,科学幻想也就越丰富,预见性也就越大。要写好一篇高水平的科幻作品,是很花时间、很花力气的,如果没有一定的科学积累和艺术想象能力是很难写出来的。回顾自己的创作历程,我觉得这是一条十分艰辛的道路。我们既要出色地完成本职工作,又要挤出业余的时间多学习一些科学知识,了解现代科学的新动态、新成就,练就自己大胆的猜测和想象能力,才能进行科幻创作。这其中就渗透着串串的汗珠和满腔的心血。但是,我觉得这是一项很有意义的事业。科普作家吴文俊先生曾说过,一篇论文即使得了菲尔兹奖,它对科学发展有多大影响很难说,但好的科普作品肯定对科学发展有推动作用,所以许多大科学家都重视科普。

党的十一届三中全会以来,在"解放思想、实事求是"思想路线的指导下,在科学的宫殿和文艺的百花园中,一朵朵科学文艺的新花竞相开放。在当前实施科教兴国战略的过程中,在科普活动不断得到重视、不断向前发展的时候,我们再一次地呼吁全社会都来关怀和支持科普事业。

(本文选自《科学撷英》,上海科学普及出版社,2003年版)

大海情愫

吕志宏

人类居住的这颗行星——地球，是个大海与大地相互制衡又相互依存的对立统一体。亿万斯年，经过造山运动、大陆漂移，大海与大地此长彼消、此消彼长，形成了如今这样的格局：地球面积的30%是陆地，其余的70%则被海洋所覆盖。浩瀚的大海潮涨潮落，日复一日，就像一个永不疲倦的哲学老人，启迪人们辩证地思考关于海洋世界、海洋大国、海洋开发等种种问题。

思考之一：海洋世界与海洋战略

人们面对海洋，希望了解它对于人类究竟意味着什么。这一涉及人与自然关系的问题，在人们的探寻中产生了见仁见智的各种答案。其实，用辩证的观点看，海洋同其他任何事物一样，都具有两面性。就它与人类的关系而言，情形更是如此。

一方面，海洋世界对人类似乎过于苛刻。它不仅把陆地分割成几个板块，而且让陆地在地球总面积中只占为数不多的比重，致使人类拥挤在有限的生活空间里，占据有限的陆地资源。随着世界人口的急剧增加和陆地资源的急剧消耗，人类社会的发展和进步不可避免地遇到一系列难题。然而，另一方面，海洋世界给予人类的恩泽却又难以尽述。海洋以其占地球98%的水体和巨大的热容量，通过与大气的相互作用及奔腾不息的大洋环流，调节和影响着人类赖以生存的气候。海洋以其宽广坦荡的胸怀，在各个大陆及岛屿之间铺设了蓝色“公路”和“桥梁”，使人类的联系与交往享有更大的载体和范围。更为重要的是，海洋如同一个天然宝库，蕴藏着远比陆地丰富的各种能量和生物资源、矿产资源。它不仅为人类的物质生活提供了充足珍贵的原料储备，而且为人类今后的生存和长远的发展提供了巨大的活动舞台和驰骋天地。我们实在难以想象，假如没有海洋，地球的状况将会如何？人类的未来又将会怎样？

面对海洋这种利弊并存的两面性，人类虽然不曾计较其“弊”，而认识其“利”却经历了一个漫长的过程。早期的人类对大海赐予的恩泽，是从发现渔盐之利和舟楫之便开始的，以后随着长期的实践和知识的不断积累，对大海的认识得以逐渐深化。到了现代，人类与海洋的对话日益频繁，借助先进的技术和设备，海洋的奥秘越来越多地被人类所洞悉。在现代人眼中，海洋的宝藏数不胜数。这些宝藏中的一两项发现，也足令国际社会为之惊叹。以海水中溶解的固体矿物质为例，在全球13.38亿立方公里的海水中，各种固体矿物质含量总计达5亿亿吨。这些矿物质如果铺在全球陆地上，陆地将增高整整150米！在海水所含的众多矿物质中，镁是含量排位较后的一种，但是也高达1800万亿吨。现在世界上镁的用量每年不过几百万吨，若今后增长到年均千万吨的消耗水平，海水中的镁也足可使用1.8亿年之久！至于海水中的生物资源、海底的矿产资源以及其他海洋资源，其品种之多、数量之大，无须一一列举。对海洋的科学考察已经表明，地球上最富有的是海洋，人类未来的希望也在海洋。正因此，当今世界越来越多的国家把关注的目光投向海洋。一些发达国家更是捷足先登，纷纷推出海洋经济发展战略，加快海洋开发的步伐。一场抢占世界经济新高地的竞赛，已在茫茫大海上拉开了帷幕。

海洋曾经是生命的摇篮。经过亿万年的生物进化，生命形态由低级到高级，部分动物从大海到陆地，而人类则成为万物之灵。历史发展到今天，海洋战略的推进，海洋开发的勃兴，海洋经济的角逐，标志着人类与海洋的关系进入了一个新阶段。幽默的辩证法划了一道否定之否定的螺旋线，使揖别海洋的人类，又在全新意义上重返海洋。

思考之二:海洋大国与海洋开发

从全球范围看,海洋是人类的第二故乡。就具体的国家而言,与海洋的关系又大不一样。世界上100多个国家,都有各自的特殊性。它们不仅有大小之分,新老之别,贫富之差,强弱之异,而且还有内陆国家和濒海国家的不同。在开发海洋问题上,内陆国家与濒海国家国情不同,导致各自与海洋的关系存在很大差异,开发情况也大相径庭。濒海国家既有领海、岸线,又直通公海、大洋。它们与大海为伴,位处"人类第二故乡"的入口,其登堂入室的便利条件,为内陆国家所不及;其拥有的本国海洋资源,更为内陆国家所或缺。因此,濒海国家开发海洋,乃国情使然、优势使然,也是其地理位置的特殊性使然。如果无视"特殊",违背国情,放弃优势,忽略海洋开发,那就辜负了大海的恩赐。

在世界各国中,中国与海洋的关系非同一般。我国既是一个不同于内陆国家的濒海国家,又是一个不同于濒海小国的海洋大国。纵览世界版图,我国不仅拥有960万平方公里的陆地国土,而且拥有300多万平方公里的"蓝色国土",即领海和专属经济区。在我国海域内,18000多公里的海岸线蜿蜒南北,犹如一张巨大的弯弓,展示着祖国的雄健;6500多座海岛星罗棋布,恰似串串璀璨的明珠,点缀着祖国的秀丽。大海深处,散布着品种繁多的生物资源,其中鱼类就有1694种;蕴藏着分布极广的矿产资源,其中具有油气开发前景的海域面积就达130多万平方公里。除此以外,我国海域还有着丰富的港口资源、化学资源、海洋能源以及海洋旅游资源、海洋药物资源等等。如此辽阔的海域、丰富的资源,再加上我国又位于欧亚大陆东端和太平洋西岸,拥有连接最大的大陆和最大的大洋这一区位优势,所有这些展现了一幅海洋大国的壮丽图景,构成了我国一项十分重要的基本国情。

海洋大国这一重要国情,使我国不仅享有内陆国家所没有的海洋开发条件,而且具备濒海小国所难以比拟的海洋开发潜力。立足我国国情,利用优势,发挥潜力,开发海洋,这是海洋大国的内在要求,也是经济和社会的发展需要:在改革开放、发展社会主义市场经济和世界经济竞争日益激烈的形势下,在人口众多和人均陆地资源相对较少的情况下,我国海洋开发的推进、海洋资源的利用、海洋产业的勃发、海洋经济的振兴，有利于改善产业结构，扩张经济总量，增强经济实力；有利于接轨国际市场，发展对外贸易，扩大对外开放；有利于缓解人口压力，优化资源配置，增添发展后劲；从长远看，还有利于中华民族拓展生存活动空间，有利于中国在地缘经济、地缘政治和世界经济竞争中取得更大的主动权。因此，开发海洋资源，发展海洋经济，于国于民，于现在于将来，都具有极为重要的现实意义和深远的战略意义。

改革开放以来，在党和政府的重视下，我国沿海和海岛地区发展海洋经济，大做“海”字文章，海洋开发出现了从未有过的强劲势头。经过中央有关部门和地方干部群众的共同努力，我国在海洋渔业、海洋盐业、海洋运输、港口建设、海洋旅游以及海洋石油开采、海洋药物开发等方面得到了迅速发展。这些产业的发展，不仅使我国海洋经济上了一个新台阶，而且对整个国民经济的发展起到了独特而又重要的作用。然而，应当看到，我国除了海洋渔、盐业等传统产业外，许多新兴的海洋产业较之发达国家毕竟起步未久。开发海洋作为一项开拓性事业，又不能不受到经济技术实力和管理体制等方面的制约与影响。到现在，我国海洋经济总产值只占全国国民生产总值的3%左右，比重远远低于发达国家水平。这一事实说明海洋开发滞后于经济发展，同时又表明海洋开发大有潜力，亟待努力。在我国迈向21世纪的进程中，坚持从海洋大国的国情出发，进一步重视海洋开发，加快海洋经济发展，是摆在我们面前的一项重大而又紧迫的任务。

海洋开发作为宏大的系统工程，其复杂性和艰巨性可以想见。要切实加强党和政府对这项工作的领导，在海洋开发实践和海洋科学调查的基础上，深入研究我国海洋经济发展战略，制定分步实施的规划与办法；要按照可持续发展战略要求，在开发利用海洋资源的同时，注意海洋资源保护，使海洋经济保持良性循环；要增加海洋开发投入，发展海洋开发技术，深化管理体制改革，更好地调动各方面开发海洋的积极性；要在继续抓好沿海几个重点省、市开发海洋的同时，把海岛作为海洋开发的桥头堡，特别是发挥舟山群岛这一我国最大群岛的独特区位优势和海洋资源优势，进一步落实江泽民同志关于“开发海洋,振兴舟山”的题词精神;要在发展海洋经济过程中着重发展“渔、港、景、油”,即海洋渔业、港口建设、海洋运输、海洋旅游、海洋石油开采和转运,以便重点突破,带动其他海洋产业的发展。开发海洋不仅是沿海和海岛地区的神圣使命,也是全国经济建设的一个重要部分,是中华民族长远发展的历史必然。要通过全国上下的共同努力,进一步加大海洋开发的力度、广度和深度,从而把我国从海洋大国建设成为一个海洋经济强国。大海将为中国作证:开发海洋,前途无量。

思考之三:海洋经济与海洋文化

开发海洋的目的在于发展海洋经济,而海洋经济的发展又不能不同海洋文化有关。如何辩证认识和正确处理海洋经济与海洋文化的关系,是海洋开发实践中面临的一个重要课题。

所谓文化,就其原意而言,是人与自然关系的一种表征。所谓海洋文化,从广义上说,是在人与大海长期交往的生产、生活实践中形成并发展的各种精神现象和产物。广义的海洋文化,包括了海洋意识、海洋知识、海洋文学、海洋艺术、海洋教育、海洋科技、海洋管理、海洋法规以及沿海和海岛地区的民俗风情、伦理道德等等。它植根于本国本民族的文化沃野,同时又经受大海的洗礼,浸染着大海的气息。它与本国本民族的文化骨肉相连,同时又因当地居民特有的海上劳动方式和较大的活动范围,吸收了某些外部文化的营养,体现出较为开放的特质。在海洋文化与海洋经济之间,存在统一、相辅相成的关系。它们被内在的联系和大海的纽带联结在一起,谁也离不开谁。一方面,海洋经济作为经济基础,对海洋文化起着决定和制约的作用。海洋经济的发展不仅为海洋文化提供必要的物质条件,而且对海洋文化的价值观念、形式内容和发展方向产生深刻的影响。另一方面,海洋文化又具有自己的相对独立性,对海洋经济起着直接或间接的反作用。古往今来,大量事实表明,人们海洋意识的强弱、海洋知识的多寡、海洋技术的高下以及海洋管理是否有序、海洋法规是否健全等等,都对一个国家或地区海洋经济的发展环境、发展速度和发展水准起着重要的影响。因此,在开发海洋过程中,既要致力于振兴海洋经济，又要重视对海洋文化的研究，推进海洋文化的发展。如果忽视海洋文化建设，势将延误海洋经济的发展进程。

我国作为海洋大国和开发海洋资源较早的国家，海洋文化源远流长。中华人民共和国成立以来特别是改革开放以来，随着我国“两个文明”建设的推进，体现社会主义风貌和中国特色、大海气派的海洋文化，已成为中华民族文化中流芳溢彩的一朵奇葩。我们欣喜地看到，沿海和海岛地区人民劈波斩浪、风雨同舟的拼搏精神和传统美德，注入了时代特点而发扬光大；沿海和海岛地区群众豁达豪爽、富有大海性格的风俗民情，融入了时代精神而一展新姿；海洋文学、海洋艺术以大海赋予的灵感和魅力，乘着海风吹向内陆；海洋意识、海洋知识带着大海的气息，也从海边涌向一些看不见海的地方；特别是我国海洋教育的发展、海洋科技的振兴、海洋管理的加强、海洋法律的制定，不仅使海洋文化外延大大扩展，而且以科学的内蕴构建了海洋文化新的平台，矗立于沧海之上。当然，我们在充分肯定海洋文化诸多建树的同时，也要清醒地看到，海洋文化从总体上说，还不适应海洋经济发展的需要，与整个中华民族文化发展水平还存在较大落差。直到如今，在不少人的心目中，海洋文化还是一个颇为陌生的概念；海洋意识淡薄、海洋知识匮乏仍是一个较为普通的现象；海洋文学、海洋艺术的覆盖面和影响面都还十分有限；海洋教育事业、海洋科技事业以及海洋管理、海洋法规也存在着不少亟待加强、提高和完善的地方。要改变这些状况，迫切需要我们更好地把握发展海洋经济和建设海洋文化的辩证关系，坚持“两手抓”的方针，对海洋文化予以足够的关注和重视；需要广大干部群众积极参与，推进海洋开发和繁荣的文化事业，共同构建我国海洋文化的大厦；要深入研究社会主义市场经济下海洋文化建设的新特点，研究和制定海洋文化的发展战略。在具体操作过程中，要以发展海洋教育事业和海洋科技事业为重点，培养大批专门人才，提高海洋科技水平，为开发海洋提供智力支持；以沿海和海岛地区为重点，加强海洋文化的硬件建设和软件建设，并由此向内陆腹地特别是可通出海口的沿江地区逐步辐射；以领导干部和青少年为重点，广泛开展“爱祖国、爱海洋”的教育，把爱国主义同热爱海洋、开发海洋结合起来，引导人们增强海洋国土意识、海洋开发意识、海洋经济意识、海洋文化意识、海洋保护意识和海洋法律意识,为开发海洋创造良好的文化氛围和社会环境。

海洋专家预言,21世纪是海洋的世纪。面对新世纪的召唤,中华儿女必将越来越多地投入发展海洋经济和海洋文化的行列,肩负起开发海洋的历史重任,走向大海、走向未来。因为——

我们是一个海洋大国。

我们有一个海洋世界。

(本文选自《思辨与谋断》,昆仑出版社出版,1996年版)

农业科普期刊运作中应正确处理的几个关系

钟天明

在我国科技期刊序列中，农业科普期刊是一支容易被忽视的小分队。然而，由于它的服务对象是“三农”，即农业、农村、农民，发行范围广，读者众多，因此，在全面推进小康社会和新农村建设、“三农”问题越来越为人们重视的今天，我们不能不对这类期刊的生存状态和发展前景予以较多的关注。

应该说，目前，大部分农业科普期刊的日子都不好过，突出表现在刊物的内容难以适应读者的需求；原先依靠行政渠道发行的路子越走越窄，发行量急剧下滑；作为创收重要来源的广告经营，难度越来越大……面对这种态势，一种难有作为的悲观情绪正在业界蔓延，有的刊物主编甚至发出了“路已走到尽头”的喟叹。

确实，当前农业科普期刊面临的局势是严峻的，少数刊物将在日益激烈的竞争中出局也是必然的。但是，笔者认为，处于当前新旧体制交替、挑战与机遇共存的社会转型时期，农业科普期刊并非无“戏”可唱，无路可走，关键是在积极谋求体制改革、机制创新的同时，要敢于正视问题，处理好一系列事关全局的关系，走出新路。

下面，笔者试结合所谋职的《新农村》的运作实际，谈谈当前办好农业科普期刊应当正确处理的几种关系，权作引玉之砖。

1. 适应读者需求与坚持办刊宗旨的关系

长期以来，农业科普期刊基本上都是以从事种植业、养殖业的青壮年农民为主要读者群,主要根据他们的需求选题组稿,刊发稿件。近年来,随着农村产业结构的调整和农村城镇化的推进,农村劳动力大量转移,或是远走他乡进城务工,或是离土弃田,进了乡镇企业。目前,在江浙沿海地区,留在农村务农的,除了从事各类种养业的专业户,大部分是老弱妇孺。农村劳动力的这种大转移,直接导致了农业科普期刊主要读者群的严重流失和分化,造成发行量大幅度下降,不少刊物的发行量已跌至历史发行量最高年份的一半甚至三分之一以下。在这种形势下,许多农业科普期刊纷纷改变或打算改变办刊路子,甚至考虑"另起炉灶",把刊物办成文化类、生活类刊物或者办成专业性刊物。这样,在适应读者需求与坚持既定办刊宗旨之间就构成了一个看似无法解决的矛盾。

笔者认为,处理这个矛盾,关键是要把握好以下两点:

一是应认识到每个刊物都有自己的定位,都在社会中有特定的分工。有些刊物从它创办的时候起,就注定可能赚不了钱甚至要亏损,这是由刊物的性质决定了的。农业科普期刊服务"三农",为推进农业、农村现代化服务是其应负的历史使命,从事农业科普期刊出版事业的编辑人员要有"坚守阵地",为科教兴农作贡献的思想。

二是在坚持办刊宗旨的前提下,应顺应形势,根据读者需求积极调整刊物内容,以"变"应"变"。例如,《新农村》根据近年读者队伍的变化,将办刊方针调整为"引导农民科技致富,倡导现代文明生活",并对其内容作了相应的调整:在农业科技类栏目中,加强了对名特优新品种和相关技术的报道;而在生活科学类栏目中,则增加了医疗保健、衣食住行、婚恋家庭以及优生优育等方面的内容。这与以前刊物单打"农技牌"相比,由于增加了新的"卖点"和亮点,因此,一方面在较大程度上满足了现有读者的需求;另一方面适应了部分潜在读者的需求,增加了新的读者群,从而抑制了刊物发行量一路下滑的颓势。

2. 拓宽读者面与办出刊物特色的关系

农业科普期刊中很大一部分为面向农村、服务农业的综合性科普期刊,内容涵盖农村社会、经济生活的方方面面。近年来,根据农村读者就业多元化、生产专业化的趋势，许多刊物为拓宽读者面，增加了效益农业、市场信息、产业化经营、法律知识、文化天地等方面的内容，这就使得刊物变得有些包罗万象。像《新农村》，刊目最多时有二十五六个，内容涉及农村政策、农业科技、医疗保健、生活百科、法律、经济信息、国外农业等方面，曾被读者誉为“农村小百科”。然而，也有读者和编辑同行指出：你们这个刊物样样都有，特色在哪里？优势在哪里？确实，我们在办刊中也感到这是一对矛盾。综合性期刊的长处，如果掌握不好，往往也是它的短处。拓宽读者面与办出刊物特色，这两者之间的关系该如何处理？

对此，我们经过几年的探索，形成了这样的认识和做法：

一是农业科普期刊尤其是其中的综合性农业科普期刊，内容涵盖面较宽是其性质和任务所决定的。它适应大多数农村读者的阅读需求，可以抓住较多方面、较多层面的读者，这是它的优势，应该坚持。

二是要防止把刊物办成“大杂烩”，样样都有，样样都不解决问题；必须有所取舍，有所为而有所不为。在综合的内容中，要有自己的强项、自己的亮点；在追求刊物的大众性、针对性的同时，更要追求刊物的个性和不可替代性。

三是在刊物现有的读者群里要抓住主要读者群，侧重根据他们的需求安排刊物的内容。基于这种认识，《新农村》在兼顾几方面读者群如种养专业户、传统型农户、乡镇企业职工、农村干部需求的同时，依托主办单位浙江大学的优势，把发稿的着力点放在传播推广种养业新科技、新品种上，放在为种养专业户发展效益农业提供所需求的信息和技术上。这样就较好地处理了上述二者之间的关系，既捡到了“芝麻”（面上的读者），又抱住了“西瓜”（主要读者群）。笔者认为，综合性农业科普期刊的理想模式是内容丰富，广纳博采，有较多的读者群，但同时又有自己某一方面的优势项目或特色领域。这是我们办刊人的努力目标。

3. 报道高新科技成果与切合农业生产实际的关系

农业科普期刊作为以传播农业科技信息，促进农业、农村现代化为己任的大众传播媒体，理应紧紧追踪当代农业科技前沿，尽可能地把最新农业科技成果迅速地介绍给广大农村读者，推广到农业生产第一线。但是，目前我国农业生产的客观现实是,除了一些发达地区和部分种养专业户外,不少地方的农业生产水平还较低,一些“老少边穷”地区的农业生产还几十年不变地沿用老技术、老品种,这两者之间存在着一个巨大的落差。刊物在安排选题、组织稿件时,该怎样处理这个关系?如何把握其中的分寸?

对此,笔者认为,正确的观点和做法是:

首先,办好农业科普期刊要遵循中央领导同志提出的“贴近实际,贴近生活,贴近群众”的要求,根据当前农业生产的整体水平和主要读者对科技的接受能力选题组稿。农业科普期刊在刊物上宣传推广农业科技成果,既要考虑有先进性、新颖性,更要考虑推广的可行性,即实际、实用、实效,农村读者看了能用,用了能产生效益。

其次,农业科普期刊在主要刊登先进、适用、成熟的农业科技知识和技术的同时,也不应忽视对农业科技前沿新成就和新技术的报道。例如,《新农村》在种植、养殖、加工等相关栏目大量刊登介绍先进、适用的农业科学知识和技术文章的同时,另辟有“科技短波”“国外农业”等栏目,用以刊载报道国内外农业科研新成果、新动态的信息和稿件。总之,农业科普期刊在农业科技的报道上,既不能落后也不能过于超前;既要兼顾部分种养水平较高的专业户的需求,更要考虑大多数读者的吸收、运用能力。

4. 坚持刊物的适用性与扩大发行范围的关系

农业生产具有明显的地域性,“橘生淮南则为橘,生淮北则为枳”。农业科普期刊大部分由省级科研机构、高校或农业行政主管部门主办,一般为地方性刊物,即使是由中央级行政部门、科研院所主办的农业科普期刊,其刊登的农业科技文章也由于农业生产所具有的地域性而派生出同样的性质,难以“全国适用”。但是目前,凡公开出版的农业科普期刊,都在全国范围内发行;为了扩大订数,增加经济效益,这些期刊又无一不希望在尽可能广泛的范围内抓住尽可能多的读者,这就要求刊物具有一定的普适性,这是一个矛盾。例如,《新农村》是浙江大学主办的刊物,大部分作者在浙江,内容主要适合包括浙江在内的华东地区,而《新农村》从刊名、办刊宗旨到我们的努力目标,又都要求尽可能地在全国扩大刊物的发行范围,增加订数。那么,如何解决农业科普期刊的适用性与扩大发行范围的矛盾？

对此，笔者的看法是，首先，农业科普期刊应力求将其主打栏目即农业科技栏目办得尽可能适合主要发行地区读者阅读、使用，使适用性成为刊物的“卖点”之一；其次，在此基础上，对一些非农业科技栏目，则力求把它办得适合各地读者阅读，即努力增强它们的普适性。《新农村》在这方面采取的对策是，农业科技栏目以刊发浙江作者的稿件为主，外省作者的稿件为辅；而生活科技、医疗保健等普适性较强的稿件，则“一视同仁”，甚至向外省作者倾斜，以吸引全国各地的读者和作者。在发行工作上，我们拟定的方针是“立足浙江，辐射华东，面向全国”。实践证明，这样的对策和方针是比较切合实际的，也收到了较好的效果。

5. 精心办刊与扩大发行量的关系

办好刊物与扩大发行量的关系本来应该是很清楚的：任何刊物，只有办出较高的质量，读者觉得有用或者有趣，才会有较大的市场、较大的发行量。然而前些年，一些行政部门主办的刊物依靠行政命令或借助行政渠道征订，收效不错，以致使一些刊物的主编产生了误解，认为刊物的质量和读者的评价无关紧要，只要有行政发行的路子可走，刊物办得差一点照样可以发行出去。在这种思想的支配下，精心办刊成了一句空话，“发行工作是生命线”则成了他们采取“短期行为”依靠摊派发行刊物的托词。

其实，办好刊物与扩大发行的关系就好比商品生产与市场开发的关系。在商品销售上，首先要有质量上乘的商品，销售才有稳定的市场；在刊物发行上，同样也是首先要办出高质量的刊物，发行工作才能打开局面。创品牌、出精品是实现期刊的社会效益和经济效益的根本出路。刊物办得一团糟，发行工作不可能打开局面，即使利用行政手段搞摊派，发行了多少万份，也不可能维持长久。现在，中央对报刊征订中行政摊派等不正之风整顿的力度逐年加大，一些农业科普期刊靠行政手段征订的路子已越来越窄，越来越困难了。

农业科普期刊要回归市场，凭借质量竞争取胜的趋势越来越明显。目前，明智的农业科普期刊的主编，已经较早地把工作的着力点转移到了精心办好刊物上,从刊物内容、读者服务到装帧美化等方面都一一认真研究,采取措施,切实提高质量,从而依靠读者的好评赢得了市场。例如,《农村百事通》近年潜心研究读者市场,根据不同的读者类型,提供不同的阅读和服务内容,走品牌经营之路,办成了一本高效益的农业科普期刊。

6. 扩大广告经营与维护读者利益的关系

目前,很大一部分农业科普期刊都开展了广告经营,其中的一些科普类刊物如《农村百事通》《湖南农业》等都取得了很好的效果,广告经营已成为这些期刊社的支柱产业。但无须讳言,就整体而言,由于多方面原因,目前农业科普期刊承揽广告的难度越来越大,不少刊物处于一种“吃不饱”或“等米下锅”的局面。由于广告经营在现代期刊运作中的地位越来越重要,因此,千方百计扩大广告经营便成为当前许多农业科普期刊的重要任务。然而须注意的是,在扩大广告经营的问题上,有一个正确处理经济效益与社会效益的问题。

现在,一些农业科普期刊为了生存便“饥不择食”,对一些夸大其词甚至有虚假不实内容的广告照登不误,对一些内容不符合广告法等法规的广告也违心安排。这些广告特别是一些宣传“种植药材致富”“传播生财技术”的虚假广告,如果刊登出去,不但影响期刊社的形象,而且会坑害农民,给识别能力不高的农村读者造成经济损失等严重后果。虚假广告一般不难识别,问题是这类广告大多是“上门广告”,且收费标准较高,因此,对杂志社来说,是有经济效益和诱惑力的。这样,在扩大广告经营与维护读者利益的关系上,就有一个如何把握的问题。

笔者认为,正确处理这二者之间的关系,应掌握以下三个原则:

一是在正常情况下,力求“鱼和熊掌兼得”,即在遵守广告法等法规、保障读者利益的前提下,尽可能地多拉、多登广告,做大广告产业,以增强期刊社办刊实力,进一步提高刊物质量,回报社会,回报读者。

二是在二者冲突,即面对明显虚假或带有欺骗性的广告的情况下,应以读者利益、社会信誉为重,坚决不登。宁缺毋“滥”,这是所有期刊广告从业人员应当持有的立场。

三是对一些社会效益较好，但含有夸大成分、言过其实内容的广告，应据实进行修改。如一些宣传作物新品种的广告，为了促销，往往在产量上“注水”，在生长期上“缩水”。对这些广告，农业科普期刊的“把关人”应当“较真”，经核实改正后再予刊登。如碰到有些广告商不同意修改，则宁可放弃，也不应妥协。

以上六个方面是当前农业科普期刊运作中常常会遇到的一些矛盾，还有一些关系，如读者阅读热点与主管部门宣传重点的关系、主要读者群的需求与次要读者群的需求的关系，以及期刊社近期利益与远期利益的关系等等，也都需要我们去认真研究、正确处理。总之，坚持开拓创新，在解决矛盾中生存，在解决矛盾中前进，这是包括农业科普期刊在内的所有期刊的发展之路。

（本文选自《中国科技期刊研究》2004年第2期，曾被选为中国科学院科技期刊研究会2004年学术年会交流论文）

办好农业科普期刊的几点思考

陈妙贞

农业科普期刊是普及农业科技知识，帮助农民学科技、用科技的有效载体。办好农业科普期刊，对于实施科教兴国和可持续发展战略、加速发展农村经济、提高农民科学文化素质，具有十分重要的意义。

据不完全统计，我国现有农业科普期刊40多种，但目前科普稿件质量不高，原创少，精品少。究其原因主要有以下几方面：

一是轻视科普期刊现象在许多单位普遍存在。同样是写作，如果把时间和精力花在科研上，撰写科研论文，那么在单位看来就是业务能力很强的人，加薪、晋职就较为容易。如果把时间和精力花在科普创作上，尽管付出了很多艰辛的劳动，也会被人看轻，认为是"小儿科"，不屑一顾。这就造成了人们对科普创作普遍缺乏原动力。

二是科普文章往往稿酬偏低，而且不能作为评职、晋级的依据，许多专家学者以及科技人员不愿进行费时、费力、收益少的科普创作。

三是科普文章实际上并不容易创作。一篇好的科普文章要达到科学性、思想性、通俗化的统一，为读者喜闻乐见、易于接受，难度也是很大的。从《新农村》来稿情况看，平均每天收到的稿件可达50篇，但可采用的不到8%。

如何办好农业科普期刊？笔者从工作实践中总结出应做好以下几方面工作：

1. 加强作者队伍建设，拓展优质稿源。一是对科普创作要在政策上给予支持。比如在评定职称中,要把科普文章的创作考虑进去,并纳入职称评定的考核范围,以调动科普作家和科研人员科普创作的积极性。二是优化农业科普期刊作者队伍,优秀的作者队伍是办好科普期刊的根本保证。俗话说,巧妇难为无米之炊。只有建立一支优秀的作者队伍,才能源源不断地创作出高质量的科普文章。建设作者队伍,一方面可约请一些业务水平高、有丰富实践经验的专家教授写稿,或请他们就某一类技术问题在刊物上开设系列讲座,增强刊物的科学性和知识性;另一方面,可在全国各地广大读者中物色一批有一定写作能力的农业工作者组成作者队伍,请他们把农村基层工作经验和科研成果及时整理发表。这支队伍是农业科普期刊最大的作者群,潜力很大,不可小看。

2. 形成科普期刊自己的特有风格,提高期刊竞争力。风格就是特色,就是个性。期刊没有鲜明的个性,就不可能吸引读者。我国著名的出版家邹韬奋说过:“没有个性和特点的刊物,生存已成问题,发展更没有希望了。”在农业科普期刊的编辑过程中,必须牢牢把握办刊宗旨和读者定位,突出农村经济和农民致富的特色,使之成为农民学科技、用科技的知心朋友。为此,农业科普期刊的编辑要苦练内功,提高素质,在加工稿件的过程中要反复推敲,使文章做到通俗易懂,为广大群众喜闻乐见。记得一位农民朋友曾说过一句十分切中要害的话:“不要告诉我为什么,只要告诉我怎么做。”它相当准确地反映了农民读者的心声。

3. 加强科普期刊的发行工作。发行是实现期刊社会效益和经济效益的桥梁。任何一本期刊只有通过发行这一桥梁并被读者所接受,才能体现其价值。期刊出版后,要让它走向市场、走向社会、走向读者,就需要下大力气开拓市场。农业科普期刊也和其他商品一样,同样面临着酒香也怕巷子深的现状,必须努力抓好发行工作。同时,还可开展些广告经营活动,以弥补办刊经费的不足。

4. 吸引读者参与刊社的活动,构筑读者与杂志的互动平台。只有尊重读者,依靠读者,全心全意为读者服务,期刊才能在激烈的市场竞争中得以生存和发展。因此,必须采取一系列方式加强与读者的联系和交流,及时了解读者的所需所想,为读者提供更好的服务。如有的期刊创办了读者俱乐部与读者直接联系,全面了解读者的需求;有的通过设立“读者点题”专栏,从读者反馈的信息中及时发现问题、解决问题,为读者排忧解难;有的期刊通过开辟读者评刊、金点子征集、编读往来等专栏,强化了读者的参与意识。这样,就变“单向传播”为“编读互动”,从而进一步明确刊物定位,及时调整刊物内容,以期受到读者的欢迎。

(本文选自《求是》2003年第4期)

创新科普宣传形式　动感传播科技知识

——浙江省兰溪市科普短信的发送实践与探索

沈文华

一、科普知识短信发送基本情况

短信发送的人群——每周三的早晨8:30(上班时间),定期、准时地向机关干部、乡镇领导、县级学(协)会、研究会、社区等科协工作人员、部分人大代表、政协委员、科技人员和省科协、金华市科协机关干部以及全省部分兄弟县市(区)科协主席,发送科技科普知识短信息。

短信内容的来源——经过反复调研和探索,我们力求避免发送的科普知识短信内容概念化、说教化和理论化,以及发送字数和页面较多,容易造成或遗漏删除、或阅读困难、或兴趣减弱等问题。为了使短信息内容丰富生动、可读性强、知识性强、兴趣性浓厚,市科协认真精选科普短信发送内容,并为此订阅了《人民日报》《每日电讯》《参考消息》《大众科技报》《科普动态》等多种杂志,每期仔细筛选比较,将最新的科技、科普信息及时予以发送传播。

短信发送的要求——尽量做到短、平、快这三个字。短,就是将要发送的科普知识尽量用最少的字概括全部主要内容(一个屏幕页面,即文字不超过55个字),精确提炼,吸引眼球,看了一目了然;平,就是科普短信知识内容贴近群众需求,接近百姓生活,具有覆盖范围广、内容丰富的特点,从而达到更广泛、更具实效的科普宣传效果;快,就是具有技术操作简单、送达效率高、知识接收快等明显优势,弥补了编印发放科普书籍、发放科普传单、挂条幅、摆展板、搞讲座等传统宣传方式费钱费时的不足之处。

短信发送的程序——做到三个“严”。每次发送内容须有正规来源,经严格编辑,并保存档案备查;发送前有严格的审批和清样,均由主要领导予以审核同意;发送有严格的责任制,由专人发送、专人掌握发送平台密码,没有第二人知晓(包括领导),严防误发和出现导向性的政治错误。

二、科普知识短信发送内容的主要特点

贴近百姓实际生活——内容选择上,注重生活常识、饮食卫生、电器安全使用等日常内容,富有人情味,着力倡导健康的生活方式。“小心存折银行卡被手机‘消磁’,不要将手机等物品与银行卡、存折放在一起,否则极可能会使磁条失效。”短短的46个字,解决了人们日常生活遇到的麻烦和困扰。“坚持文明健康生活方式:合理膳食、适量运动、戒烟限酒、心理平衡。市科协恭祝大家新春愉快、万事如意。”体现和倡导健康的生活方式,并且在每年春节时予以重复发送,具有很强的普及性和贴切性。

及时传播前沿科技——由于接受短信的人群具有相对较高的科学素质,我们需要在内容选择上,经常将国内和国际上最新的科技发现进行传播。“据新华社报道,美国和德国的研究人员研制出一种能洞察人脑的大脑扫描仪,它可通过核磁共振成像解读人脑思维。”短信内容既让大家了解了最新的科学知识,同时也注明了出处。从科学家研究宇宙的最新发现到日常生活的最新科技发明,从人类对生命体征的科学实践到对地球植物研究的最新成果,均第一时间发送,具有科技前瞻性和可信度。

宣传科普工作动态——如“由市委、市政府举办,市科协承办的2008年兰溪市科普节开幕式将于明天上午8:30在火车站广场隆重举行”,通过短信形式,我们将一些重要科普活动的时间和内容及时进行传达,让更多市民能在第一时间参与到科普活动项目中来。“市科协主办,每周一晚6:05在兰溪电视台播出科普系列片,由中国科协制作、提供,全年46期,每期15分钟,敬请收看。”这具有较好的时效性和动态性。

关注国家科技大事——我们在短信内容的选择上,着重宣传我国的科技重大事件，从2008年5月的神舟七号载人航天飞行任务到2012年的神舟十号安全返回；从嫦娥一号的撞击月球到袁隆平研究杂交水稻的最新成果；从智慧城市的概念到3D打印机的应用；从第一台国产千亿级次超级计算机的亮相到浙江大学实验室诞生全碳气凝胶等，都是我们的宣传内容，具有科技发布的权威性和准确性。

围绕中心工作宣传——紧紧围绕市委、市政府的中心工作开展科普信息发送。在2011年“6·16”和“6·20”的抗洪救灾过程中，及时向广大科技工作者传递最新信息，发送气象、水情、灾后自救等重要知识内容，及时传达上级科协领导的慰问精神，坚定抗洪决心。如2012年1月20日，发布“市气象台预报：明天北方较强冷空气南下，我市将出现降雪天气，后天大部分地区有大到暴雪，气温明显下降”“杨梅一个月仍保鲜，青田县以中药为原料的保鲜技术被省科技厅正式批准通过验收”，将这一信息及时传达给“杨梅之乡”的兰溪市民，体现了科普宣传围绕中心，服务经济社会发展的作用，具有时政性和服务性功能。

突发事件常识注释——“汶川地震是印度板块向亚洲板块俯冲，造成青藏高原快速隆升导致的，震源深度10～20米，持续时间长，破坏性巨大”，这是2008年“5·12”大地震发生后，我们发出的宣传汶川地震原因的注释信息。2010年4月28日，又发一则关联信息：“国家地震局研究所专家表示，青海玉树地震是属于后巴颜喀拉地块的回弹。”每当有重大突发事件发生，我们及时收集相关信息，科学宣传事件发生原因及预防措施。2011年日本大海啸，我们及时进行科学注释，并针对禽流感等进行科学防范信息的发送。“近日，浙江省调整了食盐加碘‘一刀切’的政策，从下个月开始，我省碘基本浓度从现行的35mg/kg下调至20mg/kg。”在有争议的无碘盐食用问题上，从权威报纸上摘录信息，释疑解惑，具有针对性和科学性。

提前预告科学现象——“红色月亮的美景你见过吗？明晚7点33分将迎来10年来观测条件最好的一次月全食，整个过程将持续到周日凌晨1点30分。”“我国今年有两次月全食：本月16日凌晨2时22分24秒开始持续3小时；12月10日晚间发生的月全食则在我国境内都可观测到。”将天文信息及时发送预告,读后既增加天文知识,又记忆深刻,具有告示性和吸引性。

提出科学疑问并予以解答——“太空闻起来什么味道?据美国航天局三次在太空行走过的托马斯说:‘太空有臭氧层的味道,一种淡淡的辛辣味’。”“为何人的眼睛有不同的颜色?和皮肤一样,眼睛的颜色由色素决定。人体合成的黑色素越多,肤色就越黑,眼睛也越黑。”“这是一种药,它是免费的,任何人可以在任何时间、任何地点制造它。它是什么呢?就是欢笑。”以提问方式传递出科普知识及良好情绪,读后使人轻松愉悦、会心一笑。有读者反映,舍不得删除这些科普短信息,常保存在手机中,具有浓厚的知识性和趣味性。

三、科普知识短信发送的主要成绩

社会反响良好——兰溪市科协坚持不懈、不断探索和实践科普短信发送。6年来,受到了各级领导和广大科技工作者的指导、鼓励和关注,树立了很好的口碑。在信息化的时代,充分利用科技手段,免费为百姓提供科普知识,手机短信不失为一个便捷、低碳的方法,具有受众面广、成本低的优势,使广大市民足不出户尽享“科普美食”,丰富了群众的科技文化生活,对发展兰溪科普工作、提高兰溪公众科学素质起到了积极的推动作用。

桥梁作用明显——一是由于短信内容简洁,通俗易懂,话题新鲜,知识面广,使人过目不忘,能及时反映科技发展的新动态和新成果;二是我们持之以恒发送科普短信,与受众人群建立深厚联系与默契,有些读者主动联系市科协提出发送过程中的意见和建议;三是成为沟通市委、市政府与广大公务员、机关和乡镇干部的桥梁纽带,使科普知识进入千家万户;四是向兰溪籍在全国各地的领导、高级科技人员和企业创业者发送科普短信息,通过这个小小的平台和窗口,在阅读科普短信息的同时,让他们更加关注家乡的经济科技、社会文化事业的兴旺发展;五是通过这个平台,向省科协、金华市科协机关干部、兄弟县市(区)科协主席传递兰溪最新科普动态,经常有兄弟县市(区)的科协领导来兰溪,了解科普短信息发送的经验和做法,增加了沟通与联系的渠道。

有力推动工作——科普短信的发送，提高了兰溪市科协在省科协系统中的知名度和美誉度。2011年，兰溪市科协被评为全省科协系统先进集体；2012年，被评为全省科协先进市。同年，市科协主席沈文华被评为浙江省《全民科学素质行动计划纲要》实施工作先进个人。在2011年的“6·16”和“6·20”洪灾中，通过科普短信息，省科协原党组书记鲁善增第一时间了解了我市洪灾现状，并迅速指派省科协党组成员、秘书长董克军来兰溪，奔赴洪灾乡镇进行现场调研指导，给予资金支持。我们也第一时间通过科普短信息发送平台，将省科协党组和领导的指示精神向全市广大科技工作者进行传达，有力地鼓舞了科协系统广大干部群众抗洪救灾和恢复生产的积极性。

四、科普知识短信发送的再探索

创新科普宣传形式，动感传播科技知识。实践—理论—再实践，循环往复，我们将不断总结经验，完善发送内容、机制和方法，进一步提高为广大科技工作者服务的水平；实践—探索—再实践，逐步形成常态化和规范化的创新模式，不断将这项工作向纵深推进。

继续扩大读者和人群。从2008年的每次发送1000条到2010年的每次发送2000条，我们的工作得到了各级领导和社会各界的大力支持。市财政局主要领导评价：“现在垃圾短信息很多，但科普短信息我每条必看，科普经费用在这上面，很值得。”

继续增加资金投入，扩大发送层面，向学校、企业、社会各界人群发送更高质量的科普短信。要更加丰富信息来源，做到可信性和可读性更强；继续引用新华社电讯和各级公开出版的报刊，以确保内容的正确性和权威性。

继续与相关部门联系，探索扩大信息来源。要把来源于基层的小科技、小知识、小发明等及时发送传播；与学(协)会、研究会的科技工作者联系，把科技发明和群众关心的科普热点进行普及宣传。

继续与新闻媒体、科技气象、农林水利等部门联系，把各类专家的新动态、新进展进行科普宣传。

在兰溪科普短信息发送六年各界人士座谈会上，市委常委、副市长林建良说:“科协的科普短信六年成绩有目共睹,这个平台花钱不多,效果好,把关严,没有出现一例差错。它上接天线,下接地气,实效性强,受到市委、市政府的重视,也越来越受群众的欢迎。”市委副书记蔡艳在有关会议上欣喜地说:“科普短信已是一个成功的品牌,这朵奇葩香溢墙内墙外。科普短信六年的坚守和坚持,是一种可贵可敬的精神,非常好!因为它符合群众的需求,适应了新形势的发展。”

(本文选自2012年全国科普论坛)

对进一步繁荣科普创作的思考

严光鉴

科普，是科学技术进入社会各个领域的“二传手”；而科普创作，则是把科学技术酿造成“科普”的“酿酒厂”。社会要文明进步，国家要繁荣富强，经济要发达腾飞，都离不开科学技术的进步，也离不开科普和科普创作的繁荣。

中华人民共和国成立，特别是改革开放以来，党和国家一直把发展科学技术和教育放在经济发展战略的首要位置。这就是说，大力开展科学技术普及，进一步繁荣科普创作，不仅是科普和科普创作自身发展的迫切需要，而且也是新时期、新形势下向广大科普创作工作者提出的一项历史性的光荣任务，更是全社会关注的一个战略性重要问题。

三十几年前，我们的国家在结束了“十年浩劫”的严重摧残之后，随即迎来了科学的春天，翻开了我国科普创作的崭新一页，在将近十年的时间里，呈现出了前所未有的生机勃勃、欣欣向荣的繁荣景象，这也就是科普界所说的我国现代史上科普创作第三次大规模发展的时期。

然而，近二三十年来，我们不能不正视这样两个看来似乎矛盾的事实，即一方面，以科学技术的重大突破及广泛应用为特征的新技术革命浪潮的猛烈冲击，其声之浩，其势之急，都是前所未有的！同时党中央和国务院为发展繁荣科学事业专门发文，召开全国性工作会议，制定“科教兴国”的战略，支持我国科普事业的发展和繁荣，充分肯定了科普及其创作的重要意义，也对科普创作提出了更为迫切的要求。另一方面就科普创作本身而言,无论是我省还是全国,无论是我们的组织、队伍还是我们的联系、活动,抑或科普创作的阵地、成果,也无论它的活跃程度还是规模声势的大小,抑或在社会上的影响等等,与前十年相比,显然逊色、冷清多了,也困难多了。无论科普写作的不少同行还是社会上比较关心科普的同志,对科普创作的现状都有一种"不太景气"的感觉,甚至有"低潮""冬眠"等种种说法。总之,科普和科普创作的现状与要求显然是很不相适应的。

引进灵活机制,发挥基层优势

科普作协的组织活力,既有赖于协会整体的组织机制,又有赖于基层的灵活机制。我会是个多学科、多行业的综合交叉的群众性组织,会员不仅遍布各地,且都有各自不同的专业和特长。尤其现在,许多会员在单位里是业务和技术骨干,不少还是领导干部,自身的工作都比较繁重。因此,如何解决好协会整体与基层会员分散的矛盾、工作领域与专长各异的矛盾,正是我们在新时期群众组织建设工作中要努力探索的一个新问题。就是说,既要强调科普创作协会的整体观念和集体作用,又要认真考虑到基层组织和会员分散以及专长的差异性和特殊性,要有适当的灵活性,提供必要的自主和便利,充分发挥基层会员的能动作用,从而充分发挥我会多学科、多行业的综合优势和专长优势,提升我会的活力,进一步振兴和繁荣全省科普创作。

引进经营机制,增强协会实力

科普创作的社会效益和经济效益是显而易见的。但是长期以来,社会各界甚至科普界内的同行在遇到实际问题时,往往有意或无意地把它忽略了,以至社会和经济从科普中获益。显然,这是很不公平的。这影响了科普创作事业的进一步发展和繁荣。科普创作是一项创造性的精神劳动,而科普作品正是这一劳动的结晶,它直接影响着社会和经济各个领域。特别是在发展商品经济的今天,科普作协应当大胆地动员会员,积极引进经营机制,与企业合作,开展各种科普内容的经营和服务活动,充分发挥"科普"与创作的双重优势。

拓宽视野，发掘创作潜力

科普创作是我会主要活动。科普作品是检验我们工作水平的重要依据。因此，我们必须在科普创作上狠下功夫，把科普创作推向更高的层次，使科普创作更加繁荣。这就需要我们进一步拓宽视野，发掘创作潜力。但是，科普创作的视野往哪里拓宽？潜力从哪里发掘？近年来不少同行深感困惑。以往，人们总是习惯于从“科普”的字面上对科普的定义和概念作狭义理解，有人甚至感到科普创作似乎到了“山穷水尽”的地步。这显然是片面的看法！我认为可就以下三个方面来拓宽创作的视野，发掘创作的潜力。

一、在新形势的冲击下去拓宽、去发掘

如前所述，科普创作现在正受到新形势的猛烈冲击，这就需要我们研究新形势的主要特征。我认为主要有这样几个方面：一是现代科技包括新兴学科、高精尖技术的重大突破、大量涌现及其广泛应用；二是商品经济，特别是乡镇企业经济的崛起和空前活跃；三是科学管理，讲究效率、效益的观念大大加强；四是精神文明建设、社会公德教育、治愚扫盲（文盲、科盲、法盲）等受到全社会的高度重视，等等。而这些几乎无一不是与科普创作密切相关的。这就是说，我们应该在新形势冲击的实践中拓宽科普创作视野，发掘题材和内容，并且根据广大读者在新形势下的需要，结合他们对科普创作的深度、广度和实用性等方面的要求，拓宽我们的视野，提高科普创作的水平，在新形势的冲击中开拓进取，为促进新形势的发展作出新的贡献。

二、从科普的内涵中去拓宽、去发掘

什么叫科普？章道义等同志主编的《科普创作概论》中，对它作了明确的回答。从定义出发，科普的内涵是很深广的，我们要全面地、正确地去理解。在当前深化改革的过程中，对科普的理解和认识同样需要解放思想，更新观念。譬如当今的科学技术，已形成了互相联系、渗透、交叉和综合的网状结构

体系。把科学技术简单地理解为“自然科学”的传统观念本身就是不科学的。科普不仅可以普及自然科学的科技理论、知识及其应用,也应该向有关的哲学、社会科学领域拓宽视野,发掘潜力。这是科学发展规律,也是科普创作义不容辞的责任。

二、从科普创作的职能去拓宽、去发掘

科普创作的职能,无论是作为知识传播的桥梁还是作为科技应用的开发,无论是作为科技知识的传播途径还是作为科技信息的宣传手段,归根到底,是要实现科学技术的进步,促进人类物质文明和精神文明的进步。但是,回顾这三十多年,无论是理念上还是实践中,往往只注重对科学技术本身及其应用的创作,即知识性的传授,而忽视了对科技动态特别是现代科技中新技术、新产品、新成果的动向的宣传推广职能,尤其是过去对科普创作及其作品的经济、商品和效益观念缺乏应有认识,影响了这种职能的发挥。具体表现为作品中科技知识容量较少,分量较轻,但信息性、趣味性较强,艺术色彩较浓;或与商品经济关系甚密的作品,如科技广告之类,往往被视为越轨而遭到贬低和否定。这样,一方面,使科普创作始终局限于科技知识的圈圈里,影响了思路拓宽和水平的提高;另一方面,导致广大读者对科普作品总有一种似曾相识的重复感,误认为科普创作是一种重复劳动甚至剽窃行为,影响了科普创作工作者的形象和科普创作的社会声誉。因此,我认为在科普创作中,强调作品的科学性、知识性,强调知识传授和教育职能的同时,要强调艺术性、趣味性,要充分发挥科技宣传和信息传递的职能,要适应不同类型、层次读者的需要,多创作内容和形式不同的科普作品,如科学文艺、科技广告等等,使这两个方面都有新作品诞生,使科普创作更上一层楼。

(选自《科海扬帆》,中国文联出版社,2012年8月)

科学　可读　深度

——采写医疗卫生新闻的三个关键词

王其玲

随着经济和社会的发展，人们对健康的关注程度越来越高，医疗卫生报道也成为各家媒体苦心经营的“重要产品”。而日趋激烈的市场竞争，使媒体竞相争夺受众的“注意力”，打造“卖点”，在新闻的及时性、接近性、新奇性等方面加大了力度，也确有许多佳作问世。然而近几年来，一些媒体由于过于强调时效性、趣味性和轰动效应，导致对全局观的忽视和新闻表象的泛滥，甚至造成不良社会影响，这种现象值得引起注意。事实上，医疗卫生报道除了提供信息之外，还有重要的引导功能，科学性和可读性、报道深度和普及性可以并行不悖。

医疗卫生报道所包含的内容有：政府出台的相关医疗政策，医疗工作的新经验、新问题，医疗领域的新发现、新技术、新成果，杰出人物的事迹，科学的生活方式和保健方法，受众感兴趣的医疗趣闻等。采写医疗卫生报道，要对报道内容进行充分的调查研究和深入的理性思考，选取合适的角度，将最重要、最有价值的信息传递给读者。医疗卫生宣传应重视三个关键词：科学、可读、深度。

科学是医疗科技新闻的灵魂

科学性是医疗科技的灵魂。在医疗科技报道这个严肃的领域，科学性、客观性、真实性始终是第一位的,其中对概念、原理的阐释,对程度的表述,对意义的评价等都应该准确无误,与事实相符。尤其是对某些科技成果作用和意义的评价,不能为了吸引眼球而随意拔高,应慎用“国际领先”“国内首例”“填补空白”等字眼。缺少科学依据的报道,不仅起不到引导作用,反而会误导受众。从事医学科技报道工作,要注重医学知识的积累,对报道内容充分了解,才能游刃有余地驾驭它,才能生动地表达它。如果缺少相应知识,往往容易受采访对象的误导,进而误导读者。

坚持医疗科技报道的科学性,还需要有科学精神。目前,对于新闻事件的报道,很多媒体采取“你无我有,你有我先”的做法。在一些科学研究尚无定论的情况下,媒体的报道有时不够谨慎,甚至带来严重后果。2003年2月,广东爆发“非典”,某通讯社发了“衣原体:非典型肺炎祸首”的报道,认为引起广东省非典型肺炎的病原基本可确定为衣原体。衣原体引起的肺炎采用针对性强的抗生素治疗非常有效,该病可防可治。此后,多家媒体进行了转载。这些报道在当时起到了安定人心的效果,但事后证明是起到了误导作用。如果当时有关医学专家跟着这样的报道走,没有进一步去发现SARS病毒,而是按衣原体感染来治疗,死于“非典”的人数可能会更多,“非典”疫情扩散会更严重。这样的事例是值得我们反思的。

采写医疗卫生新闻,可读好看是硬道理

对于医疗新科技的报道,可读性仍然是硬道理。事实上,任何报道都应该讲究报道艺术。深度也好,思辨性也好,不好看就没有读者。作为媒体受众,即使是学者、教授也不喜欢枯燥乏味。医学科技报道应坚持科学性与艺术性相结合,把高深的医学原理和技术问题用通俗化的科普语言表达出来,运用各种写作技巧,创作出广大读者喜闻乐见的新闻。创作精彩标题和导语,巧妙“翻译”医学原理和术语,讲故事、说新闻,以人性化的视角为科技新闻注入温情等,都是让医学科技新闻出彩的好方法。

比如创作标题,要抓住报道内容的核心,联系读者最关心的问题,用形

象化的语言吸引读者注意。医学科技新闻的标题不一定要从医学进步、技术水平提升的角度去考虑，可以跳出医学的框框，从先进的医学技术改变患者的生活状态的角度去考虑，尽量避免工作小结式的标题。

创作导语要简明扼要、生动活泼，把新闻中最新鲜、最重要、最吸引人的事实揭示出来，让人“一睹为快”“先睹为快”，行文要力求简洁、生动，具体形象，富有魅力。

医学科技新闻写作是一门“翻译的艺术”，掌握翻译技巧很重要。医学科技新闻与生活息息相关，我们可以联系实际生活，把深奥的科学原理、专业术语，用广大读者能够理解的形象化语言进行翻译和解释，多用些比喻、拟人等修辞方法，多用些细节描述，突出新科技、新知识的实用性、现实性，使报道内容可闻、可见、可触、可感。此外，在写作医学科技新闻时，围绕新闻主题，精心选择和介绍背景知识，有时会起到强化主题、增添情趣的作用。

医疗卫生深度报道，重在解读导航

医疗卫生工作关系千家万户，也直接关系到党和政府与人民群众的紧密联系。对卫生系统新出台的政策和社会热点的报道，应树立全局的观念，并注重报道的深度。在当今信息资源共享、媒体“同题作文”时代，“第一时间报道”是很多媒体共同的追求，但一味强调争分夺秒，往往会使记者竞相报道那些容易获取的表面性新闻，满足于别人提供的现成材料和数据，而对于需要花费一定时间、精力和成本的深层报道弃之不顾，一些记者甚至来不及去进一步核实情况就匆匆报道出来，导致新闻失实。对卫生政策和社会热点的报道，应找到政府工作的重点、各级医疗卫生机构关注的难点、广大群众的利益点，善于从国家政策和群众利益的结合点上做文章。在报道中对热点的内涵和深远意义作出客观的判断，分析社会背景，讲清来龙去脉，不仅注重“可读性”，更要能“解读”。如果说信息的公开是在“画龙”，那么解读信息则是“点睛”。有效的舆论引导不仅要保证事实层面的真实、客观、公正，还要在价值层面对信息进行深度分析、整合，提出深刻、独到的见解。如果媒体只满足于信息公布,照抄、照搬、照转,对公众关注的社会热点问题缺乏独到的见解、敏锐的洞察力和高度的预见性,那么至多是信息的中转站和集散地,不可能发挥很好的舆论引导作用。这就要求卫生宣传工作人员有丰富的知识积累和底蕴,眼界开阔,对新闻事件不仅从现象上看,而且善于多侧面、多角度、立体化地观察社会现象,养成研究问题和积极探索的职业习惯。对卫生系统的一些热点问题,要引领读者一步步进入新闻事件的深层,提供详尽的新闻背景、相关分析及权威人士、专业人士的评论,变平面单一式新闻为深层立体式新闻,起到较好的导航作用,避免一哄而上、人云亦云、盲目炒作、只见树木不见森林的情况。此外,卫生新闻宣传中,在关注报道内容的新奇性和趣味性的同时,要更多地关注舆论引导功能,合理取舍,莫要错过有价值的信息和观点。

《南方都市报》有一句广告语:“同样的化学元素,只因原子排列的不同便大相径庭。”新闻资源只有经过新闻人的挖掘和整合,才会成为最有价值的资讯精华。倡导都市报改革的《华西都市报》提出“整合型媒体”理论,提倡在新闻价值取向上实现社会效果的最优化,这实际上是对媒体引导功能的重新认识和发展。在医疗卫生事业探索和改革中,社会呼唤“研究型记者”,对纷繁杂乱的信息进行调查、梳理、整合后传递给受众,从而更好地发挥舆论引导功能。

(本文选自《传媒评论》2015年第8期)

科学传播中的人文理念

赵宏洲

一、前言

从事科普工作以来，在理论研究和实践探索过程中，科普和人文这两个概念一直是我思考的重点。在编完《徘徊在科学边缘》一书之后，我感到对这两个概念之间的关系还没说透，或者说没有解释清楚。正当我为此困扰时，突然灵光乍现，“科普创作是面对自然科学的人文思考”这个命题跳入脑海，一下子理清了我的思路。只是这个题目太大，要系统地表述对我而言有很大难度，就像老虎吃天不知从何下口。我讨了个巧，把编书的体会进行归类整理，以此来说明主题。此文先是被中国科普作协主办的科普高峰论坛选中宣读，后又在中国科普作协主办的《科普创作通讯》中全文发表。但是这毕竟是以体会为主的文论，在学术方面的探究并不是很深，又因为初次整理，理论性也不是很强。后又接到中国科普作家协会就这个主题的约稿，我花了整整三个月时间，重新写了一稿，着重从理论上来梳理科普创作与人文思考的关系，特别是以人文思考为切入点，审视了当今我国科普实践现状——科普工作似乎深入到各个领域，但全民科学素养调查显示我国公民的科学素养远低于发达国家。这促使我们去检讨以往科学传播的方向和手段，究竟哪些方面存在着问题值得改进。

二、当前科学传播现状

曾有言,科普是世上最易的事也是最难的事。所谓易,任谁也能做,不需要专业学习,谁都可以以科普的名义做事。从墙上、广告牌上、电视屏幕中的标语口号,到衣食住行里的科学元素、科技传播,不仅渗透到我们生活的方方面面,而且也在改变我们的观念和伦理。正如叶永烈先生为《科学24小时》改版第一期所题卷首语所言,“科学与我如影随形”。

所谓难,凡从事科普事业的人都有体会。要把专业知识说清楚是很不容易的,专业知识是高度结构化的,有其独立的体系,非专业人士一般无法了解专业知识的真正内涵。尽管科普创作或其他科普形式运用各种手段,花了很大力气来传播专门知识,效果却不明显,即便有些科普创作说清了某些专业知识中的基础性内容,可这对于非专业的人来说却没有了解的必要,结果是一番辛苦付诸东流。

更难的是科学精神和科学思想的阐释。科学本身是沟通人与自然之间的桥梁,严格地说,是作为主体的人与作为对象的外在世界(不仅是自然界,还包括社会和认知领域等一切外在对象)之间的桥梁,它不仅是人在探索侦破世界过程中所获得的知识体系,更包括了人在探索过程中所展现出来的各种精神力量。科学研究就其对象来说,必须是纯客观的,必须符合研究对象本身的性质、特点及其内在关系(运行规律),但就其主体来说,也必然包含了人的价值判断(潜在的、显在的)和百折不挠的探索追求精神。

我们还可做一个推断:科学精神和科学思想是人在探索外在世界后返诸自身的人文精神。特别是科学精神,它是科学探索过程中人的主体性和物的客观性的最高契合,既蕴含了人类不畏艰难、不怕挫折、冲破一切陈规旧律的那种一往无前的对未知世界的探索精神,也严谨地尊重和遵循认识对象的客观规律性。没有这种探索精神,科学不可能进步;没有对对象(外在世界)客观性的尊重,科学研究就会失败。科学精神是一切科学研究(甚至可以延伸为人对外在世界的一切认识和实践活动)和一切由科学研究形成的人文精神的内核。科学精神的传播自然需要很高的素养,对每一个从事科学传播的人员来说都是严峻挑战。

目前从事科学传播事业主要有三种方式：一是教育方式，平台包括学校、科技馆所和有关教育培训机构，内容以科技知识为主，比如各类专业课，中学的数、理、化等基础教育，大学阶段的应用类科技教育，传授各种自然科学知识、原理，其要求是传播的知识要精准，为今后从事某个专业打下基础。比如浙江科技馆主办的带有浓烈好奇色彩的"菠萝科学奖"活动，其传播的科学原理非常严谨，2015年"菠萝科学奖"中有"一根棒棒糖到底能舔多少次?""蚊子在雨里飞，为什么不会被雨滴砸死?"等看起来是无厘头的知乎式对答，实际却是正经的科学研究。打着"向好奇心致敬"的旗号，实际上采用了探究式、启迪式、引导式的方法，这种方式在其他教育中也可以通用。

二是媒体传播方式，平台包括传统媒体与新媒体，内容以科技信息为主，其要求是传播科技信息要及时，有轰动效应，如中国载人航天飞船发射成功、北斗卫星导航系统建设情况、"蛟龙"号深潜等新闻，还有大量的科技信息。在知识传播上只要求受众了解大概，一般用形象化的语言，不需要很精准，如果受众需要进一步了解，再去学习相关知识。如多年前徐迟写陈景润的《哥德巴赫猜想》，就用了大量的比喻来说明猜想的大概意思，人们不一定记得住其中的科学原理，却记住了这样的比喻，"自然科学的皇后是数学，数学的皇冠是数论，哥德巴赫猜想则是皇冠上的明珠"。又比如有一篇通讯，报道了一位研究类似谷歌眼镜的中国科技工作者，为了说明他的成果，报道打了一个比方，谷歌眼镜好比是眼药水，是外来的刺激，而他研究的成果就像人的眼泪，是自身分泌的，一下把两者的区别交代清楚，通俗好懂。

三是以文学艺术创作方式传播科学。创作内容与科学相关，内含科学元素，特别是有反映科学思想和科学精神的内容，如人物传记等。这个方向的典型代表就是科幻作品，科幻作品的内容涉及了科学的方方面面，在对科学本身的认识理解上有着不可替代的作用，如当年叶永烈写的《小灵通漫游未来》，用现在的眼光看都是已经实现和即将实现的设想了。至于那些好莱坞巨制的科幻影片，在科学传播上的作用已经被广泛认可，我在《读科幻片札记》中对此也有所分析（见《徘徊在科学的边缘》，浙江科学技术出版社，2014年版）。

目前科学传播工作者主要由这三个方向的专业人士组成。尽管所采取的方式方法不同,所起的作用也不同,但目标是一致的,就是提高国民的科学素养。这些专业人士所面对的受众是人民大众,所以传播者必须具备人文内涵,因为他们的目标并不是让全民都成为科学家。

三、科学传播与人文的历史渊源

从历史看,科学传播与人文有着密切的关系。近年来有一个概念使用频率很高,那就是“伪科学”。当人们急风暴雨般地对伪科学进行口诛笔伐后,更加关心什么是伪科学,什么是真科学。人们想从理论上对科学进行界定的过程,其实也反映了人认识自然科学的过程。严格地说,如果单指近代科学,一般是指欧洲“文艺复兴”以来在物理学、化学基础上衍生的分科之学及其技术体系,习惯上也称西方近代科学。但若论及对自然科学的认识,那就要追溯到几千年以前了。过去人们对自然科学的认识反映了人类探索人和自然的一种关系,内含于自然哲学之中,与宗教也有密切关系,本身就闪烁着耀眼的人文光辉。

研究科学史的吴以义教授在接受一次访谈时提到,人为什么要研究科学?在中国读者群中,这还是个未被充分注意的问题。对这一问题的历史追溯,会给我们带来哲学、历史和宗教等诸多领域的深刻教益。科学研究的前提是坚信客观世界是有规律的,规律是可以被人认识的,而这种认识基于理性的理解。在历史上,理性的(即斯宾诺莎的)上帝与世俗的(即基督的)上帝互为表里。斯宾诺莎说,当时有很多人认为,宇宙万物是上帝向人提供的,理解自然就是理解上帝,因为自然是上帝创造的。上帝在创造的时候把他的智慧放在了自然中,让人由此去发现他的智慧本身。直到今天还有很多人认为,这个世界竟然这么井然有序,我们怎么能够相信它是完全自然地产生出来,而不是一个智慧的上帝创造的呢?坚信“自然界是规律的,这个规律是可以被人认识的”,因为这两句话是科学研究的前提。如果这两句话得不到保证,科学研究就没有了意义。斯宾诺莎认为,作为整体的宇宙本身和上帝就是一回事,这个上帝包括了物质世界和精神世界。上帝是每件事的“内在因”,上帝通过自然法则来主宰世界,所以物质世界中发生的每一件事都有其必然性。通过理解这种深层的逻辑关系而产生的宗教感觉,实际上是面对物质宇宙所展现的规划而感到的敬畏感。我们只能说,上帝创造世界,并把规律放在这个世界当中,目的就在于对人的智性的启示,使得人通过认识这种规律来认识到上帝创造的伟大(详见《文汇读书周报》第1549号“访谈”版,2015年1月19日随《文汇报》发行)。

一部科学史记录了人类对自然及自然规律的认识过程,在不断积累中总结、提升和深化,一方面,人对自然科学的认识和研究,本身包含着人文思考(包括哲学、宗教以及人类的兴趣);另一方面,自然科学对人类的影响,也有人文思考在其中起作用,如自然科学的发展对社会、经济及伦理道德的反作用,还有人类有意识地去研究、发现和寻求某种规律,却给人类带来意想之中或意想不到的作用。

这里还有一个重要实例,即欧洲文艺复兴运动对科学革命的促进,对近代科学发展的推进作用,是人们未曾预料到的。科学革命以后,认识方法有了改变,这是科学革命最伟大的贡献。经过观察、假设、推理、下结论和结论的验证,走完这个完整的科学程序,才能证明假设是对的。马克思对这种验证有特别重要的阐发,他说,人的思维是否具有客观的真理性,这并不是一个理论的问题,而是一个实践的问题。人应该在实践中证明自己思维的真理性,以及自己思维的现实性和力量,亦即“此岸性”(《马克思恩格斯选集》第1卷第16页)。按照爱因斯坦的说法,近代科学的发展依靠两个基础:实证方法和形式逻辑体系。爱因斯坦说:“西方科学的发展是以两个伟大的成就为基础的:希腊哲学家发明的形式逻辑体系(在欧几里得几何学中),以及通过系统的实验有可能找出因果关系(在文艺复兴时期)。”(见《爱因斯坦文集》第一卷,547页,1983年版)一切都要通过实践证明,实践是检验真理的唯一标准。

纵观历史,我们可以把科学传播分为三个阶段。第一阶段的科普是专门知识的传播和技能的传授,是为掌握技能以适应自然而服务的,这也是科普本来的含义。那时的所谓科普,更多作为宗教传统、哲学传统和技术传统的一部分来进行传播和普及,与人认识自然、适应自然有着密切联系。从形式看主要是个体间的传授,如师傅带徒弟。

文艺复兴以后,科普进入第二阶段,除了个体的知识、技能和方法普及,先进生产力的推广呈现一种社会化的状态。一方面是因为近代科学技术的发展摆脱了宗教的羁绊而迅速壮大;另一方面又通过不断丰富的科学思想对哲学、神学乃至社会、政治、经济和伦理道德规范形成极大的冲击。在当时,科普就是一场革命。我国近代科普发展基本属于第二阶段。

第三阶段的科普主要是提高人的科学素质,以使之成为一个现代社会的合格公民。《全民科学素质行动计划纲要》指出,到目前"大多数公民对基本科学知识了解程度较低,在科学精神、科学思想和科学方法等方面更为欠缺,一些不科学的观念和行为普遍存在,愚昧迷信在某些地区较为盛行。公民科学素质水平低下,已成为制约我国经济发展和社会进步的瓶颈之一"。所以《纲要》提出,科普的目的就是要培养公民的科学素养,"公民具备基本科学素质一般指了解必要的科学技术知识,掌握基本的科学方法,树立科学思想,崇尚科学精神,并具有一定的应用它们处理实际问题、参与公共事务的能力"。正如胡锦涛同志《在纪念中国科协成立50周年大会上的讲话》所说的,"帮助人们以科学思想观察问题、以科学态度看待问题、以科学方法处理问题,养成健康文明的生活方式和工作方式,保持健康向上的社会心态,促进人与自然和谐相处,努力形成全体人民各尽所能、各得其所而又和谐相处的局面。"

回顾科学传播的发展历史,我们可以清晰地发现,科学传播的最后指向都是人,是为了人而不是科学本身。对科学的认知就是从人的主体出发认识自然,寻找自然规律的一种人文思考,人文思考是站在人的立场上对科学技术的一种判断、一种选择。科学传播无疑就是这种判断、选择和思考的成果。

四、人文思考在科学传播领域被抽离的表现和根源

前些年曾有过科普鹰派和鸽派的讨论,如果我们深究一下这种现象出现的原因,简单地说,就是当前科学传播中的人文理念被抽离了,或者说科

学传播已经被异化。其根源可以追溯到唯科学主义的影响及意识形态对真理认识的变异。

文艺复兴以后，科学得到了爆炸式的发展，本来，由于人的思想解放而推动科学技术的发展这个事实，更应该折射出人文在科学发展中的重要性，比如达·芬奇以及西方不少著名哲学家、艺术家同时也是大科学家，一些以科学驰名的大家同时又是一名人文学者，这样的例子并不鲜见。可是就从那时开始，一个潜在的问题也在发酵，那就是对科学认识的绝对化，尤其是在近代中国。

18世纪末以来，自然和历史、自然科学与人文科学、自然哲学与历史哲学以及科学精神等概念受到德国哲学家的关注。在新康德主义弗赖堡学派的主要代表李凯尔特看来，思想的根基是思想赖以表达的语词，即概念。他在《自然科学概念形成的界限》和《文化科学和自然科学》等书中对这些概念作了区别，认为自然科学和历史的文化科学事实上采用了两种对立的概念形成方法，前者采用普遍化方法，而后者采用个别化方法。他认为，自然科学和历史科学的根本区别不在于研究对象不同，而在于认识兴趣和方法不同。自然科学的兴趣在于一般的东西，它所运用的是“一般化”的方法，以便形成普遍的规律；历史科学的兴趣在于个别的东西，运用的是“个别化”的方法，以便记述特殊的事件。当然，李凯尔特为自然科学和历史的文化科学划定各自的界限不单单是为了区别这两门科学，他也是为了在他自己定义的价值概念下重新思考哲学、历史的关系。对自然科学和人文科学进行区分很有必要，这样可以更好地思考和处理两者的关系。问题是后来把区分当成了切割，在两者之间划出了一条巨大的鸿沟，导致后人忽视两者之间的联系，这在当时就引起有识之士的忧虑。比李凯尔特年代稍后的英国学者斯诺在《两种文化》一书中就担忧科技与人文正被割裂为两种文化，他认为科技和人文知识分子正在分化为两个言语不通、社会关怀和价值判断迥异的群体，这必然会妨碍社会的进步和个人的发展。

事实也正是如此，一般而言，科学探寻规律，而这规律只能蕴涵在特定的环境中，只能适用于它所涵盖的范围，而不是普适性。如果我们把规律比作真理,真理只能是相对的,不可能放之四海而皆准。可是当科学认识绝对化后,也就出现了人们担忧的情况。比如在科学共同体内达成共识,科学的东西就代表正确,代表真理,非科学的就另当别论,把局部"真理"当成普遍"真理",把一时的利益放大到长远。同时,在理念上信奉唯科学主义,把只能应用于局部和一时的科技成果滥加推广,比如英国工业革命迅速发展,让伦敦成了雾都;我国前些年推广先进的捕捞技术,导致酷渔滥捕,水产资源衰退;为了发展清洁能源在河流上大量开发水电站,造成生态恶化。有些负面影响在几年、几十年中暴露出来,有些要上百年后才能显现出后果。

众所周知,科技知识要通过传播才能起到普及的作用,达到科普的目的,传播在科普中起着举足轻重的作用,而科普创作又是科学传播的一个重要基础。以往的科普创作理论比较强调作品的科学性部分,提起科普就是科学与其他事物的结合,这种结合不是平行的关系,而是主从关系,科学为主,其他事物从属于科学类,必须为科学服务。这其实就是把科学传播与人文精神进行了切割,结果如何呢?一些科普作品经常把科学绝对化,存在把科学当成万能的说法和做法。比如人们对教育体系的诟病,其中一个主要原因就是早早地在中学进行文理分科,导致学生知识结构的畸形。如此在社会上的负面影响显而易见,一方面,不少非科学、反科学的东西以科学的名义出笼蒙骗受众;另一方面,人们又对表达的高科技产生忧虑和怀疑。不少科幻作品表达了对高科技的反思,正是反映了人们对科学和人文的这种分割的担忧。

正如胡塞尔指出的那样:"科学危机实质上是人的主体性被从知识领域中抽走,科学的技术成功遗忘了其意义基础,脱离了人性的控制。"(胡塞尔《欧洲科学危机和超验现象学》第81页,张庆熊译,上海译文出版社1988年版)这也让我想到王元化先生晚年的一个反思,在《王元化晚年谈话录》一书中,王先生谈到,激进主义、"左"的一套、革命都不是问题,问题是"那些把认识到的就认为是绝对真理的人,会非常大胆和独断"。"在我的反思中,我觉得人的认识、人的力量、人的理性的力量是有限的。"王元化通过反思深刻怀疑"人类认识,不是一个绝对的东西","人类的认识领域是极其狭窄的,任何一个东西的微观是无穷的，你只是认识某一小部分，再深入下去，你就不会认识。”我感到王先生的谈话颇有启迪。

综上所述，人们对科学的正确认识是何等重要！以人文的角度对科学做一番认真思考就会发现，科学是有边界的，科学是人对自然的发现和总结，科学通过人为应用而产生价值。科学涉及人类社会各个方面，人们了解科学首先是为了自己。龚育之先生在《对科学技术发展的人文思考》开篇即提出："马克思主义总是从人的观点来考察科学和工业发展（他们在《神圣家族》中把自然科学看作是'人对自然界的理论关系'，把工业看作是'人对自然界的实践关系'），总是从人和人的社会关系的框架内来考察人和自然的关系，总是从劳动与资本的对立上、从劳动异化和人的异化上来考察资本主义进程中的科学技术和工业发展。"所以他认为："马克思主义决不是对科学技术发展不做人文思考的，与人文精神相冲突、相背离的什么'科学主义'。"（龚育之为《中国学者心中的科学·人文》所写的序，王文章、侯样祥主编，云南教育出版社2002年6月版）

五、如何在科学传播中加强人文理念

科普创作和科学传播属于边缘学科，这是指科普工作本身就处于自然科学和技术科学的边缘。科普的一方面是科学技术的核心，是科学共同体自身的事业，它的另一方面是专业以外的世界。科普的目标就是要让另外一个世界了解科学共同体正在从事的专业，因为这个专业会影响到整个世界的发展和生活的改变。同时，科普创作本身也是一门边缘的学科，它和自然科学、技术科学、社会科学、文学艺术、生活经验都有一定的联系，其根源就是和人有关。所以，科普创作作为一个边缘学科，其专业特征就是用人文思考去认识科学、理解科学，用人文思考去从事科普创作，去进行科学传播。

一是对传播渠道及载体的人文思考。

以当下通过新媒体进行科学传播过程为例，传播学大师施拉姆曾断言：人类传播的每一次重要发展总是从传播技术的一次重要的新发展开始的。人类发明了电视，但如何使用电视正考验着人类的智慧。从这点延伸开来，我们也可以说,人类发明了新媒体,但如何使用新媒体正考验着人类的智慧。所谓新媒体就是建立在互联网基础上的数字媒体,它集文字、图像和视频于一体,综合传统传媒之长,具有门槛低、成本小、发展潜力大等优势。新媒体在传播过程中有两个明显特点:一是为了适应移动端传播的需要,在形式上趋向"微"发展,如微博、微信、微评、微视频、微小说和微电影等等,因为对各类信息碎片化操作符合当今社会人们的生活节拍;二是高科技设备综合的传播手法,从3D IMAX格式的科幻片播映,到世博会等场馆中的展示和数字科技馆的建成等等,采用这些传播技术手段就是为了更好地让人接受传播的内容。

选择新媒体进行科学传播,科普工作者跟进速度并不慢。根据张小林主编的《中国网络科普设施发展报告》,我国的网络科普设施建设开始于20世纪90年代中期,1995年《北京科技报》开通了网络版,迈出了网络科普设施建设的第一步。其后科普网络发展迅速,并涌现出一批优秀的科普网站,如中国公众科技网、中国科普博览、化石网、新浪、网易等网站的科学频道及科学松鼠会网站等,特别是中国数字科技馆的建设,更是网络科普中一个标志性的事件。就科协系统而言,网站的建设也达到了一定规模,目前全国性学会的网站有190个,各级科协的网站有3400个。按报告提供的数据,社团学会和各级科协所建的科普网站占了网络科普平台的60%以上。可以说,从技术层面看,发挥网络的功能进行科普已具备客观基础(《中国网络科普设施发展报告》,中国科学技术出版社,2009年12月版)。

可即便采用这些高科技手段或形式,人们发现,科普效果并不明显,至少和电视等传统媒体相比,差距显而易见。据第八次中国公民科学素养调查结果,"2010年,我国公民获取科技信息的渠道,比重由高到低依次为:电视(87.5%)、报纸(59.1%)、与人交谈(43.0%)、互联网(26.6%)、广播(24.6%)、一般杂志(12.2%)、图书(11.9%)和科学期刊(10.5%)。"

传播学本身有自己的规律,它研究的是人与人以及人与团体、组织和社会之间的关系;研究人怎样受影响,怎样互相影响;研究人怎样传递消息,怎样接受新闻与数据,怎样受教于人,怎样消遣与娱乐。我国传播学研究历程从新闻学研究开始，如复旦大学教授黄旦所言："改革开放前，我们的新闻学基本上是党的新闻机构学；'文化大革命'结束后，研究视野有所拓宽，从机构转移到新闻本身，于是有学者提出，新闻学是'事学'。但就新闻传播的本质看，它应是人与人的交往活动。因此，新闻学不仅是机构学、事学，而且更是人学。应该承认，随着传播学的引入，新闻学研究中已经逐渐注意到人的问题。"同样，在科学传播中，科技知识如何选择、如何传播基本上是由传播者来决定的，传播的载体、平台建设和工具、渠道的选择，背后也体现了传播者的人文思考。

新媒体在传播中为什么引人注目？是因为它遵循了传播学的规律。在网络海量的信息中为了能一下抓住人的眼球，"标题党"就应运而生了。同时，网络上众多的图片、音频、视频用不同形式演绎着话题，给人以直观、轻松、娱乐的感受。

二是在传播形式上的人文思考。

就科普创作来说，其内容一般是既定的，作者有强烈的主观意图希望受众能够接受，这就要求科普工作者要开阔思路，按照传播学的规律来进行科普创作。科普并非科学共同体内部的事物，不是自然科学自身所能解决的，而是自然科学、社会科学及人文科学结合的产物。同时，科普的内容也不完全是科学共同体的外化，而是社会科学和人文科学对自然科学的一种理解和阐释，因为这些学科所关注的出发点和落脚点是社会和人本身。科普创作要用人文眼光来认识自然科学，用人文思考来解读自然科学，才能打动人、感染人、影响人。唯有站在人的立场上，才能对科学进行审慎的反思，从如何认识科学、理解科学，一直到如何掌握科学。

这里不得不提一部知名的纪录片。这是一部在新媒体上传播的专题片。2015年3月，这部纪录片通过多家网站播映后，引爆了公众对该纪录片的关注和对雾霾的讨论。有媒体报道，据不完全统计，在该纪录片发布12个小时后，点击量已经突破了600万次，评论超过1.2万条，播放量以每小时50万次的速度迅速增长，创下公益类视频的播放记录。截至发布24小时，该纪录片在国内各大视频网站的总播放量突破2亿次。受众对视频内容和形式给予了好评,但也引来不少争议。在科普创作界也有两种声音,肯定者认为用新媒体进行科普是一个成功的探索;否定者则质疑该片内容的科学性,认为其数据造假,对雾霾所产生的影响结论太绝对,等等。但是无论赞成还是批评,都对作品认识存在误区,首先该片不是传统意义上的科普创作,而是非常典型的新闻作品,符合新闻作品的传播规律,具有其特征。我在《追寻新闻》一书中对新闻作品有过探讨,简而言之,新闻作品就是从一个时间点或一个空间点切入进行客观报道,目的是博取最大轰动,所以新闻作品也有其天生的缺陷,哪怕是号称最具深度的调查报道,还是因为时间、空间的制约,只能保证事实的相对准确。这种缺陷可以通过跟踪报道、连续报道、多侧面报道来解决。对一个非科普作品,用传统的科普创作标准去衡量其实是很可笑的。我认为,这部纪录片并不仅仅在于题材内容和传播形式的评价,而更在于其深刻的人文思考,以一个母亲为女儿生活环境的焦虑贯穿全片的始终,用人之常情打动受众之心。同时,我们也不能不承认,虽然它不是为了科普而生,但它起到的科学传播效果,引起受众对雾霾的认识和重视,超过了一般意义上的科普创作。纪录片的经验难道不值得科普作家和科学传播工作者去总结和借鉴?难道不是我们今后科普创作和科学传播应该走的路吗?

三是在传播内容上的人文思考。

科学是一种自然规律,是一种客观存在,人们在实践中发现规律,认识科学。科学能否造福人类,取决于人的思考和选择,也取决于人们的实践获得的经验和教训。过去我们以“科学是神圣的”为出发点,在传播中不敢怀疑科学的神圣性,比如我们经常用“双刃剑”来比喻科技的不确定性,这里面主要指责技术,而不敢说科学是“双刃剑”,因为科学是神圣的。

1962年,美国科学家蕾切尔·卡逊的《寂静的春天》就是典型的从人的角度对科学技术进行反思的作品。《寂静的春天》具有科普创作基本元素,涉及知识面广阔,言语通俗易懂,面向广大公众。作者把科学界专业的理论知识如水循环、土壤生长、细胞分裂、食物链等用翔实的语言描述出来,让没有专业背景的普通民众接受。这本书的深刻之处在于作者在创作中对自然科学的人文思考,她坚定地将科学界骇人听闻的环境破坏案例揭露出来,通过这些破坏环境并威胁人类生存的案例，让人们沉思如何运用科学技术才能更好地为人类服务。

事实上，人的认知是有阶段性的，是一个不断突破认知局限的过程。一项科技无所谓好与坏，而是随着人们的运用而产生了正面或负面的效果。就像DDT（双对氯苯基三氯乙烷），由欧特马·勤德勒于1874年首次合成，1939年，这种化合物具有杀虫剂效果的特性被瑞士化学家米勒发现，几乎对所有的昆虫都非常有效。第二次世界大战期间，DDT的使用范围迅速得到了扩大，有效控制了疟疾等许多传染病的流行，带来了农作物的增产。从20世纪70年代后，DDT逐渐被世界各国明令禁止生产和使用。但因DDT的某些特效是其他产品无法替代的，如今在一些特定的地方又开始使用。

近年来，信息技术、基因工程等高科技的发展给人类生活各个方面带来很大变化，也带来很大冲击。特别是在人际关系、伦理道德、人生价值等问题上给人们带来一些困惑，迫使科普作家必须对自然科学进行人文思考。在这方面，科幻作品最具典型意义，作者通过创作对自然科学进行人文思考的案例比比皆是。科幻片作为一种类型电影，在创作中加进科学的元素，虽然是为了演绎和润色故事情节，却对观众理解科学有帮助，因为其中渗透了编导对科学的认识。此类影片总带有科学的符号，里面传递着人类迄今为止对科技的理解，比如对宇宙、天体、人体以及自然的探索，比如对高科技的讴歌和赞美，对技术高速发展带来负面效果的警示和担忧，对科技发展影响社会伦理道德的不满等。从分析案例看，不成功的科普可能有各种原因，而成功的科普都有一个共同的规律，那就是都闪耀着人文思考的光辉。

综上所述，科学传播最终体现的是人文对科学思考的传播，无论是被历史证明是对的科学或者是错的科学，其中都是人的因素在起作用。从科技强国、科教兴国、科技创新驱动等战略的实施，到人们科学素养的提高，我们的科学传播无不蕴涵着厚重的人文思考。从这个意义上说，科普创作的灵魂必然是对自然科学的人文思考，通过人文思考揭示科学的现状和前景，是科普创作的必由之路。

（本文选自中国科普作协选编的《科普之道　创作与创意新视野》，中国科学技术出版社，2016年11月第1版。原文系作者于2014年10月25日在北京中国科普作家协会举办的“科普与中国梦高层论坛暨2014年学术年会”上的发言稿，重新写作于2015年5月7日，修改于2015年6月8日）

科普创作与“讲故事”

陈礼英　俞善锋　陈福民

有一年的国际科普大会在澳大利亚的悉尼举行，美国一位著名的科普作家演讲的题目叫“科普就是讲故事”。几年前一位英国科普专家到中国科学院做交流报告时，也特别强调：科普就是讲故事，是讲科学的故事，不仅孩子要爱听，大人也要爱听。一个好的科普报告，应该是高品质的内容加上有趣的、充满想象力的构思。

本文通过介绍作家在科普创作实践中的体会，论述科普创作“讲故事”的意义。

一、科普佳作亮“脸孔”的启示

有一本科普书写了这样一个有趣的开头：

记得我六岁的时候，姑姑问我一个怪问题：“你知道你的脸在哪里吗？”

我想这还不知道，手朝脸上一指说：“这不是吗？”可是她摇摇头说：“那是鼻子。”

于是，我把手挪了个地方，可是她说：“那叫腮帮子，不是脸……”

我窘住了。在自己的脸上居然找不到脸，真奇怪了。

最后我终于想到了以攻为守，反问起来：“那，你的脸在哪儿呢？”

姑姑笑了，说：“把我的鼻子、腮帮子、嘴巴、眼睛……放在一起，就是我的脸。”

我恍然大悟,知道了什么是脸!

这本书的书名叫《帮你学集合》。作者用了一个形象而绝妙的故事,把一个研究集合的性质及其运算的数学分支的概念揭示得淋漓尽致,使我们一下子看清了这门陌生的科学知识的“脸孔”。

这一关于“脸孔”的故事也启示我们:科普创作与文学作品不同,它向读者介绍的往往都是新的知识以及相关的概念和规律,多半是读者感到陌生的东西;要使读者在阅读科普作品时,能将所涉及别的科学概念和原理弄清楚,就要巧妙地亮出“脸孔”来,使他们感到像生活中常常碰到的面孔那样熟悉、亲切,从而使科学技术在现象与本质的统一中得到充分而又深入浅出的揭示。

二、讲故事是最能贴近受众心理的方法

强调科普作品的故事性,是为了增强作品对读者的吸引力,这是由读者心理决定的。

在我们日常的生活中可以找到这样的例子,你遭遇了艰难和挫折,颓废沮丧、意志消沉。此时,有一位多年不见的好友刚巧来探望你,见到你这番模样,他定会出言安慰。这里有两种可能:

第一种可能,他会告诉你每个人在生活中都会遇到这样或那样的问题,然后喋喋不休地向你讲述生命的意义,希望你将这些挫折看淡些,甚至直言你应该立马就把沮丧的情绪放下,走出去,看看外面的世界和周围的人,这样很快就能使生活恢复原样了。

第二种可能,这位好友给你讲一个故事:

有个人一生碌碌无为,穷困潦倒。一天夜里,他实在没有活下去的勇气了,就来到悬崖边,准备跳崖自尽。站在悬崖边,他号啕大哭,细数自己的种种遭遇和挫折。崖边长有一棵低矮的树,听到他的种种经历,也情不自禁地流下了眼泪。此人见树流泪,就问道:“看你流泪,难道你也有和我一样的不幸吗?”

树说:“恐怕我是这世界上最苦命的树了。你看我,生在这岩石的缝隙之

间，食无土壤，渴无水源，长年营养不足；环境恶劣，我枝干不得伸展，样貌生得如此丑陋；根基浅薄，又使得我风来欲坠、寒来欲僵。表面看来，我好像坚强无比，其实我真是生不如死呀！”

此人听罢不禁心生同病相怜之感，就对树说：“既然如此，为何还要苟活于世，不如随我一同赴死吧！”

树说：“死倒是极其容易，但我死了之后，这崖边便再无其他树了，所以不能死呀。”

此人疑惑不解。

树接着说：“你看到我枝丫上的这个鸟巢没有？此巢为两只喜鹊所筑，一直以来，它们在这里栖息生活，繁衍后代。我要是不在了，那两只喜鹊可怎么办呀？”

此人听罢，似有所悟，沉思了一会儿之后，就从悬崖边退了回去。此后，他再也没有动过轻生的念头。

故事讲完了，老友总结性地说：“其实，我们每个人都不只是为了自己而活着，就算是再渺小、再卑微、再失败的人，对他人而言，都有可能是一棵可以遮风挡雨、赖以生存的伟岸的树。”

面对同一份安慰的真心，两种完全不同的安慰方式，你更喜欢哪一种？

答案显然是第二种，为什么呢？

因为第一种是讲大道理，而第二种是讲一个小故事。这其中的道理很简单，就像哄小孩子吃药，你为他好但他不吃，你跟他讲道理是没用的；你如果暴打他一顿，他哭着也会吐出来的，但你给他点喜欢的糖水，再夸奖他一番，效果就大不一样了。

和小孩子天生喜欢吃糖一样，人们对故事的喜欢也是天生的。人都是在故事中成长的。小时候，我们听大人们讲故事；长大了，听老师们讲故事；走入社会，听朋友、同事讲故事。同时，我们自己也逐渐尝试着、学习着为别人讲故事，因为我们也想获得别人的认可与喜欢。所以说，讲故事来科普是贴近读者心理的最好方法。

出于喜爱故事的天性，人们总是对所有故事性的事物充满了感情。无论是童话、神话故事,还是小说、故事片,乃至歌剧、舞剧……都可以证明男女老少对故事由衷的喜爱之情。山鲁佐德要不是连讲了一大堆故事,她又怎么能活到一千零一夜乃至以后呢?

“为什么我们的大脑热衷于享受故事?”心理学家和神经学家对人类听故事的爱好产生了浓厚的兴趣。得出的结论是:这些故事将读者或听众的情感牢牢牵系在故事中人物的情感上,从而俘虏了他们。这种沉浸状态被心理学家称作“叙事转移”。心理学家还发现,那些在移情测试中表现更好或察觉他人情绪能力更强的人,对任何故事都更容易发生叙事转移。

正因为故事里有跌宕起伏的情节,有不同的人在做不同的事,做不同的选择,不断引起我们与生俱来的好奇心。这些故事往往在情理之中,却出乎我们意料之外;而“意料之外”的“戏剧性”,才是它的吸引力所在。因此,故事通常比道理更有说服力和感染力,因为它更符合人的天性,更容易引起情感上的共鸣。

三、用故事来满足读者的好奇心

科普作品不应以干巴巴的“信息”为面目出现。

科学技术的研究和成果的发现有其特定的规律,同样,科技信息的传播也应该有其区别于其他社会信息、政治信息的传播方式。传播科技知识的科普作品不容易写,因为宣传科技知识、推广科技成果的文章或节目给人的感觉往往是枯燥的,科学专用词语和科学技术成果总会让受众觉得晦涩难懂,直接宣传往往容易形成说教。科普是在寓教于乐的过程中传播信息,它的教育功能远不如学校来得直接。因此,说教的形式是不可行的,受众的心理是拒绝说教的。

什么是科普?科学技术普及,是指采用公众易于理解、接受和参与的方式,普及自然科学和社会科学知识,传播科学思想,弘扬科学精神,倡导科学方法,推广科学技术应用的活动。那么,什么是科学呢?

我们说,科学是无处不在的,不是说只是超导、纳米、基因、航天才是科学。小到我们的衣食住行,大到外层空间、地球深处,远到前亿万年、后亿万年，都是科学。关键是我们怎么去做科普，怎么去理解科普创作。

对科普创作来说，科学不仅仅是知识和学问，而且还包括科学的方法、科学的精神。事实上，科学就是人类生存和发展的手段，不是目的。科学最重要的是精神和智慧，学问和知识都不如精神和智慧重要。没有孜孜以求、持之以恒的科学精神，没有智慧的大脑和巧妙的方法，很难取得突破，很难取得成就。

人们关心宇宙，关心世界，关注未来，这种好奇心和愿望绝不亚于关注历史、艺术。其实，像《十万个为什么》这样的科普读物，像《牛顿》这样的著名科学杂志，它们都已经给出了这种需求存在的证明。

当前我们科普创作的问题就是，太注重科学知识的传播了，强调把一些高深的科学知识用通俗的语言、浅显的道理讲明白，往往费了很大的劲，结果不是科学家不满意，就是受众不领情。因此，科普创作必须重新审时度势，找回定位。

美国著名天文学家、科普作家卡尔·萨根说过："科学的方法可能看起来烦琐和生硬，但是与科学发现相比要重要得多。"那么，我们的科普作品怎样才能宣传科学方法、传播科学精神、唤醒或激起人们对科学的热爱呢？首先要使受众喜欢你的作品，吸引他们去阅读你的作品。一个行之有效的办法是用故事去打动他们，满足他们的好奇心。

众多科普作家在论及科普作品开头要吸引人的创作经验谈中，提出科普作品开头的常用方法有：开门见山，简明、直接地交代主题；用某一段新闻开头，惯用而有效；一首短诗、一句成语、一段富有哲理的话，提示全篇内容，起到画龙点睛的作用；一个惊险场面、一个问题、一个有趣而生动的故事给人造成一种悬念，等等。其实，这些方法都告诉大家要用故事性强的文字描述作开头，使你的作品一开始就把读者吸引住，使他们能迫不及待地把作品读完，从而达到科普的效果。

例如，《走向世界的中国机器人足球队》一文直接交代主题：

几度风雨，不知有多少次也不知有多少人为"国脚"喊破嗓子，盼望中国足球队能在世界杯绿茵场上一展风采。但是，你也许不知道，我国的另一支

“机器国脚”2000年已冲出亚洲,走向世界了。这就是中国科大的蓝鹰机器人足球队。

这就引出了中国机器人足球队在世界上夺冠的故事。

用一段新闻“由头”开头,也是在讲新闻故事。《大脑控制的假腿》就是用一段发生在足球比赛中的新闻开头的:

“不久前,在英国一场足球赛中,一位戴金属假腿的少年,稳健地带球突破对方防守,插入前场,然后起脚射门,博得一阵雷鸣般的掌声。人们赞叹他的球艺,更为他那神奇的假腿而惊呼!”

成语“程门立雪”,其实出自一个非常生动的求学故事,大家都熟知。《宇宙中的“酒厂”》一文引用了大诗人李白一首贴题的诗:“天若不爱酒,酒星不在天。地若不爱酒,地应无酒泉。天地既爱酒,爱酒不愧天……”然后点出酒星的正式名称叫“酒旗”,在狮子座那颗最亮的X星(即轩辕十四)以西不远,由三颗暗弱的小星组成,是表面温度几千摄氏度的恒星,至今也未发现有酒。可是,太空中有酒,还真给李白言中了……

由浙江科普创作中心策划、编著的《五水共治》一书,在创作中曾遇到一个问题,一位作者写了“实现‘河长制’,确保‘五水共治’”一节,开头原是这样的:“‘河长制’,即每条河由各级党政主要负责人担任‘河长’,负责辖区内河流的污染治理……”说教式地解释“河长制”这一名词。主编讨论改写后,就改成:“‘河长’不是官衔,但‘河长’的设立却与治污有关。不妨先看一段苏轼成为历史上第一个‘河长’的故事。”

这个故事可能很多人没听说过,但很生动也很有趣,读起来就像置身于真实的历史环境中。

1089年,苏东坡以龙图阁学士的身份,再次到阔别了16年的杭州当太守。他发现西湖长久不治,湖泥淤塞,葑草芜蔓,就感慨上书,认为“杭州之有西湖,如人之有眉目”,决定要自任“湖长”(河长),疏浚西湖,为杭州百姓做件好事。

疏浚西湖的告示张贴出来了,可苏轼却被一件事难住了:疏浚出来的葑草湖泥堆放在何处呢?如果堆在西湖四岸,既妨碍交通,又污染环境;如果挑运到远处去，费工费事，何年何月才能将西湖疏浚好？愁得苏轼三天三夜饭也吃不香，觉也睡不稳。第四天，他决定到西湖四周走走，看看如何更好地处理这件事。

那天，苏轼带上随从，骑马先到北山栖霞岭。一看这里是通灵隐、天竺的要道，堆放葑泥显然不妥当。于是想转到南屏净慈寺去看看。他站在西泠渡口，正想上渡船，突然听到柳林深处传来一阵渔歌声："南山女，北山男，隔岸相望诉情难。天上鹊桥何时落？沿湖要走三十三。"

苏轼一听，心中一阵高兴：这不是在向我献计献策吗？对，天上可架"鹊桥"，湖上难道不能修长堤吗？这样，既解决了湖上葑泥堆放的场所，又方便了南北两岸交通，真是一举两得啊！

要在西湖上筑堤的消息不胫而走，南北山渔民、农民和城里的市民都闻讯赶来，自愿出工出力。人多力量大，从夏到秋，终于在北山到南山间筑好了7段长堤，中间留了6处水道，造了6座吊桥。平时吊桥拉起，让里外湖的船只往来通行；早晚把吊桥放下，让两岸乡亲通行。又在长堤两边种上桃树和柳树，一来保护堤岸，二来春天桃红柳绿，为西湖添一美景。

……

这个故事也使读者了解西湖苏堤春晓的民谣："西湖景致六吊桥，一株杨柳一株桃。"这便是"西湖十景"中的苏堤春晓的来历。如此一来，读者不仅能从中了解治水的知识，而且还能了解"河长制"在"五水共治"中的作用。

四、讲故事要从悬疑开始

"讲故事"是一个沟通、交流的过程，要把故事讲好其实远比想象中难。它需要具备故事的特点，需要有真实可信的依据，需要讲故事人的锲而不舍。一个故事要能打动人心，必定是源自生活经验或者源自文化灵魂，才能够引起共鸣。

讲的故事要吸引人，最关键的就是要有悬念。法国著名剧作家贝克曾对悬念做过确切的解释：悬念就是"兴趣不断向前冲、紧张和欲知后事如何的迫切要求"。许多人在听故事的时候经常会问，"那后来呢"？这就是悬念，悬念用得越好故事越吸引人。

比如《地球的“体重”变轻了》一文,一开始就给出悬念:最近,美国科学家利用新的测量重力的方法重新给地球“称”了“体重”,结果发现,地球的重量比以往科学家估测的要轻……人们不禁要问:人有多重可以用秤称出,其他物体也可以用磅秤或衡器称出来,可是,怎么能“称”出地球的“体重”呢?

世界上第一个“称”地球重量的人是英国科学家卡文迪许。地球那么大,人又是站在地球上,用什么方法去称量它呢?卡文迪许经过深入研究,认为利用牛顿的万有引力是唯一的方法。然而,在实验室里做这件事是非常困难的:两个1千克重的铅球,当它们相距10厘米时,相互之间的引力只有不到一亿分之一牛顿;即使是空气中的飘尘,也能干扰它的准确度。从哪能找来精确的测量仪器呢?……

整篇短文悬念一个接着一个,可见悬念就是在故事中悬而未决、结局难料的情节安排,可以引起观众急于知其后果的迫切期待心理。对于科普作品,设置悬念要跟传播的科学知识挂起钩来,最好是合二为一。每当故事发展到一个高潮,遇到一个必须解决的关键问题,那就要让科学技术“登场”了。

例如《小爱迪生》曾登载过一篇科学小品,题目为《派苍蝇去轰炸蚂蚁》。标题就给读者以悬念:苍蝇轰炸蚂蚁干什么?苍蝇又没有炸弹,怎么炸蚂蚁呢?故事的“主人翁”是一种名叫“火蚁”的蚂蚁,它出产于南美洲,后来不知什么原因,在美国的一些州繁殖起来。更让人意外的是,小小的火蚁竟在美国一发而不可收,泛滥成灾。读者会问:小小蚂蚁怎么会带来灾难呢?

别小看这些小东西,它们不仅破坏空调、电子设备和侵入农场,还会向家畜和野生动物体内注射有毒物质,使它们“双目失明”。更严重的是,火蚁的毒刺还可能置人类于死地。美国每年因火蚁造成的损失相当惨重。

那怎么办?美国科学家在想办法消灭它们,但高科技还对付不了火蚁。后来听说在巴西和阿根廷有一种特殊的苍蝇,可以使火蚁断子绝孙。于是,美国农业部就从巴西和阿根廷进口这种“苍蝇”武器。

苍蝇用什么办法消灭火蚁呢?这些苍蝇一到美国,经常成群地飞过火蚁聚集的地方,飞到正上空时,迅速俯冲,像投放鱼雷炸弹那样将自己的卵投入到火蚁堆当中。

啊!太有意思了。苍蝇投卵不是给蚂蚁送“快餐”了吗?

你可猜错了。很快,苍蝇卵便开始孵化,并变成幼虫。这些幼虫竟以火蚁的脑髓为食,它们将火蚁的头咬下来,然后吸食里面的脑髓及大脑的其他组织。

这些幼虫能吃掉大片成灾的火蚁吗?

幼虫长大以后,变成苍蝇,苍蝇再产卵,卵再孵化成幼虫。就这样,开始了另外一轮循环。

这就是苍蝇轰炸蚂蚁的故事。自从美国从巴西和阿根廷大量进口这种苍蝇后,仅投放在乔治亚州南部和加利福尼亚州两个地区,没过多久,火蚁就没了踪影。真是大快人心!

文章最后借读者之口反问:“唉!我有个问题想不通:这苍蝇繁殖起来不会成灾吗?”

确实,故事并没有完。一些科学家告诉我们,依据苍蝇的繁殖速度,如果每个州在12个地方投放这种苍蝇,那么在5年之内苍蝇就可以覆盖整个美国。火蚁被消灭了,换来苍蝇满天飞,也不是什么好事吧。这同学的问题提得真好!

我们在治理环境、同大自然作斗争中,就要多考虑人类的发明会不会危害到人类自己。

因此,讲故事应是当前科普创作的主要手段,通过讲故事才能使科普作品成为人见人爱的读物,使当前的科普创作走出困境。

五、先要做一个有故事的人

在瑞典文学院,莫言从瑞典国王手中接过2012年诺贝尔文学奖后,发表了“讲故事的人”的获奖演讲。他说:“我是一个讲故事的人,我还是要给你们讲故事。”

有人会问:我们创作科普作品都是在学讲故事,为什么有人讲的故事听起来就很假,而阿西莫夫、威尔逊讲的故事听起来就很真?

莫言说得好:做一个会讲故事的人首先要做一个有故事的人。就像有人评论诗人汪国真一样,他并不是写诗的人,而是心中有诗意的人。

怎样才能成为心中有故事的人?中国科技馆原馆长李象益说过:"现在看上去是高不可言了,但是科普同样是一种研究,没有脱离以做科研的方法去研究科普。"做到"以做科研的方法去研究科普",就要多读书,掌握各个领域的知识,横贯古今;也应该多出去走走,调查研究,读万卷书,行万里路。随着个人经历的丰富、见识的积累,整个人也会慢慢变得更有韵味,变成一个有故事也会讲故事的人。

这里不妨以笔者的一次创作实践为例。2007年,政府提出建设生态文明,高度关注资源节约型、环境友好型社会建设,我们科普作家组织了社会调查,学习垃圾分类回收利用的知识,编写了一本《垃圾手册》。由于对垃圾的产生、分类和回收利用的研究比较深入,又是以"垃圾的身世""垃圾三兄弟""寻找垃圾的源头""寻找对付垃圾魔鬼的利剑"等一个个故事作为载体,这本书出版后很受社会各阶层读者的欢迎,获得了杭州市政府的"建言献策"二等奖。后来,我们又以这本书为基础,进一步强化故事性,编制了《垃圾是放错地方的宝贝》科普讲座PPT,在学校、社区、妇联、政府机关和企业做了100多场科普讲座,取得了不错的效果。成功经验就在于讲故事,讲精彩的故事,讲不为人知的真实故事。

科普内容的第一部分就是"从垃圾的身世说起",在讲"身世"之前用两个故事解释"为什么说垃圾是宝贝":

一个故事发生在美国。

1974年,美国政府为清理给自由女神像翻新扔下的废料,向社会公开招标。但好几个月过去了,无人应标。正在法国旅行的一位犹太商人听到消息后,立即飞往纽约,看过自由女神像下堆积如山的铜块、螺丝和木料后,未提任何条件,当即就签下合同。

……

纽约许多运输公司对他的这一“愚蠢”举动暗自发笑。因为在纽约州，垃圾处理有严格规定，弄不好就会遭到环保组织的起诉。就在一些人要看这个犹太人的笑话时，他开始组织工人对废料进行分类。他让工人把废铜熔化，铸成小自由女神像；把水泥块和木头加工成底座；把废铅、废铝加工成纽约广场图案的钥匙形饰物；最后，他甚至把自由女神像身上扫下来的灰包装起来，出售给花店。不到3个月时间，他让这堆废料变成了350万（折合成现在1874万）美元现金，每磅铜的价格整整翻了1万倍。

另一个故事发生在中国。

沈阳有个拾破烂的叫王洪怀，他原本和其他拾荒者没有什么两样，早出晚归，每天从垃圾堆里几分几角地掏。

有一天，他突发奇想：收一个易拉罐才赚几分钱，如果熔化了作为金属材料卖，是否可以多卖钱?于是，他将一个空罐剪碎、熔化成一块指甲盖大小的金属，又花了600元钱在有色金属研究所做了化验。化验结果显示，这是一种很有价值的铝合金。当时，这种铝合金的市场价在每吨1.4万至1.8万元之间。

每个易拉罐重18.5克，5.4万个就是一吨，这样算下来，熔化后的材料比直接卖易拉罐多赚六七倍的钱。王洪怀决定专门回收易拉罐进行熔炼。

为了多收易拉罐，他把回收价从每个几分钱提高到0.14元（1吨易拉罐回收价在5400元至7560元），并把回收价与收购地点印在卡片上，向捡破烂的同行散发。一周后，他回收了13万多个易拉罐，足足两吨半。他立即办了一个金属再生加工厂，一年内，用空易拉罐炼出240多吨铝锭，3年内赚了270多万元。对王洪怀而言，思路的转变一下子改变了他的人生轨迹。

整个科普讲座以人作为故事的核心，讲述了“北京猿人山洞里留下垃圾”“《垃圾之歌》的故事”“‘无磷无忧’的故事”“垃圾围城的故事”“一次性筷子的故事”“丹麦垃圾分类回收的故事”“垃圾大王杜茂洲的故事”“丢弃一个饮料瓶的故事”“台湾垃圾不落地的故事”等十多个故事，细节生动，情节跌宕起伏，听众听得津津有味。

要创作出优秀的科普作品，光掌握“科学”素材是不够的。首先要做一个有故事的人,学会讲故事,以科研的方法去从事科普工作。从某种意义上说,科普就是“讲故事”,科普作家要坚持不懈地讲科学的故事。

(本文选自中国科普作协选编的《科普之道　创作与创意新视野》,中国科学技术出版社,2016年10月第1版。原文系2014年10月25日在北京中国科普作家协会举办的“科普与中国梦高层论坛暨2014年学术年会”上的发言稿。)

观念史：科幻研究的新视角

赵海虹

今天，科技彻底改变了人类的生活习性与交流方式，科幻小说因横跨科学与文学两界的特殊身份，其重要性不断提升。对此，文学理论界也应顺应时代发展，从新的视角再度审视西方科幻小说，发掘其独特的思想价值与美学价值。其中，观念史研究就是一个独特的新角度。

反映时代思想观念

观念史研究始于美国当代哲学家洛夫乔伊，他提出了观念史研究的基本方法。通过这种方法，研究者得以穿越哲学、科学、文学、艺术、宗教、政治等多个领域，追溯人类观念史中基本要素在不同时代的表现。由于科幻小说涉及哲学、宗教、政治等相关内容，因而可以成为开展观念史研究的绝佳样本。引入观念史研究的视角，可以帮助读者从新的角度探究西方科幻小说，更透彻地理解那些在小说创作时期被广泛传播的思想观念，从而进一步体现小说独特的历史价值。

洛夫乔伊在《存在巨链》中描述了"存在巨链"这一观念的产生和演变。他指出，"存在巨链"是"由数量无限的、排列在等级森严的序列中的各个环节所构成的，这个序列由微不足道的最小的存在物出发，经过每一种尽可能精微的提升，一直上升到完满的存在"。换言之，"洛夫乔伊所说的存在巨链是指从虚无一直到上帝之间存在着各种各样的物种，各个物种依据自身分有善的程度按照等级排列，而且任意连续的上下两个等级之间不存在空隙”（张继亮《西方观念史上的“两个上帝”——读洛夫乔伊的〈存在巨链〉》）。笔者认为，西方科幻小说正是在以“存在巨链”为背景的文化土壤上开花结果的。

1818年，玛丽·雪莱出版长篇小说《弗兰肯斯坦》。在书中带有浓郁哥特小说色彩的传奇故事中，科学家弗兰肯斯坦用电能为拼凑的破碎尸块赋予新生命，但又很快抛弃了自己丑陋的创造物，招来这个“人造人”一系列的残忍报复。多数权威科幻研究者都将这部作品视为文学史上第一部真正的科幻小说，玛丽·雪莱因此成为19世纪科幻小说创作的先行者。

科幻小说直到19世纪才正式登上文坛，这一切并非偶然，因为“科学技术促进了社会变革，对社会变革的觉醒催生了科幻小说”（詹姆斯·冈恩语）。玛丽·雪莱所处的时代是工业革命开始改变英国的时代，也是科技对人类生活、传统习俗与世界观产生重大影响的时代。倘若回溯西方经典作品的源流，上至希腊神话、荷马史诗、柏拉图的著作、阿里斯托芬的喜剧和琉善的故事，下至托马斯·莫尔、斯威夫特的作品，从这些《弗兰肯斯坦》之前的杰作里，都可以找到对变革与发展的回应，找到被后世科幻小说进一步强化的某些共同特征。

从观念史角度研究科幻文学，不能忽略科学理论的发展对知识界和文化界的影响。各种“进化论”的先声，如伊拉斯马斯·达尔文和拉马克的著作，都对地球生命的演化过程提出了自己的设想。《弗兰肯斯坦》中科学家“造人”的方式在技术上虽然非常粗糙，但用科学创造新生命，其本身可以视为对生命可能性的探索。于是，这部“现代浮士德”式的悲剧一直被视为浪漫主义时代作家对科学发展两面性的警觉、对人类与上帝之间关系的探讨。但若从观念史角度出发，则可以对该书作出新的解读。

《弗兰肯斯坦》中由人类死尸拼凑而成的新生命在一定意义上也属于“存在巨链”的一个环节。玛丽·雪莱赋予了“他”同人类一样的好奇心与强烈的自我意识，但因为他是人类的创造物，在地位上低于人类，作者又让“他”具有野兽般的狂暴与强烈的报复心，成为某种介乎人与兽之间的生命存在。

同时，在以《弗兰肯斯坦》为代表的西方经典科幻小说中，人在自然中的地位问题也得以凸显。弗兰肯斯坦以科学挑战自然，使人类成为造物主，试图突破和提升人类在自然中既有的位置，在某种意义上是对“存在巨链”的挑战。当时的人们认为，“存在巨链”中的每个位置都有相应的物种，人只能固守在自己的位置上。所以，弗兰肯斯坦的做法必然会导向失败的结局。

揭示科幻美学特征

观念史还能帮助我们理解科幻小说独特的美学特征。洛夫乔伊将对各种“形而上学的激情的感受性”作为观念史的另一重要研究对象——“一切陌生的东西都是惊人的”——这恰恰也是经典科幻小说的一个独特的审美特征。

科幻小说通过描述超越普通人日常经验的世界，满足读者“对奥秘的激情”。小说中宏大的宇宙场景、神秘海底或地心世界、精微曼妙的微观世界和各种星球以及外星生物的描写，既可以作为“存在巨链”的形象化呈现，也为读者带来了“陌生化”的艺术冲击。科幻小说研究者达可·苏恩文甚至将“疏离与认知的相互作用”作为定义科幻小说的必要条件，认为科幻小说在艺术上是以“追求文学的陌生化”为重要目标。

英国科幻作家阿瑟·克拉克被认为是20世纪三大科幻小说家之一。客观世界是他主要的表现对象，具体的人物性格却不那么突出。他的小说往往能够激起读者对科学发现的惊叹，受到真实而神秘的魅力感召。而他描绘的壮美宇宙图景，则似乎让人充分感受到了“存在巨链”顶端的“最完善的存在”。

因此，观念史可以为我们提供一个新视角，帮助我们理解西方科幻小说中独特的宇宙美学。需要注意的是，由于西方科幻小说对世界科幻小说发展的影响，这种宇宙美学并不仅仅属于西方作品。近年来风靡全球的中国科幻小说《三体》，很大程度上也正是书写这种宇宙美学的成功代表。

奥尔迪斯认为，科幻小说的特殊意义是它能在科学的背景之下，“帮助我们寻找人的定义和人类在宇宙中的位置”。所以，科幻小说在一定程度上可以看作对“存在巨链”的文学呈现。引入观念史的视角,对于深化科幻小说研究具有特殊的意义。

(原载于《中国社会科学报》2019年6月17日,被中国作家网、浙江社科网、科幻四十二史公众号转载)

强化科普法律意识　全面落实科普责任

季良纲

现代科技迅猛发展，科技创新需求旺盛，社会对互联网背景下未来科技发展充满期待。科技对未来生活的重大影响，更加明显又更难以预测，面临着新挑战。人工智能、大数据、基因技术、食品安全、疾病预防、气候变化、环境保护等话题，迫切需要准确地向公众传播，增进对科学研究的信任与支持。公众在享受现代科技带来便利的同时存在疑虑。实践表明，科技新知传播与普及，需要与之相适应的渠道、方式、载体，需要理念到机制的全面创新。

全面落实“把科学普及放在与科技创新同等重要的位置”的重要精神，围绕实现“建设世界科技强国”的宏伟目标，必须大力推进科普“六个化”建设，即科普法制化、科普信息化、科普社会化、科普产业化、科普国际化、科普常态化，促进科普事业健康有序发展。其中，推进科普法制化建设，强化科普法律意识，明确科普法律职责，是全面推进科普事业发展的重要基础，也是实现科学普及与科技创新“两翼”齐飞的关键所在。科普有法可依，有法必依，是促进新时代科普事业健康有序发展的重中之重，需要全社会尤其科技界、科普界的共同关注和全力推进。

面向公众开展科学技术普及，是国家科技事业的重要组成部分。长期以来，我国高度重视科学普及，将科普纳入法律化轨道，不断完善法律体系建设。1949年建立中华人民共和国之初，新的全国人民政协会议颁布了具有宪法性质的《共同纲领》,其中第43条规定:“努力发展自然科学,以服务工业、农业和国防建设。奖励科学的发明和发现,普及科学知识。”在文化部设立了科普局,专门负责全国科学普及工作。1954年新中国第一部宪法颁布,明确规定要“开展科普宣传,促进文化发展”。1982年修改后的宪法规定:“国家发展自然科学和社会科学事业,普及科学和技术知识,奖励科学研究成果和技术发明创造。”1958年“科联”“科普”两大全国性科技团体合并成立中国科学技术协会,其《中国科学技术协会章程》明确规定,科普是科协组织根本任务之一,要面向公众传播科普知识、科学思想,反对迷信邪教。这些关于开展科学技术普及的重要表述,确立了科普在国家科技事业大局中的重要地位,为科普法律体系建设奠定了重要基础。

改革开放以来,“科技是第一生产力”的观念深入人心,科普迎来前所未有的发展机遇,科普立法步伐明显加快,进入了科普法制时代。1993年7月,全国八届人大常委会会议通过《中华人民共和国科学技术进步法》,提出“国家发展科学技术普及事业,普及科学技术知识,提高全体公民科学文化素质”,明确了科普在科技进步中的重要地位。1994年12月,《中共中央、国务院关于加强科学技术普及工作的若干意见》颁布,这是中华人民共和国成立以来第一个科普工作纲领性文件,为科普事业发展奠定了重要基础。2002年6月,全国九届人大常委会会议通过的《中华人民共和国科学技术普及法》,明确“发展科普事业是国家长期任务,是全社会的共同任务,社会各界都应当组织参加各类科普活动”,这是世界上第一部科普的专门法律,在世界科普史上具有里程碑性意义。2006年3月,国务院颁布《全民科学素质行动计划纲要(2006—2010—2020年)》,明确提出“公民科学素质是国民素质的重要组成部分,是科技创新的重要社会基础”,提出了国家科普事业发展的中长期目标。2007年1月,国家发改委、中国科协等八部委下发《关于加强国家科普能力建设的若干意见》,明确“科普是国家科技工作的重要组成部分”。2016年,《中华人民共和国国民经济和社会发展第十三个五年规划纲要》提出“到2020年公民具备科学素质的比例达到10%以上”的目标。据不完全统计,到目前为止,各省、自治区、直辖市、计划单列市、副省级城市人大或人民政府颁布的科学技术普及条例、办法或实施办法等，已有32种；国务院及有关部门如农业、水利、林业、卫生、交通、气象、地震、环境保护、食药、安监等部制定的科普法规，共有27种，其中还不包括在原有法律、法规基础上修订或新增的大量科普性质的内容条款。地方各级党委政府也制定了不少有关科普的政策文件，如浙江省委《关于进一步加强党对科协工作领导的意见》（浙委[2003]2号），对于科普经费、场馆建设等作出规定，将科普法律实施具体化、政策化，有利于地方政府落实与执行。总之，科普相关的法律法规及政策文件，规定了政府部门、企事业单位、社会组织的科普职责，构成了中国特色的科普法律体系的主要内容，为推进科普事业发展提供了重要的法律依据。

当前，我国科普事业进入了有法可依的法制化时代，依法科普、依法行政，科普事业有了令人振奋的长足发展，成为我国科普工作的显著特色和最大亮点，在世界科技传播史上留下了鲜明的印记。但全国各地的科普实际工作又面临着诸多悬而未决的问题，从理念、意识、机制到载体、手段、方式，再到资金、设施、人才队伍等，尤其是科普法律责任的落实方面，存在着极大不足，极大地制约了科普事业发展和作用发挥。在科技发展迅猛的新时代，积极推进科普法制化建设，强化科普法律意识和法律责任，用强有力的法律机制和手段，解决科普工作面临的新问题，突破制约的科普工作瓶颈，有效推进科普事业的发展，具有重要的现实意义和深远的历史意义。

科普法制化，就是要进一步增强科普法律意识，全面深入实施宪法及科普法等法律法规，大力推进“全面依法治国”在科普领域的全面落实与充分体现。进一步明确各级政府的科普法律责任，增强“政府领导科普工作”的责任意识、主体意识、大局意识，大张旗鼓、旗帜鲜明、理直气壮、齐心协力地“抓科普”“搞科普”“管科普”，做到科学普及与科技创新同部署、同要求、同检查，扎实有效推进公民科学素质建设，进一步营造依法科普的良好氛围。

科普法制化，就是要严格按照科普法律法规的规定和要求，将科普工作纳入地方经济社会发展中长期规划，纳入城市文明建设和新农村建设的总体规划；建立健全科普工作机制，认真制订科普工作计划，落实科普专项经费;科学规划和投资建设科技场馆,提供丰富多样的科学教育传播渠道与途径;加强科普绩效的评估与检查,切实提高科普服务质量水平,不断满足公众科普需求。

科普法制化,就是要大力推进科普文化产业发展,大胆引进市场化机制,促进公益性科普与科普产业的融合发展。要认真落实国家关于科普活动、产品生产、销售或进出口科普设备、设施等一系列税收优惠政策,依法保护科普产品投资者、生产企业的合法权益;鼓励企业结合生产、销售等开展科普宣传,投资建设企业专题博物馆、科技馆等,并在土地规划、建设等方面给予优惠。引导社会资本设立科普公益基金,形成科普经费多元化筹措机制,提升科普产业化水平和档次。

科普法制化,就是要建立健全科普工作督查机制,定期开展科普法律实施的专项检查,指导制订科普地方法规及实施细则;开展科普法律法规的普法宣传,纳入各地"普法"年度计划。督促检查科普任务落实情况,引入第三方机构,对科普成效与社会责任进行评估,及时提出整改要求。帮助解决科普工作存在的问题,补齐科普工作短板,形成科普工作良好社会氛围。

科普法制化,就是要大力表彰奖励科普工作先进人物,将科普工作业绩纳入科技奖励项目;及时总结和交流科普工作经验,开展科普理论研究,提高科普理论水平;支持科普期刊出版发行,支持科普创作,实施科普名作名家宣传计划;加强中外科普交流,引进优质科普资源,宣传推介中国特色科普经验;针对社会上"伪科普""假科普"现象,要及时揭露并进行斗争,严惩毁坏科普设施设备的违法行为,确保科普事业持续健康有序发展。

(本文选自《科普时报》2020年1月30日第一版)